# *José María Arguedas: hacia una poética migrante*

Sergio R. Franco
Editor

ISBN: 1-930744-22-6


Instituto Internacional de Literatura Iberoamericana
Universidad de Pittsburgh
1312 Cathedral of Learning
Pittsburgh, PA 15260
(412) 624-5246 • (412) 624-0829 FAX
iili@pitt.edu
www.pitt.edu/~hispan/iili

---

*Colaboraron en la preparación de este libro:*

Diseño de carátula: Randy Oest
Composición y diseño gráfico: Erika Braga
Correctores: Antonio Gómez y Susana Rosano

# *José María Arguedas: hacia una poética migrante*

Sergio R. Franco
Editor

*José María Arguedas con Antonio Cornejo Polar*

# José María Arguedas: hacia una poética migrante

## *Segunda parte*
## *Escritura del yo*



## *Tercera parte*
## *Residuos y visiones*

## *Cuarta parte*
## *Torsiones y descentramientos*

# Prólogo

Sergio R. Franco

José María Arguedas dio inicio a su tarea literaria impulsado por el deseo de refutar las oprobiosas imposturas que existían en su época sobre la realidad de los Andes; especialmente aquellas que la narrativa peruana proveía. Así, el primer acicate para su voluntad creadora debe ser ubicado en el anhelo de revelar un universo y un pueblo complejos. Por esta razón, se suele pensar que la obra arguediana proporciona una visión del mundo andino "desde dentro", pero lo cierto es que para lograr la concreción estética de ese universo y para comunicarlo a lectores que pertenecían a una cultura distinta, Arguedas debió refigurarlo mediante ciertos tránsitos: de una cultura ágrafa a otra signada por la escritura, del idioma quechua a la lengua castellana, de la temporalidad mítica a la histórica. Parece, entonces, más apropiado decir que lo fundamental en la obra Arguediana reside, más bien, en la manera como *elabora la distancia* entre el universo del cual parte y el mundo al que pertenecen los destinatarios de sus textos a partir de su genio literario y su amplio conocimiento de la realidad andina, que provenía tanto de lo vivencial –sobre todo de esa infancia "quemada entre el fuego y el amor"– como de lo escolar, puesto que Arguedas fue etnólogo de profesión. Para asegurar la exactitud de las representaciones que proporcionaba, Arguedas no vaciló en regular el sentido de su obra desde el paratexto, apelando a la exigencia fiduciaria del testimonio (como se manifiesta en la famosa mesa redonda en torno a *Todas las sangres* que tanto repercutió en él), pero a diferencia de lo que ocurrió en Hispanoamérica en los años 70, cuando la literatura testimonial emerge como una suerte de épica democrático-popular a través de la cual irrumpen en el escenario cultural y político nuevos sujetos colectivos con sus propias agendas, en el caso de Arguedas de lo que se trató desde un principio fue de "invadir" la "ciudad letrada", tal como harían los habitantes de los Andes peruanos durante la década del 50 al desplazarse hacia la capital y las más importantes sedes urbanas del Perú, iniciando un proceso que ha modificado definitivamente el país. De otro lado, esa apelación a lo autobiográfico, característica de la literatura arguediana sobre la que parece existir consenso entre los estudiosos de su obra, no deja de presentar matices problemáticos: en primer lugar, porque en su caso semejante tipo de dicción oscila entre la reverberación del discurso del etnólogo, que emerge en la enunciación de sus textos, y la palabra del informante nativo fagocitada por la obra; en segundo lugar, porque es indispensable disociar la figura del "autor" en un autor real y otro textual a partir, entre otras cosas, de la coexistencia en el sujeto de un ego realista, substancia psíquica cuyos esquemas están biológicamente preformados, y un ego narcisista, amorfa serie de identificaciones e internalizaciones de imágenes y percepciones investidas con la catexis libidinal. Este último ego es el que emerge en el proceso mismo de proyección re-configuradora y re-creadora de la propia vida en el texto, mientras que el primer tipo de ego sustenta al autor textual, el cual ocupa una posición en el mundo y ajusta su escritura a una agenda propia. Finalmente, porque aun cuando la dicción autobiográfica satisface el deseo implícito que cada quien tiene de que su irrepetible unicidad encuentre su relato, no menos cierto es que uno solamente puede acceder al relato de sí mismo, para renarrarse, acudiendo a los relatos de los demás, pues requerimos del otro y su externalidad narrativa para constituirnos. Más aún, es la elisión del otro, reemplazado por su emanación fantasmática en el doblaje del autor que se cuenta a sí mismo su propia historia, lo que debe prevenirnos contra la falacia del impulso autobiográfico.

En sus inicios literarios Arguedas pagó tributo al regionalismo y al indigenismo, todavía vigentes cuando comenzaba a escribir, y a los que rápidamente dejó atrás. En efecto, el escritor peruano destacó desde un inicio por su originalidad: poseedor de un talento lingüístico fuera de lo común, Arguedas, entre otras cosas, inventó un idioma estrictamente literario a fin de transmitir en español el habla de indígenas que se expresan en quechua. Ahora bien, si la función primaria del lenguaje no consiste en comunicar sino en imponer relaciones de poder e inducir transformaciones incorpóreas, en aquellas sociedades engendradas como consecuencia de una expansión colonial se producen procesos extremos mediante los cuales la lengua de los dominadores intenta devorar la de los dominados, o cuando menos de establecer una supremacia lingüística que refuerze la desigualdad política y económica del orden imperante. La empresa Arguediana supone, entonces, la reversión de esa "glotofagia" mediante una desterritorialización de las regularidades lingüísticas del idioma dominante, operación propia de lo que se ha dado en denominar "literatura menor", la cual se caracteriza porque en ella todo es político y posee un valor colectivo. Esta empresa triunfal, una de las más audaces en la literatura hispanoamericana, emparenta a Arguedas con Rubén Darío, Jorge Luis Borges o César Vallejo, radicales recreadores del idioma español.

Aun cuando el estrato más celebrado de la inventiva arguediana es el de la lengua, no fue el único que se planteó y resolvió de manera excepcional. Preocupado por incorporar modos expresivos de la cultura andina a las tecnologías literarias occidentales que escogió para su escritura, Arguedas se vio obligado a modificar esos medios –esto es muy notorio en el caso de la novela– para hacerlos flexibles a fin de que en ellos cupiesen artefactos de una cultura distinta. Así, el texto arguediano acaba coincidiendo, aunque no haya sido esa su intención primera, con la tentatativa de renovación de las formas reificadas del relato que los autores del período de vanguardia y del modernismo –en su acepción anglosajona– llevaron a cabo en Occidente.

En su extensión de cuatro décadas la obra arguediana atraviesa diversas fases, distintos territorios, empujada por su propia fuerza creativa pero también por su anhelo de captar las transformaciones del universo andino, impactado por el avance del capitalismo y la modernidad. De esta autoexigencia proviene la necesidad de reestructurar, una y otras vez, las estrategias narratológicas de que se vale, lo que se traduce en distintas poéticas, algunas de las cuales son examinadas a lo largo del presente volumen; en el sucederse de ellas parece factible detectar un cada vez más intenso rechazo a la armonización metafórica implícita en la ideología del mestizaje y una afirmación de la fluidez de la cultura andina, que en la obra de Arguedas encarna en la línea de fuga del movimiento migratorio. Este recorrer, informado por el paradigma de Felipe Guamán Poma de Ayala y su *Nuevo coronica y buen gobierno*, emplaza su orden en la metonimia y atiende a relaciones discontinuas, a hibrideces insubsumibles en conjuntos mayores, a reubicaciones de los centros debido a procesos de desterritorialización que dan origen a nuevas identidades translocales y a comunidades diaspóricas.

En lo que vengo diciendo resuena, sin duda, un eco de la "plasticidad cultural" implícita en la famosa propuesta de la transculturación narrativa.

Esta pensaba las peculiares formas que asume la inserción de América Latina en el capitalismo mundial, atendiendo a los entornos simbólicos y al trabajo de un grupo de autores –los transculturadores– que intentó mediar entre lo exógeno y lo local, así como (re)hacer la cultura regional asumiendo el desgarramiento implícito de la condición poscolonial. Empero, si de este modo se mapeaba un nuevo *locus* de enunciación cuyo soporte final residía en el cuerpo atormentado del subalterno, cuyos saberes marginales son recapturados, lo cierto es que la narrativa homogenizadora de la transculturación apuntaba a una imposible conciliación pluralista. Y es aquí donde la escritura y la figura de Arguedas (como individuo pero también como esa "unidad imaginaria" que es todo autor) adquieren una mayor vigencia. En efecto, la decisión de Arguedas de poner fin a su vida ha sido leída en esa clave cultural, pues ese acto, *inscrito* ya en el corpus de la literatura hispanoamericana, instaura un umbral donde se pone "fin" no solo a *El zorro de arriba y el zorro de abajo* sino al modelo fundacional de la narrativa latinoamericana moderna, sustentado en la mediación antropológica que articuló los mitos de origen de los estados al tiempo que proveía acceso al conocimiento y al control del "otro". Así, la muerte de Arguedas por mano propia tal vez revele la culpa por haberse valido del saber antropológico para conocer al "otro" que moraba en él mismo; en tal sentido, el acto y el texto clausuran la operación transculturadora al revelar la naturaleza cómplice de ésta con la modernización en la tarea de subalternizar a las culturas indígenas. Esta lectura se ve enriquecida si la conectamos con la idea de que en el Arguedas final se produce una desestructuración identitaria que es el exacto reverso de su poderosa afirmación en la empresa de construir la nación, preocupación siempre presente en Arguedas, pero remodelada por el influjo de la experiencia cubana y su ideal del "nuevo hombre". Este proceso halla su clímax en el suicidio "totémico" iluminado por la hipótesis de que el *Camac* de Arguedas fue devastado por los los flujos de devenir en los que se manifestaban los poderes chamánicos con los que entró por vez primera en contacto directo cuando traducía *Dioses y hombres de Huarochirí*.

En los treinta y siete años que median entre la muerte de José María Arguedas y nuestro presente, su obra y su figura han venido ganando un sólido prestigio, y acaso el tiempo transcurrido y el relativo retardo en su reconocimiento se expliquen a la luz de la enorme complejidad cultural y epistemológica que una obra de su talante plantea. El presente volumen quizá sea la manifestación más reciente, pero ciertamente no la última, de ese creciente interés, ni la primera, hay que precisarlo, de la atención que el Instituto Internacional de Literatura Iberoamericana concede al autor de *Los ríos profundos:* la Revista Iberoamericana, órgano del instituto, dedicó a Arguedas un número especial (122) en 1983. Hoy, me corresponde presentar esta edición de diecinueve textos distribuidos en cuatro secciones que constituyen otros tantos ángulos de apreciación de la obra literaria arguediana –el trabajo del arguedas etnólogo amerita, sin duda, una compilación exclusivamente dedicada a esa tarea.

La primera parte, *Impureza y modernidad*, agrupa asedios que asumen la reflexión sobre la obra arguediana desde los módulos de la heterogeneidad e hibridez cultural, así como los procesos de modernización en la zona andina. El primer artículo, de Estelle Tarica, revisa uno de los puntos más complejos de la obra arguediana: la tensión entre el quechua y el español en el lapso que va de *Yawar Fiesta* a *Los ríos profundos,* Tarica establece la existencia de dos poéticas. La primera, la poética de la mistura, consiste en una mezcla inarmónica de quechua y castellano que lejos de intentar resolver el conflicto cultural, intentaba transmitir la lucha comunicativa. A ésta se sucede, en aras de una búsqueda de transitividad, una poética de la traducción, la cual atiende a la "interna comunidad de sentido" de vocablos y expresiones quechuas, valorizando el encadenamiento metafórico de los mismos. Ambas poéticas, forzadas por la condición bilingüe del escritor, se ven comprometidas con la búsqueda de un decir "limpio", que en el primer caso tiene que ver con nombrar claramente el mundo de que se habla (lo que implica el riesgo de la ininteligibilidad), mientras que en el segundo apunta a la limpieza de la emoción y a una depuración idiomática desde cuya perspectiva las tensiones de la primera poética resultan evidencias de enajenación.

Misha Kokotovic separa *Yawar fiesta* de los módulos retórico-ideológicos propios del indigenismo (a los que este texto ha sido apresuradamente adscrito) y enfatiza su condición de novela transcultural en el triunfo de la comunidad indígena sobre la intervención del Estado, que pretende regular la tradición del *turupukllay,* apunta simbólicamente a una agencia indígena capaz de combinar la preservación de lo tradicional con el deseo de una modernización autónoma, incluso si a base de afinidades insospechadas (ayllus y mistis; chalos y autoridades).

Trabajando también sobre *Yawar fiesta,* Horacio Legrás entiende la dimensión trágica en Arguedas a partir de la reflexión de Jean-Pierre Vernant, Pierre Vidal-Naquet y Philippe Lacoue-Labarthe. Para estos pensadores, la tragedia pretendió resolver estéticamente el *impasse* derivado de la transmisión de lealtades políticas del antiguo sistema de clanes a la polis ateniense. No obstante, el fracaso de esta tentativa, como queda patente en los poetas trágicos, exigió el reemplazo de la tragedia por un nuevo discurso: la filosofía. Para Legrás, la vida de las comunidades indígenas se carcteriza por una autenticidad que emana del trabajo indígena, al que comprende como una variable no mística ni mágica sino mediadora de relaciones no alienadas entre los sujetos y su entorno. Que en *Yawar fiesta* se frustre toda alternativa modernizante manifiesta la trágica imposibilidad de subsumir "la diferencia cultural en el terreno de la política hegemónica"; de esta manera, indica Legrás, Arguedas expande la dimensión de lo político, incorporando diversas formas de dominación y resistencia ante el inauténtico discurso desarrollista, incapaz de reconocer los límites que la realidad andina le impone.

Julio Ortega se detiene en *El zorro de arriba y el zorro de abajo* para examinar la puesta en relato de la confluencia entre el malestar humano en Chimbote y la subjetividad herida del propio autor, cuya ruta al suicidio va aparejada de una nítida desconfianza hacia el proyecto modernizador que su referente emblematiza. Es en tal sentido, señala Ortega, que debe comprenderse el rechazo arguediano a la mercantilización de la literatura, que no bebe de ningún colectivismo anacrónico ni constituye un ingenuo repudio al mercado *per se*, sino que cuestiona sus manifestaciones divorciadas de la ética y el diálogo.

Mabel Moraña retoma la célebre polémica que enfrentó a Arguedas con Julio Cortázar. Contrariamente a lo que pudiera pensarse, la polémica goza de plena actualidad pues dramatiza temáticas aún vigentes, a saber: la ética del intelectual, la "esencia" transhistórica de la nación, la legitimidad conferida por el locus de enunciación, el "irracionalismo" de cuño tradicional y el de índole transnacionalizado, la contraposición entre centro y periferia, entre saberes locales y saberes universales. De acuerdo a Moraña, ambos contrincantes confiaban en la preeminencia simbólica de la literatura así como en que la cultura constituía un campo integrado capaz de suministrar visiones sociales de conjunto en un escenario que iba imponiendo, más bien, la disemiNación de los productores culturales latinoamericanos como consecuencia de la represión política y el exilio.

No es casual que los artículos de la segunda sección del volumen, *Escritura del yo*, privilegien *El zorro de arriba y el zorro de abajo*, pues todos ellos se concentran en las huellas del significante "Arguedas". Así, Catalina Ocampo revisa *El zorro de arriba y el zorro de abajo* desde los núcleos de la tragedia y subraya que la crisis que lleva a Arguedas al suicidio excede el ámbito de lo biográfico –pues se trata menos de discutir la historia de la persona Arguedas cuanto de leer su novela póstuma como discursividad y performatividad que engloba, también, al individuo Arguedas– para constituirse en la marca de una sociedad escindida por un *Agon* generalizado: entre mundos (el indígena y el occidental, el regido por el mito y el regido por el Mercado); entre el autor y la palabra; entre el autor-narrador de la novela y el autor-actor de los diarios. *El zorro de arriba y el zorro de abajo* nos conecta con una ceremonia ritual en que el autor se ofrece a sí mismo en sacrificio, abriéndose a la ejemplaridad y el silencio trágicos dentro de nuestra iglesia moderna: la Universidad.

En más de oportunidad se ha leído los textos de Arguedas desde la vida. El artículo de Aymará de Llano nos hace ver cuánto más ricas y complejas son las operatorias que transmutan lo personal en un decir ficcional. Para ello, presta atención a tres novelas: *El zorro de arriba y el zorro de abajo, Los ríos profundos* y *El Sexto*. En la primera, la dimensión autobiográfica se filtra por el tamiz del suicidio, lo que no obsta para la "ficcionalización" del "yo" vía heterogéneos registros discursivos. Lo autobiográfico funciona, entonces, como límite instaurado textualmente para su correspondiente transgresión apelando a lo colectivo, instancia decisiva, también, en *El Sexto*, cuyo personaje principal posee rasgos comunes a los del autor real y desde cuya conciencia mediadora se reorganiza el infame mundo carcelario que habita el primero y el segundo habitó. Elemento medular aquí, como en *Los ríos profundos*, es la memoria, canal hacia el ámbito de la experiencia compartida que encuentra su más apropiada cámara de ecos en la exposición desde el artificio consciente y coherente de un narrador protagonista.

William Rowe comprende que el carácter agónico de la escritura arguediana de la etapa final (la de la década del 60) hunde sus raíces en una teoría andina del texto de corte sacrificial conforme la cual crear textos requiere el despedazamiento y la deconstrucción. El sacrificio andino difiere del sacrificio cristiano en que en este último pretende la salvación personal mientras que en el segundo la muerte contribuye a renovar la socialidad. Así, en *Dioses y hombres de Huarochirí* la desintegración de la persona no es un mal sino una condición para el resurgimiento. Ahora bien, en *Los ríos profundos*, texto de naturaleza biográfica, el protagonista-narrador, que representa la prehistoria del autor implícito que escribe *El zorro de arriba y el zorro de abajo*, se expone a la experiencia de la muerte para poder transmitir una lógica divergente de la razón instrumental de Occidente.

En un artículo bellamente titulado "El zorro en el espejo: poética narrativa y discurso autobiográfico", Fernando Rivera nos recuerda que la reciprocidad que Arguedas aprendió con los indígenas que lo tomaron bajo su tutela durante la infancia, se transfiere a la obra literaria, en la que los vínculos intersubjetivos cristalizan en la exigencia ética de atestiguar en otra lengua la experiencia vital del mundo que lo acogió. La dramática elaboración de *El zorro de arriba y el zorro de abajo* provee una plataforma a esa tensión entre afán testimonial y escritura al introducir la opción del diario, que, espejo de la ficción, complementa la voluntad de atestiguar ambos níveles.

Tomás G. Escajadillo brinda un indispensable comentario sobre el libro que con el título de *Las cartas de Arguedas* (1996) editaron el antropólogo estadounidense, y amigo de Arguedas, John V. Murra y la investigadora Mercedes López-Baralt. El volumen comprende las cartas que el escritor peruano dirigió a Murra y a Lola Hoffman, psicoanalista chileno-letona que trató a Arguedas durante la etapa final de su vida. Escajadillo toma en consideración lo controvertido que puede resultar dar a luz pública documentos clínicos como las cartas de Arguedas a su terapeuta; pero considera que en ellas no existe nada que pueda resultar desdoroso para Arguedas, y que tanto éstas, como las que envió a Murra, contienen valiosa y polémica información –sobre la trayectoria académica, la creación literaria así como aspectos erótico-afectivos del autor– que viene a sumarse a la que proviene de otros epistolarios del autor recientemente publicados, todo lo cual proporciona la base para una indispensable y aún pendiente biografía de Arguedas.

La tercera parte de este libro, *Residuos y visiones*, pacta con afinamientos en la comprensión de diversos textos "centrales" arguedianos. El primer artículo de esta sección se debe a Isabelle Tauzin-Castellanos, quien analiza la recurrencia de las visiones predictivas en *Los ríos profundos*. Este elemento temático se conecta con una cosmovisión mítica que cuaja en una heroicidad de nuevo cuño y cuya exponente mayor es Felipa, la lideresa de las chicheras. Mestiza y marginada, como Ernesto, del grupo de los señores, los siervos y los indios, Felipa encarna al elemento *cholo*, al nuevo indio, a la vez que instituye una agencia capaz de trastornar el equilibrio falocentrista de la sociedad patriarcal en que vive. Su apoteósis final la asimila a los imaginarios que nutren la cultura andina con la narrativa del retorno y la resurrección.

También *Los ríos profundos* es el texto que escoge Helena Usandizaga para presentar agudos comentarios sobre la dimensión mítica de la gran novela arguediana, la cual, a despecho de apresuradas asimilaciones entre el universo de Arguedas y lo real maravilloso o la fantasía mágico-religiosa al servicio de la crítica social, suministra modalidades cognitivas que la investigadora se va a encargar de cartografiar cuidadosamente: el valor de la musicalidad, las ofrendas rituales, las estrategias de respuesta a la interferencia cristiana, los objetos mágicos, la topografía encantada, la pugnaz valencia de otras estéticas capaces de aposentar lo "incompleto" e "imperfecto".

Ciro Sandoval ensaya una aproximación sinecdótica a la narrativa arguediana a través de *El Sexto*. El clima infernal de esta novela connota las jerarquías sociales peruanas y su inviable comunicación a través de la verticalidad del espacio mismo. La escritura de Arguedas aspira a esencializar la realidad del lenguaje, conforme Sandoval, en un intento de trascender verbalmente la estructura comunicativa en que se reproducen el sistema e ideología capitalistas, con sus significados despojados de referentes y operadores de sistema, en un afán por cuestionar el sistema lingüístico mismo, vislumbrando un horizonte posterior a la crítica tradicional histórico-materialista de las relaciones de producción y alienación sociales.

El artículo de Melisa Moore está comprometido con una dilucidación de los motivos subyacentes al profundo desencuentro entre los científicos sociales que participaron en la mesa redonda de junio de 1965, dedicada a *Todas las sangres*, y el propio Arguedas. De acuerdo a Moore, la raíz del malentendido se encuentra en que los primeros efectuaron una lectura del texto desde esquemas carentes de pertinencia, pues le exigían una representación lineal de procesos que la novela, creativamente, asumía apelando a una formalización policrónica y caleidoscópica de los procesos de modernización en los Andes, enfatizando la emergencia de nuevos agentes, la importancia de la variable étnica y el peso de los imaginarios –y, por ende, de la ficción– como herramienta epistemológica.

Francisco Xavier Solé Zapatero incide igualmente en *Todas las sangres* para explicitar en detalle algunos de los problemas de la poética narrativa de su autor. De acuerdo a este investigador, Arguedas llega por vías propias a planteamientos dialógicos y polifónicos de la novela, en el sentido Bajtiniano de estos términos, como fruto de exploraciones narrativas que no aspiran a plasmar "mentiras" ni tampoco a someterse al referente sino que se detienen en el enrevesado proceso a través del cual los seres humanos, y otras entidades, aprehenden el mundo, como corresponde a una cosmovisión en la que el universo entero constituye un sujeto provisto de lenguajes que la obra arguediana, inauditamente, intenta asir.

A la cuarta y última sección de este libro, *Torsiones y descentramientos*, la recorre una voluntad de relectura indócil que abre la obra arguediana hacia caminos menos transitados, periféricos, si se quiere, a la crítica canónica. La sección da inicio con mi artículo "Entre la abyección y el deseo: para una relectura de *El sueño del pongo*". Intento un microanálisis cuidadoso del texto a fin de hacer implosionar no tanto sus aporías cuanto de abrir la escucha crítica al plural de las presencias que circulan en él. Mediante esta estrategia, que rehúsa someter la lectura al significante trascendente de la (irrecuperable) intención autorial –lo que se agudiza al considerar el indecidible problema de la autoría de la trama del cuento– el relato se revela como algo más que la narración reactiva en que la injusticia y la desigualdad se subliman a través de la mecánica inversión de los opuestos: las lexías del texto ofrecen circuitos en que las polaridades quedan complejamente anuladas sin que por ello se alcance síntesis alguna, y sí, más bien, la irrupción de un teatro para lo abyecto y el deseo que abre vías hacia un Arguedas más extraño y valioso, menos amable.

En el "El código de lo femenino en la narrativa arguediana", Anne Lambright, apoyándose en la distinción de Julia Kristeva entre lo semiótico, la zona de impulsos presignificativos en que desordenamente circulan las pulsiones del individuo, y lo simbólico, el espacio del orden, de la ley, de las relaciones sociales, de las representaciones culturales, evalúa *Los ríos profundos*, *El Sexto* y *El zorro de arriba y el zorro de abajo* para arguir que el proyecto narrativo arguediano debe ser recolocado bajo la égida de lo femenino, código obliterado en previas lecturas, que, no obstante, puede ser visto como un *analogon* de lo subalterno en el que se incorporan desde personajes hasta características formales como la entonación musical, el ritmo lírico, los silencios la repetición y lo elíptico.

"Bajo la Mirada del Arayá: análisis temático y discursivo de *Amor Mundo*", de Gracia María Morales Ortiz se centra en una extraordinaria y poco atendida obra, que no colección de cuentos, cuyo centro temático consiste en el perturbador aprendizaje de la sexualidad que un adolescente cumple en un mundo culturalmente heterogéneo. Morales Ortiz especifica las estrategias narratológicas que dan forma a esta educación tensionada por una concepción instintiva de la sexualidad, en la que destella el poderío animal de los impulsos, y otra de índole sagrado-religiosa, en diálogo con la naturaleza y en consonancia con la mentalidad quechua.

Mónica Bernabé, en "José María Arguedas traductor", ubica a Arguedas en la empresa de renovación estética colectiva que cumplió la influyente peña Pancho Fierro, la cual convocó a intelectuales peruanos tan importantes como Emilio Adolfo Westphalen y César Moro. Bernabé coteja las simetrias y diferencias de la situación "extraterritorial" a la sociedad criolla de su tiempo (Arguedas debe ser visto como migrante interno) en estos dos escritores y el autor de *Todas las sangres*. Esta condición nunca se textualiza más complejamente que cuando se asume la tarea de traducir: en el caso de Moro, se trata de un paliativo a la alienación; en Westphalen, un complemento a la propia escritura; en Arguedas, un mandato ético de testimoniar que devendrá en neurosis constitutiva del discurso del suicida, ya que el cuerpo mismo del traductor se convierte en vínculo vivo con una comunidad, así como en herramienta del etnógrafo.

De la necesariamente breve presentación de los artículos que acabo de efectuar, se deduce que las cuatro secciones en que se divide *José María Arguedas: hacia una poética migrante* no establecen zonas acotadas, excluyentes entre sí; por el contrario, estos apartados en que se diseñan las líneas de fuerza de la más reciente investigación académica sobre Arguedas, así como las temáticas pendientes, se retroalimentan en la tarea de dar cuenta del entramado del sistema arguediano, invitándonos al diálogo y la reflexión innumerable, en especial sobre ciertas recurrencias, como las señas de identidad de una modernidad alternativa, las racionalidades divergentes a la occidental, el encantamiento residual del mundo, la desescritura del archivo, los opacos imaginarios poscoloniales, los contactos peligrosos que provocan placer y algunos biografemas que son como puntos luminosos en los que reconocemos una constelación insoslayable en la literatura de nuestro idioma.

*Pittsburgh-Scranton, enero de 2006*

## Bibliografía

Appadurai, Arjun. *Modernity at Large. Cultural Dimensions of Globalization*. Minneapolis: University of Minnesota Press, 1996.

Barthes, Roland. *Sade, Fourier, Loyola*. Madrid: Cátedra, 1997.

Castro-Klaren, Sara. "«Como chancho cuando piensa»; el afecto cognitivo en Arguedas y el con-vertir animal". *Revista Canadiense de Estudios Hispánicos* 1-2 (2001-2002): 25-39.

Cavarero, Adriana. *Relating Narratives. Storytelling and Selfhood*. London; New York: Routledge, 2000.

Cornejo Polar, Antonio. "Condición migrante y representatividad social: el caso de Arguedas". *Amor y fuego. José María Arguedas 25 años después*. Maruja Martínez y Nelson Manrique eds. Lima: Desco; Cepes; SUR Casa de Estudio del Socialismo, 1995. 3-14.

Deleuze, Gilles y Félix Guattari. *A Thousand Plateaus. Capitalism and Schizophrenia.* Minneapolis; London: University of Minnesota Press, 1998.

_____ *Kafka: Toward a Minor Literature.* Minneapolis: University of Minnesota Press, 1986.

González Echevarría, Roberto. *Myth and Archive. A Theory of Latin American Narrative.* Durham; London: Duke University Press, 1998.

Grosz, Elizabeth. *Jacques Lacan: A Feminist Introduction.* London: Routledge, 1990.

Kemper Columbus, Claudette. "Grounds for Decolonization: Arguedas's Foxes". Lee Quinby ed. *Genealogy and Literature.* Minneapolis; London: University of Minnesota Press, 1995. 116-33

Moreiras, Alberto. "José María Arguedas y el fin de la transculturación". *Angel Rama y los estudios latinoamericanos.* Mabel Moraña ed. Pittsburgh: Instituto Internacional de Literatura Iberoamericana, 1997. 213-231.

Rama, Angel. *Transculturación narrativa en América Latina.* México, D.F.: Siglo Veintiuno Editores, 1982.

Ricoeur, Paul. *La memoria, la historia, el olvido.* Buenos Aires: Fondo de Cultura Económica, 2004.

Spivak, Gayatri Chakravorty. *A Critique of Postcolonial Reason: Toward a History of the Vanishing Present.* Cambridge, MA: Harvard University Press, 1999.

# *Primera parte*
# *Impureza y modernidad*

# El "decir limpio" de Arguedas: la voz bilingüe, 1940-1958

*Estelle Tarica*

...lo esencial, nuestro triunfo estará, en que la obra cumpla su destino. Y ese fin, esa vida, no la puede lograr sino con el lenguaje en que está escrita; no hay otro, hermano; es el lenguaje de esa tierra, el único que puede decir fuerte y limpio el dolor, la tragedia de la gente que sufre en ella. (Arguedas, *Pumaccahua*)

Las palabras de Arguedas arriba citadas se refieren a un tema notoriamente polémico: el famoso caso del lenguaje literario llamado "mistura." A primera vista, es una historia de extremos: si bien en 1940, hablando de su obra *Yawar fiesta,* Arguedas decía haber encontrado "el lenguaje de esa tierra", el único viable, pocos años después había renunciado a la mistura por otra estética que se manifiesta en *Los ríos profundos* y que refleja una poética de la traducción. Sin embargo, Arguedas jamás dejó de defender y hasta añorar la mistura, culpando a sus críticos por haberlo malinterpretado. En su ambivalencia hacia la mistura, percibimos la actitud de Arguedas hacia su propio *oído*. Todavía en 1940 tiene plena confianza en lo que su lenguaje dice, pero, unos años más tarde, confiesa haberse equivocado a la vez que defiende su error. En efecto, escuchar bien la escritura de Arguedas siempre ha sido un reto, tanto para él como para sus lectores, porque ésta no "dice" lo que tiene que decir de forma tan "limpia" como Arguedas quisiera.

Esta confusión se debe seguramente a muchos factores, pero quizás el más importante surge de la tendencia de Arguedas a hablar de sus ficciones en términos de una auto-expresión: buscaba plasmar en su prosa las voces andinas que él escuchaba. En su ensayo "La novela y el problema del idioma en el Perú" (1950), Arguedas explicó que, en las escenas andinas que quería representar, los personajes indígenas hablaban en quechua; así fue cómo él los escuchó y así fue cómo quiso escribirlos. Traducir su idioma al castellano hubiera constituido una negación de su propio oído, desplazándolo del centro de su escritura. En este mismo ensayo, Arguedas defiende su lenguaje literario, preguntando, "¿En qué idioma se debía hacer hablar a los indios en la literatura? Para el bilingüe, para quien aprendió a hablar en quechua, resulta imposible, de pronto, hacerlos hablar en castellano" ("La novela" 172). A partir de este ensayo y de muchas otras precisiones que hizo a lo largo de su carrera, queda claro que la cuestión del bilingüe está en el centro de lo que constituye el "decir limpio" de Arguedas, y contribuye mucho a su inestabilidad. Esta problemática apunta hacia lo que Sylvia Molloy llama "el vacío interlocutorio". Todo escritor autobiográfico hispanoamericano, dice Molloy, tiene que hacerse la pregunta "¿Para quién soy 'yo'? [...] ¿Para quién escribo 'yo'"? (Molloy 4, traducción mía). Esa problemática autobiográfica no se limitaba, en el caso de Arguedas, a sus ficciones netamente autobiográficas. Arguedas *siempre* trataba de "escribir 'yo'", o sea, siempre trataba de insertar su difícil experiencia bilingüe en su prosa.

El problema surgía, desde luego, al nivel del interlocutor, quien no entendía el lenguaje escrito que Arguedas consideraba su más auténtica expresión. Con *Yawar fiesta*, cuenta que estaba convencido de que la novela "decía limpio" a pesar de no tener "limpidez estética". En una carta escrita en 1940 a su gran amigo, el poeta Manuel Moreno Jimeno, dice lo siguiente sobre *Yawar fiesta*, que estaba en vías de terminar: "Claro que la obra no tiene la limpidez estética y castellana impecable, se siente que el autor es atropellado por el ambiente y la vida del mundo que describe; y el kechwa resume en su lenguaje, casi por todas partes" (Forgues 90). Aun así, con este lenguaje cargado, sucio, Arguedas insistía en su gesto comunicativo: "es el lenguaje de esa tierra, el único que puede decir fuerte y limpio el dolor, la tragedia de la gente que sufre en ella" (Forgues 92). Sin embargo, en el caso de la primera edición de *Yawar fiesta*, este gesto comunicativo no se cumplió. Cuando Arguedas publicó la novela en 1941, ya había perdido un premio literario nacional. En otra carta a Moreno Jimeno, Arguedas cuenta que Luis E. Valcárcel, miembro del jurado para el premio, le había dicho a modo de explicación, "para quien no haya 'vivido con los indios', mi libro es *ininteligible*" (Forgues 128, énfasis en el original).[1] Aunque fue precisamente ese lenguaje "ininteligible" lo que Arguedas consideraba como su mayor logro estético, frente a la crítica terminó abandonándolo en pro de una prosa castellana más comprensible. Para un escritor que buscaba comunicar su propia vivencia interior por encima de toda otra meta artística, la mistura fracasó rotundamente.

En lo que sigue, mi intención es ofrecer algunas reflexiones que contribuyan a re-pensar la trayectoria estética de Arguedas de *Yawar fiesta* a *Los ríos profundos*. Es una trayectoria que algunos configuraron en términos de la resolución del problema de cómo comunicar mejor una voz o visión indígena (Rowe 50-53; Rama 206). El "decir limpio" de Arguedas más significativo habría sido el decir ese mundo. De allí el éxito de *Los ríos profundos*. Existe una concordancia de opiniones en torno a la función intermediaria del narrador principal de esta novela, que transita por una sociedad dividida en dos mundos: el mundo interior, integral y permanente donde radica lo indígena, y el mundo exterior, fracturado y cambiante de la nación modernizante. El primero es rural, y sus formas de expresión son orales; el segundo es urbano y letrado. La gran mayoría de las interpretaciones póstumas de su obra subrayan la presencia en Arguedas de una tensión entre la oralidad y la escritura, vistas éstas como entidades que representan modos de expresión culturalmente distintos (oralidad = indio; escritura = Occidente). Como explica Sara Castro-Klaren, "Por un lado está el lenguaje, la educación sentimental del Quechua como sistema y ámbito lingüístico *oral* y por el otro está el lenguaje y sistema de *literatura* del español" (100). El gran reto para el autor habría sido preservar y comunicar la oralidad indígena dentro de una escritura castellana.

Quisiera dejar de lado esta diferencia primordial entre lo oral y lo escrito para volver a la cuestión del bilingüismo propiamente dicho, a la tensión entre el idioma quechua y el idioma castellano de la cual tanto habló Arguedas a lo largo de su carrera. Porque más allá de las diferencias entre la poética de la mistura y la poética de la traducción, existe la problemática del escritor bilingüe quechua/castellano. Las dos, mistura y traducción, son "poéticas forzadas" propias del escritor bilingüe, en palabras del escritor martinicano Eduoard Glissant:

---

[1] Alberto Tauro también criticó duramente el lenguaje de la novela. Citando a la crítica literaria soviética, decía que el uso de un castellano influenciado por el quechua era "excesivo"; con el uso de "dialectismos locales", le dice, "[p]areces olvidar que la forma literaria es el vínculo que une el autor con su público" (*La letra* 126).

> Existe una poética forzada cuando la necesidad de expresar confronta algo imposible de expresar. Esta confrontación puede ser ligada a la oposición entre el contenido expresable y la lengua sugerida o impuesta [...] Se debe abrir un espacio a través de la lengua hacia un habla que posiblemente no exista dentro de la lógica interna de esa lengua. La póetica forzada nace de la conciencia de esta oposición entre una lengua de la cual uno se sirve y un habla que uno necesita. (Glissant 236-7, traducción mía)

Volvamos a la persona del bilingüe como figura para el mestizo peruano y sujeto por excelencia de la nación moderna. Surge a partir de ahí una narrativa alternativa del desarrollo del lenguaje literario de *Yawar fiesta* en adelante. En esta narrativa alternativa, lo que impera es el deseo de Arguedas de hacerse inteligible, de realizar el gesto comunicativo y lograr un "decir limpio". Lo que se quiere comunicar no es solamente la visión o la voz indígena, sino también la experiencia cambiante de su "yo" bilingüe.[2] Y lo que se problematiza, en esta narrativa alternativa, es la traducción que ofrece este "yo" del idioma quechua al idioma de "lo indígena" en castellano.

## ¿Mezclar o traducir?

Con *Yawar fiesta,* Arguedas decía haber creado un nuevo idioma, llamado "mistura". En su origen, la palabra "mistura" fue despectiva; la

---

[2] Al insistir en la importancia del "yo bilingüe" en el discurso literario de Arguedas, y al entender ese discurso en tanto producto de la "poética forzada" del bilingüe, discrepo con el aporte, de todas formas fundamental, de Alberto Escobar, quien en su *Arguedas o la utopía de la lengua,* insiste en separar el lenguaje literario de Arguedas de su condición personal de bilingüe. Escribe al respecto: "se trata de averiguar acerca del estilo artístico o *lengua individual del escritor* de cuentos y novelas. Se trata, nos guste o no, de algo que acontece en el 'artificio' de la lengua escrita con la intención de ser leído como producción artística, esto es, de discurso literario. El término artificio puede parecer violento, pero se comprende mejor en su recto alcance cuando pensamos en el lenguaje de los relatos que simulan reproducir la conversación y los giros del habla coloquial. Como se ve, obviamente, la perspectiva que tratamos de distinguir vale por igual para un escritor monolingüe, bilingüe o multilingüe; pero aparte de ello, vale lo mismo para cualquiera que siendo hablante de una o varias lenguas, escriba en uno o más de uno de los idiomas que conoce" (66, énfasis en el original). Mi argumento consiste en una operación crítica totalmente contraria: precisamente distinguir la escritura de Arguedas de la de un escritor monolingüe, llegando a una perspectiva sobre el lenguaje literario en la que *no vale por igual* lo que se dice de un escritor monolingüe y lo que se dice de un escritor bilingüe o multilingüe.

utilizó un crítico que censuró la confusión linguística de la prosa de *Agua* (1935), por no ser "ni kechwa ni castellano" ("Entre" 26). En 1939, Arguedas se apropió del término y lo revalorizó para sus propios fines. Siempre caracterizó la mistura como un castellano escrito que ha sido transformado sintácticamente bajo la influencia del quechua, fruto de un proceso de interacción lingüística que distaba mucho de ser armonioso. En 1939, en su artículo "Entre el kechwa y el castellano la angustia del mestizo", Arguedas decía ver la mistura en la "sintaxis destrozada" de sus estudiantes mestizos en el colegio de Sicuani, donde era profesor ("Entre" 27). En 1950, en su ensayo "La novela y el problema de la expresión literaria en el Perú", hablaba de los "sútiles desordenamientos" del castellano que él mismo empleaba ("La novela" 171). Y en 1965, en un discurso ofrecido en el Primer Encuentro de Narradores Peruanos, recordó que la mistura se producía "mezclando un poco la sintaxis quechua dentro del castellano, en una pelea verdaderamente infernal con la lengua" ("Primer" 199).[3]

El siguiente diálogo, extraido de la primera edición de su novela *Yawar fiesta* sirve de ejemplo extravagante de la mistura:

> — ¡Carajo! ¡Pichk'achuri va parar juirme! Sempre, año tras año Pichk'achuri ganando enjualma, dejando viuda en plaza grande.
> — K'ayau dice va traer Misitu de K'oñani pampa. Se han palabrao, dice, tawantin varayok', para Misitu.
> — ¡Cojodices! Con diablo es Misitu. ¿Cuándo carago trayendo Misitu? Nu'hay k'ari para Misitu de K'oñani. (25)

Ha existido bastante preocupación por entender si este lenguaje era mimético o no. Arguedas mismo ofreció posturas contradictorias al respecto. Por un lado, el ejemplo arriba citado señala que Arguedas trataba de reproducir un particular "acento" en castellano, uno que es propio del dialecto comúnmente llamado "castellano andino" ("sempre" en vez de "siempre", falta de artículos definidos, etc). Sin embargo, por otro lado Arguedas negaba rotundamente que se trataba de una mímesis naturalista: "¡Pero los indios no hablan en ese castellano ni con los de lengua española, ni mucho menos entre ellos! Es una ficción. Los indios hablan quechua" ("La novela" 172). En 1950, explica que buscaba un idioma que se prestara

---

[3] La idea de que el quechua producía un cambio sintáctico en el castellano es recurrente en todas sus reflexiones, que cubren un periodo de 26 años. Sin embargo, es posible notar, en las mismas descripciones de la mistura que proporciona, que al pasar el tiempo Arguedas le atribuía al quechua un impacto en el castellano progresivamente menor (de sintaxis "destrozada" pasamos a "sútiles desordenamientos" hasta llegar a "mezclado un poco").

a la expresión de las luchas épicas de las comunidades indígenas ("La Novela" 171). En una carta a Moreno Jimeno, escrita en octubre de 1940, afirma lo mismo. Ahí dice haber estado presente en un discurso quechua pronunciado por un dirigente indígena en una gran asamblea pública, y que el lenguaje de *Yawar fiesta* está hecho "con la misma voz que escuché ayer de ese indio de San Pablo, con sus mismas palabras, con idéntica emoción" (Forgues 92). La mistura de la novela le parecía transmitir la esencia emotiva de un quechua alzado, pujante.

Todavía en estos años Arguedas valorizaba este castellano en tanto signo de un renacimiento socio-político en la sierra. La mistura, decía, representa la muerte del castellano "puro," y anuncia una nueva época en la que el castellano se hará portador del "genio" quechua. Este castellano sería el reflejo de la nueva nacionalidad indo-mestiza que Arguedas veía naciendo en la sierra. A Moreno Jimeno le escribe:

> ...la obra ha nacido de la raíz misma del pueblo cuya vida palpita en la novela; y sale a luz empapado en la sangre del mestizo y del indio, que hablan y se realizan todavía en kechwa. Claro que este hecho puede dificultar su traducción, acaso también su absoluta comprensión por parte de muchas gentes; pero no importa eso. Tengo la idea de que quien pueda escribir en castellano bien cernido, y dominado, desde buena altura del panorama y la vida de nuestro pueblo serrano, no podría, en cambio, describir con la fuerza y la palpitación suficiente, este mundo en germen, que se debate en una lucha tan violenta y grandiosa. (Forgues 90)

Con estas palabras, se apropiaba del tono profético y organicista que marcaba el discurso indigenista militante de *Amauta*, pero sobre todo de sus vertientes cuzqueñas, que se valían de una "ideología regionalista" para plantear que la nacionalidad peruana se encuentra en la sierra (De la Cadena x). Al celebrar la energía orgánica de la sierra en su despertar político-cultural, Arguedas hace eco de Valcárcel, quien en *Tempestad en los Andes* (1927) había escrito: "Aprisionada en la férrea armadura del conquistador, la pujante energía del alma aborigen se consume. Estalla la protesta, y el grito unánime resuena de cumbre en cumbre hasta convertirse en el vocerío cósmico de los Andes" (21). Para Arguedas, la mistura era el signo de una ruptura histórica. Si la abandona, es porque reconoce que, para la gran mayoría de sus lectores y críticos, la mistura sólo se entendía en tanto una mímesis del "castellano indio", o sea, un castellano incorrecto y difícil de comprender para un lector metropolitano.

Si la poética de *Yawar fiesta* recurre a la mezcla inarmónica del castellano y el quechua, el lenguaje de *Los ríos profundos* recurre más bien a la traducción del quechua al castellano. Ya a partir de 1950, Arguedas nos señala esa transformación: "Yo, ahora, tras dieciocho años de esfuerzos, estoy intentando una traducción castellana de los diálogos de los indios" ("La Novela" 173). La novela contiene muchísimos ejemplos de traducción, no sólo en los diálogos de los indios, sino también en la voz del narrador principal. El siguiente pasaje representa uno de los más hermosos casos:

> Se llama *amank'ay* a una flor silvestre, de corola amarilla, y *awankay* al balanceo de las grandes aves. *Awankay* es volar planeando, mirando la profundidad. ¡Abancay! Debió de ser un pueblo perdido entre bosques de pisonayes y de árboles desconocidos, en un valle de maizales inmensos que llegaban hasta el río. (*Los ríos profundos* 61-62)

William Rowe ha analizado la función de las palabras quechuas en este pasaje, destacando que mediante ellas, el protagonista Ernesto logra "sentir la esencia de las cosas" (Rowe 108). Esta esencia se comunica, más concretamente, mediante lo que Arguedas llamaba una "interna comunidad de sentido" ("Acerca" 147). Arguedas describe esta comunidad lingüística en un ensayo sobre el idioma quechua publicado en 1948 y reproducido casi íntegro en el famoso capítulo "El Zumbayllu" de *Los ríos profundos*. Por "interna comunidad de sentido" Arguedas se refiere a una filiación *semántica* que comparten las palabras quechuas en base a su *sonido*. La "comunidad" que se construye en torno a las palabras *amank'ay*, *awankay*, *Abancay*, es a primera vista una comunidad de sonido, no de sentido propiamente dicho. Sin embargo, Arguedas también logra comunicar su sentido compartido mediante su propio lenguaje poético. Empieza definiendo las palabras quechuas, pero al llegar al nombre "Abancay," que por ser nombre carece de definición, tiene que recurrir a la descripción para comunicar su sentido para el narrador. Esta descripción es de naturaleza metafórica, pues reúne los elementos que definían a las anteriores palabras. Lo "silvestre" de la flor *amank'ay* aparece en *Abancay* en la imagen de los bosques; su color amarillo, en el maizal, que por ser inmenso, se asocia también a la palabra *awankay*: tanto el ave misma como el panorama desplegado bajo sus alas, comunican esta idea de inmensidad. Mediante esta concatenación metafórica, reunida en el sentido de la palabra *Abancay*, se establece una comunidad de sentido donde antes sólo había una comunidad de sonido. Y una vez establecida esta comunidad, el leve cambio fonético que distingue *amank'ay*, *awankay* y *Abancay*, sugiere que estas tres palabras son en realidad las distintas voces de una misma vasta experiencia, y que expresan entre sí una sola esencia raigal.

## La figura del bilingüe

La diferencia entre estas dos poéticas, una que valoriza la ruptura y otra el entrelazamiento metafórico, refleja a su vez una diferencia fundamental en la voz bilingüe, o para ser más precisos, en la figura de la cual surgía esta voz. La voz bilingüe de la mistura se modelaba sobre todo en la voz mestiza, como bien lo dice Rowe: "La idea de mezclar los dos idiomas es una transferencia al campo de la lingüística de la noción de lo mestizo. Es decir, del individuo que representa el conflicto de las dos culturas y que está en el proceso de luchar para crear por síntesis 'una propia personalidad cultural'" (46). El retrato del mestizo que empieza a circular por los textos de Arguedas a finales de los años treinta es de un ser que busca expresar su vivencia interior –lo que Arguedas llamaba "su alma indígena"– pero sin poder recurrir a su propio idioma, el quechua. Era una lucha por la expresión bilingüe: "[el mestizo] nunca cesará de adaptar el castellano a su profunda necesidad de expresarse en forma absoluta, es decir, de traducir hasta la última exigencia de su alma, en la que lo indio es mando y raíz" ("Entre" 27).

En su más temprana apropiación del término "mistura", éste designaba el lenguaje *escrito* que los quechua-hablantes producían al aprender el castellano en la escuela. Según Arguedas, era un lenguaje escrito trazado por las huellas de un conflicto particular a los mestizos e indios que buscaban ser plenamente bilingües. En 1939, habló de un conflicto entre el idioma del alma mestiza, cuya expresión siempre transitaba por el quechua, y el idioma de los que han entrando en las instituciones del estado-nación liberal y modernizante, esto es, el castellano. Dice Arguedas,

> El hombre del Ande no ha logrado el equilibrio entre su necesidad de expresión integral y el castellano como su idioma obligado. Y hay ahora, un ansia, una especie de desesperación en el mestizo por dominar este idioma [...] el castellano aprendido a viva fuerza, escuela, colegio o universidad [sic] no le sirve bien para decir en forma plena y profunda su alma o el paisaje del mundo donde creció. ("Entre" 26)

En los artículos de prensa publicados por Arguedas en los años 1939 y 1940, se encuentran repetidas referencias a esta lucha con el castellano.[4] Pero el punto de referencia más importante para la mistura surgió a raíz de su propia experiencia como profesor de colegio. Arguedas tomó a los

---

[4] Del cronista Guaman Poma de Ayala, Arguedas apunta que, "en mil páginas que escribió se siente la tremenda lucha de este indio con el idioma en que se ve obligado a expresarse" ("Los doce meses" 30).

colegiales en Sicuani como ejemplos de esta lucha desesperada. De ellos, dijo que eran "estudiantes mestizos en cuya alma lo indio es dominio" ("Entre" 27), poniendo énfasis en su tremenda lucha por expresar esta alma en un idioma que les era ajeno. Estos estudiantes eran la materia prima para su retrato del mestizo "angustiado".[5]

En 1940, Arguedas organizó la publicación de una pequeña muestra de composiciones estudiantiles, titulada "Pumaccahua", el nombre del colegio donde trabajaba. Con respecto a la obra escrita de sus estudiantes, dijo lo siguiente:

> En algunas de estas composiciones se reconoce en forma clarísima el problema espiritual más penoso del mestizo: el problema del idioma. Estando presente este conflicto en todas las composiciones de los alumnos y en su hablar y escribir de todos los días. [...] Este conflicto del idioma es general en casi todos los mestizos, desde el más leído hasta el menos iniciado. Claro, en unos con más violencia que en otros, según el grado de identificación que haya entre su espíritu y la del indio. Es evidente que el mestizo no ha logrado aún dominar el castellano como su idioma, y que hay en él una ansiedad profunda por lograr tal dominio. (*Pumaccahua* 10)

Aunque era una lucha "espiritual", se manifestaba sobre todo en las instituciones educativas del estado-nación: escuela primaria, colegio, universidad. Fue, además, una lucha íntima; surgía del deseo de comunicar una experiencia anclada en la cultura andina en un medio que le era totalmente hostil.[6] Notemos que en el retrato de sus estudiantes que Arguedas ofrece, el mestizo no es un ser ambivalente o internamente

---

[5] Se nota la influencia de Uriel García y su libro *El nuevo indio* (1930) en el pensamiento de Arguedas sobre el idioma y la creatividad mestizas. En ese libro, García recodificó las categorías "indio" y "mestizo", diferenciándose tanto del discurso oligárquico como del discurso liberal-indigenista de Valcárcel (para un análisis sobre estas distintas corrientes indigenistas, ver De la Cadena, caps. 1 y 3). El indio de hoy, decía García, ya no es "indio" en el sentido racial o étnico del término, sino "una entidad moral". Por ende, proclama que "El indio de hoy...[e]s todo hombre que vive en América, con las mismas raíces emotivas o espirituales que aquel que antiguamente lo cultivó y lo aprovechó" (8). El "nuevo indio" no es otra cosa que el "mestizo espiritual" (107).

[6] Vale decir que Arguedas postulaba una fuerte relación determinista entre lenguaje y ambiente. El quechua expresaba una experiencia propiamente andina. Se trataba de adecuar esta experiencia regional al castellano, que por haber sido siempre de uso secundario en el sur peruano, quedaba todavía ajeno a este ambiente.

dividido en su propio deseo; su conflicto, su "angustia", surge a raíz de un deseo de expresarse que se ve dificultado por su falta de dominio del lenguaje que a fuerzas tiene que usar. Queda claro que Arguedas consideraba que su propia voz en tanto escritor surgía a partir del mismo conflicto lingüístico que sus estudiantes experimentaban. Unos diez años después, escribe lo siguiente: "Realizarse, traducirse, convertir en torrente diáfano y legítimo el idioma que parece ajeno; comunicar a la lengua casi extranjera la materia de nuestro espíritu. Esa es la dura, la difícil cuestión" ("Novela" 170). La "mistura" fue el producto literario de esa experiencia. No sólo mimetizaba el habla indígena en castellano, también mimetizaba la escritura fracturada de una persona que piensa en un idioma pero tiene que escribir en otro.

Hay que entender la mistura en parte como la poética de este mestizo-estudiante. No una poética que intenta resolver lingüísticamente un conflicto cultural, sino una poética que intenta *comunicar una lucha comunicativa*, reflejo de una experiencia de transformación, el tránsito por el difícil camino de ascensión social y asimilación cultural. Esa es "la solución del bilingüe, trabajosa, cargada de angustia" ("La novela" 172). La poética de la mistura intentaba comunicar tanto la dolorosa relación quechua-castellano en el contexto de la sociedad diglósica, como la fe que Arguedas tenía en la posibilidad de que una nación verdaderamente mestiza restaurara la dignidad en la vivencia de la modernidad.

¿Cómo darle figura a la voz bilingüe de *Los ríos profundos*? A primera vista, parece ser la voz del narrador-protagonista Ernesto, también estudiante. Pero en realidad la voz de este narrador dista mucho de ser figurable en la persona de Ernesto, por su misma plasticidad y multiplicidad.[7] Antonio Cornejo Polar ha señalado que el uso de la primera persona da la impresión de singularidad, encubriendo la verdadera naturaleza múltiple de la voz narrativa (103). Sin embargo, se percibe la existencia de una entidad subyacente: el canto de la calandria, la *tuya*, "la materia de que estoy hecho, la difusa región de donde me arrancaron para lanzarme entre los hombres" (*Ríos* 209), como nos dice el narrador. Esta entidad no es exactamente una identidad, pues por la misma naturaleza difusa y sin materia del canto, se transgrede la ley de identidad; no es posible precisar con exactitud sus límites. Tendríamos que hablar de una *presencia* que no se concretiza todavía en una identidad. Y si tuviéramos

---

[7] Para el análisis de la multiplicidad de la voz narrativa en *Los ríos profundos*, ver Rama, 270; Ortega, 17.

que figurar la voz que transmite esta presencia, lo que la encarna en el mundo material, creo que tendríamos que recurrir a la imagen del pájaro que nos ofrece Arguedas: "Su canto transmite los secretos de los valles profundos" (209). La voz del traductor, que sirve de intermediaria entre un mundo en que los sentidos se relacionan en comunidad sonora y un mundo en que se desgarran, es la voz del pájaro, que es también la imagen que el protagonista utiliza para figurarse a sí mismo cuando se pone a escribir en quechua. En su carta de amor escrita en quechua, imagina a su amada escuchando la voz tierna y pequeña del picaflor:

> 'Uyariy chay k'atik'niki siwar k'entita'... (elipsis original)
>
> 'Escucha al picaflor esmeralda que te sigue; te ha de hablar de mí; no seas cruel, escúchale. Lleva fatigada las pequeñas alas, no podrá volar más; deténte ya. Está cerca la piedra blanca donde descansan los viajeros, espera allí y escúchale; oye su llanto, es sólo el mensajero de mi joven corazón, te ha de hablar de mí. (114)

La voz del bilingüe-traductor no sería entonces el narrador-protagonista en tanto niño, sino una figura aun más pequeña y frágil, la del pájaro.

## El "decir limpio"

En *Yawar fiesta,* el "decir limpio" se hace de forma sucia, por así decirlo; sin "limpidez estética", como dice Arguedas en su carta a Moreno. ¿Qué significa "limpio" en este caso? Quizás una transmisión transparente, clara y completa; una comunicación plena. También puede significar, más allá del gesto comunicativo, una posición en una economía de naturaleza moral: limpio significa "objetivo", libre de emoción o pasión, aunque hay que reconocer que Arguedas dijo cosas contradictorias al respecto. En 1950, dijo que escribió *Yawar fiesta* "con pureza de conciencia, con el corazón limpio, hasta donde es posible que esté limpio el corazón humano" ("La novela" 168). Se felicitaba de esa limpidez al contrastar *Yawar fiesta* con *Agua,* publicado unos seis años antes en 1935. Dice de *Agua* que fue escrito "con odio, con el arrebato de un odio puro" ("La novela" 168). Esto se debe, explica Arguedas, a que lo escribió siendo partícipe de la sociedad que describía, siendo parte de un pueblo dividido en dos grupos, "irreductibles, implacables y esencialmente distintos", o sea, gamonales e indios. Dice de *Agua,* "¿Qué literatura podía hacer entonces, y aún ahora, un hombre nacido y formado en las aldeas del interior?" ("La novela" 168). El autor entonces se sentía tan partidario, tan cómplice de la violencia que la describía como algo propio, una posición de la cual se habría librado, según él, en *Yawar fiesta*. Sin embargo, en 1940 también decía lo opuesto, que en el lenguaje de *Yawar fiesta* se sentía que "el autor es atropellado por el ambiente y la vida del mundo que describe" (Forgues 90), el mundo de la lucha entre gamonales e indios.

En *Los ríos profundos*, el decir limpio tiene una connotación parecida a la que tenía en *Yawar fiesta*, y otra también muy diferente. Por un lado, está la idea de una transmisión transparente, posibilitada por el canto del pájaro. Pero por otro lado, la idea de una transmisión limpia de emoción, depurada de odio, que encontramos en sus escritos sobre *Yawar fiesta*, cobra otro matiz en *Los ríos profundos*, donde se refiere más bien a la idea de un ser limpio de poder, inocente y puro, como es la voz del pequeño pájaro. La figura del pájaro mensajero de amor se encuentra en muchas de las canciones quechuas incluidas en la novela, como también en muchas otras canciones andinas.[8] Pero creo que el pájaro es también para Arguedas un mensajero casi divino. Lo que transmite es una presencia no-identitaria dentro de un mundo regido tan violentamente por la ley de la identidad, del nombre propio y de la propiedad. Este es el mundo actual de Abancay, en el que las cosas no son como deberían ser. Volviendo brevemente a la "interna comunidad de sentido" de la que habló Arguedas en su artículo sobre el idioma quechua: Abancay "[d]ebió de ser un pueblo perdido entre bosques de pisonayes y de árboles desconocidos, en un valle de maizales inmensos que llegaban hasta el río" (62). Debió de serlo, según la lógica de la "interna comunidad de sentido" establecida por la triple voz *amank'ay-awankay-Abancay*, pero no lo es:

> Hoy los techos de calamina brillan estruendosamente; huertas de mora separan los pequeños barrios, y los campos de cañaverales se extienden desde el pueblo hasta el Pachachaca. Es un pueblo cautivo, levantado en la tierra ajena de una hacienda. (62)

La inmensidad del mundo, su profundidad vasta, su interna comunidad, todas estas cosas han sido interrumpidas, fragmentadas y cercadas por la hacienda. Es por eso que Abancay es ahora un "infierno", y es por eso que la voz del pájaro cobra tanta importancia, pues transmite

---

[8] Ver "¡Ay siwar k'enti!" (76), cantado por las chicheras; "Kausarak'mi kani" (237), cantado por el harpista Oblitas, también en la chichería. Ver también "Chaynallatak'mi wak'an ninki/Dile que he llorado," que Arguedas tradujo y publicó en *Canto kechwa*, y que tiene un argumento casi idéntico a la carta escrita por Ernesto: "Quiero darte un encargo: mi amada está lejos, picaflor siwar llévale esta carta" (*Canto kechwa* 20-21).

y reafirma la comunión en medio de la fragmentación.

Seguramente Arguedas estaba consciente de la importancia del pájaro mensajero en la tradición bíblica. Sin embargo, lo asociaba sobre todo con un espíritu indígena que él creía todavía intocado por la evangelización y la colonización. Esto se comprueba al constatar que Arguedas proyectó la existencia de esta voz, de este pájaro transmisor, en un texto quechua donde en realidad esta voz no estaba. En 1955, tres años antes de que apareciera *Los ríos profundos*, Arguedas publica su traducción de un himno sagrado que Joan de Santacruz Yamqui Salcamaygua había transcito en su *Relación de antiguedades deste reyno del Piru* (1613), donde relataba que el himno fue compuesto por el Inca Manco Capac para instruir a sus cleros (Itier 143). En la traducción de este himno hecha por Arguedas, aparece la voz del pájaro, mediante la cual se establece una comunión con Dios:

> Con regocijada boca,
> con regocijada lengua,
> de día
> y esta noche
> llamarás.
> Ayunando
> *cantarás con voz de calandria*
> y quizá
> en nuestra alegría,
> en nuestra dicha,
> desde cualquier lugar del mundo,
> el creador del hombre,
> el Señor Todopoderoso,
> te escuchará.
> "¡Jay!", te dirá,
> y tú
> donde quiera que estés,
> y así para la eternidad,
> sin otro señor que él
> vivirás, serás. (*Poesía Quechua* 13; "Himnos" 126-28; énfasis mío).

Este himno sugiere que el lenguaje divino se expresa en el lenguaje de los pájaros; cantando con voz de calandria, uno se hace escuchar con Dios.

Este texto no sería quizás de gran importancia en nuestra lectura de *Los ríos profundos* si no fuera por el hecho de que Arguedas fue el único traductor del himno, de entre sus muchos traductores, que haya mencionado la voz de la calandria. Parece que fue su propia invención poética. La traducción de Arguedas se basaba en las transcripciones del texto original hechas en el siglo XIX.[9] Estas transcripciones eran sumamente difíciles de leer, y además llenas de errores, pues los que las hicieron, por su falta de conocimiento del quechua, no supieron determinar dónde una palabra quechua terminaba y otra empezaba. Los que se proponían traducir el himno del quechua tuvieron entonces que tratar de reconstruir las palabras originales. Además, no se percataron, según un investigador contemporáneo, de que el himno estaba escrito en un quechua ya fuertemente marcado por la evangelización, y que, por ende, el texto era de origen colonial, no pre-hispánico.[10] Donde Arguedas vio la frase "cantarás con voz de calandria", otros traductores vieron la frase "lo esperarás" (Itier 143; Lara 158).[11] Este error, es decir: una traducción equivocada, no puede ser otra cosa que el producto de su propio deseo de encontrar una voz "limpia" en un texto pre-hispánico. Transpuesta a la voz narrativa de *Los ríos profundos,* refleja cuán importante era para Arguedas la idea de una esfera indígena –un alma indígena– libre de poder, totalmente inocente. A fin de cuentas, es esta alma inocente lo que el narrador bilingüe traduce en esta novela.

Si bien en 1940 Arguedas buscaba integrar el quechua a su lenguaje, a partir de 1941 empieza a corregir *Yawar fiesta,* tratando de cambiar su lenguaje para que sea más "inteligible".[12] Ya para 1950, buscaba definitivamente arrancar el quechua del castellano:

> El desgarramiento, más que de los quechuismos, de las palabras quechuas, es otra hazaña lenta y difícil. ¡Se trata de no perder el alma, de no

---

[9] Estas son las transcripciones de Clements Markham (1873) y Marcos Jiménez de Espada (1879); el primer traductor del texto quechua fue M. A. Mossi, quien utilizó estas transcripciones como fuentes (1892), aunque aparentemente sin tener un conocimiento riguroso del Quechua (Itier 135).

[10] Estos traductores, escribe César Itier, "asumieron sin previa discusión la autenticidad incaica de los textos. Al mismo tiempo eligieron, aunque sin mayor coherencia, glosas derivadas de los vocabularios coloniales sin llevar a cabo la tarea crítica de distinguir en esos lexicones lo que podía reflejar una autenticidad lingüística indígena de lo que era atribuible a una interpretación y una manipulación española de la lengua y la cultura andinas" (139).

[11] En quechua, "lo esperarás" es "suyanki". Parece que lo que Arguedas vio, en la transcripción original, fue la palabra "tuyanki", y que dedujo a partir de esta palabra la existencia de un verbo "tuyay", de la calandria "tuya" (en castellano, "calandriar"). No creo que la palabra "tuyay" exista en quechua.

[12] Para un análisis detallado del cambio lingüístico entre las distintas versiones publicadas de *Yawar fiesta,* ver Rowe 49-59.

transformarse por entero en esta larga y lenta empresa! Yo sé que algo se pierde a cambio de lo que se gana. Pero el cuidado, la vigilia, el trabajo, es por guardar la esencia. ("La Novela" 173)

En esta nueva poética forzada, lo inteligible, lo limpio y lo castellano entran en una nueva convergencia simbólica. A través de este proceso de depuración lingüística, la limpidez empieza a cobrar un valor y un significado que antes no tenía. El teólogo Gustavo Gutiérrez, con quien Arguedas entabló una relación pocos años antes de morir, examina el uso de la palabra "limpidez" en la obra de Arguedas. Limpidez se refiere a "identidad [...] como opuesto a la alienación" (Gutiérrez 37). La identidad es "la materia del espíritu" (41). La suciedad, la contaminación –todos los valores opuestos a la limpidez– se asociarían entonces con la enajenación, el pecado, la pérdida de la identidad y del alma (41). Con la "mistura", Arguedas no buscaba un efecto que comunicara la preservación de un alma o una esencia al borde de la pérdida total, sino la demostración de un conflicto y una transformación. Con la publicación de *Los ríos profundos* en 1958, Arguedas dejó de comunicar "el alma indígena" a través de la voz tan sucia del mestizo-estudiante en su lucha por la auto-expresión. Al contrario, esta suciedad, tan ligada al idioma mezclado, ya le parecía ser un síntoma de enajenación. Limpiando su lenguaje, buscó comunicar el alma indígena mediante una voz libre del poder, una voz que tanto él como su lectores tomarían por la voz indígena, sin darse cuenta que esta imagen de lo indígena se fundamentaba en un error de traducción.

## Bibliografía


Arguedas, José María. *Los ríos profundos*. [1958]. Buenos Aires: Losada, 1998.

_____ *Yawar Fiesta*. Primera Edición. Lima: CIP, 1941.

_____ "Acerca del intenso significado de dos voces quechuas". *Indios, señores y mestizos*. Sybila Arredondo de Arguedas, ed. Lima: Editorial Horizonte, 1989. 147-149.

_____ *Canto Kechwa; con un ensayo sobre la capacidad de creación artística del pueblo indio y mestizo*. Lima: Ediciones "Club del libro peruano", 1938.

_____ "Los doce meses". *Indios, señores y mestizos*. Sybila Arredondo de Arguedas, ed. Lima: Editorial Horizonte, 1989. 29-36.

_____ "Entre el kechwa y el castellano la angustia del mestizo". *Indios, señores y mestizos*. Sybila Arredondo de Arguedas, ed. Lima: Editorial Horizonte, 1989. 25-28.

_____ "Los himnos quechuas católicos cuzqueños". *Folklore Americano* 3/3 (1955): 121-232.

_____ "La novela y el problema de la expresión literaria en el Perú". *Yawar fiesta*. [1950]. Buenos Aires: Editorial Losada, 1977. 165-174.

_____ *Pumaccahua. Trabajos de los alumnos del Colegio Nacional de Sicuani*. Sicuani, Peru: Colegio Nacional "Mateo Pumaccahua", 1940.

Cadena, Marisol de la. *Indigenous Mestizos: The Politics of Race and Culture in Cuzco, Peru 1919-1991*. Durham: Duke University Press, 2000.

Castro Klaren, Sara. *Escritura, transgresión y sujeto en la literatura latinoamericana*. Mexico: Premio Editora, 1989.

Cornejo Polar, Antonio. *Los universos narrativos de José María Arguedas*. Buenos Aires: Losada, 1973.

*Encuentro de Narradores Peruanos 1965: Arequipa, Perú*. Lima: Casa de la Cultura del Perú, 1969.

Forgues, Roland. *José María Arguedas: La letra inmortal. Correspondencia con Manuel Moreno Jimeno*. Lima: Ediciones de los ríos profundos, 1993.

García, José Uriel. *El nuevo indio*. [1930]. Lima: Editorial Universo, 1973.

Glissant, Edouard. *Le discours antillais*. Paris: Seuil, 1981.

Gutiérrez, Gustavo. *Entre las calandrias. Un ensayo sobre José María Arguedas*. Lima: Instituto Bartolomé de las Casas, 1990.

Itier, César. "Estudio y comentario lingüístico". *Relación de antiguedades deste reyeno del Piru*. De Joan de Santa Cruz Pachacuti Yamqui Salcamaygua. Pierre Duviols y César Itier, eds. Cuzco: IFEA/Centro de Estudios Regionales Andinos Bartolomé de las Casas, 1993. 129-178.

Lara, Jesús. *La poesía quechua. Ensayo y antología*. Cochabamba: Universidad Mayor de San Simón, 1947.

Molloy, Sylvia. *At Face Value: Autobiographical Writing in Spanish America*. Cambridge: Cambridge University Press, 1991.

Ortega, Julio. *Texto, comunicación y cultura:* Los ríos profundos *de José María Arguedas*. Lima: Centro de Estudios para el Desarrollo y la Participación, 1982.

Rama, Ángel. *Transculturación narrativa en América Latina*. Mexico: Siglo XXI Editores, 1982.

Rowe, William. *Mito e ideología en la obra de José María Arguedas*. Lima: Instituto Nacional de Cultura, 1979.

Valcárcel, Luis E. *Tempestad en los Andes*. [1927]. Lima: Editorial Universo, 1972.

# Transculturación narrativa y modernidad andina: nueva lectura de *Yawar fiesta*

*Misha Kokotovic*

EN UN ARTÍCULO DE 1973, ÁNGEL RAMA MANIFESTÓ QUE 1941 PODRÍA SER considerado como un año clave en la historia de la literatura latinoamericana "porque registra la aparición de veinte obras narrativas, varias capitales, que permiten hacer un corte horizontal en el continente, revisando las distintas orientaciones narrativas, las diversas generaciones y las plurales áreas literarias de América" ("Medio siglo de narrativa latinoamericana" 141). Rama argumenta que por el año de 1941 "se bifurcan los senderos de la narrativa, pero no para oponer lo viejo a lo nuevo, sino para separar dentro de lo nuevo, que es mucho más amplio y rico de lo que se pretende, una pluralidad de líneas creativas" (143). Para Rama, este año clave inaugura un periodo de diferenciación regional y formal en la narrativa latinoamericana que comprende hasta el triunfo de la revolución cubana en 1959. Las innovaciones de los años 40 y 50, que se alimentan de una variedad de fuentes tanto internacionales como locales, anticipan la ampliamente reconocida renovación de la narrativa latinoamericana comúnmente atribuida a los autores del denominado "Boom" de los años 60.

Entre las obras de 1941 que Ángel Rama incluye en su artículo se encuentra *Yawar fiesta*, la primera novela de José María Arguedas. *Yawar fiesta* es comúnmente considerada como una novela indigenista ortodoxa debido al aparente uso del realismo social en la representación de la sociedad andina y a la defensa de los derechos indígenas presentes en la novela.[1] No obstante, Rama considera que ésta pertenece a una categoría distinta de obras escritas por "los aculturadores narrativos", un grupo selecto de escritores regionalistas pertenecientes a los márgenes rurales de las naciones modernizadoras: Arguedas, Rulfo, Roa Bastos, Guimarães Rosa, García Márquez, quienes renovaron la narrativa latinoamericana incorporando tanto innovaciones literarias occidentales como tradiciones culturales indígenas y campesinas. En esta temprana formulación de lo que pronto sería su conocida teoría de la transculturación narrativa, Rama contrasta *Yawar fiesta* con obras que pertenecen a lo que llama "la narrativa social andina", una tradición literaria inaugurada en los años 30 por las novelas indigenistas *El tungsteno* (1931) de César Vallejo y *Huasipungo* (1935) de Jorge Icaza, y que alcanzó fama internacionalmente debido al éxito fenomenal de *El mundo es ancho y ajeno* (1941) de Ciro Alegría.[2] Según Rama, la narrativa social andina se caracteriza por una "aceptación pasiva de modelos instaurados para otras circunstancias y medios" ("Medio siglo de narrativa latinoamericana" 180) mientras que la transculturación narrativa se alimenta de tradiciones autóctonas para modificar formas literarias extranjeras. A pesar de que *Yawar fiesta* está inspirada por los

---

[1] Tomás Escajadillo, *La narrativa indigenista peruana,* 62-63. Según Escajadillo, las obras ortodoxas indigenistas comparten las siguientes características: "el 'sentimiento de reivindicación social' del indio, la ruptura con formas del pasado (especialmente el tratamiento romántico del 'tema indio', la idealización romántica del indígena), y la 'suficiente proximidad' en relación con el mundo recreado (el Ande y su habitante)" (49-50). Agrega que el periodo del indigenismo ortodoxo va desde *Cuentos andinos* (1920) de Enrique López Albújar hasta *Diamantes y pedernales* (1954) de José María Arguedas. Según Escajadillo *Los ríos profundos* (1958) inaugura un nuevo periodo de lo que denomina "neoindigenismo." Distingue las obras neoindigenistas de las ortodoxas por el uso del realismo mágico, por su calidad más lírica y por la expansión de horizontes narrativos como el hecho de que la cuestión indígena sea vista como "parte integral de la problemática de toda una nación" (64). Para una notable excepción a la caracterización de *Yawar fiesta* como una novela indigenista ortodoxa, véase Peter Elmore, *Los muros invisibles.* Elmore observa que *Yawar fiesta* "resulta anómala cuando se la coteja con la imagen cristalizada de lo que, supuestamente, define a la escritura indigenista" (99-100).

[2] Rama, "Medio siglo de narrativa latinoamericana," 178-194. Según Dora Varona, *El mundo es ancho y ajeno* ya en 1950 había sido traducida a catorce idiomas, incluyendo el inglés, y tuvo veinte ediciones autorizadas ( y varias piratas) en español entre 1941 y 1961 (*Ciro Alegría: trayectoria y mensaje*, 32 y 46). *El mundo es ancho y ajeno* sería traducida eventualmente al inglés, francés, alemán, italiano, portugués, ruso, hebreo, holandés, sueco, noruego, danés, chino, serbo-croata, polaco, rumano, árabe y checo (52). Véase también Dora Varona, *La sombra del cóndor: biografía ilustrada de Ciro Alegría,* 190-191.

mismos modelos del realismo social que aparecen en *El tungsteno, Huasipungo* y *El mundo es ancho y ajeno,* la novela también incorpora tradiciones orales indígenas, por medio de los cuales transcultura la forma narrativa de la novela indigenista, adecuando de esta manera el realismo literario occidental para la expresión de una visión andina del mundo.[3]

Rama, sin embargo, nunca elaboró más en esta tan sugestiva caracterización de *Yawar fiesta* como narrativa transcultural. Por ejemplo, no hace mención alguna de *Yawar fiesta* en su libro *Transculturación narrativa en América Latina* (1982), sino que se enfoca en la segunda novela de Arguedas, *Los ríos profundos* (1958). Estudios recientes han examinado la influencia de la cultura indígena andina en la forma de las últimas novelas de Arguedas; sin embargo, la crítica aún no se ha dedicado a analizar la caracterización que hace Rama de *Yawar fiesta* como narrativa transcultural.[4] Incluso, aunque actualmente existe una amplia bibliografía crítica sobre la obra de Arguedas, *Yawar fiesta* no figura prominentemente en esta bibliografía. En los libros dedicados a la obra narrativa de Arguedas, se analiza su primera novela como precursora de sus obras posteriores, pero *Yawar fiesta* raramente ha sido examinada por méritos propios y sus rasgos transculturales aún no han sido analizados.

## Tradición indígena y forma narrativa

En *Yawar fiesta,* Arguedas se aleja de las convenciones literarias indigenistas en varios aspectos. Aunque la novela inicia con una lucha por la tierra, el enfoque primordial en *Yawar fiesta* es la corrida de toros, o más específicamente, la lucha sobre la forma y el significado de la corrida de toros, que Arguedas utiliza para representar los conflictos generados por la modernización en los Andes durante los años 20 y 30. La historia narrada en *Yawar fiesta* tiene lugar en los años 30, en el pueblo sureño de

---

[3] De hecho, Arguedas mismo ha hecho notar que sus primeras obras fueron inspiradas por la novela *El tungsteno* de César Vallejo: "Lo leí de un tirón, de pie, en un patio de San Marcos. Afiebradamente, recorrí sus páginas, que eran para mí una revelación. Cuando concluí, tenía ya la decisión firme de escribir sobre la tragedia de mi tierra" (citado en Lévano, *Arguedas: un sentimiento trágico de la vida,* 49).

[4] Además del análisis que hace Rama de *Los ríos profundos* (1958) en su *Transculturación narrativa en América Latina,* véase también el estudio que hace Martín Lienhard de *El zorro de arriba y el zorro de abajo* (1970) en su *Cultura andina y forma novelesca: zorros y danzantes en la última novela de Arguedas;* y véase también la interpretación de *Todas las sangres* (1964) en el capítulo quinto del libro de Sylvia Spitta, *Between Two Waters: Narratives of Transculturation in Latin America.*

Puquio, donde una corrida de toros a la usanza andina conocida como *turupukllay* sirve como pieza central de la *yawar fiesta*, o fiesta de sangre, una festividad local que a la vez funciona como celebración del día de la independencia nacional, el 28 de julio. La trama toma fuerza cuando el estado, representado en Puquio por el Subprefecto, pretende reemplazar el *turupukllay* con una versión española, supuestamente más civilizada, de la corrida taurina. La asociación del *turupukllay* con la independencia nacional y el interés que tiene el estado en controlarlo, no obstante, evidencia que lo que está en juego va más allá del destino de una tradición local. El *turupukllay*, más bien, funciona en la novela como la condensación simbólica de una lucha por el poder de determinar los contornos de la modernidad en el Perú.

Por otra parte, tal lucha no se reduce a un enfrentamiento entre comuneros y gamonales, ya que no sólo involucra a las cuatro comunidades indígenas de Puquio, conocidas como *ayllus*, y a su élite gamonal, conocidos como mistis o principales, sino que también a los mestizos de la localidad, autoridades gubernamentales de la costa y a migrantes andinos a Lima. La prohibición gubernamental del *turupukllay* impulsa a estos grupos a formar alianzas que habitualmente no se encuentran en el género indigenista. El gamonal más retrógrado, por ejemplo, se alía con los comuneros a los que explota sin piedad, mientras que los migrantes a Lima colaboran con el gobierno nacional al que se oponen ordinariamente. Además, a diferencia de otras obras indigenistas, *Yawar fiesta* no culmina en la masacre o la derrota de la comunidad indígena. Como lo ha hecho notar Antonio Cornejo Polar, "la novela indigenista tradicional reitera un esquema basado en la adición de despojos, usurpaciones y vejámenes hasta un punto tal que producen el aniquilamiento de la capacidad de respuesta del indio o, por reacción instintiva, una respuesta violenta, heroica, pero siempre fracasada" (*Los universos narrativos* 59). *Yawar fiesta*, por contraste, concluye con una victoria provisional de los *ayllus*: la subversión de la prohibición gubernamental del *turupukllay*.

La forma narrativa de *Yawar fiesta* manifiesta también un alejamiento notable de la tradición literaria indigenista. Autores anteriores a Arguedas como Enrique López Albújar o Jorge Icaza esparcían en sus novelas y cuentos frases y palabras quechuas de forma aislada y hacían que sus personajes indígenas hablaran un español trunco y fragmentado. Arguedas, como lo ha observado la mayoría de los críticos, utilizó un acercamiento cualitativamente distinto. En "La novela y el problema de la expresión literaria en el Perú", un ensayo publicado en 1950 que acompaña a la mayoría de las ediciones subsiguientes de *Yawar fiesta*, Arguedas escribe sobre su invención de una versión especial del castellano basada en la sintaxis y la pronunciación quechua para representar conversaciones en castellano que los personajes indígenas habrían sostenido en quechua. Después de una lucha "angustiosa" por encontrar "los sutiles desordenamientos que harían del castellano el molde justo, el instrumento adecuado" (14) para representar el habla indígena, creó una versión del castellano basada en "las palabras castellanas incorporadas al quechua y el elemental castellano que alcanzan a saber algunos indios en *sus propias aldeas*" (16). La invención de esta lengua literaria separa la obra de Arguedas de la narrativa indigenista anterior, en tanto que su obra no sólo defiende los intereses indígenas, sino que también asimila algunas de las formas lingüísticas o estéticas de su referente indígena. En *Yawar fiesta,* la lengua quechua es una fuente para la creación literaria más que un mero adorno.[5]

Existe, no obstante, otra dimensión del papel de la cultura andina en *Yawar fiesta* que ha pasado inadvertida. Así como el castellano utilizado en la novela está "sutilmente desordenado" por la sintaxis y la pronunciación quechuas, la narración, que de no estar "sutilmente desordenada" sería una narrativa realista, está "desordenada" de igual forma por la incorporación de la tradición oral andina. La cosmología andina, implícita en una leyenda que Arguedas inserta en un momento crucial de la narración, sirve como un código interpretativo alterno que cruza e interrumpe lo que pareciera ser el código de un realismo social. Las lecturas sobre *Yawar fiesta* que se limitan al código interpretativo del realismo social fácilmente llegan a la conclusión de que la novela constituye una defensa de una tradición indígena esencial e inmutable en contra de la penetración de una modernidad definida exclusivamente en términos occidentales.[6] Sin embargo, una lectura fundamentada en la tradición oral andina como un elemento creador de significados produce una interpretación muy distinta, si no contraria, de la cultura indígena andina como fuente de una posible modernidad alternativa para el Perú. Debido a que los dos códigos derivan de dos culturas en conflicto, la novela expresa, al nivel de forma narrativa, algunos de los conflictos sociales producidos por la modernización en una sociedad escindida. La complejidad de *Yawar fiesta* y el interés que continúa generando entre la crítica se deben a la tensión entre estos dos códigos interpretativos.

---

[5] Véase Antonio Cornejo Polar, "El indigenismo y las literaturas heterogéneas: su doble estatuto socio-cultural" 21.

[6] Véase por ejemplo, Mario Vargas Llosa, *La utopía arcaica* 127-148, y Silverio Muñoz, *José María Arguedas y el mito de la salvación por la cultura* 163-164.

Incluso, la tensión entre los contrastantes códigos culturales en la novela ayuda a explicar su estructura narrativa. Hasta el capítulo sexto y en sus tres últimos capítulos, *Yawar fiesta* es una narración realista lineal. En un principio, las creencias indígenas a que se refiere el texto parecen tener una función meramente descriptiva y no interpretativa. De hecho, los dos primeros capítulos virtualmente ofrecen una descripción etnográfica de Puquio y una síntesis de su historia que sirven de contexto al conflicto subsiguiente.[7] Estos capítulos son seguidos de cuatro capítulos sobre la tradición de la corrida de toros y la erupción del conflicto sobre la misma. Los últimos tres capítulos de la novela continúan el recuento lineal del creciente conflicto y lo llevan a un clímax (aunque no necesariamente a una resolución) en la corrida misma. Sin embargo, la historia de la corrida se suspende a media novela para narrar, de forma extensa, dos eventos ya acontecidos en el pasado que, aunque relacionados a la lucha en torno a la corrida, no parecen esenciales a ésta. El primero de estos eventos aparece en el capítulo siete y narra la construcción, por parte de los comuneros, de una carretera que va de Puquio a la costa, y las consecuencias que este enlace trae para Puquio y, especialmente, para Lima. La construcción de esta carretera por parte de los *ayllus* demuestra una capacidad de autodeterminación y de modernización nacional que parece contraria a la defensa, en el resto de la novela, de la aparentemente estática tradición andina de la corrida.

La otra digresión de la novela hacia el pasado ocurre en el capítulo octavo, el cual comienza con la leyenda de los orígenes mitológicos de un toro salvaje llamado Misitu y recuenta el intento fallido de los mistis por capturarlo algunos años antes. La cosmología andina subyacente en la narración del origen del toro, basada en la tradición oral indígena de la serpiente mitológica conocida como *amaru*, otorga la clave para entender el significado de la exitosa captura del Misitu por parte de la comunidad indígena, y su confrontación con el estado en la consecuente corrida de toros, como una reinvención de una práctica cultural dinámica y no como un retroceso hacia una tradición inmutable. De igual forma, la cosmología andina ilustra y tiene resonancia con anteriores referencias a creencias indígenas en los capítulos aparentemente más realistas de la novela. La tradición oral andina del amaru, que será discutida en detalle más adelante,

---

[7] Como lo ha hecho notar Antonio Cornejo Polar, los dos primeros capítulos de *Yawar fiesta* ensayan una trama indigenista convencional sobre el despojo de comunidades indígenas como preludio a la verdaderamente heterodoxa historia de la corrida de toros (*Los universos narrativos de José María Arguedas* 59).

vincula la corrida de toros y la lucha sobre ésta con el episodio de la construcción del camino, no como la oposición tradicional hacia éste, sino como una demostración complementaria de la intervención indígena en los procesos de modernización.

## Todas las luchas

La corrida andina, o el *turupukllay*, era un evento común a lo largo del sur de los Andes cuando Arguedas escribió *Yawar fiesta* y continúa siendo una práctica común hoy en día. Aunque desciende de la corrida de toros introducida al Perú por los españoles, el *turupukllay* se distingue de su antecesor español en varios aspectos, ya que a lo largo del tiempo el toro y la corrida fueron "andinizados" por la población indígena, la cual adoptó el animal y el ritual a sus propias necesidades. En el *turupukllay*, por ejemplo, varios toreros se enfrentan al toro al mismo tiempo, y en algunas versiones un cóndor es atado al lomo del toro para picotear al animal y provocar su ira. Ambos, el toro y los toreros pueden salir heridos o muertos, pero el cóndor normalmente sobrevive y es dejado en libertad.

En la novela, el cóndor ha dejado de ser utilizado en el *turupukllay*, pero su papel en corridas del pasado es recordado nostálgicamente por los mistis de Puquio:

> Cuando se amarraba un cóndor al lomo del toro más bravo, para que rabie más. El toro picoteado por el cóndor, volteaba indios como si nada. Y después entraban los vecinos a caballo; a rejonazo limpio mataban al toro. Al final de la fiesta se cosían cintas en las alas del cóndor y se le soltaba entre gritos y cantos.... Meses de meses después, en las alturas, el cóndor ese volaba todavía de nevado a nevado jalando sus cintas. (58-59)

La memoria claramente distingue al *turupukllay* como una práctica social que evoluciona y no como una tradición estática. Además, esta evolución en la novela se asocia con un ascendente control sobre la corrida por parte de los indígenas. En el *turupukllay* del presente, sólo los comuneros entran a la arena, mientras que los mistis han sido reducidos al status de espectadores y han dejado de tener participación activa en el ritual más importante de Puquio. Más aún, los comuneros en *Yawar fiesta* usan dinamita en contra del toro, práctica que parece ser invención de Arguedas. Según el antropólogo Rodrigo Montoya, un nativo de Puquio y alumno de Arguedas, "la muerte del toro por el estallido de un cartucho de dinamita lanzado por un torero indio, es una pura y simple ficción. Nunca, en ninguna parte de los Andes peruanos, existió esa costumbre" (59). No obstante que la corrida se basa en una práctica social real, ésta en la novela claramente es más que un recuento etnográfico de dicha práctica, y su interpretación requiere de un análisis no sólo para verificar su correspondencia con la realidad social, sino también para estudiar su relación con otros elementos del texto.

La historia de la corrida en *Yawar fiesta* se desarrolla en varias etapas, cada una caracterizada por diferentes alianzas y oposiciones entre los grupos sociales protagonistas de la novela. Inicialmente Puquio es descrito como un pueblo divido entre la élite misti, los cuatro *ayllus* indígenas (K'ayau, Pichk'achuri, Chaupi y K'ollana), y un grupo intermedio de mestizos. Los mistis que colonizaron Puquio, tardíamente debido a la ausencia de minas en el área, encontraron la fuerte resistencia de un pueblo indígena ya establecido. A causa de tal resistencia, los mistis tuvieron que contentarse con una dominación incompleta. Despojaron a los *ayllus*, pero sólo parcialmente, ya que éstos mantuvieron más tierra y más autonomía en comparación con otras comunidades indígenas en la región. Además, los mistis no impusieron el castellano y la cultura occidental. Por el contrario, aprendieron quechua y adoptaron varios elementos de la cultura indígena andina. Las huellas de esta historia, y los límites del dominio misti, están reflejados en la topografía urbana de Puquio, ya que los colonizadores mistis fueron obligados a construir su plaza a las orillas del pueblo. Como consecuencia de lo anterior, el centro del poder misti, la plaza que aloja a las instituciones de la Iglesia y el Estado, tiene una ubicación ex-céntrica atípica "en el canto del pueblo" (25). Los mistis, aunque dominantes, no son hegemónicos.

Esta compleja relación entre mistis y comuneros es evidente en los preparativos para el yawar fiesta anual y su culminación, el *turupukllay*. A principios de julio, K'ayau, uno de los cuatro *ayllus* indígenas, recibe permiso de don Julián Arangüena, uno de los terratenientes mistis más poderosos y abusivos de Puquio, para capturar al toro salvaje en su propiedad para torearlo en el *turupukllay* que se aproxima. El toro, conocido como Misitu, es una bestia particularmente feroz de proporciones mitológicas, y cuando K'ayau anuncia su intención de capturarlo provoca asombro y emoción al mismo tiempo. Aunque el entusiasmo que comparten ambos grupos por el *turupukllay* no disuelve la hostilidad que hay entre los dos, sí logra unirlos en oposición a otro grupo de protagonistas en el conflicto sobre la corrida: el Subprefecto y otros oficiales del gobierno asignados a Puquio. Para el Subprefecto y sus colegas, todos ellos costeños, "la corrida es una salvajada" (59), expresión del barbarismo serrano que no tiene cabida en la cultura oficial de la nación. Por otro lado, para los comuneros y los mistis, es un elemento que define su identidad, y distingue ambos grupos de los oficiales costeños. Tal y como los mistis explican al recién asignado, y escéptico, Subprefecto, la corrida es incluso más importante para ellos que la ocasión patriótica que conmemora: "Sin el *turupukllay*, el 28 sería como cualquier día" (57). Su identidad regional, enraizada en tradiciones culturales controladas por los comuneros, tiene precedencia sobre su identificación con la nación. Por un lado, los mistis odian a los comuneros, pero por otro lado, también tienen mucho en común con ellos: la música, el baile y las tradiciones culturales andinas como el *turupukllay*. Sin negar la división colonial anterior entre comuneros y mistis, la narración superpone sobre ésta una nueva oposición entre las tradiciones andinas de la sierra y la cultura nacional oficial de la costa.

Las divisiones sociales de Puquio se complican aún más cuando el Subprefecto anuncia un edicto gubernamental que prohíbe el *turupukllay*. Ostensiblemente motivada por la preocupación paternalista sobre el bienestar de los indígenas toreros, quienes normalmente sufren heridas o incluso la muerte en el ruedo, esta iniciativa "civilizadora" encuentra resistencia por parte de los *ayllus* y divide a la élite misti. Algunos miembros de la élite, como el alcalde, don Antenor, reprimen su entusiasmo por la tradición local y respaldan el edicto oficial con el objeto de congraciarse con el Subprefecto. Algunos otros, como el gamonal don Julián Arangüeña y el comerciante don Pancho Jiménez, se alían con los *ayllus* ya que consideran que el *turupukllay* es crucial para su propia identidad. Un grupo social más se ve involucrado en el conflicto cuando el alcalde y el consejo del pueblo resuelven sustituir la "bárbara" corrida andina por una versión española y más "civilizada". Con el objeto de lograr la contratación de un torero profesional en la capital, el consejo del pueblo se ve obligado a pedir los servicios de los miembros del Centro Unión Lucanas, una organización de migrantes indígenas y mestizos de Puquio y de la provincia de Lucanas residentes en Lima.

Los emigrantes urbanos del Centro Unión Lucanas consideran que el *turupukllay* es otra forma más de opresión, un ritual de relaciones coloniales de poder en el que los toreros indígenas encuentran la muerte para el esparcimiento de la élite misti. Inspirados en el indigenismo socialista de Mariátegui, los miembros del Centro Unión Lucanas aprueban el edicto oficial ya que lo ven como una oportunidad de alianza con el Estado en contra de la élite misti de Puquio. Contratan a un torero profesional, español incluso, y regresan a Puquio con la esperanza de asumir el liderazgo de las masas indígenas. En esta etapa del conflicto, Puquio se encuentra dividido entre, por un lado, el Estado, la facción modernizante de la élite misti y los indigenistas urbanos del Centro Unión Lucanas, mientras que por otro lado se encuentran los *ayllus* y los mistis "tradicionalistas" como Arangüeña y Jiménez.

A pesar de su resistencia inicial, los comuneros son finalmente convencidos de respetar la prohibición del *turupukllay*. El Subprefecto y sus aliados predominan, ya que la hazaña épica del ayllu K'ayau, la captura del Misitu, sólo sirve para entregar al mitológico animal a las autoridades para la corrida al estilo español. Sin embargo, el proyecto civilizador del Estado fracasa cuando Misitu resulta ser mucho toro para el torero profesional contratado en Lima. Mientras que el español huye del ruedo, el alcalde llama a los toreros indígenas, quienes se precipitan hacia el toro con dinamita en mano. La novela termina aquí, en el momento más crítico de la acción, con un torero indígena empitonado, pero aún de pie, y el toro tambaleándose por las heridas ocasionadas por la dinamita. La narración parece revertirse a una división cultural entre sierra y costa al venirse abajo la alianza entre el alcalde y el Subprefecto. La autoridad del Estado es socavada por el aparente retroceso hacia una tradición regional bárbara, mientras que los miembros del Centro Unión Lucanas se encuentran aislados de las masas a las que pretendían liderar. Los *ayllus* indígenas parecen salir triunfantes, por lo menos parcialmente, pero lo mismo ocurre con la élite misti, incluyendo la facción modernizante, cuyo apoyo hacia el edicto gubernamental nunca fue más que un oportunismo cínico.

¿Cómo interpretar este enigmático final? Por su parte, Mario Vargas Llosa concluye que *Yawar fiesta* es una obra profundamente conservadora: "¿Cabe imaginar una ficción que, a pesar de sus denuncias y su indignación frente a las inquietudes que infligen los mistis a los indios, sea más *conservadora* que *Yawar fiesta*?" (*La utopía arcaica* 148). A la novela, agrega Vargas Llosa, "la anima un propósito desmesurado: congelar el tiempo, detener la historia" y asciende a "un alegato contra la modernización del pueblo andino" (148). Según esta lectura, la supervivencia de la cultura indígena depende de la continua subordinación de los comuneros a la élite misti. La opresión misti es preferible a la modernización por parte del Estado porque dicha opresión es compatible con la cultura indígena, que comparten los mistis parcialmente, mientras que la modernización implica su destrucción. No obstante, la lectura de Vargas Llosa no logra capturar la complejidad de la novela, ya que éstas no son las únicas opciones que se presentan en ella. El proyecto modernizador del Estado fracasa claramente en *Yawar fiesta*, pero la subversión del edicto gubernamental por parte de los *ayllus* no implica necesariamente su preferencia por la dominación mistis. Si bien es el alcalde quien llama a los toreros indígenas al ruedo, el afán de éstos por enfrentarse al toro no representa sumisión alguna a la autoridad misti así como tampoco niega el antagonismo subyacente entre comuneros y mistis. Al rechazar la intención del Estado de determinar la forma de la corrida, los *ayllus* no rechazan el cambio mismo, sino el cambio impuesto desde arriba. De hecho, antes de anunciarse el edicto oficial, los *ayllus* mismos ya habían iniciado una transformación de sus propias tradiciones culturales. La captura del Misitu, por ejemplo, no es una simple repetición de costumbres locales, sino una evolución de éstas, ya que el Misitu no es un toro ordinario. De igual forma, la confrontación final de los toreros indígenas con el Misitu no es un simple retorno a la tradición, sino por el contrario un encuentro simbólico con los cambios producidos por la modernización, en la que los comuneros buscan participar.

### La modernización desde arriba y la modernización desde abajo

Efectivamente, el *turupukllay* en *Yawar fiesta* es asociado no sólo con la tradición, sino que asimismo con el cambio social. La captura del toro Misitu por parte de los comuneros, por ejemplo, es presagiada en un episodio clave que sirve como la referencia más clara a la modernización: la construcción de una carretera que une a Puquio con la ciudad costera de Nazca en los años 20. Ambos eventos son comparados implícitamente cuando los mistis de Puquio evocan la construcción del camino como un precedente de la aparentemente imposible captura del toro mitológico: "¡Porque al Misitu lo traen, señor Subprefecto! Nuestros indios son resueltos... Ya sabe usted que la carretera por donde usted ha venido la abrieron los indios en veintiocho días" (57). Aunque enemigos de los mistis, los miembros del Centro Unión Lucanas explican la exitosa captura de Misitu por parte del K'ayau virtualmente en los mismos términos: "Ellos han hecho por orgullo, para que todo el mundo vea la fuerza que tienen, la fuerza del ayllu, cuando quiere. Así abrieron la carretera a Nazca" (166). Además, no es ninguna coincidencia que la construcción del camino en los años 20 empieza a principio de julio y culmina el 28 de mismo mes, día de la independencia nacional, exactamente el mismo periodo en que ocurre el conflicto sobre la corrida de toros una década después. La construcción del camino y la captura del Misitu son registrados como hazañas épicas de trabajo comunitario que demuestra el poder y la agencia colectiva del ayllu.

No obstante, aunque son equiparados en este aspecto, ambos eventos parecen mantener relaciones contrarias hacia la modernización. Como ha señalado Peter Elmore, "las dos empresas participan de una racionalidad semejante, es decir, la del trabajo comunitario, y desmienten el estereotipo oligárquico del indio melancólico y pasivo. Donde la divergencia se marca, sin embargo, es en las proyecciones de estos dos logros: el camino a Nazca supone una voluntad modernizadora que está ausente de la corrida tradicional" (*Los muros invisibles,* 118-119). Pero como Elmore también reconoce, "incluso ese deslinde resulta menos claro en el texto de lo que inicialmente se podría creer" (119). Ambas hazañas épicas tienen más en común de lo que en un principio aparentan. En la construcción del camino, los *ayllus* se acogen a sus tradiciones culturales para iniciar cambios de mayor trascendencia. En la captura del toro, los comuneros mismos transforman esas tradiciones culturales.

La construcción de la carretera es relatada en el capítulo siete, la captura del Misitu en el capítulo diez. Lo que permite identificar ambos ejemplos de cambio social iniciados por los *ayllus* es la intervención de la tradición oral andina en un breve relato sobre los orígenes mitológicos del Misitu, el cual se encuentra al iniciar el capítulo ocho, inmediatamente después del episodio de la construcción de la carretera. Estos dos capítulos, siete y ocho, no parecen aportar más que información de trasfondo que en un principio aparenta ser incidental a la trama principal sobre el conflicto de la corrida, sin embargo son los únicos capítulos que interrumpen el desarrollo lineal de dicha trama.[8] ¿Por qué llamar la atención de esta forma a lo que parecieran ser desvíos de la narración principal? La colocación de estos sucesivos capítulos sugiere que poseen una función más central en la novela de lo que pareciera indicar su contenido, y sugiere también que su contenido amerita un minucioso escrutinio. Ostensiblemente, el propósito del episodio que aparece en el capítulo siete sobre la construcción de la carretera, por ejemplo, es de presentar a los migrantes urbanos del Centro Unión Lacanas y explicar su presencia en Lima. No obstante, la forma detallada en que se narra la construcción de la carretera y la resultante emigración hacia Lima sugiere que introducir a nuevos personajes no es ni la única ni la principal función de este capítulo. De hecho, Arguedas usa el proyecto de la construcción carretera para representar la tradición indígena como fuente de cambio social. De igual forma, el relato del origen legendario del Misitu en el capítulo ocho pareciera ser poco más que un detalle costumbrista. Sin embargo, marca la captura del toro por parte del

---

[8] Efectivamente, varios críticos han calificado estos capítulos como superfluos. Sara Castro Klarén, por ejemplo, sostiene que "el capítulo que trata sobre la migración de los serranos a la costa no añade nada al argumento, puesto que el argumento bien podría pasar sin esa información. El capítulo que trata sobre el origen legendario del Misitu y la adoración que le profesan los Koñanis tampoco es necesario respecto al argumento" (75).

ayllu K'ayau, como una revisión, más que una repetición, de la tradición. La importancia simbólica del toro desde la perspectiva de los *ayllus* es crucial para entender cómo utiliza Arguedas la cultura indígena andina con el propósito de revisar las formas establecidas de la narrativa realista asociadas con el género indigenista en las primeras décadas del siglo veinte.

En *Yawar fiesta* el proyecto del camino de Puquio a Nazca no es un proyecto gubernamental, tampoco es iniciativa de la élite de Puquio. Efectivamente, "Los vecinos nunca se habían atrevido a pensar en la carretera de Nazca, a pesar de que ellos aprovecharían más del camino. ¡Era imposible!" (92). Los *ayllus* mismos decidieron construir la carretera, no porque buscaran beneficiarse económicamente de ésta, sino como competencia contra el pueblo rival de Coracora, la capital de una provincia vecina, para ver quién podría completar un camino a la costa primero. Trabajando colectivamente, las comunidades indígenas de Puquio y la provincia circundante de Lucanas triunfan sobre sus rivales al construir 150 Km (o 300 Km, la novela da ambas cifras) de camino a lo largo de un terreno escabroso en tan sólo 28 días.[9] Más aún, los comuneros de la provincia de Lucanas toman la construcción de la carretera no como una tarea onerosa, sino como una minga, una tradición andina precolombina de trabajo colectivo que aún existe hoy en día:

> Trabajaban desde el amanecer hasta bien entrada la noche. Y de las abras, de las quebradas, de las estancias y de los pueblitos que hay en los cerros, oían el canto de los andamarkas, de los aukaras, de los chacrallas... Por la noche tocaban flauta, y cantaban por *ayllus*, de cien, de doscientos, de quinientos, según los pueblos. Prendían fogatas de taya, de ischu y de tantar, a la orilla del camino, junto al depósito de herramientas; cantaban tonadas de fiesta, de carnaval, de k'adihua.... Poco a poco, mientras la luna entraba al cielo, los comuneros se callaban; se echaban sobre el suelo, junto a las fogatas, para dormir. Cuando acababa el canto de los *ayllus*, se oía, claro, en todos los cerros el canto de los pukupukus; y el sonido del río subía desde el fondo de la quebrada. (95)

Aquí el lenguaje mismo aparece impregnado de la tradición indígena. La presencia de palabras quechuas sin traducción (taya, ischu, tantar, k'adihua, pukupukus) y el ritmo de la continua repetición de distintos

---

[9] Según el antropólogo Rodrigo Montoya, nativo de Puquio, el relato de la construcción del camino en *Yawar fiesta* es, casi en su totalidad, históricamente preciso: en los años 20, 10,000 comuneros de la provincia de Lucanas realmente construyeron 159 Km de camino desde Puquio hasta la ciudad costeña de Nazca en sólo 20 días (67).

lugares, gentes, plantas y tipos de música asociados con festivales comunitarios dan al pasaje una cualidad oral, mientras que referencias a la organización social andina basada en el sistema decimal ("cantaban por *ayllus*, de cien, de doscientos, de quinientos") y la relación armónica del mundo social y el mundo natural, figurada en la complementaridad del canto de los pukupukus y el sonido del río, imbuyen al texto castellano de tradición indígena. En efecto, es la tradición indígena la que facilita el nuevo enlace hacia la costa, ya que sólo al tratar el trabajo como una especie de festival los comuneros logran terminar la carretera a Nazca en tiempo extraordinario.

La hazaña de los *ayllus* de Puquio y Lucanas es pronto imitada por otras comunidades indígenas a lo largo de los Andes. Inspirados en el ejemplo de los comuneros, el Estado y las elites mistis subsecuentemente lanzan proyectos de construcción vial que nunca antes se les ocurriera emprender. Sin embargo, dichos proyectos contrastan fuertemente con la hazaña épica de los *ayllus*:

> Al fin, el Gobierno se acordaba de algunos pueblos, mandaba ingenieros, dinero y herramientas. Entonces los hacendados se peleaban porque las carreteras pasaran por sus fincas. Y las carreteras que los ingenieros trazaban, casi siempre daban vueltas, entraban a las quebradas, rompiendo las peñas y roquedales, en meses de meses, a veces de años, porque el camino entrara a las haciendas de los principales. La gente de los pueblos empezó a perder confianza, y el entusiasmo por las carreteras. Desde entonces, la construcción de los caminos fue negocio. Y la gente del pueblo trabajó a jornal, o por obligación. (99-100)

El pasaje alude al boom de proyectos de construcción vial impulsado por la Ley de Conscripción Vial de 1920, del régimen de Leguía, que autorizó la conscripción involuntaria de todos los adultos varones (en la práctica principalmente indígenas) para trabajar en tales proyectos sin recibir sueldo alguno (Cotler 189-190). La iniciativa de Leguía es representada en *Yawar fiesta* no como un proyecto de obra pública que intenta beneficiar a la nación, sino como una operación lucrativa impulsada por intereses privados. Además, la construcción de la carretera como empresa lucrativa se compara desfavorablemente con el trabajo colectivo y desinteresado de los comuneros. Las carreteras impulsadas por el Estado, por ejemplo, son proyectos ineficientes e interminables porque serpentean para conectar cada finca de los terratenientes mistis, mientras que el trabajo mismo se describe como una forma de explotación y no como una actividad creativa.

Tal y como lo señala Peter Elmore, el contraste entre la carretera construida por los comuneros de Lucanas y las construidas por el gobierno presenta dos proyectos en competencia para la modernización en el Perú: "A una modernización forzosa, impuesta desde arriba, opone el texto la imagen de una modernización generada desde abajo, a partir de la voluntad activa de los sectores populares" (120). En *Yawar fiesta*, en contraste con lo que ocurre en la mayoría de las novelas indigenistas, el cambio social no llega solamente desde afuera y sus consecuencias para la población indígena no son inevitablemente negativas. Aquí el cambio se inicia desde dentro de las comunidades indígenas y la modernización perpetrada por los comuneros resulta más efectiva y democrática que aquélla promovida por el gobierno. Más aún, las comunidades indígenas se muestran capaces no sólo de autotransformación sino también de transformar Lima y la nación, ya que las carreteras construidas gracias a la iniciativa y al trabajo indígenas facilitan la migración andina hacia la costa.

Como resultado de dicha migración, Lima, la capital criolla que durante siglos había vivido de espaldas a los Andes, llega a reflejar la composición étnica y las tradiciones culturales de la nación entera. *Yawar fiesta* es quizás la primera novela peruana que registra la llegada de migrantes andinos a la capital y la transformación cultural de ésta:

> Después de seiscientos años, acaso de mil años, otra vez la gente de los Andes bajaba en multitud a la costa. Mientras los gobiernos abrían avenidas de cuatro pistas de asfalto, y hacían levantar edificios "americanos", mientras los periódicos y las revistas publicaban versos bonitos a la europea, y los señores asistían con tongo y levita a las invitaciones del Gobierno, de las embajadas y de los clubes; los serranos, indios, medio mistis y chalos bajaban de la altura, con sus charangos, sus bandurrias, sus kirkinchos y su castellano indio; compraban o se apoderaban de algunas tierras próximas a la ciudad.... Y en sus casas, en sus ramadas defendidas por cercos de adobe, alumbradas por lamparitas de kerosene, como en Puquio, en Aucará, en Chalhuanca, o en Masma y Huancavelica, los serranos hacían sus fiestas, con huayno y bandurria, con arpa y quenas. (101)

Aquí Arguedas contrasta la modernidad dependiente, imitativa y falsa de la elite criolla, a la cual José Guillermo Nugent llama una "contra-modernidad" (Nugent 70), con la imagen de la fiesta andina urbana con el propósito de indicar la forma activa en que los migrantes serranos se adaptan y transforman su nuevo ambiente. Contrariamente al papel de víctimas de la "contra-modernidad" criolla teorizada por Nugent, los serranos en Lima son representados como productores de su propia modernidad alternativa y de su propia esfera pública.[10]

Lima había sido un baluarte criollo hasta el *boom* de la construcción carretera de los años 20. En efecto, para muchos criollos urbanos Lima había sido la nación misma, ya que pocos se aventuraban más allá de la capital a no ser que fueran a París, Londres o Nueva York. Lima, y el Perú, no volverían a ser lo mismo, y Arguedas, siendo él mismo migrante provinciano, fue uno de los primeros en entender las implicaciones de la migración andina para la identidad nacional y las relaciones de poder.[11] La vitalidad, la creatividad y el poder colectivo demostrado por los comuneros de la provincia de Lucanas en el episodio de la construcción de la carretera y la transformación de Lima relatada en el capítulo siete expresan el sentimiento de Arguedas en cuanto a que los indígenas pueden, acudiendo a sus propias tradiciones culturales, ser parte activa en la formación de una nación más democrática y moderna. La élite misti, por otro lado, es representada como pasiva.

TRADICIONES ANDINAS DEL CAMBIO

Un patrón similar se repite en la captura del toro. En el capítulo ocho, el terrateniente misti Julián Arangüena y sus empleados mestizos fracasan en su intento de capturar al Misitu. En el capítulo diez, el cual toma lugar algunos años más tarde, los comuneros de K'ayau capturan al Misitu y lo traen a Puquio para la corrida del día de la Independencia. El significado de la hazaña de los comuneros es sugerido por la descripción de los orígenes mitológicos del Misitu al comienzo del capítulo ocho. Los indígenas de K'oñani, conocidos como punarunas porque viven, como Misitu, en la puna, relatan cómo el toro emergió de un lago en las montañas después de una violenta tormenta:

> Los k'oñanis decían que había salido de Torkok'ocha ... que una noche, cuando todos los ancianos de la puna eran aún huahuas, había caído tormenta sobre la laguna; que todos los rayos habían golpeado el agua ... Y que al amanecer, con la luz de la aurora, cuando estaba calmando la tormenta ... se hizo remolino en el centro del lago junto a la isla grande, y

---

[10] Para un informe de Arguedas sobre los efectos culturales de esta migración, publicado originalmente en 1941, véase "La canción popular mestiza en el Perú: su valor documental y poético" 71-74.

[11] Véase el relato que hace Arguedas de su propio arribo a Lima desde los Andes en *Canto Kechwa*, 8-9.

> en medio del remolino apareció el Misitu, bramando y sacudiendo su cabeza. (109)

Tal y como lo señala Fanni Muñoz, el pasaje se asemeja a leyendas andinas sobre el *amaru*, una figura mitológica andina en forma de serpiente que habita en el fondo de los lagos andinos (217). La descripción de los orígenes mitológicos del Misitu proviene de las investigaciónes etnográficas del propio Arguedas, en las cuales el novelista y antropólogo había documentado el desplazamiento del *amaru* por el toro en la cultura andina.[12] Efectivamente, una colección de tradiciones orales que Arguedas co-editó con Francisco Izquierdo Ríos en 1947 incluye leyendas sobre el amaru que se asemejan al relato sobre los orígenes del Misitu en *Yawar fiesta*.[13] La incorporación de la tradición oral andina dentro de la novela es más que un detalle etnográfico, ya que según Ricardo González Vigil, en la mitología andina "se vincula la aparición del amaru con cataclismos, anuncios de grandes cambios cósmicos" (156n), una observación confirmada por Martín Lienhard, quien por su parte sostiene que el *amaru* "aparece siempre en los momentos de crisis cósmica, de *pachakutiy*" (*La voz y su huella* 288).[14] Al igual que un *amaru*, el Misitu sirve como portento del *pachakutiy* del siglo veinte que, en el contexto de la novela (la construcción de la carretera, la imposición de la autoridad del Estado central sobre las regiones periféricas), puede identificarse con la transformación ejercida por la modernización en los Andes.

La alusión al *amaru* en la descripción de los orígenes mitológicos del toro hace eco del uso del imaginario de la serpiente para describir la forma urbana de Puquio en capítulos anteriores. En el capítulo uno, por ejemplo, las manifestaciones más claras de la presencia y la dominación misti en Puquio, la plaza de armas y el jirón Bolívar, son comparados con la cabeza y el cuerpo de una culebra: "el jirón Bolívar es como culebra que parte en dos al pueblo: la plaza de armas es como cabeza de la culebra, allí están los dientes, los ojos, la cabeza, la lengua –cárcel, coso, subprefectura, juzgado; el cuerpo de la culebra es el jirón Bolívar" (23). Cabe recordar que los *ayllus* fueron despojados por los mistis, cuya plaza y calle principal, las

---

[12] Véase José María Arguedas, "Incorporación del toro a al cultura indígena. El interesante caso de la conversión del amaru", y la introducción sin título al primer número de *Cultura y pueblo*, revista de la Comisión Nacional de Cultura.

[13] José María Arguedas y Francisco Izquierdo Ríos, *Mitos, leyendas y cuentos peruanos*, particularmente los relatos "El toro encantado," "Yanacocha" y "Amaru", 82-90.

[14] Para más información sobre el concepto del *pachakutiy*, véase Alberto Flores Galindo, *Buscando un inca*, 33-34.

huellas materiales de su conquista de Puquio, alojan las instituciones represivas responsables de la subordinación de los *ayllus*. Al asociar la historia colonial incrustada en la forma urbana del pueblo con la figura mitológica de la serpiente andina, el pasaje identifica la colonización misti de Puquio como un cataclismo.

La respuesta de los comuneros al ver el jirón Bolívar sugiere que, a pesar de su subordinación actual a la dominación misti, no se han resignado a la jerarquía social impuesta por la conquista:

> Así es vivir en el jirón Bolívar y en los barrios. Así entraron a Puquio los mistis forasteros. Pero cuando los puquios miran desde lo alto ... cuando miran el jirón Bolívar, brillando como lomo de culebra entre el tejado de los *ayllus*, asqueando dicen:
>
> –¡Atatauya, Bolívar calle!
>
> Cuando los indios miran y hablan de ese modo, en sus ojos arde otra esperanza, su verdadera alma brilla. Se ríen fuerte, quizá también rabian. (28)

En la imagen del antiguo cataclismo de la conquista, representado por la forma de *amaru* de la topografía urbana de Puquio, los comuneros ven la posibilidad de una nueva transformación, de la cual buscan ser los principales protagonistas. En *Yawar fiesta*, la figura del *amaru* sirve para enlazar dos momentos claves en la historia andina: la subyugación colonial de la población indígena después de la conquista y el periodo de rápida modernización en las primeras décadas del siglo veinte. La yuxtaposición de los dos no es producto de la casualidad, ya que como Alberto Flores Galindo ha argumentado, los cambios traídos al mundo andino por la modernización en los primeros años del siglo veinte fueron comparables en alcance a los producidos por la conquista (*Dos ensayos sobre José María Arguedas* 16-17). Con la captura del Misitu, los comuneros de K'ayau demuestran que las fuerzas cósmicas encarnadas en el toro/*amaru* están, de hecho, sujetas al control humano, que la resignación no es la única respuesta ante el cambio cataclísmico. Intervienen simbólicamente en la transformación de su comunidad y afirman dramáticamente su agencia en el preciso momento en que el Estado se la negaría.

Sin embargo, los migrantes urbanos del Centro Unión Lucanas, (mal)interpretan la captura del Misitu como un paso adelante hacia el repudio total de la tradición indígena: "¡Han matado a un auki! Y el día que maten a todos los aukis que atormentan sus conciencias; el día en que se conviertan en lo que nosotros somos ahora, en 'chalos renegados', como dice don Julián, llevaremos el país hasta una gloria que nadie calcula" (166). Esta interpretación los lleva a creer, equivocadamente, que al matar a un *auki* (en lugar de re-significar una creencia tradicional), los comuneros también consentirán a la corrida de toros española. Lo que los miembros del Centro Urbano Lucanas no logran captar es que el someterse a la autoridad del Estado sería una abdicación de la agencia y control de su destino que los comuneros adquieren con la captura del Misitu. Los K'ayau transforman sus tradiciones mas no renuncian a ellas. Para capturar al Misitu, se apoyan no sólo en la fuerza colectiva de los miembros del *ayllu*, sino que de igual forma hacen uso de oraciones y ofrendas al *apu* K'arwarasu, una montaña deidad. Para los comuneros de K'ayau, así como para el narrador, no existe contradicción entre modernidad y tradición indígena. De hecho, la tradición indígena funciona como vía para intervenir en la lucha por definir los contornos culturales de la modernidad.

En la corrida de toros, el hecho de que el *ayllu* haya triunfado de nuevo donde los mistis y el Estado fracasaron subraya su agencia frente a los grupos dominantes y las instituciones oficiales. Aunque el Misitu no sea un *amaru* desde la perspectiva del narrador, y tampoco lo considera como tal el torero profesional contratado en Lima, sus poderes son más que suficientes para obligar al torero español a huir del ruedo. Los comuneros tenían poco que ganar del cambio a la supuestamente más civilizada versión española de la corrida taurina, que los habría privado de su rol central en la vida social de Puquio y los habría subordinado aún más a la autoridad del Estado, al mismo tiempo que el poder de los mistis como clase (aunque no necesariamente todos los individuos dentro de esta clase) quedaría esencialmente intacto. Además, tal y como sucede en la captura del toro, aunque los comuneros del K'ayau quizá no crean ya en los orígenes mitológicos del Misitu, les demuestran a esos que aún creen –los puranas de Koñani, los otros *ayllus* y quizá mestizos y mistis– en la posibilidad de controlar las fuerzas cósmicas representadas por el toro.

Así mismo, el uso de la dinamita en la corrida andina sugiere la naturaleza explosiva de la agencia indígena mientras que al mismo tiempo liga al *turupukllay* al tema de la modernización. La dinamita es parte de la tecnología moderna utilizada en la construcción de caminos en los Andes y en la minería, instrumento que sería utilizado con grandes resultados contra el Estado peruano medio siglo después por las guerrillas de Sendero Luminoso. Al usar dinamita, los comuneros aprovechan los medios modernos para contener y canalizar las fuerzas representadas por el Misitu. La tecnología moderna, no obstante, se combina con la tradición indígena, ya que los toreros también extraen fuerza de la música andina que acompaña al *turupukllay*, en particular del canto de las mujeres. El canto de las mujeres indígenas no sólo alienta a sus hombres, sino que también acobarda al torero español y contribuye a su indecorosa huida del ruedo.

Además, en uno de los párrafos finales de la novela, el canto parece tener el poder de disipar el polvo levantado por la explosión de la dinamita: "Un dinamitazo estalló en ese instante, cerca del toro. El polvo que salió en remolino desde el ruedo oscureció la plaza. Los wak'rapukus tocaron una tonada de ataque y las mujeres cantaron de pie ... Como disipado por el canto se aclaró el polvo" (198). Es como si la tradición indígena andina tuviera la capacidad de aclarar la confusión y el trastorno ocasionados por la modernización, para ver mejor el futuro deseado.

La corrida en *Yawar fiesta*, al igual que el ejemplo del episodio de la construcción de la carretera, es una representación de un proyecto de modernización alternativo generado desde dentro de la cultura indígena andina. La construcción de la carretera que interrumpe abruptamente la trama principal sobre la corrida casi a media novela alerta al lector que esta ostensiblemente simple historia sobre una tradición local puede ser más compleja de lo que parece en un principio. Una atención cuidadosa a dicho episodio y a la descripción del toro Misitu, episodio subsiguiente, revela el código cultural andino que "sutilmente desordena" el aparente realismo social de la novela. La intervención de la tradición oral andina simbólicamente enlaza la construcción de la carretera y la corrida como expresiones de la capacidad de transformación propia y nacional de los indígenas andinos como participantes en la definición y dirección de la modernización del Perú. Tanto en forma como en contenido, *Yawar fiesta* está decididamente orientada hacia el futuro, no al pasado. No es el retorno a una perenne tradición indígena, como afirma Vargas Llosa, tampoco se limita a las formas literarias existentes. Por el contrario, la primera novela de Arguedas es una narrativa transcultural sobre los dilemas y conflictos de cambio social en una sociedad construida sobre la división colonial. A diferencia de las novelas indigenistas de su tiempo, *Yawar fiesta* no se apoya exclusivamente en formas narrativas de la cultura dominante para representar y defender los intereses de los colonizados. Por el contrario, se alimenta parcialmente de elementos de la cultura dominada para lograr su objetivo, reproduciendo de esta forma a nivel de estructura narrativa la renovada confrontación entre Occidente y la visión indígena andina del mundo que marcó la modernización del Perú durante los primeros años del siglo veinte.

*Traducción de José Ruiz*

## Bibliografía

Arguedas, José María. *Yawar fiesta*. [1941]. Lima: Editorial Horizonte, 1980.

_____ *Los ríos profundos*. Edición de Ricardo González Vigil. Madrid: Cátedra, 1995.

_____ "La canción popular mestiza en el Perú: su valor documental y poético". *Indios, mestizos y señores*. Sybila Arredondo de Arguedas, ed. Lima: Editorial Horizonte, 1989. 71-74.

_____ Sin título. *Cultura y pueblo* 1/1 (enero-marzo 1964): 1.

_____ "Incorporación del toro a la cultura indígena. El interesante caso de la conversión del amaru." *Trilce* (Quincenario cultural peruano), Lima, Vol. 1 (2a quincena VI-1951): 3-4, 10.

_____ "La novela y el problema de la expresión literaria en el Perú". *Yawar fiesta*. Lima: Editorial Horizonte (1980): 7-17. Publicado originalmente en *Mar del sur* 9, Lima (enero-febrero de 1950): 66-72.

_____ *Canto kechwa. Con un ensayo sobre la capacidad de creación artística del pueblo indio y mestizo*. Lima: Ediciones "Club del Libro Peruano", 1938.

_____ y Francisco Izquierdo Ríos. *Mitos, leyendas y cuentos peruanos*. Lima: Ministerio de Educación Pública, 1947.

Castro Klarén, Sara. *El mundo mágico de José María Arguedas*. Lima: IEP, 1973.

Colter, Julio. *Clases, estado y nación en el Perú*. Lima: Instituto de Estudios Peruanos, 1978.

Cornejo Polar, Antonio. *Los universos narrativos de José María Arguedas*. [1973]. Segunda edición. Lima: Editorial Horizonte, 1997

Elmore, Peter. *Los muros invisibles: Lima y la modernidad en la novela del siglo XX*. Lima: Mosca Azul Editores, 1993.

Escajadillo, Tomás G. *La narrativa indigenista peruana*. Lima: Amaru Editores, 1994.

Flores Galindo, Alberto. *Dos ensayos sobre José María Arguedas*. Lima: SUR, 1992.

_____ *Buscando un Inca: Identidad y utopía en los Andes*. [1986]. Lima: Horizonte, 1994.

González Vigil, Ricardo. Introducción y notas a *Los ríos profundos*. Madrid: Cátedra, 1995. 9-108.

Lévano, César. *Arguedas: un sentimiento trágico de la vida*. Lima: Editorial Gráfica Labor, 1969.

Lienhard, Martin. *La voz y su huella: Escritura y conflicto étnico-social en América Latina 1492-1988*. Hanover, NH: Ediciones del Norte, 1991.

_____ *Cultura andina y forma novelesca: zorros y danzantes en la última novela de Arguedas*. [1981]. Segunda edición. Lima: Editorial Horizonte, 1990.

Montoya, Rodrigo. "*Yawar fiesta*: una lectura antropológica." *Revista de Crítica Literaria Latinoamericana* 6/12 (1980): 55-68.

Muñoz, Fanni. "La fiesta del *turupukllay* en el mundo andino". *Márgenes* 4-10/11 (1993): 211-231.

Muñoz, Silverio. *José María Arguedas y el mito de la salvación por la cultura.* Lima: Editorial Horizonte, 1987.

Nugent, José Guillermo. *El laberinto de la choledad.* Lima: Fundación Friedrich Ebert, 1992.

Rama, Ángel. *Transculturación narrativa en América Latina.* México, D.F.: Siglo XXI, 1982.

_____ "Medio siglo de narrativa latinoamericana (1922-1972)". *La novela en América Latina: Panoramas 1920-1980.* México, D.F.: Fundación Ángel Rama y Universidad Veracruzana, 1986. 99-202.

Spitta, Sylvia. *Between Two Waters: Narratives of Transculturation in Latin America.* Houston: Rice University Press, 1995.

Vargas Llosa, Mario. *La utopía arcaica: José María Arguedas y las ficciones del indigenismo.* México, D.F.: Fondo de Cultura Económica, 1996.

Varona, Dora. *La sombra del cóndor: biografía ilustrada de Ciro Alegría.* Lima: DISELPESA, 1993.

_____ ed. *Ciro Alegría: trayectoria y mensaje.* Lima: Ediciones Varona, 1972.

# *Yawar fiesta*: el retorno de la tragedia

*Horacio Legrás*

La bibliografía crítica sobre la obra de José María Arguedas, aun cuando producida por los autores más diversos, contiene la curiosa iteración de dos palabras para explicar la obra del escritor peruano: *trágico* y *tragedia*. A pesar de que estas palabras aparecen en escritos de profesionales de la lectura, su uso no refleja un sentido técnico o al menos circunscripto del término. Se las usa de una manera mayormente adjetival para caracterizar la complejidad de la trama o para referir a los avatares de la vida del autor o al hecho de su suicidio. Hay incluso un libro, *José María Arguedas del pensamiento dialéctico al pensamiento trágico* de Roland Forgues, que propone desde su título no sólo investigar la relación entre Arguedas y la tragedia sino también su relación con la reflexión sobre el antagonismo. Pero el libro de Forgues no lleva adelante su promesa. No hay en él una discusión de la forma trágica o del pensamiento dialéctico y menos aún de su relevancia respecto a la obra de Arguedas. Forgues se contenta con señalar que en tanto Arguedas se obstinó en resolver las contradicciones que encontraba su literatura, su pensamiento fue dialéctico (18), pero cuando Arguedas "renuncia" a este proyecto, el resultado es un pensamiento trágico que aplaza la posibilidad de una solución a las tensiones culturales "hasta el más allá mítico" (24).

Forgues opone dialéctico a trágico como la obstinada fidelidad a lo real se opone a las fantasías de la imaginación. Pero si vamos a tomar en serio la relación de Arguedas con lo trágico (y también con lo dialéctico) conviene recordar que nunca fue lo trágico un elemento exterior o ajeno al pensamiento crítico, sino incluso, para algunos autores, la condición de posibilidad de su institucionalización en discursos como el filosófico. ¿Será posible entonces rescatar esta noción de lo trágico de su sentido mayormente adjetival y tornarla en un principio de explicación del universo arguediano? Y de la misma manera, ¿será posible pensar que este recurso a un universo de sentido tan cercano a la tragedia complemente, antes que se oponga, a una actitud que tenazmente busca pensar el mundo andino y sus contradicciones?

Habría que comenzar por circunscribir un uso más preciso de la palabra "tragedia". Tanto en el acercamiento histórico-sociológico, favorecido por Jean Pierre Vernant y Pierre Vidal-Naquet en su importante libro *Mythe et tragédie en Grèce ancienne,* como en textos dominados por una inflexión más filosófica, como son los casos de Philippe Lacoue-Labarthe (consideraré este último hacia el final del ensayo), la esencia de lo trágico resulta de su rol mediador entre dos realidades antagónicas e irreconciliables. Se trata de realidades que, aunque condenadas a compartir un mismo espacio geográfico y una misma temporalidad histórica, presentan no tanto diferencias de grado sino también de naturaleza. Esta estructura agónica del texto trágico explica, de acuerdo a Jean Pierre Vernant, la sorprendente brevedad histórica de la tragedia clásica. La tragedia "nace, florece y degenera en Atenas y todo en el espacio de cien años" (25, mi traducción). Para Vernant, la efímera vida de la forma trágica está en estrecha relación con la función que fue llamada a cumplir en el universo cultural ateniense: debía proveer un escenario para la dramatización y eventual resolución estética de las contradicciones que surgen con la transferencia de lealtades políticas del viejo sistema de clanes a la nueva organización social encarnada en la ciudad-estado. De ahí que un rasgo repetido en las tragedias sea la puesta en escena de las tensiones que surgen de la confrontación entre distintos regímenes de constitución de una subjetividad política (de una subjetividad adaptada a las normas jurídicas de la vida en la *polis*). De ahí también, nota Vernant, que la tragedia clásica abunde en un vocabulario de la responsabilidad y el derecho; un vocabulario donde resonaban palabras y conceptos que buscaban encarnarse en la cotidianeidad del mundo griego, pero que eran, todavía, exteriores a sus ciudadanos. La tragedia prestaba entonces el espacio donde se ponía a prueba un vocabulario de la responsabilidad civil a la vez que se lo institucionalizaba en las nacientes formas jurídicas de la polis ateniense.

Los resultados del experimento trágico, sin embargo, no estuvieron a la altura de las expectativas de los poderes que lo alentaron, subvencionaron y organizaron. Bien pronto fue evidente que los escritores trágicos eran más bien proclives a representar el fracaso del nuevo vocabulario de la sujeción política antes que sus méritos. Una y otra vez, el espectáculo trágico escenifica la incapacidad de los nuevos conceptos de subsumir las viejas lealtades familiares o de clanes en una nueva y más "racional" esfera de sociabilidad. Como resultado, concluye Vernant, la tragedia agotó rápidamente su función "y en su lugar aparece un nuevo tipo de discurso, el filosófico, que conjuró las contradicciones sobre las cuales la tragedia construyó su universo, sometiéndolas a un patrón de racionalidad" (34).

Más allá del hecho de que a fines del siglo XIX varios intelectuales latinoamericanos intentaron concientemente actualizar el modelo griego de interpelación de ciudadanos a través del poder persuasivo del arte, es un hecho fácilmente constatable que la expansión de las bases democráticas de los países latinoamericanos y la difusión de un vocabulario del derecho y la soberanía, halló un lugar de resonancia preponderante en distintos movimientos estéticos y literarios. Es quizá por esta larga solidaridad entre literatura y modernización que la aparición de *Yawar fiesta* en 1941 desconcierta a los lectores ilustrados y progresistas del Perú. La novela frustra todas las expectativas modernizantes al postular una diferencia cultural irreducible entre indígenas y comunidad nacional, donde, para mayor desconcierto de sus lectores, la defensa de esta diferencia aparecía para los indígenas como más vital que la lucha contra la opresión económica y la injusticia social. Las similitudes con el universo de lo trágico son notorias. Como en la institución trágica, se espera de la forma artística un rol mediador capaz de orientar la discusión de lo social en un sentido "progresista", sentido supuestamente encarnado por un estado en constitución. Como en una tragedia, la acción se desencadena por un intento de cuestionar y modificar un sistema de creencias, prácticas y lealtades que lo precede. Finalmente, como en el drama trágico, la forma artística opta por oponerse a la racionalidad estatal y defender intereses arraigados en un intrincado sistema de deberes y obligaciones sociales que en algunos de sus aspectos se remonta, para el caso de *Yawar fiesta*, casi a la colonia.

### Ruptura del universo indígena

El elemento que dispara la acción narrativa de *Yawar fiesta* es la llegada a Puquio de una circular gubernamental que prohibe la tradicional corrida de toros con que se celebraba el día de la independencia peruana y urgiendo al municipio a contratar un torero profesional para el evento. Hasta ese momento, la corrida había constituido una instancia de protagonismo para los *ayllus* de Puquio que competían en la ocasión por el reconocimiento de todo el pueblo, arriesgando los mejores y más bravos de sus hombres frente a los toros de la serranía. La corrida, como el lector recordará, no seguía la usanza española, sino que en una pista enorme y con poca o ninguna protección, los indios enfrentaban, semiborrachos y dinamita en mano, a toros cebados y montaraces. La llegada de la circular, que señala una de las pocas incursiones de un estado remoto en el tejido social de la sierra, altera fundamentalmente las posiciones políticas de los distintos grupos de Puquio no tanto en virtud de lo que dice –no hay nunca en la novela una discusión del sentido de la circular– sino más bien en virtud de lo que *hace*. El efecto más inmediato de la ley –que la circular encarna– es crear, o tal vez tan sólo exponer, una serie de profundas divisiones a propósito de su observación.

Sin embargo, la circular viene a fisurar un mundo que muestra ya profundas divisiones. El texto exhibe a cada paso las marcas de este choque de racionalidades, uno de cuyos efectos es el hecho, repetidamente observado por la crítica, de que *Yawar fiesta* comienza, literalmente, dos veces. El primer comienzo es una extensa descripción de Puquio que ocupa los dos primeros capítulos mientras la narración propiamente dicha no comienza hasta el capítulo 3. Los dos primeros capítulos, aunque mayormente descriptivos, aparecen dinamizados por la constante confrontación entre dos modelos a partir de los cuales se ordena el espacio y la historia del mundo puqueano. Arguedas describe la geografía del lugar o las características del pueblo desde una perspectiva y de inmediato desde otra, y cada descripción asume un punto de vista culturalmente codificado (*misti*, indio, extranjero). La calle principal, el Jirón Bolivar, por caso, es objeto de una mirada dual, alternativamente indígena y criolla. Esta alternancia de puntos de vista, que es también una alternancia entre la mirada del etnógrafo y la pasión del escritor, alcanza un temprano clímax en la descripción de la plaza de armas en el capítulo inicial, titulado "Pueblo Indio".

> En la plaza de armas está la iglesia principal, con su torre mocha de piedra blanca; la Subprefectura, el puesto de la Guardia Civil, el Juzgado de Primera Instancia, la Escuela Fiscal de Varones, la Municipalidad, la cárcel, el coso para encerrar a los "daños"; todas las autoridades que sirven a los vecinos principales; todas las casas, todas las gentes con que se hacen respetar, con que mandan. (*Obras completas* II: 73-74)

El pasaje establece la mutua alienación entre las formas del estado y la vida indígena. La descripción colapsa la conocida diferenciación althusseriana entre aparatos represivos y aparatos ideológicos de estado. La especificidad de cada aparato –ideológico o represivo– desaparece para dejar al desnudo su mera instrumentabilidad. Un hecho me parece relevante: la crítica de Arguedas hacia el estado no es en ningún momento ideológica. Dado que estos aparatos no tienen ninguna pretensión de legitimidad, no hay nada que deba ser "denunciado" en ellos. Más aún, los aparatos de estado no son siquiera objeto de un deseo revolucionario, como en la gran mayoría de novelas 'sociales' del período. Son sencillamente incomprensibles para los indios y meramente instrumentales para los criollos. Y sin embargo, esas formas vacías de sentido y convicción es todo lo que el estado peruano tiene para ofrecer como piso de una política transculturadora y su incondicional rechazo por parte de Arguedas parece cerrar prematuramente todo canal imaginable de desarrollo en la novela. La circular, que explícitamente invoca la defensa de los indios como su razón de ser, tendrá el mismo destino de impotencia en su intento de relacionarse con las masas indígenas. ¿Para qué escribir entonces una novela, que es, como argumentara Cornejo Polar, una racionalidad occidental aplicada sobre un universo que le es heterogéneo? ¿Por qué no persistir en la forma etnográfica como un vehículo apto para describir ese mundo? Excepto, por supuesto, que haya algo más que pueda ser dicho y *sólo* ser dicho con la fuerza que acompaña la instauración de una palabra estética. En este punto me gustaría señalar un hecho curioso: aunque no hay denuncia ideológica de los aparatos de estado, sí hay una denuncia ideológica de la función de la Iglesia Católica (en el segundo capítulo titulado "El despojo"). Es entonces en relación al discurso religioso y no en relación al discurso político-burocrático que *Yawar fiesta* va a entrar en díalogo. Ahora bien, esto no quiere decir que Arguedas vaya a escribir una contra-religión, sino tan sólo que el nivel al que sitúa su polémica es el nivel de los discursos últimos, fundacionales. Lejos de ser excepcional, este posicionamiento señala –creo– una de las estrategias más persistentes del escritor peruano en el tratamiento de cuestiones sociales. La radicalidad del gesto literario arguediano proviene de su abierto rechazo de aceptar el piso común –el sentido común como sentido hegemónico, en términos de Gramsci– como arena donde dirimir las problemáticas sociales y culturales a las que la experiencia de una vida nacional fracturada da lugar en Perú. El momento polémico del texto se dirige entonces no hacia esta o aquella experiencia particular de injusticia, sino hacia el fundamento último desde el cual se reparten los sentidos de lo justo o lo progresista. La etnografía no puede proveer ese fundamento porque, al menos en la fase desarrollista que dominó el discurso etnográfico por buena parte del siglo XX, ese discurso ya posee un fundamento desde el cual extrae la potencia de su mirada pero también los límites de esta visión.[1] Para Arguedas, mientras

[1] Sobre este punto ver el ensayo de Priscilla Archibald, "Andean Anthropology in the Era of Development Theory. The Work of José María Arguedas" (12).

tanto, el fundamento de una interpretación de la vida andina, su principio de inteligibilidad, no puede ser externo a esa vida. ¿Pero en qué consiste ese fundamento? El principio de inteligibilidad del mundo andino, que es siempre un mundo histórico (el tema obsesivo de Arguedas parece ser la transformación del pueblo indio) es la objetividad del accionar indígena. Ese accionar, me apresuro a aclarar, no pertenece a un sustrato mítico o telúrico, sino que se verifica cotidianamente como relación al mundo, y en su momento más eufórico, como trabajo.

### La circular robada

La circular que prohíbe la corrida de toros a la usanza tradicional es, como ya señalé, el comienzo de una recomposición casi total de las relaciones sociales en Puquio. Los distintos grupos afectados por la circular no perciben de inmediato todas las implicancias de su mensaje e incluso nunca llegan realmente a dominar los efectos que el edicto tiene sobre cada uno de ellos. Los *mistis,* que cada año asisten extasiados a la corrida en que los indios indefensos y semiborrachos tratan de rescatar las monedas de plata que las damas de Puquio han hilado en el lomo de los toros, apoyan la circular casi unánimemente y juran de inmediato contribuir a su aplicación. Su lealtad a la circular no resulta, sin embargo, de un nivel de compromiso mayor con las políticas del estado en expansión. (Los gamonales pasaron una mala década con el gobierno de Augusto B. Leguía, quien expandió notablemente las funciones estatales). En rigor de verdad, a los *mistis* no les interesa mayormente el contenido de la circular. Simplemente, ven en la circular una instancia de poder y piensan que su sumisión a ese poder -un poder que proviene de un estado todavía débil y en formación- puede engendrar a su vez más poder y legitimidad. Adhieren a la circular, puede decirse, por puro instinto político e incluso, en la medida en que dejan su deseo entrar en este cálculo, contra su voluntad.

Para las comunidades indígenas, por el contrario, la prohibición es devastadora. ¿Por qué? Como Antonio Cornejo Polar explica en *Los universos narrativos de José María Arguedas,* la estrategia redentora del escritor peruano hacia la comunidad india se basa en una impugnación de la ancestral imagen del indio como "absolutamente abatido, incapaz de toda acción consistente, vencido y humillado para siempre" (67). Contra este imaginario Arguedas levanta su concepción del pueblo indígena, una basada en "El orgullo, la capacidad de realizar tareas sorprendentes [y] la conciencia del propior poder" (67). La corrida tradicional ofrece una excusa cíclica para la demostración de este poder indígena bajo la conocida estrategia hegeliana de exponer la propia vida para ganar un reconocimiento que funda tanto la sociabilidad como la propia identidad. Como el esclavo hegeliano –y hay suficientes elementos para pensar que esta analogía no escapó a la atención de Arguedas– los indios de las comunidades de Puquio están inmersos en una lucha por el reconocimiento y la dignidad, que es más urgente y vital que cualquier lucha circunscripta a las condiciones socioeconómicas de su existencia. (A diferencia del esclavo hegeliano, sin embargo, la resolución de esta lucha no da lugar a la afirmación de una identidad personal, burguesa o liberal, sino a una identidad comunitaria). La contratación de un torero profesional roba a los indios una de las pocas instancias a través de las cuales pueden mostrar a los *mistis* y a ellos mismos su derecho a persistir en su ser frente a la tormenta modernizadora.

El tercer grupo importante en la novela son los chalos, personajes semi-aculturados que viven en Lima y mantienen una actitud ambivalente respecto a las comunidades de origen. Los chalos son figuras ambiguas por definición. O bien indios o mestizos que han viajado a Lima y adquirido una nueva perspectiva sobre la sierra. En la ciudad han entrado en contacto con distintas ideas (socialismo, anarquismo, catolicismo militante) y llegan a considerar a los *gamonales* una fuerza retrógrada que se aprovecha de una masa indígena sufriente y perpetuamente engañada. Los chalos ven su misión histórica como inseparable de la conciencia que su viaje a la capital les ha permitido adquirir. En la reunión del Centro Lucanas en Lima, el presidente del centro expresa este posicionamiento sociohistórico en clara prosa desarrollista: "Nosotros que ya tenemos los ojos abiertos y la conciencia libre no debemos permitir que desuellen impunemente a nuestros hermanos" (128). Los chalos, quienes *ya tienen los ojos abiertos*, han aceptado el carácter representacional de la cultura política dominante y no entienden por qué los indios no renuncian también a su estéril protagonismo y aceptan la gramática representacional-hegemónica que la circular les ofrece: el torero toreará por ellos y la patria les otorgará, por adelantado, el reconocimiento que ellos deben arrancar de los *mistis* y a las autoridades cada año al costo de sus vidas.

Un cuarto agente histórico se suma a estos tres actores locales -todos minuciosamente discutidos por Arguedas mismo en el ensayo "La novela y el problema de la expresión literaria en el Perú". Se trata de la función estatal misma que, en virtud de la debilidad del estado peruano, aparece encarnada en la persona del subprefecto de Puquio. En las primeras décadas del siglo XX, el subprefecto era un enviado directo del presidente, que, como regla general, resultaba impotente ante la demanda y el poder de los gamonales. El subprefecto de *Yawar fiesta* pertenece ya a un período de consolidación estatal y muestra, como muchos hombres de la costa, un horror indignado frente a la cultura de la sierra y un poco oculto desprecio por la anacrónica figura de los gamonales.

La dialéctica de reconocimiento propuesta por la circular habla solamente a un grupo, los chalos, y en mucho menor medida, como ya expliqué, a los *mistis*. Los chalos se identifican inmediatamente con la circular e incluso con el subprefecto e interpretan las dos formas en que el estado aparece en las sierras (circular y subprefecto) como armas a ser utilizadas en la lucha contra los gamonales. (Para los chalos, a diferencia de los indios, el estado sí es un objeto de deseo). Esta identificación de los chalos con la circular y la formas del estado es el signo exterior de una importante transformación subjetiva cuya consecuencia práctica más inmediata reside en que han llegado a concebir el estado y sus aparatos como una herramienta fundamental en la construcción de una nueva hegemonía. Pero su visión instrumental de las posibilidades que ofrecen la burocracia y los aparatos de estado para la lucha política es tan sólo la contracara del hecho histórico de que su ser social ha sido adueñado por la forma estatal.

Los indios, finalmente, permanecen fuera de este círculo. La circular no los afecta directamente ni los invoca. Las autoridades no se toman siquiera el trabajo de comunicarles su contenido a las comunidades y dejan que el rumor sea el vehículo de la imperfecta interpelación estatal. Se puede aventurar que nada hubiera cambiado si el subprefecto hubiera decidido comunicar formalmente el contenido de la circular a las comunidades. Si la materialidad de los edificios no fue suficiente para tornar la imagen de la autoridad más presente, un pedazo de papel es para los indígenas todavía una porción más remota y problemática de realidad. Por último, aunque la circular proteste proteger a los indios, los indios de Puquio no están interesados en el reconimiento que es ofrecido, sino sólo en aquel que es ganado.

## ¿Historia sin acontecer?

Todo el mundo sabe cómo se desarrolla la historia. A pesar de la decisión del subprefecto de apoyarse en los *mistis* para imponer los cambios en la fiesta del 28 de Julio en conmemoración de la independencia peruana, y a pesar también de la directa intervención de los chalos para evitar la corrida, la celebración toma lugar de acuerdo a las más arraigadas tradiciones de Puquio. En la euforia de la fiesta, los *mistis* olvidan su pretendida lealtad al subprefecto y terminan fascinados por la fuerza de la cultura de la sierra representada por la manera india de torear. El torero profesional venido de Lima, amedrentado por la majestad del mítico toro Misitu, huye de la arena y la gente de Puquio pide a gritos la intervencion de los bravos de la sierra. Wallpa, Honrao Rojas y otros saltan a la arena. El espectáculo se desarrolla ante la mirada incrédula del subprefecto. Minutos después, Wallpa se desangra contra una pared mientras Honrao Rojas, dinamita en mano, corre locamente hacia Misitú. En estado casi de extasis el alcalde musita al oído del subprefecto: "¿Ve usted, señor subprefecto? Estas son nuestras corridas. ¡El yawar punchay verdadero!" (192).

Existe una lectura si se quiere canónica de este final. En palabras de Antonio Cornejo Polar, "los chalos alimeñados fracasan y el mundo andino se recompone bajo su modelo tradicional" (*Universos* 79). Este "modelo tradicional" al que refiere Cornejo Polar, incluye, como lo deja claro el alcalde en su comunicación al subprefecto, un "nosotros" incierto en el que los *mistis* asumen su identificación con las costumbres indígenas y aún con su lenguaje. Al final de la jornada la ciudad-estado fracasa y el mito gana. Eso es vieja sabiduría trágica. ¿Pero es todo?

Como ya señalé, *Yawar fiesta* desconcertó a los lectores progresistas del Perú, quienes habían apostado por la educación de las masas indígenas como cifra y condición de su emancipación. El hecho de que en *Yawar fiesta* los indios buscaran perpetuar una cultura que está signada por la explotación y ahondaran las diferencias que los separaban de los sectores progresistas del país, resultaba un elemento casi incomprensible para aquellos lectores. Pero Arguedas veía las cosas desde un ángulo muy distinto. Reflexionando sobre *Yawar fiesta,* Arguedas dirá que en el libro triunfa lo mejor de la cultura indígena y que este es, además, su propio triunfo. ¿En qué consiste exactamente ese triunfo? ¿Se trata de un triunfo personal, casi anecdótico en el cual Arguedas "supera" su propia perspectiva "alimeñada"? Porque existen, como se sabe, dos versiones de *Yawar fiesta,* y en la primera, un cuento largo publicado originalmente en 1937 en la *Revista Americana de Buenos Aires* y reproducido en el primer tomo de las *Obras Completas,* Arguedas sostiene un punto de vista muy distinto: ve la fiesta como un espéctaculo abyecto y degradado, y no como una afirmación de la vitalidad indígena.

Pero quizá el triunfo al que se refiere Arguedas tenga connotaciones más amplias que las simplemente biográficas. Para llegar realmente a capturarlas vale la pena retornar (o mejor dicho avanzar) hasta el discurso de aceptación del premio Inca Garcilaso de la Vega, en 1968, titulado "No soy un aculturado" e incluido en el gran libro póstumo *El zorro de arriba y el zorro de abajo*. En esa ocasión Arguedas habla de los dos principios que inspiraron su obra "desde el principio" (*Obras*, II, 14). Uno, se sabe, es la teoria socialista, encarnada en los nombres de Mariátegui y Lenin, en cuyas obras Arguedas encontró "un orden permanente en las cosas" (14). El otro principio es el Perú mismo como "una fuente infinita para la creación" (14). Con esta simple fórmula, Arguedas nos ofrece la estructura intencional –como los viejos fenomenólogos solían decir– a través de la cual constituye sus mundos. La fórmula –que reproduce, por supuesto, aunque en otro nivel, la estructura dual del pensamiento trágico– resulta, a mi entender, la mejor herramienta para confrontar los intrincados movimientos de esta narrativa. Cada vez que el mundo parece cerrarse en un sistema axiológico (y sabemos que toda axiología es índice de una dominación), el principio de infinitud de la experiencia viene a perturbar toda falsa *Weltanschauung*, en nombre de una interpretación alternativa –no meramente reactiva– de la realidad. Ahora bien, este principio que Arguedas cifra en lo infinito de la experiencia no tiene nada de místico o trascendental, aunque sea el origen de toda transcendencia. Se trata, como indiqué al comienzo de este trabajo, simplemente del trabajo indio. Para Arguedas no puede haber historia nacional que prescinda de la mediación del trabajo indígena y de todo lo que constituye a través del tiempo y la geografía, su labor. Cornejo Polar traspone magistralmente esta tensión arguediana en la oposición analítica pero también histórica y concreta entre unidad y totalidad. La unidad, repite Cornejo Polar en varios ensayos, es históricamente falsa si no incorpora la totalidad. La totalidad, mientras tanto, está teñida de actividad indígena, una actividad que crea y sostiene su propio universo axiológico, aún si es constantemente expulsado de la unidad.[2] ¿Qué ocurre entonces si, lejos de contentarnos con leer el desarrollo de *Yawar fiesta* desde el punto de vista de la unidad (el ansia modernizadora del estado, la resistencia de la cultura indígena), lo leemos desde el punto de vista de la totalidad (la labor indígena)? Entonces, quiero proponer, todo el universo de sentido de *Yawar fiesta* puede reabrirse en tanto esta noción de labor indígena resulta el condicionante inadvertido pero fundamental de una efectiva temporalidad histórica en la región.

## Labor y objetividad en el universo indígena

Si el mundo de esta novela apareció como cíclico y restitutivo a tantos lectores, es sin duda porque esos lectores asumen una solidaridad entre

[2] Ver fundamentalmente *Sobre literatura y crítica literaria latinoamericanas*, donde Cornejo Polar llega a la formulación "la contradicción definitiva es entre la unidad ... y la totalidad" (35).

texto literario y modernización social en la que el texto incorpora al fluir de la historia los grupos rezagados, o al menos rescata en el papel sus formas de vida y sus hábitos antes que estos desaparezcan, en tanto tales, de la faz de la tierra. La consecuencia práctica más directa de esta ideología no es tan sólo asumir que el universo indígena-andino es el que está fuera de la historia, sino además, y como su consecuencia, que son los personajes indios los que deben cambiar y transformarse para que podamos decir que, efectivamente, algo *ha pasado* en esta historia. Este movimiento aparece a veces como un pasaje de conciencia en el cual los indios llegan a concebir a los *mistis* como sus enemigos y opresores, y como consecuencia evoluciona en un pasaje al acto: una revuelta como la que cuenta Arguedas en *Los ríos profundos* o como la que tiene lugar en *El mundo es ancho y ajeno* de Ciro Alegría. Pero, contra toda presuposición de este tipo, la dialéctica real de *Yawar fiesta* no es la que se da entre indios y estado, sino la que ocurre entre indios y chalos, y a los que en definitiva *les pasa algo* es precisamente a los chalos. De hecho, ningún grupo en la novela encarna tan perfectamente el drama de la sujeción (que es no sólo el centro del drama político sino también de la trama trágica) como los chalos. Los chalos son el único grupo que gana la necesaria distancia crítica como para ver la articulación del mundo andino como lo que realmente es: una red semifeudal y cínica de cadenas de explotación y engaño. Los chalos son capaces de ver, por ejemplo, cómo los *mistis* supieron aprovechar la necesidad indigena de reconocimiento en el caso de la carretera a Nazca. En el capítulo 7 la voz narrativa *parece* –la habitual e inmensa sutileza tonal de Arguedas mediante– alinearse con una perspectiva –la de los chalos– que después vendrá a criticar. Allí se lee: "en el mes de enero de 192 ... llegó a Puquio la noticia de que Coracora ... se había reunido en cabildo, todo el pueblo. Que el cura había hablado en quechua y después en castellano, y que habían acordado abrir una carreta al puerto de Chala, para llegar a Lima en cinco días, y para hacer ver a los puquianos que ellos eran más hombres" (*Obras*, II: 120). En un gesto de emulación, las comunidades de Puquio se unen para refutar a Coracora. Van a construir el camino a Nazca, más de 300 kilómetros, en 28 días. Los *mistis*, el único grupo que puede en este punto beneficiarse de la iniciativa, piensa sin embargo que la empresa es imposible. Los chalos, mientras tanto, desconfían de un proyecto que parece tan sólo favorecer a los gamonales y que resulta, además, de casi inimaginable realización. Pero la supervivencia de la cultura indígena depende precisamente de hacer posible lo imposible.

Los chalos, quienes viven ya en un mundo donde toda acción queda justificada en términos de intereses inmediatos, llegarán a criticar amargamente la construcción de la ruta a Nazca. Como Arguedas, ellos también pueden decir que encontraron un orden estable para las cosas en figuras como Mariátegui y en rigor de verdad, antes de abandonar Lima para viajar a Puquio para colaborar en la derrota de los gamonales, uno de los chalos se para frente al retrato del fundador del marxismo peruano y como en una plegaria dice: "Te gustara weak'ocha lo que vamos a hacer. No has hablado por gusto, nosotros vamos a cumplir lo que has dicho. No tengas cuidado, taita: nosotros no vamos a morir antes de haber visto la justicia que has pedido" (*Obras*, II: 130/131).

Pero el destino de los chalos será el de entrar en un choque penoso ("trágico" lo llama Cornejo Polar) con los objetivos de la comunidad que, de otro modo, pretenden ayudar. Arguedas considera la postura de los chalos, quienes piensan que los indios han sido engañados y utilizados en la construcción del camino a Nazca, *naïve*. Para las comunidades el camino es también y fundamentalmente una forma de expresar la vitalidad de su proyecto y una manera de estampar su agencia sobre una historia que de otro modo los percibiría como personajes puramente pasivos y sufrientes. Los chalos pueden considerar todo el proyecto de la carretera a Nazca como otro ardid de los poderosos en su inacabable explotación de las masas indígenas; lo que se les escapa, sin embargo, es hasta qué punto su propio destino está dictado por la objetividad del trabajo indígena. La migración de los futuros chalos a la costa tiene, dice la voz narrativa, un significado epocal: "La universidad, las escuelas de toda clase, los ministerios, las casas comerciales, las fábricas, todas las empresas se llenaron de serranos" (126) Los chalos han sido literalmente creados por la obstinación de las comunidades. Agotar el sentido de la condición material de posibilidad de su existencia social (la construcción del camino) en una afirmación de un plan maquiavélico de terratenientes ambiciosos y oficiales corruptos, es para los chalos la cifra de su falsa conciencia. A la larga deberán confrontar esta verdad y aceptar su evidencia. En tanto se acercan a Puquio el más vocal del grupo admite:

> Cuando supe que K'ayau iría por el Misitu, tuve pena y rabia. Sería un degolladero de indios. Pero ahora que vamos en alcance del ayllu, quisiera gritar de alegría. ¿Saben hermanos, lo que significa que los k'ayaus se hayan atrevido a entrar a Negromayo? ... Ellos lo han hecho por orgullo, para que todo el mundo vea la fuerza que tienen, la fuerza del ayllu, cuando quiere. Así abieron la carretera a Nazca ... Algunos estudiantes decían en Lima: "Indios estúpidos, trabajan para que sus explotadores se beneficien" ¡Mentira! ¿Por dónde fuimos a Lima nosotros? ¿Por dónde hemos venido ahora? ¿Por qué puedo hablar yo con esta conciencia que tengo? Yo encontré la forma de iluminar mi espíritu para servir la causa

de ellos, de los ayllus, llegando a Lima, por el camino que ellos abrieron. (171)

Pero esta conciencia llega demasiado tarde para los chalos. Arguedas narra su infortunio sin concesiones. Después de jurar combatir a los terratenientes y defender a las comunidades frente al retrato de Mariátegui, los chalos cantan en quechua y su canción, que habla de muertes, duelos y renaceres, es una transición certera al párrafo siguiente donde, ignorantes de la determinación de sus salvadores, los *varayoks* comminan a los indios a subir a la puna a capturar a Misitu. Toda la secuencia resulta, como ha dicho Cornejo Polar, extremadamente triste y el origen de esa tristeza habría satisfecho a Aristóteles quien, en la *Poética* (14), escribe que sólo el sufrimiento inmerecido es fuente de auténtica (trágica) compasión. Como en una tragedia, *Yawar fiesta* se resuelve para los chalos en una secuencia de descrubrimeinto y reversión. Para Edipo, el momento de conocimiento, aquel en el cual finalmente sabe quién es, es también el momento de su caída, el momento en que ya no es ni rey, ni padre, ni liberador, sino un *paria*. De la misma manera, para los chalos la develación de su identidad es una forma de inversión. Llegan a Puquio, a luchar contra los gamonales, por el mismo camino cuya construccion condenaron como una manipulación perversa de gente ignorante. Llegan para ayudar a los indios, pero sólo para terminar encontrándose ellos mismos del lado de las autoridades, alentando el uso de fusiles contra gente indefensa con tal de llevar adelante su afán modernizador.

Cornejo Polar explica que la actitud de los chalos no representa el "viejo tópico del serrano que olvida a los suyos, se avergüenza de ellos y, si puede, hasta los explota; se trata de algo más profundo y mucho más doloroso. Los puqianos residentes en Lima ... no rompe(n) su adhesión a la tierra materna...pero (construyen) una nueva interpretación de la realidad" (*Universos* 75) La interpretación de la realidad que caracteriza a los chalos es, puesto en las palabras más simples, una interpretación hegemónica. No en el sentido, por supuesto, de que los chalos acepten el orden social prevalente en la sierra, sino en el sentido de que conciben el horizonte institucional del republicanismo liberal como el horizonte de sentido desde el cual avanzar sus objetivos y los objetivos de las comunidades. Ahora bien, las comunidades no aceptan este horizonte institucional ni como último, ni como fundacional, y sin duda, no porque no tengan, *todavía*, sus ojos abiertos. El desencuentro entre los chalos y las comunidades nos deja con la tarea de explicar en qué radica entonces exactamente la diferencia indígena en la cual Arguedas encuentra su "propio triunfo".

## Tragedia y fundación

La novedad que *Yawar fiesta* conlleva –una novedad de alguna manera eclipsada por la lectura dominante que ve en en el final del texto una reconstitución del mundo indígena– no es sólo la afirmación de un poder alternativo, el poder indígena, sino, en forma más importante, la existencia correlativa de una fuente alternativa de valoración que aparece como inextricable de esta agencia (la "interpretación de la realidad" de la que habla Cornejo Polar). Arguedas, sin embargo, no ofrece este perspectivismo como una posibilidad más en un arco de posibilidades de formas de mundanización de la existencia. Tampoco se trata de una perspectiva que, perdida ya su actualidad, debamos entender como una nueva "versión de los vencidos". Mucho más ambiciosamente, Arguedas apunta aquí a una re-estructuración de las condiciones de percepción y evaluación del mundo. No es la instrumentalidad del camino (que haya servido para despertar la conciencia de los chalos, o que sea la condición de posibilidad del multitudinario regreso, despues quizá de mil años, de los hombres de la sierra a la costa) lo que explica su valor. Desde la perspectiva indígena, el camino es un fin en sí mismo, la marca de una relación vital con la totalidad de la serranía.

El impulso modernizador, en tanto intenta reproducir sus mismas formas y validar una misma lógica en los lugares más dispares, sabe poco y nada acerca de una relación vital con el mundo. En *Europe and the People Without History*, Eric Wolf denuncia el punto de vista modernizador precisamente por trabajar por el distanciamiento antes que por el conocimiento del mundo (éste es también el tema excluyente de varios poemas que Arguedas escribe inmediatamente después de la mesa redonda sobre *Todas las Sangres*, veáse fundamentalmente "Llamado a algunos doctores".) En su libro, Wolf termina por proclamar que una teoría "basada en la universalización del patrón modernizador ha acabado por obstruir nuestras posibilidades de estudiar las cuestiones ... que efectivamente afectan la vida" de las llamadas sociedades tradicionales (13, mi traducción). El problema planteado por Wolf no es distinto del que confrontaron los trágicos atenienses cuando se les solicitaba a sus tragedias que trabajasen en la fisura abierta entre valores tradicionales y modernización. Ahora bien, sería injusto decir que los trágicos atenienses, o para nuestro caso Arguedas, escogieron lo tradicional sobre lo moderno. Su elección fue en verdad, como lo reclama el texto de Wolf, en favor de una consideración de los problemas y preocupaciones que *efectivamente* afectan la vida y la realidad de los espacios que habitan. En este acto la literatura reclama saber algo de lo que la ciencia no sabe nada. Lejos de ser un uso ilegítimo de la palabra estética, esta postura no hace más que devolver a la literatura, ya sea como novela o como tragedia, su lugar entre los discursos productores de conocimiento, un lugar del que había sido expulsada por el desplazamiento de la estética al terreno de lo desinteresado desde Kant en adelante. En este contexto es interesante recordar el argumento de Phillipe Lacoue-Labarthe, para quien la tragedia es el primer destello de un pensamiento dialéctico, especulativo o lisa y llanamente filosófico en la historia de Occidente. La tragedia, comenta Labarthe, se alimenta de la tensión entre la libertad humana de la que sufre su héroe y los dictados del destino que lo acorralan. Si el pensamiento (filosófico o científico) no es otra cosa que esta constante interpretación de la relación entre necesidad y libertad, ¿no es entonces la tragedia el modelo primero y fundacional de todo pensar dialéctico sobre el mundo? Como toda verdadera filosofía, el pensamiento trágico hace de esta dialéctica entre libertad y necesidad el centro de su interrogación de la existencia. Pero a diferencia de la filosofía, la tragedia posee en su carácter estético una relación fundacional con el mundo que los enunciados constatativos del discurso filosófico no puede sin más recuperar. Por ser institutivo o fundacional este poder de la palabra estética no tiene una naturaleza suplementaria sino original. De ahí, quiero recordar, que *Yawar fiesta,* con su programa de refundación del piso de prioridades a partir del cual juzgar la cultura andina, le otorgue al discurso religioso (también fundante) una dignidad aunque polémica que se le niega al discurso estatal-modernizador. De ahí también, y en forma más importante, la insistente pero tan poco meditada caracterización de la prosa arguediana como poética. Decir que la escritura arguediana es poética no significa argumentar que es una escritura que excluye la historia o la política en favor del mito o de un regionalismo acérrimo. La palabra poética no está más allá del mundo sino más acá. Arguedas podría haber hecho suya, creo, la siguiente observación sobre la poesía que Friedriche Nietzche incluye en *El origen de la tragedia*: "La esfera de la palabra poética", escribe Nietzsche "no yace más allá del mundo, como si se tratara de una fantástica imposibilidad nacida de la imaginación del poeta: la palabra poética aspira a ser lo exactamente opuesto, la expresión desnuda de una verdad, y es precisamente por este deseo que debe descartar los mentirosos ornamentos con que la cultura se ha obstinado en vestir la realidad" (61). La palabra poética puede aspirar a ser la expresión desnuda de una verdad no en virtud de describir "objetivamente" un mundo estable, sino en virtud de su conexión esencial con la creatividad, con la dimensión de la *poiesis*. En *Yawar fiesta,* mientras tanto, lo que perturba la estabilidad ideológica del ordenamiento hegemónico andino es la labor indígena que no puede ser ni destruida ni asimilada y que resulta en fuente de nuevas e innumerables valoraciones y tematizaciones del mundo. Por eso el hecho de que en Arguedas la comunidad indígena se presente siempre en términos de su labor, mientras que la presentación de su universo de sentido incluye siempre un recurso a lo poético, son dos caras de un mismo problema.

## Dialéctica y autenticidad

Si aceptamos que la literatura de Arguedas está a la búsqueda de un piso alternativo y fundamental desde donde cimentar una relación con el mundo, que no sería ya la promovida por los intereses que combatió tan apasionadamente toda su vida, la pregunta que resta responder es: ¿cómo sabemos que en nuestra lectura hemos alcanzado ese piso y no algún otro (falso o idealizado) nivel de la experiencia? Arguedas propone como el elemento capaz de reconocer lo que trabaja como causa y regulación de la existencia cierta idea de autenticidad, aunque no usa nunca esta palabra. No es difícil explicar lo que autenticidad significa en este contexto: se trata de una actitud que mantiene una relación dialéctica –que afecta y se deja afectar– por el espacio que habita. Ahora bien, Arguedas no está fundamentalmente preocupado por mostrar en qué consistiría una vida auténtica (tal vez ni siquiera crea mucho en ella) sino mas bien en usar el sentido de la inauténtico como un punto desde el cual exponer y denunciar la arbitrariedad de la ideología desarrollista en el Perú. La inautenticidad se presenta ante todo como mera gesticulación, como imposibilidad del espíritu de acompañar el movimiento de la realidad. Inmeditamente después de la primera y desrealizadora descripción de los aparatos de estado en el primer capítulo de *Yawar fiesta,* Arguedas pasa a describir la vida de los *mistis* desde una perspectiva que es igualmente exterior y desrealizada. Los mistis aparecen como animales fantásticos cuyos ciclos el narrador no llega realmente a comprender.

> Durante el día y por las noches, los principales viven en el Jirón Bolívar; allí se buscan entre ellos, se pasean, se miran frente a frente, se enamoran, se emborrachan, se odian y pelean. En el Jirón Bolívar gritan los vecinos cuando hay elecciones; allí andan en tropel echando ajos contra sus enemigos políticos; a veces rabian mucho y se patean en la calle, hasta arrancan las piedras del suelo, se rompen la cabeza. Cuando los jóvenes estrenan ropa, cuando están alegres, se pasean a caballo de largo a largo en el Jirón Bolívar; con el cuerpo derecho, con la cabeza alta, tirando fuerte de las riendas y dando sentadas al caballo en cada esquina. ( ...)
>
> En el billar se juntan los mistis por las noches; allí juegan casino, rocambor, siete y medio; conversan hasta medianoche; se emborrachan.

> En esa calle corretean, rabian y engordan los mistis, desde que nacen hasta que se mueren. (74)

Después de esta descripción, que muestra a los *mistis* practicando rituales que son incapaces de engendar una creencia, el narrador explica cuál puede ser la causa de tamaña superficialidad: Puquio es una ciudad nueva para los *mistis*. Han sido sólo 300 años desde que los *mistis* llegaron a Puquio y en esos 300 años rara vez se han aventurado mucho más allá del Jirón Bolivar. Los indios, por otro lado, han estado habitando activamente los Andes por miles de años y la descripción que Arguedas ofrece de ellos es la contrapartida exacta de la serie de actos azarosos y privados de sentido que gobiernan la cotidianeidad *misti*. Algunas veces, escribe Arguedas sobre los indios de las comunidades, "en sus ojos arde otra esperanza, su verdadera alma brilla. Se ríen fuerte, quizá también rabian" (77).

Estamos en mejores condiciones ahora de entender que la cifra de lo inauténtico resulta en realidad de un sentido de alienación, de una relación falsa que exilia a los sujetos de su lugar en el mundo. Las novelas de Arguedas refieren una y otra vez a aquellos que son incapaces de entrar en esa dialéctica con el espacio que habitan con el mote de "extrangueros", y como el lector de Arguedas sabe muy bien, sólo un peruano puede ser extranjero en el Perú. Las comunidades indígenas, como las de Puquio, están en cambio en una relación vital con su medio (a través de manifestaciones como la fiesta o la construcción de caminos), pero su falta de alienación proviene no del hecho de que en ellas se preserve una identidad, sino del hecho de que preservan una relación cierta con el mundo, del hecho de que son una manifestación de vida. Estos sitios de manifestación del poder de las comunidades son necesariamente, en tanto se sostienen en una interpretación alternativa de la realidad, sitios de enfrentamiento con la hegemonía parcial, defectiva, inconclusa, del Perú desarrollista. Leída desde esta perspectiva, la estrategia de Arguedas de insistir en la imposibilidad de subsumir la diferencia cultural en el terreno de la política hegemónica no resulta reactiva frente al terreno de la política, sino que más bien ensancha las fronteras de lo político para incluir en el concepto todas las sutiles formas de dominación y de resistencia que han caracterizado la imposición de un modelo poscolonial por más de dos siglos. La introducción de una dimensión colonial o poscolonial es necesaria, porque después de todo la lógica desarrollista que vive como inesencial la actividad vital de las comunidades no se inventa con la república, sino que se perpetúa desde las primeras formas de imposición del dominio español en los Andes. En última instancia es con la violencia originaria que una obra re-fundacional como la de Arguedas debe medir la totalidad de su proyecto. Al poner en cuestión el fundamento último de valuación de las acciones humanas la historia pierde su signo de fatalidad a la vez que las marcas supuestamente indelebles de una batalla ya peleada y ya perdida vuelven a ser tematizadas en el presente de la enunciación estético-política. Vale la pena insistir sobre un punto: autenticidad o mejor dicho, la falta de inautenticidad, no significa nunca en *Yawar fiesta* –y me atrevo a decir, que en ninguna obra de Arguedas– fidelidad a una forma o a una formación cultural, sino más bien fidelidad al movimiento incesante de lo real. El discurso desarrollista carece de autenticidad porque no puede reconocer, precisamente, los límites que le opone la realidad andina y se condena entonces a transformarse en violencia. Autenticidad termina por ser en Arguedas el signo de toda afirmación de vida, de todo valor que no sea simplemente colonizante o nihilista. Arguedas ofrece, transculturamente por así decirlo, una idea de trabajo como su índice de existencia. Hablamos de un trabajo real como el de la carretera a Nazca, pero que siempre desemboca en un valor simbólico agregado que transforma la identidad del individuo y lo eleva a una relación verdadera con el mundo capaz de cancelar la relación de extranjería que es la marca poscolonial en el habitante de la sierra.

La crítica ha insistido en que un rasgo distintivo de *Yawar fiesta* es el desplazamiento del antagonismo político por el antagonismo cultural. La descripción es correcta pero adolece de cierta superficialidad toda vez que ignora el hecho, tan patente en la obra de Arguedas, que el establecimiento de las coordenadas más generales de producción del mundo son el momento político fundamental de toda sociedad. *Yawar fiesta* es una novela cuyo motivo principal es la interrupción de lo político por lo "cultural" y es precisamente en razón de esa interrupción que es no sólo una novela auténticamente política sino también una novela auténticamente dialéctica, y también, por qué no, auténticamente trágica.

## Bibliografía

Archibald, Priscilla, "Andean Anthropology in the Era of Development Theory. The Work of José María Arguedas". *José María Arguedas: Reconsiderations for Latin American Cultural Studies*. Ciro A. Sandoval and Sandra Boschetto-Sandoval, eds. Monographs in International Studies Latin American Series, No. 29. Athens: Ohio University Press, 1998. 3-34.

Arguedas, José María. "No soy un aculturado". *Obras Completas* V. Lima: Horizonte, 1983. 13-14.

____ *Yawar fiesta. Obras Completas* II. Lima: Horizonte, 1983. 69-227.

Cornejo Polar, Antonio. *Los universos narrativos de José María Arguedas*. Buenos Aires: Losada, 1973.

_____ *Sobre literatura y crítica latinoamericanas*. Caracas: Ediciones de la Facultad de Humanidades y Educación, Universidad Central de Venezuela, 1982.

Forgues, Roland. *José María Arguedas del pensamiento dialéctico al pensamiento trágico*. Lima: Editorial Horizonte, 1989.

Lacoue-Labarthe, Philippe. "The Caesure of the Speculative". *Typography*, Stanford: Stanford University Press, 1998. 208-235.

Nietzsche, Friedrich. *El origen de la tragedia*. Buenos Aires: Thesis, 1968.

Vernant, Jean-Pierre y Pierre Vidal-Naquet. *Mythe et tragédie en Grèce ancienne*. París: F. Masperó, 1972.

Wolf, Eric. *Europe and the People Without History*. Berkeley: University of California Press, 1982.

# Itinerario de José María Arguedas (Migración, peregrinaje y lenguaje en *El zorro de arriba y el zorro de abajo*)

*Julio Ortega*

TODAVÍA A MEDIADOS DE LOS AÑOS 50, CHIMBOTE ERA UNA HERMOSA BAHÍA en la costa norte del Perú donde vivían alrededor de cinco mil personas. Había sido una caleta de pescadores, habitada por una pacífica mezcla de artesanos, comerciantes, y profesionales de clase media; y aunque la industria del acero, que había asentado sus altos hornos en la costa y dos diarios compuestos a mano, "El faro" y "El Santa", anunciaban los nuevos tiempos, nada hacía prever que pocos años después Chimbote se transformaría en un *boom town*. La industria de la harina de pescado convirtió a la caleta en el puerto pesquero más grande del mundo y al Perú en el primer productor mundial de ese valioso insumo. A comienzos de los años 60, cien mil personas se hacinaban en las precarias "barriadas" levantadas en sucesivas invasiones de terrenos arenosos e insalubres; buena parte de esos inmigrantes provenían de los Andes peruanos. Pronto, las playas fueron destruidas por las fábricas pesqueras, que habían crecido sin planeamiento dentro del área urbana y arrojaban sus desperdicios directamente a la bahía. La repentina prosperidad llenó al puerto de construcciones y negocios pero también de bares, burdeles y violencia. La explotación de la pesca indiscriminada, los precios del mercado internacional, la pronta riqueza y el trabajo precario convirtieron el paisaje urbano y humano en una poderosa y contradictoria versión de la modernización compulsiva. Invasiones de terrenos, conflictos laborales, enfrentamientos con la policía, subrayaban el proceso caótico y dinámico, pero también desigual y agónico, de este populoso ensayo del desarrollo peruano.

José María Arguedas (1911-1969), el más importante escritor peruano contemporáneo, era un novelista ya reconocido internacionalmente por su obra maestra *Los ríos profundos* (1958); pero era también un antropólogo, que había trabajado sobre áreas sensibles de la memoria étnica andina, y cuya teoría cultural suponía una nacionalidad heterogénea, donde la sociedad criolla dominante fuese capaz de reconocer los derechos del mundo indígena no sólo como una nación legítima sino como proceso intrínseco de la diferencia cultural peruana. No es, por ello, sino sintomático, y hasta lógico, que este escritor bilingüe, cuya lengua nativa había sido el quechua aborigen, encontrara en el fenómeno humano y social de Chimbote no solamente el conflicto de la migración andina y el capitalismo primario sino también la puesta a prueba de la existencia de ese mundo andino. Con un proyecto de investigación apoyado por la Universidad Agraria de La Molina, en cuya área de Ciencias Sociales era profesor, Arguedas visitó varias veces Chimbote para entrevistar a los inmigrantes recientes. Sin embargo, su proyecto académico pronto se transformó en el plan de una novela. Inicialmente, había planeado escribir sobre el puerto de Supe, más próximo a Lima, que conocía muy bien por haber pasado allí los veranos, el cual también había sufrido la violenta transformación de la industria pesquera; pero comprendió que el fenómeno migratorio era mayor y más complejo en Chimbote. El proyecto de la novela empezó llamándose "Harina mundo", luego "Pez grande", y finalmente, *El zorro de arriba y el zorro de abajo*, título derivado de la mitología precolombina; más específicamente, del tomo de leyendas y mitos recopilados a fines del siglo XVI por el fraile Francisco de Ávila, que Arguedas tradujo del quechua al español bajo el título de *Hombres y dioses de Huarochirí* (1966). Estos "zorros" son dioses nativos que representan el mundo de lo alto y el mundo de lo bajo, principios a la vez de la geografía humana (costa y sierra andinas) y de la estructura mítica (complementariedad del ser plural). En la novela, propician una de las formas del planteamiento central: el dialogismo, que convoca a las partes en disputa a un debate exacerbado y emotivo en torno al sentido de la modernidad peruana. Uno de los "zorros" incluso interviene como personaje irónico (Don Diego) en el capítulo III.[1]

[1] Las relaciones de José María Arguedas con las ciencias sociales fueron siempre problemáticas. No tenía una concepción cientificista de las disciplinas académicas y, más bien, prefería cuestionar su voluntad de verdad. Pero esta actitud ante las ciencias sociales de un narrador que representaba la discordia del mundo andino, o al menos sus instancias de diversidad quechua y mestiza, no era una opción teórica ni programática. A su modo, traducía también la transición de la autoridad

Arguedas escribió, intentó seguir escribiendo, y finalmente abandonó la escritura de esta novela para suicidarse el 28 de noviembre de 1969. Se disparó dos tiros y murió el 2 de diciembre sin haber recuperado la conciencia. Ya la primera página de la novela, en el primero de los "Diarios" intercalados en el relato, anunciaba el propósito de matarse. Pero anunciaba también que la escritura de la novela le permitía diferir esa decisión, quizá incluso recuperar la voluntad de vida; y, en todo caso, avanzar en el proyecto de un relato que había concebido en sus partes, estructura y fábula,

---

de los discursos, desde el ensayismo practicado por Mariátegui, la etnología indigenista de los años 30, y la profesionalización de las ciencias sociales en los años 50. La carrera académica de Arguedas es, por lo menos, reluctante y pausada; su diploma de etnología es de 1950, su doctorado de 1963. Cuando la antropología, en los años 60, se convierte en el discurso autorizado sobre lo que Jorge Basadre llamó "el Perú profundo", Arguedas defensivamente se descuenta del profesionalismo académico y abre su propio margen de operatividad, entre el folklore, la traducción y la narración. Su obra, por ello, no proviene de la antropología, como las de Miguel Ángel Asturias y Alejo Carpentier provienen del encuentro parisino de la etnología y el surrealismo. Es sintomático que su trabajo de campo para la tesis doctoral no fuese en el Ande peruano sino en España, donde pasó un año en una comunidad campesina, modelo de la comunidad indígena andina. Los varios cargos públicos y sus ensayos y monografías tienen más que ver con la recopilación del folklore y la literatura oral y popular, y con la legitimación cultural de esas versiones en la sociedad nacional. En ese sentido, fue un intérprete y un mediador, y sus logros pero también sus limitaciones son de suma importancia. Por lo mismo, se puede sostener que la novela como forma social afirmaba, con Arguedas, su propia exploración. Estos temas han sido oscurecidos por interpretaciones sentimentales, que han insistido en hacer de Arguedas y su obra una suerte de etnología novelada y de revelación esencialista del "mundo andino." Esa sobreinterpretación fue, a su vez, contestada por otra: la de la sociología totalizadora, que descartó la presunción de verdad en sus novelas. Dudo, con todo, que nadie quisiera negarle a Arguedas el derecho a formular su propia versión del mundo quechua y sus mestizajes posibles. Más recientemente, se ha pretendido descalificarla como una mitología más del utopismo andino, sin entender que esa obra no tendría sentido sin su necesidad de pertenencia y arraigo aun en la experiencia del desarraigo y la crisis. Ahora bien, la representación de la obra de Arguedas no es literal, está animada por la vehemencia de una saga, que es oral, coral, dialógica. Asumirla como la versión fidedigna de la hibridez peruana o como la nostalgia de un mundo perdido es olvidar tanto sus tensiones como sus proyecciones. Es más serio dejar que esa obra prosiga realizando su libertad interpretativa e imaginativa, tanto como su calidad crítica y pasión de justicia. Carmen María Pinilla adelanta un balance de este debate con las ciencias sociales (Martínez y Manrique), cuyos orígenes recuenta Priscilla Archibald (Sandoval y Boschetto-Sandoval).

pero que su agudo malestar depresivo y recurrente le impedía culminar. Sus viajes repentinos entre Lima, Santiago de Chile y Chimbote, subrayan la transición entre el malestar y la escritura, entre los "Diarios" y la novela. En Santiago es paciente de la psiquiatra Lola Hoffman, con quien lee los capítulos de esta novela, y quien le recomienda, como terapia, avanzar en la escritura. Pero Arguedas padece un estado de inestabilidad, que sus cartas a la psiquiatra revelan entre confesiones y desgarramientos. De modo que cuando comprende que no podrá concluir la novela, decide preparar su publicación en el estado en que se encuentra. Escribe las cartas finales, las del suicida, que son un testamento público; prepara el manuscrito, y entiende que aun si la novela queda inconclusa posee valor narrativo propio además de valor documental. En un mecanismo de transferencia, que le es connatural, la misma condición inacabada del libro y su carácter póstumo, se le aparecen como una alegoría de su situación de zozobra, animada por la promesa de su tema y minada por el malestar que lo vence.

Arguedas había intentado ya matarse en abril de 1966 ingiriendo una sobredosis de barbitúricos, cuando su antiguo malestar psíquico hizo crisis; los médicos le salvaron la vida, y por un tiempo pareció recuperar su energía y hasta la voluntad de seguir viviendo. En esos años de crisis, divorcio y nuevo matrimonio, la Dra. Hoffman parece haber recomendado a Arguedas, al menos según se deriva de las cartas de éste, asumir sus nuevas decisiones para superar su estado crítico. No sería justo evaluar el tratamiento de esta reputada psiquiatra a quien su ilustre paciente llamaba "madre", ya que de su relación sólo tenemos la correspondencia que le dirige Arguedas, donde se advierte tanto su aguda dependencia como su temor a obedecerla. Incluso, el ánimo maníaco-depresivo de quien dramatiza y actúa su penuria. De cualquier modo, ella le recomienda escribir su novela sobre Chimbote como un ejercicio terapéutico. Escribe, nos dice él, para recuperar "la sanidad". Escribir no solamente será construir una representación descarnada y a la vez alegórica de Chimbote y su heterogeneidad fracturada; si no, lo que es más arriesgado, reconstruir un espacio narrativo donde la ficción, que en el caso de Arguedas es la forma resolutiva de lo real, transfiera el malestar del autor a la convicción del narrador; operando, de ese modo, una articulación tan simbólica como vital entre la voluntad de muerte del autor y la necesidad de vida del narrador.[2] Vida y muerte se traman, en varios planos, como la vertebración

---

[2] No contamos todavía con una biografía de Arguedas, aunque su documentación reciente parece posibilitarla. Es importante el tomo de cartas que John Murra ha dado a conocer (Murra y López-Baralt 1966) aunque no nos dice nada sobre las

misma de la novela. Así, la representación de Chimbote se desgarra, inquietada por la vehemencia expresiva que anima al narrador y por la perturbación que traduce. Pero se hace también alegórica, porque la capacidad poética del narrador asume al escritor en el proceso del relato. Se trata, claro, de una dolorosa alegoría, donde vida y muerte se ceden la suerte del autor. Es, al final, una alegoría de la crisis de la nacionalidad reformulada al centro de la modernización, donde vida y muerte se ceden la palabra y traman un mundo incógnito, a la vez antiguo y futuro, apocalíptico y renaciente. La promesa mítica (religar los contrarios y fundir al sujeto en el objeto, al lenguaje en el mundo) se torna agónica en el proyecto final de Arguedas: si el malestar humano del puerto es simétrico a la subjetividad herida, esta fuerza del sufrimiento potencia, así mismo, el conocimiento capaz de forjar un sentido creativo aun desde la violencia y la autodestrucción. Un mito del origen andino (la vida viene de la muerte) se transforma en un relato del futuro peruano (la utopía de una comunicación plena). En esta postulación trascendental del diálogo como restitución, Arguedas nos pide que despidamos en él "un tiempo del Perú". Esto es, un período del sujeto víctima de la discordia intrínseca al desorden cultural y social que ha vivido. Pero es evidente que se rehúsa al escepticismo y al nihilismo, y que asume su vida y su obra como partes de un proceso de articulación cultural, donde la celebración del diálogo es redentora. Toda la novela es un extraordinario esfuerzo por darle sentido a una vida agonizante y a una muerte vivificante.

*El zorro de arriba y el zorro de abajo* debe empezar, por ello mismo, con la historia del suicidio inminente del autor. Desde esta perspectiva, la novela proyecta su sombra melancólica, y se convierte en una ceremonia ritual. Desde la muerte, la vida (la del autor y la de sus personajes) se torna, sin embargo, más intensa, urgida y definitiva. El relato adquiere la vehemencia de la confesión, la prisa de las síntesis, el arrebato de los gestos de ruptura, la poesía y la irrisión del lenguaje descarnado. La novela, ahora, se ha convertido en un documento desolado y magnífico: el nacimiento de la

---

circunstancias de las cartas que la psicoanalista entregó a Murra. Tampoco sabemos nada del archivo de Doña Lola, y de los textos suyos que circulan no sería justo derivar un cuadro analítico. ¿Estaba derivando el paciente a una complacencia dolorosa, en la típica escenificación del suicida que se complace en los rituales de ese trance? Cierto histrionismo emotivo poseía al autor en estas cartas desgarradas. Sybila Arredondo de Arguedas en su artículo sobre *El zorro de arriba y el zorro de abajo* comenta una serie de cartas que ilustran los dilemas del autor el último año de su vida (Arredondo de Arguedas 1996).

novela coincide con la promesa del suicidio del autor. La primera página anuncia la última: el Autor (ahora el Narrador) hará de su muerte un acto literal (una escenificación para la cual no hay protocolos) pero también un acto narrativo radical, donde el lenguaje deja de ser ficticio y es más que documental. Convertido en la última materia primigenia, el lenguaje es capaz de rehacer los términos dados del mundo en el proyecto de su revelamiento, de su desentrañamiento. Arguedas llamó a sus capítulos "hervores", porque son la gestación de un proceso ferviente. Por eso dice Arguedas que "Vallejo es el principio y el fin". Como César Vallejo, el poeta de lenguaje más radical, Arguedas se propone hacer de su texto un objeto dirimente y apelativo, capaz no sólo de dar cuenta de la crisis de un mundo (la guerra civil española en el caso de Vallejo, la guerra de la modernización en el caso de Arguedas) sino de revertir los términos de la crisis en la alegoría realizadora del diálogo. En Vallejo, se trata del utopismo redentor: "solo la muerte morirá", anuncia y, en efecto, la muerte muere en el poema; en Arguedas, del utopismo cultural: la suma viva de la heterogeneidad dialógica.[3]

Por lo pronto, la novela se compondrá de cuatro "Diarios", el último de los cuales se titula "¿Último diario?" Esta es una pregunta por el mismo libro y por la propia vida, como si el narrador no quisiera del todo dejarlos en manos del autor. La pregunta revela, además, el temblor del autor ante su obra, a punto de abandonarse, abandonándola. Luego, los documentos de la muerte demuestran el cuidado con el que el autor saldrá de su propio relato para reconstruirlo desde la parte narrativa de su muerte. Porque el suicidio no será solamente el fin de su vida sino el recomienzo de su novela, esa textualidad póstuma de su muerte, que el autor anota como una biografía sumaria, que busca refugio en el relato mayor de su obra y su cultura. Al final, como al principio, sabemos que su vida se clausura, pero el texto inacabado supone la indeterminación de la muerte, que requiere de la vida para tener sentido. Esa vida animada y ardiente del relato recobra al suicida, y lo alberga en la promesa mayor de la fábula: darle de hablar a la muerte. El relato amplía los poderes de una vida disputada a las fuerzas contrarias. Y, más allá de las evidencias del malestar, la fuerza dialógica del proyecto del Libro como mito regenerador, comunica la lucidez de una certidumbre cedida al futuro.

---

[3] Antonio Cornejo Polar anunció la importancia de la migración: "Creo que a la luz de su novela final, en la que es tan evidente la marca semántica de la migración, se puede releer toda la obra de Arguedas en esa misma clave" (Cornejo Polar,"Condición migrante y representatividad" 7).

El carácter incierto del suicidio (¿dispararse?, ¿ahorcarse?) se prolonga en la escritura oscilante del Diario: "Ayer escribí cuatro páginas. Lo hago por terapéutica, pero sin dejar de pensar en que podrán ser leídas" (10). Esto es, la confesión se mueve entre el balance personal y la búsqueda de un lector posible. Y, en efecto, el Diario será pronto para Arguedas un diálogo múltiple, donde prosigue otras conversaciones, cita a diversos interlocutores, y entabla un debate con sus colegas novelistas. El principal interlocutor es Juan Rulfo, con quien Arguedas establece un vínculo inmediato de paridad. Pero también una identidad dirimente: Alejo Carpentier, le dice a Rulfo, "¡Es bien distinto a nosotros!" (11). Aunque estas opiniones de Arguedas sobre sus colegas provocaron reacciones más bien polémicas, vistas en el proceso del libro adquieren otro sentido. En primer lugar, ya este inicial Diario, tras su tema urgente del suicidio, organiza un paradigma interior: el de la comunicación transparente, aquella capaz de cuajar el potencial humano y la belleza del mundo. Lo vemos en los instantes epifánicos, cuando hasta acariciarle la cabeza a un cerdo, por ejemplo, puede suscitar la comunicación con una alta cascada. Este modelo natural de articulación que late en lo vivo supone el otro modelo, que es moral. En efecto, la eticidad que sostiene la identidad vulnerable del individuo en el diálogo con el otro, en el mutuo reconocimiento, circula en el libro como su paradigma sustantivo. En verdad, sin esta permanente identificación ética, que mantiene la humanidad del tú en el yo, no se podría entender cabalmente el proyecto utópico del autor. La capacidad de comunicación se representa como una capacidad de identificación, que provee la identidad del sujeto en la voz del otro y en las voces de lo otro. Esta validación es concedida por un sistema de revelaciones internas, que la naturaleza dialógica del mundo natural promueve, difunde y renueva. El hombre, en verdad, es agente de este diálogo convocatorio y celebrante; y su trabajo más propio es desencadenar nuevas fuerzas de articulación.

Por ello, cuando un amigo lo lleva a un espectáculo de danzas chilenas, Arguedas enfurece al comprobar que no se trata de un conjunto auténtico. "Todo eso es para ganar plata", protesta. "Pero lo intocado por la vanidad y el lucro está, como el sol, en algunas fiestas de los pueblos andinos del Perú" (13), sentencia. Le ha indignado, en verdad, la domesticación social de las danzas populares, que el consumo convierte en mero "comercio". Y se defiende, de inmediato, de cualquier sospecha de "indigenismo" simple. El Diario deja curso a las opiniones, que inevitablemente simplifican lo que evalúan, pero más interesante que la justicia o la injusticia de los juicios es lo que hoy se hace más claro. Primero, que Arguedas escribe desde un estado de susceptibilidad confesional, en un balance de simpatías y diferencias que pasa por su mayor o menor grado de identificación con otros novelistas o artistas contemporáneos; segundo, que bajo ese ajuste de cuentas late la noción de un principio artístico contrario a la socialización del artista, al dictamen de las reglas del mercado, al poder una modernidad disciplinaria y de control.

Estas páginas, adelantadas en la revista limeña *Amaru* (abril-junio, 1968) suscitaron una polémica con Julio Cortázar, que Arguedas tuvo todavía tiempo de reseñar por extenso en su penúltimo Diario de los *Zorros*. Se trataba, a todas luces, de un malentendido, tal como Cortázar lo reconoció después. Pero la polarización entre el escritor "localista" y el escritor "cosmopolita" suponía otra, planteada por Mario Vargas Llosa en un infortunado artículo en que dividía a los narradores latinoamericanos entre "primitivos" y "modernos". No en vano Arguedas prefiere distinguirse de los escritores "profesionales", cuya noción de "progreso" disputa. "Vallejo no era profesional, Neruda es profesional", enumera, refutando la jerarquización que el "oficio" o la "técnica" imponen sobre los escritores más "instintivos". Pero, en verdad, Arguedas constataba, en su interior, el cambio del sistema literario, que el desarrollismo liberal de los años 60 promovía. Aunque el fenómeno es más complejo y de ningún modo mecánico, se produce una homología entre ese modelo de modernización y, mediado por las comunicaciones, el éxito de la novela latinoamericana, cuya noción de una tecnología textualista y aperturista, en el optimismo de la hora, adquiere valores de vanguardismo estético. Irónicamente, el celo revolucionario de la hora, que el propio Arguedas demuestra con su emotiva adhesión a Cuba, es compartido junto al optimismo desarrollista del mercado liberal. Falta estudiar si los valores de uno y los bienes del otro se intercambian con éxito en el campo cultural. En cualquier caso, Arguedas es de los muy pocos que desconfían del programa modernizador. No sin razón: los proyectos nacionales reformistas (híbridos, divisorios, costosos) encontrarán sus límites en el sistema financiero internacional, y las dos décadas siguientes serán de crisis, violencia, y desintegración del sistema político. Lo que fue utopismo revolucionario pasó a ser, con ganancia discursiva, pesimismo conservador. No es casual que Mario Vargas Llosa cambiara también su valoración de la obra de Arguedas, la que inicialmente había sido su modelo interior; y que al pasar revista a estas polémicas opiniones de Arguedas terminara perdiendo de vista el sentido de su generosa demanda.

Ahora bien, la magnífica protesta de José María Arguedas ("¡No es profesión escribir novelas y poesías!" 18) es una defensa del arte contra su reproducción mecánica no ya sólo por la tecnología (que la convierte en mercancía vaciada de conciencia); sino por su creciente asimilación literal al mercado, que acarrea la conversión del artista. El mercado del consumo exitoso se convierte en la pérdida de la creatividad cultural, cuyos valores son bienes del diálogo colectivo. De inmediato hay que decir que Arguedas conocía demasiado bien las culturas populares y regionales como para meramente recusar las funciones del mercado. La actual visión académica de que el mercado es en sí mismo una fuerza de nivelación bajo los poderes dominantes, es irónicamente alimentada por quienes buscan, y encuentran, su autoridad en el sistema. La obra de Arguedas, como la de Gabriel García Márquez, explora el saber complejo de las distintas formas y funciones del mercado, cuyos espacios son alternos, y construyen la economía simbólica del dialogismo en una sociedad multisistémica. Evidentemente, son las fases de explotación (minería, pesca masiva) las que significan una violencia disruptiva, contraria a los principios de convivencia, a las fuentes de la memoria colectiva, y a los procesos de cohesión étnica. Sería un error confundir ese debate con un anticapitalismo romántico o un colectivismo anacrónico, y mucho menos con una agenda neo-primitivista reacia a la modernidad. Es evidente que en su experiencia andina y en su trabajo como folclorista y antropólogo, Arguedas define una aguda y urgida defensa de las expresiones creativas y de las formas culturales del mundo aborigen, a las que exime de cualquier obligación esencialista y reconoce en sus procesos y transformaciones. Por eso, como ha visto bien William Rowe, no es posible separar sus trabajos antropológicos de su obra narrativa, ya que hacen entre ellos un entramado de recuperaciones, asedios y afirmaciones, cuya forma, aún por estudiarse, puede ser vista como una estrategia intelectual y artística paralela, en cierto sentido, a los mismos movimientos de resistencia, apropiación y recodificación de la cultura andina peruana. Así, Antonio Cornejo Polar ha adelantado la importancia del sujeto emigrante y del proceso de migración en la obra de Arguedas; lo que implica también su propia errancia de escritor desplazado y a la vez enraizado, poseído por un rico sentido de pertenencia y al mismo tiempo descentrado por el desamparo de su tema y su zozobra personal. Pero cabría adelantar que ese movimiento migratorio, que incluye al sujeto andino como al mismo autor, tanto al lenguaje nativo como al mismo sentido de una articulación extraviada, es un desplazamiento cuya dimensión social y humana puede ser vista como trágica pero cuya práctica cultural puede ser creativa y desencadenante. Los héroes inmigrantes, como la migración misma, no son solamente víctimas, saldos de una victimización, sino agentes de transformación, capaces de abrir nuevos espacios, negociar nuevos márgenes, y forjar principios de articulación. Esta práctica se ejerce en su capacidad no sólo de sobrevivencia, adaptación y cambio, sino en su gestión de estrategias de reapropiación, que permiten que los circuitos sincréticos y flexibles del exilio aborigen se expandan sobre los medios discordantes. Esa práctica cultural supone, por otro lado, la contaminación de las normas jerárquicas, la socialización de espacios desplazados, la incorporación de nuevos lenguajes; la reestructuración, en fin, de una actividad social horizontal que favorece negociaciones, diálogos y alianzas. Por eso, Chimbote se le aparece al autor como un formidable laboratorio humano, tan infernal y terrestre como sobrenatural y utópico.

También conviene recordar que en *Los ríos profundos* el mercado es uno de los pocos espacios de diálogo y reafirmación. En efecto, el mercadillo de las "chicheras" representa el intercambio, la individualización, la comunicación festiva y horizontal. Estas vendedoras de comida y bebida son agentes mediadores entre clases y etnias y, como tales, propiciadoras del ágape, el banquete, y la música regional. Son ellas las que se rebelan contra el estado en protesta por el monopolio de la sal, y resultan por eso perseguidas por el ejército. Son una clásica fuerza política liberal, aquella que frente a las restricciones del estado (desde los criollos patriotas hasta las rebeliones indígenas) demanda un nuevo contrato social o un orden político concurrente. Pero, aun si en el mundo andino no se conoció el mercado, las ferias asumieron su dinámica de valoración e intercambio; y este mercadillo de las "chicheras", en efecto, tiene el color de la feria y su plena afirmación de los bienes y voces terrestres.[4]

Por eso, en el cáustico balance que Arguedas hace de la literatura latinoamericana está en cuestión su mayor o menor dependencia del mercado distorsionado, aquel que deshumaniza al artista al convertirlo

---

[4] He desarrollado este tema del lugar del mercado en el sistema de comunicación de *Los ríos profundos* (Ortega, *Crítica de la identidad*). La posibilidad e imposibilidad del diálogo son el drama que configura ese sistema también en las otras novelas del autor, especialmente en *Todas las sangres* (1964). Notablemente, esa función del diálogo (la de humanizar a los interlocutores) es el drama que recorre la obra arguediana con su demanda de comunicación. En ese sentido, también se puede demostrar su renovada actualidad, que hoy nos permite leerla como una novelización de los derechos humanos en medio de la violencia. En efecto, si la novela es el primer relato de los derechos naturales y sociales, porque dramatiza conflictos de la desigualdad y nos hace identificarnos con la suerte de los sujetos desposeídos o victimizados, la obra de José María Arguedas es una verdadera "novela de educación" no ya de los personajes sino del lector. No en vano estas novelas tienen la fuerza ética de su pragmatismo: nos comprometen con la dignidad de sus héroes de habla desgarrada, esto es, con la suerte del diálogo.

en un "profesional", en un tecnócrata más de la modernidad complaciente y de la modernización alegre. Arguedas, como Juan Rulfo, había logrado que la novela, uno de los instrumentos más refinados de la modernidad, se pasara a la orilla del otro, de los otros, de las víctimas de cada modernización, los campesinos. En *Los ríos profundos* la sublevación de los indígenas es un acto de reapropiación: demandan una misa para matar a la peste. Es decir, asumen el poder del rito católico como mito propio, capaz de restablecer el orden cósmico perturbado por la enfermedad. Arguedas se pregunta, alarmado, si estos nuevos novelistas exitosos no terminarán reafirmando, más bien, el arte como un privilegio de los vencedores, quienes además rescriben la historia. El mercado literario se le aparece como parte del programa modernizante, que presupone la homogeneidad cultural y la perpetuación de las fuerzas dominantes. O sea, la muerte del lector, cuya integridad se debe a la vida del autor.

La novela del suicida empieza como una inversión del proceso modernizador. La violencia latente y descarnada del lenguaje de los pescadores es una visión visceral y atroz, de este "mercado" del más fuerte, visto en su subjetividad desde una lengua maldiciente que desgarra y degrada. Esa metáfora de un lenguaje profundamente dividido recorre la novela en el habla del tartamudo, del pescador envilecido, del burdel degradante, del loco místico. Pero también aparece en el habla de Maxwell, el joven norteamericano que ha cruzado a la otra orilla y ha asumido la cultura andina, como un mestizo cultural, que oscila entre los extremos del puerto pero que anuncia ya un posible sujeto mediador. Y está presente en las hablas divisorias de la migración, formidable agencia del distinto grado de negociación cultural. Así como el diálogo periódico de los dos zorros, de los principios de la complementariedad andina. Esa identidad del agente en su lenguaje, sin embargo, no es sólo social; es también la alegoría babélica de un país que trabaja su escena del diálogo. Así, el lenguaje es oral, y la oralidad una forma del mundo reciente.

La prostitución es otro "mercado" desnaturalizado, y uno de los ejes de vaciamiento del sentido.[5] La novela encuentra su mejor mecanismo en las voces mismas de los sujetos, en la conversación que reconstruye sus historias, a las que controlan sólo a medias, porque las palabras no configuran una objetivad común, sino una subjetividad que se reconoce

[5] En su estudio sobre "la alegoría del prostibulo" Rodrigo Cánovas, a propósito de la novela de Arguedas, observa que: "El ser andino se revela como un cuerpo sensorial constituído como un hálito de vida y, en su revés, como un estertor de muerte" (*Sexualidad y cultura en la novela hispanoamericana* 121).

como mutua en sus heridas, horrores y agonía. El lenguaje no es una conciencia analítica sino una zozobra confesional, una gestualidad dramática, de emotividad cruda e incierta. "Lloraba y hablaba; lloraba y hablaba", se dice de una prostituta. Y otra, Paula Melchora, impregna al castellano con su emotividad:

> Gaviotas; gentil gaviota...de mi ojo, de mi pecho, de mi corazoncito vuela volando. Bendice a putamadre prostíbulo. M'está doliendo me "zorrita". Lu'han trajinado, gentil gaviota, en maldiciado "corral", negro borracho, chino borracho. ¡Ay vida! Asno Tinoco mi'ha empreñado, despuecito. (46)

Y, con todo, el lirismo del habla revela las mediaciones, del todo decisivas: la del quechua original (que impone, por ejemplo, "vuela volando") y la de la oración católica (que apela a un diálogo que humanice la violencia). En esta novela uno de los substratos más persuasivos será el lenguaje epifánico, esa forma revelada del diálogo, cuya celebración del mundo, postulación dialógica, sentido redentor del sacrificio, comunidad oficiante y comunión ritual, me parece que dan forma interior a las muchas hablas de esta historia de vidas errantes en busca de una morada en el habla, de un lenguaje de afincamiento. Me ha parecido advertir que ese lenguaje epifánico es lo que en esta novela prevalece del encuentro entre el quechua y el discurso litúrgico.

En este mercado de la muerte, el espacio desasido se ha transformado en una necrópolis. El capítulo I corresponde al habla de Chaucato, el pescador que preside el centro desnaturalizado, el espacio del burdel y de la bahía degradada, esa doble "zorra" (órgano sexual femenino) violentada por este des-fundador; el capítulo II, en cambio, se sitúa en el mercado de abastos (llamado Modelo), y su héroe es el "loco" Moncada (suerte de profeta mendicante). Si la palabra de Chaucato es denigratoria, la de Moncada es una plegaria rota. El lenguaje como don se enerva en boca del héroe de la predicación en el desierto. Moncada anuncia una verdad perdida: la ausencia de Dios en el lenguaje. Más perentoriamente, testimonia la pérdida de lo sagrado en la violencia deshumanizada del mercado. Anuncia: "Yo soy torero de Dios, soy mendigo de su cariño, no del cariño falso de las autoridades, de la humanidad..." (53). Se define desde una orfandad irrisoria, porque mendiga el lenguaje religador, ausente de un mundo desligado. Por eso, la cruz que carga no es la del sacrificio sino la del cementerio: Moncada es un predicador sin público, cuyo lenguaje dislocado recorre el puerto (mercantil) a nombre de un Dios ausente. "Yo soy lunar de Dios en la tierra, ante la humanidad" (53), dice. Pero su tarea mendicante es también una cruzada: "Y no es la moneda lo que me hace disvariar sino mi estrella" (53), advierte. En los márgenes del mercado Modelo, celebra una misa grotesca y desafiante. Su discurso no tiene consecuencias, carece de interlocutores; pero se levanta como una imprecación contra las autoridades de los discursos socializados y dominantes.

En esta sintaxis narrativa de espacios emblemáticos, la novela que ha pasado del burdel al mercado sigue, en los pasos del loco Moncada, hacia el cementerio. La escena dantesca de los pobres de una barriada trasladando las cruces de las tumbas de sus muertos, dramatiza la reorganización del espacio de la ciudad desde la perspectiva de la muerte. Esta escena fantasmática es conjurada por el rezo de tres mujeres: "Dios, agua, milagro, santa estrella matutina..." (68). Esa oración suma motivos de la novela (la hierba que resiste en el abismo, el río Santa que retorna caudaloso), pero también funde algunos de sus lenguajes: el animismo quechua, el salmo católico, el castellano reciente. El imaginario de la migración se construye desde el habla como el trayecto de una subjetividad desarraigada. Son marcas lingüísticas del desplazamiento del sujeto que disputa las interpretaciones para articular su propia objetividad. Quien intentará representar las nuevas mediaciones es otro ejecutor del habla de la adaptación: el porquerizo Gregorio Bazalar, cuyo español teñido de quechua aparece como un discurso político emergente, situado en la necesidad de controlar el espacio adverso.

El "Segundo Diario" recuenta la dificultad de proseguir la novela que apenas empieza. No sin autoironía, y entre varios interlocutores, donde estamos incluidos los mismos lectores, Arguedas mide sus fuerzas de escritor ante la desmesura de su tema. Pero aquí, por un momento, no se trata del suicidio; la novela, a pesar de sus dificultades, se ha impuesto al autor. Nos dice que desde que empezó el primer "Diario" en Santiago ha estado "dos veces más en Chile y cinco veces en Chimbote" (79). Fecha este Diario en el Museo de Puruchuco, en las afueras de Lima, donde un amigo le ha prestado una oficina para escribir. En su propia casa, en Chaclacayo, también en las afueras de Lima, el tren implacable lo despierta todos los días a las 4.30 a.m. Refugiado, duda: "¿y si no puedo?" Pero la última frase del Diario anuncia que al mes siguiente ya está otra vez en Santiago, en casa de "la mamá Angelita", y que empieza a escribir el capítulo III. Otra vez, esta vulnerabilidad del escritor se traduce en la zozobra de la escritura; pero esta vez nos parece entender que los muchos viajes entre espacios protectores no sólo declaran una fuga del malestar (y aceleran su desenlace, el suicidio) sino la necesidad de un refugio donde retomar la escritura y prolongar la vida. Por lo demás, su relación con la conflictividad del tema se le torna, si no más clara, más íntima. "Creo no conocer bien las ciudades y estoy escribiendo sobre una" (81), dice. Pero luego: "Y no es que pretenda describir precisamente Chimbote. No, ustedes lo saben mejor que yo. Esa es la ciudad que menos entiendo y más me entusiasma. ¡Si ustedes la vieran! ¡Tengo miedo, no puedo comenzar este maldito capítulo III, de veras!" (82). Ese "ustedes" nos alcanza a los lectores, renovado el peregrinaje de la lectura, cuya vida pende del hilo de la escritura. Si Dante pudo distinguirse como autor frente al Dante peregrino en el poema, Arguedas se encamina, en la escritura itinerante, hacia la fusión del autor y el personaje en el libro. Sólo que, para ser cierta, la ficción hace inevitable el desenlace trágico; y para ser más verdadero, el autor sólo tiene a la ficción. En los documentos que escenifican el suicidio se puede advertir que Arguedas encontró albergue entre los personajes de su novela. Se asumió como parte del peregrinaje peruano (que es una forma mayor de la migración); y lo hizo desde la conciencia trágica, y también paradójica, del suicida que se despide protestando su fe. El hombre y el personaje se funden en el libro, del otro lado del espejo, haciendo de la muerte una conciencia de lo vivo.[6]

Pero, si no es el puerto, ¿qué es en verdad lo que quiere describir? Porque habiendo leído los dos primeros capítulos, en efecto, sabemos que ésta no es un una novela social o naturalista, pero tampoco vanguardista o mágico-realista. Antonio Cornejo Polar la llamó "abierta" porque está incompleta. Pero, de otro modo, sólo está incompleta en el proyecto del autor, que en su último Diario nos dirá con cierto detalle cuáles iban a ser los desenlaces. Tratándose de Arguedas y del carácter indeterminado de personajes y conflictos, esas líneas argumentales no tienen que haber sido las definitivas; pero nos permiten, al menos, entender que en su plan de trabajo esperaba a varios personajes un final truculento y a los zorros tutelares una mayor deliberación. En cualquier caso, la novela está "completa" en tanto libro escrito y editado por el autor. El fascinante proceso textual que incluye la interpolación, la autorreflexividad, y el testamento epilogal potencian la ficción en el documento, la novela en el testimonio, y el relato en su gesto autobiográfico. Los pre-textos y post-textos se desdoblan novelescamente pero también sitúan a la ficción en un nuevo estatuto de certidumbre narrativa, donde la novela se transforma en objeto cultural ajeno al Archivo de la normatividad y del canon. El problema de su definición, por lo tanto, es más que genérico; tiene que

---

[6] Catalina Ocampo propone en "El imaginario mágico de José María Arguedas" una lectura del "sacrificio" en la dimensión trágica de la novela de Arguedas.

ver, más bien, con la radical diferencia de su escritura y planteamiento narrativo. Allí es donde radica la verdadera y enorme dificultad para el autor y la puesta a prueba del lector.

En cuanto a la escritura, se trata del formato del diálogo y del predominio de la oralidad. Pero este es un diálogo no siempre razonado, no necesariamente obligado a los turnos del hablante y el oyente; sino un diálogo de distinto protocolo. Hecho a partir de sobrentendidos, está fragmentado entre retazos de un discurso oblicuo y sin centro. De manera que las palabras no buscan sólo representar el mundo que refieren, los hablantes no intentan sólo intercambiar información, y la oralidad no pretende sólo reproducir el instante enunciado. Hasta cuando los personajes se interrogan las respuestas son laterales o parciales, como en los diálogos de Chaucato (capítulo I) o en los de don Diego, el "zorro" convertido en evaluador de la industria, y don Ángel, el astuto gerente pesquero de Braschi (capítulo III). En buena cuenta, no sabremos necesariamente más del fenómeno pesquero o de la situación social o política de Chimbote a través de estos diálogos; conoceremos, en cambio, distintas e intrincadas interpretaciones de ese fenómeno y esa situación; versiones que refractan el mundo en el habla, como su inversión subjetiva, ambigua y sospechosa. Los capítulos III y IV, justamente, son los más dialogados, y donde el carácter conflictivo de la información será procesado entre hablantes hechos más que por la información misma por la escena comunicativa donde actúan sus propias vidas, como si ejercieran papeles no en la objetividad económica y social de una ciudad sino en el proceso comunicativo de un mundo sin reglas de habla, sin protocolos de comunicación, sin identidades fieles o veraces en el lenguaje mismo. Este es un proceso comunicativo que ocurre poniendo a prueba sus funciones, desprovisto de la seguridad de sus poderes inmediatos, y que está profundamente subvertido por esta nueva humanidad del habla migratoria. Por ello, suele darse en un habla desgarrada, quebrada por dentro, exacerbada; una suerte de materia emotiva que disuelve sus referentes para expresarlos casi material y descarnadamente. Sólo en la "Segunda parte" de la novela las funciones comunicativas parecen haberse definido, identificando a los hablantes como híbridos del lenguaje migratorio que se está levantando como otra ciudad (¿humanizada?) dentro de Chimbote.

El capítulo III, además, avanza la crítica del "mercado", incluye la puesta en duda de su capacidad dialógica. El "zorro" don Diego le explica a don Ángel, el gerente, que las comunicaciones tecnológicas, incluidas las computadoras, permiten un espacio que concilia "los disímiles". Cree que en la bahía de Chimbote convergen el Hudson con el Marañón, el Támesis con el Apurímac, y hasta París y el Sena. Este espacio paródico es, en verdad, un mercado actualizado (un anticipo de la ideología del mercado globalizado que proclamará hasta sus últimas consecuencias el neoliberalismo en los años 90), donde los agentes del poder modernizante perpetúan su explotación. Irónicamente, ese mercado comunicativo promueve un subsistema colonial, incapaz de verdadero diálogo. Contrastivamente, los mercados periféricos tienen "más moscas que comida", más muerte que vida. Están rodeados de alcatraces hambrientos, verdaderos emblemas fúnebres.

Pero hasta don Ángel, brazo derecho de Braschi, el gran empresario de la pesca, reconoce que "en Chimbote está la bahía más grande que la propia conciencia de Dios, porque es el reflejo del rostro de nuestro señor Jesucristo" (92). Se refiere a la abundancia natural como un atributo divino, y tal vez al capitalismo salvaje que destruye esa misma abundancia con su expoliación. De los nuevos barrios de los inmigrantes, trazados con orden y comunalmente, dice que "ni la conciencia de Dios [los] habría imaginado" (93). Estas referencias de implicación religiosa se prolongan, enseguida, cuando don Ángel refiere el conflicto de dos estatuas de San Pedro, el patrón de los pescadores; una, modesta pero genuina, que los pescadores asumen como suya; la otra, más vistosa, comprada por la empresa, pero que al haber sido visitada por las prostitutas que la empresa acarrea es percibida como "desbautizada". El conflicto se insinúa: los pescadores demandan que su santo sea vuelto a bendecir por el Obispo. Enmarañado y oscilante, este capítulo desarrolla la idea política central de la novela: la industria de la harina, en manos de Braschi, está montada como un entramado conspirativo. Al modo de una mafia, actúa como un microestado corrupto, cuyas asociaciones, planes y operaciones están diseñados para explotar el mar, corromper la fuerza laboral, manipular a los inmigrantes, y sabotear el movimiento sindical. (Quizá para no repetir el esquema de interpretación bienpensante, la "teoría de la dependencia", Arguedas no insiste en la racionalidad mecánica de estas explicaciones sino en su versión más bien moral). Sin embargo, este capitalismo salvaje es también una fuerza que ha generado sus propias contradicciones, algunas de las cuales no puede controlar, ya sea porque el movimiento social desencadenado es una expresión de las sumas desiguales del Perú, o porque las polarizaciones que se suceden reestructuran la significación con nuevos antagonismos y resoluciones. La novela, en fin, no se limita al reduccionismo socio-económico, no busca reiterar las evidencias; explora, más bien, esos márgenes de desencadenamiento, la textura de un lenguaje que reorganiza el sentido entre grandes negaciones y muy pocas promesas.

En esa dimensión del discurso es donde empieza a configurarse la polaridad central, entre el espacio infernal del mercado y el espacio de origen litúrgico. El capítulo IV desarrolla la versión agónica de esa configuración. El ex-minero Esteban de la Cruz, enfermo de muerte, y su compadre, el "loco" Moncada, que predica cargando su gran cruz, representan la parte más humilde y descarnada de la humanidad doliente. El narrador se demora en revelarnos esa palpitación desnuda del paria, huérfano y caído. En su poema "Un hombre pasa con un pan al hombro" César Vallejo había pasado revista a los parias de la urbe en crisis: el mendigo que "recoge cáscaras, huesos", el condenado que "tose, escupe sangre". Sólo que don Esteban y Moncada parecen configurar no sólo la condición del paria sino también, lo que es más intrigante, la penuria de una comunidad cristiana primitiva. Los anima la solidaria marginación de los herederos de un discurso cristiano roto; pero, así mismo, un propósito superior a sus pocas fuerzas.

La Biblia, fragmentos del libro de Isaías y al final una parte de una epístola de Pablo, alimenta a partir de este capítulo, con citas y alusiones, esta inquietante persuasión cristiana. En primer lugar, este plano de alusiones parece darle sentido sacrificial al padecimiento sin discurso de las víctimas de la modernización. En segundo lugar, la vehemencia enunciativa de Isaías, que resuena también tras algunos poemas de Vallejo, se aviene a esta lengua desasida y tremebunda de la novela. Pero, lo que es quizá más importante, este lenguaje bíblico posibilita una mediación entre la vida sin sentido y la muerte sin discurso. Ya que la representación social se agota en su propia explicación, en las evidencias; y ya que el mundo es percibido desde la subjetividad alterada por la violencia social, esta dimensión mítico-religiosa, esta persuasión cristiano-primitiva, posibilita articular la diáspora andina en la modernización como un sacrificio patente y un renacer latente.

"Con el Señor hablo bien, derecho", anuncia don Esteban, declarando su independencia de la práctica religiosa pero afirmando su estirpe cristiana. En su ojo, dice, hay candela que ataja a la muerte. Como un personaje del Antiguo Testamento, sus atributos de profeta en el desierto le confieren (como su nombre anuncia) el papel del sacrificio anticipado. Dice que Moncada, "es testigo de mi vida, yo también de so vida... Yo bravo 'homilde', él, soberbio. Así la Santa Biblia..." (136) Isaías, y no David, es la opción del rebelde solitario. La novela nos dice que don Esteban "no había sido aún completamente convertido al evangelismo", pero que "había asistido a muchas reuniones y escuchaba con interés y preocupación los comentarios de la Biblia" (143). Esto es, en la Biblia adquiere la identidad de su filiación comunitaria, que está hecha, más que en la lección evangélica, en la imprecación profética. Enfermo de muerte, el lector viene de la Biblia y a ella vuelve, peregrino del diálogo, que es transferido ahora al otro testigo, al autor.

Esta elocuencia empática con Isaías se sostiene, por lo demás, en la extraordinaria modulación del español indígena de este personaje conmovedor. Como ocurre con los otros migrantes, la lengua es la alegoría de la migración: cada uno ilustra el estado de su viaje migratorio en el estado de su lengua adoptiva. Todos son migrantes recientes, pero unos vienen de la sierra del norte, otros de la sierra de Huaraz, y hasta hay quienes vienen de Puno, del extremo sur andino. Unos revelan más que otros su pertenencia a la mentalidad mítica, como el patrón de pesca que habla del último Inca en Cajamarca como si fuera su contemporáneo. Otros, como Esteban de la Cruz, han pasado por el infierno de la minería, y arriban al purgatorio del puerto confirmando que estamos en un mundo al revés, y que la muerte se demora en la vida. Pero, al mismo tiempo, esa conciencia de desdicha agudiza su lenguaje, forjado entre el quechua y el español, entre la Biblia y el mercado, entre la vida y la muerte, como un testimonio del fin. Es formidable, por ejemplo, esta frase castellana de estructura quechua: "Hemos llegado caserío calamina Cocalón mina" (137). O sea: Así llegamos al caserío de calamina, donde está la mina de Cocalón. Pero la frase aglutinante quechua posee una resonancia épica: corresponde a las sagas del descenso al Hades.

También es notable la riqueza anímica de esta descripción epifánica:

> Mariposa amarillo, siempre, pues, llegaba, cansado, al andén cementerio. Del árbol pobrecito, chico retama, sobía al cementerio, padeciendo. Hemos mirado paisanos, dispués, en los foneral entierros, a las mariposltas. Alzaban bastantes, mancha grande, del retamal. Viento fuerte arrastraba su alita en el cañón barranco, río pa'abajo arrastraba, en cañón seco barranco. Lo hacía llegar, en veces, al negro río del carbón; cayendo caían. En polvo, seguro, atoraban. (139)

Estas mariposas que promedian entre la vida y la muerte, podrían ser mensajeras, dice el minero, que lloran la muerte de los indios en la mina. Pero Moncada protesta: " ¡no hay mensajero de nada, compadre! La muerte en Perú patria es extranjero... La vida también es extranjero" (140). Así, la memoria elocuente de don Esteban alimenta la prédica de su furioso interlocutor del desierto.

Pero si la vida está tan extrañada como la muerte, si una y otra están desplazadas por un espacio infernal, quiere decir que las correspondencias entre el mercado y el cementerio convierten a la ciudad en una necrópolis. Este espacio revertido que multiplica la muerte supone al extranjero, esto es, al desierto, al nomadismo sin tregua. Lo extraño, lo "extranjero", es en este sistema aquello que no está articulado, y que disuelve el sentido de lo local en su fuerza implacable. "Verdad verdadera, de justicia su fundamento Dios", sentencia don Esteban. Une en un enunciado a la verdad, a la justicia y a Dios; o sea, al sentido articulatorio de un lenguaje tan natural como moral. No en vano, ha aprendido del profeta Isaías la "tiniebla-lumbre", y ejerce el habla que se levanta "contra la muerte", a la que ha jurado vencer. De la Biblia, le ha tocado otro capítulo, el de las imprecaciones.

En la segunda parte la novela ingresa a una nueva dimensión del diálogo, esta vez más resolutivo. Por fin accedemos a un plano más articulado del lenguaje, donde la actividad comunicativa busca hacer un recuento de experiencias, establecer un balance de saberes, y postular un porvenir de responsabilidades. Otra vez, los hablantes migratorios se definen por su modulación oral del español adquirido, ahora con una elaboración narrativa mayor, que permite el testimonio o el retrato. En verdad, posibilitan el curso de la saga migratoria de los dirigentes, ya que ahora se trata de los líderes comunitarios, aquellos que responden por su experiencia y su medio. Don Cecilio es uno de los narradores decisivos porque su relato modula la estrategia cultural del inmigrante, entre alianzas y negociaciones que amplían, justamente, su representatividad comunal, su madurez civil. Los otros interlocutores son el cura Cardozo y Maxwell, el joven norteamericano que se ha mestizado en el mundo indígena. El diálogo va convirtiéndose en un análisis de la calidad de compromiso de estos hablantes en los nuevos márgenes que han empezado a convertir en umbrales. Para algunos se trata incluso de definir sus opciones. Cardozo anuncia así su posición:

> –La revolución– se oyó la voz firme de Cardozo– no será obra sino de estos dos ejemplos, uno divino, el otro humano, que nació de ese divino: Jesús y el 'Che'. (235)

Esta figura de rebeldía y sacrificio parece aludir a la teología de la liberación, que por entonces Arguedas ha empezado a apreciar a partir de su diálogo con el padre Gustavo Gutiérrez. Resuena, además, al sincretismo cristiano y marxista (o trotskista) de Vallejo, cuando anunciaba que el lema del escritor revolucionario era "Mi reino es de este mundo pero también del otro". Por eso, Cardoso cierra el capítulo con la epístola de Pablo: "Si yo hablo en lenguas de hombres y de ángeles, pero no tengo amor, no soy más que un tambor que resuena o un platillo que hace ruido..." (240). Y reflexiona: "Yo he visto aquí, en Chimbote, visiones entre apocalípticas y ternuras. ¡Señor! Cada noche, cada día veo revelaciones que me enardecen y conturban" (241). A su modo, este cura católico avanza en su propio lenguaje, desde sus fuentes de fe, hacia la lengua híbrida del diálogo, donde los inmigrantes son, finalmente, agentes del lenguaje del reconocimiento mutuo.

Al cerrar el libro, Arguedas se sitúa frente al suicidio inminente como parte de un diálogo de sacrificio y renacimiento. Se pierde con él un tiempo del Perú agonista, pero se gana otro, un tiempo del diálogo restituido. Al final, Chimbote se ha convertido en una disputa por el sentido (humano, espiritual) del país, del cuerpo simbólico de una nación posible. Por un lado se levantan los mercados de la muerte, por otro los discursos de linaje litúrgico y mágico, que confrontan a la modernización desnaturalizadora con su fuerza regenerativa y su utopía comunitaria. Por eso, no se trata meramente de una "utopía arcaica" como ha dicho, para descalificarla, Mario Vargas Llosa. Se trata, más bien, del más serio intento de la cultura peruana por sumar una versión de alteridad humanizada. Esto es, de una utopía del discurso de las sumas de plenitud, donde la muerte ya no sea la contradicción de la vida, sino parte imbricada de su potencialidad creativa. Es, por eso, no una utopía formal y normativa sino una en construcción, como el diálogo mismo, abierta e indeterminada. Una utopía, así, capaz de recuperar para lo humano el espacio revertido, el desierto o el infierno de los hombres reducidos por el desvalor de la compra-venta. Estamos ante un lenguaje de profunda intimidad religiosa, cuya reminiscencia litúrgica recorre el espacio infernal convirtiendo a la palabra en un don reparador. Contra la muerte del lector, se le hace insuficiente la vida al autor.

Por eso, los nuevos inmigrantes y mediadores, los religiosos que asumen el valor del otro, la creciente creatividad cultural que disputa la debacle social, podrían también adelantar el principio de un dialogismo solidario. Esa ciudad del habla es la utopía más radical, no por improbable menos actual.

## Bibliografía

Archibald, Priscilla. "Andean Anthropology in the Era of Development Theory: The Work of José María Arguedas". *José María Arguedas: Reconsiderations for Latin America Cultural Studies*. C. Sandoval y S. Boschetto-Sandoval, eds. Athens: Ohio University Center for International Studies. Latin Americana Studies Series, Num. 29, 1998. 3-34.

Arguedas, José María. *El zorro de arriba, el zorro de abajo*. Eve-Marie Fell, ed. Madrid: Colección Archivos de la literatura latinoamericana, 1990.

_____ *The Fox from Up Above and the Fox from Down Below*. J. Ortega, ed. Pittsburgh: University of Pittsburgh Press, 1990.

Arredondo de Arguedas, Sybila. "*El zorro de arriba y el zorro de abajo* en la correspondencia de Arguedas". J.M. Arguedas, *El zorro de arriba, el zorro de abajo*. Eve-Marie Fell, ed. Madrid: Colección Archivos, 1990. 275-295.

Castro-Klarén, Sara. "'Like a pig when he's thinkin': Arguedas on Affect and on Becoming an Animal". J.M. Arguedas, *The Fox from Up Above and the Fox from Down Below*. Julio Ortega, ed. Pittsburgh: University of Pittsburgh Press, 1990. 307-323.

Columbus, Claudette Kemper . "Grounds for Decolonization: Arguedas's *Foxes*". *Genealogy and Literature*. Lee Quinby, ed. Minneapolis: University of Minnesota Press, 1995.

Cánovas, Rodrigo. *Sexualidad y cultura en la novela hispanoamericana, La alegoría del burdel*. Santiago de Chile: LOM, 2003.

Cornejo Polar, Antonio. "Un ensayo sobre los 'Zorros' de Arguedas". J.M. Arguedas, *El zorro de arriba, el zorro de abajo*. Eve-Marie Fell, ed. Madrid: Colección Archivos, 1990. 297-306.

_____ "Condición migrante y representatividad social: El caso de Arguedas". *Amor y fuego: José María Arguedas, 25 años después*. Maruja Martínez y Nelson Manrique, eds. Lima: DESCO, CEPES, SUR, 1995. 3-14.

Escobar, Alberto. *Arguedas o la utopía de la lengua*. Lima: Instituto de Estudios Peruanos, 1984.

Lambright, Anne. "Losing Ground: Some Notes on the Feminine in *El zorro de arriba y el zorro de abajo*". *Hispanofilia* 122 (1998): 71-84.

Lienhard, Martín. *Cultura andina y forma novelesca: Zorros y danzantes en la última novela de Arguedas*. Lima: Editorial Horizonte, 1990.

Martínez, Maruja y Nelson Manrique, eds. *Amor y fuego: José María Arguedas, 25 años después*. Lima: DESCO, CEPES, SUR, 1995.

Murra, John y Mercedes López-Baralt, eds. *Las cartas de Arguedas*. Lima: Fondo Editorial de la Pontificia Universidad Católica del Perú, 1996.

Ocampo, Catalina. "El imaginario trágico de José María Arguedas". *Territorios ilimitados: El imaginario y sus metáforas*. Ana María Morales, ed. México: Universidad Autónoma de Morelos y Universidad Autónoma Metropolitana, 2003. 113- 123.

Ortega, Julio. *Crítica de la identidad. La pregunta por el Perú en su literatura*. México: Fondo de Cultura Económica, 1989.

_____ ed. Número dedicado a José María Arguedas. *Revista Iberoamericana* XLIX/122 (enero-marzo 1983).

Pinilla, Carmen María. "Arguedas y el conocimiento comprensivo". *Amor y fuego: José María Arguedas, 25 años después*. Maruja Martínez y Nelson Manrique, eds. Lima: DESCO, CEPES, SUR, 1995. 209-232.

Rouillón, José Luis. "La luz que nadie apagará. Aproximaciones al mito y al cristianismo en el último Arguedas". *El zorro de arriba, el zorro de abajo*. Eve-Marie Fell, ed. Madrid: Colección Archivos, 1990. 341-359.

Rowe, William. *Ensayos arguedianos*. Lima: Universidad de San Marcos y SUR, 1996.

Sandoval, Ciro A. y Sandra N. Boschetto-Sandoval, eds. *José María Arguedas: Reconsiderations for Latin American Cultural Studies*. Athens: Ohio University Center for International Studies. Latin Americana Studies Series, Num. 29, 1998.

Trigo, Pedro. *Arguedas: mito, historia y religión*. Lima: Centro de Estudios y Publicaciones, 1982.

Vargas Llosa, Mario. *La utopía arcaica: José María Arguedas y las ficciones del indigenismo*. Lima: Fondo de Cultura Económica, 1996.

# Territorialidad y forasterismo: la polémica Arguedas / Cortázar revisitada

*Mabel Moraña*

1.

En mayo de 1984, en una de las últimas entrevistas que concediera poco antes de su muerte, respondiendo a las preguntas de Paul Rabinow, Michel Foucault elabora algunas ideas, sin duda controversiales, sobre el género de la polémica. Tratando de distanciarse de esa práctica intelectual a la que caracteriza como básicamente superficial, teatral y lúdica, Foucault sostiene que quien polemiza lo hace a partir de una posición de privilegio –cualquiera que ésta sea– a la que no desea renunciar. De acuerdo con el filósofo francés, más que como interlocutores quienes participan en una polémica se construyen mutuamente como adversarios: la mera existencia de la posición antagónica constituye una amenaza que debe ser eliminada. Según Foucault, la polémica elabora un escenario premeditadamente hiperbólico que obstaculiza la búsqueda de la verdad. Sobre todo en debates de carácter político (y, podría afirmarse, todo debate en torno a temas culturales e ideológicos adquiere, necesariamente, ese cariz), la polémica funciona, según él, como un medio para definir alianzas y reclutar adeptos; aquel que se opone a la posición presentada por su contrincante es colocado en el lugar del enemigo. Ninguna idea realmente *nueva* –afirma Foucault– surge de las polémicas, ya que los participantes se sienten reclamados por un principio de coherencia que deben defender hasta sus últimas consecuencias, el cual termina atrapando a los participantes del debate en sus redes retóricas.[1]

---

[1] En el artículo titulado "Can Polemic be Ethical?" Jonathan Crewe responde a las opiniones emitidas por Michel Foucault en la entrevista mencionada con Paul

La polémica que nos ocupa confirma, en gran medida, estas observaciones. Podría argumentarse que ninguna *verdad* emerge de ella, particularmente si entendemos por tal un saber absoluto, demostrado e innegable. Sería desacertado, sin embargo, no admitir que del intercambio –sin duda teatralizado y por momentos agresivo– entre ambos escritores, no surge una forma de (re)*conocimiento* que consiste, justamente, en demostrar que la búsqueda de una *verdad* con respecto a los tópicos abordados –una que zanje la cuestión debatida de una vez para siempre– es no sólo improcedente sino quizá indeseable. Los temas centrales del debate (la relación entre cultura y política, la naturaleza de la función intelectual en la América Latina posterior a la Revolución Cubana, la tensión entre localismo y cosmopolitismo, etc.) son abordados a partir de zonas de experiencia cultural bien diferenciadas (y sin duda *legítimas*, cada una en su registro). Por otra parte, ambas perspectivas revelan visiones subjetivas que pueden ser contrastadas, aunque es obvio que esa contraposición no requiere ni admite la aniquilación del contrincante. Dicho esto, debe hacerse una serie de consideraciones que explican, a mi juicio, las razones que ameritan el regreso al intercambio Arguedas / Cortázar desde el horizonte de debates y de teorizaciones más recientes. De modo preliminar, cabe un breve resumen del panorama textual y contextual en que se inscribe el intercambio entre estos escritores.

2.

Iniciado en mayo de 1967 con la carta abierta a Roberto Fernández Retamar elaborada desde Francia por Julio Cortázar y publicada en *Casa de las Américas* en ese mismo año,[2] el diálogo entre Arguedas y el autor de

---

Rabinow. Crewe recuerda que "polémica" (del griego *polemos, polemikos*) significa *guerra* o *combate*, vinculándose así con el espíritu general de *lo bélico*: implica agresividad, y supone, sobre todo, una identificación pasional con el tema en disputa. Según Crewe, en su rechazo de la polémica como género (un rechazo que debe ser leído como un posicionamiento anti-sartreano [anti-*engagément*] y, a la vez, como un *statement* pacifista de protesta contra la violencia desplegada en Argelia, Vietnam, etc.), Foucault demuestra sobre todo su preocupación por la *ética del discurso* que lo lleva a desasociar cultura y violencia, defensa de las ideas y aniquilación del enemigo.

[2] La carta de Cortázar que inicia el debate responde a la solicitud de Roberto Fernández Retamar de que Cortázar diera sus opiniones sobre la situación del intelectual latinoamericano en la coyuntura posterior a la Revolución Cubana. Fue escrita en Saignon, Francia, el 10 de mayo de 1967, y publicada en la revista cubana *Casa de las Américas* en ese mismo año.

*Rayuela* se inserta en un ambiente cultural e ideológico fuertemente marcado por el deterioro acelerado de regímenes democráticos en América Latina y por la presencia de movimientos de liberación nacional en todo el continente. Este entorno llevaba a replantear, entre otras cosas, problemas vinculados a la función intelectual y a las relaciones cultura / política, temas que habían sido redefinidos ya en el contexto de la Guerra Fría y, de manera más específica, a partir del triunfo de la Revolución Cubana. El debate aludido, que se prolongaría hasta mediados de 1969, abarca el período marcado, entre otras cosas, por el Mayo francés, la matanza de Tlatelolco y el avance de la represión pre-dictatorial en el Cono Sur. El descalabro económico y el autoritarismo rampante iban dando por tierra para entonces con el *mito utópico* que había servido para conceptualizar la experiencia social desde el romanticismo, y que la narrativa del *boom* reciclaría desde sus fundamentos liberales.[3] El inicio de la polémica coincide con la publicación de *Cien años de soledad* (1967) de Gabriel García Márquez, texto cumbre de la novelística latinoamericana de esos años, en el cual cristaliza, podría decirse, un sistema poético, una estrategia editorial y un talante ideológico que, en toda su innegable diversidad, subyace a muchos de los conceptos que se analizarán en este artículo.

En su carta-respuesta a Fernández Retamar, Cortázar intenta reflexionar sobre la condición del intelectual latinoamericano, como solicitara el crítico cubano, partiendo de la especificidad de su propia situación de escritor instalado en Europa y tomando en consideración el impacto que ese hecho habría tenido en el desarrollo de su literatura. Apelando a una serie de premisas que tocan puntos neurálgicos de lo que podría llamarse el espíritu de la época, Cortázar se define como "un ente moral" y como "un hombre de buena fe" que a pesar de su alejamiento voluntario de la Argentina en 1951 ha mantenido contacto con América Latina desde una perspectiva que caracteriza como "mucho más europea que latinoamericana, y más ética que intelectual" (Cortázar, "Carta" 6). Contrapone la visión "planetaria [que] opera por conjuntos y por síntesis" –la cual dice haber adquirido al colocarse "al margen de la circunstancia local"– a "los intelectuales de escarapela y banderita" que le reprochan su alejamiento de la patria, y también a los escritores que trabajan alentados

---

[3] Hernán Vidal define el mito utópico como "la concepción romántica de las historias nacionales como peregrinación entre dos polos, barbarie y degradación americana, entrada a la civilización europea transferida a América" (Vidal 51). De manera complementaria, el mito adánico supone que "el cuerpo americano llegará al estado utópico mediante un corte radical con el pasado" (53).

por una "misión nacional". Afirma, en una frase que Arguedas recibió como un ataque personal:

> El telurismo [...] me es profundamente ajeno por estrecho, parroquial y hasta diría aldeano: puedo comprenderlo y admirarlo en quienes no alcanzan, por razones múltiples, una visión totalizadora de la cultura y de la historia, y concentran todo su talento en una labor "de zona", pero me parece un preámbulo a los peores avances del nacionalismo negativo cuando se convierte en el credo de escritores que, casi siempre por falencias culturales, se obstinan en exaltar los valores del terruño contra los valores a secas: el país contra el mundo, la raza (porque en eso se acaba) contra las demás razas. [Este proceso] –continúa Cortázar– puede derivar en una exaltación tal de lo propio que, por contragolpe lógico, la vía del desprecio más insensato se abra hacia todo lo demás. Y entonces ya sabemos lo que pasa, lo que pasó hasta 1945, lo que puede volver a pasar. ("Carta" 8)

Las nociones de *totalización* e *internacionalismo* (por oposición a las de *regionalidad*, que implica, en este contexto, fragmentación, localismo, especificidad) y *nacionalismo*, forman parte de la retórica de la izquierda cultural de esos años. La cultura es concebida como un espacio integrado y participativo capaz de producir y proveer visiones de conjunto, organizadas a partir de los grandes paradigmas filosóficos de la modernidad. El ideal al que remite la visión de Cortázar depende de un concepto de *historia universal* que no es ajeno a los modelos eurocentristas –etnocentristas– que se aplicaran en América Latina desde la organización de los estados nacionales. Desde esa perspectiva, la inscripción del intelectual en el centro del gran sistema cultural occidentalista garantizaría la superación de valores contingentes a partir del trascendentalismo humanista que reivindica para sí un universalismo ético-estético que abarca y sobrepasa la circunstancialidad de lo local. La –sin duda excesiva– alusión al nacional-socialismo presentado como incremento natural de la adhesión a "los valores del terruño" y de la "exaltación [...] de lo propio", muestra la posición defensiva de quien se siente obligado a justificar su ex-centricidad con respecto a la escena latinoamericana asestando el primer golpe en el punto neurálgico de la ideología, sin duda la zona más sensible en el imaginario de la época. La ligereza con que el argentino decide ignorar, desde su asentamiento parisino, la importancia de lo local y con la que asimismo despacha el tema de la raza, es reveladora de su propio condicionamiento cultural como ciudadano de uno de los países más europeizados y pretendidamente "blancos" de América Latina.

Las respuestas de Arguedas tanto a los conceptos vertidos por Cortázar en el citado documento inicial como al reportaje que la revista *Life en español* concediera al argentino y publicara el 9 de abril de 1969, aparecen integradas, respectivamente, al Primer y Tercer diario que forman parte de *El zorro de arriba y el zorro de abajo* (1971).[4] Esta inclusión, que como ha observado Mónica Bernabé convierte a Julio Cortázar en un "lector in fabula" integrado al proceso de composición de ese texto (Bernabé 18, n.22) permite también a Arguedas fundamentar su propia *situación de discurso*: la que se afianza en el contacto directo con las culturas representadas en sus textos y con los actores que pasan de la realidad andina al texto literario a través de los bordes permeables de una escritura concebida como inseparable del entorno regional del que surge.[5] El intercambio entre ambos escritores se cierra con el "Inevitable comentario..." publicado por Arguedas en *El Comercio* (junio 1, 1969) aunque sus ecos continúan haciéndose presentes en la obra crítica de otros autores y de manera muchas veces implícita, en debates actuales.[6]

3.

En una atmósfera polarizada no sólo entre *establishment* y resistencia popular sino dentro del seno mismo de la izquierda latinoamericana, el enfrentamiento entre dos de los más notorios escritores del momento fue leído como una guerra de posiciones en la que se estereotipaban, no sin una considerable dosis de (melo)dramatismo, las tendencias ético-estético-ideológicas que atravesaban el sistema cultural de la época. En Arguedas y Cortázar se situaron, desde el comienzo, versiones contrapuestas de esas orientaciones, como si se tratara de peticiones de principio excluyentes y autónomas. El debate se estructuró como un problema de legitimación profesional, en el que subyacían, sin embargo, otras cuestiones relacionadas

---

[4] Un resumen de argumentos anteriores junto con una versión de los comentarios de Arguedas que aparecerían integrados en el Tercer Diario apareció en el semanario uruguayo *Marcha*.

[5] El procedimiento hibridiza asimismo el discurso novelesco, al combinar elementos autobiográficos e históricos a la ya heterogénea trama del texto arguediano, cuya naturaleza ficcional, testimonial y etnográfica, y cuya intertextualidad con *Dioses y hombres de Huarochirí* traducido por el mismo Arguedas al castellano, han recibido mucha atención por parte de la crítica. Para una edición crítica y un panorama sólido de relecturas de *El zorro de arriba y el zorro de abajo* ver la edición crítica coordinada por Eve-Marie Fell. Para una interpretación del texto dentro de los parámetros de la cultura andina y en relación con las vinculaciones entre oralidad / escritura ver Lienhard.

[6] Ver, por ejemplo, Vargas Llosa. El presente artículo explora justamente la continuidad de los tópicos que ocuparon a Arguedas / Cortázar en debates actuales.

con la constitución del mercado cultural y con los conceptos mismos de autor (o Autor) y creación (o Creación) como categorías que registraban ya la crisis de lo que Aníbal Ponce había llamado, varias décadas antes, "humanismo burgués". La polémica Arguedas / Cortázar venía a comprobar que la categoría propuesta varias décadas antes por el crítico argentino no había sido reemplazada aún por un concepto convincente que estuviera más a tono con el compromiso ideológico que abrazaba por esos años la intelectualidad de izquierda, no, ciertamente, por un "humanismo proletario" capaz de potenciar la función de otros actores y otras dinámicas de producción cultural en América Latina. Lo que es más, el debate dejaba en claro que, más allá de lo que hubiera podido esperarse en esos años ideológicamente revulsivos, desde cualquiera de las posiciones enfrentadas en la polémica, la conciencia sobre el capital simbólico que representaba el campo de lo estético más bien tendía a fortalecer la institucionalización literaria que a cuestionarla, reforzamiento que alcanzaría con la orquestación editorial del *boom* su momento de máximo esplendor. A nivel más teórico, el debate se vinculaba también a otras áreas polémicas: el problema de la adscripción de América Latina a la modernidad, el alcance y sentido de los procesos de transculturación, la definición de campos intelectuales *á la Bourdieu*, y la problemática relación entre intelectual y Estado nacional.

En ambos contrincantes se articulaban, además, otros campos de significación. Cada uno representaba los rasgos reconocidos en general como característicos de sus respectivas áreas culturales: el cosmopolitismo europeizante, gozosamente *light* del argentino ("...me considero sobre todo como un cronopio que escribe cuentos y novelas sin otro fin que el perseguido ardorosamente por todos los cronopios, es decir su regocijo personal" diría Cortázar en la carta abierta que inicia la polémica [Cortázar 5]) y el telurismo militante y atormentado del peruano ("...desde que empecé a escribir las primeras líneas de ayer la nuca me oprime hasta desequilibrarme. Estoy haciendo un esfuerzo muy grande para hablar con una mínima limpieza, como para que estas líneas puedan ser leídas. Así somos los escritores de provincia, éstos que de haber sido comidos por los piojos llegamos a entender a Shakespeare, a Rimbaud, a Poe, a Quevedo, pero no el Ulises", señalará Arguedas en su primera respuesta de la revista *Amaru*).

Como se ha indicado antes, la polémica articula la posición de ambos escritores en torno a la relación entre lo nacional y lo foráneo o, más precisamente, entre la labor intelectual desplegada *in situ*, dentro del territorio nacional, y la desarrollada en el exterior. Arguedas, que ha pasado a representar dentro de los estudios latinoamericanos el prototipo del productor cultural postcolonial, defiende el vínculo entre su asentamiento "provinciano", la marginalidad social en países aún marcados por privilegios de clase, raza, etc. e, implícitamente, el acceso a *saberes locales*. Cortázar, por su lado, fundamenta los beneficios de la distancia en la labor intelectual, indicando que "una visión supranacional agudiza con frecuencia la captación de la esencia de lo nacional" (Arguedas-Cortázar en *Marcha* 29). No pasa desapercibida en estas posiciones la tensión –por no decir la paradójica contradicción– entre la temática de la dispersión transnacional causada por el fenómeno del exilio y los esfuerzos de apropiación de la "esencia de lo nacional", desde las distintas posiciones ocupadas por ambos escritores, concepto que constituye uno de los principios centrales del discursos identitario del liberalismo latinoamericano. Es como si la nación (que los movimientos de liberación buscaban transformar radicalmente) y sobre todo su "esencia" transhistórica, se mantuvieran aún como la principal plataforma de legitimación ideológica para la intelectualidad de izquierda.

Sin embargo, la adscripción espacial -geo-cultural– que parece ocupar el primer plano del debate (escritores trabajando *in situ*, sedentariamente, desde sus realidades nacionales *versus* intelectuales "nómades", expatriados por exilio político, diáspora sexual o migración económica, deslinde que no se realiza, sin embargo, de manera explícita) es menos clara de lo que parece. *Adentro /afuera* comenzaba a ser ya en esos años una distinción que aún resultando retóricamente operativa, no llegaba a dar cuenta de la complejidad que caracterizaba la circunstancia histórica del período. Para entonces, lo que ya estaba en juego era el estatuto mismo de las *culturas nacionales* entendidas no sólo como plataformas para la definición de identidades colectivas sino también como el lugar legitimado ("natural") de producción y consumo intelectual. Sin duda este concepto, que colocaba al Estado y sus instituciones como los principales gestores, reproductores y administradores de discursos identitarios –de "cultura nacional", en sentido amplio– era correlativo a la concepción liberal de la nación como espacio articulador de la ciudadanía dentro de los límites político administrativos demarcados por las categorías de lengua, historia común y territorialidad compartida, que habían sido aplicados para la organización de las sociedades postcoloniales en América Latina a partir de la emancipación. Pero los exilios político-económicos que se incrementan a fines de los años sesenta pondrían en jaque esta estructuración, al desplazar al ciudadano desde sus coordenadas *propias* (lengua, público, tradiciones, afiliaciones socio-culturales) hacia las *adoptadas* en el proceso de su re-territorialización.

En efecto, el fenómeno de emigración masiva plantea *en la práctica*, ya desde esos años, el problema del *lugar de enunciación* o de la *posición de discurso* –que la crítica cultural descubriría teóricamente muchos años después– a partir de una serie de preguntas referidas a los límites de *lo nacional*. Esta noción de base presentaba también otras interrogantes acerca de la pertenencia de productores y productos culturales al país de origen o al de adopción, y sobre la experiencia migratoria como variante significativa en la interpretación de la experiencia creadora y en el proceso de formación de identidades individuales y colectivas. Puede decirse que, para América Latina, en los años a los que nos estamos refiriendo nace la experiencia de *disemiNación* que Homi Bhabha pondría sobre el tapete muchos años después para referirse a procesos de des/re/territorialización y a su impacto sobre la función intelectual en sociedades postcoloniales. Surge, asimismo, la noción de *frontera* como concepto estructurador a nivel no sólo cultural sino también político-ideológico. El nacionalismo, que es quizá la *estructura de sentimientos* más significativa y problemática de la modernidad, sólo puede ser elaborado por exclusión y contraposición, a partir de la conciencia del *otro*, o sea de la diferenciación y de los límites entre la id-entidad y lo que se sitúa más allá y se resiste a la asimilación. Aunque la noción de ciudadanía implica, a este nivel, un innegable grado de universalidad, el nacionalismo interpela a un sujeto acotado y específico –"contingente" y "accidental" dirá Bhabha– desde el punto de vista histórico y geo-cultural. Las fronteras problemáticas de la modernidad se asientan justamente en las ambivalentes temporalidades y espacialidades que coexisten en la nación-estado. Bhabha se pregunta: "How do we plot the narrative of the nation that must mediate between the teleology of progress tipping over into de 'timeless' discourse of irrationality?" Bhabha percibe, como el mismo Arguedas en su propio registro, la ineludible articulación entre arcaísmo y modernización en el proyecto nacional periférico, y la tensión perpetua, irresoluble, entre las posiciones de sujeto que los contrincantes de la polémica latinoamericana representan y –quizá innecesariamente– radicalizan. Es como si la polémica hubiera existido para ilustrar desde la plena modernidad los conflictos y desfases de la modernidad *post-*, y para reivindicar, en última instancia, la heterogeneidad no-dialéctica que Cornejo Polar descubriera como matriz de la socialidad andina y que puede expandirse a la totalidad latinoamericana: diversos sistemas socio-culturales que coexisten en una temporalidad combinada y cuya naturaleza consiste no en la superación del conflicto –en la búsqueda de una armonía imposible– sino en su elaboración permanente.[7] De la misma manera, en esta misma línea crítica, podría decirse que en Cortázar se representa de manera casi paradigmática la índole dual del migrante y la necesidad de este sujeto de articular pérdida y reinserción cultural, el aquí y el allá, las contradictorias relaciones con la lengua y la comunidad propias y adoptadas, las nociones de identidad y diferencia, territorialidad y forasterismo, o sea la multiplicidad y sincretismo que distintas localidades imponen a la subjetividad post-nacional. La nación moderna está hecha de la acumulación de sus fragmentos, de las disyunciones, fisuras y tensiones que el nacionalismo ha querido ignorar con su proyecto de homogeneización liberal pero que han resurgido en los escenarios poscoloniales en los que la noción holística de totalización cultural ha sido reemplazada con conceptos que reivindican, más bien, la multiplicidad de proyectos, posicionamientos y subjetividades.

4.

Sería desacertado pensar, sin embargo, que el debate Arguedas / Cortázar se limita, sin más derivaciones, al enclave puntual de los contrincantes en el adentro/ afuera de sus respectivas culturas nacionales. De manera indirecta, la contraposición de opiniones en torno a la legitimidad conferida por el lugar de enunciación alcanza también a las respectivas poéticas, es decir, a las perspectivas epistemológicas y a los sistemas de representación que caracterizan la obra de ambos autores. Arraigada en el telurismo andino y nutrida por tradiciones y mitos del mundo indígena, la literatura arguediana se plantea como una alternativa al occidentalismo: reivindica las visiones y matrices conceptuales de pueblos devastados por el colonialismo que sobreviven en los márgenes de la nación moderna. Las poéticas transculturadas de escritores como Arguedas, Roa Bastos o Asturias integran el "irracionalismo" o el elemento mágico como marca simbólica diferencial que corresponde a formas alternativas de conocimiento y de inserción social, y también como modalidades *otras* de vinculación con la modernidad periférica de América Latina. En esa misma línea, la novela cumbre de Gabriel García Márquez, *Cien años de soledad*, aparecida en el mismo año en que se inicia la polémica Arguedas/ Cortázar, puede ser vista como el proyecto estético de releer los avatares de la historia latinoamericana en la clave de una fabulación

---

[7] Sobre el tema de la heterogeneidad en Cornejo Polar, *La formación...* y *Escribir en el aire*. Para una interpretación de la evolución de este concepto, ver Moraña, "*Escribir en el aire*".

que se apoyaba en recursos alternativos a –aunque, podría alegarse, también cooptados por– la racionalidad burguesa, para conocer el mundo y actuar sobre él. Pero no todos los escritores apuestan a la síntesis como conciliación estético-ideológica. Algunos, como Arguedas o Cortázar, prefieren intentar legitimarse como representantes de posiciones más polarizadas y situar en lugares diversos el *plus* de la fabulación y de la ideología. En estos casos, donde se apuesta a contenidos más unívocos, el problema de la territorialidad resulta fundamental. Dice Jean Franco, respecto a Arguedas y Roa Bastos, por ejemplo:

> [...] perseguidos por el espectro del anacronismo y el de ser sombras de la cultura europea estos escritores basaban sus reclamos de originalidad latinoamericana en los fragmentos y supervivencias en sus sociedades de culturas no-occidentales, y en la tradición de "maravillas" que retrotraían a la conquista y al descubrimiento. (Franco 161, mi traducción)

Más adelante, señala, refiriéndose a *El zorro de arriba y el zorro de abajo*, de José María Arguedas y a *Mulata de Tal*, de Miguel Ángel Asturias:

> [...] el poder de lo indígena deriva de su territorialidad, una territorialidad que tiene connotaciones sagradas. Esto significa que [los] estilos [de Arguedas y Asturias] no fueron fácilmente exportados a aquellas áreas de América Latina en las que los indígenas fueron suprimidos o exterminados. En este caso "lo mágico" se encuentra en otra parte. (Franco 173)

En Cortázar, "lo mágico" es una forma de lo urbano, pero se relaciona a una urbanidad abstracta, deshistorizada y transnacionalizada, que capta lo esencial de la modernidad y lo reviste de manierismos regionales que negocian su inserción en el gran sistema –auto-legitimado– de la literatura mundial y la cultura primermundista que la contiene. A modo de ejemplo, podría alegarse que en "la Maga" de *Rayuela*, por ejemplo, importa menos la condición rioplatense del personaje que el afrancesamiento de su entorno, es decir, que la articulación de lo nacional con los paradigmas –y los lugares comunes– de una modernidad europeizada.[8] A través de estos recursos,

---

[8] *Rayuela* se inicia con la siguiente frase, que define al personaje por su ubicuidad y des-centramiento: "¿Encontraría a la Maga? Tantas veces me había bastado asomarme, viniendo por la rue de Seine, al arco que da al Quai de Conti, y apenas la luz de ceniza y olivo que flota sobre el río me dejaba distinguir las formas, ya su silueta delgada se inscribía en el Pont des Arts, a veces andando de un lado a otro, a veces detenida en el pretil de hierro, inclinada sobre el agua" (15). Para una aguda crítica de *Rayuela*, ver Concha.

> Cortázar mueve la literatura hacia el otro espacio donde no puede ser considerada "subdesarrollada" y donde está fuera del alcance tanto del universalismo abstracto como de la cruda referencialidad. (Franco 6)

De modo que la territorialidad del escritor se articula a su estética. Pero hay más. Si la literatura funciona, como plantea Jean Franco, como el anti-estado, –"la fantasía como un territorio liberado" (Franco 7)– la manipulación de la distancia (los grados de alejamiento con respecto al *locus* originario de *lo nacional*, pero también el valor simbólico que se le confiere) constituye ya no sólo un dato biográfico sino un dispositivo ideológico que define y legitima la función intelectual y sus productos.

Finalmente, como ha notado Mónica Bernabé, la división del campo intelectual de esos años es menos tajante de lo que parece. A través de la polémica Arguedas / Cortázar, sin embargo, el mundo aparece claramente repartido entre los escritores de adentro y los de afuera, entre los "provincianos" y los "forasteros" o extranjerizantes, los vocacionales o aficionados y los profesionales, los que incorporan a su poética los elementos populares, la tradición, la oralidad, el mito, y los que componen su mundo con los aportes de la modernización literaria y la experiencia de la exterioridad, los que entienden su obra como una aproximación estético-etnográfica a los universos representados y los que reivindican la autonomía de la ficción, los que practican un "etnocentrismo rural" o indigenista (Bernabé 13, n. 13) y los que se definen por su "cosmopolitismo eurocéntrico". Sin embargo, lo cierto es que, por un lado, la institucionalidad literaria los abarcaba a todos, aunque dentro del amplio campo de la producción literaria pudieran distinguirse proyectos bien diferenciados y sistemas ético-estético-ideológicos diferentes y hasta contrapuestos.

5.

De todos modos, el aparte de aguas que se produce en el contexto de la polémica sitúa en el espacio encabezado por Arguedas a otros escritores igualmente apegados al sustancialismo regionalista fundado en las fuentes de la cultura popular o indígena, la oralidad, el mito, las tradiciones y la naturaleza americana (Guimaraes Rosa, Rulfo, Roa Bastos y el mismo García Márquez). Estos forman parte del universo de los *transculturados* identificados por Rama como miembros de una misma legión. Del lado de Cortázar quizá la más notoria alianza se establece con Mario Vargas Llosa, a quien el escritor argentino nombra en sus intervenciones para fundamentar la legitimidad y la efectividad de su propio proyecto. En sus comentarios sobre la polémica, Vargas Llosa restaría importancia a los temas tratados, y minimizaría su proyección sobre escenarios más actuales. Como es sabido, las respuestas de Arguedas a Cortázar fueron escritas en el período final de la vida de Arguedas, cuando éste se encontraba trabajando en el *El zorro de arriba y el zorro de abajo*, que quedaría inconcluso. Los conceptos vertidos por Arguedas están, a no dudarlo, impactados por la profunda depresión que lo aquejaba entonces y que el debate con el narrador argentino parece no haber hecho más que profundizar.[9] Esa circunstancia emocional fue utilizada por Vargas Llosa para desvalorizar la fuerza de los argumentos presentados por el autor de *Todas las sangres*, que habría perdido el debate frente a Cortázar, "quien transparentemente llevó la razón" (Vargas Llosa 43).

> Lo sucedido [en la polémica] –según Vargas Llosa– interesa más como testimonio sobre el estado psicológico en que Arguedas escribió su última novela y los conflictos que lo llevarían a quitarse la vida, que como intercambio de propuestas intelectuales o de posiciones éticas y políticas, pues no hubo nada de esto: sólo se repitieron los archisabidos argumentos de la vieja oposición entre el arraigo y el exilio que recorre la literatura latinoamericana desde principios del siglo por lo menos. (34-35)

Con más rigor y perspicacia, otros críticos han leído de distinta manera la relación entre la vida/obra de José María Arguedas y el drama de la modernidad periférica en América Latina. Alberto Moreiras ve en el suicidio de Arguedas más bien el final simbólico de los proyectos transculturadores que Ángel Rama diseñara –con excesivo optimismo, según Moreiras– en su famoso artículo sobre el tema. Según Moreiras, los proyectos transculturadores habrían demostrado su inefectividad como negociación conciliadora entre modernidad y telurismo facilitando más bien el surgimiento de una "escritura de desapropiación" en la cual se textualiza la imposibilidad de construcción del Estado moderno en América Latina. Para Moreiras, la transculturación podría ser leída, sobre todo en el caso de los *Zorros* de Arguedas, no ya como un camino hacia el significado sino hacia el estallido del significado ("What if transculturation were shown to be not a path to meaning but rather a path into the implosion of meaning?" [Moreiras 190]). El abismo cultural que separa las culturas indígenas de los proyectos político-sociales del occidentalismo –ese espacio indeterminado y ambiguo que atraviesan los procesos de transculturación–

---

[9] Ver las opiniones vertidas al respecto por Sybila Arredondo de Arguedas en la entrevista que concediera a Galo F. González, aludida por Vargas Llosa (34 y n.19).

no puede ser zanjado por completo desde una estética que, como la de Arguedas, no puede más que definirse a partir el telón de fondo de la propia heterogeneidad del narrador con respecto al mundo representado, aunque los grados de consubstanciación del productor cultural con el conjunto de tradiciones, valores y formas de conocimiento del universo andino sean en este caso muchísimo mayores que los que informan cualquier otro proyecto indigenista en la región. Identificación, mimetismo, apropiación, réplica, ventriloquia, son conceptos que pueden ser usados –y discutidos– en referencia al proyecto arguediano de re-presentación del mundo indígena. Pero lo que es evidente es que en su obra la palabra poética siempre está revelando no sólo la voluntad de recuperación de ese mundo sino asimismo la distancia cultural entre dos proyectos diversos de organización comunitaria y vivencia social –el mundo criollo y el indígena– dejando al descubierto el carácter doblemente residual de las culturas subalternizadas por el colonialismo y ubicadas en el margen del margen latinoamericano.

En la discusión con Cortázar, que con razón agudiza la crisis emocional de Arguedas, éste se enfrenta, como intelectual y creador, a un límite ético, epistemológico, y representacional, para no mencionar el vivencial, inextricablemente entrelazado con los anteriores. Como él mismo percibe, la suya es una literatura de mediación, que al explorar a través de diversos procedimientos la *diferencia* andina no puede más que confirmar, una y otra vez, el drama histórico y cultural de la *alteridad* y la *subalternidad* a que los pueblos indígenas fueron condenados desde la conquista, así como el lugar exógeno del productor cultural que opera desde los protocolos y espacios de la cultura dominante. Si mestizaje y transculturación son formas post- y quizá neo-colonialistas de asimilación a los modelos hegemónicos e incorporación a los paradigmas del occidentalismo, el proyecto arguediano marca el límite final –el abismo, el *huayco*– al que se enfrenta la ideología del progreso y la conciliación cultural de la modernidad en la periferia latinoamericana. Entendida como *máquina de guerra* (Moreiras 195), la transculturación no es una estrategia emancipatoria sino asimilativa: es el arma a través de la cual el poder dominante intenta co-optar la cualidad antagonística de la heterogeneidad –esa oposicionalidad no dialéctica de que hablara Cornejo Polar– con la promesa de una armonía imposible.[10] El

---

10 Para otra interpretación de la teoría de la tranculturación en relación con el contexto de la época en que fue reelaborada por Rama, y en relación con la problemática de las culturas nacionales, ver Moraña, "Ideología de la transculturación".

tramado constituido por la vida/obra de Arguedas sólo puede desnarrativizar, desde su beligerante dualidad cultural, la historia nacionalista y liberal de América Latina, allí donde Cortázar cumple con re-narrar –casi obsesiva y desfasadamente, podría decirse– desde su asentamiento parisino, el proyecto europeizante de las elites letradas.

Los riesgos de exotización del mundo representado, así como los de traducción cultural y exterioridad etnográfica no son ignorados por Arguedas, aunque sí sorteados con los recursos que brinda una sensibilidad excepcional, y un manejo inusual de las técnicas aportadas por la modernidad literaria, las cuales son filtradas y reacondicionadas a partir de las necesidades expresivas que el proyecto arguediano requiere y asume. Pero la misma institucionalidad literaria que sustenta la imaginación arguediana constituye en este autor (como, podría alegarse, en Miguel Ángel Asturias) un muro de resistencia que desafía implacablemente las poéticas que surgen de las "regiones internas" de América Latina. En Arguedas, oralidad y literatura, tradición y modernidad, mito e historia, márgenes y centros, palabra y silencio, asincronicidad y tiempo histórico, crean una tensión que alimenta y sostiene la poética. Pero esa misma tensión es la que, en última instancia, termina corroyendo los fundamentos mismos de la bio-política individual y colectiva todavía sustentada por la utopía liberal de la conciliación entre los diversos sistemas que conflictivamente componen la sociedad andina. En esta economía de elementos, la auto-aniquilación del autor metaforiza el cierre de un proyecto imposible, que no podía sino quedar abierto e inconcluso. Como el universo representado, la poética de la mediación sólo puede existir en suspensión, en el intersticio entre conocimiento y acción, conciencia y deseo.[11]

La polémica Arguedas / Cortázar toca en su borde más agudo el drama de la modernidad periférica de América Latina: pone en cuestión los límites del proyecto modernizador basado en la delimitación político-administrativa de la nación-Estado, coloca sobre el tapete el problema de la ética intelectual advirtiendo las interrelaciones peligrosas entre producción cultural, mercado, territorialidad y mundo representado, y problematiza la noción misma de América Latina como totalidad, al llamar

---

[11] Alberto Moreiras trabaja el tema del suicidio de Arguedas como final simbólico del realismo mágico. Uno y otro apuntan hacia la noción de apropiación imposible de una realidad personal y social que se resiste a ser capt(ur)ada y reducida por el proceso del conocimiento. La historia individual y colectiva, impregnadas de colonialidad, son igualmente inabarcables, ilegibles, e irrepresentables.

la atención sobre los diversos proyectos, fragmentos y localizaciones que la componen. Pero sobre todo, inserta el drama de la colonialidad sobre el inescapable telón de fondo del occidentalismo. La mercantilización de lo simbólico y la fetichización de lo político –dos direcciones que los años sesenta contribuirían a consolidar– terminan produciendo la volatilidad de lo ideológico. En ese borde, en el cual todavía seguimos instalados, y al tiempo que otras voces de la brillante escena de los años 60 se siguen diluyendo ante nuevas ofertas estéticas, la escritura truncada de José María Arguedas sigue recorriendo, afantasmada, los imaginarios de la postmodernidad, testimoniando la continuidad del drama histórico, político y social de América Latina y sugiriendo la necesidad de imaginar otros finales posibles para las narrativas del fracaso.

## Bibliografía

Arguedas, José María. *El zorro de arriba y el zorro de abajo.* Eve-Marie Fell, coord. ALLCA/ UNESCO. Colección Archivos, 1992.

_____ *El zorro de arriba y el zorro de abajo.* [1971] Buenos Aires: Losada, 1973.

_____ *Dioses y hombres de Huarochirí. Narración quechua recogida por Francisco de Avila (¿1598?).* Edición bilingüe traducida al castellano por J. M. Arguedas. Lima: Museo Nacional de Historia/ Instituto de Estudios Peruanos. México/ Argentina, 1966.

_____ "Inevitable comentario a unas ideas de Julio Cortázar". *El Comercio* (Lima, 1 de junio de 1969).

_____ y Julio Cortázar. "Polémica entre dos escritores". *Marcha* (30 de mayo de 1969): 29-30.

Barrenechea, Ana María. "Regionalismo y universalismo para Arguedas y Cortázar". *Memorias de JALLA* I. Tucumán: Universidad Nacional de Tucumán, 1995. 522-42.

Bhabha, Homi K. "Dissemination: Time, Narrative, and the Margins of the Modern Nation". *Nation and Narration.* London: Routledge, 1990.

Bernabé, Mónica. "La poética del forastero en *El zorro de arriba y el zorro de abajo*". *Iberoamericana* I, 2 (2001): 5-26.

Concha, Jaime. "Criticando *Rayuela*". En Julio Cortázar. *Rayuela.* Ed. Crítica. Julio Ortega y Saúl Yurkievich, Coord. ALLCA XX/ Ediciones UNESCO, 16. 1996. 735-750.

Cornejo Polar, Antonio. *Escribir en el aire. Ensayo sobre la heterogeneidad socio-cultural en las literaturas andinas.* Lima: Horizonte, 1994.

_____ *La formación de la tradición literaria en el Perú.* Lima: Centro de Estudios y Publicaciones, 1989.

Cortázar, Julio. *Rayuela*. Buenos Aires: Sudamericana, 1963.

_____ "Carta" La Habana: *Casa de las Américas* 45 (noviembre-diciembre, 1967): 5-12.

_____ "Julio Cortázar: un gran escritor y su soledad". *Life en español* (Nueva York, 7 de abril de 1969): 43-55.

Crewe, Jonathan. "Can Polemic be Ethical?" *Polemic. Critical or Uncritical*. Jane Gallop, ed. New York: Routledge, 1994. 135-152.

Franco, Jean. *The Decline and Fall of the Lettered City. Latin America in the Cold War*. Cambridge: Harvard University Press, 2002.

Larsen, Neil. "Cortázar and Posmodernity: New Interpretive Liabilities". *Julio Cortázar. New Readings*. Carlos J. Alonso ed. Cambridge/New York: Cambridge University Press, 1998. 57-75.

Lienhard, Martín. *Cultura andina y forma novelesca. Zorros y danzantes en la última novela de Arguedas*. Lima: Ed. Horizonte, 1990.

Moraña, Mabel (ed.) "Ideología de la transculturación". *Angel Rama y los estudios latinoamericanos*. Pittsburgh: IILI, Serie Críticas, 1997. 137-146.

_____ "*Escribir en el aire*. Heterogeneidad y estudios culturales". *Revista Iberoamericana* 170/171 (enero-junio 1995): 279-288.

Moreiras, Alberto. "The End of Magical Realism: José María Arguedas's Passionate Signifier". *The Exhaustion of Difference. The Politics of Latin American Cultural Studies*. Durham/London: Duke University Press, 2001. 184-207.

Podestá, Guido. "Abelardo Gamarra: la poética del forastero". *Indigenismo hacia el fin del milenio. Homenaje a Antonio Cornejo Polar*. Mabel Moraña, ed. Pittsburgh: IILI, Serie Biblioteca de América, 1998. 139-148.

Ponce, Aníbal. "Humanismo burgués y humanismo proletario". *Obras*. La Habana: Casa de las Américas, 1962.

Rabinow, Paul (ed.) "An Interview with Michel Foucault". *Foucault: A Reader*. New York: Pantheon, 1984.

Vargas Llosa, Mario. *La utopía arcaica. José María Arguedas y las ficciones del indigenismo*. México: Fondo de Cultura Económica, 1996.

Vidal, Hernán. *Literatura hispano-americana e ideología liberal: surgimiento y crisis. (Una problemática sobre la dependencia en torno a la narrativa del boom)*. Buenos Aires: Ediciones Hispamérica, 1976.

# *Segunda parte*
# *Escritura del yo*

# La agonía de José María Arguedas y la palabra trágica

Catalina Ocampo

¿Hasta cuándo durará la dualidad trágica de lo indio y lo occidental en estos países descendientes del Tahuantinsuyo y de España? ¿Qué profundidad tiene ahora la corriente que los separa? Una angustia creciente oprime a quien desde lo interno del drama contempla el porvenir. *José María Arguedas*[1]

El 28 de Noviembre de 1969, en un baño de la Universidad Nacional Agraria en Lima, el novelista José María Arguedas (1911) disparó dos tiros, imponiendo silencio y punto final tanto a su vida como a la novela *El zorro de arriba y el zorro de abajo*. El manuscrito que dejó listo para publicar comienza y termina con sus diarios, documento autobiográfico que constata su deseo y decisión de suicidio, incluyendo su muerte dentro del texto. Cada lectura de la novela es una reelaboración del texto como cuerpo ficticio, confesión final, y testimonio; terminarla es volver a repetir el sonido del revolver.

Es imposible leer *Zorros* sin tomar en cuenta el hecho del suicidio dentro de la lectura. El novelista declara a la novela incompleta a la luz de su decisión de muerte y a la luz del suicidio leemos la dedicatoria que llama

[1] Citado en Forgues, *José María Arguedas: del pensamiento*… 21.

a la novela un "lisiado y desigual relato". Tal vez esto es lo que induce a la mayoría de la crítica de *Zorros* a detenerse en la pregunta, ¿es esta novela un desastre literario, o debemos tomarla como creación voluntaria, texto completo? Sin embargo, al centrarse en el suicidio como interrupción al plan de Arguedas se corre el riesgo de psicologizar el relato y, así, tratar de excusar el efecto de una "crisis personal" sobre el texto, o tratar de redimirlo.[2] Pero como lectores no tenemos frente a nosotros solamente un cadáver, sino un libro, un texto que incluye ese cadáver.

Las "verdades" de su condición personal se perderán en los vericuetos de la biografía y la historia. El texto queda. Arguedas tuvo el coraje de pedir que la novela se publicara como él la dejó organizada; "completa en tanto libro escrito y editado por el escritor" (Ortega 10) es un reto que debemos asumir. Leer *Zorros* como una ruina o un fracaso es perder el sentido del texto que tenemos en nuestras manos, es rechazar la posibilidad de una experiencia límite ante la palabra. Pues leer *Zorros* es una experiencia convulsiva. A pesar de que Mario Vargas Llosa subvalora la novela, a pesar de que "encuentra en su arquitectura y estilo abundantes imperfecciones" y las condena, suyo es uno de los mayores aciertos en la lectura de *Zorros*:

> un análisis de la forma literaria soslayaría lo esencial, pues esta novela...se lee con la intranquilidad que provocan las ficciones logradas. El lector sale de sus páginas con la impresión de haber compartido una experiencia límite, uno de esos descensos al abismo que ha sido privilegio de la literatura recrear en sus momentos malditos. (*Utopía* 295)

### El descenso al abismo

Sí. Bajar con Arguedas, no sólo a Chimbote sino también al abismo emocional de sus diarios es un viaje infernal, la experiencia de lo extremo.

---

[2] La crítica de Forgues y la de Rouillón nos muestra los dos extremos de esta clase de lectura. Forgues: "El inacabamiento de la novela...proviene simple y llanamente de una ruptura profunda que se da en la visión del mundo de José María Arguedas después de la publicación de *Todas las sangres* y de su pérdida de Fé en la posibilidad efectiva de alcanzar los ideales por los cuales había luchado toda su vida" ("Por qué bailan..." 313). Rouillón: "He intentado a través de estas páginas seguir el movimiento ascensional que impulsa el relato de los Zorros, como una corriente subterránea más poderosa que todas las frustraciones, todas las 'llocllas' que caen sobre Chimbote y Arguedas" (353). Téngase en cuenta, también, el *dossier* a la edición de Eve-Marie Fell, que ella incluye para "permitir una mejor comprensión de la situación mental del creador y de las múltiples trabas contra las cuales luchaba" (371).

Es sentir miedo y piedad: es decir, sufrir la experiencia trágica por excelencia.[3] En esta experiencia se encuentra la posibilidad de destilar el infierno de sus palabras, hasta encontrar el orden y el sentido en el contestarse de los zorros, en el *agón*[4] de la obra, en la agonía de Arguedas. No se trata de clasificar la obra como trágica o no,[5] pero mirar la novela bajo la *luz* de lo trágico nos libra de psicologizar la obra y nos permite encontrar su sentido literario, inmediato, trascendente. Porque como nos dice Frye, "without tragedy, all literary fictions might be plausibly explained as expressions of emotional attachments... The tragic fiction guarantees, so to speak, a disinterested quality in literary experience" (206).[6]

Así, la novela deja de ser la "crisis psíquica" de Arguedas y asume su dimensión adecuada como obra que trasciende su situación personal y nos permite una visión tanto del momento histórico peruano en el que se

---

[3] Estos dos sentimientos son los que define Aristóteles en su *Poética* como el resultado emotivo de una tragedia bien lograda. El miedo y la piedad son las reacciones del público cuando los eventos ocurren contra nuestras expectativas, pero a causa el uno del otro; es decir, cuando los eventos ocurren como si tuvieran un fin y un propósito (17). En base a esta teoría se ha erigido el gran edificio de la teoría trágica.

[4] αγων (*agón*), del griego antiguo, que quiere decir "una reunión, una asamblea, el lugar de un concurso, el concurso por un premio, una lucha, un juicio, un peligro". En teoría literaria la palabra se utiliza para designar el conflicto entre el protagonista y el antagonista, la parte en las obras de teatro de la antigua Grecia donde dos personajes entablan una disputa verbal, o simplemente un conflicto, una prueba de voluntad. En mi utlización de la palabra, me enfocaré más que todo en su definición como "una disputa o lucha verbal", un *contestarse* y su relación con *agonía*. αγωνια (*agonía*) la generalización de *agón*, quiere decir "un concurso, una lucha por la victoria, un ejercicio, agonía mental, angustia".

[5] Afortunadamente la teoría trágica es demasiado dispar para encontrar un molde, Aristóteles, Hegel, Nietzsche, Kierkegaard, Unamuno, Benjamin son sólo algunos de los filósofos que han escrito sobre la tragedia. Mientras algunas teorías limitan la existencia de la tragedia a las obras teatrales en ciertos periódos históricos (especificamente la Grecia antigua y el siglo XVI en Francia, como lo hace George Steiner), otras la postulan como un principio fundamental de la vida (Unamuno). Sin embargo, hay ciertos elementos característicos de la *idea* de lo trágico, y estos elementos son los que utilizaré, basándome principalmente en la teoría de Northrop Frye en su libro *Anatomy of Criticism*.

[6] "Sin la tragedia, todas las ficciones literarias se podrían explicar como expresiones de trabas emocionales... La ficción trágica garantiza, por así decirlo, una calidad desinteresada en la experiencia literaria" (Esta y todas las siguientes son traducciones de la autora).

escribe, como de una experiencia humana que va más allá de esa historia. Pues lo que se debate en *Zorros* no es simplemente una batalla ideológica –política (comunismo vs. capitalismo) o literaria ("boom" vs. indigenismo)– sino la profunda crisis que supone el paso de un mundo regido por el mito y por un sentido sagrado de la sociedad y de la naturaleza a un mundo regido por la autoridad profana y el mercado. En su profundidad, la problemática de la tragedia es esta transición del orden sagrado al profano, y la angustiosa situación del sujeto situado entre el imperativo divino y la necesidad de mantener el orden de la *polis* a través del poder humano. Como nos dice Raymond Williams,

> Important tragedy seems to occur, neither in periods of stability, nor in periods of open and decisive conflict. Its most common historical setting is the period preceding the substantial breakdown and transformation of an important culture. Its condition is the real tension between old and new. (54)[7]

La tragedia comienza con una sociedad partida en dos, donde lo viejo y lo nuevo se contradicen sin dejar espacio para el compromiso; como dice Forgues, el pensamiento trágico es la contradicción y la exigencia *absoluta* de su superación (*José María* 18). En el caso de *Zorros*, se nos presenta una sociedad dividida por la experiencia de la conquista, donde las contradicciónes entre el orden indígena de la sierra y el orden blanco de la costa son cada vez más profundas. En esta sociedad desestabilizada, Arguedas impone su voluntad: "el cerco podía y debía ser destruido; el caudal de las dos naciones se podía y debía unir" ("Yo no soy..." 257). Chimbote es la tragedia donde los dos mundos se encuentran, tratando de forjar otro orden social que resuelva el conflicto entre el arriba (lo sagrado) y el abajo (lo profano); es decir, el mundo mítico de la sierra que santifica la naturaleza y la modernización industrializada de Chimbote.

Como escritor bilingüe y bicultural, Arguedas se situa justo en la mitad del "arriba" y el "abajo", entre la libertad y la esclavitud, precísamente en el lugar donde se encuentra el héroe trágico (Frye 207). Este héroe –que por definición sería el hijo de un dios y un humano– está literalmente entre el cielo y la tierra, pero también se encuentra entre cielo y tierra metafóricamente pues su coraje y su capacidad de superar a los demás

---

[7] "la tragedia importante no parece ocurrir ni en periodos de estabilidad ni en periodos de conflicto abierto y decisivo. Su escenario histórico más común es el periodo que precede la decomposición sustancial y la transformación de una cultura importante. Su condición es la tensión real entre lo viejo y lo nuevo."

exalta al héroe y lo alza por encima del común de la gente. "Tragic heroes are wrapped in the mystery of their communion with that something beyond which we can see only through them, and which is the source of their strength and their fate alike" (Frye 208).[8] Como escritor y personaje, Arguedas empieza la novela en este espacio liminal: entre su experiencia trascendente de la sensibilidad indígena y el mundo desacralizado de Chimbote. Si podemos considerarlo como un héroe no es sólo por su admirable intento de mediar entre los dos mundos y de luchar contra la muerte, sino también por su experiencia casi mística del lenguaje, una experiencia de la plenitud de la palabra que la mayoría solo puede ver a través del lirismo exaltado de Arguedas: "cuando ese vínculo [con todas las cosas] se hacía intenso, podía transmitir a la palabra la materia de las cosas" (7).

Pero todo héroe trágico, como símbolo del conflicto entre los dos mundos, debe pagar por ese lugar privilegiado con la catástrofe personal. Al desencadenarse la tragedia, todas las contradicciones se concentran en el héroe trágico, quien, al convertirse en el chivo expiatorio que las sanará, cae de su posición intermedia al abismo de la fatalidad. Aquí empieza la tragedia, ese drama que se sale del tiempo histórico y donde el tiempo trágico se abre "como una flor cuyo cáliz emite el astringente perfume de la ironía" (Benjamin, "Trauerspiel..." 56). Arguedas se atreve a bajar a Chimbote pues cree en su rol como mediador, y así cae de su lugar intermedio; se vuelve "forastero", como lo llama el zorro de arriba (23) al descender a un mundo exiliado de la plenitud de la palabra, cuyo rito de iniciación es ser bautizado por las putas, carajeado por el Chauato. Arguedas desciende desde la palabra viva hacia el mundo aporético de Chimbote donde todo se dice a medialengua; desde el lenguaje lírico de las alturas de la sierra y la naturaleza vibrante hacia el lenguaje profano y mutilado de Chimbote donde todo parece ser agonía, descomposición, sexo envilecido. Esa decisión de descender al abismo rompe la arbitrariedad del tiempo histórico, echando a andar la rueda de la fatalidad que se llevará a Arguedas por delante.

El gran nudo de la tragedia es el enredo entre la fatalidad y la voluntad: la tragedia se define como un sistema en el cual al hablar, el héroe parece estar armando su propia catástrofe mientras cumple un destino que no

---

[8] " Los héroes trágicos están envueltos en el misterio de su comunión con ese más-allá que solo podemos ver a través de ellos y que es la fuente tanto de su fuerza como de su destino".

parece estar en sus propias manos.[9] No podemos decir que Arguedas estaba "destinado" a morir. Pero sí podemos decir que Arguedas parece crear su propia *necesidad* de muerte. La primera frase de la novela es tanto heroísmo y decisión personal como esclavitud: "hace ya algo más de dos años, intenté suicidarme" (7). Ese primer intento nos abre a la lógica del suicida: un mundo cerrado de pesadilla donde todo es diferente, pervertido, al revés (Alvarez 61). El conflicto comienza en un universo dividido donde un vínculo roto con las cosas incapacita los poderes creativos de Arguedas. Y encontrarse "incapaz de luchar bien, trabajar bien" significa, para Arguedas, estar a las puertas de la muerte. La dicotomía entre la palabra y la muerte (la decisión de esa dicotomía) es el marco que se abre al laberinto de la fatalidad y su catástrofe.

Escribir se convierte en una verdadera batalla contra la muerte. Este es el heroísmo de Arguedas, pero también su *harmatia* –el error trágico– que en la concepción de Aristóteles está asociada con la decisión voluntaria de un fin (Aristoteles 21; Frye 210). En el sistema que crea Arguedas, pelear contra el silencio es escoger la vida. Pero pelear contra el silencio –es decir, escribir sobre Chimbote, ser el mediador y el vínculo vivo suponiendo que puede devolverle la voz al quechuahablante que acaba de bajar al abismo– es su *hubris*, esa presunción que la fatalidad no le perdonará. Arguedas opta por la decisión de un fin que parece estar más allá de su propia individualidad. Ejerce su libertad para perder su libertad. Sin embargo, al comenzar el relato, él no lo sabe todavía.

### Arguedas ant(i-)agónico

Un velo, cierta ceguera, separa los dos órdenes que se debaten la vida del héroe trágico. Como dos antagonistas en un debate verbal donde no existe un espacio común de comunicación, su incapacidad de escucharse perpetúa una batalla en la cual la violencia, o su posibilidad, escala exponencialmente con cada palabra. Por eso la tragedia se presenta como un *agón*, una batalla o debate verbal, razón por la cual la obra de teatro (el diálogo) es el género más adecuado a la tragedia. En su contestarse, los

---

[9] Si sentimos miedo y piedad, no es sólo por el sufrimiento del héroe, la tragedia es más que muerte y dolor, y definitivamente algo distinto al accidente (Williams 14). Si temblamos, es por el sentido extremo de *anánke* que crea la tragedia, y la manera como este se mezcla paradójicamente con el poder de decisión. El *anánke* es un concepto de la antigua Grecia que significa necesidad absoluta. Era la única fuerza de la cual ni siquiera los dioses estaban exentos.

dos personajes de una conversación dramática, ciegos al imperativo que rige el sistema al cual se oponen, van cumpliendo la profecía de la catástrofe. "In tragedy, everything alternates... The antagonists only rarely perceive the reciprocal nature of their involvement. Each is too intensely engaged in living out his nonreciprocal movement to grasp the whole picture" (Girard 158).[10] De nada vale que el público se dé cuenta del destino al cual se aproxima esta conversación, mientras nosotros, irónicamente conscientes del catastrófico desenlace, decimos "¡no!" a cada palabra, los dos sistemas empujan el drama a su irrevocable decisión de muerte.

En el caso de *Zorros*, el *agón* se dramatiza en el contestarse del autor-narrador de la novela y el autor-actor de los diarios: es una agonía donde los dos seres de Arguedas se oponen, se excluyen, y sin oírse el uno al otro, se pelean (Gómez 360). Mientras el *yo* fatal de los diarios repite una y otra vez su incapacidad de escribir y su deseo de muerte, el *él* narrador ejerce su voluntad al escribir el paisaje de Chimbote, tratando de encontrar una esperanza en ese delirante abismo. Pero a pesar de la resistencia que ejerce la narración con su tiempo circular y ambiguo, la temporalidad de los diarios es implacablemente lineal: primero, segundo, tercero, último. El cuerpo y el texto de Arguedas se impregnan de "la pegazón de la muerte en un cuerpo aún fornido", convirtiéndose en el escenario de ese *agón* donde "se pelean en uno, sensualmente, poéticamente, el anhelo de vivir y el de morir" (7).

Arguedas organiza su propia necesidad de muerte bajo un orden aterrorizante. ¿No hay artificio? Le contestó a Vargas Llosa: tal vez hay demasiado. El sistema ético-estético que el *yo* fatal se impone es imperioso, infinitamente rígido, pues la novela se desarrolla bajo este mandamiento: "yo si no escribo y publico, me pego un tiro" (14). Pero, como hemos visto, escribir para Arguedas no es simplemente poner palabras sobre papel. Escribir, en su sentido pleno, quiere decir ser el mediador de una comunicación, convertirse en el sacerdote de una comunión, y esto sólo lo logra a través de una escritura que no falsifica la verdad, que le es fiel a la vida. Bajo esta imperativa, nos sometemos al vértigo del tiempo donde

---

[10] "En la tragedia, todo alterna... Los antagonistas raramente peciben la naturaleza recíproca de su participación. Cada uno está comprometido con vivir su movimiento no-recíproco demasiado intensamente para entender la naturaleza recíproca de su participación. Cada uno está comprometido demasiado intensamente con vivir su acción no-recíproca como para entender la situación entera".

cada capítulo decide el destino del héroe, pues cada fracaso de la palabra plena es un paso más cerca de la muerte. Lo cual es, tal vez, inevitable, pues Arguedas se ve obligado a representar la verdad que ve en una sociedad desacralizada. Sabe que su esquema de dos mundos separados ya no sirve: "ahora se trata de otra cosa" (78). Esa otra cosa que no termina de comprender completamente son los espacios del burdel, del mercado, de la fábrica donde la plata se convierte en el gran significante que le quita materia a la materia. El novelista intuyó lo que Marx teorizó: que un regimen capitalista fetichiza las cosas, reifica la naturaleza. Lo que debería ser una relación entre humanos se expresa como una relación entre las cosas, que excluye al hombre. Arguedas percibe esto como una violación. La naturaleza se transforma de una madre fértil y acogedora en una zorra prostituida y explotada por las necesidades del mercado.

Pero Arguedas no se rinde. El *yo* escritor plañe su necesidad de la palabra plena, y sus dobles ficticios le contestan, tratando de devolverle el sentido de lo sagrado a esos espacios prostituidos, a esa tierra de nadie. Entre la desolación de Chimbote, una fila de hombres y mujeres cargan las cruces de sus muertos, exiliados del cementerio oficial, hacia una pampa hondonada cerca al basural del puerto. Entre esa masa de seres envilecidos, el narrador distingue al loco Moncada que, con una cruz de nadie (¿de si mismo, tal vez?) sobre el hombro, se alza como un profeta con el peso de la palabra Bíblica en su boca. Después de la escena en el prostíbulo, que se narra como una versión profana del bautismo, el loco Moncada pelea contra esa realidad, gritando: "yo soy torero de Dios, soy mendigo de su cariño, no del cariño falso de las autoridades... miren cómo toreo las perversidades, las pestilencias... Y no es la moneda la que me hace desvariar, sino mi estrella" (53). A pesar de que en sus otras novelas Arguedas deja caer una amarga crítica sobre los sacerdotes (Rouillón 351), en ésta la religión, aún la Católica, se convierte en una posibilidad de salvación pues estos curas "predican se peligran, caballeros, entre las pestilencias, como Moncada, imitando a Moncada" (59). Los sacerdotes gringos se convierten en otro vínculo posible entre el mundo modernizado y el sentido de lo sagrado que traen los indígenas bajados de las sierras pero que poco a poco están perdiendo. Los sacerdotes gringos, que también hablan a media lengua, pelean como los indígenas contra el silencio, contra la muerte, y abren la posibilidad de que en el Perú se puedan vivir "todas las patrias" (246).

Sin embargo, Arguedas no sólamente propone un retorno a lo sagrado, eje cardinal de su "utopía arcaica". Sabe que la modernización también impone su propia imperativa y que no puede proponer una utopía (un atopos, un no-lugar) arcaica si esto significa dejar al indígena en la pobreza. Si el fin es establecer una comunicación, esto implica incluir al mundo indígena dentro del proceso de desarrollo del Perú: "Hay que destruir la dependencia; no hay salvación completa del alma en los países subdesarrollados", dice el cura Cardozo, haciéndole eco a Arguedas, quien nos ha mostrado cómo la pobreza puede envilecer a la gente. Arguedas considera la posibilidad de que la modernización sea la esperanza. Aunque no lo quiera, debe preguntarse: "la fundición es la esperanza ¿no? ¿Ese humo color rosado que no le hace caso a la oscuridad?" (199). Chimbote también es *necesario*.

Por eso la escena entre don Diego y don Angel es uno de los mayores actos heroicos del narrador. El *yo* actor pide la comunión de los mundos. El narrador responde tratando de reconciliarlos en el diálogo entre Diego (el nombre del zorro en los cuentos de los indígenas) y don "Angel" quien, a pesar de estar al servicio de Braschi –el dueño de la fábrica y un descarnado capitalista– muestra su capacidad de escuchar el lenguaje musical, epifánico del zorro. Esta no es solo una alegoría de la capacidad comunicativa entre los mitos indígenas y el Catolicismo; también es el esfuerzo de hacer que el mito y la modernidad confluyan. El zorro y el ángel hablan en una fábrica que bajo el embrujo lírico de Arguedas brilla con la magia de la materia hecha palabra, hecha música. Arguedas trata de convertir la fábrica en un nuevo espacio de lo sagrado. El zorro se ríe, canta: "algunitos nos carcajeamos de nuestras modernidades. Lo que impera es saber gozar de la harina de pescado y apechugar, aconchabando los disímiles" (87), es decir, todo el mundo, todas las patrias. He aquí la mayor expresión del Arguedas anti-agónico, el que crece hasta igualarse a la muerte y a Chimbote a través de su palabra.

## Matar la muerte con carbón

Sin embargo, la muerte vuelve a contestarle a la vida. Después de la escena en la fábrica, don Angel lleva a don Diego al "Gato", otro lugar donde una mujer baila, semidesnuda, por plata. Al final de la escena, el zorro le susurra al "Tarta" en el oído: "cuídese de Angel Rincón. Es el oído del oído de los chimpancés" (129). La desconfianza del zorro nos alerta de la posibilidad de que el entusiasmo de Don Angel haya sido otra falsificación que le permitiría infiltrarse en el pensamiento y la comunidad indígena. Después de todo, aquí no hay comunicación, sino contaminación; la contaminación industrial funciona como una metonimia de la muerte, metida dentro del cuerpo peruano como lo está en el cuerpo de Esteban de la Cruz, amigo de Moncada y otro doble ficticio[11] de Arguedas. En su descenso hacia Chimbote, Esteban trabajó en las minas de Cocalón donde sus pulmones se llenaron de carbón. Ese carbón le hace eco al moscardón negro que, en su primer diario, Arguedas siente infiltrarse por sus ojos y agazaparse en sus palabras como un portento de muerte (19-20). Así como Arguedas pelea por deshacerse de la muerte, al llegar a Chimbote Esteban tose y escupe esa pegazón negra que tiene en el pecho, tratando de expulsar la muerte de su cuerpo, onza por onza. Sí, Esteban es el milagro de las minas, uno de los únicos sobrevivientes entre el grupo que viajaba con él. Como milagro y como profeta que mezcla versos del libro de Isaías con su lenguaje entrecortado, Esteban es otro antagonista de la muerte: "Esteban, contra la muerte, muy claramente contra la muerte, su juramento de vencerla, se alimentaba mejor del tono, la 'tiniebla-lumbre', como él decía, de las predicaciones del profeta" (143).

Pero su batalla contra la muerte resulta paradójica, pues Esteban no trata de vencerla con vida, sino con carbón, es decir, muerte. Esteban declara, retador: "¿La muerte está viniendo, señora?... Yo, con el carboncito a ella estoy yendo. Le meto un onza de carbón, carajo, y capaz su ojo lo reviento en sangre..." (170). Ya la batalla no es tan claramente vida vs. muerte, palabra vs. silencio, mito vs. modernización. El antagonista (la muerte, el carbón) se convierte en el aliado y la herramienta de la vida, así como la modernización se vuelve la esperanza de vida del indígena. Los dos personajes del *agon* dramático se han igualado y, peleando pero diciendo lo mismo, van cumpliendo la profecía de la tragedia; al invertir sus roles se convierten en lo que Girard llama un "doble monstruoso", cuya experiencia elimina las diferencias, provocando la escalación de la violencia (Girard 161). La confusión que crea el doble antagónico desencadena una catástrofe que vuelve a establecer una diferencia absolutamente necesaria; porque si a la muerte la podemos matar con lo que nos está matando, a la vida también la podemos matar a través de ella misma. En este drama de inversiones, la vida se convierte en una vil metamorfósis de la muerte. Es su otra cara, traidora, falsificable.

---

[11] Cabe aclarar que el loco Moncada existió en el paisaje humano del Chimbote y es más que una creación ficticia de Arguedas. Así como *Zorros* incluye el cuerpo de Arguedas y se debate su destino, la existencia física de algunos de sus personajes nos obliga a considerar esta novela, no sólo como obra cerrada dentro del lenguaje, sino también como texto que incluye la realidad material de Chimbote y el destino de quienes allí viven.

En efecto, el lenguaje lírico de la obra –antes el arma de la vida– se pone al servicio de la muerte. La contaminación se encuentra en el centro mismo del lenguaje lírico: la imagen vuelve desde una infancia que sintió la comunión entre la naturaleza y la palabra pero se convierte en la imagen de la muerte por excelencia. Esteban y el carbón en sus pulmones es el doble de esa flor luminosa con el negro moscardón adentro, la zapatilla de muerto, "no sólo mal presagio sino materia misma de la muerte, ese amarillo del polvo del moscón, al que tan fácilmente se mata en mi pueblo, está sentado en mi memoria" (18). La naturaleza confundida, enloquecida como Moncada, apesta a muerte y los pelícanos son, ahora, ladrones. La naturaleza se ha vuelto fatal, y si hay comunión, sólo puede ser con los pedazos de un gallo destrozado por un tren que Moncada arranca de los rieles y devora.

La novela nos presenta a los hombres y a la palabra como hombres-zorros: hombres de día, zorros de noche. Todo está sujeto a su otra cara monstruosa, a su lado vil, malo, mortífero. Si hay un verdadero antagonista aquí, no es Braschi, sino nuestra capacidad de convertirnos en servidores de la muerte, en la muerte misma. Porque incluso los zorros pueden estar a su servicio. En el despacho de don Angel, el zorro de abajo aplasta un mosco negro sobre el escritorio, diciendo, "ahí está el corpóreo bicho que he ayudado a morir. Porque, oiga, ese oficio quiero, ¿no? Ayudar a morir y a resucitar más fuertemente que morir" (89). En efecto, parece que el mito también se ha pasado al equipo de la muerte, de la fatalidad: aplasta al símbolo de muerte, tratando de desencadenar una especie de resurrección, pero al fin y al cabo, lo hace a través de la muerte. El mito ayuda a morir.

En el enredo entre fatalidad y voluntad que arma el *anánke* de la tragedia, es el mito lo que finalmente impone el necesario desenlace. La tragedia se construye a través del sistema dual del mito y la "subversión trágica" del escritor (Girard 72). Es decir, el mito nos da una historia que no podemos cambiar, pero el estatus ficticio del drama nos da la sensación de que todo pudo haber pasado de otra manera y que dentro del mito todavía se esconde la posibilidad de *otra* vida que hemos dejado atrás. *Zorros* da vértigo pues aún el mito que Arguedas nos da como fondo alegórico de la novela está sujeto a ese *agón* que parece darnos a escoger entre dos posibilidades pero que finalmente opta por la catástrofe. Una conversación entre los dos zorros interrumpe el primer capítulo. Mientras las prostitutas vuelven a sus casas, el zorro de abajo narra su último encuentro con el zorro de arriba, hace quinientos años en el cerro Latausaco. El mito que nos narra es victorioso: junto al cuerpo de Huatyacuri, el zorro de arriba reveló los secretos que le permitieron a ese hijo del dios Pariacaca vencer el reto que le hizo Tamtañamca, "dios incierto, vanidoso y enfermo" (49). En este mito, Huatyacuri, el dios verdadero, gana todas las pruebas, vence a la falsedad, convierte a su rival en venado y a la mujer de su rival en una milagrosa ramera de piedra. Pero apenas el zorro de abajo empieza a hablar acerca del "ahora", el zorro de arriba le responde, "ahora hablas de Chimbote; cuentas historias de Chimbote" y le responde con otro mito que parece refutar el delirio de victoria del zorro de abajo. Esta vez, Tutaykire, el guerrero de arriba, fue detenido en un valle *yunga* del mundo de abajo "por una virgen ramera que lo esperó con las piernas desnudas, abiertas, los senos descubiertos y un cántaro de chicha. Lo detuvo para hacerlo dormir y dispersarlo" (50). Este mito de derrota y dispersión devuelve al zorro de abajo a la realidad, narrada en quechua, la realidad pestilente de Chimbote. La última palabra mítica es la del zorro de arriba, y es un mito de muerte, de fracaso. Los zorros anuncian el fin de Chimbote, aún antes de que Arguedas nos lo narre en su último diario: la dispersión, la seducción que, en vez de devolver la vida, mata.

Mientras el mito anuncia la catástrofe, el mundo moderno trata de hacerle el quite a la muerte, buscando entre el capitalismo, como el chanchero Bazalar, maneras de sobrevivir y prosperar. No hay más que contaminación en el sistema que se había impuesto Arguedas: vida/muerte, palabra plena/silencio, arriba/abajo, mito/modernización. Chimbote es un mundo al revés, como un espejo que invierte el orden que le habíamos impuesto al mundo. Aquí se mata a la muerte con muerte; los locos dicen las verdades, la bahía es una gran zorra prostituida pero también es el reflejo de la cara de Dios (93); la palabra mítica promete la muerte, sólo los ciegos ven verdaderamente, la libertad se ha convertido en fatalidad y la gran conspiración del capitalismo desmedido se ha convertido en salida, posibilidad. Isaías resuena desde la garganta de Esteban: "ay de los que a los malos dicen bueno y a los buenos mal: que hacen de la teniebla luz, luz de la teniebla..." (133). La diferencia, ese requisito del significado, se ha perdido. Sin diferencia, no hay sentido, sólo una gran masa de materia y símbolos que se repiten a sí mismos: ¿cómo, entonces, nos entenderemos? parece preguntar Arguedas, agonizando.

### "La palabra es más precisa y por eso puede confundir..."

Arguedas se debate consigo mismo buscando significado, diferencia entre la igualdad. A medida que el relato agoniza, la necesidad de establecer diferencias se vuelve obsesión. El tercer diario es una heroica búsqueda del principio de diferenciación. Nos habla de Arequipa y del pino de ciento veinte metros en el patio de la casa Reisser y Curioni. Después de narrar su experiencia mística ante la naturaleza –una especie de comunicación con el árbol– Arguedas reflexiona sobre sus otros encuentros: encuentros literarios, con amigos, con espacios. Se pregunta: "¿en qué se diferencia Nelson, de 'Gog' y del inmenso pino que está en ese patio colonial arequipeño? Soy, claro... ¿un animalista, un aldeano incurable?" (117). Sus dobles literarios le hacen eco. En el despacho de los curas, Maxwell trata de establecer la diferencia entre el mensajero que acaba de entrar y su amigo de gruesos bigotes y cara alargada en la fiesta de Paratía. Sabe que no son iguales, pero mensajero y zorro se le parecen "como un *kolli*, único árbol de la estepa, a otro *kolli*, o una alpaca jóven a otra alpaca joven" (235). Y de la misma manera como Arguedas se pregunta si hay una diferencia verdadera entre el hombre que pasó su infancia en una ciudad como Roma y el hombre que jugaba con las liendres en su pelo, la narración pregunta desesperada: "¿En qué están las diferencias? ¿En el ojo, en la mano, en nuestras tripas? ¿En eso?... ¿En la ropa, en la casa que vivimos, la cama, el asiento que recibe el cuerpo?" (238).

La palabras se han vuelto traidoras. Si "indio" y "blanco" no designan una diferencia verdadera –es más, si la diferencia que designan crea una diferencia que no es verdadera– entonces las palabras pierden el poder redentor que Arguedas les había dado al principio de la novela. Sin la diferencia que permite la comunicación, el mundo blanco y el indio, el mundo sagrado y el profano descienden a un infierno confuso, aporético, sin comunicación. Los zorros lo saben. Por eso su *agón* mítico empieza tratando de verificar la comunicación:

> ZORRO DE ABAJO: ¿Entiendes bien lo que digo y cuento?
> ZORRO DE ARRIBA: Confundes un poco las palabras.
> ZORRO DE ABAJO: Así es. La palabra, pues, tiene que desmenuzar el mundo. (49)

Pero desmenuzar puede significar tanto establecer diferencias, individualizar la materia como dispersar, destruir. Podríamos decir que el habla de los personajes bajados de la sierra está *desmenuzada*: ellos hablan en fragmentos de palabras y de frases, en migas de sentido que a veces se pierde entre los agujeros de sus diatribas.

El bilingüismo peruano establece una diferencia interna, separada por un río de silencio. Al recibir el premio "Inca Garcilaso de la Vega" Arguedas habló del pueblo quechua como una nación aislada por un muro dentro del Perú, muro aislante que al mismo tiempo segrega y crea la posibilidad de otra forma del ser, "bastante arcaizado y defendiéndose con el disímulo"

("Yo no soy…" 256). El quechua y el español, dos naciones en una misma, son, como dice Arguedas, "dos caudales" separados por la desconfianza, la cusiosidad a distancia, a veces por el desprecio. En la vision arguediana, la experiencia está íntimamente atada a la forma del idioma; hay "experiencias que el castellano o el inglés, naturalemente, no pueden expresar bien, creo, porque nosotros no las gozamos ya, ni las sufrimos" (*Zorros* 219). Cuando los personajes cruzan el muro que divide las dos naciones y a través de un proceso de aculturación el habla se vuelve híbrida, el secreto que fluye y el caudal de su *otra* experiencia se disuelven. Por un lado, Arguedas parece estar de acuerdo con que ese silencio se diluya. La comunicación necesita tanto diferencia como espacio común: en la boca de don Diego nos dice, "en la mayor parte de las provincias ya no saben el quechua. Mejor. Así no hay secretos ¿comprende? Están a la vista, comprende?" (92). Pero por otro lado, nos muestra que al migrar, al descender al mundo simbólico de la cultura dominante donde el nudo que ata la materia con la palabra se ha roto, algo se pierde. Los personajes que han olvidado el quechua se olvidan de la sacralidad mítica. Dentro del mundo simbólico establecido por el español, dentro del cual la modernización impone sus propias imperativas, el mundo mítico y la palabra plena se quedan sin lugar, se convierten en una verdadera u-topía. Sin un lugar que la reciba, la palabra plena es tan sólo un mensaje que nunca llega. Y Arguedas no puede soportar esta orfandad, esa falta de hogar.

El mensaje que nunca llega es la encarnación de los profundos silencios de la tragedia. Un Arguedas trata de imponer la palabra plena. El otro cambia su táctica: en vez de usar la palabra como arma contra la muerte, ejerce una sutil resistencia a la palabra fragmentada de Chimbote, protegiendo y escondiendo la palabra plena, tratando de cuidar el secreto y el misterio de lo sagrado, defendiéndolo de un habla violenta para que el saber del mito no sea violado como la bahía de Chimbote. Arguedas entiende que mantener los silencios entre indígenas y blancos es una injusticia. Pero también intuye que abolir el secreto que el indígena ha tratado de guardar durante siglos es exponerlo, permitiendo que el blanco utilice lo que ha aprendido del indígena para abusarlo.

La confesión puede ser un acto litúrgico. Pero la confesión también puede ser la herramienta del poder desmedido. Jesusa, inocentemente, le pide a Esteban que vaya a donde el Hermano para confesarse antes de que muera: "que con el Hermano confiese… Con el Hermano que hable. Va salvar…" (171). Pero Moncada es más cauteloso, pues sabe que la palabra nos puede traicionar. Jesusa le insiste a Moncada: "Usted también salvará de loquear. Cantará a mi lado. Hará cantar al Esteban rebelde..." (171). El verbo cantar adquiere dimensiones aterrorizantes, conjurando la doble imagen de su sentido: la voz dichosa que expresa una experiencia demasiado intensa para quedarse en habla, pero también la cara del torturador diciéndole a su víctima, "cante, cante". Moncada lo intuye y por eso contesta: "y todos nos convertiremos en pendejos cantores pa' que el humano se reconcilie de puro aburrido... Nadita de pimienta! Pura huevadez 'homilde'" (171). Por eso, también, Hilario Caullama calla cuando el cura Cardozo llega a preguntarle si "Doble Jeta" fue a hablarle. En la industria, nos dice don Angel, "no deben propasarse los testículos, no debe propasarse la lengua, no debe propasarse el gaznate" (99) porque él, "oído del oído de los chimpanzés" sabe que cualquier palabra que pronunciemos se puede usar contra nosotros.

*Zorros* es un torrente de palabras, una confesión casi exhibicionista. Después de todo, es la confesión antes de la muerte para salvarse. Pero al confesar, Arguedas, a través de Moncada, se va dando cuenta que la palabra a toda costa no es una forma de morirse dignamente: "Mi compadre tiene lirio en su pulmón, lirio negro será, pero es flor. No va rodillar ante nadies. No va preparar su muerte ni a confesión ni a canto desabrido que ni vida es, ni oración, sal ni pimienta" (153). El silencio se convierte en funda protectora de la verdad, en arma de la vida, en algo más poderoso que el habla sabihonda y sofisticada de don Angel. Y ese secreto lo vemos en los zorros mismos quienes nos han revelado que la palabra también puede confundir y que, por eso, a veces toca cantar de otra forma. En el despacho de don Angel, el secreto revela su sabiduría:

> El visitante... dirigió a Rincón una mirada lúcida; sus dos ojos adquirieron la transparencia más profunda, que no es la del aire o del cielo, sino la circunscrita y viva, sin topes de color, de los lagos de altura o de un remanso, la verdadera transparencia profunda que transmiten al entendimiento y la esperanza los gusanillos que allí bullen... Don Angel creyó encontrar en esa mirada transparente algún secreto. (104)

La confesión, el hablar, es una "huevadez homilde" que entrega lo sagrado al mundo que lo va a prostituir. Confesar todo es traicionar al mundo indígena, es aculturarse. Por eso, dentro del mundo confuso y sin sentido de la palabra rota, la diferencia y la salvación se buscan por otros medios: bailando, cantando, *musiando*,[12] expresándose a través del cuerpo,

---

[12] *Musiar*: meditar. Neologismo arguediano derivado del quechua *musya-*, conjeturar, percibir, adivinar, saber, pensar (Lienhard, *El zorro* ... 264).

encontrando una experiencia del amor que no será sexo envilecido sino retorno a la vida. Esto es precisamente lo que proponen los zorros en su *agón* mítico: "La palabra es más precisa y por eso puede confundir. El canto del pato de altura nos hace entender todo el ánimo del mundo" (49).

Bailar y cantar: es decir, una lengua, pero atada al cuerpo. Bailar y cantar es el signo de que estamos dispuestos a recibir la epifanía mágica y ser poseídos por la palabra plena. Don Angel dice la verdad de lo que sabe cuando, en la fábrica, se contagia del discurso lírico y musical del zorro: entonces, denuncia el abuso, es capaz de decir quién es "mierda" y quién no. Poseído por la música de una *yunsa*, la prosa no resiste la vibración de la memoria y del cuerpo y su discurso se vuelve poesía: "ritmo y baile encendieron toda la memoria y el cuerpo, la carne humana viva que tanto apetece estas melodías de compases dulces e imperiosos" (109). También Maxwell, durante su año con los Cuerpos de Paz en el Perú recibe, a través de la música, la lección que nos guardan las cosas y aprende a callar, a cantar, a tocar el charango "como arcángel serrano" (230). En el último capítulo de la narración, Maxwell testifica su propia (y nueva) experiencia de lo sagrado. Los dioses descienden. De vez en cuando, como un "animal entusiasmado", Maxwell habla en comillas y la narración nota el cambio en sus gestos. Como si estuviera poseído por un canto que no es propiamente suyo, la lengua híbrida de Max canta la palabra plena donde la diferencia nace de un espacio común: "un agua de fondo, un espejo de azogue común que refleja cada cosa como diferente pero con lo que en sus naturalezas tiene de vibramiento, de salvación y nacimiento común" (217). Maxwell intuye que Chimbote es su lugar, su verdadero sitio, aunque no lo pueda articular. "¿Por qué?" le pregunta Cardozo, y la respuesta de Max viaja en un lenguaje emotivo, lleno de portentos y alusiones. Max, quien también ha entendido el misterio y protege el secreto del mundo indígena, no quiere concretar: "no quiero, y es posible que aun cuando lo quisiera no podría concretarlo de un modo claro" (222).

La novela va lentamente recapturando un lenguaje epifánico, poético, mágico que revela al esconder. Es un silencio que circunda la materia, protegiéndola. Es un canto sublime donde "yo me vivo, yo me hago" (223). Esa escena en el despacho de los curas es un verdadero Pentecostés en el cual la llama de la materia se posa sobre los cuerpos de serranos, costeños, zorros, gringos, haciéndolos hablar en un lenguaje "aluviónico, inesperadamente intricado, yanki-cecilio-bazalártico" (237) dentro del cual, sin embargo, todos logran entenderse. Así, la narración termina en una nube de alusiones e ilusiones, donde un silencio reverente se apodera de la palabra. Esta es una verdadera *pasión*,[13] con todo el peso de su historia etimológica: aquí, amar significa sufrir, pasar por la experiencia fisiológica de la palabra para conocer el misterio y protegerlo, como en la pasión de Cristo, y en el *pathos* de la tragedia.

La narración termina con una epístola de San Pablo, y una meditación sobre el amor, que Arguedas ha descubierto no tanto como sentimiento sino como *experiencia*, como vínculo entre las personas y las cosas. La epístola, en el contexto de la escena que le precede y el último diario que le sigue, es conmovedora:

> Si yo hablo en lenguas de hombres y de ángeles pero no tengo amor, no soy más que un tambor que resuena o un platillo que hace ruido. Si doy mensajes recibidos de Dios y no conozco todas las cosas secretas, y tengo toda clase de conocimientos y tengo toda la fé necesaria para quitar los cerros de su lugar, pero no tengo amor, no soy nada... Pues conocemos sólo en parte y en parte damos el mensaje divino; pero cuando conozcamos en forma completa, lo que es en parte desparecerá. (241)

Es el último esfuerzo del héroe agonizante por alzarse en contra de la muerte, al revelar silenciosamente el vínculo que terminará de transformar esta sociedad herida por su historia y sus resentimientos: eso que permite a las palabras retener la materia de las cosas. Tal vez la meditación de Walter Bejamin sobre *El Banquete* de Platón (que trata precisamente acerca del amor) en su libro acerca de la tragedia pueda iluminar lo que Arguedas está tratando de decir:

> For the sake of its outward appearance, beauty will always flee: in dread before the intellect, in fear before the lover. And only the latter can bear witness to the fact that truth is not a process of exposure which destroys the secret, but a revelation which does justice to it. (*The Origin*... 29)[14]

---

[13] Pasión viene del verbo griego πασχω (*páscho*) que quiere decir "recibir una impresión de afuera, sufrir, estar afectado, estar en cierto estado mental". Este verbo esta relacionado al sustantivo παθος (*pathos*), que es "sufrimiento" pero también "experiencia" o "una condición del alma". Hoy en día se usa más que todo como sinónimo de una emoción poderosa, de amor particularmente, pero el diccionario de María Moliner nos recuerda que "pasión", quiere decir principalmente "acción de padecer", aunque "no se usa corrientemente más que aplicado a la de Jesucristo".

[14] "Por el bien de su apariencia externa, la belleza siempre escapará: con pavor frente al intelecto y con miedo frente al amante. Y sólo el último es testigo del hecho que la verdad no es un proceso de exponer que destruye el secreto, sino una revelación que le hace justicia".

El Padre Cardozo nos dice que cada noche ve "revelaciones que me enardecen y me conturban" (241). Pero éstas no son alucinaciones sagradas; es el muy material y descarnado mundo de Chimbote, donde algunos, arrogantes, han erigido una torre de Babel, tratando de conquistar a los dioses mientras los que aman la verdad protegen su secreto y reciben la revelación divina, el Pentecostés Andino donde todos las patrias entienden todas las lenguas.[15]

## EL SILENCIO DEL CUERPO

Estamos muy lejos del rígido mandamiento ético-estético que comenzó la agonía: "o yo escribo y publico o me pego un tiro". Ya el silencio se impone, pero con el profundo sosiego de alguien que ha comprendido algo y está dejando que el mundo se disuelva. Arguedas comienza con una voraz hambre por la palabra. Pero ésta es la gran inversión que la propia lógica de la novela ha forjado: en su amor por la verdad, por la vida, por el lenguaje que rescata la materia al construirse en comunión con ella, Arguedas termina optando por el silencio. En su *agón* con la palabra, escribir silenciosamente con el cuerpo –bailar, hacer el amor, morir– surge como la única manera de volver a atar los tiempos (conservando su aspecto sagrado), de atar los espacios (sin prostituir la materia), de atar los *seres* de su sujeto dividido. Escribir con el cuerpo es un acto de recomposición que sana el "lisiado" relato y nivela sus desigualdades. En esto, el suicidio de Arguedas repite las palabras de Artaud: "If I commit suicide, it will not be to destroy myself but to put myself back together again… I place myself between the beautiful and the hideous, the good and the evil. I put myself in suspension, without innate propensities, neutral…" (En Alvarez 68).[16]

En este último silencio, Arguedas asume toda la grandeza del sujeto trágico que, como dice Rosenzwig, tiene sólo un lenguaje que le es propio, el silencio, la marca de su ser, el sello tanto de su grandeza como de su

[15] Tomo esta idea prestada de Edmundo Gómez Mango y su análisis del "hablar en lenguas": "El 'hablar en lenguas' fue el milagro lingüístico acaecido cincuenta días después de la Pascua, en Jerusalén: los apóstoles anuncian las maravillas de Dios, hablan en su propia lengua, pero los extranjeros de múltiples nacionalidades les escuchan en las suyas. El 'hablar en lenguas' parece así oponerse al mito de Babel: el Pentecostés es la epifanía de la traducción; superando la confusión de Babel, el espíritu traductor del Pentecostés dice en una sola todas las lenguas" (365).

[16] "Si me suicido, no será para destruirme, sino para recomponerme… Me sitúo entre lo bello y lo inmundo, el bien y el mal. Me pongo en suspensión, sin propiedades innatas, neutral…"

debilidad (En Benjamin, *The Origin* 108). El silencio devuelve la palabra, la muerte devuelve la vida, la ilógica del suicida articula la lógica de la novela. La fatalidad ha triunfado, pero en ese último diario, Arguedas, en un momento de *anagnórisis*[17] nos muestra lo que pudo haber sido en una larga letanía de "nos" y "nis", esas dos palabras que articulan las posibilidades y encierran todos los secretos. Otra vez: piedad y miedo.

Conmueve, no sólamente por el sufrimiento de Arguedas que, más que personaje de su propia novela, era hombre. Conmueve además su simbolismo a nivel colectivo: el *agón* de los mundos, esa escritura que Arguedas se propuso hacer profundamente honesta, cuestiona la posibilidad de pasar de la sierra al mundo moderno e industrializado sin perder el lenguaje de la naturaleza y la conexión a lo sagrado. Arguedas intuye que la modernización industrializada sólo puede surgir de las cenizas de una sociedad mágica, sagrada (Vargas Llosa 46), y él mismo se ofrece como esa ceniza: "despidan en mí a un tiempo del Perú cuyas raíces estarán siempre chupando jugo de la tierra para alimentar a los que viven en nuestra patria, en la que cualquier hombre no engrilletado y embrutecido por el egoísmo puede vivir, feliz, todas las patrias" (246). Arguedas es el verdadero *tragos-oeidos*:[18] el carnero que canta y cuya muerte trata de expurgar la corrupción. Al final de la novela, la ceguera que dividía a los dos mundos se disipa; las contradicciones y las desigualdades se concentran en Arguedas quien se convierte en un chivo expiatorio cuyo silencio le devuelve la palabra a la sociedad peruana.

Porque esto es la tragedia, puente. Puente de una sociedad a otra. Esteban lo sabía: "Este homanidad va desaparecer, otro va nacer del

---

[17] *Anagnórisis*, según Frye, es ese momento lúcido al final de la tragedia donde tanto nosotros como el héroe nos *damos cuenta*, "it is not simply the knowledge by the hero of what has happened to him… but the recognition of the determined shape of the life he has created for himself, with an implicit comparison with the uncreated potential life he has forsaken" (212). ["no es sólo la comprehensión del héroe de lo que le ha pasado… sino el reconocimiento de la forma determinada de una vida que se ha creado, y su comparación implícita con una vida posible y no-creada a la cual ha renunciado."]

[18] Este es el origen etimológico de tragedia, o *tragoidia* en griego, que viene de *tragos* –carnero– y *oide* –canción. Se cree que la tragedia nació de los rituales al dios Dionysio en primavera, durante los cuales, se sacrificaba a un carnero. Este sacrificio luego se transpuso metafóricamente sobre el héroe trágico, cuyo destino (cantado por él mismo) es paralelo al del animal sacrificado. Teóricos como Girard y Freud (ver *Totem and Taboo*) han establecido una relación directa entre el chivo expiatorio y el héroe trágico.

garganta del Esaías" (157). Forgues nos dice que Arguedas concilia los contrarios pasando al pensamiento trágico que relega esta posibilidad a la eternidad mítica ("Por qué bailan..." 311). Pero la tragedia es exactamente lo opuesto: los contrarios se resuelven cuando el tiempo trágico se cumple, relegándonos otra vez al tiempo histórico, pero uno diferente. La tragedia nos lleva del mito hacia la sociedad, la ley, el pueblo: "The tragic death has a dual significance: it invalidates the ancient rights of the Olympians, and it offers up the hero to the unknown god as the first fruits of a new harvest of humanity" (Benjamin, *The Origin...* 107).[19] Arguedas muere. Los zorros y los dioses callan. Otro mundo surge de ese sacrificio. En el lugar de Arguedas, nos queda la palabra, llena de portentos y profecías, llena de secretos y silencios líricos.

No discuto la historia de Arguedas hombre. Narro la historia de *Zorros*, que incluye a Arguedas hombre. Si en el texto Arguedas hombre se ofrece como el sacrificio que facilita el tránsito entre sociedades, el sacrificio parece horrible, excesivo. Porque a pesar del paralelo que Arguedas establece entre él mismo y Jesús (y el Che), el escritor solo revive con su texto. La muerte física es final. Temblamos, y queremos creer que esto era pura crisis personal, que nada tiene que ver con la realidad del Perú ni con nosotros. Pero el testimonio que dejó Arguedas lo sugiere: sí, éste es un ritual que nos implica a todos. La novela es una ceremonia ritual (Ortega 3) y Arguedas escenifica el sacrificio final en nuestra iglesia moderna, la Universidad, ese altar a la palabra, a la "verdad". Ahí se encuentran historia y ficción; la ficción nos convierte a nosotros, los lectores, en la comunidad oficiante. Nuestra es la lección:

> in the presence of the suffering hero the community learns reverence and gratitude for the word with which his death endowed it – a word which shone out in another place as a new gift whenever the poet extracted some new meaning from the legend. Tragic silence, far more than tragic pathos, became the storehouse of an experience of the sublimity of linguistic experience... (Benjamin, *The Origin* 109)[20]

---

[19] "La muerte trágica tiene un doble sigificado: invalida los derechos arcaicos de los dioses Olímpicos, y ofrece el héroe al dios desconocido como los primeros frutos de una nueva cosecha humana."

[20] "En la presencia del héroe que sufre, la comunidad aprende una nueva reverencia y gratitud por la palabra con la cual su muerte la ha dotado, una palabra que brilló en otro lugar como un regalo nuevo cada vez que el poeta extraía un sentido nuevo de la leyenda. El silencio trágico, mucho más que el *pathos* trágico, se convirtió en el depósito de la experiencia de lo sublime que existe en la experiencia lingüística..."

Aquí, en el punto final, el revólver vuelve a resonar y los lectores nos encontramos ante el sacrificio que permitió la coherencia de esta palabra. Esta es la experiencia extrema que nos ofrece Arguedas.

En su libro *La utopía arcaica,* Vargas Llosa nos dice de *Zorros* que "el habla de los personajes es el mayor fracaso de la novela" (324), pero el conflicto de la novela es precisamente esa habla, ese diálogo. Sin su danza entre el silencio y la articulación, la novela perdería esa cualidad que nos lleva a una experiencia límite ante la palabra. Esa media-lengua es tanto la encarnación de la sociedad peruana en transición como la lección del silencio. Ante el lenguaje fragmentado y sus consecuencias yo me pregunto, ¿está el lenguaje en mi poder, o estoy yo en el poder del lenguaje? Miedo al poder de la palabra, miedo a la despiadada vida de la palabra trágica, piedad por la horrible belleza de la palabra arguediana.

## Bibliografía

Alvarez, Alfred. "The Savage God". *On Suicide.* John Miller, ed. San Francisco: Chronicle Books, 1992. 60-88.

Arguedas, José María. *El zorro de arriba y el zorro de abajo.* Edición crítica de Eve-MarieFell. México: Consejo Nacional Para la Cultura y las Artes, 1992.

_____ "Yo no soy un aculturado...". *El zorro de arriba y el zorro de abajo.* Edición crítica de Eve-MarieFell. México: Consejo Nacional Para la Cultura y las Artes, 1992. 256-257.

Aristotle. *Poetics.* Harmonsdworth: Penguin Books, 1984.

Benjamin, Walter. *The Origin of German Tragic Drama.* John Osborne, trad. London: NLB, 1977.

_____ "The Role of Language in Trauerspiel and Tragedy". *Walter Benjamin: Selected Writings.* Vol. I. Cambridge: Harvard University Press, 1996. 59-61.

_____ "Trauerspiel and Tragedy". *Walter Benjamin: Selected Writings.* Vol. I. Cambridge: Harvard University Press, 1996. 55-58.

Cánovas, Rodrigo. "Apuntes dislocados sobre los *Zorros* de José María Arguedas". *Revista Iberoamericana* LXVIII/201 (Pittsburgh, 2002): 981-996.

Cornejo Polar, Antonio. "Un ensayo sobre *Los zorros* de Arguedas". *El zorro de arriba y el zorro de abajo.* Edición crítica de Eve-MarieFell. México: Consejo Nacional Para la Cultura y las Artes, 1992. 296-306.

Forgues, Roland. *José María Arguedas: del pensamiento dialéctico al pensamiento trágico.* Lima: Editorial Horizonte, 1989.

_____ "Por qué bailan los Zorros". *El zorro de arriba y el zorro de abajo*. Edición crítica de Eve-MarieFell. México: Consejo Nacional Para la Cultura y las Artes, 1992. 307-315.

Freud, Sigmund. *Totem and Taboo: Some Points of Agreement Between the Mental Lives of Savaged and Neurotics*. James Strachey, authorized translation. London: Routledge, and Paul, 1950.

Frye, Northrop. *Anatomy of Criticism: Four Essays*. Princeton: Princeton University Press, 1957.

Girard, René. *Violence and the Sacred*. Patrick Gregory, trad. Baltimore: Johns Hopkins University Press, 1977.

Gómez Mango, Edmundo. "Todas las lenguas. Vida y muerte de la escritura en *Los Zorros* de J.M. Arguedas". *El zorro de arriba y el zorro de abajo*. Edición crítica de Eve-MarieFell. México: Consejo Nacional Para la Cultura y las Artes, 1992. 360-368.

Lienhard, Martin. "La 'andinización' del vanguardismo urbano". *El zorro de arriba y el zorro de abajo*. Edición crítica de Eve-MarieFell. México: Consejo Nacional Para la Cultura y las Artes, 1992. 321-332.

Moliner, María. *Diccionario del uso del español*. Madrid: Editorial Gredos, 1966-1967.

Ortega, Julio. "Los *Zorros* de Arguedas: migraciones y fundaciones de la modernidad andina". Prólogo a la version en inglés *The Fox From Up Above and the Fox from Down Below*. Pittsburgh: The University of Pittsburgh Press, 2000. Versión española del prólogo en Ciberayllu. http://www.andes.missouri.edu/andes/especiales/jozorros/jo_zorros1.html

Rouillón, José Luis. "La luz que nadie apagará: aproximaciones al mito y al cristianismo en el último Arguedas". *El zorro de arriba y el zorro de abajo*. Edición crítica de Eve-MarieFell. México: Consejo Nacional Para la Cultura y las Artes, 1992. 341-357.

Rowe, William. "Deseo, escritura y fuerzas productivas". *El zorro de arriba y el zorro de abajo*. Edición crítica de Eve-MarieFell. México: Consejo Nacional Para la Cultura y las Artes, 1992. 333-340.

Steiner, George. *The Death of Tragedy*. New Haven: Yale University Press, 1996.

Vargas Llosa, Mario. *La utopía arcaica*. México: Fondo de Cultura Económica, 1996.

Williams, Raymond. *Modern Tragedy*. London: Chatto and Windus, 1966.

# Memoria, lucha y agonía: la escritura del *yo*

*Aymara de Llano*

Nos situamos en la construcción de una "zona límite", "de frontera" entre el discurso literario y el referente, o bien entre la escritura y la vida. Ese "borde" instala una zona de riesgo para la mirada del crítico: caer en el vértigo de la vida del "yo" y en la identificación de la vida del autor con el discurso autobiográfico. Ese riesgo también implicaría no advertir los intersticios, las interferencias que existen en toda escritura del "yo" como construcción de una imagen del yo que se diferencia del yo/referente. Por eso hablamos de la 'escritura del *yo*', porque ese yo es el objeto de la escritura, es decir que es de lo que se habla.

En reiteradas oportunidades, la crítica ha abordado la obra de José María Arguedas tratando de establecer relaciones entre su escritura de ficción y su vida. Esto no es un capricho: es evidente que los relatos guardan una estrecha correspondencia con lo vivido y, más aún, con anécdotas de su vida fácilmente verificables, de las cuales él mismo se ha encargado de dar cuenta mediante cartas, ensayos, discursos y otras declaraciones. De ahí que se hayan encontrado homologías justificadas entre el "mundo discursivo" y "los hechos de la realidad".

Este tipo de crítica, llamada biográfica, halló su justificación más plena en la última novela, publicada después de su muerte, *El zorro de arriba y el zorro de abajo* (1971), que combina la matriz genérica del Diario con episodios de la historia del puerto pesquero Chimbote de la costa peruana, denominados "Hervores" por el propio autor. De manera explícita, se pone de manifiesto un yo autobiográfico, que aunque ya estaba en los relatos anteriores, aquí se hace emergente en el diario íntimo.

Comenzamos con el estudio del último texto para generar nuevas expectativas ante la problemática. Queremos provocar, desde el discurso crítico, una inversión en la mirada que recorrerá luego *El Sexto* (1961), en el cual también tratamos el discurso autobiográfico en aquellos aspectos que lo diferencian de *Los Zorros*. Finalmente llegamos a *Los ríos profundos* (1958) y a algunos cuentos (*Amor mundo* 1967) en los que la memoria actúa como eje de un discurso que "restituye" el pasado mediante la actualización del recuerdo y, en ese acto, se "apropia" de esa materia para vislumbrar un futuro, que aparecerá en plenitud en *Los Zorros*.[1]

Al hacer un recorrido cronológico invertido respecto de las fechas de escritura y publicación, las nociones de "proceso" o de "progresión" –en el sentido de superación– se pueden dejar de lado –esfuerzo necesario acaso porque las tenemos muy incorporadas en nuestra cultura e inciden permanentemente en la mirada crítica–; de tal manera que se abran nuevas dimensiones de lectura. Esto nos permite poner en práctica el concepto de re-lecturas críticas con menos riesgo de alinearnos con interpretaciones más conocidas, frecuentes y recientes sobre José María Arguedas.[2]

### *El zorro de arriba y el zorro de abajo*: la agonía

"El hombre que se preocupa por hablar de sí mismo sabe que el presente difiere del pasado y que no se repetirá en el futuro" (10). Esta reflexión de Gusdorf acerca de la aparición de la autobiografía, supone que el discurso autobiográfico y su referente no son identificables en sentido estricto. Este cuestionamiento, que ha motivado y perturbado tanto a quienes se dedican al estudio de las prácticas interpretativas, nos lleva al campo de la filosofía del lenguaje en cuanto a la relación entre lenguaje y referente. En este caso, se hacen presentes a cada paso por la relación existente entre la vida del autor, su suicidio y la escritura acerca de su vida y de su futura muerte. Por otro lado, este discurso lleva otra carga: la escritura como única alternativa explícita de vida, como "la" opción ante la muerte. El momento de decisión antes del suicidio queda postergado por otra decisión: el acto de escribir. Julia Kristeva dice que "la escritura sólo adviene en el momento de la denegación del afecto para que pueda

---

[1] De aquí en adelante, cada vez que se enuncie *Los Zorros* estaremos haciendo referencia a *El zorro de arriba y el zorro de abajo*. Las citas corresponden a la tercera edición de la Editorial Losada de 1972.

[2] Nos referimos, en especial, a la obra de Vargas Llosa (*La utopía arcaica*) y a la noción implícita que –en él como en otros– está subyacente entre la vida y su escritura, como si hubiera una "consecuencia lógica" entre ambas, cuestión que se evidencia hasta en el armado de su texto.

nacer la eficacia de los signos." Más adelante agrega que el "*afecto*" pasa a ser "*efecto*". Así la escritura es un cauce para los afectos: "los traspone para un otro en un vínculo tercero, imaginario y simbólico (...) es transformación, transposición, traducción" (181-82). Esta distinción entre afecto/efecto, que establece Kristeva, resulta operativa ya que nuestra intención es seguir el "efecto"; dicho en otros términos, la traducción y no el origen ni la causa de la misma. Se trata de mantenernos alejados de la intencionalidad en la vida y cerca del producto escritura.

A partir de *Los Zorros*, es posible estudiar la obra anterior como un gran protorrelato de la última novela, ya que en ese texto se condensan todos los planteos que, de alguna manera, están en germen en los textos anteriores. El interés de nuestro trabajo está dirigido a hacer centro en la autobiografía como tipo discursivo que construye un referente individual; luego, en la deriva del sentido y después de haber quebrado la distinción "yo/otros" tradicional, se compondrá un referente colectivo con características innovadoras. Esta puesta de lo autobiográfico cuestiona las postulaciones acerca de las formas consolidadas del género tanto en lo que concierne al "pacto", como en lo atinente a la identificación vida/texto.

Entonces, ¿por qué establecer estas relaciones? Porque el mismo texto lo propone. De la alternancia entre los Diarios –es decir lo individual– y los "Hervores" –lo colectivo– surge la necesidad de interrogarse acerca de este problema que no es sólo formal, sino que va más allá de una estructuración externa, de un experimento narrativo, de un armado textual –aunque esto contribuye–, para constituirse en una verdadera postulación estética, en la posibilidad de plasmar desde la elección del género –novela– y de los registros que en ella funcionan, una postura frente a la vida –la escritura es parte de ella– y también, según veremos, frente a la muerte. En su última obra es donde surge con claridad dicha problemática ya esbozada desde 1935 cuando tuvo la necesidad de re-escribir *Agua*. En su producción temprana, se evidencia una inquietud constante, que aparece en los procedimientos –narrador en primera persona evocando un origen relacionado con la vida del autor–, o en su manera de plasmar la cosmovisión a través de un permanente trabajo con el lenguaje. Ya en *Los zorros* se manifiesta en forma simultánea en el cuerpo de la novela misma. Si se estudia una "historia del texto" en cuanto al proceso de publicación, un dato relevante de remisión a lo autobiográfico es haber publicado el "Primer diario" en *Amaru* Nº 6 –Revista de Artes y Ciencias de la Universidad Nacional de Ingeniería, dirigida por Westphalen– antes de terminar de escribir la novela; ese texto se tomó como declaración pública del suicidio futuro y, al mismo tiempo, la escritura de la "posible novela" como única oportunidad de terapia o de aplazamiento del suicidio. Dice Maurice Blanchot en *La escritura del desastre* que "no escribir sin poder supone el paso por la escritura" (18); esto también está plasmado en su última novela: la agonía entre escribir, no poder hacerlo aun pasando por esa experiencia y, finalmente, tener que optar por la muerte voluntaria.

Si bien el "diario" admite la ficcionalización, y no es condición necesaria la identificación personaje-autor, en esta novela lo autobiográfico establece una remisión inmediata al acontecimiento básico y sustancial coincidente entre ficción y realidad: la muerte. En cambio, a veces, el diario es sólo una forma elegida en la que se ficcionaliza la vida de un personaje que no tiene relación con la vida del autor. Es evidente que la autobiografía "puede revestir la más libre invención novelesca"; en este caso, la autoreferencialidad explícita sumada a la concreción del suicidio inmediatamente después de escribir la novela, nos facilita la lectura del yo autobiográfico asumido como existencia por José María Arguedas, pero tampoco se deja de lado lo "novelesco" (Starobinski 67). Por ello, hablamos de diversos registros discursivos en el cuerpo mismo del texto. En *Los zorros*, el sujeto del enunciado y el sujeto de la enunciación del Diario no tienen los límites marcados, hay una clara identificación entre ambos o, quizá, no sea conveniente hablar de identificación pero sí de acercamiento, del máximo acercamiento posible.[3]

---

[3] Noé Jitrik reflexiona respecto de las diferentes formas de conformar al personaje y, concretamente, respecto de Arguedas en su última novela: "no sólo el personaje se cuenta en primera persona (como en *Los ríos profundos*) ligándose con el narrador, sino que ambos –o la figura que resulta de la fusión de ambos– llevan el nombre del autor: la distancia ha desaparecido pero acaso por esto mismo –ya que se pone el pie fuera de la zona de la literatura– las significaciones no se empobrecen y se abre una dimensión a la que no nos podemos sustraer" (Jitrik, "Destrucción y forma" 98). Hay también una breve referencia similar en otro trabajo anterior de Jitrik, en el cual considera que el trazado del personaje de los diarios está en el borde de las convenciones literarias y por ello el personaje se transforma y "se aleja del autor, se trasciende y se generaliza" (Jitrik, *El no existente* 149). La contestación de Derrida a Rodolphe Gasché sobre la "bordura interior de la obra y de la vida" puede aclarar lo planteado: "la ligne qui peut séparer la vie d'un auteur de son oeuvre, par exemple, ou qui peut séparer dans sa vie une essentialité ou une transcendantalité, d'une empiricité, ou dans son oeuvre une empiricité de quelque chose qui n'est pas empirique, cette ligne même devient incertaine; son trait se divise, son unité, son identité se disloque, et dès lors que cette identité se disloque, le problème de l'autos, de l'autobiographique exige une totale redistribution" (Derrida 63). También consultar para la anulación de la dicotomía sujeto de la enunciación y sujeto del enunciado en la autobiogtafía: Lejeune, "Copie conforme" (*Le pacte autobiographique*).

Una vez perfiladas las características de este diario, nuestra hipótesis sostiene que la autobiografía invade toda la novela y somete la historia colectiva de los "Hervores" a un ordenamiento cuyo régimen impera desde los diarios. Así, el discurso autobiográfico prevalece y se expande provocando una interpenetración Diarios/"Hervores" –dirigida desde los primeros hacia los últimos– pero también se produce una vuelta, una circulación del sentido. Autobiografía y relato en tercera persona –es decir, Diarios y Hervores– se asisten entre sí y el *Epílogo* también remite a ambos, es un juego de remisión continua.

La novela está estructurada en Primera y Segunda Parte. La primera contiene tres diarios –Primer diario, Segundo diario y Tercer diario– y cuatro "Hervores" ordenados por números romanos; ambos están intercalados. Se ve, entonces, cómo abre y cierra con los *Diarios*. También la grafía da cuenta de ello puesto que se usa bastardilla para la historia personal. Además, un apartado final –Epílogo– completa el texto. El mismo está compuesto por dos cartas y el discurso que José María Arguedas pronunciara en ocasión de recibir el premio "Inca Garcilaso de la Vega". El Epílogo no ha sido considerado por la crítica como parte del cuerpo de la novela, sin embargo, en una re-lectura, en la que se jerarquiza lo autobiográfico como discurso ordenador de todo el texto, funciona complementándolo.

La intercalación de Diarios y capítulos de la historia colectiva marca cortes en las dos historias señaladas –individual/colectiva–, que fragmentan sendas narraciones y ya el Segundo diario no es sólo eso, sino que en él juegan los "Hervores" I y II, y así sucesivamente.[4] Uno se carga en el otro,

---

[4] "Westphalen ha destacado la tensión especial que crea el contrapunto de las historias de Chimbote con la historia del hombre que lucha contra o contempla el suicidio, mientras pugna, al mismo tiempo, por encontrar las fuerzas, la salida, la iluminación para poder seguir escribiendo la novela". Considero interesante la noción de "tensión" y de "contrapunto" siempre y cuando éstas no impliquen únicamente dualidad (Escajadillo 120). Para una mejor interpretación de la cita: Emilio Adolfo Westphalen fue un poeta, amigo entrañable de Arguedas, director de la revista *Amaru* en donde apareció el Primer diario como anticipo de lo que después sería la última novela. Esta versión tiene algunas diferencias con el "Primer diario". Además, en la carta a su editor Gonzalo Losada, que aparece en el Epílogo, le encarga a Emilio y a su mujer, Sybila, la revisión de las pruebas de la novela a publicar. Ana María Barrenechea hace referencia a la intercalación y al fragmento:..."se logrará que el lector vaya siguiendo el desarrollo del texto novelesco, avanzando en permanente diálogo con los fragmentos confesionales intercalados. No es que la parte narrativa les responda explícitamente, (...), pero se

por lo tanto, si bien hay dos líneas narrativas, la fragmentación las multiplica, las encima y, al mismo tiempo, con el corte, las separa. Esta separación provoca una postergación y las pausas marcan un ritmo angustiante de espera. El efecto es percepción de lo incompleto; la ruptura implica un orden.[5]

El detalle de la estructura supone un plan armado, con centro en los Diarios, encargados de llevar al yo/autobiográfico adelante y, desde ellos, la incursión en la historia/Historia del Perú. Así, el sentido de lo autobiográfico prolifera más allá del yo y su dramática situación existencial para cobrar un valor general, comunitario, no trascendente sino epocal: "Despidan en mí a un tiempo del Perú..." (¿Último diario? 271).

Los Diarios tienen un sujeto en primera persona gramatical y diversas temáticas que pueden ser reagrupadas con fines operativos, aunque, en realidad, absolutamente entramadas en un tejido que se presenta caótico y desordenado pero impactante y sólido, aunque sea paradójico.[6] Sin embargo, el lector lo acepta y esto ocurre porque el género discursivo "diario" lo permite; el fluir desordenado, el permanente salto de un tema a otro está legitimado por la forma elegida y por el proceso hacia el suicidio que se propone tematizar según lo hace explícito. La autobiografía es la convención elegida para poder ser transgredida. Aquí lo transgresor reside en el intento de superación de lo autobiográfico mismo. Es decir, se parte de lo personal apelando al nivel afectivo del lector para, luego, implantar una problemática colectiva que rebasa la escritura del yo autobiográfico.

---

cuenta con que el lector la va siguiendo en etapas sucesivas con una memoria que va almacenando alternativamente los textos de los 'Diarios' y asumiendo la situación dialógica" (Barrenechea 295).

[5] "El fragmento es también la soledad, la opción.(...) Ahí está el papel que cumple el fragmento: es la ruptura pero de lo que ya no se puede recomponer. Se entiende por qué el fragmento puede ser vehículo de otras rupturas y también la perturbación que causa ligar y relacionar, unir y desarrollar (porque diluye el sentido de la forma)" (Jitrik, "Destrucción y formas" 79).

[6] En un trabajo publicado en 1985 en colaboración, intentamos un ordenamiento, en base al cual llegamos a establecer tres formas de exteriorización del yo a las que denominamos: yo/hombre, yo/narrador y yo/escritor. Estableciendo las relaciones de los yoes con los otros arribamos a tres problemáticas en el proceso de simbolización: a) la problemática de la función social, b) la problemática de la comunicación y c) la problemática de la creación (Befumo Boschi y de Llano 173-192). Hoy mi interés no se centra en esta forma de clasificación sino en hallar la riqueza del sentido desde el caos mismo. Encontrar una lógica del desorden como nueva manera de interpretación de una escritura transgresora.

La contundencia del tema golpea de manera tal, que sólo frente al desorden de la muerte cercana –como la "confesión"–, se reciben las últimas experiencias de vida de este "testigo lamentable de los acontecimientos", como se autodenomina en el Primer diario.[7]

Se evidencia, entonces, otro de los problemas siempre tratados al abordar la autobiografía: si se narra el pasado, ¿es una actualización del mismo desde un presente?. Es obvio que esto ocurre, pero en *Los zorros* esa actualización está sesgada por el proceso presente hacia el suicidio futuro –postescritural–, por lo cual se agregan significaciones fuertemente autorreferenciales que problematizan más aún las convenciones establecidas para el género.[8]

Desde las primeras líneas del Primer diario, –data: Santiago de Chile, 10 de mayo de 1968– el yo hace historia de una "dolencia psíquica" (Primer diario 11) contraída en la infancia y que lo llevó al intento de suicidio en 1966. Este será un tema recurrente a lo largo de todos los diarios en base al cual se reorganiza todo el caos ya indicado.[9] La relación con la ciudad, la(s) mujer(es), los relatos de la infancia, su problema con el idioma castellano, su lucha por tener un espacio, su marginación como escritor, la polémica con Julio Cortázar, los afectos, su madrastra, la relación con otros

---

[7] Consideramos que la "confesión" tiene un carácter puramente personal. Estos Diarios, si bien construyen la historia individual, también refieren la historia de una comunidad del Perú, de una cosmovisión que aparece tematizada en los "Hervores" y plasmada desde el lenguaje, en los diarios.

[8] De acuerdo con la clasificación de Lejeune, el tipo "diario íntimo" surge de la combinatoria de la forma lingüística, sujeto tratado, situación del autor y posición del narrador. Se trataría –en el caso que nos ocupa– de una autobiografía clásica, ya que hay identidad entre el narrador y el personaje principal y es autodiegética. En cuanto al "pacto autobiográfico" es del tipo 3a, es decir, Pacto = 0, pues no hay pacto en el título ni en la tapa del libro. El primer índice sería el subtítulo: Primer Diario. No sólo se verifica la autobiografía en la historia narrada explícitamente como escritor –lo cual podría ser ambiguo para un lector sin enciclopedia– sino que en el Epílogo se produce el efecto de identificación final. En este sentido, Lejeune considera al género autobiográfico como "contractual"; las terminologías empleadas –pacto, contrato– reenvían a ese concepto (Lejeune 12-46).

[9] Alberto Escobar ve una oposición "orden" vs "caos" y asevera que "es fundamental para tener una idea de cómo se puede connotar la relación *arriba* versus *abajo*. Quiero decir que el *narrador*, y en esto tenemos que insistir que ya no es el *diarista* sino el *narrador*, es decir no se trata de los *diarios* sino de los *hervores*, lo que equivale a hablar de la fábula o del relato. O, para mirarlo de otro lado, es lo mismo que hablar de contenido ficcional de la obra. El *caos* es la fábula, es el meollo del relato; es la matriz de lo que ocurre en el *verosímil narrativo* de la novela" (Escobar 224).

escritores, su padre, el quechua, la Universidad, todo está visto y pasado por un tamiz: el suicidio, a partir del cual se construye una historia personal desde el presente "con el ánimo en casi la nada" (Tercer diario 191).

> Escribo estas páginas porque se me ha dicho hasta la saciedad que si logro escribir recuperaré la sanidad. Pero como no he podido escribir sobre los temas elegidos, elaborados, pequeños o muy ambiciosos, voy a escribir sobre el único que me atrae: esto de cómo no pude matarme y cómo ahora me devano los sesos buscando una forma de liquidarme con decencia, molestando lo menos posible a quienes lamentarán mi desaparición y a quienes esa desaparición les causará alguna forma de placer.(...) Voy a tratar, pues, de mezclar, si puedo, este tema que es el único cuya esencia vivo y siento como para poder transmitirlo a un lector; voy a tratar de mezclarlo y enlazarlo con los motivos elegidos para una novela que, finalmente, decidí bautizarla: "El zorro de arriba y el zorro de abajo"; también lo mezclaré con todo lo que en tantísimos instantes medité sobre la gente y sobre el Perú, sin que hayan estado específicamente comprendidos dentro del plan de la novela. (Primer diario 12)

Nos interesa indagar acerca de lo que hemos llamado "tamiz" mediante el cual se filtra la autobiografía: el suicidio. Por eso hablamos de escritura de una Vida y de una Muerte o, mejor dicho, del proceso hacia la muerte programada.[10] Una lectura que contemple la escritura ejercitada en un "presente suicida", que rememora un pasado, no sólo individual/personal sino colectivo/social. Entonces, desde el "presente suicida" se evoca un pasado con un "proyecto de futuro suicida" por delante que se "está postergando" en el acto mismo de la escritura. Nora Catelli aporta una reflexión en este sentido aunque refiriéndose a la autobiografía en el siglo XIX: "Esa dimensión futuro-presente, tiene que ver con la construcción del espacio del yo como proyecto (...) algo *hacia*, pero un *hacia* que se quiere modificar a partir de la escritura misma" (281). Es evidente que la dimensión temporal tiene relevancia en el *acto* autobiográfico: "...determinación de un pasado ficticio que se recrea en la constancia del presente de la escritura pero también determinación del futuro" (Rosa 282).

El hecho de querer "mezclar" y "enlazar" el relato de su proceso hacia la muerte –"este tema que es el único cuya esencia vivo y siento" con "todo

---

[10] Respecto de la vida/muerte dice Nicolás Rosa: "La muerte es el horizonte que define la vida. Una grafía del Byos, una escritura de la vida, sólo es pensable en el horizonte –a veces no confesado– de una escritura de la muerte, si es que esto es posible. Por eso, J. Derrida en su 'Autobiografía de Nietzsche' instaura la *tanatografía* como el espacio donde se inscribe la escritura del byos" (53).

lo que en tantísimos instantes medité sobre la gente y sobre el Perú"– fundamenta nuestra hipótesis: desde el diario se enlaza y se mezcla. La autobiografía rige como discurso prevalente, como hilo temático conductor y como constructo estructurante. Los tres aspectos expanden el sentido de lo autobiográfico a todo el texto. El estudio del discurso autobiográfico en los Diarios conduce a la detección de un registro que llama la atención por su riqueza expresiva, las extensas descripciones poéticas que el sujeto hace de elementos de la naturaleza: la cascada –"Ellas retratan el mundo para los que sabemos cantar en quechua" (Primer diario 13)–, el *ima sapra*, el *yaguar mayu*, el pino de Arequipa, el Huayronqo y *ayaq zapatillan*. Si bien este registro no es típico del relato autobiográfico, lo que lo "hace" autobiográfico es la manera en que el sujeto manifiesta su relación existencial con el objeto descripto. Así las extensas descripciones remiten al pasado del yo/autobiográfico en cuanto a su historia personal, pero también refieren la forma de interpretación que la comunidad tiene de esos elementos de la naturaleza. Se instala otro "borde" que comparte la historia individual y la colectiva.

Por otro lado, desde el título de la novela, surge una incógnita: ¿quiénes/ qué son los zorros? Difícil interrogante, que se contesta al "mostrar(lo)". Tanto el zorro de arriba como el zorro de abajo aparecen como personajes en dos diálogos. El primero, a continuación del Primer diario en bastardilla; el segundo, a continuación del "Hervor" I en imprenta. Además, la presentación gráfica remite al género dramático: nombre del personaje, dos puntos, parlamento. El primer diálogo se relaciona en cuanto a lo temático con el último "episodio" del Primer diario, puesto que "los zorros" reflexionan acerca de la experiencia sexual que el yo-autobiográfico evoca desde su adolescencia con la Fidela. El contenido no aporta datos sobre los zorros, sólo se advierte que uno pertenece al "arriba" y otro al "abajo" geográfico. La mención del *ima sapra* y de la serpiente *amaru* orienta hacia la cultura ancestral.[11] El último parlamento del Zorro de arriba –"Así es. Seguimos viendo y conociendo..."(Primer diálogo 29)– permite el enlace con la próxima aparición luego del primer "Hervor" y los caracteriza como "testigos" de los hechos. La incógnita continúa. El segundo diálogo es más extenso y, además, tiene partes en quechua con la correspondiente traducción entre paréntesis. Sumado esto a la mención de un encuentro entre ambos zorros, 2500 años antes, se instaura, aunque a apriori, la remisión a la cultura mítica incaica de Huarochirí. Los indicios son escasos, económicos, suficientes y unívocos pero la intriga continúa. Lo mítico no

[11] Para la noción de discurso orientado véase Bajtin 285-289.

aparece esquematizado a la manera tradicional del "relato mítico" o como recreación del estilo de la "leyenda", sino como otro repliegue fragmentario, como otro discurso transgresor que asalta, irrumpe y secciona al ya caótico texto.[12] Entonces, el primer diálogo deriva del discurso del diarista pero el segundo se desprende del primer "Hervor" porque reflexionan acerca de los cambios ocurridos en el abajo: la contaminación ambiental, el mar apestado. En el final de este diálogo, hay un presupuesto: problemas entre ambos sectores, los mundos –arriba y abajo– se distancian y el "hablar" es la única oportunidad de acercamiento: "Hablemos, alcancémonos hasta donde es posible y como sea posible", le dice el Zorro de abajo al otro (Segundo diálogo 59).

Comienza, entonces, a "enlazarse" el primer diálogo entre los zorros –continuación del Primer diario– con el segundo –continuación del "Hervor" I–; esto permite visualizar un entramado entre Diarios/"Hervores" a partir de los personajes míticos que aparecen contextualizados en la contemporaneidad, ya que el Zorro de abajo pertenece a un mundo contaminado, el mundo de la costa. Estos mundos –el arriba y el abajo– se han multiplicado, se han estratificado: "Oye: yo he bajado siempre y tú has subido", le dice el Zorro de arriba al de abajo, y continúa: "Pero ahora es peor y mejor. Hay mundos de más arriba y de más abajo" (Segundo diálogo, 58).

En estos fragmentos dialogales, los zorros asumen el carácter de "testigos" de los hechos –según ya señalamos– pero también son testigos del acto de la escritura misma, lo que ofrece más elementos transgresores. Así, el yo-autobiográfico se transforma en un *él*, en el objeto de los zorros parlantes: "El individuo que pretendió quitarse la vida y escribe este libro era de arriba; tiene aún *ima sapra* sacudiéndose bajo su pecho. ¿De dónde, de qué es ahora?" (Segundo diálogo, 58). El *ima sapra* es el elemento que relaciona al sujeto con la zona de arriba, con la sierra. Por otro lado, el

---

[12] José María Arguedas es el traductor de un documento de la cultura quechua "sin equivalente tanto por su contenido como por su forma", según expresa en la Introducción a *Dioses y hombres de Huarochirí* –tal es el nombre con el cual se publicó en castellano en 1966 por el Museo Nacional de Historia de Estudios Peruanos en Lima. El manuscrito es el único que ofrece un cuadro completo de los siglos XVI y XVII "de la mitología, de los ritos y de la sociedad en una provincia del Perú antiguo". En el capítulo V, se narran las aventuras de Huatyacuri; en una escena, estando dormido, escuchó el diálogo de los zorros. Los estudiosos –etnólogos, historiadores, antropólogos– han coincidido en que ese párrafo del capítulo V es el antecedente –pretexto– de *El zorro de arriba y el zorro de abajo*.

descenso al terreno de la costa implica una contaminación con lo negativo de la cultura contemporánea, lo que implica una degradación.

Esta reflexión sobre el sujeto reenvía a la problemática del suicidio. El máximo acercamiento entre el sujeto del enunciado y el sujeto de la enunciación verificable en el discurso del diario, se rompe abruptamente con la forma dialogal y la presencia de los zorros que se constituyen en entes autónomos del discurso autobiográfico; sin embargo, el sujeto retoma el poder conductor en el Segundo, Tercer y ¿Último diario? (Cfr. pág 19), por lo cual se sostiene la hipótesis de un sujeto ordenador que rige el discurso desde un yo-autobiográfico.

El caos, así, se profundiza en el caos del discurso y al mismo tiempo en el juego sujeto/objeto. Los zorros conservan la categoría mítica, la posibilidad de "interpretar" la realidad individual y social-colectiva, pero es una trasposición contemporánea de lo mítico, por ello es transgresor.[13] El caos del puerto de Chimbote es la otra cara del caos de una historia de vida. Los discursos dan cuenta de un cuestionamiento a la ficción tradicional, ya que se constituyen en las zonas intermedias entre el testimonio y la ficción, entre la crónica y la confesión. Zonas de "borde" permanente, difíciles de sostener sin caer en uno u otro sector, en las cuales la bisagra es el yo-autobiográfico que permite el ordenamiento desde el "borde" mismo.

Además de este enlace entre los dos diálogos –que es enlace entre Diarios y "Hervores" por el lugar que ocupan en la estructura textual–, otra estrategia mucho más compleja y sutil es utilizada para introducir a los zorros en la trama novelesca de los capítulos sobre Chimbote. El personaje denominado Diego, así como el "hombrecito bocón" son los mismos zorros que invisten un carácter especial ante los demás personajes. Este es el intento máximo de condensar todas las categorías de personajes en un mismo espacio de la historia y del discurso. Es, también, una forma

---

[13] Este tipo de práctica discursiva en la que concurren elementos de las dos culturas ha dado lugar a que algunos críticos hablen de discurso "mestizo" o de narrativa "mestiza". En nuestra opinión, no es el adjetivo más pertinente para calificar estas operatorias que intentan la emergencia de lo plural, cuando lo "mestizo" remite a un tercer producto, fruto de otros que se han fundido en ese tercero y en el cual las diferencias ya no son evidentes ni interesan. Rescato trabajos que, a pesar de usar esta terminología, se enmarcan en un contexto que contempla y destaca la heterogeneidad, por ejemplo ver Rowe, "La crítica cultural: problemas y perspectivas".

de "traducción", ya que representa la forma de sentir de los serranos, en quienes la vivencia mítica es parte de los hechos cotidianos. Junto a las acerías y a las fábricas de harina de pescado están, también, la música que convoca a la comunidad, las danzas de los personajes-zorros, los huaynos que todos pueden cantar evocando sus épocas pre-emigratorias.

> He luchado contra la muerte o creo haber luchado contra la muerte, muy de frente, escribiendo este entrecortado y quejoso relato. Yo tenía pocos y débiles aliados, inseguros; los de ella han vencido. Son fuertes y estaban bien resguardados por mi propia carne. Este desigual relato es imagen de la desigual pelea. (267)

Así comienza el ¿Último diario?, en el cual se hace explícita la imposibilidad de seguir en la senda de la escritura como aplazamiento de la muerte. El corte –ya no pliegue o repliegue– está próximo. El tema del suicidio surge en la superficie de la escritura como ocurría desde el Primer diario. El yo-autobiográfico enuncia todas las intenciones que había tenido respecto de la ficción novelesca sobre Chimbote y "ata" todos los cabos sueltos de la historia/Historia: "Pretendía un muestrario cabalgata, atizado de realidades y símbolos, el que miro por los ojos de los Zorros desde la cumbre de Cruz de Hueso..." (¿Último diario? 269). La pluralidad de voces representadas en los diversos registros discursivos se hacen explícitas en este diario final, desde dos miradas: como fin de la escritura y como término de la vida.

La compulsión reprimida en parte en los otros diarios se hace explícita en el ¿Último diario?. Su intención le reclama otro discurso intrincado, más que el ya ejercitado. Para ello se le impone resumir las posibles formas de "atar" los cabos sueltos de la historia de Chimbote en cuanto al destino del loco Moncada y su último sermón, de la muerte de Esteban de la Cruz, del suicidio de Orfa que se lanza desde la cumbre "El Dorado" al mar y de las futuras vivencias de otros personajes. Se produce un desplazamiento con respecto a los zorros. Si recordamos que en el Primer diario el yo-autobiográfico declara que va a "enlazar" el único tema sobre el cual puede escribir –el suicidio– con la temática global sobre su país, en el ¿Último diario?, se observa que los zorros son los encargados de "hilvanar" –una forma de "enlazar"– el relato.

> Los Zorros corren del uno al otro de sus mundos; bailan bajo la luz azul, sosteniendo trozos de bosta agusanada sobre la cabeza. Ellos sienten, *musian*, más claro, más denso que los medio locos transidos y conscientes y, por eso, y no siendo mortales, de algún modo hilvanan e iban a seguir hilvanando los materiales y almas que empezó a arrastrar este relato.(269)

El sujeto manifiesta la terrible dispersión sentida ante la escritura; el sujeto ordenador está llegando al fin; ante la cercanía del corte, los Zorros –"no siendo mortales"– se constituyen en depositarios de una tarea que sólo el yo-autobiográfico puede ejecutar. Es un simulacro, ya que es imposible que ocurra sin la presencia del sujeto. Sin embargo el efecto es transmitir la sensación de aniquilamiento; un desastre de donde sólo seres sobrenaturales podrían hipotéticamente rescatarlo. Su conciencia de la depresión que padece le hace declarar: "Estoy seguro que es ya la única chispa que puedo encender", refiriéndose al balazo con el que se quitará la vida.

El sujeto intenta desplazar su función a los zorros, función ya ejercida en los diálogos, pero imposible de ejecutar en el discurso autobiográfico del diario. El diario le exige al yo que sea él quien rija el orden del discurso.

El Epílogo no ha sido considerado por la crítica; sin embargo son numerosas las publicaciones que lo transcriben y es notoria la repercusión que han tenido tanto las cartas como el discurso "No soy un aculturado". En primer lugar, se hace explícito el nombre del autor en la firma de las cartas y en el sujeto de la enunciación del discurso al recibir el premio. Esto que parece tan elemental, posibilita el enlace entre el diarista y el nombre propio José María Arguedas. La noción de "pacto" está presente como sesgo que atraviesa el texto desde el final hacia el principio. Si un lector sin enciclopedia lee la novela dejando de lado el Epílogo, puede dudar acerca de la identificación entre el sujeto autobiográfico y José María Arguedas; en cambio, el apartado final cambia el pacto de lectura y, al mismo tiempo, confirma las expectativas de un "pacto" autobiográfico que se intuye a lo largo de toda la novela. En la postulación de Martin Lienhard en cuanto a *El zorro de arriba y el zorro de abajo* como la "resurgencia de un sistema literario alternativo" –en relación con la producción, el texto y la recepción–, se presupone una escritura en el "borde" entre el testimonio/crónica de los siglos XVI al XIX y la pura ficción del siglo XX. En ese "borde", está también el Epílogo como discurso de enlace entre la emisión y la recepción y cómo debe entenderse el texto. Arguedas pide que el discurso aparezca como prólogo y que su viuda, Sybila Arredondo, y su amigo, Emilio Adolfo Westphalen, sean los encargados de "revisar las pruebas y le aconsejen respecto de la edición". Esto sugiere una continuación post-escritura y post-vida que modifican el pacto autobiográfico y, así, este Epílogo cobra nuevos sentidos interviniendo en la identificación entre el yo-sujeto de los diarios y José María Arguedas, jugando desde una "bordura" entre la escritura y la vida. Así, el Epílogo funciona como testimonio final, como legado explícito de lo que ya estaba presente en la ficción. La dicotomía planteada desde el inicio: *actuar o morir* no es sólo palabras aprehensibles por vía del intelecto, sino que el texto es la prueba de una forma de "vida" y, por supuesto, de una "escritura".

> Como estoy seguro que mis facultades y armas de creador, profesor, estudioso e incitador, se han debilitado hasta quedar casi nulas y sólo me quedan las que me relegarían a la condición de espectador pasivo e impotente de la formidable lucha que la humanidad está librando en el Perú y en todas partes, no me sería posible tolerar ese destino. O actor, como he sido desde que ingresé a la escuela secundaria, hace cuarentitrés años, o nada. (Carta a Gonzalo Losada 274-276)

La escritura se constituyó en el "borde" entre ambas orillas, la de la vida y la muerte, una zona desde donde se construyó una imagen –individual y colectiva– en el relato que se proyecta a un futuro clausurado en lo individual pero con posibles derivas en lo socio-comunitario. Entonces, el relato autobiográfico cobra sentido en la historia colectiva, y en eso residiría el modo épico que tiene la novela –leyendo la epicidad con un criterio amplio– y, en especial, respecto de la historia de vida –y muerte– del personaje que se resemantiza en el final para dar paso a otra era.[14]

## *El Sexto*: la lucha

La historia remite a las experiencias de Gabriel, el personaje, en la cárcel El Sexto de Lima. Gabriel ingresa a ella por sus actividades como líder estudiantil; este dato coincide con la vida del autor. Entre noviembre de 1937 y octubre de 1938, José María Arguedas estuvo detenido en esa cárcel luego de haber participado en una manifestación estudiantil que tuvo lugar durante una ceremonia oficial en la Universidad de San Marcos. El motivo de la misma fue la presencia de un militar italiano, enviado por Mussolini para asesorar al gobierno del dictador Sánchez Cerro en la reorganización de la policía. El acto no concluyó porque los estudiantes cargaron en andas al general Camarotta y lo tiraron en la pila del patio de Derecho como protesta contra los bombardeos de las ciudades republicanas españolas por la aviación italiana. Ya durante el año anterior, Arguedas había sido detenido por formar parte de una entidad declarada ilegal: el Comité de Defensa de la República Española. Este episodio, que es un "gesto" característico del Arguedas militante y comprometido, generó la escritura de la novela *El Sexto*.

---

[14] Si bien no es el sacrificio del héroe de la epopeya clásica, a su muerte se le atribuye un valor social que no es característico de la novela. Vincent Spina se dedica a estudiar el modo épico en las novelas de Arguedas en un trabajo comparativo desde el héroe clásico hasta la actualidad en novelas contemporáneas.

Es evidente que se pueden establecer relaciones entre esta novela y su vida aunque el pacto autobiográfico esté ausente y haya un sujeto del enunciado, Gabriel, que marca la distancia con el sujeto de la enunciación. De tal manera que ese narrador en primera persona tiene características personales, intereses e ideología similares a las del sujeto de la enunciación y también esto contribuye a asociarlos. Sin embargo, la historia de la cárcel no se refiere al ámbito de lo privado sino que relata el movimiento general de los internos y, por supuesto, la interacción de ellos con Gabriel. El efecto en la lectura es el informe de la sobrevivencia de todo el grupo: cómo interactúan los presos, cuáles son los liderazgos que se disputan, cómo se distribuyen los espacios en relación con el poder que ostenta cada miembro o por qué se disgregan y reagrupan casi a diario según sean los intereses de turno. No se trata, entonces, de la vida de Gabriel, sino del desenvolvimiento del resto según su mirada, que es la que reorganiza ese submundo, lo describe, lo expone para quienes no tienen acceso ni interés en él.

Ahora bien, esta necesidad de "contar" lo vivido como testigo presencial propone un funcionamiento como "mediador" y se homologa al desempeño de Arguedas como escritor capaz de darle un lugar a la voz de los marginados, de traducir ese cosmos para los hispano-hablantes con el objetivo de interesarlos en un mundo que no les incumbe. Las dos "mediadores" tienen en común la remisión al pasado como lugar de ejemplo para revitalizar el presente.

En el caso del personaje Gabriel, la evocación se produce en momentos críticos mediante la palabra o el canto en quechua. El recuerdo de la sierra es, también, recurrente en circunstancias adversas aunque sólo sea a través de la memoria; cuando esto ocurre, aparece una figura frecuente en esta escritura: la comparación.[15] Entonces, se proyecta la historia del caso individual de lucha y agonía en el presente de la prisión a lo colectivo en el pasado de la infancia o juventud; esa actualización a través del recuerdo se apoya, a veces, con el canto o con la palabra en quechua.

En cambio, Arguedas, el escritor, nos remite a un pasado personal: el año 1937 cuando estuvo preso en El Sexto. Sin embargo en el epígrafe que

---

[15] "Con frecuencia, en la memoria de Arguedas el espacio andino se contrapone al espacio costeño constituyéndose en un paisaje del alma intensamente extrañado. Esta oposición se manifiesta especialmente en *El Sexto*, novela en que la materia sórdida y sorda que allí se manipula se aviva líricamente cuando la memoria consigue aproximar aspectos del mundo serrano" (Paoli 45).

precede a la novela, aclara que en 1957 escribió la novela, es decir dieciocho años después.

> Comencé a redactar esta novela en el año 1957; decidí escribirla en 1939. (23)

Se trata de dos tiempos de su historia personal y de su oficio como escritor, que revelan un proceso interno muy extenso –y denso–, hasta llegar a la escritura como acto final de una necesidad existencial e individual. La enunciación es un acto privado e individual; sin embargo, Arguedas la revierte en un narrador en primera persona con sesgo autobiográfico y, al ubicarlo como testigo y víctima de las aberraciones más humillantes que un ser humano pueda soportar, la transforma en un balance social. No le interesa informar su problema ni el maltrato en la cárcel, sino que denuncia un submundo sórdido y pestilente tan estratificado por el poder de unos pocos como el que muestra en las otras novelas que no ocurren en la cárcel.

Si retomamos la noción de "borde" observamos que, en el caso de *El Sexto,* esta zona no es tan riesgosa para el crítico porque la narración en primera persona ha alejado al sujeto de la enunciación o –si queremos seguir la imagen–, el "borde" se ha ensanchado y no existe el riesgo de identificación entre el sujeto de la enunciación con el del enunciado, que llevaría a homogeneizarlo con el autor. Sin embargo, lo interesante es el juego que se produce con esa distancia ficticia creada en la misma enunciación que admite, por ejemplo, la incursión en el pasado desde "mediaciones" múltiples.

En la evocación del espacio serrano, la permanente comparación es una figura que le permite la incorporación de ese lugar "otro" que, en general, remite a la infancia. Este recurso no es usado de manera aséptica; con esto queremos decir que no aparecen solamente los elementos de la comparación, sino que, a partir del elemento asociado desde la memoria, se expresa un estado de ánimo relacionado con la rememoración en forma

---

[16] Un sentido homólogo tiene la descripción en Arguedas según Roberto Paoli: "Es fácil que la descripción esté imbuida de subjetivismo, más que la narración o el diálogo. Un autor de una sensibilidad telúrica extraordinaria como es Arguedas encuentra en ella el campo más idóneo para expresar su emoción. Aunque desde una perspectiva estructural la descripción deba considerarse por naturaleza *ancilla narrationis,* la descripción arguediana es por lo general el foco emocional del cuento. Y lo es incluso cuando ella tiene una finalidad principalmente informativa, didáctica, y asume la apariencia modesta de una explicación de términos quechuas o de un comentario a un rito tradicional" (44).

positiva y, de manera opuesta, con el presente.[16] Cuando habla con Cámac, "un carpintero de las minas de Morococha y cerro, ex-campesino de Sapallanga", señala que del ojo sano "brotaba la vida".[17]

> ...la luz de ese único ojo volvió a hacerme sentir el mundo, puro, como el canto de los pájaros y el comenzar del día en los altísimos valles fundan en el ser humano la dicha eterna que es la de la propia tierra. (53)

Gabriel se siente reconfortado por la luz y, de inmediato, se produce la comparación con elementos naturales que retrotraen al pasado en la sierra. El canto de los pájaros es uno de los motivos recurrentes y, además, posibilita la expresión de sentimientos o de estados anímicos del sujeto también vinculados con la tierra. En otras ocasiones, un elemento natural con valor negativo en el presente –por ejemplo, la lluvia en la cárcel– es el que produce el enlace para la evocación hacia el tiempo de la infancia.

> ¡En la cárcel también llueve! (...)
>
> Yo me crié en un pueblo nubloso, sobre una especie de andén de las cordilleras. Allí iban a reposar las nubes. Oíamos cantar a las aves (...) El canto animaba al mundo así escondido; nos lo aproximaba mejor que la luz, en la cual nuestras diferencias se aprecian tanto. (29)

En este caso, ni siquiera se hace necesario el nexo comparativo porque, desde el efecto que le provoca la lluvia, adviene la actualización que lo lleva al otro espacio. Consideramos relevante destacar cómo a partir de los elementos de la naturaleza –en este ejemplo, la luz y el canto de las aves– se accede a lo subjetivo, ya sea que se trate de un estado anímico o bien de concepciones sobre determinados saberes del mundo. Surge, entonces, la problemática de la multiplicidad cultural en tanto que los sujetos son víctimas de la marginación por las diferencias.

El valor y los poderes del canto, que en esta cita aparecen como temas, son retomados de manera constante desde distintos ángulos. Una de las formas de inclusión es la intercalación de canciones en quechua con la correspondiente traducción o bien la referencia a las mismas: "El Sexto se removerá hasta sus cimientos si entono un *ayataki*, que es la despedida a los muertos" (189).

De igual manera que el canto, la palabra en quechua tiene efectos especiales sobre los internos: "He logrado consolarlo hablándole en

---

[17] José María Arguedas, *El Sexto*, 1979: 26 y 53 respectivamente. Las citas de esta novelas remiten siempre a esta edición que figura en la bibliografía.

quechua"(182). Si bien esta lengua no tiene presencia en una cantidad mensurable en líneas –son muy pocas y forman parte de canciones–, sí tiene una aparición efectiva en el imaginario que crea la novela.[18]

El canto, la propia palabra en quechua, ambos elementos referidos y – un elemento aún no mencionado– la danza son temáticas que cooperan para crear ese imaginario, podríamos decir que trabajan en conjunto con las descripciones de la naturaleza que aparecen como producto de la memoria –introducidas con verbos o frases sustantivas que aluden al recuerdo– o como segundo término de las comparaciones.[19]

Todos estos elementos y sus respectivas formas de enunciación concurren en pro de la idea de un submundo de reclusión en plena ciudad que, a su vez, reproduce la multiplicidad existente en la sociedad peruana, exacerba las diferencias y las multiplica con nuevos códigos típicos de ese espacio clausurado. Una muestra de una sociedad en la cual la rememoración de la infancia se produce sólo para actualizar el espacio serrano y, así, revivir la plenitud que producen los elementos de la naturaleza. Estas evocaciones tienen efectos saludables en los personajes ya que les permiten sobrellevar las situaciones sórdidas que la cárcel les impone. Ahora bien, *El Sexto* no es el único texto en el que la memoria aparece en situación privilegiada, pero los contrastes se hacen más fuertes por el lugar que habitan los personajes y el sujeto del enunciado, Gabriel. Las diferencias son mayores porque se ven desde la perspectiva nefasta de la prisión.

## *Los ríos profundos*: la memoria

La memoria es relevante en esta novela publicada en 1958. En gran parte, la rememoración se produce cuando aparece la palabra cantada o la referencia a la música. A veces la relación entre el canto y la materia recordada surge de manera explícita; si no la actualización de alguna situación vivida en el pasado se produce ya por el ritmo empleado, ya por la letra de la canción ya por el hecho mismo de recitar, cantar o tocar algún

[18] Insistimos en el concepto de co-presencia como uno de los que mejor expresan esta presencia no presente (véase Escobar).

[19] "Es un mundo de correspondencias anímicas y musicales en el cual la naturaleza canta con voz humana y la voz humana parece la voz de la naturaleza" (Paoli 47).

[20] Dice Ángel Rama que cuando Arguedas incorpora las canciones en sus novelas, no lo hace con la intención de un folklorista. "[Sino que] está incorporando palabras cantadas, una simbiosis de significantes y significados que se ajusta o perfecciona por la tarea que cumple la pauta musical. A ésta cabe una función tanto en el

son.[20] La referencia al canto está ligada directamente con la palabra quechua, puesto que se muestra la letra de las canciones en ambos idiomas. Para Rama, la música establece una pauta rígida, inamovible por su matriz métrica desde donde se combinan dos rasgos: el tiempo remoto, el del origen que religa con el pasado y el poder de convocatoria entre los personajes del presente, especialmente en sectores populares (28).

La dimensión social de la música –que Arguedas reitera a lo largo de todas sus obras de ficción y describe en numerosos ensayos dedicados al folklore y a las canciones quechuas– es un elemento innovador en la novela peruana. Esta es una de las distancias que se pueden marcar con la novela regionalista, ya que el realismo –estética dominante de la serie regionalista– está sujeto a una visión de tipo documental, panorámica y externa al mundo que no se interesa en registrar las vivencias internas de los personajes, por lo tanto no profundiza en las auténticas motivaciones sociales de esas comunidades.

La relevancia dada a la música llega –para Rama, por ejemplo– a ser un factor determinante en la composición de la novela: el "zigzagueo" entre los diferentes niveles musicales, poéticos y realistas que se separan y convergen alternativamente y que, por otro lado, corresponden a una doble y antitética formulación: la mítica y la histórica.[21] Y en esto, Rama hace la salvedad acerca de la forma de inclusión del mito, puesto que Arguedas "conocía [sus] virtudes, pero también las trampas" y, como agente transculturador, procuró no destruir las raíces, alentó a las comunidades campesinas a que salieran del silenciamiento impuesto durante siglos, tuvo presente no obturar las fuentes creativas y el ingreso pleno a la historia. Buena parte de la crítica ha interpretado la continua remisión a las matrices culturales originarias como una propuesta de vuelta a tiempos arcaicos, lo que desestimaría todo tipo de adelanto y vería, con desprecio, la modernización. Lo interesante como propuesta –utópica porque la integración no se ha dado todavía hoy– es la conjunción de todos los

---

estricto campo lingüístico como en el semántico, porque da tono, timbre, intensifica ciertas partes, las repite en los estribillos, homologa diferentes textos mediante el mismo fraseo musical, etc. Es eficaz moduladora de la poesía en un grado superior al de las matrices métricas o rítmicas que de la música se han desprendido" (25).

[21] Rama le da importancia fundamental a la música a tal punto que la relaciona con la estructura de la ópera popular. Para ello estudia: el juego alternativo de personajes individuales y corales, las secuencias escénicas sucesivas y la pluralidad de formas expresivas para las voces humanas (véase Rama 13-41).

elementos del pasado –que en esta novela se actualizan a través de la música y el canto– con los del presente –que aparecen en la línea argumental–.[22]

Los cambios de registro también contribuyen a "traducir" de una cultura a la otra. Sin embargo, en esta novela la música es la variante principal de traducción. Ángel Rama considera que hay dos estratos superpuestos: uno inferior, que corresponde a "una prosa española explicativa y racionalizada" y otro de nivel superior, "la canción en lengua quechua" (31). Tanto la aparición escrita de las canciones como la palabra en quechua son maneras de traducir al código escrito, estas manifestaciones propias de la oralidad. Por otro lado, la aparición de textos en quechua posibilita darles un espacio en el mundo letrado al que no pertenecen. Desde este punto de vista, es una forma de apropiación; desde otro, se lo puede ver como una propuesta de integración futura. Desde ambos ángulos de enfoque, es una apuesta a la supervivencia y al acuerdo para ocupar un lugar que les había sido vedado. De manera implícita, se concede el reconocimiento de los valores culturales y se restituye la posibilidad de interactuar con los otros sectores exitosamente.

Es importante distinguir que se accede a una propuesta integradora desde las operatorias lingüísticas y las formas de composición novelística. En cambio, desde el tratamiento del personaje en conflicto, es evidente que Ernesto vive en medio de la tensión de dos mundos en colisión permanente. Además, ese ser atormentado por las relaciones con los "otros", es el filtro a través del cual se nos muestran esos microcosmos, lo cual resulta problemático *per se*, aunque es también una estrategia para mostrar la lucha continua de una manera verosímil.

Por otro lado, la polaridad oralidad/escritura sigue vigente aunque se crea una "ilusión de oralidad escrita" por la naturaleza colectiva de la memoria oral (Lienhard 171). Para Lienhard, "la voz colectiva explícita o implícita que habla en todos los textos alternativos" se constituye en "la transformación más palpable que va operando esta práctica en el modelo escriptural 'de importación'".[23]

---

[22] "En los niveles del recitativo y del canto funciona el mito, mientras que en los de la declamación y la narración funciona la historia, pero de pronto éstos ingresan a los más altos niveles, sin que ni uno ni otro valor sean desvirtuados. Es una hazaña de la literatura" (Rama 40).

[23] "Todos estos escritores [Arguedas, Rulfo, Roa Bastos], para adquirir técnicas modernas de narrar que ellos efectivamente emplean, tuvieron que «renegar», en un cierto sentido, de la cultura de sus antepasados. Su escritura no puede representar directamente, pues, la voz de las subsociedades marginadas. Ahora, si esta narrativa

Ya en *El Sexto* habíamos hablado de un narrador en primera persona que si bien se puede identificar con el yo sujeto-autor por los hechos relatados, conserva una distancia objetivada en el personaje Gabriel. En *Los ríos profundos*, la distancia es mayor porque Ernesto es un muchacho adolescente, lo que provoca más distorsión. Por otro lado, el sentido del relato está puesto en la observación que Ernesto hace de todo un conjunto social problemático y en cómo él se inserta –también conflictivamente– en esos contextos sociales en permanente choque. Por ello, tampoco aquí estaríamos en presencia de un relato autobiográfico en sentido estricto, ya que no es la interioridad de un personaje el único objetivo de la narración.

Según Julio Ortega, en su libro dedicado al estudio de *Los ríos profundos*, "el Narrador de esta novela [requiere] ser uno y plural" (15-31). De alguna manera, esta afirmación viene a completar nuestra idea. Ortega habla de un "yo" plural por necesidad de una re-escritura de la oralidad, ya que es una información que necesita ser "mediada", "procesada" y "afirmada". Ese narrador plural se divide en tres: uno, que responde por la escritura de un texto, "su acto de emisión se cumple en la enunciación", otro, que responde por la diferencia de una cultura, su función "está en ilustrar esa enunciación como 'verdad'" y el tercero sostiene el relato como enunciado, "su función se cumple en la ficción". Esta distinción en la voz del narrador nos lleva a pensar en estrategias muy trabajadas de composición narrativa que resultan más expuestas en la materialidad de la escritura en su última novela.[24]

Desde otro punto de vista, complementario con el de Ortega, Lienhard habla de la "doble determinación" en las literaturas alternativas. Se trata de "dos instancias cuyas funciones se distinguen claramente." Una es la que corresponde al "depositario de la memoria oral" –que es de carácter colectivo– "dueña del 'saber' contenido en el texto y factor activo de ciertas particularidades del discurso literario". La otra es la de ser el "dueño de la

---

no es, todavía, una literatura escrita de los sectores marginados, es posible que la vaya preparando o anticipando" (Rama 171).

[24] Nos interesa en especial hacer hincapié en este punto porque no toda la crítica ha visto en esta novela operatorias que contribuyeran a pensar en Arguedas como un escritor consciente de la materia narrativa. En cambio, Julio Ortega así lo percibió y lo trabajó en ese sentido: "Insisto en esta pluralidad sistemática del Narrador de *Los ríos profundos* porque una parte de la crítica ha difundido la idea oscurantista de que Arguedas fue poco menos que un escritor 'ingenuo', y esta novela una versión idílica y 'roussoniana' de la naturaleza. La verdad es más compleja. También más interesante" (18).

escritura" que "corresponde al autor oficial del texto en su conjunto, que controla la producción del sentido" (169-170). Estas distinciones también alcanzan el armado del relato en este texto. El dueño de la escritura es el sujeto de la enunciación que le reserva el lugar, como depositario de la memoria oral, al sujeto del enunciado. Y cuando a Ernesto no le cabe la explicación de determinados aspectos, que tampoco se pueden cubrir con la inclusión de la música o el canto en ambas lenguas, entonces debe salir una voz explicativo-descriptiva en un registro discursivo de tipo etno-antropológico que informa sobre elementos de la cultura: el caso más ilustrativo al respecto es el comienzo del Capítulo VI, "Zumbayllu".

Según hemos visto, hay un ir y venir permanente entre el pasado y el futuro; se trata de un tránsito conflictivo, ya que el personaje vive la tensión como un desgarramiento, que no es sólo entre dos tiempos sino que esos momentos históricos representan dos culturas en choque. Y aunque el personaje en conflicto es Ernesto, el texto rebasa los límites de lo personal y las dificultades planteadas se socializan, es decir que emergen como vivencias de la comunidad y no como una problemática psicológica individual.[25]

Ya habíamos visto un tratamiento similar en *El Sexto*, lo que nos lleva a destacar una vez más que la primera persona, a pesar de tener obvias relaciones con el sujeto-autor-Arguedas, es una estrategia discursiva que le permite exponer los conflictos de manera personal y profunda pero que no queda en lo autobiográfico en sentido estricto, sino que lo supera y llega a plasmar cuestiones sociales, aunque con una autenticidad que sólo la autobiografía sostiene. Como vimos en el estudio de su última novela, esto también ocurre en ella, con un tratamiento más acabado en lo referente a la historia personal y la colectiva. Lo personal se da en los Diarios y lo comunitario o general aparece en los "Hervores" o capítulos de la historia de Chimbote. Sin embargo, en el propio diario íntimo, se expone la agonía

---

[25] Rowe reflexiona al respecto: "La difícil tarea que enfrentaba Arguedas en *Los ríos profundos* era dar cuenta del conflicto de Ernesto, sin reducirlo a sus causas, ni traerlo meramente como un caso de sufrimiento personal. Las experiencias personales de Ernesto tenían que estar interrelacionadas con los conflictos de una sociedad total. En la organización de la novela esto deviene un problema de punto de vista. Escribir desde el punto de vista de la sociedad 'blanca' estaba obviamente descartado. Por otra parte, Arguedas no podía basarse completamente en el punto de vista indio, ya que el problema de Ernesto es que él se halla dividido entre los dos mundos. De esta manera, Arguedas es dejado con la difícil opción de escribir desde el punto de vista intermedio que abarcaría ambos mundos" (Rowe 283).

hacia su próximo suicidio y su muerte adquiere un carácter social, más allá de la tortura privada que lo lleva a dar fin a su vida. Nuevamente, al estudiar este modo de construir el relato en *Los ríos profundos*, observamos cómo en años anteriores ya estaba en germen lo que, luego, culminaría en *Los Zorros* de manera mucho más clara y permitiría que se saldaran, con mayor eficacia, los encuentros y desencuentros entre la vida privada y la comunitaria.

## Bibliografía

Arguedas, José María. *El zorro de arriba y el zorro de abajo*. 3era. Edición. Buenos Aires: Losada, 1972.

_____ *El zorro de arriba y el zorro de abajo*. [1971]. Edición crítica de Eve-Marie Fell (Coordinadora). México: Archivos, 1992.

_____ *Dioses y hombres de Huarochirí*. 2da. edición (Primera edición, 1966, Museo Nacional de Historia e Instituto de Estudios Peruanos). Traducción y prólogo de José María Arguedas. México: Siglo XXI, 1975a.

_____ *El Sexto*. Barcelona: Laia, 2da Edición, 1979.

_____ *Los ríos profundos y Cuentos escogidos*. Prólogo de Mario Vargas Llosa. Santiago de Chile: Biblioteca Ayacucho e Hyspamérica Ediciones Argentina, 1986.

_____ *Los ríos profundos*. Buenos Aires: Losada, 1958.

Bajtin, Mijail. *Estética de la creación verbal*. [1979]. México: Siglo XXI, 1982.

Barrenechea, Ana María. "Escritor, escritura y "materia de las cosas" en los *Zorros* de Arguedas". *Textos hispanoamericanos*. Caracas: Monte Ávila, 1978. 289-318.

Befumo Boschi, L. y de Llano, Aymará. "El escritor y el hombre desde el narrador en *Los Zorros* ... de José María Arguedas". *Revista de Crítica Literaria Latinoamericana* VI/12 (Lima, 1985): 173-192.

Blanchot, Maurice. *La escritura del desastre*. Caracas: Monte Ávila Editores, 1990.

Catelli, Nora. *El espacio autobiográfico*. Barcelona: Lumen, 1991.

Derrida, Jacques. *L'oreille de láutre. Otobiographies, transferts, traductions. Textes et débats avec Jacque Derrida*. Montréal: VLB Éditeur, 1982.

Escajadillo, Tomás. "Meditación preliminar acerca de José María Arguedas y el indigenismo". *Revista Peruana de Cultura*. Lima: Casa de la Cultura del Perú, 1968. 13-14.

Escobar, Alberto. *Arguedas o la utopía de la lengua*. Lima: Instituto de Estudios Peruanos, 1984.

Gusdorf, Georges. "Condiciones y límites de la autobiografía". *Suplemento Anthropos: La autobiografía y sus problemas teóricos* 29 (1991): 9-18.

Jitrik, Noé. *El no existente caballero. La idea de personaje y su evolución en la narrativa latinoamericana.* Buenos Aires: Ediciones Megápolis, 1975.

_____ "Destrucción y formas en las narraciones". *América Latina en su literatura.* César Fernández Moreno, ed. México/París: Siglo Veintiuno; Unesco, 1972. 219-242.

Kristeva, Julia. *Sol negro. Depresión y melancolía.* Venezuela: Monte Ávila, 1997.

Lejeune, Philippe. *Le pacte autobiographique.* París: Seuil, 1975.

Lienhard, Martin. *La voz y su huella: Escritura y conflicto étnico-social en América Latina (1492-1988).* La Habana: Casa de las Américas, 1990.

Ortega, Julio. *Texto, comunicación y cultura:* Los ríos profundos *de José María Arguedas.* Lima: Cedep (Centro de estudios para el desarrollo y la participación), 1982.

Paoli, Roberto. "La descripción en Arguedas". *Anthropos* 128 (1992): 43-48.

Rama, Ángel. "'Los ríos profundos', ópera de pobres". *Revista Iberoamericana* XLIX/122 (enero-marzo, 1983): 11- 41.

Rosa, Nicolás. *El arte del olvido (Sobre la autobiografía).* Buenos Aires: Punto Sur, 1990.

Rowe, William. "Mito, lenguaje e ideología como estructuras literarias". *Recopilación de textos sobre José María Arguedas.* Juan Larco, comp. y prólogo. Serie Valoración Múltiple. La Habana: Casa de las Américas, 1976.

_____ "La crítica cultural: problemas y perspectivas". *Nuevo texto crítico* VII/14/15 (1994-95): 37-47.

Spina, Vincent. *El modo épico en José María Arguedas.* Madrid: Pliegos, 1986.

Starobinski, Jean. *La relación crítica.* Madrid: Taurus, 1974.

Vargas Llosa, Mario. *La utopía arcaica. José María Arguedas y las ficciones del indigenismo.* México: FCE, 1996.

# El lugar de la muerte en la creación del sujeto de la escritura

*William Rowe*

SI CONSIDERAMOS LOS RETRATOS DEL SUJETO DE LA ESCRITURA EN LA OBRA DE Arguedas, es decir, los relatos en torno a la formación del escritor, resulta evidente que *Los ríos profundos*, por la cantidad de información biográfica que suministra, es el texto más importante. Esta información se acompaña por otra, que versa sobre la formación de los sujetos sociales en el Perú. Se registran los factores de injusticia, de violencia y de autoritarismo pero tambien del afecto, de la relación con lo sagrado, y de la posibilidad de la creación de sujetos sociales no autoritarios. Sin embargo, el sujeto de la escritura, a diferencia de los sujetos sociales, tiene que pasar por la muerte para hacerse sujeto. En este aspecto la escritura de Arguedas se parece a la de sus coetáneos más importantes: Martín Adán y E. A. Westphalen. Me refiero sobre todo a esos episodios de *Los ríos profundos* en que el adolescente Ernesto, por haberse juntado con los indios colonos de la hacienda, se ha expuesto a la peste bubónica; se ha expuesto a la muerte que ha entrado en el cuerpo de los indios y que puede entrar en el suyo. El protagonista-escritor tiene que pasar por la zona de la muerte para que la novela misma exista: es decir el protagonista-narrador representa la prehistoria del autor implícito que escribe la novela, traza su formación. Esta exposición que hace la novela de la formación del que la escribe, se lleva a cabo de una manera más completa y más compleja en *El zorro de arriba y el zorro de abajo* [de acá en adelante *EZ*]. Es interesante comprobar, sin embargo, que la remoción de la frontera entre el autor empírico y el autor implícito, entre vida y escritura, tan importante en *EZ*, ya se da, aunque en grado menor, en la novela anterior.

Llamar la atención sobre la relación entre la escritura y la muerte, sobre su aspecto agónico, significa oponerse a la razón mercadológica que hoy domina la circulación de la literatura y, en gran medida, la de la crítica. La industria editorial de la época neoliberal se alimenta de una teoría instrumental de la literatura: la escritura viene a ser un instrumento, como cualquier otro, que obedece a la voluntad de quien lo maneja. Ya las críticas de los Diarios de *EZ* al escritor profesional de algún modo anticipan la relación con el lector que promueve la industria editorial actual. Es decir, para ésta, el autor se presenta como un ente sobre todo biográfico, cuya personalidad se traduce en la voluntad de escribir que coincide con la obtención del éxito. La cara del autor se confunde con el consumo de la obra.

La teoría de la escritura que maneja Arguedas en la fase final de su obra, o sea la de la década del 1960, es sobre todo agónica. Alberto Flores Galindo, en *La agonía de Mariátegui*, da a esa palabra un sentido de conflicto y de sufrimiento, por los que tiene que pasar el sujeto que se opone a la realidad imperante. Aymará de Llano, en *Pasión y agonía: La escritura de José María Arguedas*, la vincula con la depresión que sufrió Arguedas, hecho ya ampliamente constatado por la publicación de sus cartas. Sin embargo, hace falta analizar la noción de la agonía no sólo en el sentido de conflicto mortal sino en cuanto a su posible relación con la idea, no necesariamente cristiana, del sacrificio. Flores Galindo traza la situación de Mariátegui como la de quien convierte la fuerza de los sentimientos religiosos en pasión política, desplazamiento que no implica vaciar la religión sino transformarla; cita el ensayo sobre el mito y resume el sentido mariateguiano del mito como "la invitación a combatir por el milenio en la tierra: una agonía" (*La agonía de Mariátegui* 438). Insiste, además, en que el encuentro con la cultura andina tuvo una incidencia decisiva en este aspecto del pensamiento de Mariátegui. En el caso de Arguedas, falta añadir que influye también un elemento específico del pensamiento religioso andino que, como es sabido, es la forma que asume el pensamiento político en la tradición andina. Ya Denise Arnold y Juan de Dios Yapita han señalado la existencia de una teoría andina del texto de corte sacrificial, según la que la creación de textos –en el sentido amplio que incluye los tejidos– requiere el despedazamiento, la desconstrucción (*El rincón de las cabezas*).

Este pasar por la muerte incluye la muerte social. Se puede suponer que, en el ámbito biográfico, cuando lo obligan a vivir con los sirvientes indígenas, Arguedas pasa por un tipo de muerte social. El pongo, del relato "El sueño del pongo", es llamado "huérfano de huérfanos", "hijo del viento de la luna": este texto entre otras cosas dramatiza la manera en que el pongo se convierte en un sujeto –poderoso– de la enunciación. Cuando habla, habla desde el espacio de la marginación más absoluta –como también habla desde el espacio de la muerte.

Se trata de la condición o categoría andina de *wakcha* –del huérfano, de la orfandad– en torno a la que ha escrito un ensayo perspicaz Mercedes López Baralt. Allí cita un comentario antropológico del propio Arguedas:

> Los indios . . . dividen a la gente en dos categorías. La categoría de los que poseen bienes, ya sea en terrenos o animales, es gente, pero el que no tiene ni animales es *hunk'cho*. La traducción que se le da a este término al castellano es huérfano. Es el término más próximo porque la orfandad tiene una condición no solamente de pobreza de bienes materiales sino que también indica un estado de ánimo, de soledad, de abandono, de no tener a quien acudir. (Murra y López-Baralt, *Las cartas de Arguedas* 303)

En otro momento, Arguedas habla de "la soledad cósmica de la poesía quechua", como tipo de sensibilidad que comienza a manifestarse después de la Conquista. Se relacionaría con la situación de la persona quien se encuentra fuera del espacio del ayllu, la del forastero, o del que se despide del pueblo natal. Se asocia, por ejemplo, con el repetido verso de las canciones quechuas: "Sin padre, sin madre".

Esta condición del *wakcha,* del que ha pasado por la muerte social, se resume en la enunciación "Yo soy hechura de mi madrastra", que empleó Arguedas en el Primer Encuentro de Narradores Peruanos, que tuvo lugar en Arequipa en 1965. Entra en más detalle en los cuentos reunidos en *Amor mundo,* y en los Diarios de *EZ*. No me parece necesario repetir, en esta ocasión, aquellos detalles. Serían, de algún modo, laceraciones que según el autor lo han producido como escritor. Hasta se las podría pensar como una herida narcisista potencialmente fatal, o como la condición de haber sido expulsado del discurso a tal punto que se llega al no ser.

Este proceso, que he resumido muy brevemente, se entrecruza con la necesidad de llevar a la escritura las prácticas culturales nativas y mestizas, sobre todo las formas del discurso oral, del canto y de la danza. Se produce un conflicto entre las formas literarias tradicionales y estos materiales culturales. Ya he señalado como Arguedas, en *Los ríos profundos,* hace una especie de reinvención de la letra, la página y el libro en el capítulo del Zumbayllu (Rowe 223-252). Ahora propongo comentar la búsqueda, en *EZ,* de lo que, en una de sus cartas a John Murra, Arguedas llama "el nuevo estilo de la obra" (203), haciendo eco, tal vez, del "dolce stil nuovo", frase con la que Dante se refiriera al lenguaje artístico de los poetas provenzales conocidos como trovadores, por constituir la traslación a la literatura de una nueva vivencia de la lengua. En otra carta, observa Arguedas que el cuento "Agua", "requería de un estilo nuevo [ ... ] También ahora, para Chimbote y para lo que soy ahora, una especie de otro hombre, necesitaba de otro estilo" (187-188).

Es obvio que el sujeto de la escritura de *EZ*, si nos atenemos a los Diarios, está intensamente preocupado por la muerte propia. Sin embargo, lo que he querido sugerir es que, si consideramos la obra de Arguedas en su totalidad, la incidencia de la muerte en la emergencia del sujeto que escribe ya se daba en *Los ríos profundos* y, en realidad, puede rastrearse hasta en los primeros cuentos (por ejemplo, "Warma kuyay").

A la muerte social, y a la que resulta de la expulsión del discurso, hay que añadir la muerte física y espiritual. En este sentido, el relato breve "La agonía de Rasu Ñiti" serviría como una especie de puente entre la obra anterior y EZ. El danzante de tijeras de ese relato muere bailando: su cuerpo va quedando paralizado, a pedazos. Se le desagrega el cuerpo: el individuo baila hacia su propia muerte; y el *wamani*, el dios que lo habita, renace en el otro, el nuevo danzante que recibe su "espíritu". Se trataría de un sacrificio eficaz. No concuerda, me parece, con la teología cristiana, porque no se trata del individuo que, mediante el sacrificio de Dios mismo, se redime, se acerca a Dios, a la promesa de la vida eterna. Al contrario, el dios *wamani* se perpetúa mediante el sacrificio del individuo. Coincide esta noción con las teologías nativas americanas y, por lo mismo, no debería sorprendernos el hecho de que exprese también una concepción política: lo que renace sería también la sociabilidad, en sus lazos más profundos. Ese sacrificio eficaz recorre otros textos tradicionales andinos que Arguedas recopiló y reprodujo: la canción "Carnaval de Tambobamba" lleva huellas del sacrificio cumplido, en la imagen del joven muerto, llevado por al río. Y para citar otro ejemplo, en el mito de Inkarri el cuerpo del dios/héroe cultural ha pasado por el *sparagmos* (despedazamiento), término que emplea Euripides para referirse a los ritos dionisíacos. Los comentarios, por el contrario, tienden a enfatizar la reintegración, empleándola como cifra de un retorno revolucionario de los valores andinos.

En una carta del 1962, que escribiera a la Dra. Hoffmann, Arguedas menciona "un cuento" que había escrito "con la idea de suicidarme. Me despedí de la vida escribiendo ese relato que, como usted verá es más un canto a la vida que a la desperación" (77). Lo más probable es que se tratara de "La agonía de Rasu Ñiti", que fue escrito en 1961 y publicado en 1962. La muerte en ese texto es una realidad física y espiritual que atraviesa todos los límites, todas las fronteras. Se acompaña por un momento de sosiego y silencio absoluto, en el que se siente hasta el caminar de las hormigas, el hervor molecular de la vida, que en EZ será tema de las enunciaciones líricas de Maxwell y también de la reflexión del escritor de los Diarios en torno al pino de Arequipa.

En el Primer Diario de EZ aparece una zona incierta, entre el deseo de vivir y el de morir: "se pelean en uno sensualmente, poéticamente, el anhelo de vivir y de morir" (8). Ese encuentro entre el deseo de morir y el de vivir se cifra en el encuentro entre dos objetos símbolos, el *huayronqo* y el *ayak'zapatilla* –el grande insecto negro y la flor amarilla, que "representa el cadáver". Al penetrar en la flor, el insecto se cubre de un polvo amarillo: "materia misma de la muerte, ese amarillo del polvo del moscón". Luego, se dice que el insecto es "como un ánima que goza en el fondo de la bolsita, afelpada" (17-19): otra vez van cifrados el espíritu y el cuerpo, pero en este caso el cuerpo, el ser corporeizado, es el cuerpo de la muerte, que a su vez provoca esa exacerbación del deseo que se registra en el devenir imagen del deseo de la escritura.[1]

Esta escena a la vez se nos propone como el escenario de la escritura de los Diarios y, por extensión o especularidad, como el de la novela en su totalidad. En cuanto al sujeto, ¿no se trataría de un sujeto que sabe que tiene que transitar por la muerte para poder escribir? Justamente porque allí encuentra la "explosión de la vida", frase que se refiere al encuentro entre el insecto y la flor:

> Yo tengo en el ojo la pesadez de ese insecto volador que manotea con su cabeza mineral, con sus patas que tienen casi microscópicos pelos, y que son lentos pero que, aun así, al extenderse de un cuerpo ancho, acorazado de negrísimo material brillante, dan la impresión de ansia que se va satisfaciendo, a cada movimiento que parece triunfal, agudo, fruto del

---

[1] Según el primer capítulo del *Antiedipo* de Deleuze y Guattari, el "motor" del deseo sería "el cuerpo lleno de la muerte": no se trata de "una imagen del cuerpo", sino del "cuerpo sin imagen", que nos lleva al lugar donde trabaja "la represión primaria", es decir "la presencia inicial de ciertas formaciones en el inconsciente que no pueden haber sido atraídos por otras". Esta definición de la represión primaria es de Laplanche y Pontalis, quienes añaden la observación de que ésta colinda con la zona de lo puramente cuantitativo, como cuando "un grado excesivo de excitación" rompe la capa de protección que nos protege de los estímulos excesivos. De ahí la relación entre el cuerpo de la muerte y el trauma: en el caso de Arguedas, la relación entre la temática de los párrafos citados y el tema de la niñez. Cabe especular que el cuerpo de la muerte es, además, sumamente estático en relación con el movimiento del deseo.

> máximo esfuerzo, explosión de la vida que hay en estos cuerpos que al ser aplastados suenen como cáscara de huevo, como frágiles armazones de láminas. (19)

El cuerpo del insecto tiene metido adentro otros cuerpos: la roca, el metal ("material brillante"), los "armazones de láminas", connotan un paisaje rural y otro industrial.[2] La extrema ralentización del movimiento del moscardón –entre la vida y la muerte– es también vehículo o mediación del presente de la escritura: es decir, la puesta en escena de la escritura. El tiempo del sujeto que escribe coincide con el de la escritura-lectura ("lo siento bajo mi frente, lento", 20). Ambos tiempos recorren el cuerpo del insecto, con sus "casi microscópicos pelos", lo recorren a un nivel granular o molecular. ¿Por qué transita allí el cuerpo-carne y no el cuerpo-imagen? ¿Será porque este tiempo ralentizado, entre la vida y la muerte, es tiempo biológico, tiempo de la carne y no de la representación? Y eso porque el movimiento lento de las patas del insecto con sus "casi microscópicos pelos" lleva la lectura hacia una zona en la cual deseo y cuerpo no se funden sino que éste, atenaceadamente, resiente el recorrido de las pulsiones. Cada momento –cada movimiento– es temblor de la vida.

Si las sociedades occidentales producen el tiempo mercancía, el tiempo convertido en representaciones consumibles, entonces luchar contra la muerte sería en alguna medida recuperar el tiempo enajenado. El que escribe dice (escribe) que si no escribe morirá y sin embargo para poder escribir tiene que hacer un trato con la muerte. En la carta a Gonzalo Losada, que sirve como epílogo a la novela, escribe: "Veo ahora que los Diarios fueron impulsados por la progresión de la muerte" (*Las cartas* 249). El libro, desde cierto momento (¿desde el principio?), comienza a concebirse como libro póstumo. La comparación con el relato "La agonía de Rasu Ñiti", sugerida hace un momento, tendría que matizarse. La eficacia del sacrificio en EZ, si la hay, se juega como una eficacia estética y ya no mítica, mientras que el relato es todavía una narración de envoltura mitológica.

El Primer Diario insiste en la incidencia de la muerte en la formación del sujeto ("a mí la muerte me amasa desde que era niño", 21), incidencia en este caso del deseo de la muerte que se interpenetra con el de la vida. Hace Arguedas especial hincapié en la interferencia de la muerte en la mirada o, más precisamente, en la pulsión óptica: "una salpicada de muerte

---

[2] Cabe especular que si el cuerpo de la muerte lleva cifrada la llegada de la sociedad industrial, entonces funciona como respuesta a esta nueva máquina de producción social. De ésta recibe la sueprficie endurecida, metálica y frágil a la vez.

a los ojos del muchacho" (19); "tengo en el ojo la pesadez de ese insecto volador" (20). Luego, para referirse al efecto producido, utiliza la expresión "polvo de cementerio" (21), que, según la creencia popular difundida, representa una forma del daño, en este caso, de una herida psíquica, un recuerdo traumático.

A grandes rasgos, ya que este tema muy complejo requeriría un tratamiento más largo, la contraparte de los deseos de suicidio sería la "muerte temida y no [...] la deseada" (20), muerte que provoca dolores y malestares en el sujeto. En este sentido, la escritura emerge como respuesta a esa "salpicada de muerte", y el tema de Chimbote viene a ser "una mezcolanza del morir y del amanecer" (51). En la proximidad de la muerte, la vida se intensifica, ya no la vida que, en la sociedad capitalista, es posesión del individuo, cuantificable a razón del tiempo-mercancía, sino la que atraviesa los individuos. Esto queda claro en la lucha contra la muerte por pneumoconiosis por parte de Esteban de la Cruz, muerte causada por la brutal extracción del capital minero. El encargado de narrar la vida de Esteban es el loco Moncada, pero asumiendo la voz y las expresiones de Esteban mismo, en un proceso transindividual y transcultural del lenguaje. Moncada hace una crítica a la teología evangélica:

> Usté, compadre, no es evangélico, usté quiere enterrar a la muerte, ¿no es así? –¡Enterrar, compadre, para siempre jamás amén! (154)

Se trata de una "teología popular", semejante a la que recogió Vallejo en los dichos populares de la guerra civil española y que se resume en la frase "matar a la muerte", en la que va expresado el deseo de la justicia social. La crítica de Moncada va sobre todo al hecho que los evangélicos no predican en los barrios de los patrones: "El pobre no necesita consuelo [...] Pisar la tierra, compadre, sin miedo, sin miedo", lo cual sería una definición de la felicidad. En el habla de Moncada, vocero de "los zambos y chinos del Perú América", se retrata la vida sin divisiones ni calificativos.

La lucha fracasa: la muerte de Esteban y el discurso funerario pronunciado por Moncada son episodios que no aparecerán; sólo sabemos de ellos porque son mencionados en el ¿Último diario? Sin embargo, la lucha fracasada produce, engendra. Consideremos una escena clave: "mientras don Esteban respiraba, esforzándose, el loco le cortó una pestaña. La examinó bien a la luz de un rayo que entraba muy oblicuamente por una rendija del techo" (162). Luego va Moncada al Club Social Chimbote, donde acuden los dueños de empresa, y se dirige al portero uniformado:

> –Hermano mono, te perdono –le dijo Moncada–. Reflejo eres de la mancha de aceite y porquería de pescado que brilla a esta hora en la bahía. Brilla, hijo. Pero no como esta pestaña que arranca la muerte de la vida. (162)

La pestaña es un signo bañado en el mundo interior-exterior de la pulsión óptica, cargada de la "mezcolanza" de vida y muerte. En este momento, como en otros varios, la novela subordina la representación al manar de la vida.

No se trata de enunciados ideológicos, o sea de imágenes que reposan sobre el sistema de representaciones imperantes, sino del surgimiento de signos-percepciones que hacen la crítica a las representaciones. La novela insiste en toda una serie de "reflejos" (como cuando la bahía de Chimbote se refleja en el ojo de una prostituta) que rompen con el mapeo racional del espacio. Mejor dicho, en lugar de la mirada de la razón instrumental, instalan otra, que hace que el espacio pase por los cuerpos y las pasiones. Si "el brillar" de la pestaña de Esteban deviene "luz de luces" en el discurso de Moncada, ¿qué sucederá con los demás objetos-símbolos? La pregunta se lanza al futuro que brota de ellos.

Para el combate de Esteban contra la muerte, no hay *wamani* que vehicule la continuidad: lo que hay es el discurso de Moncada, y el conjunto de transformaciones del lenguaje del que éste forma parte. Allí entra también la red que tranzan los zorros desde hace dos mil años. Y está también, en fin, la transformación del sujeto social que este lenguaje implica y requiere.

Se suelen leer los capítulos de la novela desde los Diarios, pero también se puede hacer al revés y, en el caso del diálogo de Esteban y Moncada, encontramos que la mancha de la muerte en el ojo se revierte, el "polvo de cementerio" se convierte en luz que alumbra hacia el futuro. La pestaña se hace "lirio de muerte-vida que nadies apaga". Si la palabra resurrección, varias veces repetida en las cartas de Arguedas de la misma época, no figura en la novela, ¿no será porque implica la continuidad del sujeto? Solemos pensar la desagregación, la desintegración de la persona como un mal. Sin embargo, en *Dioses y hombres de Huarochirí,* se concibe como proceso generador y, en la novela, se relaciona con la idea del huayco como proceso social y personal de derrumbe y resurgimiento.

Recordemos que lo que renace en "La agonía de Rasu Ñiti", no es el individuo aislado de la sociedad capitalista sino el que mediatiza los lazos sociales. Y que, en el sur peruano, esos lazos, en la década del 1920, década de la formación (la individuación) de Arguedas, sufrieron un cambio profundo debida a la generalización de sublevaciones indígenas, en las que por primera vez se involucran los colonos de hacienda (Burga y Flores Galindo, *Apogeo y crisis* ... 185). Son también hechos que fueron decisivos para la formación política de Mariátegui, que asistió al Congreso Indígena de 1923, evento que marcó su encuentro con la cultura andina, y que influyó en su visión mesiánica del tiempo peruano. Estas líneas de fuerza se entrecruzan en la sublevación de los colonos de *Los ríos profundos*: ellos también, tienen que vencer a la muerte para que transformen los lazos que producen lo social, posibilidad que subyace toda la novelística de Arguedas.

## Bibliografía

Arguedas, José María. *El zorro de arriba y el zorro de abajo.* Edición crítica, Eve-Marie Fell, coordinadora. Madrid: Colección Archivos, 1990.

Arnold, Denise y Juan de Dios Yapita. *El rincón de las cabezas: Luchas textuales, educación y tierras en los Andes.* La Paz: ILCA, 2000.

Burga, Manuel y Alberto Flores Galindo. *Apogeo y crisis de la república aristocrática*, en Flores Galindo, *Obras completas*, Tomo II. Lima: Sur, 1994. 7-364.

Deleuze, Gilles y Félix Guattari. *L'Anti-Oedipe.* París: Les Éditions de Minuit, 1972.

Flores Galindo, Alberto. "La agonía de Mariátegui". *Obras completas*, Tomo II. Lima: Sur, 1994. 367-626.

Laplanche y Pontalis. *Vocabulaire de la Psychanalyse.* Paris, Presses Universitaires de France, 1967.

Llano, Aymara de. *Pasión y agonía: La escritura de José María Arguedas.* Lima/ Berkeley: Latinoamericana Editores, 2004.

Murra, John V. y Mercedes López-Baralt. *Las cartas de Arguedas.* Lima: Pontificia Universidad Católica del Perú, 1996.

Rowe, William. "Sobre la heterogeneidad de la letra en *Los ríos profundos*: una crítica a la oposición polar escritura/oralidad". *Heterogeneidad y literatura en el Perú.* James Higgins, comp. Lima: Centro de Estudios Literarios Antonio Cornejo Polar, 2003. 223-252.

# El zorro en el espejo: poética narrativa y discurso autobiográfico

*Fernando Rivera*

LA EXPERIENCIA INFANTIL DEL ESCRITOR PERUANO JOSÉ MARÍA ARGUEDAS EN las comunidades y haciendas andinas, especialmente su relación entrañable con los indios habría de producir una serie de imágenes primarias y fundamentales, intensas y traumáticas, que como intento de representación de una experiencia, aparecen de manera recurrente en su escritura y testimonio oral. Proporcionaron también un universo de representación: el mundo andino, sus pobladores, su cultura milenaria, su injusta estructura social. Este mundo se convirtió en el tema fundamental de su escritura narrativa, antropológica y poética, y no sólo eso sino que también estas imágenes muestran y testimonian la existencia de un vínculo fundamental que atraviesa y determina toda su escritura.[1]

¿Pero cuál es la naturaleza de este vínculo entre Arguedas, y los indios y la cultura andina? A partir de esta relación, ¿cómo el niño y el adolescente se constituyen en sujeto de la escritura? Y más aún, ¿cómo se manifiesta narrativamente este vínculo con la presencia de unos diarios (manifestación de un género autobiográfico) en *El zorro de arriba y el zorro de abajo* (una novela, si es posible todavía considerarla así)? Hay algunos testimonios y

---

[1] Arguedas no sólo reconoce lo trascendental de su experiencia infantil, sino que su escritura novelística misma entra en crisis cuando no se funda en esta experiencia: "Parece que se me han acabado los temas que alimentaba la infancia, cuando es tremenda y se extiende encarnizadamente hasta la vejez" (*Los zorros* 81). A partir de ahora *El zorro de arriba el zorro de abajo = Los zorros.*

pasajes en la obra de Arguedas que permiten estudiar la relación entre su experiencia infantil andina, su constitución como sujeto de la escritura y su poética narrativa.

## 1. La demanda de amor

En un testimonio publicado mucho después de su muerte, Arguedas declara largamente sobre su experiencia infantil en las haciendas y comunidades andinas, y sobre su actividad como escritor, destacando especialmente su observación sobre la relación de los indios con el mundo de los seres y de los objetos:

> Yo estaba contagiado de los indios que tienen *confraternidad con los animales*... Incluso la gente ésta de la zona de Lucanas, aún los mestizos, y por supuesto los indios, cuando hablan de sus caballos, sus burros, dicen "mi familia".
>
> Los indios sienten una *gratitud muy grande* por las cosas que les *proporcionan* bienes. El burro les sirve, la vaca les da leche, es decir la vaca es todo bien para ellos. Inclusive emplean un término que es más descriptivo. Dividen a la gente en dos categorías. La categoría de los que poseen bienes, ya sean terrenos o animales, es gente, pero el que no tiene ni animales es *huak'cho*. La traducción que se le da a este término al castellano es huérfano. Es el término más próximo porque la orfandad tiene una condición no solamente de pobreza de bienes materiales sino que también indica un *estado de ánimo, de soledad, de abandono, de no tener a quién acudir*. Un huérfano, o un *huak'cho*, es aquel que no tiene nada. Está sentimentalmente lleno de gran soledad y *da gran compasión* a los demás. Tampoco puede alternar con los que tienen bienes. Entonces no puede hacer trueques y está al margen de la gente que puede *recibir protección a cambio de dar protección*. Un *huak'cho* en ese sentido es *un sub-hombre, no está dentro de la categoría de los hombres que son tales*. Poseer es característica del ser humano, lo que no pueden hacer los animales. (...) Ellos no conciben los bienes con criterio objetivo como el nuestro, sino aquello que a él le produce un bien, ya sea un animal o un sujeto inerte, causa en el sujeto un *sentimiento de gratitud*. Nosotros vemos una olla, un plato, una hacha como un instrumento. Ellos no lo ven así. Él levanta su hacha y la acaricia y le tiene amor porque ese instrumento le da a él el bienestar, le sirve para cambiar leña con otras cosas. En fin, es una fuente de bienestar y siendo así él le *debe gratitud* en una medida que nosotros no podemos sentir ("Testimonio" 50, énfasis mío).

El sentimiento de gratitud o el deber de gratitud que se produce en los indios, es el resultado, como una respuesta, al bienestar, al ofrecimiento que el objeto les "da". Este bienestar no es producto de una acción del objeto que recae en el indio, en tanto éste es pasivo, por el contrario, el bienestar es producto del aumento de la capacidad de acción y de intercambio que el objeto le ofrece: "el hacha le sirve para cambiar leña". Y la respuesta del indio se da horizontalmente en el plano de la afectividad al incorporar al animal, otorgándole una calidad cuasi humana, a "mi familia", o debiéndole gratitud.

En cambio la relación entre los indios es más compleja. La división de la "gente" en dos categorías que menciona Arguedas, implica la presencia de un proceso de subjetivación en la que se destacan dos aspectos que se interconectan: el material y el afectivo.[2] El material se refiere a su constitución como sujeto social y está fundado en su capacidad de intercambio y reciprocidad: recibir bienes y dar bienes. Quienes pueden hacerlo son "gente" y quienes no, son *"huak'chos"*. Y esta relación económica sobredetermina la relación de otro tipo de espacios sociales: "recibir protección a cambio de dar protección". En el aspecto afectivo persiste la estructura de esta relación económica, o tal vez se deba decir que las relaciones económicas implican una dimensión afectiva. Ello se observa en el caso del *huak'cho,* que no posee bienes, que: "está sentimentalmente lleno de gran soledad y da gran compasión a los demás". La carencia material y de familia produce un sentimiento de compasión. Y lo que sucede con el universo de los objetos y los animales, sucede también con los seres semejantes. Pero antes veamos cómo Arguedas manifiesta su propio aprendizaje de esta relación. Hay numerosos testimonios, entrevistas, y artículos donde habla de su experiencia infantil, y uno de estos testimonios lo da en el "Primer Encuentro de Narradores Peruanos" de 1965 en Arequipa:

> Los indios y especialmente las indias vieron en mí exactamente como si fuera uno de ellos, con la diferencia de que por ser blanco acaso *necesitaba más consuelo* que ellos... y me lo *dieron* a manos llenas. Pero *algo de triste y de poderoso* al mismo tiempo debe tener el consuelo que los que sufren *dan* a los que sufren más, y *quedaron en mi naturaleza dos cosas muy sólidamente desde que aprendí a hablar: la ternura y el amor sin límites de los indios,* el amor que sienten entre ellos mismos y que le tienen a la naturaleza, a las montañas, a los ríos, a las aves; y el odio que tenían a quienes, casi inconscientemente, y como una especie de mandato supremo, les hacían

---

[2] Sigo aquí la noción de proceso de subjetivación en el sentido que le otorga Michel Foucault al referirse a las prácticas discursivas y las "tecnologías de sí", como proceso por el cual un ser humano se convierte en sujeto debido a su propia acción o a la ayuda de otros ("Technologies" 16-19).

> padecer. Mi niñez pasó quemada entre el fuego y el amor (*Primer* 36-37, énfasis mío).

Tanto el bienestar como el consuelo que ofrecen o dan los objetos y seres a los indios producen una demanda de afectividad, que provoca una respuesta que se traduce en gratitud, ternura y amor. Es indudable que estas relaciones de afectividad comparten la misma estructura de las relaciones de reciprocidad, base del sistema tradicional socio-económico de las comunidades andinas, que sobrevive con variadas modificaciones desde épocas prehispánicas.[3] Los estudios sobre este tema son abundantes y se refieren a modalidades diversas de reciprocidad que se practican en todas las esferas de la vida comunal andina: alimentación, vestido, protección, cosechas, mano de obra, servicios, rituales, fiestas.[4]

Sin embargo, no es el propósito aquí explicar el funcionamiento de estas prácticas de reciprocidad andina, sino la forma en que Arguedas representa en testimonios y narraciones su propio aprendizaje para la vida de los vínculos intersubjetivos, con la novedad de que esta estructura de la reciprocidad también opera en el campo afectivo. Y lo que representa, entre otras cosas, es que este *don* de bienestar, consuelo y amor, "causa en el sujeto un sentimiento de gratitud"; y también que este *don*, en el caso de las relaciones intersubjetivas, entre los indios mismos, puede considerarse la respuesta a una *demanda de amor* ("da gran compasión"), que el desvalido, el huérfano, el que no tiene nada (Arguedas niño, el *huak'cho*), o más bien su condición de tal, dirige al que va a donar. Una demanda que, respondida como relación con el otro, establece en reciprocidad una economía de la subjetividad de naturaleza ética.[5]

Es una demanda de naturaleza ética porque no se puede no responder sin caer en la destrucción del vínculo que constituye lo social, es decir este

---

[3] A igual que en otras sociedades premodernas, la reciprocidad andina se fundamenta en lo que Marcel Mauss ha denominado el intercambio de carácter ético del *don* y el *potlatch* (*The gift*). Es obvio que en el área andina actual mantiene un carácter diferenciado, especialmente con respecto al *potlatch* que implica una obligación más bien orientada a la adquisición de poder, por lo que tiene un sesgo más bien político (Bataille 121).

[4] Sobre la reciprocidad andina, en general y en los casos particulares de algunas comunidades, ver Murra; Mayer y Alberti; y Pease; y sobre la reciprocidad y la *deuda*, ver Ferraro.

[5] En general, tanto en las comunidades andinas como en otras sociedades premodernas, la aceptación del *don* tiene un carácter obligatorio y no se puede rechazar (Mauss 37; Mayer 55).

responder, esta responsabilidad funda el carácter ético de la relación. Cuando no hay demanda, cuando el otro "los hacía padecer", la respuesta por el contrario es el odio. Se puede decir entonces, de acuerdo al testimonio de Arguedas, que la relación con los indios, y entre los indios, basada en la *demanda de amor* y el *don*, producen una reciprocidad dirigida al infinito, del bienestar y el afecto, y fundamenta la naturaleza del sujeto en el mundo que lo *obliga* a un compromiso ético. Enfrentados en esta relación, el uno recibe la *demanda de amor* del otro. Y el otro recibe el *don* del uno, que lo compromete a la reciprocidad. Responder, en ambos casos, se convierte en un acto ético, que lo constituye como sujeto.[6]

Y Arguedas, *huak'cho*, responde como aprendió entre los indios afirmando su compromiso ético. Así lo señala en su ensayo "La novela y el problema de la expresión literaria en el Perú" de 1950, y su respuesta se dará en la escritura: "¡Describir la vida de aquella aldea [Viseca], describirla de tal modo que su palpitación no fuera olvidada jamás, que golpeara como un río en la conciencia del lector! Ese fue el ideal que guió todos mis trabajos, desde la adolescencia"(195).

En el discurso sobre su experiencia infantil en el mundo andino, el estado de explotación, injusticia y postración de los indios, del que él mismo fue víctima identificándose así con ellos, hace que su respuesta tenga un sentido de reivindicación y de justicia para con este pueblo. Es decir un sentido político, que ha marcado su comportamiento desde su más temprana adolescencia. Hay una escena originaria, representada en el cuento "Warma Kuyay", que opera simbólicamente como la demanda que el pueblo indígena le hace a Arguedas niño. En este cuento, Don Froylán, el patrón, dueño de la hacienda ha forzado a Justina, la muchacha indígena de la que está enamorado el niño Ernesto, y a quien pretende el novillero indígena, Kutu. El niño Ernesto y Kutu dialogan:

> –¡Déjate niño! Yo, pues, soy "endio", no puedo con el patrón. Otra vez, cuando seas "abugau", vas a fregar a don Froylán.
>
> ................................

---

[6] Esta representación que hace Arguedas sobre las relaciones intersubjetivas entre los indios, guarda cierto paralelismo con lo que Emmanuel Levinas propone para la relación entre el Mismo y el Otro como base de su reflexión filosófica: "Sólo al abordar al Otro asisto a mí mismo... El rostro que recibo me hace pasar del fenómeno al ser en otro sentido: en el discurso me expongo a la interrogación del Otro y esta urgencia de la respuesta –punta aguda del presente- me engendra en la responsabilidad; como responsable, me encuentro unido a mi última realidad..." (*Totalidad* 195).

> –¡Kutu: cuando sea grande voy a matar a don Froylán!
> –¡Eso sí, niño Ernesto! ¡Eso sí! ¡Mak'tasu!
>
> La voz gruesa del cholo sonó en el corredor como el maullido del león que entraba hasta el cacerío en busca de chanchos. Kutu se paró; estaba alegre, como si hubiera tumbado al puma ladrón (*Obras* I: 9)

La *demanda de amor* es también una demanda de justicia, por Justina, por el pueblo indio sometido. En esta escena aparece la impotencia de Kutu, como la impotencia misma de este pueblo de procurarse justicia, y se revela y se asigna el rol que ejercerá el niño Ernesto en el futuro, el de defensor, el de abogado que aboga por la justicia que merece el pueblo indígena.[7] Arguedas no es el niño Ernesto, ni el niño Ernesto es el representante de Arguedas; sin embargo, la escena opera en el sentido de una demanda de justicia. Una demanda de la que Arguedas se hará cargo desde sus primeros contactos con el mundo costeño. Para ello habrá de cambiar el discurso (de la ley) sobre los indios para que la injusticia se reconozca como tal, como daño, como mal. Pero es necesario establecer primero la corte, el escenario de la justicia, y ese será el propósito de su escritura y de su lucha con el castellano.[8]

Está claro que el ejercicio político de Arguedas no se dio en el campo de la política partidaria y formal, ni en el campo de la reflexión ideológica, sino en el campo de la escritura, la reflexión cultural, de la literatura: en el campo de la lengua. De su compromiso ético, de responder a esta *demanda de amor* del pueblo andino, se desprende su ejercicio político y a la vez su ejercicio estético. O mejor aún, su estética es desde siempre una política y una ética, todo a la vez.

## 2. El testimonio narrativo

Hay un pasaje sobre la infancia de Arguedas, que éste presenta como un ejemplo de la profunda crueldad con la que los señores trataban a los indios. Es un pasaje repetido varias veces en testimonios y entrevistas, en algunas se menciona como la crueldad con que se azotó a "un cholo" porque

---

[7] En este momento del desarrollo de la obra de Arguedas, los indios aún no pueden procurarse justicia, pero más tarde, por ejemplo en *Los ríos profundos*, el pasaje de la sublevación de las mujeres por el reparto de la sal, muestra la lucha del pueblo indígena por conseguir justicia.

[8] Antonio Cornejo Polar observa que en *Agua*, el narrador y personaje Ernesto, asume una "opción primera y definitiva" para cambiar el orden violento, destructor e injusto del mundo andino, que marcará toda la narrativa de Arguedas (*Los universos* 39-40).

lo encontraron "robándose de la huerta una cabeza de plátanos", y en otras más ampliamente se describe el comportamiento de ese hombre después de azotado:

> Subimos montaña como dos horas. No se volvió ni un momento, hasta que llegamos al firme. Entonces, como si hubiera sido yo el que recibiera los azotes, me miró con piedad y ternura y me dio un abrazo. "*Esto no es nada –me dijo en quechua–; yo estoy bien; ya puedes regresar, niñito*". Y yo, que había subido con tanto trabajo, bajé a la carrera, como si hubiera visto salir el sol, orgulloso de su fuerza, su dignidad y valor humano. ("Arguedas" 107, énfasis mío)

La dignidad de este indio está no sólo en su comportamiento, en su abrazo, sino también en su palabra. Lo que testimonia Arguedas es el dolor, el abrazo y la palabra del otro. La presencia del cuerpo del otro, del indio, afectada por la violencia y el amor, y la voz del otro: ese cuerpo y esa voz del otro que saben callar el dolor y dar amor. Es también el dolor y el abrazo de todos aquellos que lo consolaron, amaron y protegieron en las comunidades y haciendas andinas, y la voz de ellos, sólo oída en su propia lengua, el quechua: "ya puedes regresar, niñito". Y Arguedas regresa para dar el testimonio de ese cuerpo y esa voz en su escritura, pero ésta es la escritura de la otra lengua, del castellano.

Desde muy joven se propone como objetivo dar un testimonio, lo ha repetido varias veces. La necesidad de impactar al lector, de describir la "palpitación" del pueblo andino, lo lleva a elegir la escritura literaria y no otra para dar su testimonio, sólo ella puede hacer presente el cuerpo y la voz del indio. Privilegia el relato, la novela y no el artículo etnográfico o el ensayo antropológico; pero antes de eso, él es escogido por el amor de los indios, por el abrazo, por los cuentos y las canciones quechuas, por la frase de este indio azotado que le dice que ya puede regresar, que ya puede regresar y dar testimonio, que ya puede luchar por ellos, como cuando el Kutu le asigna la función de abogado al niño Ernesto. Esta "obligación", este deseo de dar un testimonio, de responder, le plantea un problema fundamental que es previo a la escritura en su génesis, pero que sólo se actualiza en su realización, el de la lengua: "Mas un inconveniente aturdidor existía para realizar el ardiente anhelo. ¿Cómo describir estas aldeas, pueblos y campos; en qué idioma narrar su apacible y a la vez inquietante vida? ¿En castellano? ¿Después de haberlo aprendido, amado y vivido a través del dulce quechua? Fue aquél un trance al parecer insoluble" ("La novela" 195). Se llega a la otra lengua a través de un desplazamiento de la primera, del quechua. Este movimiento implica un traslado, un reposicionamiento en la segunda lengua, sugiere la traducción como proceso.

El deber de testimoniar en la otra lengua implica una serie de elecciones. En primer lugar, elegir una lengua, el castellano, la lengua del otro, del opresor, a quien se dirigirá dando a conocer el valor y las injusticias cometidas contra el pueblo andino, por lo tanto esta elección tiene ya un sentido político. Arguedas escoge también un mundo a representar: el de la gente, las aldeas y pueblos andinos, o mejor, este mundo lo escoge a él. Y más aún, para poder testimoniar la experiencia del cuerpo y la lengua del indio, la experiencia de su abrazo y su espíritu, para poder comunicar la exigencia de esta expresión escoge la narración y en especial la novela. Así, una vez hechas estas elecciones, lo que la expresión exige como el tránsito de una lengua a otra va a articularse bajo la figura de la traducción.[9]

Pero la escritura de su testimonio solo se da después de su constitución como testigo.[10] La presencia de Arguedas ante ese indio azotado (ante el pueblo indígena), incluso siguiéndolo, lo hace asumir una responsabilidad frente a él, la de manifestar lo que éste, el pueblo indígena, significa para él. Pero este testimonio en su sentido más profundo y primero, antes de ser tematizable de ser una representación y un saber, es el testimonio de la experiencia del cuerpo y la lengua del otro. No se trata entonces, en este primer momento, del contenido de su testimonio sino de lo que lo hace posible, del movimiento que lo funda.

Es pues así, que esta experiencia posiciona a Arguedas en el lugar del testigo, del que da testimonio con su presencia y con su vida de la vida del otro. Y su respuesta a la demanda, su testimonio será narrar. Narrar el mundo que conoce a través de la experiencia, narrar el mundo que ha sido

---

[9] Hay cierto paralelismo con el desarrollo del *roman* en el siglo XII europeo (como antecesor de las primeras novelas). Este término designaba todo texto traducido o inspirado en un modelo latino, es decir uno de los posibles desarrollos de la novela se origina en la traducción. Después se perdería la vinculación con la fuente original y el *roman* aparecería como producto del ingenio del *romancier* (García Peinado 173-177).

[10] Hay una reflexión de Emmanuel Levinas sobre el testigo que puede ayudarnos para entender mejor el sentido del testimonio de Arguedas: "El testigo da testimonio de lo que se ha dicho por él. Pues él ha dicho '¡Heme aquí!' delante del otro; y por el hecho de que, ante el otro, reconoce la responsabilidad que le incumbe, se encuentra con que ha manifestado lo que el rostro del otro ha significado para él. La gloria del infinito se revela por lo que ella es capaz de hacer en el testigo" (*Etica* 91).

desfigurado mostruosamente: narrar desde la experiencia del cuerpo y la palabra del otro, desde el amor, el odio, y el sentimiento de justicia. Narrar también la propia vida expuesta ante este otro que es el indio. Narrar de tal manera que se perciba en la segunda lengua, la voz, el espíritu, el cuerpo del otro. Es así que su obra adquiere el sentido de un testimonio.

## 3. La poética narrativa

Para establecer las líneas de fuerza de la poética narrativa, y en especial novelística, de la obra de Arguedas presidida por la figura de la traducción, es importante primero estudiar los cambios operados en la forma de la escritura desde una época temprana, por las características del receptor a quien se dirige y para quien escribe. En un análisis muy valioso de las traducciones de canciones quechuas al castellano hechas por Arguedas en la década del treinta, John Landreau encuentra que las traducciones de los textos varían considerablemente dependiendo de la naturaleza del receptor al cual están dirigidas. Una observación previa sobre las dimensiones que alcanzan estas traducciones es que lo que en quechua es una canción, pasa al castellano bajo la forma de un poema, y ello implica una triple traducción. Primero, traducción lingüística, del quechua al castellano. Segundo, de una oralidad no asociada a la escritura alfabética, a la escritura alfabética; y tercero, de género discursivo, de la canción andina que es popular a la poesía escrita que tiene un circuito restringido, asociado a las clases letradas y gobernantes. Landreau encuentra que las traducciones que se publican en *La Prensa* de Buenos Aires a fines de los treinta, y que por lo tanto van dirigidas a lectores que desconocen mayormente el contexto cultural peruano y mucho más el andino, difieren notoriamente de las traducciones dirigidas a lectores peruanos que tienen un mayor conocimiento de la situación histórica, aunque mínimo o distorsionado del contexto social y cultural andino.[11] Así, para el primer caso de un lector argentino, en la traducción de la canción "Ischu kanask'ay" ("he prendido fuego") de 1938, emplea un lenguaje literario relativamente estándar, pero va acompañado de un ensayo: "simbolismo y poesía de dos canciones quechuas" que se encarga de situar el contexto cultural, dar información sobre los términos y la polisemia quechua, e interpretar el sentido de sus versos. Mientras que en una versión más tardía de 1949, dirigida a un lector peruano, el

[11] Entre 1939 y 1944, sólo en el suplemento periódico del diario *La Prensa* de Buenos Aires, Arguedas publica cuarenta y cuatro artículos, sobre hombres y ciudades, danzas, ritos y ceremonias indígenas, y en defensa del arte popular. Estos artículos más el ensayo "El indigenismo en el Perú", publicado póstumamente, aparecen en *Indios, mestizos y señores*.

ritmo y la sintaxis traen ecos de la fuente original en quechua, y el ensayo explicativo desaparece. La información y contextualización de la canción trata de ser reintegrada al mismo texto, sin embargo se pierde mucho de los matices de la significación (*Translation* 68-80).

Otro caso ejemplar es el de *Canto kechwa, con un ensayo sobre la capacidad de creación artística del pueblo indio y mestizo* (1938). Además de la traducción de las canciones, el libro presenta un ensayo testimonial. En este, Arguedas describe el paisaje, sus experiencias personales, el contexto cultural en donde se entonan las canciones, las diferencias culturales y sociales entre indios y mestizos, los instrumentos musicales, la calidad artística de las canciones, la marginación y la vergüenza por el "wayno". En ambos casos, estos textos suplementarios, como artículos introductorios y ensayos testimoniales, que acompañan a las traducciones, buscan contextualizar las canciones y relatos, dando un marco a las relaciones sociales y proveyendo una serie de significaciones culturales. Se justifican por el escaso conocimiento del mundo andino y el gran imaginario imperante en la época configurado por el indigenismo, que operaba bajo una estética modernista sin que medie el discurso de la experiencia.

Se puede advertir entonces que la organización y configuración misma de la forma del texto está determinada, al menos en estas traducciones, por el receptor. Por el grado de conocimiento del mundo representado y del contexto histórico cultural en el cual se inscribe el texto "original". ¿Pero qué transformaciones operan en los textos narrativos, en lo cuentos y novelas?, ¿y sobre qué desarrollos previos de estos géneros se efectúan?

Cuando Arguedas empieza a escribir, a comienzos de los treinta, pensando intervenir en el espacio de la producción del indigenismo literario, son dos géneros narrativos los que se han impuesto en años recientes y que recibe como modelos: el relato indigenista de marcada influencia modernista, y la novela regional latinoamericana. Sobre esta base textual es sobre la que trabajará, intensamente al comienzo, hasta llegar a estabilizar una primera configuración formal con *Los ríos profundos* (1958), y posteriormente, de manera angustiosa, configurará una nueva poética narrativa que aparecerá con *Los zorros* (1971).

En un estudio de Luis Alberto Ratto titulado "Los problemas de la imbibición en José María Arguedas", se señala cómo en la primera etapa de la obra narrativa de Arguedas la preocupación por captar e introducir al lector en el mundo representado de la narración, lo lleva a aquél a incluir traducciones, aclaraciones y explicaciones de los términos quechuas usados en los textos. En un primer momento estas aparecen en glosarios, donde algunos términos son traducidos a la manera de explicaciones etnográficas, así se observa en *Agua* (1935), *Yawar Fiesta* (1941) y *Diamantes y pedernales*. Luego, en libros posteriores desaparecen los glosarios, y la traducción se da en la nota al pie de página; para finalmente presentar la palabra quechua en el relato mismo, ya sin aclaración alguna (Ratto 3-5).

Es fundamental destacar este desplazamiento: el glosario que aparece como un texto suplementario finalmente es reintegrado al texto narrativo, la traducción ya no es necesaria y el devenir mismo de las situaciones narrativas explican el sentido de las palabras, o la explicación y traducción de un término se convierte en parte gravitante de la estructura del relato mismo, como sucede con el pasaje del "zumbayllu" en *Los ríos profundos*. Por otro lado, y desde *Yawar fiesta* en adelante, van apareciendo en las narraciones de Arguedas canciones quechuas en doble versión, quechua y castellano, en el texto narrativo mismo, cuando antes aparecían, también en el texto, pero sólo las traducciones al castellano. Es decir, que cuando Arguedas ya estaba desarrollando un lenguaje literario para representar la "voz" del indio, su ritmo, sus inflexiones y matices, cuando ya se convertía a través de esa traducción en su "portavoz" en el castellano, decidía gradualmente cederle la palabra y presentar bajo la forma de una cita, esa voz del otro, haciendo "oír" lo inaudible, y legible sólo lo que la traducción presentaba en paralelo.[12]

Esta preocupación que es también el deseo de lograr una mejor comunicación con el lector, como ha señalado claramente Antonio Cornejo Polar, se manifiesta ejemplarmente en *Yawar fiesta* con la presencia de tres capítulos introductorios. El primero, "La quebrada", es una presentación cósmica y lírica del escenario natural. El segundo, "Pueblo indio", es una descripción de Puquio, sus ayllus y su estratificación social. El tercero, "El despojo", es la crónica sobre la usurpación de tierras a los comuneros. Estos tres capítulos preceden el desarrollo de la fábula que gira entorno a una brutal corrida de toros en el pueblo: "turupukllay". Por otro lado, para la edición definitiva de 1958, se efectúan una serie de cambios importantes, primero se elimina el capítulo I; segundo, se suprimen algunas

---

[12] En otro nivel, Angel Rama ha destacado que las canciones en las novelas de Arguedas, le dan a éstas una subrepticia estructura musical (*Transculturación* 215-16). Pero además de eso me parece observar que también dan cuenta de la escritura misma, de lo que Arguedas entiende por escritura, de la materialidad de esa escritura, y de la capacidad de esta materialidad de ofrecer un saber como se manifiesta con mayor claridad en *Los zorros*. Es decir de la posibilidad de acceder a un horizonte epistemológico diferente.

palabras quechuas, se cambian vocablos quechuas por castellanos, y se corrigen provincianismos. Arguedas mismo diría que luchó cinco años por desgarrar los quechuismos de esta novela. Y finalmente, como se señaló antes, el glosario de vocablos quechuas es suprimido y en su lugar aparecen notas a pie de página, en menor número, y paréntesis aclaratorios del sentido de algunas voces (*Los universos* 97-98).

La necesidad de testimoniar el abrazo y el sufrimiento de los indios, de traducir al castellano lo que ha vivido en el quechua, lo lleva a Arguedas a trabajar distintos géneros y distintas escrituras. No es suficiente el texto de la traducción de una canción convertida en poema, ni la forma de sus propios cuentos, ni los artículos antropológicos, ni los ensayos sobre su escritura, ni la forma de la novela misma. Arguedas combina distintos textos y géneros para poder dar su testimonio y ser "escuchado"; para poder expresar lo que el mundo andino y el indio significan para él, de ahí la marca autobiográfica que tienen todos sus trabajos literarios, incluidas las traducciones y hasta algunos de sus artículos antropológicos. El testimonio que da es testimonio tanto de la experiencia de la vida del mundo andino (del abrazo, de la lengua y del sufrimiento del indio), como testimonio de la escritura misma que lo presenta, de su esfuerzo por traducir e interpretar ese mundo. Es pues doble la función que cumple lo autobiográfico en la escritura de Arguedas, por un lado, la experiencia directa lo "autoriza" como escritor para contar el relato, reforzando la verosimilitud del mundo representado; y por otro lado, inscribe la experiencia de su propia escritura en el contexto de la escritura sobre el mundo andino.

En 1940, un año antes de la publicación de *Yawar fiesta*, Arguedas edita y publica junto con sus alumnos del Colegio Nacional Mateo Pumaccahua de Sicuani, Cusco, un folleto titulado *Pumaccahua*, con los resultados de ocho meses de trabajo escolar en los que Arguedas decidió cambiar la metodología de enseñanza que imperaba en las escuelas del Perú, especialmente en las de las provincias andinas. En la presentación del texto Arguedas describe las actividades que realizó con sus estudiantes secundarios, indios y mestizos, las que dieron lugar a los trabajos publicados:

> Nuestras clases fueron casi lo que me propuse. Leímos muchos libros peruanos y americanos; en clase, los alumnos escribieron cuentos, poemas, descripción de pueblos y de paisajes; en la calle, observaron las fiestas indias y mestizas, tomaron fotografías, apuntes en dibujo; observaron también las costumbres de siembras y cosechas, matrimonios y todo

> cuanto era de algún valor. Casi eran más alumnos de la calle que cuando estaban sentados en sus carpetas. (Kapsoli 82)

Todas estas actividades produjeron una serie de textos breves escritos por los estudiantes que oscilaban entre un párrafo y dos páginas de extensión, que podrían ser agrupados en cuatro categorías diferentes: poemas escritos por los estudiantes, más tres huaynos locales; comentarios a libros peruanos leídos en clase; descripciones del folklore y costumbres del pueblo indio y mestizo; y cuatro exámenes escritos sobre Geografía Humana, Economía, y Política del Perú. Uno de los objetivos de las actividades y de la publicación consecuente era, según el propio Arguedas, contribuir: "a divulgar la intimidad espiritual del pueblo que vive en nuestra región; proporcionando, además, algunos datos a los estudiosos" (82-3). El texto, en su diversidad y organización, además de ser el resultado de una experiencia valiosa y ejemplar para la educación en el Perú, puede ser reconocido como un intento de Arguedas por encontrar la mejor forma de expresar y comunicar la vida en lugar de los Andes. Este deseo por "divulgar la intimidad espiritual del pueblo" lo lleva a incorporar una serie diversa de géneros de escritura, como lo hará más tarde con *Los zorros*, pero esta vez articulados entre sí.

Se puede decir que la búsqueda de la forma literaria adecuada para expresar su testimonio, con todo lo que éste implica, parece estar presidida por dos imágenes en la obra de Arguedas. La imagen del relato novelesco, de la cual es consciente Arguedas y a cuya búsqueda denomina "la lucha por el estilo", que alcanza su primera y mayor configuración en *Los ríos profundos*; y la imagen del libro, estilísticamente más difusa y heterogénea pero que persigue incansablemente Arguedas en las correcciones, ediciones y reediciones de sus libros, imagen que alcanza a configurarse en *Los zorros*. No obstante, sea cual fuere la imagen que presida la forma final de sus textos, en ellos se intenta incorporar todas las voces, todas las escrituras y todos los textos, como finalmente lo consigue en lo que aún podemos seguir llamando su novela póstuma.

### 4. El espejo de la ficción

En 1968, en el Nº VI de abril-junio, la revista *Amaru* publica bajo el título "El zorro de arriba y el zorro de abajo", el capítulo inicial de la novela, que luego aparecerá en la edición póstuma como "Primer diario". Como se sabe, en este adelanto, el diarista reacciona ante unas declaraciones hechas por Julio Cortázar sobre la condición del escritor latinoamericano. Luego, en la revista *Life en español*, del 7 de abril de 1969, se publica una entrevista a Julio Cortázar, donde éste lanza algunas frases despectivas en respuesta a la publicación de *Amaru*. Poco después, el primero de julio de 1969, aparece en el *Suplemento Dominical* del diario *El Comercio* de Lima, "Inevitable comentario a unas ideas de Julio Cortázar", firmado por José María Arguedas, donde a su vez, replica las declaraciones hechas por Julio Cortázar en *Life*. Estamos, pues, ante lo que se denominó la polémica entre José María Arguedas y Julio Cortázar sobre la condición del exilio y su relación con la escritura. Más allá de los malentendidos sobre los que se levantó esta polémica entre dos grandes escritores, que tenían más cosas en común que diferencias, es importante ver la función con la que se publicaba el texto de José María Arguedas y, en contraparte, cómo fue leído.

El avance de *Los zorros* publicado por *Amaru* es un texto presentado por el escritor José María Arguedas como capítulo de una novela en preparación, es decir es presentado como un texto de ficción. Sin embargo, las declaraciones hechas por Julio Cortázar en la revista *Life*, reaccionando a las afirmaciones del diarista de la novela, sugieren que Cortázar leyó el texto como un documento autobiográfico, es decir como un diario en el que José María Arguedas, y ya no simplemente un diarista, daba a conocer sus impresiones sobre la condición de algunos escritores latinoamericanos. Y por su parte, Arguedas acepta esta lectura; si antes escribía su nombre y firmaba un texto de ficción, en su comentario a las declaraciones de Cortázar no rectifica en ningún momento la lectura de éste, no hace reparos al cambio de función del texto, a la naturaleza del contenido, más bien acepta tácitamente que se lea el texto como un testimonio de parte. Este es el primer hito en la lectura de *Los zorros*, y se ejecuta en la lectura de lo que se denominará "Primer diario". La polémica que envuelve el texto institucionalizará su lectura como la de un documento autobiográfico, Cortázar con su lectura se unirá a Arguedas, y ambos firmarán el texto como autobiográfico.[13] El texto se publica como ficción y se lee como diario, y ésta será la lectura dominante de los diarios de la novela en el futuro.

---

[13] Aquí sigo a Jacques Derrida cuando señala que la constitución de un texto, como el autobiográfico, se debe a la lectura (que es siempre una escritura), a la recepción del otro que se hace destinatario y así lo firma: "The ear of the other says me to me and constitutes the *autos* of my autobiography. When, much later, the other will have perceived with a keen-enough ear what I will have addressed or destined to him or her, then my signature will have taken place. (...) A text is signed only much later by the other. And this testamentary structure doesn't befall a text as if by accident, but constructs it. This is how a text always comes about" (*The Ear* 51).

Arguedas acepta también esta lectura, y esto sugiere que le ha atribuido un doble estatuto al texto, ¿conlleva esto una contradicción? ¿Cómo es posible que un texto pueda operar como ficción y como documento autobiográfico a la vez? ¿O tal vez sea que la adscripción total de la novela al dominio de la ficción es un exceso?

*Los zorros* presenta una serie de cuatro diarios titulados "Primer diario", "Segundo diario", "Tercer diario", y "¿Último diario?" Su presentación es cronológica, y sintomática en la medida que los diarios aparecen en la novela cuando el diarista declara que ha perdido la capacidad para escribir, específicamente la novela en cuestión. La organización de cada uno de los diarios obedece al género del diario íntimo: la secuencia de días, el lugar que probablemente sea alguna habitación desde donde se enuncia, la presencia de meditaciones y recuerdos, la conciencia de la escritura. Y como todo diario pretende dar cuenta inmediata de los acontecimientos personales, incluyendo la tendencia a instalarse en el momento mismo de la enunciación: "Cada quien toma veneno, a sabiendas, de vez en cuando; y yo siento los efectos en estos instantes" (*El zorro* 17). Pero también, en los diarios de la novela se encuentra una serie de rememoraciones que se remontan a épocas muy anteriores, como la historia de la Fidela durante la infancia del diarista, lo que le otorga al texto, por momentos, el carácter de las memorias. Un hecho, aparentemente significativo, como se observará más adelante, es el que en ninguno de los diarios el diarista se presenta, se refiere, o nombra a sí mismo como José María Arguedas.[14]

Hasta aquí, la organización formal de los diarios, su inclusión en el cuerpo de la novela, y especialmente el aparente anonimato del diarista, puede llevarnos a reconocer en *Los zorros* a una novela que trabaja la ficción del diario. Es decir, el uso del diario como una estrategia literaria que se fundamenta en su uso como documento autobiográfico, en su capacidad de cumplir una función mimética para producir la ilusión de lo real, y en las posibilidades narrativas que conlleva su reflexividad (Abbott 18-27).

Es cierto que en el caso de *Los zorros* el diarista nunca menciona su nombre; sin embargo, comparte con el autor del texto una serie de vivencias que lo identifican como el escritor José María Arguedas. Por ejemplo, está el hecho de haber escrito la novela *Todas las sangres*, y el de ser esposo de

---

[14] Se ha señalado, creo que demasiado rápido y exagerando los términos, que los diarios no son autobiográficos, sino ficcionales, porque el narrador habla de un pasado remoto y del futuro, porque rescribe los diarios, y porque no se presenta bajo el nombre de José María Arguedas. Ver Christian Fernández (300-3).

Sybila Arredondo. Además, como se ha visto, cuando se publica en *Amaru* el primer capítulo (después será el "Primer diario") de *Los zorros*, y se desata la polémica con Cortázar, el escritor José María Arguedas se identifica con (y es identificado como) el diarista. Por otro lado, algunos de los pasajes sobre la infancia del diarista y sobre su experiencia como escritor, que tienen el sentido de las memorias, coinciden con los testimonios dados por el escritor José María Arguedas sobre su vida en declaraciones y entrevistas. Pero más aún, el deseo expresado del diarista, constante y perturbador, de suicidarse, su mención a un intento de suicidio anterior en 1966, que coincide con el intento del autor, y el suicidio posterior y real del autor, hacen que la figura del diarista se identifique plenamente con la del autor de *Los zorros*, José María Arguedas. Si se considera lo que Philippe Lejeune reconoce como "pacto autobiográfico": la identificación entre el autor del texto, el diarista, y el protagonista, para reconocer a un texto autobiográfico, el universo representado en los diarios de *Los zorros* puede considerarse como de estatuto real.[15]

Pero, por otro lado, considerando lo que se propone el diarista, que es escribir una novela y escribir, unos diarios para recuperar la "sanidad" (8) y la escritura, pero también para incluirlos como capítulos o partes de esa novela, a la que ha decidido llamar *El zorro de arriba y el zorro de abajo*, considerando este propósito y, por consiguiente, el marco ficcional en el que toda escritura novelística se realiza, los diarios adquieren una naturaleza ficcional, o al menos deben operar dentro del espacio de la ficción como diarios escritos para la ficción, y el narrador de los diarios se convierte en un personaje sui géneris, pero personaje al fin y al cabo. En un pasaje del "Primer diario", mencionado al principio de este capítulo, el diarista afirma: "Ayer escribí cuatro páginas. Lo hago por terapéutica, pero sin dejar de pensar en que podrían ser leídas" (10). Se observa que tiene una conciencia muy clara de que el texto puede ser leído por otros, más allá de él mismo, a diferencia de lo que suele suceder con un diario íntimo. El espacio de lo personal y de lo íntimo, que es donde se articula un diario, queda en este caso abierto, como posibilidad, a la mirada de los otros.

---

[15] Aunque de naturaleza contractual, Philippe Lejeune planteó inicialmente una solución a la indecibilidad entre la autobiografía y la novela autobiográfica, en la que la demarcación de ambas se establece en el consenso (juicio) de los sujetos de la comunicación (autor,lector). Posteriormente, establece un criterio textual para reconocer la autobiografía, al señalar la necesidad de identificar nominalmente al autor, narrador y protagonista ("The autobiographical pact (bis)" 119-138).

Si consideramos que la capacidad cognitiva del lenguaje resulta siempre limitada y excedida por lo Real, que se resiste a la representación. Entonces toda representación hecha por el lenguaje resulta insuficiente, fragmentada, incompleta, e inestable, y presenta las marcas, suturas y vacíos que evidencian que lo Real se resiste a ser aprehendido y contenido.[16] Desde esta perspectiva, la capacidad restaurativa de la escritura autobiográfica deviene siempre en insuficiente para aprehender significativamente la vida y la experiencia pasadas.[17] Así, la "verdad" de una escritura autobiográfica sería exterior al lenguaje; por un lado se observa como el efecto de un contrato político-judicial, como es el caso del "pacto autobiográfico" de Lejeune; y por otro, la verdad como la creencia del autor en su propia verdad, en lo que dice.[18]

Ninguna de estas posturas es suficiente para comprender la doble función de los diarios en *Los zorros*, especialmente para comprender su posibilidad de ser un texto de ficción cuando se acepta su "verdad", de ser un diario escrito para una novela. De allí que una reflexión dirigida exclusivamente al diario y la autobiografía sea insuficiente para dar cuenta de la naturaleza de los diarios y su relación con las escrituras de ficción de *Los zorros*. Además, dado el compromiso ético que asume la escritura de José María Arguedas, resulta mucho más adecuada una reflexión que considere la naturaleza de los géneros involucrados: novela y diario, y la

---

[16] Más que una representación insuficiente, Jacques Derrida, señala que el sistema de representación sólo trae una presencia y no un representación de la cosa: "Language, every language, would be representative, a system of representatives, but the content represented, what is represented by this representation (a meaning, a thing, and so on) would be a presence and not a representation. What is represented would not have the structure of representation, the representative structure of the representative" ("Sending" 303).

[17] Paul de Man, en sus propios términos, ha señalado al respecto: "The specular moment that is part of all understanding reveals the tropological structure that underlies all cognitions, including knowledge of self. The interest of autobiography, then, is not that it reveals reliable self-knowledge –it does not- but that it demonstrates in a striking way the impossibility of closure and of totalization (that is the impossibility of coming into being) of all textual systems made up of tropological substitutions" ("Autobiography" 71).

[18] Seguimos la reflexión de Angel G. Loureiro, que afirma: "that is the only truth we can expect from autobiography: the writer's belief in his or her truth, but not truth as adequation to past experience. In other words, discourses become beliefs and desires, impress themselves upon flesh and mind, produce corporeal and incorporeal transformations on account of our passional constitution" (*The Ethics* 14).

dimensión ética de la escritura. En ese sentido, como se ha visto anteriormente, la preocupación fundamental de Arguedas es testimoniar, y testimoniar a través de la escritura, de la novela y del cuento, la experiencia que ha tenido y tiene del otro indígena. Y desde esa perspectiva tanto la escritura de los diarios como la de la novela en su conjunto se subordinan al propósito de testimoniar.

Los diarios en *Los zorros*, entre otras funciones, cumplen no sólo con dar testimonio de la experiencia vital de Arguedas como hombre andino, sino como sujeto de la escritura. El diario se adecua perfectamente a la poética novelística de Arguedas de testimoniar la vida y la escritura misma, en un gesto total de contar la experiencia del otro. Y el marco que preside a esta poética novelística es la imagen del libro, el que contiene todas las voces y todas las escrituras.

Además, la novela misma, con *Los zorros*, se aleja de la concepción moderna dominante que la subordina al dominio de la ficción. En la representación moderna se asume y construye una imagen del otro, en un acto que puede ser denominado como violencia de la representación: nombrar al otro, de allí que no se hace indispensable la experiencia que conecte al mundo con la representación, especialmente en la ficción. Esa es la caída de don Quijote, allí radica el fundamento ético de su búsqueda maravillosa, la experiencia de la lectura no es suficiente para experimentar el mundo, él debe salir al mundo y encontrar al otro, pero paradójicamente sólo podrá vivirlo a través de la ficción. Pero la muerte de don Quijote, estabiliza la representación y reprime violentamente la posibilidad de la experiencia del mundo a través de la ficción. Luego de esto, la experiencia del otro llega a la escritura como testimonio, y la novela se constituye como la ficción de la ficción.

Pero esto sólo ocurre en un espacio de la representación, como en la moderna, donde la representación no es producto de un acto de responsabilidad del enunciador con respecto al otro, sino más bien un acto de imposición y encubrimiento. Por el contrario lo que parece mostrar la poética novelística de Arguedas es un principio fundamental de carácter ético que genera la representación. El principio de reciprocidad que fundamenta la economía de las relaciones sociales, y la subjetividad misma, parece operar también en los procesos de representación. Así, la representación en Arguedas ocurre no como un acto de apropiación del otro, ni como respuesta a un supuesto diálogo con el otro, sino como retribución al otro por el abrazo y el beneficio que este otro le da, es decir como un acto ético. Y lo que produce esta representación no es un saber sobre el otro, sino la experiencia del saber del otro, que viene en el canto de los patos andinos, el ruido de las cascadas y las voces de los hombres.

Escribir es testimoniar esa experiencia que uno tiene del otro, como en *Los zorros*. Y los diarios presentan la experiencia de esa escritura como un espejo, como un reflejo de la ficción, que muestra no su representación ni su contenido, sino el punto donde se articula la ficción misma.

## Bibliografía

Abbott, H. Porter. *Diary Fiction. Writing as Action*. Ithaca: Cornell University Press, 1984.

Alberti, Giorgio y Enrique Mayer, eds. *Reciprocidad e intercambio en los Andes peruanos*. Lima: IEP, 1974.

Arguedas, José María. *El zorro de arriba y el zorro de abajo*. Ed. Crítica y coord. Eve-Marie Fell. México: Colección Archivos, 1992.

____ "Inevitable comentario a unas ideas de Julio Cortázar" en "Dossier". *El zorro de arriba y el zorro de abajo*. Ed. crítica y coord. Eve-Marie Fell. México: Colección Archivos, 1992. 411-413.

____ *Canto Kechwa. Con un ensayo sobre la capacidad de creación artística del pueblo indio y mestizo*. [1938]. Lima: Horizonte, 1989.

____ *Indios, mestizos y señores*. Lima: Horizonte, 1989.

____ *Primer encuentro de narradores peruanos*. Lima: Latinoamericana, 1986.

____ "La novela y el problema de la expresión literaria en el Perú". *Obras Completas*. Vol. II. Lima: Horizonte, 1981. 193-198.

____ "Conversando con Arguedas". Entv. *Recopilación de textos sobre José María Arguedas*. La Habana: Casa de las Américas, 1976. 21-30.

____ "Testimonio. José María Arguedas". Sara Castro Klarén, ed. *Hispamérica* IV/10 (1975): 45-54.

____ "Conversación con José María Arguedas". Entv. Ariel Dorfman. *José María Arguedas y la nueva Novela Indígena del Perú*, núm. esp. de *Coral* 13 (1970): 43-46.

Bataille, Georges. "The notion of expenditure". *Visions of Excess. Selected Writings 1927-1939*. Minneapolis: University of Minnesota Press, 1985. 116-129.

Cornejo Polar, Antonio. *Los universos narrativos de José María Arguedas*. Buenos Aires: Losada, 1973.

De Man, Paul. "Autobiography As De-Facement". *The Rethoric of Romanticism*. New York: Columbia University Press, 1984. 67-81.

Derrida, Jacques. *The Ear of the Other. Otobiography, Transference, Translation*. Christie V. McDonald, ed. New York: Schocken Books, 1985.

____ "Sending: On Representation". *Social Research* XLIX/2 (Summer 1982): 294-326.

Fernández, Christian. "The death of the Autor in *El zorro de arriba y el zorro de abajo*". *The fox from up above and the fox from down below.* José María Arguedas. Julio Ortega, ed. Pittsburgh: University of Pittsburgh/ Colección Archivos, 2000. 290-306.

Ferraro, Emilia. *Reciprocidad, don y deuda.* Quito: FLACSO/Abya-Yala, 2004.

Foucault, Michel. "Technologies of the Self". *Technologies of the Self: A Seminar with Michel Foucault.* Luther H. Martin, Huck Gutman, Patrick H. Hutton, eds. Amherst: University of Massachusetts Press, 1988. 16-49.

García Peinado, Miguel A. *Hacia una teoría de la novela.* Madrid: Arco/Libros, 1999.

Gonzales Manet, Enrique. "Arguedas reivindicador de la cultura quechua". *Arguedas. Un sentimiento trágico de la vida.* César Lévano, ed. Lima: s.e., 1969. 103-108.

Kapsoli, Wilfredo, ed. *Nosotros los maestros.* Lima: Horizonte, 1986.

Landreau, John. "Translation and National Culture in the Writing of José María Arguedas". Tesis doc. Princeton University, 1995.

Lejeune, Philippe. "The Autobiographical Pact (bis)". *On Autobiography.* Minneapolis: University of Minnesota Press, 1973. 119-138.

Levinas, Emmanuel. *Totalidad e infinito.* Salamanca: Sígueme, 1999.

_____ *Ética e infinito.* Madrid: A. Machado, 2000.

Loureiro, Angel G. *The Ethics of Autobiography. Replacing the Subject in Modern Spain.* Nashville: Vanderbilt University Press, 2000.

Mauss, Marcel. *The gift.* [1925]. New York: Norton, 1974.

Mayer, Enrique. "Las reglas de juego en la reciprocidad andina". *Reciprocidad e intercambio en los Andes peruanos.* Giorgio Alberti y Enrique Mayer, eds. Lima: IEP, 1974. 37-65.

Niranjana, Tejaswini. *Siting in Translation. History, Post-structuralism, and The Colonial Context.* Berkeley/Los Angeles/Oxford: University of California Press, 1992.

Pease G.Y., Franklin. *Curacas, reciprocidad y riqueza.* Lima: PUCP, 1992.

Rama, Ángel. *Transculturación narrativa en América Latina.* México: Siglo XXI, 1981.

Ratto, Luis Alberto. "Los problemas de la imbibición en José María Arguedas". *Runa. Revista del INC* 1 (marzo 1977): 3-5.

# Los epistolarios de José María Arguedas

*Tomás G. Escajadillo*

I

ESTA NOTA GLOSA DE UN LIBRO QUE CIRCULA CON EL INDEBIDO TÍTULO (PUES no es un epistolario global) de *Las cartas de Arguedas* (1996). Es un grueso volumen: contiene numerosas cartas de José María Arguedas al antropólogo rumano–norteamericano John V. Murra, de quien fuera muy amigo, junto a misivas de Arguedas a la Dra. Lola Hoffmann, psiquiatra chileno-letona, que atendiera a ambos, aparentemente combinando la farmacología con el psicoanálisis. Este hecho explica que las cartas de Arguedas a la psiquiatra hayan terminado finalmente en manos de Murra. El volumen se completa con dos ensayos de Murra, uno de Mercedes López-Baralt, material gráfico, una cronología de José María Arguedas y una bibliografía final.

Antes de leer el libro nos asaltaban dudas acerca de la pertinencia de incluir material de un paciente a su psiquiatra, pero, o algunas misivas han sido omitidas, o son cartas "inofensivas" dirigidas por Arguedas a "mamá" Lola. Yo solía ser más bien condescendiente con cartas póstumas publicadas sin explícita autorización, puesto que, como dice Carmen María Pinilla:

> Publicar la correspondencia de una persona entraña una serie de problemas, de tipo ético sobre todo. Siempre existe la duda de si es válido hacer público algo escrito con una intención de intimidad. El tono y los temas que alguien confía a un amigo cercano son diferentes a aquellos

> que se escriben para ser publicados. Ante un amigo se vuelcan sentimientos que pueden corresponder a determinadas circunstancias o arranques emocionales, los que, en una actitud serena tal vez jamás se expresarían (9)

Pero el problema no termina aquí. En el caso de las cartas a la doctora Hoffman, hay diversas opiniones. El conocido antropólogo Henri Favre, personaje controversial,[1] ha manifestado:

> Yo soy severo con los que sacan provecho de su memoria, incluso provecho personal, como los que han publicado sus cartas privadas y hasta cartas protegidas por el secreto médico; las cartas que Arguedas remitió a su psicoanalista [Lola Hoffmann] son cartas –en todos los países civilizados– protegidas por el secreto profesional. La psicoanalista de Arguedas no tenía ningún derecho de comunicar estas cartas a otras personas, menos tenía el derecho de publicarlas. Y me asombro que la Universidad Católica no haya respetado la ética elemental, al publicarlas (21)

Técnicamente Favre está en lo correcto. Incluso, la práctica habitual es que los psiquiatras y, sobre todo, los psicoanalistas *destruyan* sus "historias clínicas" cuando dejan de ejercer (o sus pacientes ya no necesitan comprobadamente de tal información). Pese a esta norma, hay que reconocer que en estas páginas de Arguedas a la Dra. Hoffmann, nada hay que denigre a nadie (ni siquiera al paciente), nada que signifique un secreto infamante, o insultos, ofensas, ultrajes... ¿Interesan verdaderamente los somníferos (ahora seguramente obsoletos) que Arguedas usaba sobre

---

[1] Séame permitida una glosa sobre el Dr. Favre. En la entrevista transcrita critica a quienes "manipulan" a Arguedas. Pues, bien, el principal destinatario del más amargo poema de José María Arguedas, "Llamado a algunos doctores" es, junto con Mario Vargas Llosa, el más notorio manipulador de Arguedas. Si el objetivo principal –como lo he escrito en varias oportunidades– de *La utopía arcaica. José María Arguedas y las ficciones del indigenismo* (1996), es descalificar por completo al indigenismo como movimiento del siglo XX y "aplastarlo como chinche" (diría José María) con el cuento de la "aldea global", de un lado, y, de otro, más concreto, presentarse a sí mismo –y no a Arguedas– como el narrador peruano más importante del siglo, Favre coincide con Vargas Llosa en que quienes hemos convertido en un "héroe cultural" a Arguedas, lo hemos hecho para sacar "provecho" y manipular (no sé con qué propósito) "el recuerdo y la memoria de un muerto". Así mismo, Favre puntualiza en la entrevista: "Mis relaciones [con José María Arguedas] siempre fueron muy limitadas. [...] Yo había visto dos veces a Arguedas antes de esa comentada mesa redonda de 1965 que hoy en día ha sido mitificada. Fue de un nivel mediocre".

todo en los años sesenta: Dexamil (57); Medomina (76, 81, 93); Veparax (81); Dorpoman (81)?

Pasados cuatro años de absoluto silencio respecto al texto que comento, el 7 de junio del 2000, la periodista Jimena Pinilla Cisneros publica en *El Comercio* una nota informativa amplia, de gran utilidad para un público no especializado, en la que comenta la importancia de la donación por parte de Murra de las cartas sobre las que elaboró el libro aludido, ignorando el problema tratado en las presentas líneas.

II

La correspondencia de José María Arguedas con John V. Murra comienza con un "Muy estimado Dr. Murra", "Muy querido Dr. Murra", pero finalmente se instala en el inevitable "Mi querido John". A Murra, Arguedas le cuenta y le consulta sobre todo lo humano y lo divino: desde sus problemas psiquiátricos, sentimentales, etnológicos, de traducciones, el avance de sus trabajos antropológicos y novelísticos. Murra es un amigo sabio y bueno que lo ayuda y socorre constantemente con muchos encargos que, al parecer, encontraba tiempo para cumplir. La correspondencia incluye "intimidades/chismografía" acerca de colegas y actos concretos de éstos. Porque junto con críticas a profesores ya formados y la necesidad de cronicar la "evolución" de las cosas (especialmente en la Universidad de San Marcos) también José María critica –a veces con inusitada dureza– a gente joven (todavía no profesionales ni profesores por aquellos años). Algunos de estos "blancos" arguedianos han contestado estos treinta años con un devoción inconmovible hacia el escritor peruano. Un ejemplo de ello es el homenaje en la emisora "Solarmonía" (hoy Filarmonía) que en agosto del 2000 estuvo a cargo de un ahora cesante profesor universitario, quien, entre muchos gestos, organizó y publicó las actas de un riguroso congreso arguediano. En otros casos, algunos de los aludidos ya han muerto, pero –para sólo referirme a su larga etapa sanmarquina, previa a su afincamiento en la Universidad Agraria– debo afirmar que Arguedas es muy inflexible al juzgar a enemigos *y a amigos* (aparentemente con razón).

En efecto, se trató de un período muy duro: la promulgación de la Ley Universitaria de 1960 exacerba la pugna entre los "grupos en su área de San Marcos". Luis E. Valcárcel es conocido como "La Sombra" (40) y se verá obligado a renunciar al Decanato y quedarse con la dirección de un instituto estatal; y aun cuando Arguedas lo tilda de "la buena sombra", pocas páginas después lo llamará "timorato". Por otro lado, si bien Arguedas es duro, cae en lo mismo, al dudar si publicar el poema "A nuestro padre creador Túpac Amaru. Himno-canción" (1962): le pide a Murra su opinión "acerca de si podría ser interpretado como un llamado a la rebelión" (85). Así mismo, primero elogia a un colega: José Matos Mar "se ha creado enemigos con su formidable actividad" (34); más tarde ya no será tan elogioso: "Matos acaba de anunciar que se quedará un mes de paseo por Europa [...] ahora que ya no tiene poder en San Marcos y lo que se espera de él es sacrificio, valentía y pocos honores, parece que esto ya no le gusta, porque, además, tiene harto dinero. Se compró aquí un coche fino y se ha comprado otro en Europa, y le están construyendo aquí una casa". E inmediatamente agrega "Tú sabes como es Muelle. Tímido, casi patológicamente miedoso y yo que no soy ejecutivo" (63). El ciclo de Arguedas en San Marcos llega a su fin: Luis Alberto Sánchez preside la Asamblea, hace aprobar un Estatuto a su gusto y seguramente se hará elegir Rector. La gente se acomoda con el APRA y en el instituto de Arguedas tres sociólogos apristas, sectariamente, tratan de bloquear sus esfuerzos y los de los pocos colegas que lo acompañan. Las pugnas entre docentes abundan: Porras vence (con apoyo aprista) a Tauro; Puccinelli es acérrimo adversario de Matos. En la Universidad Agraria, Arguedas es nombrado Jefe del Departamento de Ciencias Sociales, y recibe moderada ayuda para sus investigaciones (esta vez en Chimbote). Luego será nombrado Director de la Casa de la Cultura del Perú.

III

El epistolario demuestra el profundo respeto intelectual y el gran cariño personal que Arguedas siente por Lola Hoffmann, su psicoanalista chileno-letona. Es una hermosa historia acerca de la amistad, que tiene la virtud de hacernos saber más de la doliente vida de José María Arguedas, campo sobre el cual sólo se tenía –discúlpenme la franqueza, diría Vallejo– información algo burocrática: Santiago es siempre un lugar bueno para escribir, dice, pero no lo dice como decía Hemingway: "La Habana era un buen lugar para escribir; también Venecia y la campiña italiana"; en Santiago está "mamá" Lola, para cuya sapiencia el escritor no concibe límites. Gran parte de la terapia es ayudarlo a escribir. "Mamá" Lola sabe que mientras Arguedas escriba –aunque diga sentirse mal– estará bien. Pero Arguedas es un profesor universitario; es decir, un hombre pobre, y no puede tomar frecuentes licencias (más los pasajes), para ver a la psiquiatra (que parece ser una psicoanalista "abierta", pues le prescribe a Arguedas sobre todo somníferos, que son puntualmente anotados en las cartas a Murra). Recién en los últimos años de su vida, Arguedas comienza a recibir sumas significativas por derechos de autor (sobre todo por las traducciones de *Los ríos profundos*). Por ello, una licencia de dos o tres meses, sin goce de sueldo es un descalabro económico familiar. En una oportunidad posterior, Juan Rulfo y un etnólogo amigo consiguen a Arguedas una beca de Investigador Senior por dos años, para que pueda psicoanalizarse con la debida continuidad y sin problemas de ninguna especie. Arguedas (no se sabe por qué) decide rechazar la oferta. Quizás intuyó que "México no es un buen lugar para escribir"...

Evidentemente sin entrar en detalles, Arguedas le cuenta a Hoffmann (y a Murra) sobre sus problemas con las mujeres, en general, y con Celia y luego Sybila, en particular. El libro contiene expresiones complementarias a las ya conocidas sobre su triste niñez y su concepción de la mujer; por ejemplo, le confiesa a Murra:

> Yo me crié casi sin hogar, huérfano, con una madrastra cruel y un padre vagabundo, por causa creo principalmente de sus desavenencias con su mujer. Pero mi padre era muy católico; un caballero a la antigua, puro, con el sentido clásico de la pureza moral, especialmente sexual. Para mí la mujer constituyó siempre, y sigue siendo, un ser angelical, la forma más perfecta de la belleza terrena. Hacerla motivo del "apetito material" constituía un crimen nefando y aún sigo participando no sólo de la creencia sino de la práctica. Sólo el verdadero amor puede dar derecho y purificar suficientemente el acto material. Parte de mis males vienen acaso de ciertos desajustes que se han producido en mi conducta con respecto a ese antiguo principio que yo amo y respeto. (50)

Pero el epistolario también está lleno de sorpresas: a comienzos de 1960 Arguedas sostiene un ardiente romance con "Beatriz", una dama chilena casada, motivo de "conversaciones" constante con "mamá" Lola. Luego, lenta y misteriosamente, "Beatriz" sale por el foro. Esta es una de las muchas "revelaciones" del epistolario que estamos comentando. Demos ejemplo de lo que dice de Celia y, luego, de Sybila, para oír la propia voz de Arguedas:

> Otro milagro es el de Celia. Es otra mujer ahora. Ayer nomás me decía: el día que tú quieras tu independencia yo me iré a un pueblo de la sierra de maestra de infantes. Parece que lo dijo con sinceridad. ¡Este es un milagro increíble! Siento por ella frecuentemente una piedad sin límites; pero ya no la quiero. Me atiende con la mayor solicitud, casi no me cela. ¿Cómo ha hecho usted ese milagro? Me ha dicho que le va a escribir uno de estos días? (82)

> Otra cosa que me causa angustia es haberme desligado totalmente de Celia y ella se porta con una abnegación extraordinaria. Si ella hubiera

> sido así desde el principio yo hubiera producido cinco veces y no tendría esos desequilibrios en grado peligroso. (88)

A Murra, por su parte, le dice tajantemente:

> Las invalideces de la niñez creo que fueron como amamantadas durante los 25 años de matrimonio en que estuve tan bien atendido por las dos señoras, generosas, muy protectoras y autoritarias. [Celia y su hermana Alicia]. Eso me dejó como necesitado de muletas hasta la médula. (158)

El cambio de esposa fue conflictivo:

> Ella [Lola Hoffmann] me aconsejó que me trajera a Sybila. Así se arreglaron las cosas para su viaje. Ha zarpado ayer y debe llegar el domingo. Pero ya en Lima empecé a temer en forma sorprendentemente angustiosa la llegada de ella, por la responsabilidad que significan los dos hijos, por el temor de mi salud siempre precaria, por la juventud de ella, por la resistencia de los amigos (por ejemplo, Carlos Cueto y Luis Felipe Alarco, que lo invitaban a sus casas, sin Sybila; José María tuvo la debilidad de ir, solo) a recibir a una mujer que no es todavía esposa. El temor se fue agudizando de tal modo que perdí el sueño; la familia de Celia y algunos amigos a quienes quiero mucho me han empezado a hacer la guerra desde ahora, no todos, pero muchos. La historia vulgar. [...] Que he dejado a Celia porque está ya vieja y enfermiza y yo con más dinero y prestigio. [...] La cosa me ha afectado. Estoy como huido. Únicamente Matos y Alberto Escobar han comprendido bien las cosas. (127-8)

## IV

En las cartas también hay material sobre la "infernal pelea" de Arguedas para llevar adelante tanto su obra literaria como antropológica. Cuando los problemas depresivos de Arguedas no son tan grandes, y no asoma todavía el suicida inminente de los últimos años, de todas maneras reflexiona: "Yo me vi casi bruscamente en los cincuenta años y ante la comprobación irremediable de que queda poco tiempo" (58). A su psiquiatra le escribe:

> Yo le envío dos ejemplares del cuento "La agonía de Rasu Ñiti" que escribí con la idea de suicidarme. Me despedí de la vida escribiendo ese relato que, como usted verá, es más un canto a la vida que a la desesperación. (77)

Sin embargo, en esa misma carta le da a "mamá" Lola buenas noticias:

> *Los ríos profundos* fue seleccionado para el premio Faulkner y he recibido de Gallimard un propuesta de su traducción al francés. También se está traduciendo *El Sexto*. Si recibo alguna carta de Santiago (de "Beatriz", su

amor de esa época) creo que me levantaré hasta alcanzar la altura de mis mejores tiempos. (77)

El tema de la autodestrucción ha aparecido. Por ejemplo, (a "mamá" Lola): "He pasado un día muy pesado. Felizmente mañana la veo (a B.). Esta lucha contra la muerte es la más brava de todas. Pero tengo buenos aliados" (92). Más tarde, cuando llegue la feroz época de la escritura de *El zorro de arriba y el zorro de abajo,* el tópico de escribir como única manera de conservar la vida se hace asfixiante. Arguedas no sólo da noticias (y ejemplares) de "La agonía de Rasu Ñiti" a Murra y a Hoffmann, también en su momento les informa de la problemática según avanza la escritura de *El Sexto,* diciéndoles, muy lúcidamente, que la novela no gustará a la derecha, a los apristas ni a los comunistas. También hay reportes sobre el avance de *Jonás* (*Todas las sangres*). Arguedas no fue (salvo muy joven) un escritor "ingenuo": no se le escapa la importancia de la novela voluminosa que está escribiendo. Y si bien siempre se quejó de su "falta de formación académica" (8), en esto es refutado por Murra: las "ventajas profesionales" que otros pueden llevarle son compensadas en exceso por cualidades como antropólogo que nadie tiene como Arguedas.[2] Según avanza la correspondencia, vemos cómo *Jonás* compite con la escritura de la investigación que constituyó su tesis doctoral luego publicada por la Universidad de San Marcos –*Las comunidades de España y el Perú* (1968)– recientemente reeditada en España. Hay, además, rica información acerca de los problemas en la traducción de *Dioses y hombres de Huarochirí* (1966).

Llegado a este punto, séame permitida una nota disonante. Aunque quizás una mayoría de los "peruanistas" extranjeros se documenta prolijamente en nuestro contexto cultural (pienso, al azar, en los italianos Roberto Paoli y Antonio Melis), muchos "peruanistas" extranjeros piensan que se puede obviar consulta alguna con especialistas peruanos y desconocen "quién es quién en el Perú".[3] Así, para casi todos los nombres

---

[2] En uno de sus ensayos finales, Murra opina que tanto a la tesis doctoral como a *Todas las sangres* les hubiera beneficiado una "poda". Nos parece que esto tal vez sea correcto en el primer caso, pero no en el segundo.

[3] No escogemos trabajos menores para ilustrar el aserto anterior. En 1981 se publicó el libro *Peruvian Literature. A Bibliography on Secondary Sources,* del reputado profesor David William Foster. De él hicimos, en su momento, un detallado comentario en una reputada revista académica ("Una contribución bibliográfica *mayor* sobre la literatura peruana"). El título de mi comentario lo indica: se trata de una contribución fundamental al poco trabajado campo de la bibliografía peruana. Hoy, habiendo pasado más de veinte años sin que se publique trabajo similar o

citados hay alguna información, pero los editores no saben quiénes son Javier Sologuren y Washington Delgado, por ejemplo. Y la leyenda de la foto del acto en que se nombró a Murra Profesor Honorario de San Marcos menciona hasta a los colegas más jóvenes, pero identifica al Dr. Tamayo Vargas, que como decano de la Facultad de Letras presidió la ceremonia, como "arqueólogo delegado del rector". Para los peruanos, Augusto Tamayo Vargas no sólo fue decano de Letras de San Marcos sino, también, presidente de la Academia Peruana de la Lengua, Director del Instituto Nacional de Cultura, de la Sociedad Bolivariana (y muchos etcéteras). Además, fue un notable crítico e historiador de la literatura peruana, poeta, narrador y amigo y compañero de generación de Arguedas, con quien, y algunos coetáneos más, editó la importante revista *Palabra*.

En el texto, el "aparato crítico" se resiente por una visión muy poco "peruanista". Digámoslo de la manera menos desagradable: si bien es lógico que entre los científicos sociales ocupe un lugar destacado Alejandro Ortiz Rescaniere, nosotros no compartimos la implícita "pirámide intelectual" que después de él encabeza Duccio Bonavía. Para terminar, si hay en esa década final de Arguedas otros jóvenes antropólogos, sociólogos, historiadores que destacar, ¿por qué no hacerlo? En todo caso no entendemos el no haber seguido la lógica que hubiese dado como resultado *por lo menos la colaboración en la redacción de las notas* de un compatriota de José María Arguedas. Hay aspectos no "científicos" sino meramente factuales, culturales, en los que, obviamente, hubiera estado mejor informado que un extranjero, especialmente si se tratara de un arguedista. Aclaremos que, aparte de la monumental *gaffe* aludida en relación a Augusto Tamayo Vargas, no hemos encontrado hecho mayor que merezca ser mencionado.

---

mejor, lamentamos nuevamente que el profesor Foster no se hubiera molestado en contactarse con un joven colaborador peruano. Y eso que como buen cazador pone primero el *parche*: "I acknowledge in advance the disappointment or surprise of the user over some of the authors who are not represented" (viii). Lo cual, desde luego, vemos muy claramente en los veinte años que han pasado. Por ejemplo: Carlos Germán Belli y Washington Delgado son incluidos, pero otros importantes poetas y escritores de su "generación" no: Alejandro Romualdo, Blanca Varela, Carlos Eduardo Zavaleta (y entre los que son un poco mayores, Javier Sologuren y Jorge Eduardo Eielson). Y para terminar con el punto y para ser consecuente con lo que escribo por más de veinticinco años, falta una figura mayor, "clave": José Díez-Canseco. Pero es el cúmulo de pequeñas (o medianas) fallas lo que produce desconcierto en el libro de Foster: al poeta Francisco Bendezú Prieto se le convierte en hermano de Edmundo Bendezú Aibar, y, de una costilla de este último sale otro hermano, "Eduardo" (307), hay decenas de ejemplos parecidos.

## V

Sólo me queda reafirmar la indudable importancia de este epistolario,[4] el cual junto al valioso material aparecido en la última década, brinda información de primera calidad para la construcción de una sólida biografía de José María Arguedas y para entender muchos actos de su vida. Me refiero, claro está, a las cartas de Arguedas a Manuel Moreno Jimeno, editadas por Roland Forgues en 1993, de marcado tono amical, "horizontales", entre iguales; la correspondencia con José Ortiz Reyes y Alejandro Ortiz Rescaniere; y la que sostuvo Arguedas con Pedro Lastra, la cual cubre los conflictivos y dolorosos años finales (1962-1969). Menos espectacular y reveladora es, sin embargo, ejemplar como edición. Por todo lo dicho, al llegar a estas páginas finales, tengo que mostrar mi asombro por el hecho de que nadie haya "iniciado", ni siquiera parcialmente, el inevitable trabajo de elaborar una "biografía integral" de José María Arguedas. ¿Qué pretenden? ¿Que las palabras de Vargas Llosa, fundamentalistas, queden como lo último que sea dicho? ¿Que cuando él pontifica: "*Todas las sangres* es la peor novela que escribió José María Arguedas", esto sea un punto final? Algunos libros, artículos y tesis recientes indudablemente cuestionan ese juicio. ¿Mildred Merino de Zela tenía la exclusividad? Me temo que he sido injusto con ella. Lo que hizo, lo hizo bien; no ha querido hacer más o la bibliografía *sobre* José María Arguedas resultó demasiado para ella. Recordemos la historia: en diciembre de 1970, la *Revista Peruana de Cultura,* en su número 13/14 dedicó un *Homenaje* a José María Arguedas. En ese volumen, Mildred Merino de Zela publica una "Vida y obra de José María Arguedas". Es un buen aporte biográfico (algo sintético) con una abundante recopilación, clasificada, de sus escritos no-literarios. Lo que *no* debió hacer la autora, mucho después, fue publicar un folleto titulado *José María Arguedas. Vida y obra.* Un libro de esa envergadura no se puede publicar sin indicación del editor y, sobre todo, sin fecha. Pero todo sale a relucir: se trata de la "bibliografía" del volumen que "armó" Mario Vargas Llosa para la reputada colección de la Biblioteca Ayacucho, cuyo título no se sabe si es *Los ríos profundos* o *Los ríos*

---

[4] Un tema interesante sería el de considerar si el libro se hubiera enriquecido considerablemente si hubiera sido una verdadera *Correspondencia* de ida y vuelta, incorporando a él el mayor número de las cartas de Murra a Arguedas. Al paso, se informa en el libro que "Murra no conserva copias (...) de sus cartas a Arguedas" (241). El modelo en el Perú es la estupenda *Correspondencia,* en dos tomos, de José Carlos Mariátegui. Amigos e Institutos hubieran colaborado con la labor. Humberto Damonte, que administra el archivo de Sybila, hubiera sido de gran ayuda.

*profundos y selección de cuentos* (contracarátula). Sucede que esta edición es una falsedad académica. Vargas Llosa reproduce textos publicados tres y cuatro veces. Para justificar la "paga del soldado" presenta un "prólogo" a una "sección" de cuentos de Arguedas, también tres o cuatro veces editado, con lo que elimina la posibilidad futura de un tomo con los *Cuentos completos* de José María Arguedas. Resultado: una edición que no aporta absolutamente nada y es la única "edición crítica" conocida cuyo título no se puede saber a cabalidad. En cuanto a la bibliografía que presenta Vargas Llosa, es la misma de Mildred Merino más "cuatro entradas". En realidad, ni uno ni otra asumen la responsabilidad de la fecha de "corte" de la bibliografía. Por ello, se puede afirmar que a la bibliografía del volumen titulado *Los ríos profundos* (?) de la *Biblioteca Ayacucho* le faltan por lo menos treinta títulos (incluyo tesis universitarias, muchas de ellas ubicables fácilmente).

El epistolario que hemos glosado será de lectura indispensable para los seguidores de la obra de José María Arguedas, y viene a enriquecer nuestra comprensión biográfica del más importante narrador peruano del siglo XX, y nos acerca, por lo menos en el plano biográfico, a un Arguedas total.

## Bibliografía

Arguedas, José María. *Cartas de Jose María Arguedas a Pedro Lastra.* Edgar O'Hara, ed. Santiago: Lom Ediciones, 1997.

_____ *Las cartas de Arguedas.* John V. Murra y M. López-Baralt, eds. Lima: Pontificia Universidad Católica del Perú Fondo Editorial, 1996.

_____ *José María Arguedas, recuerdos de una amistad.* Alejandro Ortiz Rescaniere, ed. Lima: Pontificia Universidad Católica del Perú Fondo Editorial, 1996.

_____ *José María Arguedas: la letra inmortal: correspondencia con Manuel Moreno Jimeno.* Roland Forgues, ed. Lima: Ediciones de los Ríos Profundos, 1993.

_____ *Los ríos profundos.* Caracas: Biblioteca Ayacucho, 1978.

Escajadillo, Tomás Gustavo. "Una contribución bibliográfica *mayor* sobre la literatura peruana". *Revista de Crítica Literaria Latinoamericana* 18 (1983):107-14.

Favre, Henri. "No manipulen a Arguedas". Entrevista de Pedro Escribano ("Controversia"). *La República,* 15 set. 1996: 21.

Foster, David William. *Peruvian Literature: A Bibliography of Secondary Sources.* Westport: Greenwood Press, 1981.

Mariátegui, José Carlos. *Correspondencia. (1915-1930).* 2 Vols. Introducción, compilación y notas de Antonio Melis. Lima: Empresa Editora Amauta, 1984.

Merino de Zela, Mildred. "Vida y obra de José María Arguedas". *Revista Peruana de Cultura* 13/14. *Homenaje a José María Arguedas.* 1970: 128-78.

Montoya, Rodrigo, comp. *José María Arguedas, veinte años después: huellas y horizonte, 1969-1989.* Seminario "La Cultura en el Perú". Escuela de Antropología, Facultad de Ciencias Sociales de la Universidad Nacional Mayor de San Marcos. Lima: Escuela de Antropología, Facultad de Ciencias Sociales de la Universidad Nacional Mayor de San Marcos, 1991.

Vargas Llosa, Mario. *La utopía arcaica. José María Arguedas y las ficciones del indigenismo.* México: Fondo de Cultura Económica, 1996.

_____ "Ensoñación y magia en Los ríos profundos". José María Arguedas. *Los ríos profundos.* Caracas: Biblioteca Ayacucho, 1978. ix-xiv.

Mariátegui, José Carlos. La [illegible] ... 1970–1895 ... Valencia [illegible] ... de Melis, [illegible] ... 1984.

Miranda [illegible], Mildred de la ... obra de José Martí ... [illegible] ... 1970 ... 1979.

Montoro ... [illegible] ... 1969 ... Antropología ... Facultad de ... [illegible] ... Nacional ... 1991.

[illegible] ... José Martí ... [illegible] ... 1979.

——— [illegible] ... José Agustín [illegible] ... 1982 ... [illegible].

# *Tercera parte*
# *Residuos y visiones*

# *Los ríos profundos*: aclaraciones hacia el futuro

*Isabelle Tauzin-Castellanos*

Como escribe Antonio Cornejo Polar a propósito de la novela indigenista, en *Los ríos profundos* "se comprueba cómo confluyen, conflictivamente por cierto, una conciencia que percibe el tiempo desde una perspectiva mítica y otra que intenta proponer un punto de vista histórico, basado en la racionalidad del devenir social y humano"(75). Dominar el tiempo, saber qué pasará en el porvenir son proyecciones que se presentan bajo la forma de una tentación constante en la segunda novela de José María Arguedas. No faltan los profetas y cada uno de los videntes improvisados va ofreciendo su interpretación del futuro. Tales visiones predictivas son las que estudiaré en un primer momento; aparecen en los capítulos titulados "Quebrada Honda", "Cal y canto" y "Los colonos". En busca de las proyecciones hacia el porvenir enfocaré de forma más detallada la historia de Felipa, la cabecilla de las chicheras para descontruir el entramado épico que explica la supervivencia literaria de *Los ríos profundos*.

## 1. El tiempo de las predicciones

"Quebrada Honda", el capítulo 8 de la novela, es el espacio textual dedicado a las predicciones que han de resolver insoportables incertidumbres después del motín de las chicheras. El título es un topónimo que recuerdan numerosos huaynos a causa de los accidentes ocurridos en ese paso escabroso entre Abancay y Cusco. Fue aludido en el primer capítulo por el calor y los mosquitos que lo hacen insoportable (*Los ríos* 171), y está citado en "Cal y canto":

> Si pasa por las orillas del Apurímac, en "Quebrada Honda", el sol lo derretirá: su cuerpo chorreará del lomo del caballo al camino, como si fuera cera. (*Los ríos* 342)

Gracias a la iteración, antiestética según los cánones de la tradición literaria escrita, pero de suma eficacia para la lenta memorización a la que procede el lector conforme se adentra en la novela, la expresión "Quebrada Honda" abarca dos sentidos, uno concreto y también tiene otro metafórico, ya que los personajes están al borde de un precipicio. El Colegio, espacio definido por una antonomasia,[1] se convierte en infierno después de la blasfemia proferida por el director y que es imposible de transcribir:

> El Padre dijo algo y la mujer lanzó un grito: –¡Maldita no, padrecito! ¡Maldición a los ladrones! (*Los ríos* 273)

Tres personajes anuncian entonces el porvenir; esos profetas van a ser Ernesto, el protagonista; Palacios, "el único alumno del Colegio que procedía de un ayllu de indios" (*Los ríos* 218), y el portero. La profecía difiere de la ensoñación esperanzadora a la que está propenso el héroe; constituye una forma de discurso autoritario que los oyentes no pueden contradecir. El futuro del indicativo se sustituye al modo potencial mientras las exclamaciones traducen la certeza del vidente:

> ¡No habrá escarmiento! ¡No habrá escarmiento! ¡Vivirá doña Felipa!, exclamé yo, voceando para mí mismo, al tiempo que el zumbayllu giraba en la tierra. (*Los ríos* 305)

Hechizado por el movimiento infinito del trompo, Ernesto interpreta el zumbar del juguete como si estuviera hablando y hace suyo el mensaje que cree oír:

> El zumbido fue haciéndose más intenso, penetraba en el oído como un llamado que brotara de la propia sangre del oyente.

La predicción anuncia el fracaso de la represión y la salvación de doña Felipa; a este primer anuncio de desenlace va a aferrarse el lector.

Sin embargo, cuando Palacios, testigo de la agresión contra el hermano Miguel, está dominado por el pavor y teme las manifestaciones de la cólera divina, la visión optimista de Ernesto se ve reemplazada por una nueva predicción: la del fin del mundo. Dudando al principio, Palacios se serena

---

[1] La mayúscula de "Colegio" ya figura en la primera versión de "Zumbayllu" publicada como un avance de la novela en el primer número de la revista *Letras Peruanas* (1951).

luego y profetiza el advenimiento de la nada a sus compañeros repentinamente unidos como hermanos por el sentimiento de la impotencia:

> ¡Qué habrá! ¡Lloverá quizá ceniza! ¡Quizá la helada matará a las plantitas! ¡El cielo va a vengarse, hermanitos! [...] ¡Ahora pues váyanse, escapen; ahí está la puerta! (*Los ríos* 319)

La profecía resulta elíptica; la muerte está anunciada pero la forma de la represión sigue sin definirse, indecible y tanto más espantosa cuanto que está envuelta en la incertidumbre ("van a apretar Huanupata", 319). La profecía alcanza el recuerdo sepultado en las memorias, olvidado en una fecha insegura. Pasado, presente y porvenir parecen reunirse y el instante trágico se explica de forma retrospectiva por alguna influencia maléfica:

> Se cumplía quizá un presagio antiguo, o habrían rozado sobre el pequeño espacio de la hacienda de Patibamba que la ciudad ocupaba, los últimos mantos de luz débil y pestilente del cometa que apareció en el cielo, hacía sólo veinte años. (320)

Tal indicación permite ubicar la acción en 1930, veinte años después del paso del célebre cometa Halley en 1910, fecha a la que remiten precisamente los colegiales al recordar una terrible represión:

> Dicen que viene un coronel que estuvo en Huanta y que quinteó a los indios en el panteón. [...] Así quintearon a los indios en el panteón. –¡Animal; eso fue en 1910! (*Los ríos* 319)

En el mismo año, cabe recordar que Abancay fue tomada por un hacendado rebelde, David Samánez, quien llegaría a gobernar el Perú en 1931 y cuyo apellido aparece sorpresivamente en boca del personaje de Antero a la hora de reivindicar su hombría ("Soy Antero Samánez", 368).

Ahora bien, en Huanta, la revuelta más famosa no ocurrió en 1910 sino en 1896 según apuntan anales e historiadores y la causa de la sublevación fue la instauración de un impuesto sobre la sal. Inspiró numerosos huaynos, recordados por Jorge Basadre en su *Historia de la República del Perú* (2266-2267).

En 1911 nació José María Arguedas; para el escritor, como para los colegiales abancainos, el año de 1910 está fuera de la historia personal, como una época lejanísima, un tiempo de los orígenes; se sitúa en la vaguedad del *illo tempore*. Arguedas superpone tiempos, fechas en *Los ríos profundos* como lo hará más adelante en *Todas las sangres*, confundiendo a algunos sociólogos y críticos empecinados en un realismo que no tiene nada que ver con la perspectiva arguediana. Esa confusión de tiempos está corroborada por el testimonio del escritor, quien evocó en una entrevista la fecha de 1924-1925 para la escena de la represión en el cementerio de Huanta:

> Vive en los indios el recuerdo digno de terror del escarmiento de 1924-1925. Eso está dentro de la tradición viva. Y mucho más tarde aquí se tenían recuerdos muy frescos de las matanzas que hizo el coronel González en el panteón. (Ortega 107)

La exactitud histórica no importa ya que el orden cronológico no corresponde a la percepción humana de la temporalidad que no mide los hechos con la objetividad e indiferencia de un calendario. Todo se convierte en seña para el protagonista, de modo que sin tregua se esmera en descifrar el sentido secreto de los sucesos.

El personaje del portero que anuncia el castigo divino sobre Abancay aun no tiene nombre; ese humilde chasqui desempeña el papel del mensajero de la tragedia griega. Pese a varias apariciones, no recibirá el nombre bíblico de Abraham hasta el último capítulo, enlazando así el drama que sucede en el espacio andino con el Génesis. En el mismo capítulo se nombra al tío del protagonista, Manuel Jesús, un nombre doblemente cristiano que recuerda al pariente del autor pero sobre todo enfatiza a modo de ironía trágica el desajuste entre la vocación altruista sugerida por el nombre y la realidad de la opresión.[2] La palabra "tío" está empleada en sentido amplio en momentos de definir el parentesco existente entre Ernesto y el anciano cusqueño, pues evidentemente ese pariente ya mayor no es hermano de Gabriel, el padre del protagonista, o tal vez pueda aparecer como un hermanastro ya que el motivo del viaje al Cusco fue "un gran proyecto" (*Los ríos* 140). Desengañado después de volver como el hijo pródigo, Gabriel prefiere renunciar a "exprimir un maldito" (142) y quedarse sin hacienda vagabundeando como un nuevo "Judío Errante" (195) obligado a otro éxodo.

---

[2] Arguedas escribe en 1938: "Un año llegué a los valles del Apurímac. Allí tenía haciendas un pariente lejano de mi padre. [...] Este viejo *tenía 400 indios* en sus tierras. La indiada vivía en las alturas de los cañaverales; bajaban por turnos a trabajar en las haciendas de 40 en 40. Los indios eran del viejo, como las mulas de carga, como los árboles frutales. Los indios le tenían miedo al dueño, como al diablo, temblaban cuando el viejo gritaba", "Canto kechwa con un ensayo sobre la capacidad de creación artística del pueblo indio y mestizo", recopilado por Carmen María Pinilla (*¡Kachkaqniraqmi!* ... 91).

La reaparición del portero en "Los colonos" servirá para actualizar el anuncio de la represión hecho en "Quebrada Honda"; el genocidio perpetrado en Huanta y vuelto legendario será recordado entonces con un canto que denuncia al autor de las masacres:

> [Romero] tocó el huayno, dedicado al coronel Ramírez que hizo quintear a los indios en el panteón. (*Los ríos* 436)

Patriarca del colegio, Abraham cometió el crimen de lesa humanidad al violar a Marcelina. La muerte se presenta ante él como un castigo divino mientras que Marcelina, como todos los pobres de espíritu, va a ser recibida en el Cielo ("La finada defendería a otros desde el paraíso [...]. Ya en la gloria no se acordaría de lo que ha sufrido", 437). La palabra de Abraham se convierte en otra profecía, presentimiento de un futuro ineludible cuya fuerza transmiten las oraciones breves, las exclamaciones y el ritmo entrecortado:

> ¡Me estará llamando! En dónde también me encontrará; Dios le ayuda ahora. Ya no hay salvación. (*Los ríos* 437)

De modo indirecto se entera el lector de que ese personaje se expresa en quechua ("oyendo hablar en quechua", 437). Como un efecto de realidad, por la alteración de la sintaxis y los calcos semánticos, Arguedas crea lo que se puede llamar un efecto de traducción, generando una sensación de extrañeza y agudizando la tensión predictiva.

Víctima de una suerte de alucinación, Abraham describe su propia muerte, su entierro en medio de la indiferencia y su relegación en una hornacina del panteón con una señal de infamia que lo condena para siempre:

> El panteón no más es mi camino. Allá ¡de frente! Mi calavera van a echar, seguro, después de años, a una ventana del cementerio. Si tú vas a mi pueblo, cuando seas grande, búscala, niño. Tendrá un verde en la frente, le rompes esa parte con una piedra, y me entierras, aunque no sea en hondo.[3] (*Los ríos* 437)

---

[3] En junio de 2004 la fabulación de Abraham parece confundirse con la vida misma del escritor, observó la linguista quechuahablante Gabina Córdova. Treinta y cinco años después de su muerte, el cuerpo de José María Arguedas ha sido exhumado del cementerio de Lima y trasladado a Andahuaylas para ser enterrado en su ciudad de origen, recorriendo así en sentido contrario las carreteras de la infancia. En Lima se armó toda una polémica que duró hasta la llegada triunfal en Andahuaylas de los restos del escritor, acogido por la población entusiasta y deseosa de cuidar no a un hermano perdido sino a un Papacha por fin vuelto entre los suyos.

Sólo la mano inocente de Ernesto, purificado junto a Marcelina, podrá dar la paz al cuerpo del portero sepultándolo.

La muerte invade el espacio del último capítulo con el relato de la agonía de Marcelina (*Los ríos* 428-429), el recuerdo de las epidemias (425) y la proyección por el héroe narrador de su propio entierro (440). Desde la revuelta de las chicheras, el lector presencia una catástrofe que parece no tener fin, un nuevo *pachacuti*, un cambio a la vez de tiempo y de espacio. La predicción siembra la duda mientras que las certezas del narrador, a la vez vidente y protagonista, parecen develar el porvenir. La profecía es involuntaria, espontánea y evidencia el dominio absoluto del miedo.

## 2. Destinos de Felipa

Cuando el protagonista no puede ver qué sucede, la imaginación y el testimonio ajeno vienen a liberarlo mentalmente del encierro, de modo que prevé el futuro pese a la imposibilidad física de actuar.

En dos oportunidades Ernesto está castigado, obligado a quedarse en el colegio, imposibilitado de participar en alguna acción liberadora. El oído se sustituye entonces a la vista y la narración de los sucesos pasa a ser indirecta, sin que disminuya la intensidad del drama. Así es como la percepción auditiva prevalece en la narración de la represión y la invasión final de Abancay.

Volvamos al primero de estos episodios. La represión del motín es referida por un testigo. La oralidad se impone para acceder al conocimiento; los rumores populares resultan una fuente de información valiosa aunque indirecta; enfatizan la valentía de las mujeres capaces de emascular por la palabra al oficial encargado de la represión:

> Un externo, amigo del "Iño" Villegas, entró al Colegio por el postigo del zaguán. [...] –Están zurrando a las chicheras en la cárcel –dijo–. Algunas han chillado duro, como alborotando. Dice que las fuetean en el trasero, delante de sus maridos. [...] ¿Qué hechor le ha sacado su porquería? ¡Viva el hechor! ¡Le hará parir al Coronel, por Diosito! –ha dicho una de las chicheras; una de las que fueron a Patibamba. (*Los ríos* 336-337)

El coro de las voces anónimas crea un efecto de amplificación de modo que la dimensión individual está superada a favor de lo sobrehumano. El enfrentamiento entre hombres y mujeres, soldados y chicheras, tiene un alcance simbólico y representa también una confrontación con las divinidades pues Felipa está protegida por el río, el monte y la selva, obstáculos sobrehumanos que detienen a los guardias.

Ya que el lector carece del testimonio directo del héroe, se conforma con la versión de los sucesos que proporciona el coro después de la revuelta:

> Dicen que ha huido de noche. [...] Dicen que tiene parientes en Andahuaylas. –¿Dicen que llevaba fusiles? –Por eso la persiguen tantos. (*Los ríos* 337)

El anuncio de la huida de Felipa abre el espacio y el tiempo. La memoria afectiva que, a partir de una sensación, resucita el pasado, deja paso a la anticipación mental. Una sucesión de impresiones visuales se convierten en serie de imágenes virtuales. Por contigüidad y no de forma lineal, una red de impresiones genera como un círculo concéntrico de imágenes. Ernesto, preocupado por la suerte de la rebelde, impotente, se halla sumido en la contemplación de un enjambre de moscardones que horadan los pilares. Las picaduras en la madera y el color oscuro favorecen por analogía la emergencia de otra visión: la imagen de la cara llena de hoyos de Felipa, como tuerta y capaz de detectar la presencia de un insecto con el talento de un tirador de primera que apunta al enemigo:

> Mientras yo seguía con los ojos el vuelo lento de los moscardones, quizá ella apuntaba mirando hasta descubrir aun a las hormigas, sobre el camino de enfrente. Apuntaría con su ojo pequeño, que ardía como un diamante, en su enorme rostro picado de viruela. (*Los ríos* 338)

Lo imaginado impresiona tanto como lo real. Los modos verbales de la realidad y de la conjetura se confunden aquí, de suerte que el indicativo se impone al condicional y un narrador omnisciente se sustituye a la voz de Ernesto para contar la inútil persecución de la fugitiva.

La chichera no es una figura cualquiera; resulta engrandecida gracias a las pruebas por las que pasa, consagrada por el honorífico título de "doña" que la convierte de alguna manera en reina de las chicheras amazonas en el momento preciso en que ordena el reparto de la sal:

> ¡Doña Felipa! ¡Doña Felipa! –corearon todas, despidiéndose de la cabecilla. Ella no se había olvidado de los pobres de Patibamba. Con la violencia del éxito, ninguna otra se había acordado de ellos. (*Los ríos* 278)

El nombre de Felipa se relaciona analógicamente con el concepto de reparto en los Evangelios,[4] una lectura omnipresente en los colegios religiosos como el de los mercedarios de Abancay donde estudió José María Arguedas y cuyo recuerdo asoma en varias oportunidades, en especial

---

[4] El apóstol Felipe presenció la multiplicación de los panes al lado de Jesús.

cuando aparece el padre Linares, con sus "vestiduras blancas [que] se destacaban entre los rebozos multicolores" de las chicheras (*Los ríos* 272).

La sal que distribuye doña Felipa constituye la única riqueza minera del departamento del Apurímac;[5] fue el motivo de la trágica revuelta de Huanta a la que aludiera Manuel González Prada en el ensayo titulado "Nuestros indios" de 1904.[6] Simboliza la vida porque es imprescindible para conservar los alimentos y también entra en la preparación de la chicha según Santiago E. Antúnez de Mayolo (*Los ríos* 90). El cretinismo que padece Marcelina, afeada como los "gordos cuellicortos" (352), puede incluso relacionarse analógicamente con los signos del bocio, una enfermedad característica de los valles apartados, carentes de la sal que necesita el cuerpo humano.

La rebelión de las chicheras representa la defensa de la vida y de los dones de la tierra, la Pacha Mama que asegura la subsistencia, contra el peligro del acaparamiento y la hambruna. Cuarenta mulas, un número hiperbólico, estaban listas para llevarse los costales de sal como los cuarenta ladrones de las *Mil y una noches*; sólo la vigilancia femenina evita la expoliación del pueblo.

Doña Felipa lleva los colores virginales en su primera aparición ("monillo azul adornado con cintas y piñes", 271; "albayalde blanquísimo del sombrero recién pintado", 271), enfrentándose al padre Linares. La chichera plasma la feminidad y el don de sí con aquel pecho generoso, indicio de fuerza y salud en una población en la que hombres y adolescentes presentan un aspecto enfermizo. La apariencia física de Felipa la transforma en un ser excepcional, un personaje que está en los linderos de lo monstruoso ("su ojo pequeño", "su enorme rostro", 338). Tal desmesura ciclópea refuerza la tonalidad épica. Así como sobrevivió al flagelo de la enfermedad, a la viruela, doña Felipa vencerá el acoso de los hombres. En el momento de la persecución, las cabecillas son tachadas de machorras por los guardias ("Las machorras nos van a cruzar el puente a tiros. Ya lo han calculado", 339), una palabra despectiva que remite a la esterilidad femenina y contesta a la amenaza de emasculación proferida contra el oficial encargado de la represión ("¿Qué hechor le ha sacado su porquería? ¡Viva el hechor! ¡Le hará parir al Coronel, por Diosito!", 337). El narrador

---

[5] "Apurímac sólo tiene figuración en las estadísticas mineras como productor de sal" (Cortázar 138).

[6] La misma rebelión fue estudiada en una monografía editada pocos años antes de la publicación de *Los ríos profundos*. Véase Patrick Husson, 138-142.

prevé la apoteosis de la rebelde bajo la forma de un salto al vacío y un anegamiento en el río: el aire y las fuerzas telúricas serían reunidas en aquel instante y la humanidad se integraría nuevamente a la naturaleza, a la Tierra ("caerá al Pachachaca, desde lo alto del precipicio", 338). Pero ese desenlace trágico y grandioso, que el lector acaba de visualizar por lo preciso de los detalles, luego será descartado.

Otro destino es referido para doña Felipa más adelante aunque se desconoce primero la fuente de la información; así se crea una confusión entre los puntos de vista, un efecto de interferencia entre la perspectiva de Ernesto y otro enfoque que sigue impreciso ("Pero supimos que sus persecutores encontraron una de las mulas", 338; "La historia la contaron muchos en Abancay", 340).

El engarce de las perspectivas, la fusión entre el relato en primera persona y el rumor fortalecen la tensión dramática. No se trata en absoluto de un resultado del azár ni de alguna imprevisión del autor. Arguedas dista mucho de ser un aprendiz de novelista desinformado de la reflexión crítica y desatento a los efectos estilísticos. Colaborador de la revista *Letras Peruanas* que presenta en los años '50 los mejores trabajos en el campo de la literatura, la filosofía y la etnología, en una carta a Jorge Puccinelli, el 11 de setiembre de 1955 el escritor peruano reacciona y se impacienta contra la malevolencia de algunos críticos para con su obra:

> No me extrañó mucho que Sebastián Salázar Bondy afirmara que yo escribía "más allá del error y de la ignorancia", a la manera de un iluminado o de un autómata, porque el Flaco es vehemente y apresurado; pero que en tu revista, el crítico Telémaco –que a juzgar por el estilo parece ser un colega mío– afirme que aspira a verme ingresar al "seno de una literatura de medios conscientes" me ha hecho lanzar una interjección: ¡Cómo diablos pueden suponer los doctores en crítica que un novelista escriba sin tener conciencia de los medios que emplea para interpretarse! (Forgues 53)

Esos medios son los que vamos a analizar con la simbología y la construcción épica.

### 3. Símbolos y epopeya

El doble desenlace, la incertidumbre acerca de la muerte de doña Felipa, su anegamiento o huida exitosa, dramatizan la situación. Contra las fuerzas del Mal identificado con los guardias, un coro inasible empieza a cantar y proyecta hacia el porvenir una amenaza infausta en momentos en que doña Felipa llega a ser invisible. El hiperrealismo macabro de la mula destripada se sustituye a la imposible castración del coronel. La violencia está exacerbada por los detalles del descuartizamiento del cuerpo que refuerzan la dimensión épica.

El rebozo de doña Felipa ondea como un símbolo de vida; desempeña el papel de bandera de la rebeldía y oculta el sudario que suele estar en las cruces andinas al lado de otros objetos también emblemáticos de la Pasión de Cristo. El cabestro colgado por las chicheras hacia el precipicio ("de una de las cruces de piedra caía al fondo del río un cabestro", 338) es signo de mal agüero; predice la caída vertiginosa del enemigo. Felipa, en cambio, se confunde con el Pachachaca todopoderoso y perenne:

> –¿Por quién crees que está el Pachachaca? [...] –Parece que está de parte de doña Felipa. (*Los ríos* 345)

El destino de la chichera deja de ser individual y solitario. Con la aparición del coro, la dimensión colectiva se impone al mismo tiempo que la narración se teatraliza. Las aventuras de los colegiales pasan a segundo plano, importando menos que la epopeya del combate eterno entre las fuerzas del Bien y las del Mal.

Felipa personifica las aspiraciones de una comunidad innumerable como son incontables e irreprimibles las voces que defienden a la cabecilla ("en los caseríos próximos, coros de mujeres cantaron el mismo jarahui", 340). Se ha vuelto intocable y está dotada de ubicuidad ("No la pudieron encontrar", 405); trasciende la muerte y alcanza la inmortalidad gracias al huayno coreado. Siendo mujer, en la sociedad andina como en la occidental, Felipa es el punto débil, el elemento dominado. La causa del motín parece ínfima, nada más que la sal. Como en los cuentos infantiles, esta debilidad e infimidad se convierten en poderes y se resuelven las oposiciones irreductibles.

Felipa, mestiza y dueña de una chichería, es una figura socialmente marginada como Marcelina y Ernesto. Ernesto ha sido abandonado como un huérfano en el colegio y Marcelina "no era india, tenía los cabellos claros y su rostro era blanco" (*Los ríos* 217), de modo que en grado distinto los tres son víctimas de una situación de desencuentro y exclusión social.

Felipa, Ernesto y Marcelina están aislados entre dos grupos, el de los amos y el de los siervos, los señores y los indios. Después de haber vencido la dominación masculina, sometiendo no a uno sino a dos esposos, al asumir la causa de los parias del feudalismo, Felipa trastorna el equilibrio inestable en que descansa toda la sociedad andina. Representa a la clase emergente, a los mestizos en busca de una ubicación social, pero a diferencia del mayordomo del Viejo, ella ha elegido el antiguo valor andino de la solidaridad descartando el individualismo occidental; encarna el grupo etnosocial intermedio, el de los cholos, "el nuevo indio" en palabras del indigenista Uriel García quien elogió a los mestizos en los años '30 y reivindicó el espacio de la chichería como la "caverna de la nacionalidad" ensalzando la pujanza de la chola:

> La chola avanza desenvuelta y sin miedo hacia la ciudad y el presente [...]. Es más trabajadora que el hombre y tiene más afanes de adquirir prestigio económico [...]. La india es la madre de la chola y conserva su primitivismo en constante fuga del tiempo, mientras que la chola recupera su energía espiritual para el comienzo de otra vida. (Llosa, 60)

La eliminación física de Felipa, la profanación de su cuerpo no puede ocurrir. Al desaparecer en la selva, la chichera no muere. La Amazonía conforma un espacio ambivalente, reino de los muertos pero también lugar de una vida exuberante, territorio indómito de una población denominada de forma despectiva "los chunchos"; desde la Conquista, en la memoria colectiva, la Selva ampara a los rebeldes.

El rebozo de la insurgente, única huella aún visible de su existencia, adquiere un carácter sagrado e intocable ("sigue en la cruz del puente. [...] El viento se lo llevará", 345). Comunica su poder mágico a Marcelina, quien lo baja de la cruz y así va a ser doblemente santificada. En efecto, en ese descenso de la Cruz, Arguedas reúne la simbología cristiana que estriba en el sacrificio de Cristo y la hispano-quechua con el cuento del oso raptor al comparar a Marcelina con un oso, animal a la vez feroz y torpe presente en numerosas tradiciones populares.[7] Esta vez, la leyenda andina está invertida, el oso que raptó a una mujer y engendró dos monstruos, pasa a ser en *Los ríos profundos* una mujer con la torpeza de un oso y súbitamente regenerada al tocar la tela inmaculada cuyo color anaranjado connota la luz solar según Ricardo González Vigil.[8] La opa,[9] animalizada hasta entonces con esos mugidos ("Pero ella empezó a correr, mugiendo, mugiendo como una condenada, 352) que contrastan con los bramidos del Pachachaca, signos de bravura, conquista por fin la dignidad, se redime y llega a ser "doña Marcelina" (*Los ríos* 436).

---

[7] Véase "El oso raptor" en Efraín Morote Best (180-181).

[8] Véase la nota 31 de Ricardo González Vigil a la edición Cátedra de *Los ríos profundos* (351).

[9] "Los indios llaman 'upa' (el que no oye) a los idiotas o semi-idiotas" recuerda el narrador omnisciente de *Diamantes y pedernales* (21).

Cuando se interna en la selva, doña Felipa se reúne en la memoria popular con la figura de Juan Santos Atahualpa, desaparecido en la Amazonía después de proclamarse Inca y luchar con las tropas realistas.[10] La imagen de Micaela Bastidas, esposa de Túpac Amaru II y oriunda del Apurímac asoma también en el personaje ficticio de Felipa. El porvenir se reúne con el pasado, lo cual no significa que el tiempo se repite.

La creencia en un retorno del inca, el mito de inkarri sigue presente en el imaginario colectivo y el tema de una invasión al revés asoma con el diálogo polémico entre Antero y Ernesto: la hipótesis de una resurrección de Felipa atemoriza al valiente de Antero, convertido en antihéroe frente a Ernesto. La conversación entre ambos colegiales se asemeja a un torneo oratorio y evidencia cómo cunde un rumor obsesivo en el que la destrucción de las haciendas por el fuego se impone como una visión fantasmagórica. Aquel duelo verbal viene a prolongar el coro trágico de las voces femeninas. Sin lugar a dudas, el enfrentamiento que fue evitado con los guardias ocurrirá cuando Felipa vuelva como un general encabezando todo un ejército:

> Unos dicen que se ha ido a la selva. Ha amenazado regresar con los chunchos por el río y quemar las haciendas. (*Los ríos* 341)

La predicción está por cumplirse. En vez de ser una simple hipótesis, la vuelta de Felipa se expresa en presente del indicativo; el peligro de un contagio de la rebelión apunta como el riesgo de una epidemia a la que no podrán detener los obstáculos naturales:

> Dicen que si vuelve con los chunchos y prende fuego a las haciendas, los colonos pueden escapar e irse al bando de la chichera. (*Los ríos* 343)

De modo que antes del final, en "Cal y canto", con ese título que remite a los materiales de construcción empleados por los conquistadores tanto en el Cusco como para edificar el histórico puente de Abancay, con ese título que connota el encierro ("a cal y canto"), ya está en ciernes la invasión de Abancay que sucederá en el último capítulo cuando los colonos se sustituyan a los selváticos y se conviertan en los autores de su propia liberación, haciendo caso omiso de todas las prohibiciones señoriales y tendiendo puentes, oroyas sobre el Pachachaca (450).

---

[10] "Aun después de la muerte de Juan Santos Atahualpa (ocurrida probablemente en Metraro hacia 1756) los indios conservan su recuerdo y se dice que aguardan verlo reaparecer", Alberto Tauro del Pino (144).

A las profecías asustadas de Antero responden los mandamientos de Ernesto, entusiasmado por la revuelta venidera, dispuesto a desempeñar el papel de recadero en la sublevación de las haciendas:

> Que venga [doña Felipa] incendiando los cañaverales, de quebrada en quebrada, de banda a banda del río. ¡El Pachachaca la ayudará! Tú has dicho que está de su parte. Quizá revuelva su corriente y regrese, cargando las balsas de los chunchos. (*Los ríos* 346)

El regreso de doña Felipa no aparece como algo imposible. Depende de un acto prodigioso, que el río invierta su curso como cuando está poseído de furia y se metamorfosea en río de sangre o yawar mayu. La profecía citada está condenada por Antero, quien ejerce otra vez su tutela insistiendo en que Ernesto no puede cruzar el río: para preservar su tranquilidad y autoridad, lo aparta del espacio de la lucha ("El Markask'a me llevó siempre a la alameda", 347).

En el caso de Antero, cruzar el Pachachaca equivale a domar la naturaleza, mientras que para Ernesto sería alcanzar un instante eterno de fusión y plenitud, confundirse con la materia y la voz del río e imbuirse de su fuerza indestructible. Ernesto no llegará al estatuto de héroe hasta el momento en que se enfrente a la Muerte, a la cabecera de Marcelina.

El capítulo 11, "Los colonos" desenreda los hilos, resuelve las conjeturas y confirma la inmortalidad de doña Felipa, vuelta ya figura legendaria, presente por todas partes, a la vez en medio de los Andes y en la ceja de selva, imaginada de modo apoteósico en medio de una nube de aves:

> Otros afirmaban que había instalado una chichería en San Miguel, en la frontera con la selva, adonde llegan ya parvadas de inmensos loros azules. (*Los ríos* 405)

Al coger el rebozo de Felipa a la cabecera de Marcelina, Ernesto resulta iniciado y recibe el poder de rebelarse; él también va a ser capaz de independizarse de los padrastros que son el Viejo, Linares y Antero, participando en la sublevación de los colonos y alejándose rumbo a la libertad.

El examen de un mapa del Apurímac confirma esta lectura de una liberación, diferente de la interpretación final de Ángel Rama para quien Ernesto se encamina hacia una hacienda del Viejo.[11] El héroe termina

---

[11] Ángel Rama escribe en "Los ríos profundos del mito y de la historia": "Ernesto irá ahora a ocupar el puesto de animador de la rebeldía ante los Colonos" (90); el crítico uruguayo retoma esta interpretación en *Transculturación narrativa en América latina* .

exclamando: "Atravieso [la quebrada], llego a Toraya, y de allí a la cordillera (*Los ríos* 461)"; la toponimia, descuidada por la crítica capitalina y cosmopolita, ofrece una clave al lector: Toraya se sitúa entre Abancay y Coracora donde ha ido a parar Gabriel; está en la ruta hacia el K'arwarasu, el cerro venerado próximo a la aldea nativa del héroe (257). Al marcharse hacia los Andes centrales, Ernesto se emancipa y pasa a ser hombre.

La tonalidad épica confiere unidad a la novela de José María Arguedas, caracterizada por la variedad de los héroes y la multiplicidad de los combates reales e imaginarios. Felipa, Marcelina y Ernesto son las figuras heroicas individualizadas de una lucha colectiva del Bien contra las fuerzas del Mal, cuyos agentes son el Viejo, Linares, Lleras y luego Antero. La lucha se parece a un cuerpo a cuerpo (Felipa/Linares; Marcelina/Peluca; Ernesto/Rondinel; Lleras/Palacios, Añuco/Miguel...). Por más que los adversarios de los héroes, los oponentes, cambien de identidad y sean más numerosos, no llegan a triunfar. El combate se vuelve colectivo y anónimo, enfrentamiento entre dos bandos, entre grupos sociales de intereses opuestos, la nueva diarquía de los colonos y las chicheras, indios y mestizos, contra el poder tripartito de los señores, los gamonales amparados por la Iglesia y el Ejército.

La dimensión individual propia de la novela realista burguesa que desemboca en el desengaño del protagonista, está superada y es una especie de sobrehumanidad la que se plasma en los héroes. La apariencia física fuera de lo común traduce de modo concreto la índole extraordinaria que fundamenta su heroicidad. La violencia está exacerbada, visualizada por escenas de espanto en que la humanidad está amenazada de putrefacción o de laceración mientras que la naturaleza sigue soberana y ajena a la tragedia.

Los tres protagonistas ganan la batalla sobre la muerte y permiten creer en la aniquilación de la Peste, debido a que comulgan con el universo, establecen comunicación con él y vencen la "soledad cósmica" provocada por la Conquista a la que recuerda la alusión al trágico encuentro de Cajamarca (*Los ríos* 362).

Así como en los cuentos donde la acción sucede en un tiempo a-histórico, cada capítulo de *Los ríos profundos* expresa una carencia y una confrontación que conducen a la promesa de un desenlace feliz. Pero este fin no es definitivo y la lucha contra el Mal vuelve a iniciarse en el capítulo siguiente; Ernesto debe pasar otra prueba, cumplir otra hazaña; de modo simbólico tiene que morir para renacer más fuerte.

A diferencia de los cuentos, al final de la lectura, *Los ríos profundos* sigue una obra abierta: el futuro está intuido por el lector pero no todo queda decidido. En momentos de la primera edición (1958), Julio Ramón Ribeyro expresó el deseo de conocer la continuación de las aventuras de Ernesto, Gabriel y el Viejo pero censuró varios aspectos manifestando incomprensión:

> Entre los propósitos de Arguedas no figura el de llegar a ser un gran prosista. [...] Nos da la impresión de que se encuentra un poco embarazado por el torrente de los acontecimientos narrados [...] La novela nos parece, por momentos, una sucesión de estampas.[12]

Veinte años después de la publicación de *Los ríos profundos*, Antonio Cornejo Polar le aporta una respuesta acerca de la fragmentación, repetición e incoherencia estructural de la novela, al subrayar el vínculo entre sociedad y literatura, mostrando que José María Arguedas traslada a la narración la escisión etno-social peruana y descarta cualquier proyecto de ficción totalizante o pura, únicamente dedicada a la perfección estética:

> La tensión que subyace en este proyecto [...] determina la apertura de la forma novela para dar cabida a otras formas que provienen, no de la instancia productiva, sino más bien, del mundo referido. Este hecho específicamente literario, pues consiste en la modificación de la estructura del género, incluso en sus aspectos formales, resulta inexplicable al margen de su peculiar correlato social, o sea al margen de la heterogeneidad básica de la sociedad y la cultura latinoamericana. (D'Allemand 154)

Epopeya individual y epopeya social, *Los ríos profundos* conforma también una epopeya cultural, guerra de dominación de la escritura para modificar el arquetipo de la literatura occidental y proponer otras perspectivas narratológicas. Por la violencia que empieza a imponerle a la forma y que culminará en *El zorro de arriba y el zorro de abajo*, con la proliferación del diálogo y la omnipresencia de la cultura popular, José María Arguedas se opone a las estrategias de la distinción literaria occidental que hacen de la novela un modelo intrínsecamente narrativo.

Por el contrario, los mitos colectivos e individuales, recogidos o inventados, se enraizan en el pasado más remoto para proyectarse hacia el porvenir y anunciar el fin del desorden secular. Recopilados y transfigurados, conforman una nueva mitología a la que se adhiere el lector,

---

[12] "Una novela de José María Arguedas: *Los ríos profundos*", *El Comercio, Suplemento Dominical* (26 de abril de 1959): 2. Sobre la recepción de la novela en 1959, véase Isabelle Tauzin-Castellanos.

renunciando a sus prejuicios y entendiendo la coherencia de la cultura alternativa que devela José María Arguedas.

## Bibliografía

Antúnez de Mayolo, Santiago E. *La nutrición en el antiguo Perú*. Lima: BCR, 1988.

Arguedas, José María. *Los ríos profundos*. [1958]. Madrid: Cátedra, 1998.

____ "Diamantes y pedernales". *La agonía del Rasu Ñiti*. Lima: Populibros peruanos, sf. 18-74.

____ "El Zumbayllu". *Letras Peruanas* 1 (Lima, 1951): 4-5, 29.

Basadre, Jorge. *Historia de la República del Perú*. t. 9. Lima: República, 8° ed., 2002.

Cornejo Polar, Antonio. *Literatura y sociedad en el Perú. La novela indigenista*. Lima: Lasontay, 1980.

Cortázar, Pedro Felipe. *Documental del Perú-Apurímac*. Lima: Ioppe, 1967.

D'Allemand, Patricia. *Hacia una crítica cultural latinoamericana*. Lima-Berkeley: Latinoamaericana, 2001.

Forgues, Roland. *José María Arguedas-La Letra inmortal*. Lima: Los ríos profundos, 1993.

Husson, Patrick. *De la guerra a la secesión (Huanta, siglo XIX)*. Cusco: CBC, 1992.

Llosa, Eleana. *Picanterías cusqueñas. Vitalidad de una tradición*. Lima: Amidep-Tafos, 1992.

Morote Best, Efraín. *Aldeas sumergidas. Cultura popular y sociedad en los Andes*. Cusco: CBC, 1988.

Ortega, Julio. *Texto, comunicación y cultura:* Los ríos profundos *de José María Arguedas*. Lima: Cedhep, 1982.

Pinilla, Carmen María. *Los colegios mercedarios en la educación de José María Arguedas*. Lima: PUCP, 2004a.

____ *¡Kachkaqniraqmi! ¡Sigo siendo!* Lima: Fondo editorial del Congreso del Perú, 2004b.

Rama, Angel. *Transculturación narrativa en América latina*. México: Siglo XXI, 1982.

____ "Los ríos profundos del mito y de la historia". *Revista de Crítica Literaria Latinoamericana* 12 (Lima, 1980): 69-90.

Tauzin-Castellanos, Isabelle. *Lecture de* Los ríos profundos: *L'autre cours du temps*. París: Ellipse, 2004.

# *Amaru, winku, layk'a, supay* o demonio: las fuerzas del mundo de abajo en *Los ríos profundos*

*Helena Usandizaga*

> Eran más grandes de cuanto había imaginado las piedras del muro incaico; bullían bajo el segundo piso encalado que por el lado de la calle angosta, era ciego. Me acordé, entonces, de las canciones quechuas que repiten una frase patética constante: "*yawar mayu*", río de sangre; "*yawar unu*", agua sangrienta; "*puk'tik' yawar k'ocha*", lago de sangre que hierve; "*yawar wek'e*", lágrimas de sangre. ¿Acaso no podría decirse "*yawar rumi*", piedra de sangre, o "*pukt'ik' yawar rumi*", piedra de sangre hirviente?
>
> José María Arguedas, *Los ríos profundos* 144

Siempre se destaca la impresionante capacidad de Arguedas para integrar diferentes sensaciones y experiencias en este fragmento de *Los ríos profundos*. La piedra, la sangre, las lágrimas, los ríos, los lagos, la música, la danza, la lucha acaban vibrando con una misma energía contenida, con la misma ebullición que experimenta el protagonista de la novela frente al muro de la calle Hatun rumiyoq. Partiendo de este efecto de lectura, propongo reflexionar sobre la dimensión de conocimiento que plantea esta manera de ver el mundo en *Los ríos profundos*.

## Una estética integradora

Éste no es el único momento en que se manifiesta una estética integradora en *Los ríos profundos,* sino que ésta recorre toda la novela: la inmensa fachada de la catedral del Cusco recuerda "la base de las montañas que se elevan desde las orillas de algunos lagos de altura" (Arguedas, *Los ríos profundos* 149) y sus torres y su atrio producen el mismo eco que las montañas a orilla de los lagos helados, ese eco de los gritos de los animales y las voces de las personas que parece nacer en el propio pecho del viajero; algunas calles del Cusco son como los lechos tallados de los ríos por donde el agua camina, "tranquila o violenta" (153); el oro de los incas con el que está hecha la campana de la catedral hace que ésta suene hacia el cielo y vuelva a la tierra con el canto de los ángeles (159); sobre las ondas de sonido de la María Angola repican todas las otras del Cusco: y para Ernesto el recuerdo de la gran campana se asocia a los *amarus* del palacio de Huayna Capac, y ese canto grave evoca la figura humillada del pongo (162-163); las piedras son como bestias que se agitan a la luz y transmiten el deseo de celebrar (164); en el interior de la catedral, Ernesto siente que ha caído, "como en las leyendas, a alguna ciudad escondida en el centro de una montaña, debajo de los mantos de hielo inapagables que nos enviaban luz a través de las rocas" (165);[1] el rostro del Señor de los Temblores es tan oscuro y desencajado como el del pongo, y la luz de la mañana y la de las velas brillan como el crepúsculo suave de las zonas tórridas.

Este efecto es especialmente intenso cuando se habla de la naturaleza: las rocas brillan como espejos y el mundo, transparente como un cristal, despierta la memoria, induce a los sueños y hace vibrar al unísono al viajero, y la voz del río infunde "presentimientos de mundos desconocidos" (171-172). En la famosa descripción del paisaje iluminado por la luz del abra, el corazón late en medio de esa extraña región transparente y luminosa, como si el cuerpo del mundo fuera el cuerpo del hombre (183-184). De hecho, esta transmisión de materias la declara el propio narrador, cuando detecta las relaciones del hombre peruano antiguo con cierto tipo de luz, "entre su sangre y la materia fulgurante" (239), o cuando asegura que el canto de la calandria es "la materia de que estoy hecho, la difusa región de donde me arrancaron para lanzarme entre los hombres" (348); en otro fragmento, la música reúne la materia: alcanza las cumbres heladas y acerca el mundo a los hombres (317-318). Pues la música, como tantas veces se ha hecho notar, es en la obra de Arguedas parte del canto de la naturaleza y actúa en los hombres de modo sagrado: los instrumentos de viento de los soldados son mensajeros del sol (363), mientras que los de los indios son como la nieve, como la luz nocturna, como la voz del agua, del viento o de los seres humanos (364); la música en las chicherías evoca los ríos profundos y las flores pequeñas (379), y por su conexión con el universo la música provoca a la vez la tristeza y el valor (379).

---

[1] Arguedas refiere en un trabajo antropológico que los secretos del pongo o sacerdote andino "sólo pueden ser aprendidos en el interior de las montañas, donde existe una ciudad extraña" (Arguedas, "Puquio, una cultura en proceso de cambio" 48).

También en sus ensayos antropológicos aparece esta integración; en "El nuevo sentido histórico del Cuzco", se describe la ciudad con una parecida resonancia: la tierra de las montañas, así como el color del cielo, de las nubes y de las piedras de las construcciones captan la misma luz acerada y dorada del crepúsculo produciendo una armonía que Arguedas desea extrapolar a lo inca y lo castellano de la ciudad, una armonía que canta la voz de la campana María Angola, en este cruce de varias temporalidades que señala Rowe ("Voz, memoria y conocimiento..." 30):

> Porque cuando ella canta a esa hora parece que fuera realmente la voz de los aukis lejanos, de las estrellas y del cielo, de la ancha quebrada oscura, de las calles vacías, y del propio corazón sensible de quien la escucha, del espíritu transido o exaltado de quien bajo la gran ciudad ha esperado hasta el alba. (Arguedas, "El nuevo sentido histórico..." 51-52)

## El poder y las fuerzas oscuras

En otro ensayo, habla del insecto *layk'a* San Jorge –el insecto "brujo" que libra terribles batallas con las arañas, y que en *Los ríos profundos* (305) se compara con el *zumbayllu*–, cuyas alas son "rojas como fuego, sobre el cuerpo misteriosamente azulado, de un azul de piedra dura" (Arguedas, "El layk'a (brujo)" 143); "d'un bleu d'aile d'insecte", había dicho Proust, el otro gran memorioso, invirtiendo sin saberlo los términos de Arguedas. Estas mágicas correspondencias –entre las cosas, y entre éstas y los hombres– explican buena parte de la fascinación que produce la escritura de Arguedas; otra buena parte, me parece, radica en el significado profundo de esta estética integradora. Pues no estamos ante meras comparaciones, ni tampoco ante la asimilación de todas las cosas en una realidad armónica: la armonía se presenta como un deseo en la descripción ensayística del Cusco y en las experiencias emotivas de Ernesto en *Los ríos profundos*, pero a menudo se ve sustituida por la lucha y el conflicto. En efecto, la resonancia de los elementos no siempre es armónica: cuando alguna de estas impresiones múltiples –por ejemplo, la percepción conjunta del rostro del pongo y del rostro del Señor de los Temblores– se une al peso del poder, en este caso simbolizado por la presencia del Viejo, produce una opresión en el niño (168); la mencionada sensación extática que une al padre de Ernesto, al propio Ernesto y al peón cuando salen de Huancapi, la exaltación y la comunicación que suscitan la luz y la transparencia de la noche, se invierten cuando es el marco de la despedida del Añuco y el hermano Miguel, porque esta despedida representa la desaparición y casi la muerte de estos dos personajes. Los mismos caballos iluminados por la luna, la misma luz, el mismo silencio; y sin embargo la sombra negra, lúgubre y triste lo invade todo: "La sombra de las paredes, de las cruces de techo, de las yerbas que crecían en los tejados parecía más negra, como lúgubre y más triste que todas las cosas nocturnas" (360). La complejidad de las cosas no produce sólo belleza y éxtasis, sino también lucha y a veces sentimientos conflictivos. Y la naturaleza misma, fuente de armonía, alberga fuerzas oscuras y terribles, manifestadas a través de la estructura mítica del libro, y a veces en historias míticas explícitas y narradas dentro del mismo relato, como las leyendas de las campanas que tocan a media noche haciendo salir de los lagos a los *amarus* (dios serpiente) convertidos en toros (156), la historia del degollador o *nakak* (261, 371), las referencias a lo terrible de los *apus* o espíritus tutelares (257-258). Rama (294-295) asimila esta complejidad de la naturaleza a la del poder social; para él, los niños se enfrentan al río Pachachaca y al padre director del colegio como diferentes manifestaciones de un mismo "poder que está por encima de ellos y los rige omnímodamente" (294). Me parece, por el contrario, que, cuando estamos ante elementos de la naturaleza, se trata de una complejidad diferente: se hace referencia no a un poder social, sino a una energía cósmica. Esta energía es ambivalente porque las fuerzas de la naturaleza lo son en relación al hombre; actúan sobre él a la vez como fertilidad y como muerte: el resultado es una visión intensamente trágica de la vida y a la vez una complejidad de la dimensión mítica que propone una especie de sabiduría diferente para enfrentarse con lo social o con lo cósmico.

## La estructura mítica

La pregunta sobre el valor de lo mítico en *Los ríos profundos* no ha sido, creo, aún totalmente contestada, aunque los estudios de Rowe y Lienhard han avanzado mucho en este sentido. Las historias míticas en *Los ríos profundos* no dibujan un panteón sobrehumano, sino que sitúan al hombre en el cuerpo vivo del universo, en el espacio social, y en el mundo de las propias fuerzas interiores. Se trata de un animismo que, como dice Rowe (*Ensayos arguedianos*, 130), aparta a esta obra de la literatura consagrada por la cultura dominante. Es indudable que algunos episodios están cargados de visión mítica animista, como cuando Palacitos expresa su pena diciendo que "la luna va a llorar, el sol va a hacer ceniza" (322) –como en las canciones antiguas de la tradición andina o en los textos coloniales sobre la muerte de Atahualpa–, o cuando en el episodio de los colonos éstos cantan para conjurar a la fiebre (457-459); tal vez sus cantos (los harauis) conseguirán echarla (461). Este animismo nos habla de la sagrada y terrible energía que propicia la resurrección y desencadena la destrucción; en la naturaleza, en la sociedad y en el individuo, las fuerzas dormidas pueden despertar –como la fuerza contenida en la piedra, el río o los cerros, como los monstruos que están dentro de los lagos o en el interior de la tierra– llevando a la violencia y a la renovación. Esta tensión entre armonía y violencia es una de las características de la novela: la dimensión mítica del libro transita entre los dos polos a los que nos remite la idea de fuerza contenida, esa fuerza de la cultura andina que como Inkarrí, el inca decapitado y enterrado por los españoles, ha de emerger para cambiar el mundo y restaurar la armonía. A este sentido social se une el de aprendizaje, pues este mundo oscuro hace alusión a las pruebas a las que deben enfrentarse los seres humanos para llegar a adultos. El protagonista imagina que, mientras explora su espacio, "...recibiría la corriente poderosa y triste que golpea a los niños, cuando deben enfrentarse solos a un mundo cargado de monstruos y de fuego, y de grandes ríos que cantan con la música más hermosa al chocar contra las piedras y las islas" (196).

Pero más allá de la historia de reivindicación del mundo andino y de la historia de formación del niño Ernesto, que son claves para entender la novela, encontramos esta tensión entre, por un lado, lo confuso, violento y aterrador necesario para propiciar las fuerzas regeneradoras de la vida, y, por otro lado, la armonía anhelada. En general, la estructura mítica tiene como efecto literario el presentar en el texto este mundo de la energía vital, su fuerza pero también su ambivalencia, y el camino del hombre para aprender a situarse en ese espacio, a aceptar las fuerzas que le sobrepasan y al mismo tiempo a dejarse llevar y a actuar juntamente con aquellas que pueden impulsar su proyecto; también a distinguirlas de la opresión social y a actuar contra ella. La visión mítica andina y la ritualidad se entretejen así con la visión del mundo: no se trata de lo real maravilloso, ni de una fantasía mágico-religiosa al servicio meramente instrumental de una literatura de crítica social, sino de una propuesta de conocimiento y de actuación que tiene una carga subversiva aún mayor. Se ha recomendado prudencia en cuanto al grado de asunción de Arguedas de las creencias míticas: cuando nos situamos en la conciencia de Ernesto, no necesariamente la mentalidad del niño coincide con la del narrador adulto y aun menos con la del escritor, como ha hecho notar Rama (298); cuando habla el narrador "antropólogo", utiliza a veces expresiones que lo distancian de la creencia. Pero el caso no es si Arguedas cree o no en el poder del cerro K'arwarasu, sino si percibe al cerro como algo en contacto con el hombre y con la totalidad del mundo; no se puede negar que el escritor propone este entramado de relación con el mundo como filosofía en toda su obra, y aun que adhiere al mismo en su discurso autobiográfico, como lo muestran algunos episodios narrados en los diarios de *El zorro de arriba y el zorro de abajo*, en especial el juego, en el límite de la desesperación, con los perros y los chanchos en San Miguel de Obrajillo, que le procura un fugaz sentimiento de armonía (Arguedas, *El zorro de arriba y el zorro de abajo* 12-13), y la famosa descripción del árbol de Arequipa, el diálogo con el gigante que conoce el subsuelo y las alturas (193-194). Debemos entonces relacionar este diálogo entre el yo y el mundo entendido como filosofía con la dimensión animista que forma parte de la visión del mundo de Arguedas, en tanto que vivencia y actitud cognoscitiva, si no en tanto que religión.

## El individuo y el cosmos

Cabría entonces entender una parte de la dimensión mítica como un modelo de conocimiento y actuación que propone no romper el vínculo entre el hombre y el mundo. La visión animista andina concibe el cosmos como una totalidad en la que el hombre se integra como un elemento más, de modo que pueda vivir esa armonía entre los seres hecha de la oposición de los contrarios y de la reciprocidad que puede establecer entre ellos un equilibrio, o que a veces tiene necesidad de desbloquearse mediante la violencia para producir un cambio de los términos injustos o estancados. Este movimiento no tiene necesariamente que estar ligado a la ritualidad andina en el sentido más formal, sino que es una propuesta de relación con el mundo que encuentra su molde simbólico en estas prácticas. De todos modos, esta reciprocidad se traduce a menudo, en la obra de Arguedas, en actitudes religiosas andinas, tales como el ritual de la ofrenda que establece la reciprocidad entre los dioses y los hombres (y en general entre los contrarios) la adoración a los *apus* o los *wamanis*, a la *Pachamama*, y también a las fuerzas del mundo de abajo, el *ukhu pacha*, fuerzas oscuras pero no necesariamente identificadas con el mal. Esto se presenta de una manera simbólica, y se trata de una actitud, de una manera de dar sentido al mundo, más que de una creencia o de un programa interpretativo.

Pues en la cultura andina el hombre forma parte de las fuerzas cósmicas, está inserto en ellas, y la formación de Ernesto comprende también el reconocer estas fuerzas y encontrar su espacio en relación con ellas. La solidaridad de todas las cosas de la naturaleza nos remite a la idea de la energía cósmica que perdura gracias a la muerte de los individuos; sin embargo, en el contexto andino, existen saberes ritualizados para establecer una reciprocidad entre los individuos –la comunidad– y lo sagrado natural, que permiten la visión trágica y catártica de la muerte en la fuerza natural, no exenta de una fascinación que Arguedas sugiere en su discurso ensayístico, cuando habla del canto colectivo del carnaval de Tambobamba:

> Es como un incontenible deseo de luchar y de perderse, como si la noche lóbrega dominada por la voz profunda del río se hubiera apoderado de nuestra conciencia, y se canta sin descanso, cada vez con más ansia y con más angustia. Es como un desenfreno de tristeza y de coraje. (Arguedas, "El carnaval de Tambobamba" 123)

Podemos percibir una parecida actitud en el discurso narrativo, por ejemplo cuando habla de las arañas, portadoras de la muerte (Arguedas, *Los ríos profundos*, 263-264) y en el autobiográfico: "se pelean en uno, sensualmente, poéticamente, el anhelo de vivir y el de morir" (Arguedas, *El zorro de arriba y el zorro de abajo* 121). En *Los ríos profundos* se refiere así a esta fuerza:

> Les gusta hablar mucho de la muerte, a indios y mestizos; también a nosotros. Pero oyendo hablar en quechua de ella, se abraza casi, como a un fantoche de algodón, a la muerte, o como a una sombra helada que a uno lo oprimiera por el pecho, rozando el corazón, sobresaltándolo; a pesar de que llega como una hoja de lirio suavísima, o de nieve, de la nieve de las cumbres, donde la vida ya no existe. (437)

## La fuerza del mundo andino

Pero esta familiaridad con la muerte permite también una gestión de las fuerzas para que se armonicen con la vida del hombre y den cauce a sus acciones. En realidad, el difícil deseo parece ser el de desligar esta fuerza de su componente sacrificial y ligarla a la posibilidad de acción social y existencial, tal como puede deducirse de lo que apunta Rowe ("Música, conocimiento..." 71). De ahí la insistencia en el valor de potencialidad que manifiestan las imágenes míticas. En las piedras del Cuzco, centro del mundo, ombligo del mundo, donde las casas han sido construidas sobre los muros incas, el protagonista siente vibrar su pasado, sus raíces, las fuerzas espirituales. Esto podría relacionarse con las principales posiciones de la cosmovisión andina –arriba y abajo– en que se divide el mundo, y que representan a la vez jerarquía y sobre todo reciprocidad, interacción. En este sistema, el cielo necesita de la tierra, como los hombres de las divinidades (Flores Galindo 41); la tierra necesita de la lluvia, la noche del día, el hombre de la mujer, para crear la lucha y la fertilidad universales, cósmicas. Por eso la piedra, en *Los ríos profundos*, no es solamente la piedra inmóvil que sustenta, el misterio, sino que como en la mitología andina implica potencialidad, movimiento contenido, como lo muestran las historias de personajes poderosos convertidos en piedra y que desde este estado impulsan cambios y dan energía. La piedra no simboliza pues inmovilidad, sino fertilidad y potencialidad, tal como ha explicado Eliade.[2] Arguedas introduce instantáneamente esta idea desde el verbo "bullían" aplicado a las piedras, y en seguida establece un paralelismo entre esta fuerza contenida de las piedras y aquella del *yawar mayu*, río de sangre, "fuerza trágica pero también con signo de renovación" (Rowe, "Deseo, escritura..." 122), ese río ligado en las danzas tradicionales a "la fertilidad, la iniciación y la renovación" (Deborah Poole, citada por Rowe, 122). La connotación de fuerza se relaciona en el fragmento con el tiempo violento de las danzas guerreras y con el momento en que los bailarines luchan. De este modo, piedra-río de sangre-música de lucha simbolizan la idea de potencialidad, de cambio, la de fuerza y a la vez la de movimiento iniciático del protagonista.

## El ritual de la ofrenda

En toda la obra de Arguedas encontramos referencias a los ritos andinos de reciprocidad con las fuerzas de la naturaleza, de las que el hombre toma la fuerza, el poder y la creatividad. En *Los ríos profundos* se narra cómo, en los pueblos, los más audaces nadan hasta las piedras del río y duermen allí para escuchar el sonido del agua, aspirar su luz y comunicarse con su poder (174) y cómo la poderosa corriente del río inspira el canto y el valor de los que lo escuchan (379).[3] El Apurímac, "espíritu que habla" (171), exalta y cautiva a los niños con presentimientos de mundos desconocidos; el Pachachaca, "puente sobre el mundo" (207) es un río de aguas indetenibles y vencedoras, que acompaña, como un *Apu* o espíritu tutelar, a la cabecilla de la rebelión (362), y de hecho se compara a Doña Felipa con el río (353). Ernesto piensa que recibirá su fuerza y su armonía (196), y quiere ser como él (232-233); al final el río arrastra la fiebre, se la lleva a la selva (461-462). De modo parecido, el *apu* K'arwarasu protege y puede ser invocado en el peligro (258).

---

[2] Eliade (201) destaca la fascinación y el terror que en muchas culturas ejerce la piedra como representante de "un mundo *otro* que el mundo profano del que forma parte": "La dureza, la rudeza, la permanencia de la materia representan para la conciencia religiosa del primitivo una hierofanía. Nada más inmediato y más autónomo en la plenitud de su fuerza, nada más noble y más aterrador tampoco que la majestuosa roca, bloque de granito audazmente alzado. [...] La roca le revela algo que trasciende la precariedad de su condición humana: un modo de ser absoluto". Eliade observa cómo diferentes culturas atribuyen al megalito una defensa de la posible acción maléfica de los muertos: "'Fijada' en una piedra, el alma se ve obligada a actuar únicamente en el sentido positivo: fertilización" (203-204).

[3] Al hablar de los bailarines de tijeras, veremos cómo de parecido modo, ellos toman parte de su capacidad de bailar de ciertos lugares acuáticos.

Pero no basta el deseo de recibir la fuerza del mundo: el hombre necesita mantener la reciprocidad de los dones por medio de rituales específicos de ofrenda. Arguedas relata estos ritos en "Puquio, una cultura en proceso de cambio" (53-55); también en "Ritos de la siembra", donde narra el impresionante canto de petición de fertilidad y aliento a la tierra y refiere la ofrenda que se entierra, a la que el campesino que dirige la ceremonia le da el aliento varias veces, en un extremo de la chacra (86-88); igualmente, en "Ritos de la cosecha", narra la llamada a la *Pachamama* y a las montañas, hasta llegar al *tinkay* (ofrenda) final (101-105). Sabemos que estas prácticas son muy antiguas, pues son descritas por el sacerdote Pablo José de Arriaga en 1621 en sus instrucciones para desterrar la idolatría, con el objetivo de que las reconozcan los visitadores de idolatrías: "A Mamapacha, que es la tierra, también reverencian, especialmente las mujeres, al tiempo que han de sembrar, y hablan con ella diciendo que les dé buena cosecha, y derraman para esto chicha y maíz molido, o por su mano o por medio de los hechiceros" (Arriaga 198); en uno de los procesos de idolatrías recogido por Duviols (Duviols 144), el testigo Hernando Hacaspoma confiesa haber derramado un poco de chicha antes de empezar a beber los asistentes a la fiesta, soplándola y ofreciéndola verbalmente a las *huacas* y a los *mallquis* o antepasados.

Tal como refiere Fernández Juárez, y como se puede ver en las ceremonias que aún se hacen en los Andes, en estos rituales de pago a la tierra o despacho el *paqo, altomisayoq* o maestro (Arguedas usa también otros nombres, que varían según las regiones, como *pongo* o *auki,* que otras veces nombran la divinidad), ayudado por una mujer o un hombre, construye la ofrenda que va a entregarse a la *Pachamama,* a la madre tierra, para establecer con ella la reciprocidad de los bienes; invoca a los *apus* (*wamanis* en otras zonas) o cerros tutelares, a quienes también se hace la ofrenda, y frecuentemente también a las divinidades cristianas, así como a otras divinidades naturales y a héroes y heroínas, por llamarlos de alguna manera, personajes significativos en la memoria andina, incluyendo a los incas y a los protagonistas de rebeliones. En determinados momentos del proceso se interrumpe la parte discursiva del ritual para pasar a compartir la coca y algo de alcohol. Pasadas las diferentes fases de construcción de la ofrenda y de las oraciones, ésta se quema o entierra, y en ocasiones la guarda la persona para quien se hace el pago. En ciertos ritos, cuando el sacerdote hace la ofrenda, sopla sobre algún objeto que la representa y luego dirige su soplo en un gesto circular, como enviándola a las fuerzas para quienes se hace la ofrenda. Pues el aliento, el hálito, está estrechamente ligado, en esta cosmovisión, con el concepto de espíritu; Arguedas se acerca a esta idea de espíritu cuando refiere en "El layk'a (brujo)" las funciones chamánicas de recuperar el alma perdida o de robar el alma a los enemigos. El *layk'a*, en el ensayo de Arguedas, es capaz de devolver el alma a los niños curándolos; de ahí la importancia de su fuerza, que veremos aparecer en *Los ríos profundos* en la dimensión *layk'a* del *zumbayllu*:

> El layka es el brujo, el que hace los maleficios. A veces también cura las enfermedades extrañas: la locura, la histeria, el insomnio, el susto. Cura a los niños asustados y nerviosos; para ellos emplea un sistema dulce y adecuado: les cuenta historias de animales, leyendas de piedras y de lagos encantados; y cuando están casi dormidos, se acerca al oído de los niños enfermos y les llama con una voz delgada y lejana... (Arguedas, "El layka" 143)

Pero, claro está, esta capacidad de recuperación tiene una contrapartida, que es el robo del alma, pues la fuerza del *layk'a* tiene también una dimensión maligna, ya que gestiona el mundo oscuro. Son éstas, sin duda, funciones chamánicas: atraer al alma o *camaquen* fuera del cuerpo, o a la inversa, curar extrayendo del cuerpo la enfermedad o devolviendo el alma perdida. Por eso el *nakak* o chupador, otro personaje mítico, es un ser temido, pues no absorbe sólo sustancias corporales como la grasa (que servirán para hacer las campanas), sino también las fuerzas espirituales, el alma. El alma o espíritu tiene una dimensión crucial en *Los ríos profundos*, y la preocupación del narrador por la pérdida del espíritu (el pongo, la opa, los colonos) es omnipresente. Los episodios más exultantes de la novela se centran en la recuperación simbólica del alma por la opa Marcelina y, menos eufóricamente, en el levantamiento de los colonos.

## La interferencia cristiana: lucha por el poder, lucha por el espíritu

Pero este sistema de relación con las fuerzas se desequilibra con la interferencia del sistema cristiano. Los evangelizadores españoles extrapolaron la presencia de las fuerzas cósmicas y la capacidad de articularse con ellas, negativa o positivamente, al modelo europeo del *sabbat*, tal como se ha descrito (Duviols LV, LXIX), es decir, el aquelarre entendido como adoración al diablo y pacto con él, y esto ha pasado a contaminar los mitos andinos. Del mismo modo, el concepto andino de *supay* es reinterpretado tras esta injerencia del catolicismo. Taylor (33-34) precisa la diferencia entre el *supay* en el contexto andino tradicional, una parte del alma que constituye la identidad personal, una sombra que arrastra alguna carga antes de poder descansar, y lo que deviene en el contexto cristiano colonial: las almas de los que han pactado con el diablo, los *condenados*, o el propio diablo con el que se identifica ahora al *supay*. En el trabajo mencionado, Arguedas refiere las historias fantásticas y terroríficas atribuidas a los *layk'as*, y cómo

> sólo se espantan y huyen cuando se encuentran con el espíritu de los *aukis* sagrados (las grandes montañas) o con alguna cruz bendita.
>
> El *layka* es el sacerdote o servidor del demonio (*supay*) y de todas las fuerzas del mal: el *pako* es el mensajero de los *aukis*, su sacerdote; es también un protegido de la cruz; sabe rezar y llamar a los *pukaras* que son el espíritu de los *aukis*. (Arguedas, "El layk'a" 146)

Aquí están ya mezclados, en la visión andina, los dos sistemas; pero hay que ver que se trata de dos cosas bien distintas, articuladas en la cultura andina poscolonial tras la idea de la religión andina. Por eso en esta cultura lucha la persistencia del espíritu de la antigua religión con la prohibición y la reprobación de la religión cristiana. Independientemente de las creencias y sin que esto represente negación de su percepción también cristiana de la vida, Arguedas establece en *Los ríos profundos* una estrategia simbólica en la que el espíritu andino, simbolizado por la energía de la naturaleza y por algunos objetos, lucha por resistir frente al poder simbolizado por el padre Linares y el Viejo. Así, en la novela, se unen la lógica reivindicativa en el nivel social y aquella que señala la formación de un adolescente con la más general que explica la necesidad de encontrar un sentido a la vida del individuo y el entorpecimiento que causan las estructuras de poder. Pues, tal como se presentan en la narración, son justamente los elementos míticos los que pueden rescatar o mantener el espíritu. No se trata sólo de esos elementos fuertes y armónicos de la naturaleza, sino también de objetos y seres oscuros: un boliche con manchas diferentes (en "El layk'a"), o las bolitas de vidrio diferentes que atesoran los niños en la novela; un *zumbayllu winku*, deforme, torcido; las arañas portadoras de la muerte, la *chiririnka* –la mosca que anuncia la muerte–; los insectos especiales como el *tankayllu* o los *huayronk'os* –esos mensajeros del demonio o de la maldición de los santos (164), simbólicos en los diarios de *El zorro de arriba y el zorro de abajo*–; las marcas en las personas como las manchas de Antero el Markask'a o los signos de la viruela de la chichera; los seres que se consideran sagrados, como el *layk'a*, el *dansak'*, el *ukuku*, y hasta el *nakak*. Incluso la belleza comprende también la ligera deformidad, como la leve bizquera de Salvinia, esa "duda del alma" (291), como la define Antero. Por supuesto, también la opa Marcelina es "distinto" como dice la cocinera (400); ella está conectada con los precipicios y las cuevas, con esos lugares que unen el mundo de abajo, de las fuerzas oscuras, con el mundo de aquí. Pues hay por supuesto lugares que significan de modo privilegiado esa potencialidad: los ríos y los cerros, desde luego; las fuentes y las cuevas; pero también la selva: no hay que olvidar que en la novela queda pendiente la vuelta de doña Felipa con los chunchos (350), los indígenas de la selva que custodian allí el espíritu, aunque este lugar sea el país de los muertos, "el *Hatun yunka*, la gran selva, donde van los muertos, según muchas canciones y relatos folklóricos. Porque la gran selva es tan extraña e inalcanzable que sólo el espíritu incorpóreo o fluido la tomaría por morada" (Arguedas, "La sierra en el proceso..." 16).

El conflicto que provoca la interferencia cristiana antes comentada está presente en la mirada del narrador; mirada andina sin duda, pero que abarca lo complejo de la cultura poscolonial. Según López Maguiña, que ve el texto con mirada semiótica, Ernesto, en el fragmento que citamos al inicio de este trabajo, no se desplaza entre dos mundos, sino que "afirma un modo de ser y de conocer ligado al mundo rural y quechua, que se opone y excluye al mundo urbano e hispano" (López Maguiña 58). No habría, por lo tanto, traducción de un *tipo de captación*, de carácter oral, a otro, de carácter escrito, como sí cree Cornejo Polar. Se trataría más bien del asomo de una nueva escritura relacionada con "una experiencia que se sitúa en un dominio que escapa la oposición escritura vs. oralidad" (59). Con ser esto sugerente, no podemos pensar el mundo rural y quechua como algo incontaminado en relación con ese mundo occidental, pues en su interior luchan ambas instancias. Lo mítico andino está en la visión de Ernesto, aunque no exento de conflicto (Ferrari 24). Se podría decir que Ernesto no se desplaza de un mundo a otro, porque ambos están mezclados, aun en la mirada andina del niño. Pero esta mezcla es peculiar, no supone una síntesis hecha desde la asunción de ambos proyectos: no se trata de un mestizaje ni de un sincretismo, sino de la presentación de un conflicto. A pesar del deseo de armonía de Ernesto, las más de las veces los diferentes elementos han de luchar por crear una nueva mirada libre de servidumbres. No una mirada incontaminada y pura desde una inexistente cultura indígena intocada, sino una mirada que desde esa cultura asuma sus contradicciones y afirme su capacidad de actuar desde sí misma. Lo mestizo se presenta como un imposible o tal vez como el fruto futuro de un trabajo en curso, que no es armonía sino lucha de contrarios por llegar a establecer una reciprocidad entre los diferentes mundos. Por eso a menudo encontramos el conflicto entre lo cristiano y lo andino, no sólo a través de la idea de pecado, sino como símbolo de este mestizaje conflictivo que Spitta llama abyecto tomando el punto de vista que insinúa Arguedas: abyecto porque es el poder y no la armonía lo que une los elementos.

## Los danzantes de tijeras y la persecución del "encanto"

El poder, simbolizado en la novela por lo cristiano, es en efecto perturbador en cuanto al valor de las fuerzas oscuras. Wolf Unruh (198-

199) ha recalcado la relación entre voz, espíritu y potencia vital, e insiste en la potencia propagadora y comunicadora de los elementos naturales, las voces y la música; en este contexto, elementos transmisores como el *tankayllu* y el *zumbayllu* han sido despojados de su poder de comunicación por el punto de vista religioso: "El efecto más devastador que tiene el poder sobre la comunicación en el mundo andino consiste en quitarles el encanto a los elementos participantes en la comunicación colectiva". Cabría detenerse en este aspecto, pues Wolf Unruh achaca la desactivación de la magia del *zumbayllu* al proceso de domesticación al que lo somete Antero en tanto que se acerca al mundo del poder (199); pero quitarles el encanto a las cosas que son *layk'a* (brujo) y *winku* (deforme respecto a la forma esférica) tiene otra interpretación, que es la imposición del punto de vista normativo cristiano, el del poder, lo cual genera una tensión altamente simbólica en el relato. Esta lucha que se produce, como veremos, con el *zumbayllu* como centro no es la única vez que se presenta en la obra de Arguedas; podríamos verla proyectada en otros elementos y personajes como el del *dansak'*.

Arguedas ha introducido el personaje del *dansak'* en varias ocasiones en su narrativa, tal como muestra Lienhard ("La función del danzante...": en *Yawar fiesta*, en *La agonía de Rasu-Ñiti*, y, naturalmente, en *El zorro de arriba y el zorro de abajo*). Los danzantes de tijeras se acompañan de sus músicos que tocan arpa y violín, y compiten entre sí, protegidos por su *Wamani* (Lienhard 150). En *Los ríos profundos*, el personaje aparece evocado por Ernesto para establecer un paralelismo con el *zumbayllu*. En el contexto rebelde y carnavalizante de la chichería, la música del arpa suscita en Ernesto no solamente el deseo de bailar como signo de rebelión, sino también el deseo de conectar con lo demoníaco de la danza (Arguedas, *Los ríos* 390), al igual que luego querrá conservar el carácter *layk'a* del *zumbayllu*. Más adelante, se pregunta si los oficiales de Abancay, los *huayruros*, ensayarían en cuevas secretas (408), y los ve como bailarines o aparecidos, disfrazados como el *danzak'* de tijeras, que viene "como mensajero de otro infierno, distinto de aquel que describían los Padres enardecidos y coléricos" (409); como los *ukukus*, los bailarines disfrazados de oso, tal vez quieren arrastrarnos a la selva o a otro lugar misterioso y terrorífico.

La función de estos danzantes en la narrativa de Arguedas es la de evocar la fuerza de la cultura andina, pero también las fuerzas demoníacas y trágicas. Lienhard (150) recalca que, a pesar de la indumentaria hispánica de los danzantes de tijeras y de la "transculturación" que supone usar un instrumento en forma de tijeras, la función de la danza es netamente indígena, ligada al trabajo de la tierra: su aparición en la fiesta coincide con la clausura de los trabajos de limpieza de las acequias y el inicio de las siembras; de hecho, los danzantes están protegidos por un *Wamani* al cual representan, y son precisamente los *Wamani* los que conceden el agua para las chacras.[4] De hecho, este autor (Lienhard 155) considera "La agonía de Rasu-Ñiti" (1964) como un cuento indígena que sólo puede ser "mágico" para un lector que no conozca la cultura quechua. También Rowe considera este cuento como exento de elementos cristianos, por lo cual quizás está señalando la posibilidad utópica de una cultura andina autónoma (Rowe, *Vigencia y universalidad* 25). Zevallos, siguiendo esta línea de investigación, también explora en la construcción de esta cultura en el cuento mencionado.

En *Los ríos profundos*, la evocación de este personaje manifiesta una dimensión que muestra cómo esa búsqueda de armonía, esa resonancia del mundo que persigue Ernesto, está traspasada por conflictos subterráneos. El danzante de tijeras, como el *zumbayllu* con el que se lo compara, resulta simbólico de este conflicto. Los danzantes de tijeras, según aclaran los estudios antropológicos, aprenden del *Wamani*; él es el que impulsa las proezas y la victoria sobre otros bailarines. Pero este poder otorgado desde un lugar sagrado se interpreta a veces como una brujería de connotaciones oscuras y como el resultado de un pacto con el diablo, de un "contrato": el danzante bailará por largo tiempo y recibirá protección a cambio de su alma, que es para el diablo (Gushikén 41; Vilcapoma 88-89). Esta parte del rito se rechaza muchas veces: los informantes –músicos y bailarines– que refieren el ritual de la danza de las tijeras en diferentes trabajos (Gushikén, Tomoeda y Millones, Vilcapoma) están de acuerdo en que existe este tipo de iniciación, pero niegan haberla experimentado; en cambio, sí admiten como algo vivido, o en todo caso desprovisto de maldad, la ofrenda al *wamani* para recibir su protección y el acudir a las cascadas o los manantiales para recibir la música de la Serena ("sirena, versión andina del personaje mítico europeo"; Núñez Rebaza citado por Tomoeda y Millones, 133), una música que con el agua sale de la cueva donde habita el *wamani*. Gushikén (40), en su biografía del violinista amigo de Arguedas, Máximo Damián Wamani, reporta algo parecido; además, las tijeras se sumergen en un ojo de agua para que suenen con su voz "hasta que madure" (Tomoeda y Millones 134).

---

[4]Arguedas se refiere a esta relación entre los *wamanis* y el nacimiento del agua al transcribir el mito que cuentan en Puquio "Mitos quechuas poshipánicos", en *Formación*...173-182.

Tanto el *wamani* como la Serena, pues, son seres que conectan con lo que algunos llaman encantos (Tomoeda y Millones 133), y que se refiere a los lugares que conectan el mundo de aquí (*kay pacha*), con el mundo de abajo (*ukhu pacha*). Y ese contacto, sin ser demoníaco en el sentido occidental, no está exento de peligros. Recordemos que, al principio de la novela, las piedras con "encanto", con fuerza contenida, aquellas que cantan para Ernesto la canción de la fuerza y de la sangre, el misterio hirviente de la renovación, son las mismas que "dicen que devoran a los niños" (Arguedas 150). Según algunos, la música bellísima de la Serena, el agudo sonido de arpas y violines que se oyen cerca de sus cascadas, comporta peligro de locura (Vilcapoma 89). Y los *wamani*, en última instancia, "poseen" a los *dansak'* (Vilcapoma 139), quienes reciben su voluntad "en estado de frenesí divino", pues "los dioses necesitan del culto para sobrevivir, danzar con el cuerpo de los hombres es la manera de perpetuar su existencia" (Vilcapoma 139). Pero, en realidad, hasta aquí se trata del contacto con lo sagrado y con las fuerzas oscuras que habitan en el interior de la tierra y de los cerros, así como en las lagunas, los manantiales y los ríos; con algo a la vez benéfico y peligroso pero con lo que se puede pactar, pues la cultura posee los ritos autorizados para hacerlo, en especial la ofrenda que establece la reciprocidad entre los dioses y los hombres, entre las fuerzas sagradas y la vida humana. Sin embargo, la ofrenda tradicional en la que se juega la reciprocidad se convierte en siniestro pacto con el diablo por un malentendido cultural, y de ahí la ambigüedad con que los andinos contemplan este "contrato". Tomoeda y Millones (135, 137) aluden a esta contradicción: al convertirse al *wamani* y a otras fuerzas en el diablo cristiano, toda la práctica del *dansak'* se concibe como endemoniada. Son los representantes de la iglesia los que insisten en esta demonización, pero al cabo ésta termina por teñir un ritual legítimo, que busca honrar a los difuntos que se convierten en dioses tutelares y hacer esta ofrenda a la divinidad aun en forma de danza, lo cual explica el carácter sagrado del *dansak'* (Vilcapoma 137).

### El *Zumbayllu*

Este valor ambiguo del *dansak'* permite entender el valor parecido del *zumbayllu* en *Los ríos profundos*, inserto en este contexto de relectura cristiana de las fuerzas sagradas andinas: este trompo con el que juegan los niños aparece a la vez como objeto utópico y extático, porque permite propiciar y controlar las fuerzas oscuras, y por otro lado como algo sujeto a la reprobación cristiana de las fuerzas andinas. No se trata entonces de "operaciones de magia infantil, no necesariamente vinculables a fuerzas indias" (Rama 294), ni de una mezcla con lo cristiano debida al contexto religioso del colegio (Rama 292). El *zumbayllu* se parece más bien a un objeto sagrado andino –es una *wak'a,* como señala Rowe ("La música como espacio sonoro", 48)– con toda la carga ambivalente que tienen algunos de ellos en la cultura poscolonial. En efecto, las propiedades de este objeto tal como lo describe Arguedas están marcadas probablemente desde el siglo XVI como aquello que la iglesia debe perseguir por idólatra; en cualquier caso, Pablo José de Arriaga lo recoge en 1621 en su manual de extirpación de la idolatría. Arriaga precisa más en cuanto a los objetos que representan divinidades y habla de "huacas móviles" y de "conopas" (Arriaga 203): estas últimas designan algo parecido a "los dioses lares y penates" (203). Pueden tener distintas formas y orígenes –piedras, borlas de seda...– y entre ellas cita Arriaga ciertos productos de la tierra, en especial las mismas mazorcas de granos en espiral (Arriaga 205) que menciona Arguedas al hablar de los objetos *illa,* parientes para él del *zumbayllu,* y que poseen ese valor ambivalente, renovador y trágico a la vez: "Todos los illas causan el bien o el mal, pero siempre en grado sumo. Tocar un illa, y morir o alcanzar la resurrección, es posible. Esta voz illa tiene parentesco fonético y una cierta comunidad de sentido con la terminación yllu" (236). Arguedas está hablando de las fuerzas oscuras, pero la maldad que se ve desde el punto de vista cristiano es de otro género; tiene que ver con el pecado y con el diablo. Arriaga lo recoge de forma contundente en el punto 4 de su edicto contra la idolatría, que señala todo lo que los indios de un pueblo deben declarar de sí mismos o de otros en los tres días que siguen a la publicación del edicto cuando se hace una visita de idolatrías:

> Item si saben que alguna o algunas personas tengan en su casas huacas, dioses penates, que llaman conopas, zaramamas, para el aumento del maíz, o caullamas para el aumento del ganado, o las piedras bezares, que llaman Ylla, y las adoran para el dicho efecto, y con ellas tenga mullu, paria, lacsa, asto, sangu y otras ofrendas que les ofrezcan. (Arriaga 273)

Hay que insistir en este valor ambiguo del *zumbayllu* –mágico desde el punto de vista andino, demoníaco desde el cristiano–, pues, al considerar la utilización de estas fuerzas a la vez trágicas y armónicas, estamos hablando de un poder que cambia la mirada, que succiona el espíritu. Por eso el intento en *Los ríos profundos* de conservar y usar el valor *winku* y *layk'a* del *zumbayllu* –cualidades definidas por Arguedas en nota explicativa (*Los ríos profundos* 304, 307)– equivale a una lucha por el poder y a una lucha por el espíritu. Se está apelando al espíritu contenido en la naturaleza, al "encanto" que posee lo sagrado, el único que puede retornar el alma perdida. De ahí la importancia de lo *winku,* del objeto que tiene una deformidad sagrada, y de lo *layk'a,* el brujo capaz de devolver el alma perdida. Los niños lanzan el *zumbayllu* para propagar la comunicación en el espacio, pero también para propiciar las fuerzas favorables y controlar las oscuras, estableciendo una suerte de reciprocidad con ellas. El carácter *illa* del trompo tiene que ver con las fuerzas contenidas, como la de los toros en el fondo del lago, y es ambivalente por la misma energía oscura que contiene: por el uso que le da Ernesto, el *zumbayllu* puede comunicar y establecer la reciprocidad y el equilibrio, pero la visión cristiana en parte asumida por la cultura quechua complica la visión con otro tipo de mal. Otro objeto con el que se compara el trompo clarifica esta ambivalencia; se trata del insecto *tankayllu*:

> No, no es un ser malvado; los niños que beben su miel sienten en el corazón, durante toda la vida, como el roce de un tibio aliento que los protege contra el rencor y la melancolía. Pero los indios no consideran al tankayllu una criatura de Dios como todos los insectos comunes: temen que sea un réprobo. Alguna vez los misioneros debieron predicar contra él y otros seres privilegiados. (236-237)

Otros seres privilegiados como el legendario bailarín de tijeras "Tankayllu", al que se le atribuye el mencionado pacto con el demonio, pues el insecto se relaciona con este danzante de tijeras, cuyo significado comentamos más arriba, y con los instrumentos que albergan un sonido misterioso y oscuro (*pinkuyllu, wak'rapuku*), y que no todos pueden tocar. Estos instrumentos tocan sólo canciones y danzas épicas, guerreras; de nuevo el narrador se pregunta si los misioneros prohibieron tal vez en el contexto religioso "estos instrumentos de voz tan grave y extraña" (239), cuyo sonido exalta y desata fuerzas que generan prodigios.

En los episodios del *zumbayllu*, dignos de ser analizados con mayor atención, se puede ver cómo éste, gracias a los gestos rituales de la reciprocidad, como soplar o echar el aliento, sube hasta el sol, llega a las cascadas, atraviesa los ríos, se le pide que lleve un mensaje al padre de Ernesto y a doña Felipa y protege del Padre director; cura y eleva a los seres; es extático y armonizador: expande felicidad y elimina la idea de la enemistad. A pesar de las posibles fuerza negativas, el *zumbayllu* es especial porque estas son controladas y propiciadas; entonces "Los winkus cantan distinto. Tienen alma" (247). Pero esta cualidad es rechazada por la visión cristiana, y Ernesto oscila entre la aceptación de esta magia y su reivindicación, y el temor de mostrar este aspecto no aceptado del *zumbayllu*; así, llega a aceptar la bendición del hermano Miguel (331) para eliminar el aspecto prohibido del trompo: cuando por esta bendición éste pierde su condición de *layk'a*, queda desactivado, y los niños discuten sobre la posibilidad de que algo haya perdurado de su carácter extraordinario.

El *zumbayllu* queda entonces fuera de la acción, desde que Ernesto lo entierra acompañado por la música del rondín, con la idea de buscar uno nuevo (421), hasta que piensa en rescatarlo de su entierro para ver qué tonos ha aprendido bajo tierra (427-8). En ambos casos, la vuelta del *zumbayllu* es sólo utópica, pero las fuerzas del mundo de abajo parecen permanecer intocadas, pues Ernesto piensa que "bautizará" y "templará" su nuevo trompo en las aguas del Pachachaca, como una manera de conectarlo con esos lugares misteriosos y sagrados, y por otro lado cree que el trompo enterrado habrá adquirido bajo tierra la sabiduría de esos mismos lugares.

## Conclusiones

A pesar de que mediante estas suposiciones de Ernesto parece mantenerse la potencialidad de sabiduría del *zumbayllu*, la pregunta queda abierta: ¿es posible proponer otro conocimiento que el de la racionalidad ilustrada? La alternativa no sería la irracionalidad de una supuesta visión mágica "primitiva", como parece creer Vargas Llosa,[5] sino otro modo de conocimiento que sea capaz de interactuar a la vez con las fuerzas oscuras y con la armonía del cosmos. En su ensayo "Música, conocimiento y transformación social", Rowe observa cómo Arguedas, en este caso a través de la música, encuentra "una modalidad del conocimiento alternativo al racionalismo occidental" (60). Este conocimiento, según Rowe, necesita inscribirse en un contexto de cambio social para realizarse plenamente. Este y otros estudios de Rowe, así como algunas propuestas de Lienhard (*Cultura andina...*), muestran que Arguedas consigue plantear este modo de conocimiento que no se asimila a un esquema racionalista. Pero, tal vez porque no se produce el mencionado cambio, la adhesión a ese modo de conocimiento se presenta en ciertos momentos como un trágico desgarramiento.[6] Sin embargo, eso no impide leer *Los ríos profundos* –y

---

[5] Es lo que propone Vargas Llosa, quien no capta el valor simbólico de lo andino, sino que le exige que se ajuste a los esquemas de la racionalidad occidental más rígida, y proyecta así en Arguedas una falsa lucha entre la razón y la magia (Vargas Llosa 163), entre el progreso y el pasado (185), una especie de disyuntiva forzosa entre las vacunas como símbolo del progreso y la identidad cultural (la del otro, claro).

[6] Rowe dice en este mismo ensayo que "*Los ríos profundos* se debate entre la opción trágica y la liberación de fuerzas sociales capaces de oponerse a la opresión" (69).

aun toda la obra de Arguedas– como una propuesta diferente de relación con el mundo, con el propio interior y con el conocimiento, y enriquecer así la lectura social y la de formación de un adolescente con esta dimensión.

## Bibliografía


Arguedas, José María. *Los ríos profundos*. Ricardo González Vigil, ed. Madrid: Cátedra, 1995.

_____ *El zorro de arriba y el zorro de abajo*. Buenos Aires: Losada, 1971; tercera edición, 1972.

_____ "La sierra en el proceso de la cultura peruana". *Formación de una cultura nacional indoamericana* México: Siglo XXI, 1975. 9-27.

_____ "Puquio, una cultura en proceso de cambio". *Formación de una cultura nacional indoamericana.* Selección y prólogo de Ángel Rama. México: Siglo XXI, 1975. 34-79

_____ "El nuevo sentido histórico del Cuzco". *Señores e indios. Acerca de la cultura quechua.* Selección y prólogo de Ángel Rama. Buenos Aires: Arca, 1976. 45-52.

_____ "Ritos de la siembra". *Señores e indios. Acerca de la cultura quechua.* Selección y prólogo de Ángel Rama. Buenos Aires: Arca, 1976. 85-88.

_____ "Ritos de la cosecha". *Señores e indios. Acerca de la cultura quechua* Selección y prólogo de Ángel Rama. Buenos Aires: Arca, 1976. 100-106.

_____ "El layk'a (brujo)". *Señores e indios. Acerca de la cultura quechua.* Selección y prólogo de Ángel Rama. Buenos Aires: Arca/Calicanto, 1976. 142-146.

Arriaga, Pablo José de. *La extirpación de la idolatría en el Perú*. Lima: Imprenta Sanmartí, 1920. Editado también en Esteve Barba ed. *Crónicas peruanas de interés indígena*. Madrid: BAE, 1968.

Duviols, Pierre. *Cultura andina y represión. Procesos y visitas de idolatrías y hechicerías. Cajatambo, siglo XVII*. Cusco: Centro de estudios rurales andinos "Bartolomé de las Casas", 1986.

Eliade, Mircea. *Tratado de historia de las religiones*. [1964]. Tomás Segovia, trad. México: Era, 1975.

Fernández Juárez, Gerardo. *Entre la repugnancia y la seducción. Ofrendas complejas en los Andes del Sur*. Cusco: CBC, 1997.

Ferrari, Américo. "La imbricación de la expresión poética en la obra narrativa de José María Arguedas y Juan Rulfo". *Hueso húmero* 34 (1999): 18-32.

Flores Galindo, Alberto. *Buscando un Inca*. La Habana: Casa de las Américas, 1986.

Gushikén, José J. *El violín de Isua. Biografía de un intérprete de Música Folklórica.* Lima: Universidad Nacional Mayor de San Marcos, 1979.

Lienhard, Martin. *Cultura andina y forma novelesca: zorros y danzantes en la última novela de Arguedas*, 2ª ed. ampliada. Lima: Horizonte/Tarea, 1990.

_____ "La función del danzante de las tijeras en tres textos de José María Arguedas". *Revista Iberoamericana* XLIX/122 (1983): 211-218.

López Maguiña, Santiago. "La carne de las piedras. Análisis de un fragmento de *Los ríos profundos*". *Hueso húmero* 40 (2002): 47-59.

Rama, Ángel. *Transculturación narrativa en América Latina.* México: Siglo XXI, 1982.

Rowe, William et al. *Vigencia y universalidad de José María Arguedas.* Lima: Horizonte, 1984.

_____ "Voz, memoria y conocimiento en los primeros escritos de Arguedas". *Ensayos arguedianos.* Lima: Universidad Nacional Mayor de San Marcos/ Sur, 1996. 19-33.

_____ "Música, conocimiento y transformación social". *Ensayos arguedianos.* Lima: Universidad Nacional Mayor de San Marcos/ Sur, 1996. 59-76.

_____ "Deseo, escritura y fuerzas productivas". *Ensayos arguedianos.* Lima: Universidad Nacional Mayor de San Marcos/ Sur, 1996. 117-128.

Spitta, Silvia. "José María Arguedas: hacia un lenguaje y un mestizo inmensamente abyectos". *Memorias de JALLA Tucumán, 1995,* Vol. I. Tucumán: proyecto Tucumán en los Andes, 1997. 566-574.

Taylor, Gerald. *Camac, camay y camasca y otros ensayos sobre Huarochirí y Yauyos.* Cusco: CBC, 2000.

Tomoeda, Hiroyasu y Luis Millones. "El mundo del color y del movimiento: de los takis precolombinos a los danzantes de tijeras". Luis Millones, Hiroyasu Tomoeda y Tatsuhiko Fujii, eds. *Historia, religión y ritual de los pueblos ayacuchanos.* Osaka: National Museum of Ethnology, 1998. 129-142.

Vargas Llosa, Mario. *La utopía arcaica. José María Arguedas y las ficciones del indigenismo.* México: Fondo de Cultura Económica,1996.

Vilcapoma, José Carlos. "La danza de las tijeras en Parinacochas". Luis Millones, Hiroyasu Tomoeda y Tatsuhiko Fujii, eds. *Historia, religión y ritual de los pueblos ayacuchanos.* Osaka: National Museum of Ethnology, 1998. 87-118.

Wolf Unruh, Vicky. "El mundo disputado al nivel del lenguaje". *Revista Iberoamericana* XLIX/122 (1983): 193-202.

Zevallos-Aguilar, Juan. "*La danza de las tijeras* de José María Arguedas. ¿Construcción de la cultura quechua?". *Indigenismo hacia el fin del milenio. Homenaje a Antonio Cornejo Polar.* Mabel Moraña, ed. Pittsburgh: Instituto Internacional de Literatura Iberoamericana, 1999. 197-210.

# Vuelta a *El Sexto* de José María Arguedas

*Ciro A. Sandoval*

"Este lugar parece que no es sino para descubrir lo que creíamos que no existe" (*El Sexto Obra III*, 307)

## Preliminares

Para empezar, nos parece necesario hacer algunas anotaciones con respecto al texto y a su recepción, las cuales tomaremos como punto de partida para esta vuelta a la lectura de *El Sexto*.[1] En primer lugar, la llamada obra de un autor no está hecha de partes separables o de unidades discretas, independientes entre sí. Todas las obras que un autor produce forman una sola obra en su conjunto (Sábato, 161-162), incluyendo aún los silencios en su producción. La obra de José María Arguedas no es una excepción a este postulado, y así no podemos pensar que sus novelas, artículos, ensayos, cartas, comentarios y traducciones constituyan textos u objetos culturales discretos independientes entre sí. Según la teoría y crítica francesas referentes al texto, especialmente como nos las presentan Roland Barthes, Michel Foucault y Jacques Derrida, el texto (literario, científico, periodístico o de cualquier otro género) adquiere existencia como realidad

[1] La palabra "vuelta" en el título del presente ensayo hace referencia a una nueva lectura de *El Sexto*, esta vez enfocando un aspecto diferente al de otras versiones del mismo, una en *José María Arguedas: Reconsiderations for Latin American Cultural Studies* (1998) y la otra en la *Revista Iberoamericana* (1997). Las traducciones de este ensayo, cuando no sean indicadas, son mías.

abstracta, lingüística, semiótica y social que se activa dentro de las prácticas de escritura, lectura y/o crítica. Por otra parte, la escritura y/o la lectura de cualquier texto no son actos neutros y/o inocentes (Barthes), ya que tanto el escritor como el lector traen a las mismas su conocimiento de convenciones, pautas o contratos sociales de su cultura y de su tiempo (Serres, *Le contrat naturel*, 88-89, por ejemplo).

Dentro de esta perspectiva, *El Sexto* de José María Arguedas va más allá del sistema lingüístico mismo (Emile Benveniste) y así adquiere vigencia como signo cultural, como parte de un tejido social que incluye también significantes, significados y referentes, estos últimos casi siempre olvidados y/o descontados frecuentemente en las prácticas de lectura, recepción, crítica y comunicación—aspecto que aclararemos más adelante. Consecuentemente, *El Sexto* de José María Arguedas, existe, no sólo dentro de un espacio o microcosmos social carcelario que motiva su escritura, sino también dentro de un espacio socio-cultural y político, capitalino, nacional e internacional, como se evidencia durante la lectura misma.

De acuerdo, *El Sexto*, por las circunstancias que lo han motivado y por la realidad a la cual se refiere, tiene esencialmente carácter testimonial y crítico, y como tal ha tenido una recepción popular en ciertos sectores del Perú, pero también ha motivado una recepción más restringida y negativa dentro de ciertos círculos sociales, políticos, académicos y no académicos. Por ejemplo, críticos y lectores de la obra de Arguedas, tales como Mario Vargas Llosa y Sara Castro-Klarén, entre otros, han visto en *El Sexto* (1961), así como en su obra póstuma, *El zorro de arriba y el zorro de abajo* (1971), un gusto o inclinación por parte de Arguedas por lo escatológico, por lo bajo y/o lo vulgar (Fell, 316-17). No obstante, esta visión y recepción negativas nos parecen no sólo injustificadas y/o fuera de contexto, en varios respectos, sino también importantes de señalar por varias razones. Entre éstas destacamos que esta novela, por tener carácter testimonial, se hace además problemática, no sólo dentro del sistema teórico de géneros y de escritura, sino también dentro del cánon literario y dentro de ciertos círculos ideológicos. *El Sexto,* como tal, atestigua una realidad descarnada que no puede ser vista o pensada solamente dentro de las categorías de "lo literario" que teorizan la literatura sólo como entidad ficticia o imaginaria, preciosista, discreta y capaz de existir por sí misma, desligada de la realidad y de ideologías.[2] Las palabras de Sábato ilustran parte de esta situación al referirse a una "literatura de situaciones límites":

---

[2] El concepto de ideología es problemático, pues tiene varias acepciones, bien sea que se use en política o en economía. Según el diccionario de André Lalande,

> El hombre de hoy vive a alta presión, ante el peligro de la aniquilación y de la muerte, de la tortura y de la soledad. Es un hombre de situaciones extremas… . La literatura que lo describe e indaga no puede ser, pues, sino una literatura de situaciones excepcionales… . (85)

y cuando escribe acerca de las letras y las bellas artes:

> …escritores como Sófocles, Dante y Shakespeare no se propusieron la belleza como fin, sino el examen de nuestra condición humana…. Es claro que en este trabajo se encuentra la belleza, pero no aquélla que se logra cuando se la busca por sí misma, sino otra: grande y trágica, desgarrada por la disonancia y el horror…. (158)

o cuando nos habla del estilo:

> El estilo es el hombre, el individuo, el único: su manera de ver y sentir el universo, su manera de "pensar" la realidad… (158).

En estas circunstancias, la lectura, interpretación y/o crítica de *El Sexto como parte de una poiesis social* deben enmarcarse, también, dentro de una problematica política, ideológica, económica e histórica, primero peruanas y luego globales y en la forma como estas perspectivas afectan la visión arguediana de la realidad, su posición y su manera de escribir. Como sabemos por testimonios y comentarios personales y críticos, la obra arguediana gira en torno a la idea de un Perú que podemos visualizar como la de un Perú "profundo", tradicional, aún en gran parte indígena, de habla quechua, cuya cultura oral es difícil de traducir al lenguaje de la

---

*Vocubulaire Technique et Critique de la Philosophie* (458-459), la palabra "ideología", fue creada por Destutt de Tracy en 1796. A) Según él la palabra *ideólogo* parecía haber sido creada para denigrar a un opositor (Napoleón, Chateaubriand). Stendhal toma esta palabra en su sentido lógico, como una ofensa para indicar que un opositor no razona bien. B) En un sentido peyorativo, ésta se refiere a ideas abstractas que no corresponden a hechos reales. C) Como doctrina que inspira un partido o un gobierno. D) Pensamiento teórico que cree desarrollarse abstractamente sobre sus propios postulados pero que en realidad es la expresión de hechos sociales, particularmente de hechos económicos, muy usada en este sentido dentro del marxismo. Según Karl Mannheim en *Ideology and Utopia*, la ideología reproduce el sistema o *estatus quo* del mismo, mientras que la utopía es revolución contra el mismo y su ideología. Según esto, entonces, nada puede existir que no obedezca a una ideología. La afirmación de que la literatura no puede ser ideológica, como afirma Vargas Llosa respecto a José María Arguedas en *La utopía arcaica* ("Un malentendido" 22-30) ya es de por sí una afirmación ideológica. Por el contrario, para Fernández Retamar no puede haber literatura desligada de la ideología e incluso de la lengua particular de una cultura.

modernidad de un Perú republicano, de posconquista y poscolonialismo, de habla y escritura castellanas.[3] En la visión y la obra de Arguedas, estos dos Perús luchan, recordando aquí el título de su novela más conocida, como si estuvieran separados aún por ríos profundos, a la par que otros países denominados del "tercer mundo" o no desarrollados, por encontrar una posición y una nueva identidad dentro de un llamado "nuevo orden mundial" en el cual se ven forzados a adaptarse, acomodándose a estrategias de modernización tales como las de reestructuración de sus economías y de apertura al mercado libre creado por una economía neoliberal de posguerra. No resulta sorprendente, entonces, que en su discurso de recepción del Premio Inca Garcilaso de la Vega, "No soy un aculturado" (1969) Arguedas responda precisamente a esta situación.

Según estas perspectivas, resulta difícil acomodar una lectura e interpretación de *El Sexto* atendiendo sólo a las tendencias formales, elitistas, académicas, de cánones y modas literarias, modernistas o de vanguardia (Fernández Retamar 30-31; Sábato 88-89), que dejan de lado la visión de los dos Perús y/o de Latinoamérica para acomodarse al discurso de modernización copiando una ideología de progreso que parece mirar sólo hacia lo global, descartando a la vez lo local, provincial, arcaico o tradicional, por no decir anacrónico, a pesar de que las mejores soluciones son las locales tanto en término de cultura, lengua y literatura (Serres, *Eclaircissements* 136-138).

Parte de la problemática de la lectura, interpretación y/o crítica de *El Sexto* debe enmarcarse dentro de los tremendos cambios desencadenados por varios acontecimientos, de los cuales Arguedas fue testigo directo en

---

[3] Como sabemos, por sus puntos de vista sobre pedagogía que expone en su libro *Nosotros los maestros*, Arguedas era partidario de una educación bilingüe para los hablantes nativos del quechua. Según él, los hablantes del quechua debieran ser alfabetizados primero en quechua y luego en español, no al contrario. Con estas ideas en mente se propuso crear un programa para la enseñanza del español a quechua-hablantes nativos, programa que sometió después para la reforma del sistema educativo y para lo cual él fue llamado a Lima a cumplir esta tarea, lo que le trajo muchos dolores de cabeza. Respecto a la escritura del quechua, hoy en día sabemos que, a pesar de los esfuerzos realizados en esta dirección, incluyendo la adaptación nacional de un alfabeto fonético para la enseñanza del quechua, todavía existen grandes desacuerdos y discusiones en cuanto a adaptar o no un sistema pentavocálico paralelo al del castellano, o uno trivocálico. Sorprendentemente los motivos de desacuerdo para la normalización de un alfabeto quechua aceptable nacionalmente son en parte ideológicos.

muchos de ellos, e indirecto en otros, los cuales tocan las fibras de su vida en diferentes etapas y aspectos y que influyen así, incisivamente, en la producción de toda su obra, y por ende en *El Sexto* mismo.

Entre estos acontecimientos podemos mencionar: la revolución mexicana (1910), la revolución rusa (1917), las dos guerras mundiales de 1914 y de 1939, la fundación del APRA (Alianza Popular Revolucionaria Americana, 1924) en México por el ideólogo peruano, Víctor Raúl Haya de la Torre, oficializado como partido de izquierda del Perú en 1931; la depresión económica mundial de los años 30, la guerra civil española (1936-1939), la revolución cubana (1959) y la guerra en Vietnam iniciada por Francia y retomada por los Estados Unidos en los 60, amén de los cambios y movimientos contraculturales de la década de los 60 (cuando esta novela salió a la luz), tales como el feminismo, el ambientalismo, la oposición a la guerra y los diferentes virajes a regímenes dictatoriales en el Perú y otros países de Latinoamérica, uno de los cuales (el del "General" como se menciona en *El Sexto* al militar Oscar R. Benavides) envió a Arguedas y a varios de sus compañeros universitarios al Sexto.[4] Estamos pensando aquí, además, en las consecuencias de estos acontecimientos, especialmente a nivel mundial, en cuanto a que éstos han generado conceptos, ideologías y paradigmas económicos, aglutinados y diseminados bajo términos tales como modernismo, desarrollo, Alianza para el Progreso, posmodernismo, y "nuevo orden mundial". Sin embargo, estos conceptos o ideas resultan por demás difíciles de definir y de materializar, sobre todo dentro del contexto latinoamericano y del "tercer mundo", empezando porque éstos no surgen desde adentro de Latinoamérica y/o del "tercer mundo", sino desde afuera, de los centros del poder, donde la ideología del modernismo y del progreso han venido rearticulándose desde el descubrimiento de América.

Resulta irónico pensar aquí en la modernización de Latinoamérica y/o el "tercer mundo", sobre todo dentro del contexto de una

[4] José Ortiz Reyes (*José María Arguedas: recuerdos de una amistad* 26) su entrañable amigo de toda su vida, describe autobiográficamente la reacción estudiantil de la Universidad de San Marcos frente al ataque del fascismo a la república socialista democrática española y frente a la influencia de esta ideología en el gobierno del "General" Benavides, el cual invitó al General Camarotta, Jefe de la escuadra fascista italiana en España, al Perú. Durante una visita de este general a la universidad por invitación de un profesor italiano, fue abucheado por los estudiantes que protestaron su presencia. Este acto fue severamente castigado con el encarcelamiento de Arguedas y de otros estudiantes. Vargas Llosa también narra este hecho en *La utopía arcaica* (109).

superaceleración impuesta por los desarrollos sin precedentes de la ciencia y de la tecnología, especialmente de la cibernética, el transporte y técnicas de transformación y producción, que dejan aún más a la zaga a los países en vías de desarrollo y los tercermundializan aún más dentro de un "nuevo orden mundial". Pareciera que en este tercer mundo se hubiera llegado ya a una situación donde puede decirse, parafraseando a Michel Serres que "ya no depende más de nosotros que todo dependa de nosotros" (Serres, *Eclaircissements* 274) sobre todo cuando pensamos en esta "modernidad" y/o "posmodernidad" como un nuevo ambiente de implosión mundial, donde los avances superacelerados de la ciencia, la tecnología y la administración (Serres, "Trahison: La Thanatocratie" 73-104) parecen comprimir el tiempo y el espacio hasta límites difíciles de imaginar. Sin embargo, esta modernización no parece que se esté implementando siguiendo los postulados de una democracia y de un mercadeo libre.

No dudamos que Arguedas mismo estuvo rumiando sobre estos acontecimientos, conceptos, cambios y consecuencias durante la larga gestación y redacción de *El Sexto* (entre 1937 y 1961) pues nos parece que este texto no encaja tampoco dentro de este "nuevo orden de progreso". Muy al contrario; tanto *El Sexto* como el "nuevo orden" podrían redefinirse anteponiendo el prefijo "des" al sustantivo de esta última frase nominal.

De acuerdo, nos parece importante aludir aquí de nuevo al canon como concepto hegemonizante en términos de modas, estilos y tendencias, puesto que Arguedas mismo parece proponerse subvertirlos en *El Sexto* y más concretamente en *El zorro de arriba y el zorro de abajo* (Lienhard). En este contexto, vale la pena señalar que la visión de desorden o entropía ambiental, social y comunicativa que representa *El Sexto* resulta en verdad retomada y expandida en el infierno chimbotano de su última novela. Por otra parte, debemos recordar que el mismo Arguedas tampoco se veía a sí mismo como seguidor o imitador de una moda o tendencia, como él nos da a entender, por ejemplo, en la posición que adopta frente al llamado "boom" hispanoamericano y algunos de sus escritores más conocidos, a los cuales se refiere en sus diarios de *El zorro de arriba y el zorro de abajo*. Quizás Arguedas se sentía en este respecto, como ilustran las palabras de E. Caldwell citadas por Sábato sobre literatos y escritores:

> La profesión de escritor tiene un lado penoso, que consiste en que el trabajo lo obliga a uno a mezclarse con una serie de literatos. Para guardar las apariencias, una o dos veces por año, hay que concurrir a una reunión y pasar varias horas en compañía de críticos, autores radiales y gente que lee libros. Todos ellos hablan una jerga que sólo pueden entender los literatos. Únicamente después de proceder a una purificación de fondo

> puede uno recobrarse y caminar con la cabeza en alto, como un ser humano. (34)

Quizás, podemos tomar también esta postura como parte del mensaje de su discurso ya citado, "No soy un aculturado," que se ha convertido en su propio manifiesto y que Arguedas quiso que se incluyera como prólogo a su novela póstuma.

¿Por qué *El Sexto*?

Sin las perspectivas anteriores resulta por demás difícil aventurar una interpretación o crítica de la producción y recepción de textos como *El Sexto*. Empezaremos, entonces, por preguntarnos, ¿por qué un autor como Arguedas escribe lo que escribe? y más concretamente, ¿por qué escribe *El Sexto*?, un texto que podría parecer inesperado, o inusitado ciertamente dentro de la producción del autor de *Los ríos profundos* (1958), como se conoce principalmente a nivel nacional e internacional. La gestación de esta gran novela lírico-poética, a la par que sus viajes de estudio e investigación sobre las comunidades de España y del Perú, parecen irrumpir también en la redacción de *El Sexto*, comenzada, según Arguedas mismo, en 1957.

Dadas estas circunstancias, las respuestas a las preguntas anteriores exigen sondearse siguiendo las perspectivas de Arguedas, no sólo como novelista, sino como etnólogo, antropólogo, folklorista, cuentista, pedagogo y hablante bilingüe de quechua y de español, dentro de una visión dialéctica y analéctica, es decir múltiple y que acepta las diferencias del otro[5] dentro de las tensiones recurrentes a través de la obra de Arguedas, por ejemplo, entre la sierra y la costa; lo andino y lo no andino; lo rural y lo urbano; lo antiguo y lo moderno; lo real y lo mitológico; lo artístico y lo folklórico; lo presente y lo utópico. Así, por ejemplo, situándonos entre la sierra y la costa, salta a la vista y a la imaginación la dimensión de verticalidad, la cual podemos asumir aquí como parte de un paradigma para enmarcar la visión social de *El Sexto*, considerando también lo andino y lo no andino

---

[5] "El movimiento analéctico es entonces una crítica y un sobrepasar el método negativo dialéctico; no lo niega así como tampoco la dialéctica no niega la ciencia sino que la asume, la completa y le da su valor justo irreal. El método dialéctico negativo de Marcuse, Adorno y aún de Bloch es ingenuo con respecto a la crítica positiva de la utopía, de la exterioridad política que ofrecen los pueblos de la periferia, la mujer de la clase trabajora, la juventud oprimida y las sociedades dependientes" (Dussel, 159-160).

del Perú, dentro de un paradigma ecológico, cultural, agrícola, rural, industrial y social.

De acuerdo, tomamos aquí una perspectiva de/a vuelo de pájaro, es decir, de puntos de vista, tanto a nivel vertical como horizontal, para dar una descripción de la prisión de El Sexto, donde, como Arguedas nos dice, vio los extremos más severos del Perú, las mentes más lúcidas y puras como también lo más depravado, criminal y sórdido. El edificio de este espacio carcelario, uno de los más infames de Lima y del Perú, cuyo aspecto físico tiene semblanza de "cuartel"[6] en su estructura y ambiente de cementerio, según lo percibe Gabriel/Arguedas (*El Sexto* 338), consta de tres pisos conectados entre sí, horizontalmente por seis puentes y verticalmente por escaleras correspondientes. Las celdas o "nichos", como se conocen aquí, están distribuidas en el espacio vertical enmarcado por los cuatro costados interiores y exteriores del edificio que se crea alrededor y desde el patio del primer piso. El espacio vertical así creado replica en algunos aspectos el infierno de círculos dantescos que Gabriel/Arguedas percibe también como una "nausea que trataba de ahogarlo" (237), visión que se refuerza por el hecho de que a este patio nunca llega el sol. En su aspecto de microcosmos social, los pisos de este infierno remedan también una categorización vertical administrativa de justicia penal y legal represiva.

El primer piso está destinado a los llamados "vagos", término social arbitrario que designa aquí todo lo que puede imaginarse como desperdicio de cloaca entrópica social y cultural, donde lo humano también pierde toda su significación como tal y que aglutina a ladrones, carteristas, atracadores, pervertidos, proxenetas, degenerados, borrachos, indocumentados y otros presos no convictos por juicio penal, víctimas de diputados y otras autoridades corruptas.

El segundo piso está asignado a los llamados presos comunes, "criminales no avezados", como dice Cámac, violadores, estafadores, ladrones y criminales no rematados (226). Aquí también están algunos presos políticos que no pudieron alojarse en el tercer piso, donde debieran estar como tales, pero que no tuvieron cabida por falta de espacio en este

---

[6] La edición de *El Sexto* de las *Obras Completas* de Editorial Horizonte que estamos usando tiene notas finales que aclaran muchos de los términos que Arguedas usa en esta novela, así como también gran parte de la situación política del Perú. "Cuartel" se refiere a un "conjunto de nichos en forma de edificios generalmente de cuatro pisos que se construye en los cementerios urbanos de preferencia" (340).

piso o porque no quisieron quedarse entre los presos políticos, como es el caso de Don Policarpo, el Piurano, que decide alojarse en el segundo piso, a pesar de ser propietario de cañadulzales y molinos.

En el tercer piso, se alojan a quienes se tildan de presos políticos de ideologías fascistas, apristas, comunistas, socialistas y a quienes no tienen afiliación política, entre los que se cuentan Pacasmayo y Gabriel/Arguedas, catalogado como estudiante sin afiliación política. Aquí tienen cabida también aquéllos que en el mundo de afuera disponían de una posición económica y social más elevada que la de los indios y los vagos dentro de la escala social y económica del Perú, como el mencionado Pacasmayo, pescador y dueño de bolicheras. Como reclusos políticos y comerciantes de este tercer nivel, gozan también de una posición más favorable que la de los presos de los otros niveles, ya que pertenecen a una escala social más favorecida, económica y educativamente hablando.

Un aspecto sorprendente dentro de esta estructura social es la subcategorización mantenida a través de jefes, coordinadores o supervisores entre los mismos presos, que ayudan a mantener la misma estructuras económicas, comunicativas, y de privilegios y de destitución, así como también de ideologías y pugnas que existen entre éstas, dentro y fuera de la cárcel, y por las cuales muchos están presos también. Estos jefes o supervisores sirven como punto de contacto con las autoridades carcelarias a través de los cuales éstas ejercen su control y máximo castigo según sus propias ideologías y posiciones de poder en una suerte de complicidad punitiva y soterrada, difícil de comprender, pero que puede pensarse como producto del mismo sistema de opresión, desigualdad social y destitución dentro del Perú, ejercido a través de lacayos y "soplones", como se llaman allí. Dentro de esta complicidad, se enfrentan unos con otros, lo cual hace decir a Gabriel: "Yo andaba como un tigre en la cárcel, iba a morir de rabia. Había como veinte presos, todos lloriqueando, menos dos apristas que juraron conmigo liquidar al carnicero ese [un diputado] cuando saliéramos libres. Uno de ellos que ahora está en la isla, les [sic] dijo a uno de los soplones 'Señores, algún día vamos a salir nosotros; ahora estamos frente a frente, ustedes por la paga, nosotros por la patria. Ni nos acordaremos de ustedes el día del triunfo; castigaremos a los gamonales que se valen de ustedes como de un garrote…'" (253).

Así, dentro de este mismo infierno hay jefes de los diferentes partidos políticos, jefes de los ladrones, de los vagos, paqueteros, patinadores o mensajeros de los criminales. Esta "separación" o categorización de presos dentro de un espacio vertical social del edificio que irónicamente

Pedro –el líder comunista– dice que debe mantenerse para que exista el orden (260) refleja también la estructura de ideologías, de componendas y de alianzas de corte feudalista, neocolonial, político y capitalista que aún existe en el Perú y en el "tercer mundo". Como ejemplo de esta retórica política de ideologías, por las cuales los dirigentes políticos y sindicales están presos, citamos las palabras de Pedro a Gabriel/Arguedas: "Tú no tienes experiencia, compañero estudiante. El oportunismo al menudeo y en lo grande es la línea fiel del APRA. ... La doctrina no es ni quiere el 'jefe' [Haya de la Torre] que sea clara...declara ser marxista y está contra el comunismo, es anti-imperialista y ataca a la URSS para neutralizar o ganarse el apoyo de los Estados Unidos. El 'jefe' se proclama anti-feudal, pero se rodea de señores que son grandes del norte... Es ídolo de los obreros de esos mismos señores feudales...pero ¿qué les ofrece? Adjetivos, adjetivos" (239) (Ver Molinari). Según estas palabras, no resulta difícil advinar, por ejemplo, en que espacio tiene cabida o asidero la estructura cósmica cultural andina y su relación con otras instituciones sociales, pos y neocolonialistas que tanto le preocupaba a Arguedas.

Por otra parte, estas peleas y alegatos, proselitización e indoctrinación que se mantienen dentro del Sexto cancelan, a la vez, toda posibilidad de comunicación, entendimiento y diálogo que Gabriel/Arguedas, Cámac, Juan, Don Policarpo, Pedro, Luis, Torralba y otros tratan de establecer a través de actos de solidaridad y defensa de los derechos y decoro humanos dentro de este caos infernal. Las palabras de Cámac, un serrano dirigente sindicalista, carpintero, minero de la corporación Cerro de Pasco y visionario de esta misma realidad dentro de la cual él es prisionero, primero en la cárcel de La Oroya y ahora en el Sexto, ilustran este intento cuando le dice a Gabriel, refiriénose a la situación social que percibe en el Perú y en el Sexto:

> Estamos viviendo sobre el crimen, amigo estudiante; aquí está abajo y nosotros encima; en Morococha y Cerro es al revés; ellos encima, los chupasangre, abajo los trabajadores; ya sea debajo de la tierra, en la mina, o en los barrios de lata. Porque en Morococha, los indios obreros duermen en barrios de lata. ¡ Cómo aguantan el frío!. ... Hermano estudiante, ellos son en esas minas lo que estos vagos en el Sexto: lo último... ¿Qué piensas tú, camarada; con qué pensamiento has venido? ¿Tú conoces Morococha y Cerro?.... ¿Para qué sirve allí un techo de lata? Para esconder a la gente, que no vea lo que tiemblan. La cuestión es tapar y chupar la sangre (226).

O para referirse a la solidaridad y espirítu de lucha: "Aquí, en mi pecho, está brillando el amor a los obreros y a los pobrecitos oprimidos. ¿Quién va a apagar eso? ¿La muerte? .... ¡No hay muerte, sino para los que tiran para atrás!" (237). Sin embargo, frente a la imposibilidad de lograr este diálogo de comprensión e iluminación, y frente a la rabia que crea esta misma imposiblidad dentro de este sistema férreo de castigo y destitución, algunos presos toman medidas e inciativas por su parte, como lo hace Don Policarpo, el piurano, quien liquida, como anuncia Luis, el líder aprista al final de la novela, al "más feroz chacal del gobierno" (338).

## Lenguaje y realidad en *El Sexto*

Tomaremos aquí el aspecto del lenguaje de *El Sexto* y de su relación con la realidad que refleja como una guía para tratar de contestar las preguntas que hemos formulado de por qué Arguedas escribe *El Sexto* y por qué es éste uno de los aspectos que más directamente motiva su recepción negativa a la cual hemos aludido ya. Volvemos a recordar a Arguedas aquí como un "tercer-humanista" polifacético,[7] lo cual le permite además asumir el papel de testigo como homólogo de Hermes, especialmente como mensajero, o del etnógrafo voyeurista de la realidad que su obra representa o refleja (Geertz, *Works and Lives*). Surge, así, la idea de la integridad del testigo como apunta el escritor y crítico de izquierda israelí, Amos Oz:

> Los poetas y narradores son a veces vistos como testigos. Uno tiende a esperar cierta integridad de un testigo, al menos integridad en el sentido de honestidad, sinceridad, y objetividad. Sin embargo, mientras los escritores, usualmente son testigos en la acusación, también son testigos en la defensa. Peor aún, el escritor o poeta es un miembro del jurado. Pero, ¿no es acaso él mismo, el acusador que expone, [que] desenmascara al acusado? ¿Y no es él/ella al mismo tiempo un familiar del acusado? ¿Y la familia de la víctima también?
>
> Él/ella puede actuar como juez también. El puede secretamente planear un escape, armando también al encarcelador. (*Suitcase* 3, 1998, 8)

Estas palabras nos recuerdan también del sentido de solidaridad y reciprocidad que muchos estudiosos han señalado como rasgos esenciales de la cultura andina[8] y que ciertamente no están ausentes dentro de la

---

[7] La frase nominal "tercer-humanista polifacético" está acuñada aquí parafraseando la frase nominal de Michel Serres, "el tercer instruído" en Sandoval, "Michel Serres's Philosophy of the 'Educated Third".

[8] Al respecto, Alejandro Ortiz Rescaniere nos dice en su testimonio sobre Arguedas que "había quedado mortificado por un artículo de un norteamericano, en el cual sostenía que la famosa solidaridad andina se atenuaba en caso de crisis, de enfermedades o de situaciones extremas de los pobladores. Turbado por tales

trama y la realidad de *El Sexto,* como hemos señalado ya y como el crítico Oz nos ayuda a ilustrar con respecto al escritor:

> ...[el escritor o el autor] cuya integridad empieza y termina en el dominio de las palabras: ...puede usar sus palabras para construir castillos, para jugar juegos brillantes, para llamar muerte a una rosa. Pero él también puede ser responsable por llamar rosa a una rosa y mentira a una mentira, por llamar villanía a la villanía, y tortura a la tortura. Su manera de dar la alarma lo convierte en el horror de los tiranos. ...Toda locura, salvajada, obcenidad y callosidad presentes en la mente del tirano deben haber cruzado también la mente del poeta. (10)

Es en este ambiente donde el espíritu de solidaridad inspira también resistencia y acciones frente a los límites intolerables de degradación humana, como Oz apunta también al respecto:

> La tiranía, la opresión, la degradación moral, la persecución y las masacres, han empezado siempre y en todas partes con la contaminación del lenguaje, haciendo sonar lo que es bajo y violento como limpio y decente (el nuevo orden, "la solución final", las medidas temporales, las limitaciones restringidas), o por otra parte usando lenguaje grueso y bestial donde éste debiera haber sido humano y delicado ("parásitos", "insectos sociales", "cáncer político", etc.). El escritor tiene que reconocer que, dondequiera que se haga referencia a un ser humano como parásito o gérmen, aparecerán, tarde o temprano, escuadrones de muerte y exterminaciones. Dondequiera que la guerra se llame paz, dondequiera que se refiera a la opresión y la persecución como seguridad, y el asesinato se llame liberación, la degeneración del lenguaje precede y prepara la degeneración de la vida y de la dignidad. En fin de cuentas, el estado, el régimen, la clase o la idea permanecen intactos al mismo tiempo que se aplasta la vida humana. (9)

Estas últimas citas ponen de manifiesto además que la realidad caótica de *El Sexto* no puede ser ilustrada sino por el lenguaje requerido para testimoniarla y aún para exorcizarla. Este lenguaje no puede ser siempre indirecto o lleno de tropismos o malabarismos lingüísticos decorativos o preciosistas. Vale decir que para exorcizar esta realidad hay que desenmascararla y/o deconstruirla buscando sus referentes más directos.

---

afirmaciones me propuso: 'Haz un estudio sobre los enfermos en Vicos y ve si realmente desaparece la solidaridad. Además de esto, aprovecha para recoger algunos relatos.' Así lo hice. Los vicosinos asistían a sus enfermos como es debido" (189).

Dentro de esta perspectiva, es también importante recordar la distinción Barthesiana entre escritor y autor, que aunque reconocemos que es bastante problemática y controversial en diferentes respectos, no obstante creemos que nos ayuda a contextualizar mejor la visión de la obra de Arguedas, y dentro de ésta, el texto y/o discurso de *El Sexto*. Es conveniente recordar que el mismo Arguedas nos dice en uno de sus diarios en su obra póstuma ya mencionada que él no era un escritor profesional (Primer diario, Fell, 18-21). Sus palabras hacen eco de una de las principales distinciones que Roland Barthes establece entre los llamados escritores y autores. Según Roland Barthes, para el llamado escritor, el verbo *escribir* es transitivo, mientras que para el autor este mismo verbo es intransitivo. Es decir, escribir para el autor es escribir operando sobre el lenguaje mismo (Barthes), tratando de esencializar la realidad misma en este lenguaje, como creemos que José Maria Arguedas lo hace, primero a través del *runa simi* (boca/ lengua de los hombres) o quechua (término españolizado) que habló como primera lengua y a través del cual conoció la realidad andina, antes que a través del español. Este hecho parece muy significativo por cuanto el quechua nos permite vislumbrar que, por su naturaleza misma de lengua no indo-europea, aglutinante y de gran contenido onomatopéyico, ejerce una influencia considerable en la manera de ver, sentir y escribir del mundo de Arguedas (Matthews y López Maguiña). Escribir para Arguedas significa ante todo, transmitir la esencia o la vida de las cosas y la naturaleza a la palabra escrita. Desde el punto de vista opuesto, al decir que para el escritor el verbo *escribir* es transitivo supone que su práctica o profesión de escribir tiene un objeto (in)directo, que puede ser: una audiencia predeterminada, unos fines comerciales, unos deseos de fama o de vanidad humana (Sábato 96).

En el contexto de esta diferencia, trataremos de complementar la respuesta al por qué Arguedas escribe *El Sexto*, concatenándola con otras preguntas. Por ejemplo, ¿por qué es *El Sexto* una de las novelas que tiene el período más largo de gestación dentro de la producción de Arguedas? Este hecho nos parece particularmente diciente ya que el mismo Arguedas nos confiesa al comienzo de su novela, que decidió escribirla en 1939 (dos años después de su experiencia carcelaria en el Sexto), pero que sólo empezó a redactarla en 1957. Sin embargo, ésta sólo salió a la luz en 1961; es decir, 24 años después de su experiencia carcelaria, hecho que nos hace pensar en esta novela como una larga meditación dentro de un contexto político, económico, ideológico cultural del Perú de Arguedas que no dejó de impresionarlo, de preocuparlo, y de perseguirlo como un fantasma en su vida de escritor e investigador humanista de su propia cultura.

Retornando a Ernesto Sábato en *El escritor y sus fantasmas,* lo primero que salta a la vista en el título mismo de esta obra aforística es que los fantasmas del escritor son también entidades de una realidad que exige escribir para exorcizarlas o conjurarlas. Pero, ¿qué clase de fantasmas son los fantasmas de un autor como Arguedas? ¿Es uno de estos fantasmas El Sexto mismo, que lo ha perseguido desde su experiencia carcelaria y durante el período de gestación de esta novela testimonio y más allá de la misma? O, ¿son otros fantasmas que existen fuera del Sexto y que lo han lanzado a él y a otros amigos, intelectuales y líderes de comunidad y de partido dentro de este infierno, parte de la historia política y económica del Perú? Más concretamente, ¿son éstos últimos fantasmas los que zambulleron al mundo en la depresión económica global de los años treinta?; es decir, ¿los fantasmas del llamado mercado libre dentro del cual se disputan la hegemonía varios actores del capitalismo internacional y cuyos ecos repercuten en las ideologías de líderes políticos y sindicalistas encarcelados en El Sexto y en las paredes del mismo? O, finalmente, ¿son otros fantasmas difíciles de identificar y nombrar, pero cuya presencia ejerce una presión constante y conspicua como la que ejercen las fuerzas invisibles de las placas tectónicas y de la atmósfera, bajo y sobre la tierra? Pensamos aquí en fantasmas tales como el del fascismo de Mussolini y de Hitler, cuyas bombas y aviones aplastaron la república española socialista democrática, comprometiendo a otros gobiernos a nivel mundial e influyendo en la estructura política de países en el "tercer mundo", como muestran los discursos y la retórica de los apristas y comunistas en el tercer piso.

El espacio carcelario del Sexto no es sólo un lugar para descubrir fantasmas a los cuales se quiere exorcizar después de descubrirlos. El Sexto es también un lugar "para reflexionar," como dice Pedro (241), el líder comunista, y para crear conciencia, como cuando Don Policarpo dice que uno al parecer encuentra su destino no en la calle sino estando preso (312), y para hacer pública la existencia de lo ultrabajo, del lado oscuro de la sociedad, como reflejan también las palabras del piurano, al decir que "los humanos venimos de una maldición, de una sierpe de áspero pellejo" (307) que se descubre también en la penumbra no natural que crea el sol del progreso que ahora se disfraza en estrategias llamadas de modernización o posmodernización, bajo las cuales se ocultan los efectos entrópicos de un orden regido por la Segunda Ley de la Termodinámica, tal como los techos de lata que menciona Cámac ocultan a los mineros sobre-explotados en los Andes con toda su miseria y su frío.

En estas circunstancias creemos poder entender por qué Arguedas quiere exorcizar estos fantasmas como autor. Será porque, como dice Sábato, éstos representan la carga social de su tiempo (34) que lo impulsan a escribir *El Sexto*, para abogar por una conciencia de solidaridad, reciprocidad y compasión humanas que él llama "acompañamiento", aprovechando la luz de la sabiduría que encuentra en El Sexto para encender la chispa de la liberación humana en este infierno de caos social. En El Sexto Gabriel/Arguedas también "acompaña", con la música de los Andes, sus palabras y los pocos haberes personales de que dispone, a quienes son humillados y vejados más allá de lo incomprensible y lo indecible, como sucede con algunos prisioneros del primer piso del Sexto, quienes enloquecen y mueren de desnutrición, suciedad y frío, tales como el pianista y todos aquéllos que no tienen poder ni para hablar. Irónicamente esta misma música de los Andes habría de acompañar a Arguedas hasta su propia tumba, junto con las mismas notas de la "internacional" que había escuchado el primer día de su llegada al Sexto, en contrapunteo con "la marsellesa" aprista y casi como un preludio no sólo de lo que iba a descubrir allí sino un presagio de lo que pasaría después (José Ortiz Reyes, 38).

Quizás éstos sean los fantasmas del Sexto que, al igual que las convulsiones geológicas, como dice Sábato, "revelan...los cataclismos sociales que ponen de manifiesto lo que hay en los estratos más escondidos del ser humano" (140). El descenso al infierno social del Sexto que realiza Arguedas, como lo hiciera Dante bajo la guía del poeta Virgilio y del amor por Beatriz, le hace entender que su misión es la de servir de guía y luz fuera de este infierno de destitución humana, como Heidegger nos hace ver en su ensayo "¿Para qué sirven los poetas?" y que Heidegger comienza con la primera línea del famoso poema de Friedrich Hölderlin, "¿Para qué sirven los poetas en un mundo destituido?" Es decir, la misión del poeta es la de los: "artistas en medio del desastre y del combate, inmersos en una realidad que cruje y se derrumba a lo largo de formidables grietas, artistas que voluntariamente se enfrentan con el caos haciendo una literatura que describe la condición del hombre en el derrumbe; y por oposición, aquéllos que por temor o asco, se retiran a las torres de marfil, o se evaden hacia mundos fantásticos o fuera de la realidad" (Sábato, 104).

## A MANERA DE CONCLUSIÓN

En el desarrollo de este ensayo hemos puesto especial énfasis en el aspecto del lenguaje y de su relación con la realidad dentro del ambiente de entropía o caos social, cultural y ambiental del Sexto, como cárcel y como texto, y de las divagaciones y meditaciones de Arguedas frente al mismo. Retomaremos de nuevo este aspecto, esta vez con referencia al signo lingüístico y la consabida y atribuida arbitrariedad que se da en la creación del mismo, a partir de Ferdinand de Saussure, y como lo ha tomado Jean Baudrillard, como punto de partida de una crítica del sistema de economía capitalista que para este crítico debe inscribirse, no en los postulados clásicos y crítica de la economía marxista, basada esencialmente en relaciones y modo de producción capitalistas dentro de los cuales la clase proletaria que produce este sistema resulta alienada, sino en el signo lingüístico mismo y la estructura comunicativa que éste genera y reproduce como sistema de ideología y economía capitalista (nota del traductor de Baudrillard, Mark Poster).

Como postula Saussure, el signo lingüístico está constituido como una entidad abstracta de doble cara, como lo está la cara mitológica de Jano. Una de las caras del signo lingüístico corresponde al llamado significante (imagen lingüística sonora o escrita) y la otra corresponde al llamado significado (contenido semántico). En su forma más simple, los dos componentes o caras de este signo están separados y a la vez unidos por una barra o línea horizontal u oblicua, imaginaria, diagramada así: Signo = Significante/Significado. Sin embargo, este diagrama no incluye el referente o entidad al/a la cual el significante señala en su forma oral o escrita, ni tampoco al actor, entitidad o institución social que tiene los medios y el poder para crear y diseminar estos signos y/o para crear otros signos o sistemas de significación a partir de estos mismos signos; es decir para crear metasistemas lingüísticos y/o semiológicos, como lo ilustra claramente Roland Barthes en la creación de mitos (*Myth Today*, 115).

Al hablar de esta arbitrariedad atribuida, primero al signo lingüístico y luego al signo metalingüístico, semiológico y/o mitológico, y los sistemas comunicativos que éstos crean, estamos hablando también de la posibilidad ilimitada de tergiversar verdades o realidades como nos recuerda Nietzsche, quien dijo alguna vez que el lenguaje está lleno de trampas de las cuales no podemos escapar, entre las cuales podemos incluir, por ejemplo, la creación de mitos a lo Barthes y de simulacros, como ilustra Jean Baudrillard, o intercambiar estos signos y/o metasignos por cosas materiales o servicios dentro de un sistema socio-político, como lo ilustra también el Don Juan de Moliere, capaz de asumir papeles o conductas para seducir, discursear, y diferir según le convenga (Serres, *Hermes I*, 234).

Dentro de este contexto lingüístico/semiótico comunicativo, *El Sexto*, como texto y como signo socio-cultural de espacio carcelario y punitivo adquiere también su significación social como tal en el espacio de la barra o línea imaginaria del metasistema de signos entrópicos del sistema de desarrollo modernista capitalista. En otras palabras, parafraseando la crítica de Baudrillard, *El Sexto* debe contextualizarse dentro del sistema de significación que trasciende la crítica tradicional marxista, histórico-materialista de relaciones de producción y alienación sociales. Sólo mediante esta operación podemos decir, entonces, que su escritura cumple con el papel o tarea de exorcisar los fantasmas del escritor y de la sociedad. Es decir, *El Sexto* debe deconstruirse en su relación intertextual social y dentro de la retórica de tautología abierta que permite reproducir el código, los signos, la comunicación y la reproducción del sistema de producción capitalista (Baudrillard), casi en un continuo *feedback* cibernético (Wiener), capaz de autoalimentarse, de autoinformarse y de aprender a existir autopoieticamente, parafraseando a Maturana y Varela,[9] y que Marx y sus seguidores no pudieron detectar o imaginar dentro del sistema capitalista, objeto de su crítica.

Estamos apuntando aquí a un movimiento que va de lo lingüístico a lo semiológico (Saussure, Benveniste, Eco) donde se construyen los márgenes, límites, fronteras, interiores, exteriores, paredes que separan y unen cielo, infierno, purgatorio y paraíso dantescos mediante actos de habla (*speech acts*). En otras palabras, como señala Baudrillard, siguiendo esquemas lingüísticos estructuralistas y posestructuralistas, como lo hace también Barthes en *Mythologies*, el signo lingüístco nos da una interpretación más acorde con el nuevo orden y desorden mundiales a los cuales nos hemos referido en este ensayo, pues ya no se trata sólo de la producción de valores regulados por una especie de demonio maxwelliano o fantasma mágico dentro del llamado "mercado libre". Ahora se trata de la producción y consumo de signos de poder y de prestigio (Baudrillard). En otras palabras se trata del consumo del mito o utopía del progreso generados en los centros que tienen el poder para crear estos signos y

---

[9] Los conceptos de autonomía y autopoiesis son interesantes en este contexto como una epistemología revolucionaria que implica descubrir cómo un sistema autónomo como el cerebro aprende y como una característica de los seres vivos que tienen esta organización autopoiética que "les permite relacionar gran cantidad de datos empíricos sobre el funcionamiento celular y su bioquímica. La noción de auotpoiesis, por tanto, no está en contradicción con ese cuerpo de datos, al contrario se apoya en ellos, y se propone, explícitamente, interpretar tales datos desde un punto de vista específico que enfatiza el hecho de que los seres vivos son unidades autónomas.... Vale decir, un sistema es autónomo si es capaz de especificar su propia legalidad, lo que es propio de él" (40).

para intercambiarlos y diseminarlos a escala local y mundial. Para decirlo de otra manera, estamos hablando de la presencia de una ausencia (Derrida) que se consume. Se trata del consumo de significados sin sus referentes gracias a la estrategia de fusionar significados y significantes, descontando así la barra del signo y dejando por fuera el referente y los operadores del sistema, que crean la cascada parásita que hace posible su existencia (Serres, "The Algebra of Literature", y *Le Parasite*).

Es interesante notar aquí que Cámac, cuyo nombre quechua significa "el que crea," el alter ego de Gabriel/Arguedas, quien se convierte después de su muerte en su fantasma protector, vio claramente esta mutación, desde su perspectiva andina, no desde una posición racionalista, positivista o teórica –la cual también critica en los discursos políticos/ideológicos y discusiones que tienen lugar en el tercer piso del Sexto– estas relaciones de poder o de actos de habla que hemos mencionado, sobre todo como referencia al "billete" o fantasma del mismo que espanta y persigue a unos y da poder a otros.

## Bibliografía


Ahmad, Aijaz. *In Theory: Classes, Nations, Literatures*. London: Verso, 1992.

Arguedas, José María. *El Sexto*. Obras completas. Tomo III. Lima: Editorial Horizonte, 1983.

Barthes, Roland. "Authors and Writers". *A Barthes Reader*. Susan Sontag, ed. New York: Hill and Wang, 1982. 185-193.

_____ "From Work to Text". *Textual Strategies: Perspectives in Post-Structuralist Criticism*. Josué V. Harari, ed. New York: Cornell University Press, 1979. 73-81.

_____ "Myth Today" In *Mythologies*. New York: Hill and Wang, 1972. 109-159.

_____ *The Pleasure of the Text*. New York: Hill and Wang, 1972.

Baudrillard, Jean. *The Mirror of Production*. Mark Poster, trad. St. Louis: Telos Press, 1975.

Benveniste, Emile. *Problems in General Lingusitics*. Coral Gables: University of Miami Press, 1971.

Derrida, Jacques entrevistado por Thomas Assheuer. "The Law of Hospitality: An Interview with Jacques Derrida". *Suitcase 3: A Journal of Transcultural Traffic* I y II (UCLA, 1998): 138-153.

_____ *Specters of Marx: The State of the Debt, the Work of Mourning, & the New International*. Peggy Kamuf, trad. New York: Routledge, 1994.

Dussel, Enrique. *Philosophy of Liberation*. New York: Orbis Books, 1990.

Eco, Umberto. *A Theory of Semiotics*. Bloomington: Indiana University Press, 1979.

Fell, Eve-Marie. *José María Arguedas: El zorro de arriba y el zorro de abajo.* Nanterre: ALLCA Xxe, Université Paris X, Centre de Recherches Latino-Américaines, 1990.

Fernández Retamar, Roberto. *Caliban and Other Essays*. Edward Baker, trad. Minneapolis: University of Minneapolis Press, 1989.

Foucault, Michel. "What Is An Author?" *Textual Strategies: Perspectives in Post-Structuralist Criticism*. Josué V. Harari, ed. New York: Cornell University Press, 1979. 141-160.

Geertz, Clifford. *Works and Lives: The Anthropologist as Author*. California: Stanford University Press, 1988.

Hebdige, Dick. "Postmodernism and 'the other side'". *Stuart Hall: Critical Dialogues in Cultural Studies*. David Morley y Kuan-Hsing Chen, eds. New York: Routledge, 1996. 174-200.

Heidegger, Martin. "What Are Poets For?" *Poetry, Language, Thought*. Albert Hofstadter, trad. New York: Harper and Row, 1971. 91-142.

Hertz, Noreena. *The Silent Takeover: Global Captialism and the Death of Democracy*. London: The Free Press, 2001.

Lienhard, Martin. *Cultura andina y forma novelesca: zorros y danzantes en la última novela de Arguedas*. Lima: Editorial Horizonte, 1981.

López Maguña, Santiago. "Letras, palabra y escritura en el Inca Garcilaso y José María Arguedas" *Hoja naviera* II/3 *(Revista de Literatura, Arte y Cultura)* (1994): 35-43.

Mandelbaum, Allen. *The Divine Comedy of Dante Alighieri: Inferno*. Intro y notas por Allen Mandelbaum. New York: Bantam Books, 1980.

Martin, Hans-Peter y Harald Schumann. *The Global Trap*. London: Zed Books, 1996.

Matthews, Daniel. "La ciudad del silencio" *Hoja naviera* II/3 *(Revista de Literatura, Arte y Cultura*) (1994): 44-50.

Molinari, Tirso. "La unión revolucionaria, el APRA y el anti-fascismo en 1931: notas sobre la intolerancia política en la coyuntura electoral de 1931". *Encuentro Internacional de Peruanistas: Estado de los estudios histórico-sociales sobre el Perú a fines del siglo XX*. Lima: Editorial Fondo Económico, 1998. 467-472.

Olsson, Gunar. *Lines of Power: Limits of Language*. Minneapolis: University of Minnesota Press, 1991.

Ortiz Rescaniere, Alejandro, ed. *José María Arguedas: recuerdos de una amistad.* Lima: Pontificia Universidad Católica del Peru, Fondo Editorial, 1996.

Ortiz Reyes, José. "Testimonio de José Ortiz Reyes". *José María Arguedas: recuerdos de una amistad*. Alejandro Ortiz Rescaniere, ed. Lima: Pontificia Universidad Católica del Perú, Fondo Editorial, 1996. 15-38.

Oz, Amos. "Integrity". *Suitcase 3: A Journal of Transcultural Traffic* I y II (UCLA, 1998): 8-11.

Poster, Mark. "Translator's Introduction". *The Mirror of Production* de Jean Baudrillard. St. Louis: Telos Press, 1975.

Quiroz, Eusebio. "Para comprender el Perú actual desde la historia". *Encuentro Internacional de Peruanistas: Estado de los estudios histórico-sociales sobre el Perú a fines del siglo XX*. Lima: Editorial Fondo Económico, 1998. 483-492.

Sábato, Ernesto. *El escritor y sus fantasmas*. Madrid: Seix Barral, Biblioteca Breve, 1983.

Sandoval, Ciro A. "*El Sexto* de José María Arguedas: espacio entrópico de hervores metatestimoniales". *Revista Iberoamericana* 181 (1997): 697-709.

_____ "Michel Serres' Philosophy of the 'Educated Third': Hermesian Confluences among the Humanities, Science, and Technology". *Philosophy Today* 39/2 (1995): 107-118.

_____ y Sandra M. Boschetto-Sandoval, eds. *José María Arguedas: Reconsiderations for Latin American Cultural Studies*. Athens: Ohio University Press, 1998.

Saussure, Ferdinand de. *Course in General Linguistics*. New York: McGraw-Hill Humanities/Social Sciences/Languages, 1965.

Serres, Michel. *Eclaircissements. Etretiens avec Bruno Latour*. Paris: Francois Bourin, 1992.

_____ *Le Contrat Naturel*. Paris: Flammarion, 1992.

_____ *Le Parasite*. Paris: Grasset, 1980.

_____ "The Algebra of Literature: The Wolf's Game". *Textual Strategies: Perspectives in Post-Structuralist Criticism*. Josué V. Harari, ed. New York: Cornell University Press, 1979. 260-276.

_____ "Trahison: La Thanatocratie". *Hermes III. La Traduccion*. Paris: Minuit, 1974. 73-104.

_____ "Apparition d'Hermes: Don Juan". *Hermes I. La Communication*. Paris: Editions de Minuit, 1969.

Vargas Llosa, Mario. *La utopía Arcaica: José María Arguedas y las ficciones del indigenismo*. México: Fondo de Cultura Económica, 1996.

Wiener, Norbert. *The Human Use of Human Beings: Cybernetics and Society*. New York: Da Capo Press, 1954.

# Encuentros y desencuentros de la novela y las ciencias sociales en el Perú: repensando *Todas las sangres* de José María Arguedas

*Melisa Moore*

## EL ENCUENTRO EPISTEMOLÓGICO EN LA OBRA DE ARGUEDAS

A LO LARGO DE SU VIDA JOSÉ MARÍA ARGUEDAS DESARROLLÓ DOS CARRERAS paralelas, una de humanidades y otra de ciencias sociales, pero más de veinte años después de su muerte se empieza a reconocer la necesidad de conjugarlas como hizo el propio escritor. Alberto Flores Galindo fue quizás el primero en destacar y tratar de cumplir esta necesidad, abriendo un nuevo marco conceptual y metodológico para interpretar la obra de Arguedas. Al trazar cronológicamente las confluencias entre la obra literaria y la obra antropológica del escritor, Flores Galindo señala que después de 1960 y con la publicación de *Todas las sangres* en 1964[1] ambas empiezan a fusionarse de una manera marcada (*Dos ensayos* 22). Vincula este aspecto con lo que Antonio Cornejo Polar detectó como un "proceso ampliatorio" (*Los universos* 15) que se pone de manifiesto en los escritos posteriores de Arguedas. Pero mientras Cornejo Polar (*Los universos* 20; 252-255) percibió en ello una ampliación del panorama literario de Arguedas debido a la expansión de las redes de comunicación y del capitalismo en la sierra sur, Flores Galindo enfatiza que fueron las ciencias sociales las que le permitieron a Arguedas tener una percepción más aguda de estos cambios, a la vez que lo impulsaron a ampliar el ámbito que habría de cubrir con su literatura (*Dos ensayos* 20-

---

[1] En el resto del texto esta novela se identificará con la abreviatura *TLS*. La edición usada es la de Editorial Horizonte, publicada en Lima en 1985.

22; 38).[2] La dicotomía *misti-indio* que se encuentra en sus primeros escritos va siendo trascendida, por lo tanto, a medida que Arguedas va revelando la mayor estratificación sociocultural que existe y la emergencia de un nuevo tipo de "comunero mestizo" (*Dos ensayos* 18-21). Según Flores Galindo, este giro en la obra de Arguedas se explica por lo que observó en el campo, especialmente en el valle del Mantaro (*Dos ensayos* 38).

El método que utilizara Arguedas a lo largo de su carrera –aun cuando sea más evidente en el caso de su tesis antropológica (Arguedas, *Las comunidades*) y en *TLS*– destaca la forma en la que el escritor, haciendo confluir la antropología con la literatura y mediante una narrativa basada en un conocimiento empírico y en buena medida intuitivo del mundo andino, desafió los discursos académicos hegemónicos de la época y constituyó el motivo central de la mesa redonda sobre *TLS* que organizara el Instituto de Estudios Peruanos, o IEP, en junio 1965.[3] Como señalara Bravo Bresani, el objectivo del recién establecido IEP y sus mesas redondas era explorar las distintas formas como podían beneficiarse mutuamente las ciencias sociales y la literatura, destacando los aportes que la intuición, subjetividad e imaginación podían ofrecer al estudio de la realidad nacional: "sabemos que el arte es una forma de conocimiento y un lenguaje simbólico...Conocemos también la penetración analítica encerrada en la metáfora, muchas de las cuales...desvelan antes que el análisis científico la esencia de los comportamientos humanos" ("Literatura peruana" 183). Sin embargo, fueron precisamente estos elementos los criticados en la mesa redonda sobre *TLS* que se produjo a continuación.[4] El que ahora se juzgue a esta novela desde el punto de vista de las ciencias sociales o, dicho de otra forma, que se la critique por su falta de objetividad científica, revela no sólo la rigidez del punto de vista de los científicos sociales, sino también el monopolio que ejercían sobre los discursos académicos de la época. La invocación que hiciera Bravo Bresani en el sentido de explorar otras formas de analizar y revelar la realidad nacional fue ignorada por completo. Sólo ahora y a la luz de nuevas metodologías que explícitamente optan por un enfoque interdisciplinario, es que se empieza a apreciar la importancia de esta novela y de esta mesa redonda tanto para las ciencias sociales como para la literatura.

---

[2] Esto también ha sido sugerido por John Murra ("José María Arguedas").

[3] Este aspecto ha sido tratado por Carmen María Pinilla (*Arguedas*) y Guillermo Rochabrún ("¿Viviendo en vano?").

[4] Esta mesa redonda tuvo lugar el 23 de junio 1965, siete meses después de la publicación de *TLS* en noviembre de 1964. Ver la transcripción publicada por el IEP en 1985 (Arguedas, *¿He vivido en vano?*), o la de Rochabrún (*Mesa redonda*).

## El desencuentro de la mesa redonda sobre *Todas las sangres*

Es importante rastrear las posiciones tomadas en la mesa redonda sobre *TLS* para lograr una mejor comprensión del choque de mentalidades y metodologías en ésta. También es importante para entender la relación existente entre literatura y sociedad y el rol del escritor en el Perú de la década de 1960. Estos temas dividieron a los participantes del debate en dos grupos. Alberto Escobar, apoyando a Arguedas, planteó que la novela era una reconstrucción imaginaria de la sociedad serrana del sur peruano, mientras que científicos sociales como Henri Favre, respaldados por críticos como Sebastián Salazar Bondy y José Miguel Oviedo, criticaron la falta de precisión sociológica de la novela.[5] Lo que se disputaba en última instancia era la capacidad de la novela para contener tanto elementos ficticios o imaginarios como elementos sociológicos. Arguedas señaló claramente que su objetivo no era escribir "un tratado de sociología" (*¿He vivido en vano?* 36) y dando a entender que su obra podía ser vista más bien como un texto etnográfico hecho en base a un conocimiento empírico –vale decir, a un conocimiento personal–, de manera indirecta justificó sus aportes interpretativos. A la luz de las recientes teorías elaboradas por James Clifford (*Writing Culture*) y otros en torno a los estudios etnográficos, en la actualidad afirmaciones semejantes no serían motivo de mayor sorpresa o reacción, pero hace casi cuarenta años ello dio lugar a que se condenara a Arguedas en forma vociferante. La actitud de Salazar Bondy y Oviedo parece particularmente dura cuando se toma en consideración la posición que sostuvieran previamente en el *Primer encuentro de narradores peruanos* (Arguedas, *Primer encuentro*) y su apoyo a los elementos ficticios o imaginarios de la novela.[6]

---

[5] Salazar Bondy (Arguedas, *¿He vivido en vano?* 24; 30) atacó la novela por no constituir un documento sociológico válido. En menor medida, esta crítica fue reiterada por Oviedo (Arguedas, *¿He vivido en vano?* 31).

[6] Resulta irónico que Arguedas pareciera ser el participante más conservador de este encuentro al plantear que la novela debía transmitir un sentido de "realidad realidad" (Arguedas, *Primer encuentro* 140), antes que de "realidad verbal" (Arguedas, *Primer encuentro* 130) como postulaba Salazar Bondy. Éste también defendió el rol de la imaginación durante la polémica en torno a la novela de Felipe Angell (Pinilla, *Arguedas* 139-153) y en un artículo sobre *TLS* (Salazar Bondy, "Arguedas"), aduciendo siempre que la novela podía comunicar mejor que cualquier estudio sociológico los conflictos de un país. Carmen Pinilla piensa que el cambio de actitud de Salazar Bondy en 1965 fue producto de su viaje a Cuba y de su creciente participación en el IEP a su retorno (*Arguedas* 230).

Sin embargo, al analizar este debate se debe tener presente el clima intelectual reinante en la época ya que la mesa redonda se llevó a cabo bajo los auspicios del recientemente creado IEP[7] y poco después de que Favre ("Evolución") y Quijano[8] hubieran realizado sus investigaciones sobre el campesinado de Huancavelica y los procesos de *cholificación*, respectivamente. Estos dos estudios, junto con el IEP, establecieron la agenda ideológica en el campo de las ciencias sociales. Dicha agenda asumía una serie de supuestos y se inscribía dentro de un marco conceptual marxista-leninista.[9] En primer lugar, se consideraba que la comunidad indígena estaba irrevocablemente inmersa dentro de un proceso de mestizaje de manera que se la concebía como un grupo campesino no étnico.[10] Este planteamiento fue expresado por Favre quien acababa de presentar su artículo sobre el campesinado de Huancavelica. En segundo lugar, se consideraba que este proceso –conocido también como el fenómeno de la *cholificación*– era irreversible puesto que se creía que se ajustaba a las nociones lineales del cambio social o modernización, planteamiento propugnado sobre todo por Quijano (*Dominación*).

Esta visión rígida y política significó por último que se pusiera el énfasis del debate en el resultado ideológico de la novela y que inevitablemente se castigara a Arguedas por presentar una imagen anacrónica y negativa de la nación a través de la alianza entre Rendón y don Bruno.[11] La refutación

---

[7] Al respecto ver el trabajo de Carmen Pinilla (*Arguedas*).

[8] Quijano, Aníbal. *Dominación y cultura. Lo cholo y el conflicto cultural en el Perú.* Esta publicación apareció primero bajo el título de "La emergencia del grupo cholo y sus implicaciones en la sociedad peruana (esquema de enfoque aproximativo)" en *Memorias del Congreso Latinoamericano de Sociología de Bogotá* en 1964.

[9] Pinilla (*Arguedas* 162) muestra de qué manera se inspiraba este marco en la teoría positivista de la ciencia, la cual era vista como necesaria tanto para comprender como para desarrollar al país. Rochabrún confirma este aspecto al describir la actitud de los científicos sociales como un: "racionalismo occidental productivista" ("¿Viviendo en vano?" 27).

[10] Walter A. Twanama ("Cholear" 230-231) demuestra que la rígida doctrina marxista de la década de 1960 no permitió un espacio para que se desarrollara un análisis sociocultural de la etnicidad ("casta" en la mesa redonda sobre *TLS*) ya que ésta era vista como un aspecto relativo a las clases sociales.

[11] El tema del impacto positivo/ negativo que podía tener la novela en el país fue planteado por Favre (Arguedas, *¿He vivido en vano?* 39). La idea de que la literatura pudiera transformar a la sociedad (Arguedas, *¿He vivido en vano?* 37) revela lo que Pinilla (*Arguedas* 162) ha denominado la visión "positivista" de los científicos sociales de la época.

de Arguedas (*¿He vivido en vano?* 26-29) que ponía de relieve la capacidad de Rendón para responder a la modernidad, asociándose con el capitalista don Fermín; su aceptación de que el camión debe reemplazar al caballo, e igualmente el pacto que establece con don Bruno cuando éste encuentra coincidencia entre sus objetivos y los de don Fermín, cayó en oídos sordos. Estos supuestos intentos de Arguedas de refutarlos convergieron en la representación de la identidad y rol de Rendón Willka, y el uso de la nomenclatura para ello. Favre objetó la falta de precisión histórica de Arguedas al ver a la sociedad en términos de castas antes que de clases (Arguedas, *¿He vivido en vano?* 37).[12] Al convertir a la comunidad indígena y a Rendón en los protagonistas de la novela, Arguedas fue acusado de no plantear el tema en términos de clases sociales y de proponer una solución indigenista al problema del campesinado.[13] Arguedas respondió poniendo de manifiesto el problema que se suscitaba por el uso tanto del término "indio" como del término "campesino" debido a la diversidad regional del país, y citó el ejemplo de cuatro "pongos" de Huancavelica que no hablaban español y a quienes tampoco se podía denominar campesinos puesto que carecían de tierras (Arguedas, *¿He vivido en vano?* 44-45). Refutando que la novela propusiera una solución indigenista, Arguedas enfatizó que Rendón no era un "indio" pues su visión del mundo había sido modificada a través de la migración (Arguedas, *¿He vivido en vano?* 46). Al objetar Favre el hecho de que la novela presentara a la *cholificación* como reversible –ya que Rendón se reincorpora al contexto indígena de la sierra (Arguedas, *¿He vivido en vano?* 38)–, Arguedas sostuvo que el proceso dependía de las realidades específicas de las diferentes localidades (Arguedas, *¿He vivido en vano?* 44-47). La idea implícita en el argumento de Arguedas era que, a diferencia de Huancavelica, el valle del Mantaro y Puquio, en donde la migración estacional y el sistema de "producción parcelaria" (Montoya, *Producción*; *Capitalismo*) podían haber hecho que la comunidad india se convirtiera en campesina, en Apurímac, uno de los escenarios de *TLS*, la distancia con respecto de los centros urbanos y la

---

[12] La transcripción del debate hecha por Guillermo Rochabrún (*Mesa redonda*) revela un error flagrante en la versión original que fuera publicada. Rochabrún transcribe posteriormente que Favre objetó el concepto de *casta* de Arguedas, mientras que la versión original registra *clase* (Arguedas, *¿He vivido en vano?* 52-53), lo cual es obviamente inconsistente.

[13] Favre (Arguedas, *¿He vivido en vano?* 38) aludió a su trabajo de campo en Huancavelica donde sólo vio a campesinos explotados. Sus teorías marxistas no guardaban simpatía alguna por las lecturas de corte indigenista a los cuales consideraba maniqueístas y biologistas.

presencia de extensas haciendas significó que este proceso fuera lento, cuando no desigual.

## Representación discursiva de una realidad heterogénea en *Todas las sangres*

El interés de Arguedas por el proceso de mestizaje, o *cholificación*, y por revelar la diversidad sociocultural dentro de la sociedad andina, y de esa manera romper los esquemas del indigenismo, se puede rastrear hasta su primera aventura narrativa. Es por cierto en *Agua*, publicado en 1935, donde Arguedas introduce por primera vez la figura del *cholo* y debate su posición dentro del contexto serrano. Sin embargo, es a partir de *Yawar fiesta*, publicado en 1941, cuando el *cholo* empieza a desempeñar un rol más prominente dentro de su obra. Como ha sido señalado por Cornejo Polar (*Los universos* 20; 252-255) y Flores Galindo (*Dos ensayos* 14-16), ello refleja los cambios sociales experimentados por la sociedad peruana en aquel tiempo como, por ejemplo, la expansión de la red vial y las migraciones. Al momento de escribir *Yawar fiesta*, por lo tanto, el *cholo*, o el mestizo, se ha convertido en un rasgo ineludible del paisaje sociocultural. Si bien la posición del *cholo* se analiza en detalle por primera vez en *Yawar fiesta*, constituye la base para que este personaje, a través de Rendón Willka, se convierta en protagonista de una realidad heterogénea en *TLS*.

La mesa redonda sobre *TLS* muestra la falta, por parte de los sociólogos, de tomar en consideración las realidades espaciales y temporales locales para analizar la novela, y la identidad y rol de Rendón en ésta. En efecto, al presentar un caso de *cholificación* reversible (Arguedas, *¿He vivido en vano?* 38) en el que, tal como sostenían los científicos sociales, Rendón es más indio que *cholo*, Arguedas nos ofrece una imagen relativa e historizada de éste; es el producto de un contexto geocultural e histórico particular. Este enfoque además es reforzado por un empiricismo, como se confirmara en reiteradas oportunidades a lo largo de la mesa redonda, que viene en última instancia de la perspectiva testimonial de Arguedas. En *TLS*, cuando don Fermín habla en Lima con su abogado acerca de los problemas que enfrenta el país, se refiere al surgimiento del *cholo* y distingue a dos tipos: el "mestizo leído y el indio leído", es decir, el *cholo* que "se ha hecho gran propietario y odia a diestra y siniestra" y el "ex indio" que "ama su comunidad" (293). Estas palabras llaman la atención sobre la figura ambivalente del *cholo* en la novela y la necesidad de situarla en un contexto de creciente modernidad y movilidad. La identidad y el rol del "ex indio" Rendón revelan la heterogeneidad sociocultural de este contexto y la importancia de ampliar las categorías sociológicas para estudiarla.

El mismo hecho de que Rendón hubiera salido de San Pedro y que hubiera vivido los ocho años anteriores en Lima y Huancayo significa que había cambiado de estatus étnico y por lo tanto se refiere a él constantemente como "ex indio" (34). Este aspecto es confirmado por su adopción de un código de vestimenta occidental y por los comentarios que hacen tanto el narrador como otros personajes a lo largo de su novela acerca de la apariencia física. Anto es uno de los primeros que atestigua el cambio de apariencia: "El criado lo miró con asombro. Rendón estaba vestido de americana, con un traje grueso de lana azul. La camisa no estaba limpia" (34). Resulta interesante señalar que la sorpresa que demuestra Anto, al igual que otros, no es compartida por la comunidad indígena que da por hecho que tal cambio se produzca (67). Lo mismo le sucede a Rendón para quien el nuevo código de vestido equivale a lo que para él debe ser el estatus emergente o nuevo de la comunidad indígena: "a cualquiera hace cojudo el casimir no estando indio" (51). Si recordamos que esto ocurre después de que Bellido admite que desconfía de los indios que usan "casimir", la respuesta de Rendón es bastante mordaz.

A pesar de haber sido expulsado de la escuela y de tener un español más bien rudimentario (181), Rendón está alfabetizado y se ha politizado. Indudablemente ello se debe a su experiencia como emigrante, a la que se refieren en numerosas ocasiones tanto Gregorio (96) como el propio Rendón: "yo sufriendo siete años en barriadas de Lima, comiendo basura con perros y criaturas, oyendo a políticos, yendo a la escuela" (396). Cabrejos confirma que el que Rendón no tenga una afiliación política no le ha impedido convertirse en un persuasivo orador político: "polemiza con desesperante aplomo y agudeza. Yo mismo casi no pude con él" (335). En tanto producto de la migración, por lo tanto, Rendón es el "cholo escéptico" por antonomasia al que Arguedas hace alusión reiteradamente en sus ensayos antropológicos.[14] Por eso es que sus opiniones en torno a la política y la religión son tanto un reflejo de una visión cuasi secular que adquirió a través de la educación y migración como de una retención o reinvención de creencias nativas. Como planteó Arguedas en la mesa redonda (Arguedas, *¿He vivido en vano?* 26-27), no existe contradicción entre su concepción mágica y su concepción racional del mundo. Antes que reflejar una visión sincrética comparable a un mestizaje que con frecuencia esconde el fenómeno de la aculturación, el proceso de *cholificación* que representa Rendón es típicamente desigual y da muestras de un proceso de transformación parcial o selectivo en el que se conjugan distintos niveles

---

[14] Particularmente en "Puquio, una cultura en proceso de cambio" (76).

de penetración cultural, tanto en el ámbito urbano como en el rural. En otras palabras: muestra que el *cholo* puede ser más o menos indio o criollo de acuerdo con su situación geocultural particular.[15]

Debido al ambiente politizado que hay en San Pedro y a la forma en que se ha comprometido con las comunidades indígenas, Rendón pronto se gana el calificativo de "comunista" o, en palabras de Llerena, de "ex indio comunista adoctrinado en Lima" (390), etiqueta política que intenta negar a lo largo de la novela. Resulta evidente que su experiencia migratoria lo ha politizado en contra de los partidos dominantes que, según él, no entienden a la comunidad indígena (419). Para Rendón, el término "comunista" carece de significado salvo por el hecho de constituir un medio por el que el gobierno encarcela a la oposición. Esto surge en una conversación que tiene con Hidalgo, en la que niega pertenecer a cualquiera de los partidos principales. Cuando los soldados llegan a Paraybamba a tomar represalias por el castigo infligido a Cisneros, Rendón le recomienda a David K'oto que preste atención a lo que dicen los políticos en prisión pero que no se involucre con los partidos políticos (300). Resulta claro que Rendón se disocia de los partidos políticos a partir de la creencia de que estos, que actúan en las ciudades con los trabajadores emigrados, no comprenden al comunero de la sierra.[16] Lo confirma cuando habla de su visita a Huancayo, en donde el indio: "Es respeto" (161). Identificándose con este indio, Rendón se define como: "Yo...comunero soy" (161).

---

[15] Algunos de los comentarios hechos por Cornejo Polar sobre el emigrante en la obra de Arguedas pueden ser aplicables a Rendón. Según él, la presencia del emigrante, "un sujeto siempre desplazado" ("Condición migrante" 11), desafía las teorías sobre el mestizaje y la transculturación al presentar una imagen de multiplicidad antes que de sincretismo o fusión ("Condición migrante" 10), lo cual evoca las ideas sobre el hibridismo de Néstor García Canclini (*Hybrid cultures*). El emigrante, que forma parte de lo que Cornejo Polar llama la "modernidad periférica" ("Condición migrante" 13) revela una imagen de la nación vista desde sus fronteras.

[16] El escepticismo frente a los partidos políticos refleja la actitud del propio Arguedas durante buena parte de su vida (Merino de Zela, "Vida y obra" 171). Aparte de una breve participación en 1937 en una protesta estudiantil contra el general Camarotta, representante de Mussolini, por la que se le encarceló por un año, y de su aparente entusiasmo por Belaúnde, que lo llevó a aceptar el cargo de director de la Casa de la Cultura de 1963 a 1964, la actitud de Arguedas distaba de ser inequívoca. Esta ambivalencia constituye la dinámica central de *El Sexto*. Ver Rodrigo Montoya ("Antropología") William Rowe (*Mito* 177-188) en relación a los aspectos de ideología política en *TLS*.

Cuando Rendón equipara al comunismo con las barriadas de Lima y la rabia, y al indio de Huancayo con "alma" y "respeto" (161), introduce los conceptos principales en los que se basa su visión político-religiosa. Resulta pronto evidente que "alma", "corazón", "respeto" y "Dios" son todos conceptos vinculados entre sí que reflejan la interrelación que hay entre el plano social o humano y entre el plano espiritual o cosmológico, y que están ligados a las ideas de integridad, autenticidad y pureza. Se contrasta así a los "hombres sin alma", dominados por influencias corruptoras como la ambición, con aquellos que tienen "alma" (119). Para los primeros, como Cabrejos, la existencia se reduce a una experiencia similar a la de las almas en pena del purgatorio: "no hay descanso, padece para jamás" (160). Ello contrasta con el comunero que tiene "corazón" y un "alma que pelea por bien contra mal" (169), lo que lo hace resistente a la corrupción (160). También lo hace resistente a la muerte, como lo revelan los lahuaymarcas a través de la exhibición de fuerza que le hacen a Matilde: "Carne de puma tiene comunero. No se acaba" (173). La rabia y el "alma" se convierten así en los principios organizativos en torno a los cuales se agrupa a los hombres (318), de modo que cuando Rendón equipara a los políticos, soldados y hasta a los vecinos de San Pedro con la rabia (395; 419), conscientemente se distancia a sí mismo y a la comunidad de comuneros de esa gente. La organización por Rendón de los indios en unidades de trabajo bajo la dirección del *varayoq* tiene por objeto evitar esta rabia.[17]

Resulta interesante que las imágenes de "corazón" y "alma" sean recurrentes en el intercambio epistolar que realizaron Arguedas y Hugo Blanco poco antes de que muriera el escritor.[18] Estas dos imágenes son equiparadas tanto con la "piedra" como con la "paloma" en la carta de Arguedas en la que explícitamente se las vincula a Hugo Blanco, indudablemente haciendo referencia tanto a sus dotes como dirigente y a sus cualidades como comunero. La implicación es que se debe fomentar un sentido de fortaleza frente a la adversidad neocolonial, al mismo tiempo que debe mantenerse cierto grado de compasión en relación a la comunidad indígena y a su cosmología.[19] Cuando Hugo Blanco define a Arguedas

---

[17] La frase "que no haya rabia", que Arguedas explica haber escuchado por primera vez en Puquio, se convierte así en "una regla de conducta" que gobierna el actuar de los *ayllus* (*Primer encuentro* 40-41).

[18] Ver José María Arguedas ("Correspondencia" 12-15).

[19] Este sentimiento doble de "odio" y "ternura" recorre la mayor parte de la obra de Arguedas y particularmente sus primeros relatos. Arguedas ofrece una explicación de este aspecto en "La literatura peruana" ("La literatura" 50). También

como indio porque tiene "corazón", comienza a surgir un concepto de identidad vinculado a la noción del "yo profundo" de Mariátegui (*El alma* 23). Se hace evidente que el "corazón" y el "alma", componentes del "yo profundo", se sustentan en los atributos de la intuición o la empatía para ser auténticos.

Retomando el tema de la rabia en *TLS*, ésta también le permite a Rendón distanciarse de un Dios cristiano que, en su opinión, incita la crueldad de la oligarquía gobernante: "aquí, con Él nos echan látigo" (418). El obvio carácter iconoclasta reflejado en referencias tales como "¿Cuál Dios será?" (419), "Dios no importa" (419) y "diosito" (420) parece contradecir, sin embargo, la afirmación que Rendón hace al inicio de la novela en el sentido de estar aliado a Dios: "soy servicio de Dios" (121). No obstante, se hace pronto evidente que la capacidad que tiene Rendón para distanciarse del Dios cristiano es la que le permite adoptar o mantener una concepción alternativa de Dios en la que éste y el hombre están ligados de manera inextricable, en la que ambos se refuerzan mutuamente.[20] Así, "El quiere que no haya rabia, que no haya suciedad en el alma, gusanos en el tuétano. ¡El hombre tiene que ayudar, pues! El que está limpio" (121) y "el Dios necesita auxilio de los que no fabrican pestilencia" (121). Para quienes se encuentran fuera de este marco conceptual, estas opiniones pueden resultar completamente desconcertantes, cuando no subversivas.

Rendón, por lo tanto, piensa y se expresa a través de conceptos y metáforas andinos y, en el caso de los ejemplos mencionados, estos reflejan un sistema de creencias indígena. En otros casos, sin embargo, demuestra haber experimentado un proceso de secularización ya que el contenido de algunas metáforas ha sido transformado o reemplazado por completo, como se puede apreciar en las imágenes asociadas a la luz. En contraposición a K'oyowasi que atribuye la existencia de la luz a un origen divino, Rendón cree que el hombre es capaz de crearla por sí mismo, con lo que equipara o en algunos casos sobrepasa el potencial que tiene el mundo natural: "dentro de la mina vivía la tiniebla, a la que era necesario no temer, rendir más bien, para tomar de esa oscura entraña lo que ella

---

está encarnado en algunos personajes como el de doña Cayetana ("Doña Cayetana" 43-51). Resulta significativo, asimismo, que en la correspondencia de Arguedas con John Murra y Lola Hoffmann se describa a Sybila Arredondo como "acerada y sensible a la vez" (*Las cartas* 167), lo que la convierte en muchos sentidos en la equivalente femenina de Hugo Blanco.

[20] Este tema es desarrollado en *Oda al jet*, publicado en 1966 y reproducido en *Katatay* (*Katatay* 27-33).

podía dar al hombre para su bienestar, para su triunfo sobre la naturaleza. ¡La luz dentro del mundo puede hacerse!" (109). Esto tiene implicaciones particularmente importantes para la comunidad indígena, ya que revela la actitud necesaria para superar la superstición o lo que Escobar en *Yawar fiesta* denomina "el temor mítico" (*Yawar fiesta* 134).

Rendón retoma nuevamente la luz como motivo y, a través de un proceso de lógica asociativa –o efecto de bricolaje (Lévi-Strauss, *The Savage Mind* 16)–, la relaciona con el caballo de don Bruno que se presenta ahora como metáfora del orden natural que es reemplazado por el hombre: "¡Lucero!...el camión te va a enterrar ¡Caray! Lucero. Puede más que tú, y el hombre, pues lo ha hecho. El hombre, pues, está ganando" (120). Se sugiere así que el caballo, y don Bruno por extensión, pertenece a un mundo regido por principios organizativos que tienen mayor poder en el orden antiguo: "El sol te prefiere, te hace grande, por gusto" (120). Además, puesto que la luz puede reflejarse en Lucero, también puede, por extensión, reflejarse en el hombre: "también la poca claridad de las estrellas se hace grande cuando tiene dónde; en el cuerpo del Lucero; en mí, en mí" (121). Los atributos mágicos de la luz, que realzan la estatura del caballo, pueden por lo tanto aplicarse asimismo al orden social, representado por el hombre. Ello tiene por objetivo ubicar al hombre al centro del nuevo orden cosmológico-social para que pueda responder por éste: "no vamos a responder ante Pukasira, ante Crucificado; ante el hermanito ha de responder el que quiera fregar a su hermano" (145). La implicación que se desprende de ello es que así como el caballo encarna los atributos mágicos del orden cosmológico, así también puede hacerlo el camión –y el hombre– que terminará por reemplazarlo.[21] En última instancia, ello forma parte de un proceso de secularización, de atribuir las causas sociales a las condiciones sociales, que Rendón equipara con la prosperidad y que reproduce en buena medida lo que Arguedas viera en la región del Mantaro: "el comunero, cuando aprenda que el cerro es sordo, que la nieve es agua, que el cóndor wamani muere con un tiro, entonces curará para siempre...Cuando muera el Dios del comunero no habrá ya miedo, no habrá rabia" (395). La asociación que se establece aquí entre el Dios cristiano y la rabia reproduce las palabras anteriores de Rendón en el sentido de que el primero es utilizado para sustentar el orden actual. El hecho de

[21] Este aspecto puede ser apreciado asimismo en *Oda al jet* (*Katatay* 27-33) en donde se refleja la fusión entre la visión mágica o indígena del mundo y la tecnología o racionalidad occidental a través de descripciones del aeroplano como "pez celeste" (31) que es "movido por la respiración de los dioses" (33).

librar al comunero de este Dios abre el camino para restaurar un sistema de creencias más plural o para reemplazarlo totalmente.

Lo anterior nos hace pensar en las implicaciones revolucionarias que el mito tenía para Mariátegui. No obstante que el contenido religioso del mito se perdiera, Arguedas parece sugerir, siguiendo los planteamientos de Mariátegui, que no ocurriría lo mismo con el potencial radicalizador de éste. Por lo tanto, el proceso de secularización no hace que lo mágico desaparezca completamente, pues se mantiene en cierta medida en la forma que adoptan los pensamientos y las acciones,[22] lo cual puede apreciarse en el caso del caballo y el camión antes mencionado. La coexistencia de elementos hispánicos y prehispánicos crea una mezcla de enorme fuerza para Arguedas ya que no sólo le da sustento a los elementos indígenas, sino que los revitaliza: "Estamos mezclados hasta la raíz; lo hispánico penetró hasta lo más profundo, sin destruir lo indígena, sin convertir la médula de lo indígena, pero comprometiéndolo, revolucionándolo" ("París y la patria" 2). Para Mariátegui, lo mismo puede decirse del mito. Su contenido puede haberse secularizado, pero el hecho de que puede movilizar a toda una generación sugiere que sus dimensiones espirituales radicales se mantienen intactas: "Los motivos religiosos se han desplazado del cielo a la tierra. No son divinos; son humanos, son sociales" (*El alma* 27).[23]

La manera de pensar del *cholo* Rendón se refleja en una estratégica manera de actuar política basada en alianzas claves con personajes que representan el viejo y nuevo orden en la novela. El contrato que Rendón establece con don Fermín parece beneficiar mutuamente a ambos. Don Fermín, para quien Rendón es el típico *cholo* con ambiciones sociales, está dispuesto a fomentárselas con tal de poder manipularlo: "es un cholo vivo. Le encenderemos algo más la mecha de la ambición y será el mejor instrumento en mis manos" (80). Espera que a cambio de ofrecerle el puesto de "capataz" en su mina (35) haga que los colonos de don Bruno trabajen para él (46). La influencia que Rendón ejerce sobre don Fermín sin embargo se manifiesta cuando éste compara a la "patria" con el "alma" y se distancia posteriormente de personajes como Cabrejos: "ustedes los químicamente

[22] Según Rowe (*Mito* 182), las aparentes contradicciones que existen entre lo religioso, lo mítico o mágico, y lo secular se diluyen en el marco del pensamiento milenario.
[23] Flores Galindo (*Buscando un Inca* 272) revela que Mariátegui reconoció que los indigenistas podrían haber proporcionado el vínculo necesario entre el marxismo y un nacionalismo andino de no ser por el hecho de que muchos pasaron a engrosar las filas del APRA.

puros...han sido definidos por Rendón: arrojaron su alma" (163). Es en torno al personaje de Cabrejos, que representa a las multinacionales y a las fuerzas del capitalismo imperialista, que Rendón y don Fermín establecen una tregua que, no obstante su precariedad, les permite hacer frente a las maquinaciones de Cabrejos y socavar el sistema del capitalismo colonial latifundista representado por don Bruno.

La alianza de Rendón con don Bruno es más ambigua y señala la forma en que el primero, apegándose al concepto de *patrón*, logra actuar dentro de un marco de relaciones semifeudales para consolidar los *ayllus* y finalmente intentar reestructurar el sistema de propiedad de la tierra. Aun cuando inicialmente don Bruno se opone a Rendón, al que considera un "cholo renegado" (116) y al que advierte que no se acerque a su hacienda, la aparente obediencia de Rendón lo conquista cuando descubre que éste ha hecho lo que se le había pedido y que ha mantenido separados a los trabajadores de los colonos (109). También contribuye a ello el hecho de descubrir su adhesión a la noción católica feudal del patrón que es responsable de los indios ante Dios (119). En una extraordinaria escena de empatía mutua, Rendón se arrodilla ante don Bruno para recibir la bendición simbólica de éste (305), comprometiéndose con él. Don Bruno, consciente de la influencia que tiene Rendón sobre la comunidad indígena, le atribuye este hecho a Dios (430). Así, una vez que Rendón se gana a don Bruno, éste le encomienda a sus colonos (182), se refiere a él como "jefe" (216), y finalmente le confía la administración de La Providencia hasta que crezca su hijo (234). Por último, lo alienta a continuar educándose, con lo que fomenta su proceso de *cholificación*: "La Providencia y sus colonos dependen de tu inteligencia, de tu astucia para el bien. Entra a mi biblioteca. Lee de noche, tranquilo" (304). Pero aún más importante es que a través de las responsabilidades que don Bruno le confiere a Rendón, éste puede justificar sus acciones a través de sus cargos: "yo, administrador de Providencia, albacea de niño Alberto Federico, cabeza de indios" (419), o evitar por completo su responsabilidad, con lo cual se la transfiere a don Bruno. Esto puede verse al final de la novela cuando don Bruno les dice a los soldados que vienen a la hacienda para aprehender a Rendón que éste se limita a cumplir sus órdenes pues es su administrador: "es parte de mi alma y de mi cuerpo...No es responsable. Obedece mis órdenes" (391). Contrariamente a lo que plantearon los científicos sociales en la mesa redonda, para quienes resultaba paradójica y anacrónica la alianza entre Rendón y don Bruno, Arguedas sostuvo que ambos se complementaban en forma dialéctica (Arguedas, *¿He vivido en vano?* 29). Hasta aquí, esto se confirma pues ambos se beneficiaban por el pacto que habían establecido.

Sin embargo, el hecho de que Arguedas hiciera que don Bruno muera prematuramente parece sugerir que dicho pacto puede haber favorecido más a uno que al otro.

## Conclusiones

Durante la mesa redonda sobre *TLS*, Aníbal Quijano, que había publicado un estudio sobre la *cholificación* en 1964, guardó silencio. Cuando al final del debate se le solicitó que diera su opinión, se aunó a lo expresado por los demás científicos sociales. Al igual que Favre, acusó a Arguedas de asignarle demasiado peso a las *castas* (Arguedas, *¿He vivido en vano?* 57) y de proponer una solución indigenista al problema del campesinado (Arguedas, *¿He vivido en vano?* 38; 59). Argumentó que ello no sólo no era convincente en la novela, puesto que Rendón no se integra en forma consciente o total a la comunidad indígena, sino que tampoco resultaba convincente en la realidad pues, de acuerdo con su propia investigación, sólo excepcionalmente se daba el caso de que líderes indígenas encabezaran movimientos campesinos (Arguedas, *¿He vivido en vano?* 60). Evidentemente lo que Quijano y los demás no llegaban a apreciar era la naturaleza deliberadamente equívoca de la identidad y rol de Rendón y el desenlace de la novela. Tan consciente estaba Arguedas de lo irrealista que sería plantear una solución indigenista para los problemas del país que escogió a un *cholo* para representar a la comunidad indígena y para desempeñar el rol protagónico en la novela. Lo que se revela en esta novela –así como en *Yawar fiesta,* que la precedió– es el deseo del escritor de representar cómo respondía la comunidad indígena a los procesos de modernización, cómo se articulaba con los otros grupos socioculturales en forma dinámica y cómo se iba transformando. Esto sugiere la necesidad de adoptar un conjunto de criterios evaluativos distintos, como aquellos basados en lo étnico –es decir, marcadores que no sean específicos de una clase social o raza– para entender a la comunidad indígena y la realidad sociocultural local, puesto que la heterogeneidad de ambas no permite más otro tipo de lectura e invalida de manera particular una intepretación indigenista. El hecho de que sea un *cholo* quien encarne a lo que en esencia es una comunidad indígena transformada pone de relieve el propósito de Arguedas de cuestionar las bases etimológicas y semánticas de este grupo.[24]

---

[24] La idea, tal como ha sido reiteradamente señalado por Arguedas, no es presentar una imagen de una sociedad andina moderna que ha roto con el pasado, sino que proviene de éste: "la comunidad puede servir de base para una comunidad nueva" (Arguedas, *¿He vivido en vano?* 48).

En última instancia, sin embargo, las discusiones en torno a si los protagonistas de la novela son indios o no, así como aquellas sobre cuál podría ser el mensaje final de la novela, no hacen más que revelar la visión dogmática de los científicos sociales y su incapacidad para percibir y aceptar la ambigüedad, la simultaneidad y la transformación. La novela de Arguedas da cuenta de la dificultad o incapacidad de ubicar a los actores sociales y a los procesos socioculturales dentro de marcos espacio-temporales claramente delimitados. Al presentársenos un patrón de interconexiones no lineales –o dialogismo– a medida que los personajes van respondiendo a los procesos locales, y nacionales, todas las contradicciones o convergencias pasan a ser deliberadas y tienen por objeto reflejar la pluralidad de la sociedad, como lo confirma el propio Arguedas: "la gran ambición del libro fue, precisamente, mostrar esa multiplicidad de concepciones, según los grados de aproximación de un mundo en furor" (Arguedas, *¿He vivido en vano?* 27). La ambivalencia de Rendón, su identidad étnica de "ex indio", o *cholo*, y la ambigüedad de su manera de pensar y actuar, revelan la intención de Arguedas de ofrecerle al lector una amalgama de imágenes de la experiencia histórica del mundo andino ya que este personaje representa tanto un continuo entre el pasado y el presente como un discontinuo entre éstos.[25] De esta manera la novela le proporciona al lector una visión abigarrada o caleidoscópica de la realidad sociocultural peruana.[26] Por otro lado la mesa redonda muestra el fracaso de adoptar un enfoque más amplio, o interdisciplinario, para percibir y comprender esta visión cuando una disciplina soporta el peso de ser demasiado política en su forma de concebir el mundo.

Tanto la novela como la mesa redonda entonces ponen de relieve la necesidad de pensar de otra manera la realidad peruana en los años sesenta. Escobar es el que más se aproxima a este planteamiento cuando afirma que los conflictos descritos en la novela no pueden ser leídos en forma lineal: "aparecen mezclados, confundidos, resquebrajados...Y es precisamente esta *con*-fusión, este mundo desarticulado y desintegrado,

---

[25] Escobar señala este aspecto al inicio del debate, afirmando que la novela presenta "una imagen total del Perú" (Arguedas, *¿He vivido en vano?* 18) basándose en criterios epistemológicos no científicos como la intuición.

[26] Fue precisamente por esta 'inexactitud' con respecto a los desplazamientos temporales y espaciales que Arguedas fue criticado por los científicos sociales. Ver los comentarios de Favre (Arguedas, *¿He vivido en vano?* 37), Bravo Bresani (Arguedas, *¿He vivido en vano?* 42) y Quijano (Arguedas, *¿He vivido en vano?* 56). El enfoque de Arguedas obviamente no coincidía con la percepción lineal de los procesos socioculturales y económicos de estos hombres.

el que para mí es el testimonio de la confusión mental, real y social, que es el Perú de hoy día" (Arguedas, *¿He vivido en vano?* 32-33). La necesidad de contar con un enfoque más plural para analizar los personajes y los procesos socioculturales desde la sociología y la literatura –a lo que Rochabrún denomina "pensando lo múltiple" ("¿Viviendo en vano?" 27)– coincide con la visión de la realidad que Lienhard ("Sociedades") y Cornejo Polar (*Escribir en el aire*) describen a través de los conceptos de "diglosia cultural" y "heterogeneidad" respectivamente. Al aplicar estas ideas bakhtinianas a los procesos socioculturales, ambos las utilizan como modelos que les permiten mostrar la diversidad sociocultural en un contexto poscolonial sin caer en el reduccionismo. El estudio de la confluencia de las diversas realidades nacionales ha ingresado recientemente al mundo académico peruano a través de los talleres realizados por *Sur* y *Tempo*.[27] El rol de precursor que tuvo Arguedas frente a estas nuevas formas de percibir y configurar la realidad sociocultural peruana no hace sino atestiguar la previsión y la capacidad innovadora del escritor.

## Bibliografía

Arguedas, José María. "París y la patria". *El Comercio, Suplemento Dominical* (Lima, 7 diciembre 1958): 2.

_____ *Las comunidades de España y del Perú*. Lima: Fondo Editorial Universidad Nacional Mayor de San Marcos, 1968.

_____ "Correspondencia entre Hugo Blanco y José María Arguedas". *Amaru* 11 (Lima, 1969): 12-15 (repr. como "Carta de Arguedas a Hugo Blanco" en Arguedas, José María. *El zorro de arriba y el zorro de abajo*. Madrid: ALLCA XX/ Ediciones Unesco, Colección Archivos, 14, 1990. 434-435).

_____ "La literatura peruana". *Edición Especial de la Revista "Coral". José María Arguedas y la nueva novela indígena del Perú* 13 (Santiago, 1970): 47-53.

_____ *Agua y otros cuentos indígenas*. 1935. Lima: Editorial Milla Batres, 1974.

_____ "Puquio, una cultura en proceso de cambio". *Formación de una cultura nacional indoamericana*. Angel Rama, editor. México D.F.: Siglo Veintiuno Editores, 1975. 34-79; *Revista del Museo Nacional* 25 (Lima, 1956): 184-232.

_____ "Evolución de las comunidades indígenas. El valle del Mantaro y la ciudad de Huancayo, un caso de fusión de culturas no comprometida por la acción de las instituciones de origen colonial". *Formación de una*

[27] *Sur* representa la organización *Casa de Estudios del Socialismo* y *Tempo* el grupo de investigación *Taller de Estudios de las Mentalidades Populares*. Ambos se encuentran en Lima.

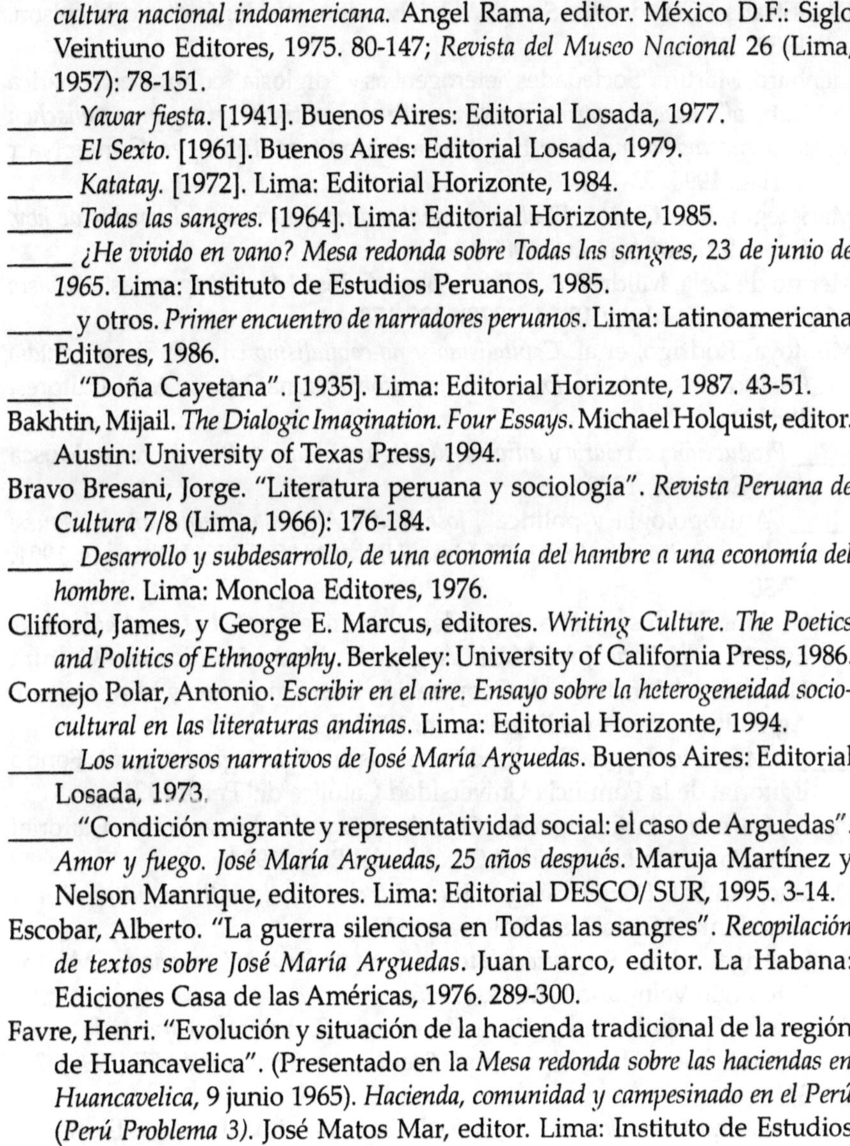

*cultura nacional indoamericana.* Angel Rama, editor. México D.F.: Siglo Veintiuno Editores, 1975. 80-147; *Revista del Museo Nacional* 26 (Lima, 1957): 78-151.

_____ *Yawar fiesta.* [1941]. Buenos Aires: Editorial Losada, 1977.

_____ *El Sexto.* [1961]. Buenos Aires: Editorial Losada, 1979.

_____ *Katatay.* [1972]. Lima: Editorial Horizonte, 1984.

_____ *Todas las sangres.* [1964]. Lima: Editorial Horizonte, 1985.

_____ *¿He vivido en vano? Mesa redonda sobre Todas las sangres, 23 de junio de 1965.* Lima: Instituto de Estudios Peruanos, 1985.

_____ y otros. *Primer encuentro de narradores peruanos.* Lima: Latinoamericana Editores, 1986.

_____ "Doña Cayetana". [1935]. Lima: Editorial Horizonte, 1987. 43-51.

Bakhtin, Mijail. *The Dialogic Imagination. Four Essays.* Michael Holquist, editor. Austin: University of Texas Press, 1994.

Bravo Bresani, Jorge. "Literatura peruana y sociología". *Revista Peruana de Cultura* 7/8 (Lima, 1966): 176-184.

_____ *Desarrollo y subdesarrollo, de una economía del hambre a una economía del hombre.* Lima: Moncloa Editores, 1976.

Clifford, James, y George E. Marcus, editores. *Writing Culture. The Poetics and Politics of Ethnography.* Berkeley: University of California Press, 1986.

Cornejo Polar, Antonio. *Escribir en el aire. Ensayo sobre la heterogeneidad socio-cultural en las literaturas andinas.* Lima: Editorial Horizonte, 1994.

_____ *Los universos narrativos de José María Arguedas.* Buenos Aires: Editorial Losada, 1973.

_____ "Condición migrante y representatividad social: el caso de Arguedas". *Amor y fuego. José María Arguedas, 25 años después.* Maruja Martínez y Nelson Manrique, editores. Lima: Editorial DESCO/ SUR, 1995. 3-14.

Escobar, Alberto. "La guerra silenciosa en Todas las sangres". *Recopilación de textos sobre José María Arguedas.* Juan Larco, editor. La Habana: Ediciones Casa de las Américas, 1976. 289-300.

Favre, Henri. "Evolución y situación de la hacienda tradicional de la región de Huancavelica". (Presentado en la *Mesa redonda sobre las haciendas en Huancavelica,* 9 junio 1965). *Hacienda, comunidad y campesinado en el Perú (Perú Problema 3).* José Matos Mar, editor. Lima: Instituto de Estudios Peruanos, 1976. 105-138.

Flores Galindo, Alberto. *Buscando un Inca.* Lima: Editorial Horizonte, 1994.

_____ *Dos ensayos sobre José María Arguedas.* Lima: SUR, 1992.

García Canclini, Néstor. *Hybrid Cultures. Strategies For Entering and Leaving Modernity.* Christopher L. Chiappari y Silvia L. López, traductores. Minneapolis: University of Minnesota Press, 1996.

Lévi-Strauss, Claude. *The Savage Mind.* London: Weidenfeld and Nicolson, 1989.

Lienhard, Martin. "Sociedades heterogéneas y "diglosia" cultural en América Latina". *Lateinamerika denken: kulturtheoretische grezgange zwischen moderne und postmoderne.* Birgit Scharlau, editora. Tubingen: Gunter Narr Verlag, 1994. 93-104.

Mariátegui, José Carlos. *El alma matinal y otras estaciones del hombre de hoy.* Lima: Editora Amauta, 1987.

Merino de Zela, Mildred E. "Vida y obra de José María Arguedas". *Revista Peruana de Cultura* 13-14 (1970): 127-178.

Montoya, Rodrigo, et al. *Capitalismo y no-capitalismo en el Perú: un estudio histórico de su articulación en un eje regional.* Lima: Mosca Azul Editores, 1980.

_____ *Producción parcelaria y universo ideológico. El caso de Puquio.* Lima: Mosca Azul Editores, 1979.

_____ "Antropología y política". *José María Arguedas, veinte años después: huellas y horizontes 1969-1989.* Lima: UNMSM/ IKONO Ediciones, 1991. 17-30.

Murra, John V. "José María Arguedas: dos imágenes". *Las comunidades de España y del Perú.* José María Arguedas. Madrid: Ediciones Cultura Hispánica del Instituto de Cooperación Iberoamericana y Ministerio de Agricultura, Pesca y Alimentación, 1987. 7-13.

_____ y Mercedes López-Baralt, editores. *Las cartas de Arguedas.* Lima: Fondo Editorial de la Pontificia Universidad Católica del Perú, 1996.

Pinilla, Carmen María. *Arguedas. Conocimiento y vida.* Lima: Fondo Editorial de la Pontificia Universidad Católica del Perú, 1994.

Quijano, Aníbal. *Dominación y cultura. Lo cholo y el conflicto cultural en el Perú.* Lima: Mosca Azul Editores, 1980.

Rama, Angel, editor. *Formación de una cultura nacional indoamericana.* México D.F.: Siglo Veintiuno Editores, 1975.

Rochabrún S., Guillermo. "¿Viviendo en vano?: una relectura de la mesa redonda sobre *Todas las sangres*". *Socialismo y Participación* 57 (1992): 21-34.

_____ editor. *Mesa redonda sobre Todas las sangres.* Lima: Fondo Editorial de la Pontificia Universidad Católica del Perú, 2000.

Rowe, William. *Mito e ideología en la obra de José María Arguedas.* Lima: Editorial Instituto Nacional de Cultura, 1979.

Salazar Bondy, Sebastián. "Arguedas: la novela social como creación verbal". *Revista de la Universidad de México* 19/ 11 (1965): 18-20.

Twanama, Walter A. "Cholear en Lima". *Márgenes. Encuentro y debate* 5/9 (1992): 206- 240.

# Algunos problemas de la poética narrativa de *Todas las sangres*, de José María Arguedas

*Francisco Xavier Solé Zapatero*

*Para Alicia, Lucía, Ana, y Watson;*
*Dulio, Amira y Fito; Angélica y Walter;*
*Lucho, Alejandro y su esposa; Ricardo e Hilda,*
*por haberme dado la oportunidad de* vivir *el Perú*
*y su gente en forma existencial y pasional profunda.*

INICIAREMOS ESTA COMUNICACIÓN CON DOS (UN TANTO) LARGAS CITAS DEL PROPIO Arguedas que nos servirán de base para realizar algunos *acercamientos* a algunos de los problemas de la *poética narrativa* de su complejísima novela *Todas las sangres*. Una de ellas remite a lo dicho por él en 1965 durante el primer debate que se suscitó en el *Primer Encuentro de Narradores Peruanos* (*Primer Encuentro* 105-110), y la otra fue escrita un año después, 1966, en un artículo intitulado "Algunas observaciones sobre el niño indio actual y los factores que moldean su conducta" (Arguedas 208-209). *Oigamos* qué nos dice al respecto:

> El contacto del creador con la realidad es la fuente fundamental de la creación. Según como sea la naturaleza social y el grado en que el hombre haya modificado a la naturaleza externa, al mundo físico, será diferente la creación novelística, poética y de todo orden de cosas de una u otra sociedad. La literatura europea está frecuentemente carente de referencias de la experiencia del paisaje, porque en Europa casi no hay paisaje natural; todo ha sido modificado por el hombre. ¡Qué diferente es en cambio la visión que de la realidad tiene el hombre nuestro, especialmente el hombre andino! ¡Que diferencia hay tan grande entre la experiencia de la realidad que tiene el hombre andino y el hombre de la costa! Aun en la sierra, ¡cúan diferente es esta experiencia del mundo entre el indígena y el que

está más próximo al indígena y el señor o el que está más próximo al señor! Yo hasta ahora les confieso con toda honradez, con toda honestidad, no puedo creer que un río no sea un hombre tan vivo como yo mismo. [...] Entonces, la visión de la realidad es un tanto diferente según sea la experiencia del individuo que la contempla y esa experiencia es diferente según sea la antigüedad del pueblo, las relaciones que este pueblo tenga con la naturaleza, el dominio que haya alcanzado sobre la naturaleza. Cuando el hombre ha dominado por entero la naturaleza, la ha domesticado por entero, se ha domesticado mucho más a sí mismo. Entonces, la realidad, la experiencia viva con la realidad, con esa realidad múltiple que, un poco desordenadamente he intentado explicar, es la fuente de su creación. Ahora, ¿qué diferencias y qué semejanzas hay entre la realidad que el autor muestra en su obra y aquella de la cual es expresión? Aquí sí entra un poco el misterio de que habla Alberto Escobar. Creo que los novelistas, especialmente los que contemplamos el mundo como una cosa viva, interpretamos esa realidad sin que lo hayamos mostrado sea menos irreal, menos verdadero que lo que tratamos de mostrar. Cuando he releído con temor las pocas cosas que he escrito, he tenido la convicción, la felicidad indefinible de saber que eso que he dicho es absolutamente la verdad, que no hay un ápice de mentira, es la verdad. Yo puedo demostrar que es la verdad, a pesar de que, como en el caso de Ciro, muchos de los personajes descritos en sus novelas fueron totalmente creados, o casi totalmente creados, como en el caso, por ejemplo, de don Bruno y de Rendón Willka en *Todas las sangres*. ¿Hasta qué punto don Bruno es una mentira? ¡Es una verdad! ¡Es una verdad absoluta! Este señor que es un católico peruanísimo, que cree que el maquinismo, que el individualismo va a destruir al ser humano, existe, y lo he conocido, lo he mostrado quizá no tan palpitantemente, no tan tremendamente como en realidad son los personajes en los cuales está inspirado este fenomenal personaje que es una mezcla de indio, de mestizo, de oriental y occidental. La realidad es la fuente de la creación. Cuanto más contacto haya tenido el hombre con la realidad, su obra serás mucho más expresión de lo que es el hombre, y al describir un hombre de cualquier parte del mundo, por ventura, se está describiendo al hombre universal.

Así como las montañas y los ríos tienen poder sobre los seres vivos y ellos mismos son seres vivos, todo lo que hay en el mundo está animado a la manera del ser humano. Nada es inerte. Las piedras tienen "encanto", lloran si no pueden desplazarse por las noches, están vinculadas por odios o amores con los insectos que habitan sobre ellas o debajo de ellas o que, simplemente, se posan sobre su superficie. Los árboles y arbustos ríen o se quejan; sufren cuando se les rompe una rama o se les arranca una flor, pero gozan si un picaflor baila sobre una corola. Algunos picaflores pueden volar hasta el sol y volver. Los peces juegan en los remansos. Y todas estas cosas vivas están relacionadas entre sí. Las montañas tienen ciertas zonas especialmente sensibles sobre las cuales el hombre puede reposar pero

> no quedarse dormido, a riesgo de que la montaña le trasmita alguna dolencia que puede ser mortal.
>
> El niño que nace y crece en un mundo en que la vida humana está relacionada y depende de la vida conciente de las montañas, de las piedras, insectos, ríos, lagos y manantiales, se forma considerando el mundo y su propia existencia de una manera absolutamente diferente que el niño de una ciudad, en que sólo el ser humano está considerado como animado por un espíritu.

Lo anterior resulta fundamental de ser tomado en cuenta por cuanto se manifiestan una serie de propuestas crítico-historiográficas (finalmente correlacionadas, a pesar de las apariencias) que ponen en duda las reflexiones que hace el propio Arguedas al respecto. Dicho en breve, tal el caso de Salazar Bondy, quien propone que "La novela es una invención, el arte es una invención, es una gran mentira, es la más maravillosa de las mentiras" (*Primer Encuentro* 104), o el caso de Cornejo Polar quien plantea que "un aspecto característico de la narrativa de Arguedas [es] su manera de entender el realismo en términos de revelación del sentido de la realidad" (Cornejo Polar, *Los universos* 66).

> *Yawar Fiesta* muestra a un narrador tenazmente preocupado por la revelación de los aspectos sociales del mundo que verbalmente representa. En *Todas las sangres*, más de veinte años después, José María Arguedas retoma esa línea, reforzada y complementada por la perspectiva que aporta *El Sexto*, e insiste en construir una obra claramente interpretativa, reveladora también, como la primera novela, del sentido de la realidad social. (167)

Desde esta doble posición y perspectiva crítica-historiográfica opuesta pareciera poderse decir entonces que lo que a Arguedas le interesa no es tanto decirnos mentiras maravillosas, como tampoco mostrarnos la realidad "tal cual es" (sentido, reflejo, refracción, esencia, copia, homología, etc.), en el sentido fotográfico, o mejor, cinematográfico del termino, entendido como aquello que (supuestamente) se encuentra en movimiento allí fuera de nuestra conciencia, sino más bien aquellas complejas, entreveradas y contradictorias maneras que tiene el hombre de ver (y por cuanto la realidad no habla por sí misma, de oír), comprender, explicar e interpretar la realidad, por cuanto relación entre el Sujeto y el Objeto por medio del lenguaje. O más exactamente, ya que siempre hay un Sujeto que habla (informa, expresa, representa, comunica) a otro Sujeto su versión ("modelo del mundo") sobre la realidad, de una relación entre Sujeto-Sujeto-Objeto(s) (el cual, en un momento dado, pude ser un Sujeto: Sujeto-Sujeto-Sujeto[s]). Y si decimos "Objetos" y "Sujetos" es por cuanto el

"Objeto" y el "Sujeto" no son tampoco únicos, sino múltiples, entreverados y complejos, además de que el Objeto puede desplazarse, de manera yuxtapuesta y entremezclada, desde lo cotidiano, pasando por lo religioso, hasta llegar a lo científico.

Mas dado que en el caso de Arguedas esa realidad es una realidad viviente ("Así como las montañas y los ríos tienen poder sobre los seres vivos y ellos mismos son seres vivos, todo lo que hay en el mundo está animado a la manera del ser humano. Nada es inerte"), nos encontramos (además de las anteriores) con la impactante conclusión de que en Arguedas esa relación se manifiesta entre Sujeto-Sujeto-Šujeto(s),[1] en el entendido que estos últimos, los Šujetos, seres vivos y concientes, no se comunican en lengua natural, es decir, en un lenguaje humano articulado, sino que cada "especie": plantas, animales, piedras, ríos, montañas, etc., etc., tiene su propio lenguaje para hacerlo, pudiéndose constatar, además, que algunos de estos Šujetos utilizan lenguajes *audibles* para el hombre: tal el *canto* del *yanawiku* (pato), del *huayronqo* (moscardón), del pino, de las cascadas, de los ríos, etc. (Lienhard 44-60), y otros, por el contrario, inaudibles: tal el *habla* de las montañas, de las piedras, de las estrellas, del sol, etc., con sus complejísimas interrelaciones. No hay que olvidar, sin embargo, que "en cada comunidad hay hombres que se han especializado en el arte y ciencia, que les permite conocer la voluntad de los dioses montañas y hasta en hablar con ellos".

Pero, ¿qué papel desempeña entonces el autor Arguedas por cuanto creador de *Todas las sangres*? Es evidente, a partir de lo anterior, que el autor también posee una *posición* y una perspectiva autocentrada[2] desde

---

[1] Quizá estas *relaciones* pudieran graficarse, en forma primaria, de la siguiente manera:

S → "O" → O
↕
S → "O" → O

S → Š
↕
S ⇢ Š

[O ⟸ S]

[2] "Por perspectiva autocentrada entiendo, muy brevemente y en términos muy generales, aquella en que el crítico o el historiador define su propio quehacer en función de un tiempo y un espacio precisos, y participa de su propio movimiento. Tiempo, espacio y movimiento que, en el caso específico de los países de la América Latina, al menos, no son homogéneos sino múltiples y diversos por razones inherentes a la peculiar condición histórica del subcontinente, marcada por la Conquista y la Colonización primero, y por una modernidad periférica, o mejor dicho por procesos de modernización heterogéneos y discontinuos, después. Por lo mismo, la perspectiva autocentrada a la que me estoy refiriendo entraña en el

la que configura la novela, es decir, desde la que crea un narrador que se encarga de relatarnos una historia, gracias a la cual permite que los personajes, desde sus propias posiciones y perspectivas autocentradas, se manifiesten y se transformen al actuar y hablar en el acontecimiento representado, y con los cuales no sólo entra en relación intediscursivas, sino que deja que entre ellos suceda lo mismo, complejizando de este modo su postura narrativa. Más aún, estas posiciones y perspectivas autocentradas se manifiestan de maneras entreveradas y complejas, por cuanto son "sujetos explotados" (Cornejo Polar, *Escribir* 207), es decir, seres que hablan, en mayor o menor medida y con todas las complejidades del caso, desde dos universos conceptúales opuestos, encontrados y en contienda, y los cuales incluso se encuentran yuxtapuestos en su conciencia, puesto que la comunicación dialógica entre estos dos universos es, en principio, imposible. De este modo se puede concluir que dichos Sujetos (narrador, personajes, etc.), si bien ubicados en diferentes planos narrativos (Lotman, 82-94), por cuanto uno es el Sujeto relator y los otros son el producto de su discurso (sea como discurso propio o como discurso del otro), se manifiestan epistemológica[3] y ontológicamente[4] gracias a sus

---

caso que nos ocupa una serie de dificultades también específicas. En primer lugar, la imposibilidad de adscribirse a una sola unidad de tiempo y espacio, y la de postular un movimiento único, debido a las asincronías y las discontinuidades que caracterizan a estos tiempos y estos espacios, a los movimientos dispares, endógenos y exógenos, a los cuales aquello se hallan sometidos, y a las diferencias de ritmos en la evolución o transformación de los diferentes espacios socioculturales, a la vez separados y correlacionados entre sí. Y en segundo lugar, la dificultad para el investigador en asumir un punto de vista que sea lo suficientemente móvil y flexible, a la vez que relativamente estable. Si lo primero debería permitirle moverse entre espacios escindidos y acompañar los movimientos dispares que los impulsan o los constriñen, lo segundo tendría que autorizarle a adscribir su propio quehacer en espacios y temporalidades que no se trunquen a medio camino. En contextos de heterogeneidad estructural y modernidad periférica, las dificultades con que tropiezan las disciplinas humanas —en este caso la crítica y la historiografía literaria— no son muy distintas a las que enfrentan los narradores en busca de renovadas soluciones artísticas a problemas añejos" (Perus, "El dialogismo" 30).

[3] Entendiendo por epistemológico la posición y perspectiva en que el Sujeto (narrador, personajes, etc., con sus complejas interrelaciones) manifiesta la triple orientación de su discurso sobre el mundo: dirigido directamente hacia su objeto (sujeto, Šujeto); hacia el objeto (sujeto, Šujeto) de la voz ajena; hacia el objeto (sujeto, Šujeto) de la voz propia. (Bajtín, "La palabra" 93,116; Bajtín *Problemas* 253-284; Perus, *De selvas* 26).

[4] Entendiendo por ontológico la posición y perspectiva en que el Sujeto (narrador, personajes, etc., con sus complejas interrelaciones) manifiesta la triple orientación

encuentros, choques y enfrentamientos, tanto en la acción como en el habla, dentro o fuera del acontecimiento representando. Más, por lo mismo, sus "modelos del mundo" se evidencian a partir de la yuxtaposición transculturante de los dos polos anteriormente mencionados: la relación Sujeto-Sujeto-Objeto(s) [Sujeto(s)], de tipo "racional-occidental" castellana, y la relación Sujeto-Sujeto-Šujeto(s), de tipo "mágico-mítico" quechua. La complejidad del asunto radica en que, en el caso de discursos biculturales, se da una relación del tipo {Sujeto-Objeto(s)}-{Sujeto-Šujeto(s)}, lo cual produce una evidente imposibilidad en la comunicación dialógica, sea en el habla de la conciencia del propio sujeto, sea en el diálogo entre ambos interlocutores.

Mas, ¿de que manera puede todo esto ayudarnos a tratar de comprender algunos de los problemas de la poética narrativa configurada por Arguedas en *Todas las sangres*? Tal vez el estudiar lo que los críticos-historiógrafos arguedianos han dicho al respecto pueda servirnos para entender hasta dónde se ha alcanzado a dar cuenta de la problemática anteriormente esbozada, evidentemente de manera extremadamente simplificada y esquemática. Más aún, quizá esto nos permita incluso proponer algunos posibles caminos para acercarnos a tan complejos problemas.

Dado la limitación del espacio para la presente comunicación, retomaremos tan sólo a aquéllos dos críticos que, desde nuestra particular posición y perspectiva (la cual va en busca de la poética narrativa de *Todas las sangres*), nos brindan mayores posibilidades al respecto. Nos referimos concretamente Alberto Escobar, a partir de su importante artículo "La guerra silenciosa de *Todas las sangres*" (1965), quien fue el primero en poner en la mesa de los estudios arguedianos algunos de los problemas de su poética narrativa (si bien el problema no existiera como tal en aquel entonces); y el capítulo V: "*Todas las sangres*. La construcción de un nuevo universo", del libro de Antonio Cornejo Polar: *Los universos narrativos de José María Arguedas* (1973), quien fue el primero en darnos una versión comprehensiva y amplia de las consecuencias de su nueva propuesta poética, indudablemente limitada, en principio, a la posición y perspectiva crítico-historiográfica utilizada para hacerlo.

Está de más decir que aquí retomaremos tan sólo unos pocos de los muchos problemas fundamentales que estos críticos-historiógrafos

---

del discurso del ser: el "yo-para-mí", el "yo-para-otro", y el "otro-para-mí", con el entendido que el "otro" puede ser un objeto, un sujeto o un Šujeto (Bajtín, "Hacia una filosofía" 61; Bajtín, *Estética* 29) arguedianos nos presentan, tratando de considerar su mayor o menos adecuación al texto aquí en estudio, y ello con el fin de tratar de proponer posteriormente algunos posibles nuevos derroteros al respecto.

### *Todas las sangres*: una novela "polifónica", dialógico-cronotópica, heterogéneo-transculturada

De acuerdo con Alberto Escobar, la importancia de esta novela radica "en el cambio que introduce en el método constructivo y en la dimensión ideal de la realidad" (Escobar 289). Para entender esto, hay que tomar en cuenta que su propuesta parte de la comparación de la estructura poética de este texto en relación con sus anteriores novelas. De aquí que sea necesario revisar primeramente lo que nos dice este crítico-historiógrafo arguediano al respecto.

Así, según Escobar, una de las principales características de esas novelas anteriores (*Yawar fiesta, Los ríos profundos, El Sexto*) radica en el corte autobiográfico de la mayoría de sus páginas.[5] Es decir, en estos textos "Arguedas encomienda a un personaje [narrador] el testimonio y la función de referir el curso de la aventura en el contexto literario; en cada circunstancia, ese personaje [narrador] se instituye en una suerte de crucero desde el cual se nos entrega e ilumina la realidad" (290), lo que le permite hace resaltar "la precipitación lírica y la remembranza mágica tan propia de *Los ríos profundos* y de *Agua*" (289). Si a esto agregamos que "la tarea se halla a cargo de un niño, de un adolescente o de un adulto que evoca el pasado", se termina de explicar el "que la ruptura de la visión lógica ensamble este factor con la vertiente mágico-sentimental que aflora del horizonte indígena, integrándose con una intensidad deslumbradora e ingenua" (290).

Este rasgo, como se observa, es fundamental, puesto que implica que no vemos la realidad directamente, entendido como aquello que está allí fuera de nuestra conciencia, sino la forma en que el Sujeto narrador, a partir de su "modelo del mundo", producto de su experiencia sociocultural, la configura en el relato y la comunica a su oyente, tal y como más atrás

[5] "Entiéndase, puede resultar cierto o falso que el hombre-Arguedas haya experimentado situaciones equivalentes a las que produce el escritor-Arguedas; lo que se señala en este caso es la técnica de concebir a un personaje de la obra como actor y relator de la historia novelada" (290). De aquí que haya que distinguir entre escritor, Autor y narrador: el primero es el ser vivo: Arguedas; el segundo es la forma poética del texto que el primero configuró; el tercero es el encargado de relatarnos lo que el Escritor, convertido ya en Autor, nos comunica.

nos lo proponía el propio Arguedas. De aquí que Escobar pueda comentar que:

> La fluencia natural que cautiva en las buenas novelas descansa siempre en un requisito menos visible, oculto a los ojos del lector, pero indispensable para que el conjunto novelesco se organice en un orden (o desorden) que fundamenta su "sentido", el literario por cierto; es decir, aquella necesidad interna que asimila el bagaje de experiencias, de ideales o sentimientos, y despoja a la realidad material e ideal del mundo en que vivimos, para conformar la creación de un universo que, frente a aquél, puede o no revelar su parentesco, pero que sólo adquiere razón de ser en la medida que alcanza autonomía, y se sostiene por el poder verbal de su arquitectura y su alquimia simbólica. (291)

De este modo, aunque de manera muy general y esquemática, se instituye que la novela tiene una organización: una poética narrativa, y que esta es configurada por el autor a partir de la "solución artística" que construye el narrador, desde cierta posición y perspectiva autocentrada, del universo heterogéneo y bicultural del que quiere dar cuenta al oyente (lector) a través de su relato.[6]

De forma consecuente, de inmediato nos aclara que "no hay una manera exclusiva de conseguir la estructura novelesca [poética]; al contrario, existen posibilidades sin límite para hacerlo; pero según las épocas y según los autores, esa opción sin recortes cede ante preferencias más o menos constantes" (291-292), lo que nos habla, en general, aunque de manera indirecta, de que también se debe considerar la poética de Autor y la poética histórica para comprender tal o cual novela de Arguedas.[7]

A partir de lo anterior, nos hace un breve recorrido por la estructura poética de las novelas de Arguedas. Dicho muy en breve, éstas se configuran, según Escobar, a partir de "un dualismo simple en la

---

[6] Resulta evidente que estamos actualizando, desde la posición y perspectiva de nuestro presente histórico, lo que el autor de estas líneas dice, si bien se podrá notar también que de algún modo en sus planteamientos ya existían de manera indirecta, intuitiva si se quiere, los problemas que ahora nos interesan.

[7] Con todo, parafraseando a Bajtín se podría decir que: "para ubicar correctamente a Arguedas en la historia literaria y para poner de relieve sus vínculos esenciales con sus antecesores y contemporáneos, antes que nada es necesario descubrir su *peculiaridad*, es necesario mostrar a Arguedas en Arguedas, a pesar de que una definición semejante de lo *específico* sólo tenga un carácter provisional y tentativo, hasta llegar a indagaciones históricas amplias. Sin esta orientación previa, las investigaciones históricas degenerarían en una serie incoherente de confrontaciones accidentales" (Bajtín, *Problemas* 18).

estructura" y "un ordenamiento lineal en el desarrollo" (289). Tal el caso de *Yawar fiesta*: "revela la manera más simple, más próxima al esquema típico del siglo diecinueve: el curso novelesco depende de una previa introducción en el 'escenario' y luego asoman los actores, tipos de grupos en conflicto social y, en secuencia cronológica, se adiciona la trama, la captura del Misitu, y el desorden vital, épico, que difiere los proyectos del sector oficialista y de los jóvenes 'civilizados' en la capital" (292).[8]

A reserva de estudiar con detenimiento si realmente dichas novelas están configuradas realmente de este modo, lo fundamental para nosotros es que al llegar a *Todas las sangres* el esquema cambia radicalmente, como si Arguedas hubiera sufrido un cambio profundo en su forma de hacer novelas, es decir, se produce una ruptura fundamental en su poética autoral, y ello a pesar de que "a través de todo su curso, que no es lineal y que no está libre de desgarrantes contradicciones, la narrativa de Arguedas revela una auténtica y honda coherencia interior".[9] (Cornejo Polar, *Los universos*

---

[8] Connotativamente termina diciendo que: "Si juzgamos en términos estrictamente constructivos, quizá pueda explicarse así que *Yawar fiesta* aparezca como la obra, entre esas tres [*Yawar fiesta, El Sexto, Los ríos profundos*], de más firme composición, y que sea, aunque muy simple, muy bien integrada" (18).

[9] Cabe señalar que, desde nuestra posición y perspectiva crítico-historiográfica, el problema se presenta exactamente al revés. Habría que estudiar que es lo novedoso en *Todas las sangres*, para ver qué de ello ya existía en sus anteriores novelas. De hecho, en otro trabajo que hemos realizado sobre *Los ríos profundos*, y en el que estamos trabajando sobre *Todas las sangres*, hemos podido constatar que las relaciones de sus respectivas poéticas narrativas son mucho más profundas de lo que aquí se expresa y de lo que a primera vista podría ser y es considerado. Más aún, estamos convencidos que hacer este trabajo comparativo no sólo ayuda a comprender de manera más precisa lo que cada una de ellas configura individualmente, sino el cómo "dialoga artísticamente" una (*Todas las sangres*) con la otra (*Los ríos profundos*). Es más, a partir de lo anterior se puede proponer que eso sucede con todas sus otras novelas (*Yawar fiesta*; *El Sexto*; *El zorro de arriba y el zorro de abajo*), conformando un gran "espacio novelesco" que se va ampliando y complejizando en su propio *devenir*, tal y como los críticos-historiógrafos arguedianos en general lo han mencionado ya. Quedaría pues la tarea de dar cuenta de la poética de Autor, de manera no sólo de comprender el mundo que se abre en cada una de las novela, sino del *proceso* que en éstas se va manifestando. Nuestra propuesta de lectura consistiría, entonces, dicho de manera extremadamente elemental, en encontrar la *posición* y *perspectiva* autocentrada desde la que el Autor, a través del *relato* del narrador, va encontrando nuevas "soluciones artísticas" al proceso de *expresión* y *representación* de los movimiento de *tiempos* y *espacios* de la heterogeneidad sociocultural y la transculturación narrativa del Perú del siglo XX.

16) Cabe entonces estudiar en qué consiste dicho *cambio radical*. Pero dejemos que sea el propio Escobar quien nos lo explique:

> [...] no tenemos por exacto que sea un personaje [narrador] concreto el que trasmita la visión esencial de la novela, la criatura que insertada en el nivel literario deja un testimonio encubierto del autor; esta vez el foco ha desaparecido: por instantes, la multitud de personajes accede a la postulación de su verdad y es desplazado luego por la réplica de otras criaturas, y en ese continuo disloque de planos y actores se expande el mundo real e individual de las criaturas de la obra. El impersonalismo del método expositivo propicia, pues, este descentramiento del foco de la acción y, al conseguirlo, incluye un factor, dinámico, que impone en el texto un elemento rítmico de "tempo narrativo", con el cual se favorece el recuento de la historia "múltiple y multitudinaria" que es *Todas las sangres*. [...] Véase que no sólo se ha desplegado, como un espectro, la noción espacial; sino que este hecho, en concierto con la retracción del personaje narrador o del contexto autobiográfico, hace posible la presencia de una serie de personajes de las más surtida naturaleza sicológica y social. [...] [E]sta concurrencia de personajes que alternan y al hacerlo demarcan los cambios de escena, el tiempo cronológico y el tempo novelesco, define el recorte o la ampliación incesante del mundo de la novela, y son ellos, por el mérito de su función, los que definen no sólo el ensamblamiento de las partes en un vasto mosaico, sino también la configuración del espacio geográfico, social, mítico de la obra; pero esta vez, su actuar es siempre consecuencia de un ajuste o redefinición sobre los otros miembros o grupos, y en ese planteamiento dual, que los disocia e integra, se construye un equilibrio engrampado a las distintas normas, que ya en el conflicto o en el acuerdo de sus intereses, cimenta la extraordinaria solidez estructural de la obra. [...] En ese sentido, y como ninguna de las obras anteriores, ésta es por esencia una novela de personajes, aunque parezca perogrullesco; pero lo es, a nuestro juicio, en la medida en que no hay presupuestos; en la misma escala en que por su gestión se configuran los planos de realidad, se actualizan los conflictos, acrece la tensión de la pieza y se avisora un prisma de desarrollos efectivos y virtuales que perfeccionan la imagen de su mundo. Es por eso que, conforme se desarrolla la trama, la problemática se amplía como el fuelle de un acordeón, y difunde el abuso, el despojo, la usurpación, el empobrecimiento material y ético. Y cada uno de estos pasos se ilustra con varias resonancias subjetivas, con las distintas réplicas sociales, con la transformación de los hombres y de un carácter en el discurso general de la historia [...], [los cuales] hacen el correlato POLIFÓNICO a una subyacente controversia entre un ideal aborigen de vida y cultura, y el paradigma de un deforme "desarrollo" productivista. [...] La realidad de *Todas las sangres* está pues atrapada en la interacción constante de sus criaturas y en las pugna de los intereses envueltos en aquellas lucha impersonal que los enfrenta y rechaza, que los reúne y disocia, y al hacerlo configura la imagen

> de una sociedad definible por el aislamiento, pese a la relación necesaria de cada una de sus partes, pero víctima de una desintegración que la aniquila. (Escobar, 291-296, 298)

Resulta más que *evidente* que Escobar propone que el cambio de estructura poética entre *Todas las sangres* y las novelas arguedianas anteriores radica en el paso de novelas configuradas "monológicamente" (con las complejidades inherente por tratarse de una novela heterogénea y transculturada, en la cual "se intersectan conflictivamente dos o más universos socioculturales" (Cornejo Polar, *Escribir* 16) a una novela configurada "polifónicamente" (con las mismas características anteriores). Dicho de otro modo, de manera general y un tanto abstracta, se pasa de una novela donde "se desenvuelve la pluralidad de caracteres y de destinos dentro de un mundo único objetivo a la luz de la unitaria conciencia del autor", a una novela donde "se combinan precisamente la pluralidad de las conciencias autónomas con sus mundos correspondientes, formando la unidad de un determinado acontecimiento y conservando su carácter inconfundible" (Bajtín, *Problemas* 16-17).

El hecho de haber sido planteada esta problemática por Escobar desde esa posición y perspectiva crítico-historiográfica tiene hoy en día, cuando menos, un doble mérito: por un lado, se desplegaba en ese entonces una problemática que, si bien Mijaíl Bajtín puso en evidencia en esa misma época (1963), ésta no llegará a América Latina sino hasta más de veinte años después (1986), la cual está referida a los problemas de la poética de Dostoievski, lo que la convertía en una verdadera novedad en nuestro ámbito literario; y por otro, nos ponía en alerta respecto de algo que parece no ser reconocido todavía en toda su magnitud e importancia: Arguedas estaba creando, en su momento, un *género* novelesco fundamentalmente "nuevo".[10]

---

[10] Así como dice Bajtín que "Dostoievski es creador de la novela polifónica", y que "llegó a formar un género novelesco fundamentalmente nuevo" (17), se podría parafrasearlo diciendo, de manera general y desde la posición y perspectiva crítico-historiográfica aquí propuesta, que "Arguedas es creador de la novela 'polifónica' bi-cultural heterogéneo-transculturada", y que por tanto "llegó a formar un género novelesco fundamentalmente nuevo". Obviamente, sería necesario no sólo demostrarlo, sino señalar sus particularidades concretas. En el trabajo que estamos realizando al respecto estamos tratando de estudiar esta problemática, a sabiendas de todas las dificultades y complejidades del caso. Mas, sea o no que realmente esto sea así; sea o no que en sus anteriores novelas ya se evidencie este cambio radical en su estructura poética; y sea o no que las novelas indigenistas anteriores resulten ser realmente "monológicas", de acuerdo con las características

Pasemos, pues, revista a estas nuevas características poéticas de este "nuevo" *género* novelesco propuestas por Escobar.

Se evidencia de entrada, a partir de lo comentado, que el narrador ha cambiado de posición y perspectiva autocentrada: el método expositivo se vuelve impersonal gracias a la retracción del contexto autobiográfico. No es el narrador quien nos relata directamente sobre ese mundo "múltiple y multitudinario" ("no tenemos por exacto que sea un personaje [narrador] concreto el que trasmita la visión esencial de la novela, la criatura que insertada en el nivel literario, deje un testimonio encubierto del autor; esta vez el foco ha desaparecido"), sino que éste deja que sean los personajes los que se expresen por sí mismos ("por instantes, la multitud de personajes accede a la postulación de su verdad y es desplazado luego por la réplica de otras criaturas, y en ese continuo disloque de planos y actores se expande el mundo real e individual de las criaturas de la obra").

Esto no significa, por supuesto, que no haya un *acontecimiento representado,* es decir, un(o) (o varios) espacio(s) novelesco(s) ("cronotopos") donde los personajes actúan, se *mueven,* se *encuentran,* se *enfrentan, chocan,* y se *modifican,* ya que "conforme se desarrolla la *trama,* la problemática se amplía como el fuelle de un acordeón, y [se] difunde el abuso, el despojo, la usurpación, el empobrecimiento material y ético" (Escobar 295). Lo que sucede es que el *acontecimiento* pareciera pasar a un *segundo plano,* para dejar que sean los *personajes* y sus *interacciones discursivas,* interiores o exteriores, las que configuren y dominen la representación. Mas esto trae como consecuencia que los personajes sean extremadamente variados entre sí (por cuanto signos icónicos transculturantes de la heterogeneidad sociocultural), que sus imágenes interiores (discursivas: de habla, de conciencia) sean profundamente fluidas, cambiantes y contradictorias, y que a través del transcurso del acontecimiento se vayan modificando profundamente y en múltiples direcciones en función de su interlocutor. Recordemos una vez más lo que dice nuestro crítico-historiógrafo al respecto:

---

anteriormente mencionadas, lo importante radica en que nos da una nueva posición y perspectiva de lectura e interpretación que debe ser estudiada con la debida atención, ya que nos puede permitir leer, no sólo las novelas anteriores de Arguedas, sino incluso a las novelas "indigenistas", de una manera completamente diversa a como se ha hecho hasta ahora, lo que quizá nos abra perspectiva insospechadas al respecto.

> [...] [E]sta concurrencia de personajes que alternan y al hacerlo demarcan los cambios de escena, el tiempo cronológico y el tempo novelesco, define el recorte o la ampliación incesante del mundo de la novela, y son ellos, por el mérito de su función, los que definen no sólo el ensamblamiento de las partes en un vasto mosaico, sino también la configuración del espacio geográfico, social, mítico de la obra; pero esta vez, su actuar es siempre consecuencia de un ajuste o redefinición sobre los otros miembros o grupos, y en ese planteamiento dual, que los disocia e integra, se construye un equilibrio engrampado a las distintas normas, que ya en el conflicto o en el acuerdo de sus intereses, cimenta la extraordinaria solidez estructural de la obra. (293)

Pero hay algo muy importante que también debe ser resaltado. No hay en la novela una temática que se pueda extraer a priori, ya que no es más que por la gestión de los personajes que "se configuran los planos de [la] realidad, se actualizan los conflictos, acrece la tensión de la pieza y se avizora un prisma de desarrollos efectivos y virtuales que perfeccionan la imagen de su mundo", y ello como producto "del contacto intercultural que sustenta su caracterización" (293).

De aquí que se pueda decir, en una primera instancia, parafraseando a Bajtín y siguiendo a Escobar, que "la pluralidad de voces y conciencias independientes e inconfundibles, la auténtica polifonía de voces autónomas, viene a ser, en efecto, la característica principal" (Bajtín, *Problemas* 16) de esta novela de Arguedas.

Con todo, hay algo más que debe ser notado y que resulta muy importante para dar cuenta de la poética narrativa de *Todas las sangres*. De acuerdo con Bajtín, la *composición* polifonía NO consiste en la multiplicidad de voces independientes que se presentan dentro de la novela, sino que es producto de la relación que el narrador guarda y establece con ellas, en función de las relaciones que estas establecen entre sí ("El discurso del héroe acerca del mundo y de sí mismo [...] tiene una excepcional independencia en la estructura de la obra, parece sonar al lado de la del autor y combina de una manera especial con éste y con las voces igualmente independientes de otros héroes"). De aquí que cuando Escobar dice que el narrador ha cambiado de posición y perspectiva autocentrada, dado que el método expositito se vuelve impersonal, gracias a la retracción del contexto autobiográfico, resulta cuando menos digno de ser estudiado con mayor atención, ya que de ser así, los personajes se convertirían una vez más en objeto de su discurso, y no en sujetos de su propio discurso, confrontados por el narrador. Para dar cuenta de esta compleja problemática, recurriremos a lo que Perus ha dicho al respecto. Nos dice esta crítica-historiógrafa latinoamericana:

> [...] En este sentido, lo que, con base en su estudio de la obra de Dostoievski, Bajtín entiende por novela "polifónica" no es sino la prosecución del dialogismo inherente al enunciado hasta el plano de la composición artística y novelesca. En las formas de composición que el teórico ruso llama monológicas, el narrador suele colocarse a sí mismo fuera del mundo narrado y orientar unilateralmente sus propios enunciados hacia el objeto de la representación. Como parte de esta orientación primordial, el personaje tiende a ser ante todo sujeto de acción, y sus enunciados, desligados de los del narrador, son parte de la caracterización que les adjudica el narrador. En la forma de composición polifónica, en cambio, el personaje deja de ser sujeto de representación del narrador para convertirse en sujeto de su propia representación del mundo, de sí mismo y de aquellos con quienes interactúa y dialoga, mientras la voz del narrador se convierte en una voz enunciativa entre otras. Más que en caracterizar a los personajes y en delinear la acción, la función de éste consiste entonces en orquestar las distintas voces, en propiciar su confrontación y en dialogar o polemizar con ellas. De esta manera, el objeto de la representación tiende a desplazarse del ámbito de la acción hacia el de las voces enunciativas y a convertirse en un "espacio" problemático de consonancias y disonancias. Es un lugar en donde se confrontan mundos, puntos de vista, tonos y acentos, y en donde las diferentes "conciencias" se modifican al confrontarse unas con otras [...] (Perus, *De selvas* 25)

Evidentemente, si bien todo lo anterior resulta una buena manera de acercase el texto en búsqueda de su poética, no hay que olvidar jamás que los problemas que se presentan en Arguedas se caracterizan de otra manera, dado su contexto bicultural, heterogéneo y transculturado, por cuanto novela encabalgada en dos universos socioculturales encontrados y en pugna, y que, por tanto, todo esto no nos sirve más que de guía general, de instrumento, de herramienta para pensar problemas, es decir, de orientación general para un primer acercamiento.

Mas sea de ello lo que fuese, pasemos ahora a estudiar lo que nos dice Cornejo Polar al respecto, como complemento de lo hasta ahora visto.

### La construcción de un nuevo *género* novelesco para dar cuenta de un nuevo universo sociocultural

De acuerdo con este critico-historiógrafo, la estructura poética de *Todas las sangres* opera a través de un doble sistema: "el de los múltiples discursos dialogales que postulan su propia validez", es decir, el de los personajes, "y el del discurso del narrador, que tácita o expresamente, toma partido y asimila su voz a la de los personajes que comparten su actitud". (Cornejo Polar, *Los universos* 173) Con esto observamos que Cornejo Polar se da cuenta de que el narrador no es ni neutro, ni imparcial, tal y como lo suponía

Escobar. Más lo importante para nosotros radica en el hecho de que considera que la posición y perspectiva autocentrada del narrador (aunque no utilice esta terminología) es básicamente la india, la runa, la quechua. Incluso nos pone un ejemplo muy ilustrativo al respecto. *Oigamos*:

> [Este] aparece en la secuencia final del relato de la muerte del Sacristán de San Pedro. Se lee ahí: "Don Braulio y Rendón asistieron a su entierro. *Ahora [el sacristán] está trabajando, feliz, en la cima del K'oropuna.* Lo enterraron los indios, en el cementerio de indios. No demoró mucho en llegar a la cima de la montaña. "¡*Wifááá*", gritaron los muertos cuando llegó a la cima sonriente". El texto mezcla en un solo tono y dentro de una sola unidad de sentido, frases que enuncian situaciones reales y otras que apodícticamente aluden a creencias indias (las que aparecen marcadas en la cita por nosotros). Como quiera que el narrador otorga igual grado de certeza a ambos enunciados (es tan cierto que Rendón asistió al entierro como que los muertos recibieron triunfalmente al sacristán), el lector descubre que el universo de creencias que subyace en el relato es el indio (tal vez, genéricamente, el andino), y que, por consiguiente, esa situación corresponde a la actitud del narrador. Esta es, pues, su filiación. Lo indio y lo andino definen la perspectiva del narrador. (172)

Lo que nos confirma lo dicho más atrás en relación a la "explosión del sujeto" y su doble registro sociocultural, al mismo tiempo que reacentúa lo dicho por nosotros sobre las palabras de Arguedas al principio de esta comunicación.

Ahora bien, por lo que se refiere a los *personajes*, coincide, en general, en todo con lo dicho por Escobar, ya que expresa que "*Todas las sangres* es una novela coral" (170), donde "la directa e insistente presencia del *habla* de los personajes genera la índole estructural de la novela" (170). Y aclara: "no es ésta un curso narrativo único que obedece a la dinámica de la voz del narrador, sino un discurso plural que en cada una de sus ramas, a veces estrictamente paralelas, postula un sistema también plural de verdades" (170). De este modo, "la naturaleza fuertemente dialógica de *Todas las sangres* obliga a comprender las actitudes de los hablantes como las líneas significativas de mayor relieve dentro del texto: su entramado, complejo y sutil, dibuja la estructura general de la obra" (215). En otras palabras: "los personajes de *Todas las sangres* exceden largamente la función clásica de sujetos que viven una acción [composición monológica]. Sin descuidar ésta, y más bien intensificándola notablemente en algunos casos, como el de don Bruno, asumen otras funciones más complejas: la de representar sectores de la realidad social y la de postular opciones ideológicas [composición 'polifónica']" (215-216).

A pesar de sus propuestas al respecto, curiosamente tan cercanas a lo planteado por Bajtín, Cornejo Polar, coherentemente con la posición y perspectiva lukacsiana que adopta para el análisis de la novela, se concentra básicamente en el mundo representado, en la "estructura del contenido", esto es, "en torno a la forma del héroe y a la representación de la acción narrada" (Perus, *De selvas* 22). Más, por lo mismo, "los aspectos de composición y estilo –y en particular la relación del narrador con el mundo narrado– tienden a aparecer como corroboraciones, como derivaciones, de la estructura del contenido" (22), dejando, por tanto, de cierta manera a un lado esta estructura coral, "polifónica", que el mismo propone y que supuestamente "dibuja la estructura general de la obra" (22). Precisamente por esto es que juzga sobre lo que ve, como si viéramos la realidad en sí misma, dejando a un lado lo que el narrador configura, y que constituye precisamente la "solución artística" (poética) de la obra, por cuanto conforma el mundo que despliega el narrador al relatarnos la historia, y gracias a los cual deja que los personajes se expresen por sí mismos. Dicho de otro modo, desde una postura externa al texto (exotópica, trasgrediente, extrapuesta [Bajtín, *Estética* 22-23]), y sin tomar en cuenta la "solución artística" propuesta por el Autor-narrador, interpreta directamente lo que el narrador o los personajes expresan, que no es más que expresión de lo que el *acontecimiento representado* nos comunica, el cual, de acuerdo con esta postura, da cuenta del sentido de la realidad.

Ciertamente, y es importante recalcarlo, lo que hace este crítico-historiógrafo es mucho, pero mucho más complejo de lo que aquí hemos esquematizado, pero el principio básico que sigue para interpretar la novela es, sin duda alguna, este.

Veamos tres ejemplos que se refieren a los problemas mencionados, tomando en cuenta los tres niveles anteriormente señalados: el acontecimiento representado, la imagen y el habla de los personajes, y el relato del narrador.

Referido al acontecimiento representado y en relación con el primer capitulo de la novela, nos dice Cornejo Polar que:

> No es casual que *Todas las sangres* centre su capítulo inicial en el suicidio de don Andrés Aragón de Peralta. La desaparición del gran señor tiene una dimensión psicológica, individual, en cuanto expresa el acabamiento de una personalidad rodeada de circunstancias que le son específicas, sin carácter representativo, por tanto; pero tiene también, y sobre todo, un nivel social: es el signo de la destrucción de un mundo, el mundo que el viejo *werak'ocha* había dominado indiscutiblemente. El aniquilamiento de

> este universo no comienzo ni termina con la muerte de don Andrés, por supuesto. Viene de lejos su deterioro y el proceso desintegrador no cesa abruptamente, pero la muerte del padre de don Fermín y don Bruno corresponde al clímax del proceso, al momento en que el sentido de la trayectoria se hace evidente y su condición irreversible se impone como realidad absoluta. Los signos exteriores del desmoronamiento del universo del gran patrón son muy claros. El narrador enfatiza el deterioro de los bienes (especialmente de la residencia) del anciano suicida y lo contrapone al ilimitado boato del pasado. Se menciona así, por una parte, con respecto al personaje, su "corbata vieja", su "barba dejada a su propia naturaleza"; por otra, con relación a la casa, sus "muchos años de descuido", su fachada donde "se desmoronaba un ancho poyo de adobes", etc., en oposición a la levita que viste el viejo o al terciopelo que cubre las ventanas, signos estos, como muchos otros, de "los tiempos de esplendor de la familia", cuando "los Aragón de Peralta se engrandecieron tanto que permanecieron por encima de los desesperados bandos rivales, inalcanzables". La desastrada muerte de don Andrés, acompañado sólo por su siervo Anto, en un dormitorio polvoriento y descuidado, sin que su alcoholizado esposa (recluida en otra habitación que "olía a ropa sucia, a orines y cañazo") se entere, maldiciendo a sus hijos, al cura, a los vecinos de San Pedro, al pueblo todo, corresponde a la instancia desde la cual, como desde una suerte de divorcio de las aguas, la novela puede expandirse hacia el pasado y hacia el futuro y construir, así, un rico universo de representación. De hecho hay fragmentos que retrotraen la historia a un tiempo anterior a la muerte del anciano (por ejemplo, la séptima unidad del capítulo II), aunque el peso mayor del relato se desarrolla cronológicamente a partir del acontecimiento que narra el capítulo inicial de la novela. (Cornejo Polar, *Los universos* 174-175)

Se observa como Cornejo Polar se centra, como parte del *acontecimiento representado* del primer capítulo de la novela, en el suicidio de don Andrés, y como, a partir de allí, emite una serie explicaciones al respecto: "Es el signo de la destrucción de un mundo, el mundo que el viejo *werak'ocha* había dominado indiscutiblemente"; "El aniquilamiento de ese mundo... [v]iene de lejos... [y] corresponde al clímax del proceso, al momento en que el sentido de la trayectoria se hace evidente y su condición irreversible se impone como realidad absoluta"; "La desastrada muerte de don Andrés... corresponde a la instancia desde la cual, como desde una suerte de divorcio de las aguas, la novela puede expandirse hacia el pasado y hacia el futuro, y construir, así, un rico universo de representación".

Por supuesto, es indudable que lo anterior es verdad. No cabe la menor duda al respecto. Con todo, desde esta posición y perspectiva crítico-historiográfica, todo el peso de la interpretación se centra (casi) totalmente en el acontecimiento representado: la muerte de don Andrés, y en el mundo representado: las causas y consecuencias de esta muerte, la cual trasciende lo individual, por cuanto imagen cronotópica que "refleja" el sentido de la realidad. Curiosamente, como menciona este crítico-historiógrafo, si bien "hay fragmentos que retrotraen la historia a un tiempo anterior a la muerte del anciano [...], el peso mayor del relato se desarrolla cronológicamente a partir de acontecimiento que narra el capítulo inicial de la novela" (175), despreocupándose, por tanto, por las causas, generales y particulares, que lo produjeron. Mas sea de ello lo que fuese, por ahora lo importante radica en constatar que esto contradice de algún modo la propuesta hecha anteriormente por este crítico-historiógrafo sobre la novela: olvida lo que al principio consideró como lo más importante. Pareciera, pues, evidente que el problema radica en no saber cómo relacionar el acontecimiento representado con la larga disputa de los personajes. Pero hay más. Pareciera también tener problemas con la voz del narrador, ya que, a partir del párrafo citado, se puede aseverar que este confirma lo que el mundo representado nos comunica sobre el sentido de la realidad: "Los signos exteriores del desmoronamiento del universo del gran patrón son muy claros. El narrador enfatiza el deterioro de los bienes (especialmente de la residencia) del anciano suicida y lo contrapone al ilimitado boato del pasado" (174). Mas esto significa que el narrador, en este punto, tan sólo dirige su discurso directamente hacia el objeto, para informarnos, describir, y dar cuenta de ese mundo que se desmorona, convirtiéndolo en una especie de narrador imparcial. De aquí que una vez más el acento se coloque sobre el acontecimiento representando y su relación con la realidad.

Podría decirse, por lo dicho, que desde esta posición y perspectiva crítico-historiográfica, debemos leer e interpretar la novela, primero, desde una perspectiva objetiva: como si viéramos la realidad (entendida como una imagen cinematográfica), y desde una subjetiva: como si oyéramos, desde afuera (voz en "off"), como el narrador nos confirma (informa, describe, etc.) la pertinencia de dicha imagen. Lo cual es evidentemente falso y contradice lo propuesto por él mismo: el carácter dialógico-transculturado y "polifónico" del texto.

Mas, suponiendo que aquello realmente fuese así, aquí aparece otro grave problema. ¿No nos había dicho Cornejo Polar que "lo indio y lo andino definen la perspectiva del narrador"? Oigamos como ejemplifica este hecho, y qué conclusiones saca al respecto:

> Tanto en las escenas alusivas a la muerte de don Andrés como en las paralelas de doña Rosario, el paisaje se adecua al sentido del acontecimiento y de alguna manera lo simboliza; más aún, actúa como

> coro trágico que responde o comenta las acciones que los hombres realizan en su presencia. En uno y otro caso la visión del paisaje se centra en el k'antu y sus variantes cromáticas. En el primero los diversos matices del rojo invaden todo el escenario: desde el cerro protector del pueblo, cubierto de k'antu, hasta el piso de la plaza "enrojecido por las flores de k'antu que habían pisado los niños". La invasión del color rojo subido, que parece descender del cielo y cubrir todo el pueblo, concuerda con la violencia del discurso de don Andrés y ambos (color y discurso) se refuerzan mutuamente. Durante la agonía del viejo *werak'ocha se* produce un cambio significativo: "En un mundo así quemado, las manchas de flor de k'antu aparecen como el pozo o el lago de sangre del que hablan los himnos de las corridas de toros, pozo de sangre al que se lanzan para ahogarse los cóndores desengañados". De simbolismo bastante explícito, el fragmento permite determinar la tonalidad del paisaje y el sentido del diálogo que entabla con la acción. Algo similar sucede en las escenas del entierro de doña Rosario: "la roja montaña Apukintu se entristeció visiblemente con [el] himno" que cantaron, frente a la tumba, los comuneros, donde el "gesto" del universo, entristecido por el agónico arawi "Gusano negro", que es el himno que entonan los comuneros, vale como una respuesta del mundo a la tragedia de los hombres. Dentro de este orden mágico no extraña que poco después, mientras las campanas doblan, "el manto rojo de Apukintu se ensombrecía; los débiles arbustos de la plaza temblaban, a pesar que no se sentía viento". (177)

Nos encontramos una vez más que la posición y perspectiva india, runa del narrador (si bien en la cita anterior el paisaje pareciera existir como parte de la imagen misma, y no como producto del relato de narrador) tan sólo confirma simbólicamente lo que el acontecimiento representado, más aún, el mundo representado, nos ofrece: el sentido de la realidad, es decir, el fin de un mundo y el inicio de otro nuevo, y ello a pesar de que este paisaje (recordemos: producto del relato del narrador indio) pareciera hablar y actuar por sí mismo: "el paisaje se adecua al sentido del acontecimiento y de alguna manera lo simboliza; más aún, actúa como coro trágico que responde o comenta las acciones que los hombres realizan en su presencia". De este modo, todo se adecua al acontecimiento, a la acción representada ("de simbolismo bastante explícito, el fragmento permite determinar la tonalidad del paisaje y el sentido del diálogo que entabla con la acción"), y la voz del narrador, a pesar de su postura india, "mágico-mítica" (sin que se de ninguna explicación al respecto: ¿"En un mundo así quemado, las manchas de flor de k'antu aparecen como el pozo o el lago de sangre del que hablan los himnos de las corridas de toros, pozo de sangre al que se lanzan para ahogarse los cóndores desengañados"?), que hace que el paisaje se vuelva en un ser vivo, en un

Šujeto ("la roja montaña Apukintu se entristeció visiblemente con [el] himno" que cantaron, frente a la tumba, los comuneros), se convierte finalmente en una voz más del coro subjetivo que acompaña a este "reflejo" del sentido de la realidad ("la palabra del narrador termina siendo una dentro de una suerte de coro de voces, voces disonantes que emanan del insistente discurso dialógico de casi todos los personajes". [170])

De este modo, se sigue leyendo la novela desde una perspectiva lukacsiana, es decir, convirtiendo las palabras indias (quechuas) del narrador en corroboración, en derivación, de la estructura del contenido, el cual existe como "reflejo" del sentido de la realidad, tendiendo a olvidar su carácter coral y las complejas relaciones que se establecen entre el relato del narrador y las voces y acciones de los personajes que se producen en (desde) el acontecimiento representado.

Mas, si esto es así, ¿qué pasa, entonces, con la *imagen* de los personajes y con su *habla*: sus soliloquios y sus *interacciones dialógicas*? Oigamos, una vez más, las palabras de Cornejo Polar, ahora en función de dos de los "personajes aculturados" de la novela: don Andrés y don Bruno, ambos con una posición y perspectiva autocentrada *transculturante* (relativamente india), *similar* a la del narrador.

> En suma, los instantes finales de don Andrés Aragón de Peralta dibujan un vaivén constante entre su mundo originario, el de los grandes terratenientes, y el mundo de los indios. Pocos minutos antes de morir, al escuchar el canto de un gorrión, el werak'ocha dice a Anto: "Me está despidiendo del mundo este pajarito. Les dirás a mis hijos que los espero en el purgatorio", frase que mezcla fuentes quechuas (función mágica del ave) y cristianas (purgatorio), mezcla que se expande luego y domina el ambiente del velatorio en cuyo ritual el canto de las mujeres hace pensar que "lo despiden como a indio", mientras que la ubicación del coro señala la condición patronal de don Andrés: "las mujeres cantaban afuera, junto a la gran puerta de la residencia y no en el interior de la casa, como lo hacían cuando el muerto era indio". Es obvio que en un sistema de castas, como el tradicional andino, la relativa indianización del gran señor implica una grave resquebrajadura en la médula misma del sistema. Esta indianización será sustantivamente más intensa en uno de los hijos del suicida, don Bruno. (175-176)

> Desde otra perspectiva, pero también desde las páginas iniciales de *Todas las sangres*, don Bruno se muestra como un hombre aferrado a las más antiguas tradiciones, temeroso de todo cambio, visceralmente opuesto al proyecto de su hermano Fermín y horrorizado, corno ninguno, ante la corrupción que ese proyecto, al incorporar las costumbres modernas de la costa en el mundo andino, puede acarrear: "nada con los que vienen

> de esos pueblos [de la costa] en el que infierno se asienta", dice. Es un señor feudal preocupado por la salud moral de sus siervos y atenazado por la culpabilidad personal que, en un plano básicamente religioso, le obsede. Estos son, por así decirlo, los supuestos de la caracterización de don Bruno, la instancia representativa que dará pie al paulatino desarrollo y matización de su muy compleja personalidad. (188-189)

Se evidencia una vez más que todo queda centrado en el mundo representando: "es obvio que en un sistema de castas, como el tradicional andino, la relativa indianización del gran señor implica una grave resquebrajadura en la médula misma del sistema", y en la ambigua imagen de los personajes: "los instantes finales de don Andrés Aragón de Peralta dibujan un vaivén constante entre su mundo originario, el de los grandes terratenientes, y el mundo de los indios", sea ésta la que construye el narrador de ellos, o sea la que ellos mismos a través de sus palabras van configurando. Cabe mencionar, sin embargo, que esa imagen tiende a convertirse en una imagen caracterológica y tipológica, básicamente firme y sólida, aunque ciertamente ambigua, como signos icónicos transculturados (representantes) de la realidad sociocultural: "Esta religiosidad, que se plasma mediante un inestable sincretismo de creencias católicas y quechuas, define la personalidad de don Bruno". Si bien nos menciona, de forma muy afortunada ya que dinamiza el relato, que los personajes sufren un proceso de aculturación (mejor, transculturación), el cual, para el caso de don Andrés, se produce antes de que se inicie la novela, y para el de don Bruno, se va a ir manifestando a través de la novela y de los cambios de la realidad:[11] "es un personaje fluyente que el relato modela constantemente", lo que lo convierte en una personalidad,[12] si bien esto quede explicitado en la obra de Cornejo Polar tan sólo de manera formal,

---

[11] Cabría preguntarse, sin embargo, si en esta novela de Arguedas no sucede algo similar, guardadas las distancias socioculturales, a lo que ocurre en las de Dostoievski. Parafraseando a Bajtín para el caso de Arguedas, se podría decir que "su mundo representa una coexistencia e interacción artísticamente organizada de una heterogeneidad sociocultural, y no las etapas del desarrollo del sentido dialéctico de la realidad" (52), es decir, "En ese mundo [sociocultural] los planos no se representan etapas, sino campamentos, y las relaciones contradictorias entre ellos no era un camino ascendente o descendente para una personalidad, sino un estado de la sociedad" (46).

[12] "La personalidad, según Askóldov, se diferencia del carácter, tipo y temperamento, que suele servir de objeto de representación en la literatura, gracias a su excepcional libertad interior y a la absoluta independencia del medio exterior" (Bajtín, *Problemas* 24).

básicamente enunciativa. Pero hay más. Incluso las percepciones (posiciones y perspectivas autocentradas) de estos personajes también se adecuan al acontecimiento representado, al mundo representando: "La muerte de don Andrés es asumida por él mismo como un signo del proceso destructor de su mundo": "empobrecido, engañado y robado por sus hijos, odiado por los vecinos principales y de segunda fila, odiado también por los indios, sin verdadero poder ya, don Andrés Aragón de Peralta tiene que reconocer que él y el mundo en el que imperó están, por igual, destrozados". Es más, sabe que "su suicidio caerá sobre las cabezas de sus hijos como una maldición que acabará por destruirlos".

Más, como fuese, se puede observar de nuevo que seguimos dejando de lado el problema considerado como básico, de acuerdo con los planteamiento señalados atrás por ambos críticos-historiógrafos: el carácter dialógico y "polifónico" de la novela, carácter que, como ya sabemos, hace que, según esto, "la palabra del narrador termin[e] siendo una dentro de una suerte de coro de voces, voces disonantes que emana del insistente discurso dialógico de casi todos los personajes", voces que "genera[n] la índole estructural de la novela", obligándonos a centrarnos en el sentido del mundo representado, "reflejo" del sentido del mundo real.

Hay, pues, como vemos, un abismo problemático entre los planteamientos que tratan de evidenciar la estructura poética de la novela, y la manera en que ésta se configura e interpreta. Esto termina de confirmarse cuando se leen los siguientes comentarios, que podrían considerarse como una especie de "conclusión" de su propuesta, en los cuales, por cierto, se evidencia además el carácter dialéctico de la novela, resultado del carácter dialéctico del sentido de la realidad.

Es de hacer notar que detrás de todos estos planteamientos se encuentra un *principio* no discutido ni puesto en tela de juicio, y el cual determina, en principio, la manera de enfrentar la *configuración* de la novela y su *relación* con el sentido de la realidad. Nos referimos a los tres *topoi* de la modernidad. Dice Ricoeur al respecto:

> Tres temas destacan en los esmerados análisis semánticos de Koselleck. En primer lugar, la creencia de que la época presente abre sobre el futuro la perspectiva de una novedad sin precedentes; después, la creencia de que el cambio hacia lo mejor se acelera; finalmente, la creencia de que los hombres cada vez son más capaces de hacer su historia. Tiempo nuevo, aceleración del progreso, disponibilidad de la historia: estos tres temas han contribuido al despliegue de un nuevo horizonte de espera que, por acción retroactiva, ha transformado el espacio de experiencia en el que se han depositado las adquisiciones del pasado. (Ricoeur, 943)

Mas sea de ello lo que fuese, y partiendo de la propuesta de Bajtín que nos dice que "la tarea artística solucionada por la novela es en realidad independiente de la refracción ideológica secundaria" y que "las relaciones artísticas concretas entre los planos de la novela, su combinación para formar una unidad, deben ser explicadas y mostradas sobre el material de la misma novela" (Bajtín, *Problemas* 46), cabría preguntarse entonces: ¿es eso realmente lo que el autor-narrador pretende comunicarnos como objeto de la representación y como principio y dominante de la representación de la imagen de los personajes, es decir como "solución artística" (poética) del relato del narrador en la novela: "Inmovilismo y cambio, tradición y creación, destrucción de un mundo y construcción de otro", mundo donde "se desarrolla la contienda de los hombres que quieren construir otro distinto, un mundo a imagen de sus ideales, de sus pasiones, de sus intereses"? ¿Se podría aseverar que es esto lo que nos quiere expresar, representar y comunicar Arguedas a partir del material mismo de la novela? ¿Pero qué pasa entonces con la propuesta de base de estos críticos que consideraban como fundamental el carácter coral, dialógico, "polifónico" de la novela? ¿Cómo saberlo?...

A partir de estos interrogantes, pareciera necesario preguntarse: ¿no será necesario buscar una manera distinta de leer la novela que haga que la interacción discursiva (sea consigo mismos o con el otro, desde el interior de la "conciencia" de los personajes: monólogos, soliloquios; sea consigo mismos y con el otro, desde el habla directa de los personajes: diálogos y confrontaciones dialógicas; o sea relación con los personajes, que actúan y hablan en el acontecimiento representado, y con el oyente, como producto del relato del narrador), que sus ideas, que sus "modelos del mundo" pasen a primer plano, en el entendido de que habrá que tomar la doble relación planteada al principio de esta comunicación, tal y como interpretamos las palabras de José María Arguedas, entre Sujeto-Sujeto-Objeto, Sujeto-Sujeto-Sujeto, y Sujeto-Sujeto-Šujeto? O dicho de otro modo, ¿no será imprescindible tomar en cuenta el carácter "polifónico" de la novela, con la reservas del caso, en el cual la relación Autor-narrador vs. personajes, los cuales participan en el acontecimiento representado, resultan fundamentales?

Quedaría por mostrar qué tanto todas estas brillantes intuiciones y propuestas conceptuales de estos críticos-historiógrafos arguedianos pueden sernos útiles para dar cuenta de la poética de *Todas las sangres*. El reto está dado; sólo resta el trabajo concreto. El Autor-narrador, configurador del texto, tiene, pues, la última palabra.

## Bibliografía

Arguedas, José María. *Todas las sangres*. Perú: Editorial Horizonte, tomo IV, 1983.

_____ "Algunas observaciones sobre el niño indio actual y los factores que moldean su conducta". *Nosotros los maestros*. Lima: Ed. Horizonte, s/f. 207-213.

Bajtín, Mijaíl. *Problemas de la poética de Dostoievski*. Colombia: Fondo de Cultura Económica. 1993.

_____ "Hacia una filosofía del acto ético". *Hacia una filosofía del acto ético y otros escritos*. Prólogo de Iris M. Zavala, introducción de S. G. Bocharov, comentarios de Iris M. Zavala y Augusto Ponzio. Barcelona: Editorial de la Universidad de Puerto Rico/Anthropos, Col. Pensamiento crítico/ Pensamiento utópico 100. 1997. 7-81.

_____ "Autor y personaje (héroe) en la actividad estética". *Estética de la creación verbal*. México: Siglo Veintiuno Editores. 1999. 13-190.

_____ "La palabra en la novela". *Teoría y Estética de la novela*. Madrid: Taurus, 1989. 77-236.

_____ "Formas del tiempo y el cronotopo en la novela". *Teoría y Estética de la novela*. Madrid: Taurus, 1989. 237-410.

Cornejo Polar, Antonio. *Los universos narrativos de José María Arguedas*. Lima: Editorial Horizonte. 1997.

_____ *Escribir en el aire. Ensayo sobre la heterogeneidad socio-cultural en las literaturas andinas*. Lima: Editorial Horizonte. 1994.

*Primer encuentro de narradores peruanos*. Lima: Latinoamericana Editores. 1986.

Escobar, Alberto. "La guerra silenciosa de *Todas las sangres*". *Recopilación de textos sobre María Arguedas*. La Habana: Casa de las Américas. 1976.

Lienhard, Martín. *Cultura popular andina y forma novelesca. Zorros y danzantes en la última novela de Arguedas*. Apéndice: William Rowe, Luis Millones, Jorge Cerna Bazán. Lima: Editorial Horizonte/Tarea. 1990.

Lotman, Yuri. *Estructura del texto artístico*. Madrid: Ediciones Istmo. 1970.

Perus, Françoise. *De selvas y selváticos. Ficción autobiográfica y poética narrativa en Jorge Isaacs y José Eustasio Rivera*. Colombia: Universidad Nacional de Colombia/Universidad de los Andes/Plaza y Janés Editores (Colombia). 1998.

_____ "El dialogismo y la poética histórica en la perspectiva de la heterogeneidad cultural y la transculturación narrativa en América latina". *Revista de Crítica Literaria Latinoamericana* 42 (1995): 29-44.

Ricoeur, Paul. *Tiempo y narración*. 3 tomos. México: Siglo Veintiuno Editores, 1995-1996.

# *Cuarta parte*
# *Torsiones y descentramientos*

# Entre la abyección y el deseo: para una relectura de *El sueño del pongo*

*Sergio R. Franco*

EL TEXTO QUE OFREZCO A CONTINUACIÓN NO PRETENDE CONSTITUIR *UNA* interpretación de *El sueño del pongo*; dicho de otro modo, no se compromete con un renarrar en cuyo monologismo teleológico se subsuma la pluralidad de sentidos que el relato disemina. Así mismo, tampoco se interesa por definir el proyecto autorial: esto supone investir al autor –como quiera que sea que lo entendamos– con la calidad de significante transcendente. Me atrae, más bien, circunnavegar el texto –si se me permite decirlo así–, dispuesto a articular, aunque sin ánimo totalizante, disímiles sentidos que laten en sus lexías;[1] abierto y atento a lo que me diga, a su singularidad, a su otredad que, naturalmente, se filtrará a través de mi propia huella inscrita en esa escucha irrepetible.

*El sueño del pongo*[2] *–Pongoq mosqoynin (Qatqa runapa willakusqan)/El sueño del pongo (cuento quechua)–* se presenta como la recreación escrita en español de un texto oral quechua que Arguedas afirmó haber escuchado relatar,

---

[1] Naturalmente, tomo el concepto de lexía de Roland Barthes. Las lexías, "courts fragments contigus", como las definió el semiólogo francés, son unidades de lectura seleccionadas por el exégeta para examinar los sentidos del texto envueltos en ellas (Barthes, *S/Z* 20-1).

[2] Todas las citas corresponden a la versión que figura en *Obras Completas I* consignada en la bibliografía.

en Lima, a un comunero del Cusco. En opinión del escritor peruano, el cuento poseía valor social, literario, pero, sobre todo, lingüístico, como evidencia de la fuerza y flexibilidad con que el idioma quechua había sabido apropiarse de vocablos castellanos. Así, la primera instancia que el lector encara es el encuentro de lenguas. La segunda tiene que ver con la autoría de este breve relato. A este respecto, considero que el texto es parte de la obra de José María Arguedas, pues si bien es factible que la trama provenga de un material quizá folclórico, lo que encaramos en nuestra lectura es una renarración escrita de ese material.[3] El propio Arguedas no se hallaba lejos de semejante parecer, pues dejó consignado lo siguiente: "Hemos tratado de reproducir lo más fielmente posible la versión original, pero, sin duda, hay mucho de nuestra 'propia cosecha' en su texto; y eso tampoco carece de importancia." (257). Desde luego, lo que Arguedas opine de su propia obra no es para nosotros lo decisivo aunque no deje de constituir un dato a tomar en cuenta.

Usualmente se ha considerado que la producción literaria de Arguedas ofrece una visión del universo andino "desde dentro", pero lo cierto es que su obra constituye una suerte de representación de ese universo para lectores occidentalizados. Para efecto de lograr la concreción estética de ese mundo, para comunicarlo a destinatarios que respondían a un repertorio lingüístico-categorial diferente al de la cultura de la que partía, Arguedas tuvo que refigurar el mundo del que quería dar cuenta en relación a los destinatarios de los textos. Esto lo llevó a ciertos tránsitos (de lo oral a lo escrito, de la espacialidad a la temporalidad histórica) y a una posición de relativa "exterioridad" con relación al universo que intentaba configurar artísticamente. No obstante, la crítica, atrapada en diversos dualismos (español/andino; oralidad/escritura; tradición/modernidad; costa/sierra; comunidad/individuo; hegemonía/margen, y tantos otros), ha obliterarado este dato en aras de mantener el paradigma referencial.

> *Un hombrecito se encaminó a la casa-hacienda de su patrón. Como era siervo iba a cumplir el turno de pongo, de sirviente en la gran residencia. Era pequeño, de cuerpo miserable, de ánimo débil, todo lamentable; sus ropas, viejas.*

---

[3] Análoga es la postura de Antonio Melis, para quien se trata de "un'elaborazione letteraria dello scrittore" (36). Mercedes López-Baralt, por su parte, entiende el texto como la reelaboración que un escritor culto lleva a cabo sobre un material primario (305). Julio Noriega, en cambio, se alínea junto a los críticos –no precisa cuáles– que consideran el rol de Arguedas como el de "un intermediario, un especialista de la escritura en la recopilación y la transcripción" (91).

*El gran señor, patrón de la hacienda, no pudo contener la risa cuando el hombrecito lo saludó en el corredor de la residencia.*

*¿Eres gente u otra cosa?– le preguntó delante de todos los hombres y mujeres que estaban de servicio.* (251)

*El sueño del pongo* se inicia con la irrupción de un elemento exógeno y perturbador en un orden cerrado, adonde se le convoca. El pongo, al parecer, encarna una humanidad tan degradada que resulta problemática en su estatuto ontológico; de ahí que la duda implícita en la insolente pregunta del patrón, efectuada ante "todos los hombres y mujeres que estaban de servicio", aun cuando formulada con ánimo de zaherir al sirviente (¿pero ello es realmente así?), nos conduzca a la dificultad de precisar qué es lo humano –latente en el texto– y nos aposenta en el corazón de la máquina antropológica occidental, cuya operación primera, al decir de Giorgio Agamben, es ontológica:

> From the beginning, metaphysics is taken up in this strategy: it concerns precisely the *meta* that completes and preserves the overcoming of animal physis in the direction of human history. This overcoming is not an event that has been completed once and for all, but an occurrence that is always under way, that every time and in each individual decides between the human and the animal, between nature and history, between life and death. (*The Open* 79)

Ahora bien, la "indecisión" del patrón con respecto al estatuto "humano" del pongo se explica porque éste último encarna lo abyecto.[4] Cuando hablo de abyección no me refiero al envilecimiento, tampoco a la suciedad o lo enfermizo, con los que lo abyecto no tiene que ver; lo abyecto se produce cuando colapsa el sentido y aflora todo aquello que no respeta posiciones ni reglas; todo aquello que perturba el orden, la identidad, el sistema: lo liminal, lo compuesto, lo ambiguo (Kristeva 4). Lo abyecto nos fascina, provoca nuestro goce, pero, a la vez, nos atemoriza y repele, porque amenaza las fronteras (imaginarias) de nuestro ser y nuestro universo, confundiendo sus límites, subvirtiéndolos. El poder de lo abyecto nos afecta tanto simbólica como somáticamente, y nos "infecta" con su impureza. Por ello, debe confinársele más allá de una frontera trazada entre el ser y lo que lo pone en riesgo.

---

[4] Evidentemente, la abyección del pongo no es sólo un asunto psicosimbólico; hay una dimensión de "clase" involucrada en la producción ideológica de la abyección que se imprime sobre el subalterno. Razones de espacio me vedan, por ahora, abordar esta compleja cuestión.

Así, los distintos estados que experimenta el "gran señor" cuando contempla al pongo por vez primera –risa, incredulidad, cólera, asco– atestiguan la fuerte perturbación que su sirviente le produce. Y es como un intento de "naturalizarlo", antes que humillarlo, como cabe entender que el patrón, en una operación previsible, decida "feminizar" al nuevo sirviente, asignándole, para ello, el espacio y los aditamentos propios a las mujeres dentro del orden patriarcal que él preside: la cocina, las ollas y la escoba. Con todo, la abyección del cuerpo del pongo[5] se impone y su amo no puede evitar sustraerlo de lo humano al mismo tiempo que lo arroja lejos de sí ("¡Llévate esta inmundicia!-ordenó al mandón de la hacienda", 251).

> *Al anochecer, cuando los siervos se reunían para rezar el Ave María, en el corredor de la casa-hacienda, a esa hora, el patrón martirizaba siempre al pongo delante de toda la servidumbre; lo sacudía como a un trozo de pellejo.*
>
> *Lo empujaba de la cabeza y lo obligaba a que se arrodillara y, así, cuando ya estaba hincado, le daba golpes suaves en la cara.* (251)

La abyección se vincula originariamente a la función materna, pues lleva implícita el arcaismo de una relación pre-objetual reminiscente de la violencia con la que un cuerpo se separa de otro (Kristeva 10), proceso ambivalente, si los hay, ya que uno debe disociarse de la madre, quien le da la existencia, para constituirse como sujeto al ingresar en el orden de lo simbólico, que es el del lenguaje y la cultura. Cada vez que el individuo encara la abyección, ésta lo retrotrae al estado previo a la significación, cuando las fronteras de su propio ser se encontraban amenazadas por la dependencia al cuerpo materno. Por lo dicho, no parece casual que el pongo, un *wakcha*, un "huérfano de huérfanos" (251),[6] como lo cataloga el único personaje femenino del cuento, la cocinera mestiza, sea martirizado a la hora en que se le reza a María, madre de todos los seres humanos. El

---

[5] El cuerpo, nos recuerda Mary Douglas, funciona como un modelo de la sociedad: "The body is a model which can stand for any bounded system. Its boundaries can represent any boundaries which are threatened or precarious. The body is a complex structure. The functions of its differents parts and their relation afford a source of symbols for other complex structures. We cannot possibly interpret rituals concerning excreta, breast milk, saliva and the rest unless we are prepared to see in the body a symbol of society and to see the powers and dangers credited to social structure reproduced in small on the human body" (115).

[6] Sobre el tema de la orfandad en la obra de Arguedas, revísese Díaz Ruiz, Dorfman y López-Baralt.

pongo, vía su sufrimiento, ha sido distinguido por el amo, quien lo tortura frente a toda la servidumbre. El verdugo necesita espectadores, tal es su desgracia. Y no hay que dejarse engañar por la suavidad del toque del amo, pues todo amo es la metonimia de la muerte, a la cual mantiene en reserva, como mera potencialidad, de ahí que pueda definírsele como significante fálico (Žižek, *Tarrying with the Negative* 169). De otro lado, la identificación del pongo con un pellejo, sancionada por el narrador heterodiegético, prefigura isotópicamente el *locus* de la piel. Los suaves golpes que su amo le propina en la cara lo preparan para otros contactos suaves pero intensos.

> *–¡Alza las orejas ahora, vizcacha! ¡Vizcacha eres!-mandaba el señor al cansado hombrecito. –Siéntate en dos patas; empalma las manos.*
>
> *Como si en el vientre de su madre hubiera sufrido la influencia modelante de alguna vizcacha, el pongo imitaba exactamente la figura de uno de estos animalitos, cuando permanecen quietos, como orando sobre las rocas. Pero no podía alzar las orejas.* (253)

Al patrón le complace jugar con el cuerpo del pongo, exigiéndole que imite animales, que llore, ría o se revuelque. El pongo cumple estas demandas con parcial éxito. Pero aun si el narrador del texto no deja dudas sobre la humanidad del pongo, no menos cierto es que el cuerpo de aquél presenta, digamos, cierta flexibilidad, una suerte de plasticidad que le permite asumir estados de ser liminales; más aún, su identidad aparece dislocada por flujos de devenir animal.[7] La desterritorializacion del pongo es total, lo que queda indubitablemente refrendado cuando el narrador declara que el pongo "no podía rezar porque no estaba en el lugar que le correspondía ni ese lugar correspondía a nadie" (253); posteriormente el pongo será entregado "a la mofa de sus iguales, los colonos" (253) Esta

---

[7] Los devenires no deben ser confundidos con correspondencias, relaciones, parecidos, imitaciones o identificaciones. Tampoco ocurren en la imaginación o en el sueño. Un devenir es un proceso carente de sujeto o meta experimentado por una multiplicidad cuando es desterritorializada por otra multiplicidad mediante la activación de un paquete de afectos. Los devenires constituyen un proceso alterno a la semejanza o a la mímesis, impugando un pensamiento vertical, y más precisamente hegeliano, mediante el abandono de categorías como sujeto y objeto, pilares de la racionalidad occidental (Deleuze-Guattari 10-2, 232-309). Para una aplicación de estos conceptos a la novela póstuma de José María Arguedas, *El zorro de arriba y el zorro de abajo*, revísese Sara Castro-Klaren, "Como chancho cuando piensa: el afecto cognitivo en Arguedas y el con-vertir animal".

operación intenta certificar la normalidad del grupo, estratégicamente homogenizado al patrón. La execración del pongo sirve como plataforma para la reunión del patriarca y sus hijos. Podemos entender la suerte del pongo a la luz de las reflexiones de René Girard sobre el chivo expiatorio. También resulta factible otro modelo: el de una masculinidad emergente cuyo punto de encuentro fraternal –más allá de las barreras impuestas por la extracción social– se logra mediante la circulación de los cuerpos no masculinos.

> *Pero... una tarde, a la hora del Ave Maria, cuando el corredor estaba colmado de toda la gente de la hacienda, cuando el patrón empezó a mirar al pongo con sus densos ojos, ése, ese hombrecito, habló muy claramente.* (253)

La palabra del pongo irrumpe en el orden cerrado para hacer de sí un narrador y del patrón un narratario,[8] y para marcar el límite del poder del amo.[9] La hipodiégesis[10] que la palabra del pongo instaura *tiene* que acudir a la retórica y a los mitos del amo, y a su lengua –paradoja del relato oral quechua–, lo que testimonia que en el espacio andino se produjo un proceso de "glotofagia"; esto es, un proceso en el cual la lengua de los dominadores intentó "devorar" a la de los dominados –volveré sobre esto– a fin de establecer una jerarquía lingüística que reforzara la desigualdad política y económica del orden colonial (Calvet). El conflicto cultural profundo al que me refiero, por desdicha, no se logró disipar, como en algún momento se quiso creer, siguiendo a Angel Rama, en la conciliación de un proceso transculturador: no hubo manera de subsanar las fisuras ocasionadas por la dominación y su consecuente proceso de caótico mestizaje.

> La transculturación es una máquina de Guerra, que se alimenta de la diferencia cultural, cuya principal función es la reducción de la posibilidad de heterogeneidad radical. La transculturación debe por lo tanto ser entendida como parte sistémica de la ideología o metafísica occidental, que todavía retiene un fuerte poder colonizante con respecto de campos simbólicos alternativos en el campo cultural. (Moreiras 218-9)

---

[8] Concepto que deriva de un modelo de narratología estructuralista, en el cual, aparece como una "función" complementaria y simétrica del narrador a fin de satisfacer un modelo comunicacional de la narrativa –útil aunque insuficiente, añado yo– basado en la separación ontológica autor/lector (Herman 338-9).

[9] Para una interesante reflexión sobre la muerte del padre como evento histórico que marca el advenimiento del intercambio simbólico y del intercambio de signos lingüísticos, remito a Kristeva (61).

[10] Vale decir, el nivel constituido por la enunciación de un relato a partir del nivel intradiegético (Reis 176-8).

> *–Padre mío, señor mío, corazón mío– empezó a hablar el hombrecito–. Soñé anoche que habíamos muerto los dos, juntos; juntos habíamos muerto.* (253)

Origen de los procesos semióticos a la vez que reserva de la indeterminación semiótica (Lotman 196-7), el sueño ha funcionado en el mundo andino como instancia orientadora de la conducta (Jimenez Borja 91-2; Flores Galindo 175-81), de ahí que sea justo, considerar que el pongo experimenta un *kuti* como consecuencia de su sueño. Ahora bien, no debemos olvidar que nos encontramos ante un sueño en tanto que manifestación estética[11] y texual.[12] Como artefacto artístico, ya sea que se trate de una imagen alegórica, un relato de carácter didáctico o la construcción de un mundo en que acontece una inversión absoluta o parcial de las reglas que rigen en el nuestro, el sueño ha funcionado como vehículo eficaz para ofrecer un punto de vista novedoso sobre la existencia; y no es raro que soñar la propia muerte desencadene una crisis a través de la que el individuo encuentra su verdad (Bakhtin, *Problems* 147-8). Esta entrada no se contrapone a que, además, consideremos el sueño, convencionalmente, como una elaboración que conlleva el cumplimiento de un deseo (Freud, "The Interpretation" 550-72). No obstante, nos equivocaríamos si emprendiésemos un desciframiento del contenido "oculto" en el sueño, puesto que lo que le confiere su esencial constitución consiste en el trabajo que le otorga la forma de sueño:

> La estructura [del sueño] siempre es triple, siempre hay tres elementos en funcionamiento: el texto del sueño manifiesto, el contenido del sueño latente o pensamiento y el deseo inconsciente articulado en el sueño. Este deseo se conecta al sueño, se intercala en el interespacio entre el pensamiento latente y el texto manifiesto. No está, por lo tanto, "más oculto, más al fondo" en relación con el pensamiento latente, sino que, definitivamente, más "en la superficie", y consiste enteramente en los mecanismo del significante, en el tratamiento al que queda sometido el pensamiento latente. Dicho de otra manera, su único lugar está en la *forma* del "sueño": la verdadera materia del sueño (el deseo inconsciente) se articula en el trabajo del sueño, en la elaboración de su "contenido latente". (Žižek, *El sublime* 37-8)

---

[11] Esta modalidad, con practicantes tan disímiles como Calderón de la Barca, Shakespeare, Quevedo, Grimmelshausen, Dostoievski, Tolstoi o Tabucchi, por mencionar apenas algunos, no se ha frecuentado mucho en el ámbito de la literatura hispanoamericana.

[12] La *Routledge Encyclopedia of Narrative Theory*, de Herman, Jahn y Ryan, ofrece la siguiente definición: "A dream is an attempt to gain satisfaction of an Id tension by hallucinating a wish-fulfilment" (126).

De ahí que Žižek recuerde la que es, para Freud, la paradoja básica del sueño: el hecho sorprendente de que la forma de un sueño se usa para representar su materia oculta (38).

> *Viéndonos muertos, desnudos, juntos, nuestro gran Padre San Francisco nos examinó con sus ojos que alcanzan y miden no sabemos hasta qué distancia. Y a ti y a mí nos examinaba, pesando, creo, el corazón de cada uno y lo que éramos y lo que somos. Como hombre rico y grande, tú enfrentabas esos ojos, padre mío.* (255)

El patrón y san Francisco pertenecen a una cultura que privilegia la imagen como vehículo fundamental en la adquisición del saber y en el ejercicio del control. Esto va de la mano con la dimensión háptica de la mirada; de ahí proviene su poder para violentar al otro, lo que se expresa en contemplar el mundo como quien observa un cuerpo desnudo: tal es el carácter esencialmente pornográfico de lo visual (Jameson 1-6). El pongo esgrimirá, en su relato, la potencia de la oralidad, que apela a los oídos, unificando al patrón con los indios[13] en una escucha turbada, en el caso del amo, por el enojo y la inquietud; en los indígenas, por el miedo ("los indios siervos oían, oían al pongo, con atención sin cuenta pero temerosos", 255). De otro lado, la aparición de san Francisco refrenda la idea de inversión, pues, como es sabido, el místico italiano Giovanni Bernardote (1181-1226) protagonizó un célebre episodio en que "desheredó" simbólicamente a su padre (Trexler 2).

> *–Cuando tú brillabas en el cielo, nuestro gran Padre San Francisco volvió a ordenar: "Que de todos los ángeles del cielo venga el de menos valer, el más ordinario. Que ese ángel traiga en un tarro de gasolina excremento humano". (255)*

Que el excremento[14] sea transportado en un tarro de gasolina manifiesta una mirada crítica hacia el proceso de modernización que socava el orden

---

[13] Para un contraste entre lo visual (aislante) y lo sonoro (unificador), véase Ong 71-5.

[14] Lo fecal posee una dimensión ambigua no solamente porque constituye un producto del cuerpo que se ha autonomizado con respecto a aquél, articulando así lo interno y lo externo (Paz; Pops; Žižek, *On Belief* 56-105), sino también por una dimensión trascendente de lo excremental, una sacralidad no admitida pero atestiguada abundantemente en diversas culturas (Bourke). De otro lado, quiero recordar la interesante atingencia de Julia Kristeva, quien indica que la asiduidad con que reaparecen ritos de profanación en sociedades sin escritura, lleva a pensar que semejantes operaciones funcionan como una "escritura de lo real" (74).

tradicional andino. Efectivamente, el pongo asimila la nafta a lo descompuesto, lo feo, lo ordinario, lo de "menor valer". En este rechazo, el sirviente y el patrón podrían coincidir entre sí –y, de hecho, ya se les ha hermanado isodiegéticamente en los dos niveles narrativos del texto– tanto y tan poco como Rendón Willka y Don Bruno en *Todas las sangres*. Como quiera que sea, parece evidente que la lata de gasolina remite metonímicamente a la irrupción de un horizonte de relaciones posfeudales en el universo donde se desarrolla el cuento. (Y hay que leer *El sueño del pongo* de cara al socavamiento del antiguo orden que la modernización y el mercado, además de los movimientos campesinos, generaron en el Perú entre 1956 y 1964). Ahora entendemos por qué, en el sueño, el patrón y el pongo aparecen muertos: ambos son elementos residuales del feudalismo, y su deceso simboliza la próxima cancelación de su mundo. Pero sería injusto dejar de considerar, de otra parte, que la inversión final con que concluye el sueño del sirviente alegoriza la posibilidad de hallar en esa dinámica modernizadora elementos susceptibles de convertirse en armas para una agencia andina inflamable, corrosiva.

> *Entonces, con sus manos nudosas, el ángel viejo, sacando el excremento de la lata, me cubrió, desigual, el cuerpo, así como se echa barro en la pared de una casa ordinaria, sin cuidado. Y aparecí avergonzado, en la luz del cielo, apestando...* (255-7)

Deseo llamar la atención sobre el reforzamiento de lo que pertenece al nivel de la percepción (vista, oído, tacto, olfato, gusto) a lo largo de todo el cuento, en desmedro de la racionalidad. Parece revelarse aquí una especie de alienación por la que los individuos regresionan a lo primitivo.[15] Esto se refrenda en la importancia asignada en el texto al olfato, que Occidente ubica en el último puesto jerárquico de los sentidos humanos por considerar que aporta menos a la epistemología (y a la estética), al hallarse anclado al index, a la materialidad de su insoslayable referente:[16]

> The sixteenth century reinvented colonization while purifying speech, and domesticated waste while promoting an aesthetic in accord with the hygienic demands of a powerful State. In so doing, it inaugurated a process

---

[15] Freud indica que las dos fases de la organización pregenital de la vida sexual, la fase oral o caníbal y la fase anal, que, como aprecia el lector, reencontramos en elementos cruciales del cuento, constituyen regresiones a etapas zoomórficas primitivas (Freud, *Three Essays* 64).

[16] Para la pobreza taxonómica de las lenguas al expresar la gama de olores, véase Sperber (115-6).

> that resulted in the restructuring of the hierarchy of the senses. The sense of smell was relegated to the bottom of the heap (where it will stay as long as capitalism's insatiable production considers excrement a precious commodity to be turned into gold). The new irreducibility of smell and the beautiful is also not without ties to the simultaneous emergence of a drive that extracts odor and leaves only pure matter behind. (Laporte 96)

Los dos protagonistas aparecen como suspendidos en una temporalidad sin territorialidad, extirpados de su geografía (el paisaje es memoria, el paisaje es Historia), casi como funciones de un sistema mayor (¿político?, ¿ritual?) que excede el control de los personajes. Julio Noriega entiende que *El sueño del pongo* se nutre del mito de Inkarrí (96) y "reproduce elementos vinculados a los sucesos históricos del gran movimiento Taki Onqoy" (...) el pongo es una figura que no deja de ser una proyección de la imagen del líder Chocne" (99). Para sustentar sus afirmaciones, Noriega privilegia la operación de "embadurnarse" como el rito más importante (y exclusivo del movimiento) en la performance de los líderes, Juan Chocne y las dos indígenas que se hacían llamar Santa María y María Magdalena. Mediante esta práctica, señala Noriega –en ello lo sigue Rita De Grandis (61)– se intentaría alcanzar la gracia y la justicia de los dioses andinos (100).

Si bien incitante, la hipótesis no me parece fundamentada con éxito. En efecto, no es sólo que para hacer semejante conexión entre el *Taki Onqoy*, tal y como Noriega lo renarra, y *El sueño del pongo*, harían falta mayores apoyos textuales, lexicológicos o semánticos (pintarse no me parece exactamente lo mismo que ser embadurnado), sino que las semejanzas entre ambos relatos, a nivel de su formalización, o incluso reducidos a su modelización actancial, no parecen tantas ni tan precisas. Por esa misma razón, que Noriega compare la relación entre el pongo y su amo con el encuentro entre Atahualpa y Pizarro (93), aplana en exceso, sin duda, la "consistencia simbólica" de ese evento.[17]

> *"Todo cuanto los ángeles debían hacer con ustedes ya está hecho. Ahora ¡lámanse el uno al otro! Despacio, por mucho tiempo".* (257)

¿Es seguro que el pongo ha soñado? Nada lo prueba. Quizás nos la habemos con un relato insidioso a través del cual un sirviente busca su desquite público contra un amo prepotente, valiéndose, para humillarlo,

---

[17] Sobre el encuentro de Cajamarca, consúltese Antonio Cornejo Polar, "El comienzo de la heterogeneidad en las literaturas andinas: Voz y letra en el 'Diálogo' de Cajamarca".

de la imaginación y el empleo artero de elementos que toma de la religión del opresor. Esta lectura resulta problematizada por el "ánimo débil" del pongo y su cobardía. No obstante, ese mismo sirviente que aparece sumido en la pasividad, posee más iniciativa y capacidad de resistencia de lo que su conducta, servil hasta la propia ignominia, permite pensar. Por lo pronto, el pongo calla porque así lo desea ("no quería hablar", 255); una vez resuelto a expresarse, pide repetidas veces la palabra y, en algún momento, responde a una pregunta del patrón con sagacidad retórica ("No puedo saber cómo estuve, gran señor. Yo no puedo saber lo que valgo", 253).

No se requiere ser un lector sofisticado para comprender que *El sueño del pongo* contiene un mensaje subversivo. Como recuerda Antonio Cornejo Polar, hasta los militares que encabezaron la segunda fase de la llamada "revolución peruana" se percataron de ello y prohibieron la reproducción del cuento en los libros de texto escolar ("Arguedas, una espléndida" 18). Decir, así mismo, que el relato contiene un elemento de inversión utópica es correcto[18] y, a la vez, insuficiente: no parece tan nítida la idea de que el cuento solamente plantee un mundo al revés, un *Pachakuti* que san Francisco efectúa para hacer justicia al pongo (López-Baralt 309), lo que se ajustaría al talante cómico y subversivo del texto (Lienhard 20), vale decir carnavalesco.[19] No niego tal instancia pero subrayo que el cuento de Arguedas comprende más niveles, exhibe más aristas. Para que quede clara la discrepancia que intento exponer, convendrá comparar *El sueño del pongo* con otro relato indócil: el mito de Adaneva.[20] Adaneva, creador

---

[18] Roland Forgues ha hablado del carácter "redentor" del texto, "pues en él se plasma la revancha del oprimido sobre el opresor" (358-9). Gonzalo Portocarrero considera que el cuento plantea el problema de la recompensa del mártir (238) y, en un trabajo redactado con Santiago López Maguiña, habla del sueño como la expresión de un "anhelo de venganza" en un miembro de una comunidad que se siente vigilada desde un trascendencia (113). Para Oscar Quezada, el texto contiene una implícita "utopía subversiva" (52).

[19] Asumir lo carnavalesco como siempre progresista yerra el punto. Como indica Umberto Eco: "Carnival, in order to be enjoyed, requires that rules and rituals be parodied, and that these rules and rituals already be recognized and respected. One must know to what degree certain behaviors are forbidden, and must feel the majesty of the forbidding norm, to appreciate their transgression. Without a valid law to break, carnaval is imposible. (...) In this sense, comedy and carnival are not instants of real transgressions: on the contrary, they represent paramount examples of law reinforcement.They remind us the existente of the rule" (6). Sobre este mismo aspecto, consúltese, además, Stallybrass y White (201).

[20] Este mito, bien conocido a Arguedas, fue descubierto por Alejandro Ortiz Rescaniere en 1963, en la hacienda Vicos del distrito de Marcará, en Ancash (Arguedas, "Mitos" 176).

de la humanidad antigua, engendra con la Virgen de las Mercedes a Téete Mañuco, destructor de la humanidad antigua y creador de la actual. ¿Qué ocurre entonces? Dejo la palabra a Arguedas:

> Extinguida la primera humanidad, Téete Mañuco hizo la actual y la dividió en dos clases: indios y mistis ("blancos", la casta dominante). Los indios para el servicio obligado de los mistis. Creó también el infierno y el cielo. No hay hombre exento de pecado. El cielo es exactamente igual que este mundo, con una sola diferencia: allí los indios se convierten en mistis y hacen trabjar por la fuerza, y hasta azotándolos, a quienes en este mundo fueron mistis. ("Mitos quechuas" 176-7)

Como se aprecia, en el mito referido se produce un intercambio perfecto de roles. Muy distinto ocurre en el relato que nos ocupa, el cual si bien admite castigos y recompensas, pone en escena una más compleja red de desplazamientos, distorsiones y mediaciones que excede, con mucho, la cifra del "mensaje" del texto en términos de "inversión". Y es que quienes asumen que el sentido final de *El sueño del pongo* consiste en un mensaje de redención o liberación para el indígena no parecen haberse planteado jamás la pregunta de por qué ese mensaje habría de materializarse formalmente acudiendo a una figuración de innegable cariz homosexual. No se me escapa que cuando hablo de "homosexualidad" estoy asumiendo un "esencialismo" por el cual se impone una estable organización metafórica sobre la metonimia del deseo. En rigor, la "identidad homosexual", tal y como ha sido construida en Occidente, constituye un derivado parasitario y secundario con relación a la identidad heterosexual (como ocurre en toda oposición binaria, un elemento se halla marcado como positivo o superior al otro) y funciona de manera análoga a como el fonocentrismo ha entendido la relación entre la palabra y la escritura. Lee Edelman indica:

> For sexuality cannot be identified with the metonymic without acknowledging that the very act of identification through which it is constituted *as* sexuality is already a positing of its meaning in terms of a metaphoric coherent and necessity –without acknowledging, in other words, that metonymy itself can only generate "meaning" in the context of a logocentric tradition that privileges the metaphor as the name for the relationship of essence, the paradigmatic relationship that invests language with "meaning" through referent to a signified imagined as somewhere present to itself. (...) Metaphor, that is, binds the arbitrary slippages characteristic of metonymy into units of "meaning" that register as identities or representational presences. Thus the historical investiture of sexuality with a metaphoric rather than a metonymic significance made it possible to search for signifiers that would testify to the presence of this newly posited sexual identity or "essence" (8-9).

Inextricablemente unidos, el amo y el esclavo no pueden existir el uno sin el otro y se suman a esas "parejas" eróticas unidas por la alienación que aparecen una y otra vez en la obra arguediana.[21] El sueño crea un intervalo donde las polaridades quedan dislocadas en un conflicto irresuelto, develando el impulso de venganza confundido con el deseo erótico por el cuerpo del padre/patrón que anida en el pongo. Tal y como ocurre en el caso de la abyección, ese intervalo onírico se inscribe en un *entre-lugar* donde atracción y repulsión, placer y sufrimiento se interpenetran, excediendo los protocolos de la lógica. *El sueño del pongo* se nutre de la coprofilia –esa "obsesión excretal" (Vargas Llosa 326) tan cara al último y complejo Arguedas– para urdir una ceremonia en la que no sabemos ni podemos precisar si resuenan ecos de antiguas prácticas andinas de homosexualismo ritual.[22] El contacto de los cuerpos opera, de facto, como *tinkuy* o punto de reunión de contrarios insubsumibles en una sola unidad armónica y, por tanto, destinados a coexistir en tensión entre sí. He aquí una forma de belleza: la del encuentro de elementos que no consiguen fusionarse pero que tampoco podrían existir por separado. Entre ellos sólo caben los contactos perturbadores, y de esa perturbación se deriva una peculiar forma del placer.

En el ámbito onírico la bienaventuranza del pongo consistirá en que, a despecho de cuán repulsivo sea su propio cuerpo, ahora inmundo y más abyecto, a los ojos del patrón, éste se verá obligado a tocarlo una vez más,[23] lenta y largamente, pero en esta oportunidad con la húmeda lengua; y que, a su vez, él recorrerá con la lengua, larga y lentamente, la piel desnuda de su amo, convenientemente endulzada para hacerla grata a su paladar. Sobre ella inscribirá su deseo. Si, recordando lo que decía León Hebreo, cuyo *Diálogos de Amor* leemos traducido por el Inca Garcilaso de la Vega, "La verga es proporcionada a la lengua",[24] ya sabemos cuál es el

---

21 "Un simple catálogo de las parejas ilustra sin dejar duda alguna la incompatibilidad social, individual y hasta física y mental de los participantes en esos desencuentros humanos que son los actos sexuales en Arguedas" (Castro-Klaren, "Crimen y castigo" 57).

22 Para el poco explorado tema de la homosexualidad en el mundo andino, véase Kauffman (164-5) y Stavig (35-6).

23 *El sueño del pongo* ha de ser entendido como piedra fundamental en toda relectura de Arguedas que asuma explorar esa "experiencia del toque", de la que habla Noé Jitrik al examinar *Los ríos profundos* (90-1), presente en buena parte de la obra arguediana, y poco examinada.

24 El lector agradecerá la cita completa: "La verga es proporcionada a la lengua en la manera de la postura, y en la figura, y en el estenderse, y en estar puesta en

desplazamiento que gobierna el frote entre siervo y amo, y por qué las alas "chorreadas" del ángel viejo recuperan su "gran fuerza" ante la promesa del roce seguro. La transgresión del siervo reintroduce una materialidad, la del cuerpo, que Occidente ha intentado preterir. Y cuando el pongo termina de contar su sueño, el relato hallará el límite de su discurso en la escucha atenta del patrón ("Es a ti a quien quiero hablarte", 253), así como la lengua encuentra su punto de llegada en el cuerpo del otro, poco antes de que la ceremonia soñada dé inicio. Al mismo tiempo, la acción de lamer supone un desplazamiento de una pulsión caníbal, vale decir, de incorporación del otro,[25] en que la centralidad simbólica de la lengua (como órgano) recupera y subvierte (como sistema) la "glotofagia" inherente a la imposición colonial, de la misma manera que en el relato de Arguedas la lengua quechua es, más bien, la que asimila términos castellanos a su "poderosa corriente" (Arguedas, "Pongoq mosqoynin" 258).

> *El viejo ángel rejuveneció a esa misma hora; sus alas recuperaron su color negro, su gran fuerza. Nuestro Padre le encomendó vigilar que su voluntad se cumpliera.* (257)

En *El sueño del pongo* nunca se retorna al relato que enmarca la hipodiégesis introducida por el sirviente. Esto no carece de importancia: mediante esta opción narratológica se coloca al lector real en una situación análoga a la del amo, narratario cuya reacción jamás conoceremos. De ahí la fuerza con que el breve texto nos interpela. Me siento tentado a soñar un "más allá" para el texto, un desenlace para la historia, ya que la narración del pongo, en tanto que tal, es meramente reactiva. ¿Qué podría pasar entre el pongo y el patrón después de que el primero concluya de referir su sueño? ¿Qué manifestaciones asumirá la perturbación, de haber alguna, introducida en sus relaciones? ¿La naturaleza onírica de lo que relata proporciona al sirviente una coartada segura ante su amo? ¿El mandato presuntamente divino librará al pongo de cualquier represalia? ¿Y qué tan consciente es aquél del peligro en que se coloca? Como en la diégesis la focalización es en lo esencial externa con respecto al protagonista, poco

---

medio de todos, y en la obra; que assi como mouiendose la verga engendra generacion corporal, la lengua la engendra espiritual; y el beso es comun a entrambos, incitatiuo del uno al otro" (Hebreo 12). Para un valioso estudio de la conexión entre el Inca Garcilaso y León Hebreo, remito a Sommer "Mosaic and Mestizo. Bilingual Love From Hebreo to Garcilaso".

[25] Sobre el canibalismo como "tropo" fundacional de la identidad de América Latina, revísese Palencia Roth y Jáuregui. Para la conexión entre el canibalismo y la razón colonial, remitimos al libro de Barker, Hulme e Iversen.

sabemos de lo que piensa y siente, lo que dificulta determinar sus intenciones. En efecto, ¿por qué se empeña en referir su sueño al patrón? ¿Para qué?[26] Aunque timorato y humilde, no carece en lo absoluto de inteligencia. ¿La palabra final del pongo y su rol (pues él ha devenido en narrador "inspirado") habrán de redimirlo, mediante la ficción, por haberse doblegado, aunque su cuerpo sea luego atormentado hasta el fin? ¿Prepara el pongo su propia inmolación en el acto de narrar? De ser este el caso, cabe un analogía con el mismo Arguedas, quien también apostó la vida en su último texto, el cual, quedó inconcluso pero al que dio fin con su propia muerte. Es mucho lo que hay contenido en este relato, y una parábola sobre las relaciones entre quienes detentan el poder absoluto y quienes encarnan una palabra que intenta sustraerse a ese poder no constituye, ciertamente, lo menos valioso de lo que encierra *El sueño del pongo.*

## Bibliografía

Agamben, Giorgio. *The Open: Man and Animal.* Stanford: Stanford University Press, 2004.

_____ *Remnants of Auschwitz.The Witness and the Archive.* New York: Zone Books, 1999.

Amezcua Pérez, Francisco Javier. "Dos notas sobre Arguedas". *Arguedas: entre la antropología y la literatura.* Francisco Amezcua Pérez, coord. México: Ediciones Taller Abierto, 2000. 13-23.

Arguedas, José María. "Pongoq mosqoynin (Qatqa runapa willakusqan). El sueño del pongo (cuento quechua)". *Obras Completas* I. Lima: Editorial Horizonte, 1983. 249-258.

_____ "Los ríos profundos". *Obras Completas* III. Lima: Editorial Horizonte, 1983. 9-213.

_____ "Mitos quechuas poshispánicos". *Formación de una cultura nacional indoamericana.* México: Siglo XXI Editores, 1975. 173-82.

Baktin, Mikhail. *Problems of Dostoevsky's Poetics.*Minneapolis: University of Minnesota Press, 1987.

Barker, Francis, Peter Hulme y Margaret Iversen. *Cannibalism and the Colonial World.* Cambridge: Cambridge University Press, 1998.

Barthes, Roland. *Sade, Fourier, Loyola.* Paris: Editions du Seuil, 1971.

---

[26] Nuestras preguntas introducen deliberadamente lo "psicológico" como explicación en un ámbito, el del cuento, que no lo requiere. Ya indicó Walter Benjamin que el verdadero arte de narrar consiste, en gran medida, en librar al relato de explicaciones psicológicas, lo que garantiza su virtualidad semántica, su apertura a la potencia expansiva de lo referible y lo renarrable (89-91).

_____ *S/Z*. Paris: Editions du Seuil, 1971.

Benjamin, Walter. "The Storyteller. Reflections on the Works of Nikolai Leskov". *Illuminations*. New York: Shocken Books, 1969. 83-109.

Bennington, Geoffrey. "Deconstruction Is Not What You Think". *Deconstruction*. Martin McQuillan ed. New York: Routledge, 2001.

Bourke, John G. *Scatologic Rites of All Nations*. Selections. New York: W. Morrow, 1994.

Calvet, Louis-Jean. *Linguistique et colonialisme: petit traité de glottophagie*. Paris: Payot, 1974.

Castro-Klaren, Sara. "Crimen y castigo: sexualidad en José María Arguedas". *Revista Iberoamericana* XLIX/122 (1983): 55-65.

_____ "Como chancho cuando piensa: el afecto cognitivo en arguedas y el con-vertir animal". *Revista Canadiense de Estudios Hispanicos* XXVI/1-2 (2001-2): 25-39.

Cereceda, Verónica. "Aproximaciones a una estética andina: de la belleza al tinku". VV.AA. *Tres reflexiones sobre el pensamiento andino*. La Paz: Hisbol, 1987. 133-231

Cornejo Polar, Antonio. *Los universos narrativos de José María Arguedas*.Buenos Aires: Losada, 1973.

_____ "El comienzo de la heterogeneidad en las literaturas andinas: voz y letra en el 'Diálogo' de Cajamarca". *Escribir en el aire: ensayo sobre la heterogeneidad socio-cultural en las literaturas andinas*. Lima: Centro de Estudios Literarios "Antonio Cornejo Polar": Latinoamericana Editores, 2003. 19-80.

_____ "Arguedas, una espléndida historia". *José María Arguedas. Vida y obra.* Hildebrando Pérez y Carlos Garayar, eds. Lima: Amaru Editores, 1991. 15-22.

De Grandis, Rita. "The Neo-Postcolonial Condition of the Work of Art in Latin America: Evidence from Peruvian Ethnoliterature". *José María Arguedas. Reconsiderations for Latin American Cultural Studies*. Ciro Sandoval y Sandra M. Boschetto-Sandoval, eds. Athens: Ohio University Center for International Studies, 1998. 53-69.

Deleuze, Gilles y Felix Guattari. *A Thousand Plateaus. Capitalism and Schizophrenia*. Minneapolis/London: University of Minnesota Press, 1987.

Delgado Díaz del Olmo, César. *Hybris, violencia & mestizaje*. Arequipa: Universidad Nacional de San Agustín de Arequipa: Ediciones El Santo Oficio, 1996.

Derrida, Jacques. *Margins of Philosophy*. Brighton: Harvester Press, 1982.

_____ *Glas*. Paris: Galilee, 1974.

Díaz Ruiz, Ignacio. *Literatura y biografía en José María Arguedas*. México: Universidad Nacional Autónoma de México, 1991.

Dorfman, Ariel. "Puentes y padres en el infierno: Los ríos profundos". *Revista de Crítica Literaria Latinoamericana* 12 (1980): 91-137.

Douglas, Mary. *Purity and Danger. An Analysis of the Concepts of Pollution and Taboo*. London: Ark Paperbacks, 1984.

Eco, Umberto, et al. *Carnival!* Berlin/New York: Mouton Publishers, 1984.

Edelman, Lee. *Homographesis: Essays in Gay Literary and Cultural Theory*. New York: Routledge, 1994.

Flores Galindo, Alberto. *Buscando un Inca. Identidad y utopia en los Andes*. Lima: Instituto de Apoyo Agrario, 1987.

Forgues, Roland. *José María Arguedas: del pensamiento dialéctico al pensamiento trágico: historia de una utopia*. Lima: Editorial Horizonte, 1989.

Franco, Sergio R. "El sueño del pongo: microanálisis". *Ajos y Zafiros* 5 (2003): 119-128.

____ *Crítica minimalista/microanálisis*. Texto inédito.

Freud, Sigmund. *Three Essays on the Theory of Sexuality*. New York: Basic Books, 1975.

____ "The Interpretation of Dreams". *The Standard Edition of The Complete Psychological Works of Sigmund Freud*. Vol IV, V. London: The Hogarth Press and The Institute of Psycho-Analysis, 1958.

González, Galo F. *Amor y erotismo en la narrativa de José María Arguedas*. Madrid: Editorial Pliegos, 1990.

Hebreo, León. *Diálogos de Amor*. Buenos Aires: Austral, 1947.

Herman, David, Manfred Jahn y Marie-Laure Ryan. *Routledge Encyclopedia of Narrative Theory*. London/New York: Routledge, 2005.

Jameson, Fredric. *Signatures of the Visible*. New York: Routledge, 1990.

Jáuregui Carlos. "Saturno cannibal: Fronteras, reflejos y paradojas en la narrativa sobre el antropófago". *Revista de Crítica Literaria y Cultural* 51 (2000): 9-39.

Jiménez Borja, Arturo. "La noche y el sueño en el antiguo Perú". *Revista del Museo Nacional* XXX (1961): 84-94.

Jitrik, Noé. *La vibración del presente. Trabajos críticos y ensayos sobre textos y escritores latinoamericanos*. México: Fondo de Cultura Económica, 1987.

Kauffmann-Doig, Federico. *Sexo y magia sexual en el antiguo Perú = Sex and Sexual Magic in Ancient Peru*. Lima, Perú: Quebecor World Perú, 2001.

Kokotovic, Misha. *The Colonial Divide in Peruvian Narrative. Social Conflict and Transculturation*. Brighton; Portland: Sussex Academic Press, 2005.

Kristeva, Julia. *Powers of Horror. An Essay on Abjection*. New York:Columbia University Press, 1982.

Laporte, Dominique. *History of Shit*. Cambridge: MIT Press, 2000.

Lienhard, Martin. *Cultura popular andina y forma novelesca. Zorros y danzantes en la última novela de Arguedas*. Lima: Tarea; Latinoamericana Editores, 1981.

López-Baralt, Mercedes. "Wakcha, Pachakuti y Tinku: tres llaves andinas para acceder a la escritura de Arguedas". *Las cartas de Arguedas*. John V. Murra y Mercedes López-Baralt, eds. Lima: Pontificia Universidad Católica del Perú, 1996. 299-330.

López-Maguiña, Santiago y Gonzalo Portocarrero. "El pongo dentro de mí". *Quehacer* 147 (2004): 106-13.

Lotman, Yuri M. *Cultura y explosión. Lo previsible y lo imprevisible en los procesos de cambio social*. Barcelona: Editorial Gedisa, 1999.

Mayer, Enrique. "Las reglas del juego en la reciprocidad andina". *Reciprocidad e intercambio en los Andes peruanos*. Giorgio Alberti et al. Lima: Instituto de Estudios Peruanos, 1974. 57-65.

McQuillan, Martin, ed. *Deconstruction*. New York: Routledge, 2001.

Melis, Antonio. "Mondo rovesciato e mondo 'altro' in Arguedas". *Giornata di studio su José María Arguedas: organizzata dall'Istituto italo latino americano*. Alberto Escobar, et al. (Roma, 27 marzo 1979): 36-41.

Millones, Luis. "Un movimiento nativista del siglo XVI: El Taki Ongoy". *Ideología mesiánica del mundo andino*. Juan M. Ossio, comp. Lima: Ignacio Prado Pastor, 1973.

Moose, George. *The image of Man. The Creation of Modern Masculinity*. New York: Oxford University Press, 1996.

Moreiras, Alberto. "José María Arguedas y el fin de la transculturación". *Angel Rama y los estudios latinoamericanos*. Mabel Moraña, ed.Pittsburgh: IILI-Serie *Críticas*, 1997. 213-231.

Noriega, Julio. "El sueño del pongo: una forma de liberación utópica". *Imprévue* 2 (1989): 91-103.

Ong, Walter J. *Orality and Literacy. The Technologizing of the Word*. London; New York: Methuen, 1982.

Palencia Roth, Michael. "Cannibalism and the New Man of Latin America in the 15th and 16th Century European Imagination". *Comparative Civilizations Review* 12 (1985): 1-27.

Patton, Paul. *Deleuze: A Critical Reader*. Oxford: Blackwell, 1997.

Paz. Octavio. *Conjunciones y disyunciones*. México: Joaquín Mortiz, 1969.

Pops, Martin. "The Metamorphosis of Shit". *Salgamundi* 56 (1982): 26-61.

Portocarrero, Gonzalo. *Racismo y mestizaje*. Lima: Sur Casa de Estudios del Socialismo, 1993.

Quezada, Oscar. "El motivo/sueño en la narratividad de Arguedas. En torno a 'El sueño del pongo' ('Pongoq Mosqoyhin')". *Dos estudios sobre textos de Arguedas*. Oscar Quezada y Rita de Grandis, eds. Lima: Facultad de Ciencias de la Comunicación, Centro de Investigación en Comunicación Social de la Universidad de Lima, 1990. 19-53.

Reis, Carlos y Ana Cristina M. Lopes. *Diccionario de Narratología*. Salamanca: Ediciones Colegio de España, 1996.

Sommer, Doris. "Mosaic and Mestizo. Bilingual Love From Hebreo to Garcilaso". *Proceed With Caution, When Engaged by Minority Writing in The Americas*. Cambridge: Harvard University Press, 1999. 61-91.

Sperber, Dan. *Rethinking Symbolism*. Cambridge: Cambridge University Press, 1975.

Spivak, Gayatri Chakravorty. "Can the Subaltern Speak?" *Marxism and the Interpretation of Culture*. Cary Nelson y Lawrence Grossberg, eds. Urbana: University of Illinois Press, 1988. 271-313.

Stallybrass, Peter y Allon White. *The Politics and Poetics of Transgression*. London: Methuen, 1986.

Stavig, Ward. *Amor y violencia sexual: valores indígenas en la sociedad colonial*. Lima: Instituto de Estudios Peruanos; [Florida]: University of South Florida, 1996.

Trexler, Richard C. *Naked Before The Father: The Renunciation of Francis of Assisi*. New York: Peter Lang, 1989.

Vargas Llosa, Mario. *La utopía arcaica. José María Arguedas y las ficciones del indigenismo*. México: Fondo de Cutlura Económica, 1996.

Žižek, Slavoj. *On Belief*. London; New York: Routledge, 2001.

_____ *Tarrying with the Negative: Kant, Hegel, and the Critique of Ideology*. Durham: Duke University Press, 1993.

_____ *El sublime objeto de la ideología*. México: Siglo XXI Editores, 1992.

# El código de lo femenino en la narrativa arguediana

*Anne Lambright*

ESTE TRABAJO EXAMINA LA ARTICULACIÓN DE LO FEMENINO EN LA NARRATIVA de Arguedas. Específicamente, argüimos que lo femenino en la obra del autor tiene una íntima relación con su proyecto narrativo y su visión de la cultura nacional peruana. Aceptamos lo femenino como código que se desarrolla no sólo a nivel temático (en los personajes femeninos y sus funciones) sino como abstracción, para entender cómo en esta obra se va construyendo "lo femenino" (cultura subalterna, oprimida, andino-indígena) que se contrapone a "lo masculino" (lo dominante, opresor, occidental). Existe una tensión entre estos dos códigos donde se concentran y objetivan las oposiciones binarias más comentadas en la crítica arguediana: costa/sierra, mundo indígena/Occidente, español/quechua, tradición/modernidad; oralidad/escritura. Por un lado, Arguedas recurre a ciertos arquetipos femeninos (siguiendo la conceptualización de C.G. Jung) –la madre, la virgen, la prostituta, la indígena, la demente, o bien personajes feminizados, el pongo, el vago, el huérfano– que existen ya en lo que podríamos llamar el subconsciente colectivo andino, para retar la cultura dominante y servir de portavoces de posiciones alternativas (pensemos, por ejemplo, en las chicheras y la Opa en *Los ríos profundos*, Matilde y la Kurku en *Todas las sangres*, los vagos y Cámac en *El sexto*, las prostitutas y el autor de los diarios en *El zorro de arriba y el zorro de abajo*).[1]

---

[1] Jung identifica un subconsciente colectivo, de carácter universal, que yace bajo el subconsciente personal y cuyo contenido consiste de ciertos 'arquetipos', también universales, según Jung. Sin embargo, las manifestaciones conscientes (fórmulas

Por otro lado, a nivel lingüístico y narrativo, la obra arguediana va desarrollando un código de lo femenino y lo masculino que corresponde desde nuestra óptica a los conceptos de lo semiótico y lo simbólico que teoriza Julia Kristeva. Si, como insistiera Kristeva, la revolución se encuentra en el lenguaje poético, conviene considerar el funcionamiento de ese lenguaje dentro de la visión alternativa arguediana. A la medida que el escritor va perfeccionando un lenguaje literario que mejor inscriba la cultura andina en el imaginario nacional, se intensifica el uso de ciertos recursos como la entonación musical, el ritmo lírico, los silencios, las elipses, las repeticiones y las reverberaciones, que Kristeva identifica como manifestaciones de lo semiótico en el lenguaje poético. Asimismo, importa entender que lo semiótico se reitera en la cualidad heteroglósica de la narrativa arguediana; los intentos, por ejemplo, de insertar voces andinas –tanto en el lenguaje de ciertos personajes como en otros elementos como la música y el baile– se corresponden con momentos de intensa expresión de lo semiótico.

La crítica más temprana, incluso la más perspicaz y reveladora, del trabajo de nuestro autor excluye casi completamente el valor de lo femenino –entendido para los críticos como personajes femeninos– en la obra arguediana. Antonio Cornejo Polar, por ejemplo, comenta la ausencia de mujeres interesantes en la obra arguediana y ve el conjunto como una "búsqueda del padre". Sara Castro-Klarén, quien por otro lado nos ha provisto de algunas de las lecturas más agudas de nuestro autor, comenta "la posición secundaria y cosificada de la mujer en la(s) sociedad(es) que Arguedas crea y reconoce como realidad en su obra entera" (55). Recientemente, sin embargo, la crítica ha empezado a prestarle otro valor a la función de la mujer en la obra arguediana. Concordamos con Roland Forgues, quien afirma: "...pensamos, contra el parecer de la crítica en general, que la mujer es, junto con la comunidad indígena, uno de los principales componentes de la estructura narrativa de la obra literaria

---

históricas) de estos arquetipos varían: "especially on the higher levels of esoteric teaching the archetypes appear in a form that reveals quite unmistakably the critical and evaluating influence of conscious elaboration. Their immediate manifestation, as we encounter it in dreams and visions, is much more individual, less understandable, more *naïve* than in myths, for example. The archetype is essentially an unconscious content that is altered by becoming conscious and by being perceived, and it takes its colour from the individual consciousness in which it happens to appear" (5). De esta manera, podemos hablar de arquetipos 'femeninos' específicos al área andina.

arguediana" (222). Luis A. Jiménez comenta la conexión entre doña Felipa y la Opa y su influencia sobre el protagonista en *Los ríos profundos*; Ivette Malverde-Disselkoen realiza un estudio más general de las mujeres en la misma novela. Para Melissa Moore, es la figura de la chola la que más específicamente conlleva una carga revolucionaria en la obra arguediana. Y Ana María Gazzolo examina el rol de las mujeres en la novela póstuma, *El zorro de arriba y el zorro de abajo*. Es nuestra posición que, mientras dichos estudios nos proveen importantes adelantos, quedan cortos al ver lo femenino exclusivamente en función de la figura de la mujer. Entender lo femenino como código, asociado al concepto de lo semiótico, nos ayuda a apreciar aun más la complejidad del proyecto narrativo del peruano.

A nuestro parecer, el ciclo narrativo de la sierra articula lo femenino de manera más plena, como parte de una visión esperanzadora. En este grupo de obras, el autor va construyendo una geografía y una memoria peruanas alternativas que o se basan abiertamente en lo femenino o se vuelven espacios de juego dinámico entre lo semiótico y lo simbólico. Lo femenino, de hecho, deviene una categoría espacializada y temporalizada, de manera que se crean espacios y tiempos "femeninos" de alta carga narrativa, lugares y momentos de resistencia donde se concentran las preocupaciones y las propuestas más poderosas de Arguedas. Sin embargo, en los textos ubicados en la costa, lo femenino se presenta en crisis, manifestándose ya no en la esperanza sino en lo abyecto o lo melancólico; fuera del contexto andino, lo femenino es incapaz de resistir el impulso de lo masculino. Esta debilitación de lo femenino se manifiesta en la tensión discursiva de los textos de la costa (tan astutamente comentada por Martín Lienhard) y corresponde al fracaso de la visión nacional de Arguedas (lo que Alberto Morieras llamara el fin de la transculturación).[2] Lo masculino/simbólico tiene tanta fuerza en la costa, en la cultura dominante, que imposibilita la entrada de lo femenino/semiótico –y por extensión las culturas subalternas– al discurso nacional.

## El código de lo femenino

Dentro de la narrativa arguediana se desarolla una serie de oposiciones bipolares que sirven de eje tanto para su visión nacional como para sus propuestas alternativas. Arguedas retrata un Perú dividido, estancado en su adhesión a un sistema simbólico basado en binomios antagónicos:

---

[2] Ver *La voz y su huella* y "La 'andinización' del vanguardismo urbano" de Lienhard, "José María Arguedas y el fin de la transculturación" de Moreiras.

centro/periferia, costa/sierra, cultura occidental/cultura indígena, español/ quechua, escritura/oralidad, modernidad/tradición, cultura/naturaleza, blanco/indio, hombre/mujer… La lista parece interminable, pero, como ha insistido la antropología estructuralista, toda oposición recae en una principal: la de lo masculino/lo femenino. Dentro del sistema simbólico occidental, estas oposiciones implican una jerarquía de valores que facilita y justifica la predominancia y hegemonía de los primeros términos y la represión y marginalización de los segundos.[3] Sin embargo, mientras reconoce y hasta cierto punto respeta las oposiciones binarias, la obra arguediana cuestiona las relaciones de poder implicadas. En la narrativa, la que toma lugar en la Sierra en particular, podemos discernir todo un complejo de lo femenino (en el que incluimos a la mujer, al indio, la cultura quechua, la naturaleza, la oralidad) que reta los valores occidentales tradicionalmente asociados con lo femenino y una propuesta de un Perú –y una literatura peruana– que permita una mayor presencia de lo femenino (o sea, de los elementos marginados) y, nos atrevemos a sugerir, que se realiza por y se basa en lo femenino.

La función de lo femenino y de las oposiciones binarias en la narrativa arguediana, corresponde a la cosmología andina, en específico, al concepto andino de la complementariedad, que entiende que las oposiciones no excluyen la una de la otra sino que se incorporan aspectos de su contrario. Regina Harrison comenta que las categorías culturales andinas enfatizan relaciones espaciales que revelan "a basic generative metaphor, one of symmetry and balance" (49). En su análisis lingüístico, Lawrence Carpenter observa dos postulados básicos para el grupo de idiomas quechuas, *la dualidad del individuo*, que cada uno posee una identidad interior y exterior y que estas son indivisibles, y *la bipartización*, la tendencia del idioma de funcionar en grupos de dos o múltiples de dos. Como Harrison, Carpenter

---

[3] Pierre Bourdieu considera que esta "dominación masculina" es una suerte de "symbolic violence, a gentle violence, imperceptable and invisible even to its victims, exerted through the most part through the purely symbolic channels of communication and cognition (more precisely, mis-recognition), recognition, or even feeling" (1-2). Bourdieu apela a las mujeres a que inventen e impongan "forms of collective organization and action and effective weapons, especially symbolic ones, capable of shaking the political and legal institutions which play a part in perpetuating their subordination" (ix). Podemos pensar que el deseo de Arguedas para los grupos marginados de los que escribía era similar y que su propia narrativa era un intento de romper con un sistema simbólico que él consideraba excesivamente violento para estos grupos.

afirma que para el quechua, dos componentes distintos "are closely tied to each other and not in opposition, as they are in many Indo-European cultures. This allows for freedom of movement between the two and helps to maintain both components in harmony, ensuring the individual's well-being" (130). También para la cultura quechua, los investigadores identifican lo masculino/lo femenino como la relación binaria fundamental.[4] Regina Harrison, en un relato de sus intentos por traducir canciones quechuas al inglés, observa que las canciones "function as part of a complex system based on the co-existence of two powerful constructs (call them, perhaps, male force and female force). These forces exist in conflict, to be sure, but there is also provision for a space ... where divisions cease and there is commingling of energy" (30). Concluye: "For some societies other than our own, the conceptualization of the contradictions and oppositions is a natural, normal manner of viewing the world. Things are not statically described but are seen as things in movement which recombine to make new wholes in meaningful juxtaposition. In the release of energy, a transference of forces, all things are acted upon and, in turn, all things act" (30).

Esta relación entre oposiciones se asemeja al concepto de lo semiótico y lo simbólico planteado por Julia Kristeva, un modelo que nos ayuda a analizar la construcción narrativa del Perú en la obra de Arguedas y la función de lo femenino en la misma. Para Kristeva, el sujeto hablante se divide entre lo consciente y lo subconsciente, y en el análisis de la producción discursiva se reconocen dos procesos, o "modalidades", de significación, lo semiótico y lo simbólico, que juntos operan para generar significado. Kristeva define lo semiótico como lo que postula "not only the *facilitation* and the structuring of *disposition* of drives, but also the so-called *primary processes* which displace and condense both energies and their inscription" (*Revolution* 25). Estos "impulsos" de lo semiótico son "discrete quantities of energy [which] move through the body of the subject who is not yet constituted as such and, in the course of his development, they are arranged according to the various constraints imposed on this body –always already involved in a semiotic process– by family and social structures" (*Revolution* 25). La familia y la sociedad se regulan por la otra modalidad, lo simbólico, lo cual es ordenado, regulado y sujeto a la ley. Lo

---

[4] Entre otros que observan esta relación entre lo masculino y lo femenino en la cosmología andina, véase en especial los estudios de Olivia Harris, Alejandro Ortiz-Rescaniere y Tristan Platt.

simbólico es la modalidad del signo y de la sintaxis, de la función gramatical, de la relación del sujeto con lo social.

Kristeva identifica la musicalidad del lenguaje como uno de los elementos de lo semiótico. En su discusión de la novela *H* de Phillipe Sollers, exenta de puntuación, Kristeva enfatiza la importancia de la musicalidad del lenguaje: "By music, I mean intonation and rhythm, which play only a subordinate role in everyday communication but here constitute the essential element of enunciation and lead us directly to the otherwise silent place of the subject. ... The sentence limits are there, *meaning* (the position of a subject of enunciation) and *significance* (possible, plausible, or actual denotation) remain, but the semiotic process does not stop there" (*Desire* 167). Para Kristeva, el traer la musicalidad (entonación y ritmo) del lenguaje al texto pone de relieve el aspecto semiótico mismo, del que el aspecto simbólico quisiera separarse, y pone en cuestión la división entre lo semiótico y lo simbólico. La musicalidad del lenguaje arguediano recupera e inscribe el quechua hablado dentro del lenguaje literario (el español escrito), creando un lenguaje original caracterizado no sólo por sus calcos lingüísticos sino también por sus silencios, elipses, repeticiones, ritmos y cadencias líricas.[5] También se aprecia en la misma inserción de textos musicales y bailes, uno de los elementos más comentados en la crítica arguediana. Los ritmos y melodías de estos textos aportados a pesar de la imposibilidad de recuperar su materialidad son fundamentales para la construcción narrativa del Perú que realiza Arguedas.[6] Los bailes, la música y ciertas características líricas del lenguaje sirven de apertura de lo semiótico al texto escrito y corresponden con momentos de alto significado dentro de la narrativa arguediana donde se aprecia la centralidad de lo femenino en el proyecto literario de nuestro autor.

Sin duda, lo femenino y el elemento indígena forman un eje fundamental en la narrativa arguediana, representado, por ejemplo, en dichas canciones, bailes y lenguaje. De hecho, tanto por su carácter de cultura marginada como por su relación histórica con lo femenino,

---

[5] Arguedas explora el problema del lenguaje en la expresión literaria andina en varios ensayos, entre ellos "La novela y el problema de la expresión literaria en el Perú" y "Entre el kechwa y el castellano la angustia del mestizo". Para un estudio más detallado del lenguaje literario arguediano, véase Milagors Aleza y Elena Aibar Ray.

[6] Como comenta Lienhard, "una función importante de los cantos transcritos, ... es la de remitir a la presencia, no por subterránea menos incisiva, de un sistema de signos quechua que compite con el de origen criollo" (*Voz* 132).

incluimos a lo indígena dentro de este código de lo femenino. Roland Forgues comenta la pérdida de masculinidad asociada con los personajes indígenas de los primeros cuentos de Arguedas: "...más allá del concepto de machismo, al que [Arguedas] se opone siempre más o menos implícitamente, la idea de desvirilización del indio abarca un significado muy amplio, relacionado con la infancia, la condición de huérfano, la expoliación de la tierra y la pérdida de la herramienta de trabajo" (153). Esta imagen evocada por Arguedas no es casual, proviene de una historia larga de asociación del indio con la mujer. En su estudio de textos coloniales, Rolena Adorno explica que desde el principio de la Conquista los exploradores eurpoeos recurrían a símbolos ya existentes, asociados con la mujer (la *Otra* por excelencia) para describir o definir a los indios: "Se consideraba a los indios en América como a las mujeres y niños en Europa, entregados más a la emoción que a la razón, inclinados naturalmente más a la sensualidad que a lo sublime" (61). Igual que a la mujer, al indio la cultura dominante lo relacionaba con la naturaleza, lo corporal, lo no-racional para afirmar su superioridad y construir su hegemonía cultural y política. En su narrativa, Arguedas guarda estas conexiones; el indio arguediano es a menudo más emotivo, más alejado de lo racional y más entregado a la naturaleza. Sin embargo, el autor valora positivamente estas características, pues resultan alternativas necesarias a la existente cultura nacional.

Del mismo modo, las mujeres sirven de contrapunto a los hombres y la cultura masculina –que se representa como violenta, corrupta y degenerada– y de portavoces de una visión nacional alternativa, la cual integra y se basa en los elementos marginales. Las mujeres, aunque frecuentemente idealizadas, se presentan como enérgicas, desinteresadas y fuerzas de resistencia. Es también la mujer la que sirve de intermediaria, de puente entre culturas, y la que conecta al narrador-protagonista con el mundo indígena.[7] ¿Por qué la mujer? Acaso el autor mismo nos lo revela en *Todas las sangres* cuando Bruno, un hacendado aindiado, le ruega a Maltilde que apele a su esposo Fermín (hermano de Bruno), para que deje sus proyectos, ambiciosos y dañinos, de modernización de la zona: "la mujer sabe detener la tiniebla en el corazón del hombre que empieza a descarriarse; le da frescura hasta mitigar el furor" (222). En otro momento, Matilde le comenta a su esposo, "comprendo tus ideas. Pero como mujer

---

[7] Las implicaciones de estas ideas en *Los ríos profundos* las desarrollo en otro artículo, "Creating the Hybrid Intellectual: Time, Space, and Gender en *Los ríos profundos*".

que ha sufrido no puedo compartir tus métodos; no los puedo aprobar. Concilias, no sé de que modo muy racional, lo que yo no puedo conciliar ... tus razonamientos son demasiado altos y, por eso, lo que yo veo como cruel a ti te parece un simple procedimiento. Yo siento a Dios de otro modo" (236). La capacidad intuitiva, emotiva, de la mujer atrae al autor y le da a los personajes femeninos cierta fuerza redentora y revolucionaria dentro de la obra. Otra característica fundamental es su capacidad de identificación con el mundo indígena (manifestada repetidas veces en las narrativas de la sierra), cualidad que, sugiere esta novela, viene de una fuente principal, según lo expresa Matilde: "He sufrido. Ellos [los indios] lo intuyen" (349). La conexión lógica (dentro de la lógica del mundo narrativo arguediano) entre la mujer y el/lo indio proviene de la marginalidad, del sufrimiento, de los dos y le otorga a la mujer su lugar privilegiado, como portavoz de alternativas, dentro de la narrativa del peruano.[8]

Acaso también el atractivo de la mujer como mensajera de alternativas y fuerza de resistencia viene de su capacidad –identificada por Dagmar Reichter– de retar y romper con "the current construction of the modern subject": "Woman, because she remains closer to the Chora and can therefore remind the solid, sovereign 'I' of the rhythmical flow from which it has separated itself... Woman can remind the modern subject of another past, of its emergence from contradiction, and she can demonstrate that it will not be able to sustain a whole and pure idea of itself, but must instead recognise that it also owes itself to all the imperfections of the real" (97). La mujer, igual que los otros elementos de lo femenino en la obra de Arguedas –lo semiótico de la lengua, lo indígena, la naturaleza, la música y el baile– representa un regreso al origen, evoca *chora*. Para Kristeva, *chora* es "a nonexpressive totality formed by the drives and their states in a motility that is as full of movement as it is regulated" (*Revolution* 25). *Chora* es el espacio de lo semiótico donde se localizan los impulsos primarios que conforman lo semiótico; evoca el cuerpo materno, un cuerpo no representable. En la narrativa arguediana, como veremos en algunos ejemplos a continuación, podemos identificar momentos de alta tensión

[8] Toril Moi describe la escritura femenina como "writing which seems to be marginalized (repressed, silenced) by the ruling social/linguistic order... The problem with the 'femenine' label so far has been its tendency to privilege and/or overlap with existing forms of literary modernism and avant-gardism. This, I think, is only one possible way of being marginal in relation to the dominant order" (115). Bajo esta definición, podríamos llevar nuestro argumento a sus límites y pensar en la totalidad de la obra arguediana como un proyecto "femenino".

narrativa y de intensa concentración de significado que parecen corresponder a una especie de evocación de *chora*.[9]

Como ya hemos dicho, lo femenino encuentra su mayor expresión en las narrativas de la sierra; en la costa, parece que no puede contra la violencia que experimenta bajo la cultura dominante. Sería imposible en este espacio limitado agotar las implicaciones de lo femenino en toda la ficción del autor (aunque tiene una presencia notable desde "Warma kuyay", el primer cuento publicado por Arguedas), por lo que nos limitaremos a discutir momentos específicos de tres textos: *Los ríos profundos*, *El sexto*, y *El zorro de arriba y el zorro de abajo*.

## Lo femenino del/ en el espacio y el tiempo en *Los ríos profundos*

En *Los ríos profundos*, la obra que tal vez mejor articula la visión arguediana –del Perú, de la narrativa peruana, de la cultura nacional y del papel del intelectual–, podemos discernir un juego intrincado de cuestiones del espacio y el tiempo, en el que lo femenino juega un papel importante. La novela toma lugar en tres espacios principales, los cuales se pueden dividir en espacios secundarios y donde se exploran problemas específicos y, a veces, posibles soluciones. En el primer capítulo encontramos el Cuzco, que en el imaginario nacional es el *locus* por excelencia del mestizaje, pero que la novela nos lo presenta como un lugar en decadencia. Es en esta ciudad y sus respectivos espacios secundarios –el centro colonial y la casa del tío de Ernesto– que el protagonista atestigua las desigualdades e injusticias de la jerarquía social andina. El segundo lugar es la ciudad provinciana de Abancay, con sus espacios correspondientes: el internado, la hacienda Patibamaba, el barrio Huanupata y el río Pachachaca. Los eventos que ocurren en estos lugares enfatizan el contraste entre lo interior y lo exterior, la construcción de la masculinidad en la sociedad dominante andina y el potencial redentor de lo femenino. Finalmente, está el espacio de la memoria, principalmente la de Ernesto, el lugar en el que se construye la comunidad indígena de la niñez del protagonista como un mundo pacífico y vibrante, en contraste con la violencia y la decadencia vividas en los espacios de la cultura dominante. En este espacio habitan los comuneros, los indios no atados a un espacio designado "blanco", y es el

---

[9] Entonces, discrepamos con Cornejo Polar, al ver la obra arguediana no como una búsqueda del padre sino como un intento de evocar a la madre, de (re)crear *chora*, el cuerpo materno, en las evocaciones de la naturaleza, en las representaciones de la música y en las construcciones de ciertos personajes, espacios y tiempos "femeninos" o femenizados.

sitio donde a lo femenino se le otorga su mayor importancia y poder. La memoria es el lugar del deseo por y la evocación de lo maternal y la cultura orgánica andina.[10] Cada uno de estos espacios mantiene tiempos correspondientes: para el Cuzco, un pasado glorioso y un presente degenerado; para Abancay, un presente igualmente turbulento y (en la imagen del río Pachachaca) un futuro mítico; para el espacio de la memoria, un pasado añorado (la niñez del narrador dentro de la comunidad indígena) y un futuro deseado (reunión con su padre y con dicha comunidad).

El contraste entre lo masculino y lo femenino, eje central de la visión arguediana, se aprecia precisamente en la construcción de estos espacios y tiempos en la novela. De este modo, el internado es un espacio regido por lo masculino, en el que se espejea y reproduce la turbulencia y la violencia de la nación. Uno de los lugares más importantes de la escuela es el patio, en el que los estudiantes se reúnen para jugar, pero donde también se realizan las iniciaciones sexuales de los alumnos mayores con la Opa, una mujer demente que habita el colegio. El patio es un lugar marcado por la vergüenza, la culpa y la violencia; cuando la Opa no aparece, algunos acuden al patio para masturbarse. Por ser escenario de prácticas "perversas" de sexualidad, este espacio condenado intimida a los estudiantes menores, como Ernesto. Es un lugar oscuro, interior, que en la narrativa se contrapone al mundo iluminado del exterior, que el protagonista visita siempre que puede:

> Las paredes, el suelo, las puertas, nuestros vestidos, el cielo de esa hora, tan rara, sin profundidad, como un duro techo de luz dorada; todo parecía contaminado, perdido o iracundo. Ningún pensamiento, ningún recuerdo podía llegar hasta el aislamiento mortal en que durante ese tiempo me separaba del mundo. Yo que sentía tan mío aun lo ajeno. ¡Yo no podía pensar, cuando veía por primera vez una hilera de sauces hermosos, vibrando a la orilla de una acequia, que esos árboles eran ajenos! Los ríos fueron siempre míos; los arbustos que crecen en las faldas de las montañas, aun las casas de los pequeños pueblos, con su tejado rojo cruzado de rayas de cal; los campos azules de alfalfa, las adoradas pampas de maíz. Pero a la hora en que volvía de aquel patio, al anochecer, se desprendía

---

[10] Es, en fin, el espacio de lo *unhomely*, que Homi Bhabha caracteriza como un lugar donde "private and public, past and present, the psyche and the social develop an interstitial intimacy. . . . an intimacy that questions binary divisions through which such spheres of social experience are often spatially opposed. These spheres of life are linked through an 'in-between' temporality that takes the measure of dwelling at home, while producing an image of the world of history" (13).

> de mis ojos la maternal imagen del mundo. Y llegada la noche, la soledad, mi aislamiento, seguían creciendo. (65-66)

En este pasaje, la narración vacila entre el aislamiento que siente el protagonista en el patio, rodeado de otros seres humanos, a la plenitud que experimenta en la naturaleza, de vuelta al aislamiento del internado. Es un movimiento crítico del presente al pasado y de nuevo al presente, del espacio interior al espacio de la memoria (que corresponde al mundo exterior en este caso) y de vuelta al mundo interior. Estos movimientos caracterizan la novela y sirven de alternativas a la realidad (espacio y tiempo actuales) que habita el narrador.

Si Ernesto rechaza el espacio masculino de la escuela, podemos identificar otros sitios que el niño celebra, lugares de más libertad y juego de lo femenino y lo semiótico. A modo de ejemplo, pensemos en el mismo río Pachachaca, al que recurre Ernesto cuando se siente solo, lugar que en la cosmología andina se considera un espacio femenino.[11] El niño sostiene que el río apoya a los marginados y oprimidos –a los colonos, a los chunchos, a doña Felipa. Tiene su propia alma y, como dios o espíritu, "el Pachachaca sabe con qué alma se le acercan las criaturas; para qué se le acercan" (157). Asimismo, el río sirve de puente o de mediador, en tanto que Ernesto cree que este lo puede conectar con su padre o con doña Felipa. Sobre todo, a nivel narrativo, el río es el vínculo semiótico con el origen, lo que murmura bajo la superficie de lo simbólico, como se ve en la descripción de su movimiento por debajo de un puente:

> Varias golondrinas se divertían cruzando por los ojos del puente, volando sobre las aguas y por encima del relete de cal y canto; alejándose y volviendo. Pasaban sobre las cruces, siempre en líneas caprichosas; no se detenían ni aquietaban el vuelo; festejaban delicadamente al gran puente, a la corriente que bramaba y se iba en bullente cabalgata, salpicando en el fondo del abismo, donde me sentí, por un instante, como un frágil gusano, menos aun que esos grillos alados que los transeúntes aplastan en las calles de Abancay. (162)

---

[11] Platt observa que en la cultura quechua, los espíritus de las montañas (*jurq'u*) se consideran masculinos, mientras que las aguas que fluyen de los picos (*warmi jurq'u*) son sus esposas. Por extensión, el espacio de las alturas es masculino y el de los valles, femenino. Sin embargo, cada esfera también tiene su aspecto complementario: "La estructura ideal del cosmos es dual, por consiguiente, enfrenta a ambos aspectos de una sola vez, con el fin de beneficiarse de las fuerzas antagónicas pero complementarias que se desarrollan alrededor de ella" (23).

Aquí se hace patente la conexión del texto con lo semiótico, lo que ruge constantemente por debajo de lo simbólico y que se hace presente por lo mismo. El río, un espacio femenino, es lo que devuelve al narrador a lo semiótico y al origen, y lo que le da esperanza y un sentido del futuro.

Otro espacio "femenino" que también tiene un efecto profundo en el protagonista es el barrio de Huanupata, el sector de Abancay donde se encuentran las chicherías, espacios dominados por las chicheras. Huanupata es un barrio popular mestizo, que rompe con las jerarquías impuestas y donde un rango amplio de elementos sociales entra en relaciones dialógicas. Aquí el elemento mestizo-indígena asume su mayor influencia cultural y su fuerza narrativa, manifestada principalmente en el énfasis en los huaynos, una forma de canción popular que anima las chicherías. En la narrativa arguediana, la música siempre es un importante mediador entre las culturas dominantes y marginadas, igual que entre lo semiótico y lo simbólico.

Este hecho se aprecia en una escena central, que toma lugar después del motín de las chicheras, cuando una mestiza canta un huayno de protesta delante de un grupo de soldados. El acto de rebeldía provoca una reacción inesperada: "Uno de los soldados pretendió levantarse. No era la indignación lo que se reflejaba en sus ojos, sino el destello que el golpe súbito del ritmo enciende en los bailarines" (185). Es el ritmo y no las palabras, lo semiótico y no lo simbólico, lo que incita al soldado. Se forma un triángulo espontáneo entre el soldado, la cantante y el intérprete de la música; una fuerza intangible e irresistible los impulsa a la creación de la música. El huayno, de hecho, encuentra su fuente en el cuerpo del bailarín: "El maestro Oblitas agitaba, al parecer, el ritmo de la danza; no miraba al bailarín; pero yo sabía que se prendía de él, que sus manos eran guiadas por los saltos del soldado, por el movimiento de su cuerpo; que ambos estaban impulsados por la misma fuerza. La muchacha improvisaba ya la letra de la danza; ella, como el bailarín y el músico, estaba igualmente lanzada a lo desconocido" (186). Eventualmente, dos guardias civiles, agentes del orden civil y encarnación de lo simbólico, interrumpen y detienen la escena. Sin embargo, el efecto en el ambiente es innegable, especialmente en Ernesto, quien resume el baile que los soldados pararon, "ante un público espantado que necesitaba algo sorprendente, que lo sacudiera, que le devolviera su alma" (189). Sólo lo semiótico tiene el poder de tocar y transformar, y allí Ernesto, un intelectual en ciernes, descubre su poder.

Si, como afirmara Ángel Rama, *Los ríos profundos* es la novela de la transculturación por excelencia, vale considerar el papel de lo femenino en este proceso (véase *Transculturación...*). Lo femenino –en sus múltiples manifestaciones– conmueve, sacude, "devuelve el alma". En las novelas de la sierra, lo femenino exhibe su poder transformador y su imponente presencia en estas narrativas corresponde con una visión más esperanzada de parte de Arguedas. En las novelas ubicadas en la costa, lo femenino empieza a perder fuerza, transformación que corresponde con una creciente decepción política de parte de nuestro autor. Sin embargo, aun en estas obras hay momentos de esperanza, y estas, planteamos, también se demarcan por la presencia de lo femenino.[12]

## Lo femenino en la costa (I): lo abyecto y la visión arguediana en *El Sexto*

La más ignorada de las novelas de Arguedas, *El Sexto,* se basa en el encarcelamiento del escritor en la prisión del mismo nombre y narra la experiencia de Gabriel, un estudiante, preso-político sin afiliación específica, proyección literaria del mismo Arguedas.[13] Igual que el resto de la narrativa arguediana, *El Sexto* construye un mapa de espacios y sujetos en un intento de entender, definir y espacializar un "texto" de la nación peruana. Este esfuerzo implica la introducción de nuevos subjetividades al microcosmos de la novela y, para Arguedas, estas nuevas presencias conceptualizan propuestas de cómo el poder se construye, se mantiene y se agota en el Perú. Steve Pile y Nigel Thrift comentan el efecto del poder en el sujeto: "power –whether organized through knowledge, class, 'race', gender, sexuality and so on– is (at least partly) about mapping the subject; where particular sites –for example the body, the self and so on– become 'points of capture' for power" (13). *El Sexto* se trata sobre todo de cuerpos: cuerpos encarcelados, abusados y degenerados por un lado, pero también liberadores, rebeldes y esperanzados. Elizabeth Grosz arguye que la

---

[12] Comentando *El zorro de arriba y el zorro de abajo,* Cornejo Polar reconoce que la esperanza presente en las novelas de la sierra está ausente en esta. Sin embargo, sugiere que un "tercer estrato del texto ...puede ser leído en la misma clave de esperanzada fe en el futuro: es el estrato mítico que recupera y utiliza la antigua mitología de Huarochirí" ("Ensayo" 300).

[13] Entre 1937 y 1938, Arguedas pasó ocho meses en el afamado El Sexto por su participación en una protesta política en la Universidad de San Marcos en contra de la visita del General Canarotta, enviado especial de Mussolini. El dignatario italiano terminó lanzado a las aguas de la fuente del Patio de las Letras. La policía arrestó indiscriminadamente tanto a los manifestantes como a observadores, entre ellos, Arguedas.

consciencia interior e individual es insuficiente base para la construcción de la identidad subjetiva y propone que "it is appropriate to ask whether subjectivity, the subject's relations with others (the domain of ethics), and its place in a socio-natural world (the domain of politics), may be better understood in corporeal rather than conscious terms" (83-84). La desilusión que experimenta el narrador-protagonista con las propuestas políticas de los diferentes grupos de la oposición (en este caso apristas y comunistas) corresponde a un creciente interés en el sujeto no tanto como construcción social o política sino como ente corporal.

En cuanto a lo femenino, *El Sexto*, en tanto texto, y El Sexto, como lugar, se marca por la ausencia de lo femenino, o por su corrupción y degradación en las formas en las que aparece. En primer lugar, nos encontramos con la ausencia de personajes femeninos (quienes existen sólo en las memorias de algunos prisioneros) y con unos pocos que tienen una conexión fuerte con lo femenino que vemos en los textos de la sierra. Gabriel, el protagonista, y Cámac, un indígena minero con el que Gabriel comparte celda y quien sirve de mentor para el joven, y otros serranos, mantienen los lazos más estrechos con lo femenino, pero éstos son difíciles de sostener dentro del ambiente carcelario y se aprecian principalmente a través de memorias de experiencias pasadas o las añoranzas de libertades futuras. Los otros personajes, tanto los políticos como los criminales, se retratan distanciados de lo femenino; sus interacciones entre sí y con los demás se caracterizan por el interés y la violencia, conductas clasificadas como 'masculinas' dentro del discurso arguediano.

Ni siquiera los personajes que parecerían tener más conexión con lo femenino, por sus acciones o por su valor colectivo dentro de la narrativa arguediana, pueden mantener la relación íntima con lo femenino tan central a las novelas de la sierra. Rosita (un homosexual afeminado) posee una femineidad defectuosa, por sus actividades dentro y fuera de la institución. Cámac lo/la describe de la siguiente manera: "es un marica ladrón que vive sola en su celda, frente de nosotros. ¡Es un valiente! Ya la verás. Vive sola. Los asesinos que hay aquí la respetan. Ha cortado fuerte, a muchos. A uno casi lo destripa. Es decidido. Acepta en su cama a los que ella no más escoge. Nunca se mete con asesinos. 'Puñalada' la ha enamorado, ha padecido" (10). En esta descripción, Cámac vacila constantemente en cuanto al género de Rosita –al comentar su fuerza y capacidad para la violencia, se refiere al preso en lo masculino; para describir a Rosita como persona, dónde vive, o como ser sexualizado, Cámac recurre al género femenino. Para Arguedas, El Sexto, y por extensión la costa y la hegemonía peruana, es un lugar que corrompe y degrada lo femenino, transformándolo para alimentar su violencia y agresión.

Lo más indicativo del estatus de lo femenino en esta novela se encuentra en los seres más marginados: los vagos. A diferencia de los marginados de las novelas de la sierra –los pongos, la Opa, la Kurku– estos personajes son completamente abyectos; viven como animales, sin valor que los redima aparte, acaso, de su sufrimiento. Habitan el primer piso y pasan la mayor parte del tiempo en el patio evitando los abusos de los líderes criminales. Sin familiares que les traigan comida o ropa, viven de los desperdicios de los otros prisioneros. Una escena perturbadora los describe lamiendo del piso la sangre de otro prisionero. Los vagos están solos (huérfanos: otra categoría de alta carga semántica en la narrativa arguediana), viviendo a nivel del puro instinto. El narrador comenta: "Vago que enfermaba, vago que moría; nadie le llevaba alimentos a su celda. Iba consumiéndose por hambre; moría entre la fetidez de sus últimos excrementos y orines. Sus compañeros de celda lo arrojaban afuera al anochecer, si lo veían agonizante" (106).

Los vagos son lo abyecto, lo cual explica tanto la fascinación que tienen para Gabriel como la profundidad de su efecto en el joven. Para Kristeva lo abyecto es paradigmático de la separación de la madre. Interrumpe el deseo de unión con el objeto, deseo que proviene de lo semiótico. Kristeva asevera: "the abject has only one quality of the object –that of being opposed to *I*. If the abject, however, through its opposition, settles me within the fragile texture of desire for meaning, which, as a matter of fact, makes me ceaselessly and infinitely homologous to it, what is abject, on the contrary, the jetissoned object, is radically excluded and draws me toward the place where meaning collapses" (*Powers* 1-2). La experiencia con los vagos es, a todas luces, un lugar donde el significado se desploma para Arguedas. En su deseo de hacer sentido de lo que atestigua, de crear un texto de su experiencia, los vagos son un impedimento. Gabriel se siente a la vez fascinado y repulsado ante estos sujetos, quienes para él no tienen sentido.

Si los vagos encarnan lo semiótico en la novela, vemos en la misma un intento repetido de parte de lo simbólico (personificado por las fuerzas de poder oficiales y extra oficiales) de aplastarla. Sólo dos vagos presentan las mismas posibilidades redentoras de los personajes marginados de la sierra, El japonés y El pianista. Igual que los demás vagos, éstos actúan según deseos básicos, no tienen voz y existen a nivel de la pura sobrevivencia. Pero Gabriel percibe un potencial extraordinario en los dos. Por eso, aunque sus acciones no son fácilmente identificables como actos de resistencia, gozan de gran importancia narrativa dentro de la obra. El japonés tiene un solo deseo: poder defecar en paz. Normalmente otro prisionero lo tortura al no permitir que use las letrinas. En una escena de corte naturalista, El japonés entra a una letrina y defeca tan rápido que ensucia el piso; de inmediato se escapa a un rincón y torna a uno de los pasatiempos preferidos de los vagos: quitarse los piojos. El narrador compara su alegría con el sol limeño: "Era un sol cuya triste sangre dominaba a la luz, y despertaba sospechas irracionales; yo lo encontraba semejante al rostro del japonés que se arrastraba sonriendo por los rincones de la prisión. ... El rostro del 'japonés' del Sexto, con su sonrisa inapagable, transcendía una tristeza que parecía venir de los confines del mundo, cuando 'Puñalada', a puntapies, no le permitía defecar" (23).[14] La alegría, la sonrisa "inapagable", la expresión de lo semiótico, que proviene de *chora* ("de los confines del mundo"), es de incomparable valor literario y político. La emoción no dura; casi inmediatamente, "se apagó el relámpago de dicha que animó su rostro; empezó a caminar con la torpeza, como fingida, con que solía andar" (23). Esta táctica de resistencia tiene una doble cara, la que confronta directamente el poder (su defecación exitosa) y la que mira hacia adentro, a un lugar intocable por el poder. El narrador nota que la humildad del vago parece falsa, afectada; es una manera de negociar sus circunstancias y a la vez reservarse algo fuera del alcance del poder. Su resistencia, aparentemente fútil e inconsecuente (inmediatamente regresa a su posición de vago) es, al contrario, muy significante; los otros prisioneros reconocen su logro y lo aplauden. Es, de esta manera, un logro político, que a la vez descubre y confronta el poder.

El pianista provee similares actos de resistencia. Un estudiante de música arrestado por no tener documentación, El pianista se enloquece y se vuelve vago después de ser violado por tres prisioneros; su conversión es tal que cuando lo sueltan, no puede vivir fuera y pronto regresa a la cárcel. El narrador cuenta una escena en la que El pianista se encuentra fuera de la celda de Clavel, un joven torturado y violado por uno de los líderes criminales. El vago "toca" un piano imaginario y "canta" una melodía sin palabras: "su voz delgada, temblorosa, como la que sale de

---

[14] Esta tristeza nos recuerda a las quejas de la Kurku, la mujer deformada de *Todas las sangres*. El narrador cuenta que "en lo profundo de (su) voz extraña, ...toda la tierra se quejaba" (53). Esta íntima conexión con el centro de la tierra, con el origen, se atribuye con frecuencia a los sujetos marginados en la narrativa arguediana. Como si, por su sufrimiento, estos personajes tuvieran acceso a un conocimiento escondido a la población general.

un vientre vacío, intentaba seguir alguna melodía" (42). El narrador se pregunta, "¿Cómo puede funcionar aún el cuerpo de un hombre así aniquilado, convertido en esqueleto que la piel apenas cubre?" (42). La canción producida por un figura marginada, un motivo constante en la escritura arguediana, está de nuevo presente para enfocar la tragedia de la situación de Clavel; sin embargo el que la produce se presenta debilitado, al borde de la muerte, vacío (de un vientre vacío: un femenino estéril), aniquilado, reducido a su materialidad más débil e insuficiente. Lo semiótico, en la costa, en el Sexto, es sofocado, no puede realizarse ni sostener su función narrativa. El paquetero que guardaba la celda de Clavel echa al Pianista a puntapiés y el narrador cuenta que "pude verle la barriga, el ombligo que palpitaba... El hombre achinado arrastró el cuerpo del 'Pianista', así de espaldas, varios pasos. ...Se quedó allí el cuerpo, recibiendo la lluvia en la barriga" (42-43). La ley corrupta y maliciosa de la prisión interrumpe y aplasta la rebelión del Pianista, matándolo al final. Pero, de nuevo, más allá de los resultados del acto es el acto en sí; la música que parece venir del vacío, de la nada, de lo abyecto absoluto, toca y transforma a Gabriel y a otros prisioneros.

Un tercer personaje que mantiene una fuerte conexión con lo femenino es Cámac, un viejo minero que se destaca por su relación con la naturaleza, la sierra, las culturas populares y la música (componentes del código de lo femenino) y también, quizás sobre todo, por su relación con el lenguaje. La descripción de esta característica resalta la relación del sujeto marginal con lo semiótico "sus palabras nombraban directamente hechos, e ideas nacían de los hechos, como la flor del berro, por ejemplo, que crece de las aguadas. Sólo que la hierba no seca el fango, y las palabras parecían fatigar mortalmente a Cámac" (20). Es Cámac el que mejor articula la visión arguediana en la novela, alejándose de programas políticos y basándose en las experiencias suyas y de otros serranos que ha visto sufrir en las minas.[15] Después de su muerte, su cuerpo, junto con los cuerpos del Japonés y El Pianista, se vuelven símbolos de esperanza para Gabriel, el de Cámac para todos los prisioneros. Gabriel junta a los tres muertos en un soliloquio donde se resalta la importancia de lo semiótico:

> El japonés te acompañará lealmente, hermano Cámac. ... El japonés, ahora que no es ya sino espíritu, recordará los cantos amados de su pueblo, que es tan martirizado como el nuestro. Cantaréis juntos siempre porque a ti

[15] De esta manera, su posición ética recuerda a la de doña Felipa de *Los ríos profundos*, ya que sus actos se fundan en su amor al prójimo; provee para Gabriel un lazo con lo eterno y su muerte anima a la comunidad carcelaria.

> y a él, los echarán a la fosa común; lanzarán tierra y piedra sobre ustedes, con desprecio. ... ¡El "Pianista" también debe estar cerca ...! El rostro del japonés se parecía mucho a nuestro sol de invierno, a la hora en que va apagándose y mete su triste luz en las celdas del tercer piso y más sombra en la inmundicia de abajo ... Pídele perdón al "Pianista", en mi nombre. Quizá precipité su muerte... ¡Aunque era atroz su vida, era vida! Dile que no entendimos su canto; su voz era infinita; tú lo sabes, venía no de su garganta solamente sino de todas sus células agonizantes por el hambre y el desprecio. (139)

Estos sujetos "femeninos" resisten la cultura dominante y proveen posibilidades alternativas. Sin embargo, su muerte es prueba de la imposibilidad de estas alternativas en la costa, el Perú dominante, el mundo oficial que obra para reprimir y suprimir cualquier reto a su poder.

### Lo femenino en la costa (II): lo semiótico en *El zorro de arriba y el zorro de abajo*

En la última novela de Arguedas, publicada póstumamente en 1971, presenciamos una conflagración de los códigos discursivos entre lo semiótico y lo simbólico que corresponde con una creciente decepción de parte del autor en cuanto a sus propios poderes narrativos (su inhabilidad de escribir el nuevo texto del Perú) y al estado de la nación peruana.[16] *El zorro de arriba y el zorro de abajo* se ubica en la costa, en el pueblo pesquero de Chimbote, que en el momento experimentaba una explosión económica que correspondía a una gran inmigración de serranos a la costa. Arguedas veía en Chimbote la nueva cara del Perú y le parecía imprescindible entender lo que ocurría en la ciudad para poder comprender lo que experimentaba su país. El texto ficticio se intercala con los diarios del autor, en el que expresa una vacilación entre felicidad y miedo que demarca tanto su experiencia en el puerto como sus intentos de escribir sobre el mismo. Asevera, "a través simplemente del temor y la alegría no se puede conocer bien las cosas" (80). Por eso, nuestro autor escribe: "sin conocer Chimbote ni conocer como es debido ninguna otra ciudad de ninguna parte" (80). Por los diarios presenciamos la desilusión y la desesperanza del autor respecto a su visión para el Perú y la viabilidad de su propio proyecto literario, que culminan en la decisión de suicidarse.

El texto ficticio va creando un Chimbote donde se concentran los mayores problemas del Perú, agravados por un capitalismo rampante y

---

[16] Moreiras clasifica el texto como "a narrative of the end of narrative" (*Exhaustion* 192).

descontrolado donde la relación entre lo femenino y lo masculino se rige por el dinero, el interés y la violencia. Las mujeres se alejan de lo femenino purificador y redentor de los textos de la sierra, para perderse en la prostitución; los hombres serranos se *re-virilizan* por lo mismo [dice uno, al salir de un prostíbulo, "Yu... criollo, carajo; ...¿Quién serrano ahura?" (39)]. Lienhard ha comentado cómo la novela se funda en el binomio masculino/femenino:

> La acción principal se articula alrededor del encuentro entre el arriba y el abajo: los hombres (arriba) fecundan o, más exactamente, prostituyen la concha marítima (abajo) mediante la extracción del pescado; en el prostíbulo, hombres andinos y prostitutas costeñas miman una versión degradadora y estéril de la reproducción humana. La alternancia día (arriba)/noche (abajo) impone su ritmo a los cambios de actividad, de escenario y de signo dominante (masculino/femenino): la pesca, el mar y los hombres dominan el primer tiempo; la prostitución, el prostíbulo y las mujeres, el segundo. (328)

Sin embargo, en la costa estas oposiciones adquieren otro valor distinto al que tienen en la narrativa de la sierra. La complementariedad andina no es viable dentro del capitalismo occidental y el sistema simbólico que lo dirige; los códigos culturales andinos se corrompen y debilitan frente a la opresión y violencia de la cultura dominante.

Existe en el texto un sentido de fracaso de parte de Arguedas –de su visión nacional, de sus capacidades artísticas, incluso de su propia vida– que corresponde con cierto fracaso de lo femenino, que en la costa se ve corrompido, nuevamente marginado, aplastado por lo masculino. Sin embargo, existen momentos de resistencia y, quizás, de esperanza que desde nuestra óptica son momentos de fuerte presencia o actuación de lo femenino, sí, de parte de algunos personajes femeninos (o femenizados, según en contexto arguediano), pero sobre todo en cuanto a la aportación de lo semiótico al texto.

A modo de ejemplo (del que hay múltiples, tanto en la ficción como en los diarios), examinemos una conversación entre don Ángel, encargado de una fábrica de harina de pescado, y don Diego, un visitante serrano que luego se revela como uno de los zorros. La conversación es una larga elaboración sobre la situación de Chimbote, en la que se critica su capitalismo primitivo, con su crimen organizado y globalización incipiente. En un comentario sobre este diálogo, Julio Ortega arguye que a Arguedas le interesan menos los mecanismos de la explotación que sus implicaciones subjetivas y morales: "the novel, ultimately, does not limit itself to socioeconomic reductionism...; rather, it explores those margins where unleashing occurs, the texture of a language that attempts to reorganize meaning in the face of huge negotiations and very few promises" (xxvi). Esta reorganización de significado(s) encuentra su poder expresivo más agudo en la presencia de lo semiótico en el texto. En esta escena, la intrusión constante de lo semiótico se aprecia desde el comienzo en la figura de una mosca que invade el diálogo y la interrumpe repetidamente.

Al principio, la vemos circulando alrededor de un foco, "el cuerpo del bicho parecía acorazado y azulino, se golpeaba a muerte contra el vidrio; era rechazado como rayo y volvía" (85-86). Cuando don Ángel se queja de las multitudes de inmigrantes serranos, don Diego se levanta, agarra la mosca, la muerde y la deja morir encima del escritorio del otro. El insecto "dio una vuelta ciega en la mesa, produjo un sonido penetrante" (89). Don Diego le explica a don Ángel:

> aunque no lo crea ¡ese zumbido es la queja de una laguna que está en lo más dentro del médano San Pedro, donde los serranos han hecho una barriada de calles bien rectas, a imitación del casco urbano de Chimbote ... Este bichito se llama *"onquray onquray"* que quiere decir en lengua antigua "Enfermedad de enfermedad" y ha brotado de esa laguna cristalina que hay en la entraña del cerro de arena. De allí viene a curiosear, a conocer; con la luz se emborracha. Ya va a morir, dando otra vueltita más en círculo, llorando como espina ... (89).

El gemido que la mosca emite recuerda los gruñidos de la Opa en *Los ríos profundos*, la "queja" de la Kurku (*Todas las sangres*) que proviene del centro del mundo, o la tristeza del Japonés de *El Sexto*. Es una manifestación de *chora* que conecta con el cuerpo maternal, el que podríamos asociar con la sierra peruana, o la cultura andina. Tiene un efecto inmediato en don Ángel, que siente que el gemido "le entraba por la oreja y se alojaba en lo más íntimo de sus intimidades" (89). Esta sensación le inspira desconfianza a don Ángel; no sabe cómo lidiar con las emociones provocadas por la visita de don Diego. La mosca muerta, cuyo cuerpo huele a chicha, sigue apareciéndose durante la conversación, un recuerdo incesante de la fuerza femenina, reprimida pero siempre presente.

La mosca refleja la función de lo semiótico en el texto, como fuerza que lo simbólico no puede contener. Esto se reitera en el efecto que tiene la presencia de don Diego en don Ángel: "a don Ángel le entusiasmó hasta el cogote esa luz angostísima, inteligente como una aguja, que brotaba de los ojos así cerrados del joven" (86). Después de que don Ángel le explica la función de la mafia en Chimbote, el narrador cuenta:

> El visitante asintió con la cabeza, dirigió a Rincón una mirada lúcida; sus dos ojos adquirieron la transparencia más profunda, que no es la del aire o el cielo, sino la circunscrita y viva, sin topes de color, de los lagos de altura o de un remanso, la verdadera transparencia profunda que transmiten al entendimiento y la esperanza los gusanillos que allí bullen, se retuercen, que hacen carreras a lo hondo y a través y los peces de brillo suave que se precipitan a velocidades diferentes según la voluntad o el ansia de los animales. Don Ángel creyó encontrar en esa mirada transparente, algún secreto. (104)

Aquí interviene el narrador para subrayar lo semiótico; la mirada de don Diego provoca un efecto directo, transparente y no mediado. Los movimientos animalescos y los olores del visitante le recuerdan a don Ángel la naturaleza andina: "El visitante se agachó sobre el escritorio; aproximó su rostro al de don Ángel; le hizo sentir un aroma como a polen, a viento con aire de flores silvestres, de ése que en abril perfuma los abismos de rocas y alcanza los nidos fríos de las águilas con la misma naturalidad que la luz de la estrella" (107). Es una naturaleza que falta en la ciudad, donde otraño existía. La memoria de un pasado, de otra realidad, es el secreto que poco a poco se revela a don Ángel durante este encuentro con el andino.

Este efecto se aprecia aun más cuando don Ángel termina un largo recuento de la historia de Chimbote y una vista "panorámica" del Perú. El costeño se ríe de los serranos que se han vendido a los líderes industriales y la mafia local. Don Diego responde: "hay que reírse, don Ángel Rincón, hay que reírse fuerte. Que salga del pulmón el aire guardado; como de un cuerpo alumbrado que salga, como la liendre de la pancita del piojo, como el huevo de sapo que ha de ser *oqollo* [renacuajo] negro con rabo de cometa ... ¡que salga, que salga, que salga!" (109). Entonces el serrano empieza una energética "danza de tijeras" que penetra al otro: "sintió, en lo que él llamaba su 'oído de recordar y no de cantar ni silbar', porque era desorejado para expresarse, en ese oído escuchó, por fin, un canto que nacía vacilando, muy parecido, de veras, al zumbido de las alas de los zancudos cuando rondan muchos, al unísono, en la noche serrana" (109). Al final, "ritmo y baile le encendieron toda la memoria y el cuerpo, la carne humana viva que tanto apetece estas melodías de compases dulces e imperiosos" (109). El baile, que recuerda el de la chichería de *Los ríos profundos*, transforma a don Ángel y evoca la memoria de lo perdido: la naturaleza, el ritmo, el canto, el cuerpo.

Don Ángel entonces empieza una canción que, como la de *Los ríos profundos*, se origina en el cuerpo del danzante y que lamenta la situación de Chimbote y del Perú. El narrador comenta que "don Ángel recitaba y canturreaba algo desigualmente todo, ritmo, melodía y movimiento" (111). Don Diego, por medio de lo semiótico –el baile y el ritmo– despierta en don Ángel recuerdos sublimados: "El, don Ángel, cajabambino de nacimiento e infancia, limeño habituado, recordó en ese instante que los picaflores verde tornasol danzaban sobre esas corolas, largo rato; danzaban felices mientras él, hijo espurio, miraba el temblar del pajarito, con lágrimas en los ojos" (112). Una de las escenas de mayor tensión narrativa es también uno de los momentos más esperanzados, de triunfo de lo marginado, de lo semiótico y de lo femenino en el texto.

En últimas instancias, la narración resulta una de fracaso. Lo femenino no se puede sostener frente a las fuerzas aplastantes de la cultura dominante. La muerte de Arguedas pone fin no sólo a su vida sino a su empresa literaria. Escribe el autor en el último diario, "los Zorros corren del uno a otro de sus mundos; bailan bajo la luz azul, sosteniendo trozos de bosta agusanada sobre la cabeza. Ellos sienten, *musian*, más claro, más denso que los medio locos transidos y conscientes y, por eso, y no siendo mortales, de algún modo hilvanan e iban a seguir hilvanando los materiales y almas que empezó a arrastrar este relato" (244). Este pasaje reconoce la importancia de lo semiótico en el proyecto narrativo arguediano; sin embargo la presencia de lo simbólico en la cultura dominante, y la literatura que la apuntala, lo abruma, y ni Arguedas ni los zorros pueden seguir narrando. La lucha textual de lo femenino culmina en el abandono de la novela y la muerte de su autor. Si los textos de la sierra se afirmaban y encontraban su voz en lo femenino, los textos de la costa atestiguan una hostilidad a lo femenino y todo lo que implica este código dentro de la narrativa arguediana –lo marginado, lo andino-indígena, lo maternal– que es imposible de superar.

## Bibliografía

Adorno, Rolena. "El sujeto colonial y la construcción de la alteridad". *Revista de Crítica Literaria Latinoamericana* 14 (1988): 55-68.

Aibar Ray, Elena. *Identidad y resistencia cultural en las obras de José María Arguedas*. Lima: Pontificia Universidad Católica del Perú Fondo Editorial, 1992.

Aleza, Milagros. *Una cultura sumergida: Aspectos lingüísticos de la narrativa de José María Arguedas*. Valencia: Universitat de Valencia, 1997.

Arguedas, José María. *El Sexto*. [1961]. Lima: Horizonte, 1969.

_____ *El zorro de arriba y el zorro de abajo*. [1971]. Eve-Marie Fell, ed. Madrid: Colección Archivos, 1990.

_____ "Entre el kechwa y el castellano la angustia del mestizo". *Indios, mestizos y señores*. Lima: Horizonte, 1989. 35-38.

_____ "La novela y el problema de la expresión literaria en el Perú". *Un mundo de monstruos y de fuego*. Intro. Abelardo Oquendo. México: Fondo de Cultura Económica, 1993. 209-216.

_____ *Los ríos profundos*. [1958]. Buenos Aires: Losada, 1990.

_____ *Todas las sangres*. [1964]. Lima: Horizonte, 1987.

Bakhtin, M. M. "Discourse in the Novel". *The Dialogic Imagination*. Michael Holquist, ed. y trad. Austin: University of Texas Press, 1981. 259-422.

Bhabha, Homi K. *The Location of Culture*. London: Routledge, 1994.

Bourdieu, Pierre. *Masculine Domination*. Richard Nice, trad. Stanford, CA: Stanford University Press, 2001.

Carpenter, Lawrence K. "Inside/Outside, Which Side Counts? Duality-of-Self and Bipartization in Quechua". *Andean Cosmologies through Time*. Robert V. H. Dover, Katherine Seibold y John H. McDowell, eds. Bloomington: Indiana University Press, 1992. 115-136.

Castro-Klarén, Sara. "Crimen y castigo: sexualidad en J. M. Arguedas". *Revista Iberoamericana* 49/122 (enero-marzo 1983): 55-65.

Cornejo Polar, Antonio. *Los universos narrativos de José María Arguedas*. Buenos Aires: Losada, 1973.

_____ "Un ensayo sobre *Los zorros* de Arguedas". *El zorro de arriba y el zorro de abajo*. [1971]. Eve-Marie Fell, ed. Madrid: Colección Archivos, 1990. 297-306.

Fell, Eve-Marie, ed. *El zorro de arriba y el zorro de abajo*. De José María Arguedas. [1971]. Madrid: Colección Archivos, 1990.

Forgues, Roland. *José María Arguedas: Del pensamiento dialéctico al pensamiento trágico. Historia de una utopía*. Lima: Horizonte, 1989.

Gazzolo, Ana María. "Lo femenino en *El zorro de arriba y el zorro de abajo*." *Cuadernos hispanoamericanos* 536 (febrero 1995): 93-101.

González, Galo F. *Amor y erotismo en la narrativa de José María Arguedas*. Madrid: Pliegos, 1990.

Grosz, Elizabeth. *Space, Time and Perversion*. New York: Routledge, 1995.

Harris, Olivia. "Complementarity and Conflict: an Andean View of Women and Men". *Sex and Age as Principles of Social Differentiation*. J. S. La Fontaine, ed. London: Academic Press, 1978.

_____ "The Power of Signs: Gender, Culture and the Wild in the Bolivian Andes". MacCormack and Strathern. 70-94.

Harrison, Regina. *Signs, Songs, and Memory in the Andes: Translating Quechua Language and Culture*. Austin: University of Texas Press, 1989.

Jiménez, Luis A. "Wo(men) in the Carnavalesque Discourse of *Los ríos profundos*". *José María Arguedas: reconsiderations for Latin American Cultural Studies*. Sandoval, Ciro A. y Sandra M. Boschetto-Sandoval, eds. Athens, OH: Ohio University Center for International Studies, 1998. 218-233.

Jung, C. G. *The Archetypes and the Collective Unconscious*. R. F. C. Hull, ed. Princeton, NJ: Princeton University Press, 1968.

Kristeva, Julia. *Desire in Language*. Leon S. Roudiez, ed. Thomas Gora, Alice Jardine y Leon S. Roudiez, trad. New York: Columbia University Press, 1980.

_____ *Revolution in Poetic Language*. Margaret Waller, trad. New York: Columbia University Press, 1984.

_____ *Powers of Horror: An Essay on Abjection*. Leon S. Roudiez, trad. New York: Columbia University Press, 1982.

Lambright, Anne. "Time, Space and Gender: Creating the Hybrid Intellectual in *Los ríos profundos*". *Latin American Literary Review* 28/55 (enero-junio 2000): 5-26.

Lienhard, Martín. *La voz y su huella*. Lima: Horizonte, 1992.

_____ "La 'andinización' del vanguardismo urbano". *El zorro de arriba y el zorro de abajo*. [1971]. Eve-Marie Fell, ed. Madrid: Colección Archivos, 1990. 321-32.

Malverde-Disselkoen, Ivette. "Mito e historia: La función de las mujeres en *Los ríos profundos*". *Acta literaria* 20 (1995): 45-53.

Moore, Melissa. "(Des)construyendo la mujer: etnicidad y género en tres novelas de Arguedas". *Amor y fuego: José María Arguedas 25 años después*. Maruja Martínez y Nelson Manrique, eds. Lima: DESCO, CEPES, SUR, 1995. 199-207.

Moi, Toril. "Feminist, Female, Feminine". *The Feminist Reader*. 2ª edición. Catherine Belsey y Jane Moore, eds. Malden, MA: Blackwell, 1997. 104-116.

Moreiras, Alberto. *The Exhaustion of Difference: The Politics of Latin American Cultural Studies*. Durham, NC: Duke University Press, 2001.

_____ "José María Arguedas y el fin de la transculturación". *Ángel Rama y los estudios latinoamericanos*. Mabel Morana, ed. Pittsburgh: Instituto Internacional de Literatura Iberoamericana Serie Críticas, 1997. 213-231.

Ortega, Julio. "Introduction". *The Fox from Up Above and the Fox from Down Below*. Frances Barraclough, trad. Pittsburgh: University of Pittsburgh Press, 2000.

Ortiz Rescaniere, Alejandro. *De Adaneva a Inkarri (Una visón indígena del Perú)*. Lima: Retablo de Papel, 1973.

Pile, Steve y Nigel Thrift. "Mapping the Subject". *Mapping the Subject*. Steve Pile y Nigel Thrift, eds. London: Routlege, 1995. 13-51.

Platt, Tristan. *Espejos y maíz: Temas de estructura simbólica andina*. Cuadernos de Investigación CIPCA, no. 10. La Paz: Centro de Investigación y Promoción del Campesinado, 1976.

Rama, Ángel. *Transculturación narrativa en América Latina*. Mexico: Siglo XXI, 1982.

Reichert, Dagmar. "Woman as Utopia: Against Relations of Representiation". *Gender, Place and Culture* 1/1 (1994): 91-102.

# Bajo la mirada del Arayá: análisis temático y discursivo de *Amor mundo*

*Gracia María Morales Ortiz*

INTRODUCCIÓN

> Acepto con regocijo el Premio "Inca Garcilaso de la Vega", porque siento que representa el reconocimiento a una obra que pretendió difundir y contagiar en el espíritu de los lectores el arte de un individuo quechua moderno que, gracias a la conciencia que tenía del valor de su cultura, pudo ampliarla y enriquecerla con el conocimiento, la asimilación del arte creado por otros pueblos que dispusieron de medios más vastos para expresarse.
>
> La ilusión de juventud del autor parece haber sido realizada. No tuvo más ambición que la de volcar en la corriente de la sabiduría y el arte del Perú criollo el caudal del arte y la sabiduría de un pueblo al que se consideraba degenerado, debilitado o "extraño" e "impenetrable", pero que, en realidad, no era sino lo que llega a ser un gran pueblo, oprimido por el desprecio social, la dominación política y la explotación económica en el propio suelo donde realizó hazañas por las que la historia lo consideró como gran pueblo; se había convertido en una nación acorralada, aislada para ser mejor y más fácilmente administrada y sobre la cual sólo los acorraladores hablaban mirándola a distancia y con repugnancia o curiosidad. ("No soy un aculturado" 40)

COMENZAMOS EL PRESENTE TRABAJO CON ESTAS PALABRAS QUE JOSÉ MARÍA Arguedas pronunció en 1968, durante el acto de entrega del premio "Inca Garcilaso de la Vega", pues nos parece que exponen clara y apasionadamente cuál es el compromiso que sostiene toda la obra de este autor peruano. Ciertamente, su actividad intelectual y literaria responde siempre a ese intento de hacer visible la presencia del mundo quechua en la conformación del Perú, otorgándole el valor ético y vital que le negaba la cultura dominante blanca. Para ello, Arguedas enfrenta el reto de construir un espacio discursivo donde lo indígena y lo blanco, lo andino y lo español, lo tradicional y lo tecnológico, lo oral y lo escrito, puedan acoplarse hasta formar una "totalidad"[1] integradora. Ya sabemos que para ello contaba con su propia experiencia vital, pues él hubo de unificar, de una forma más o menos conflictiva, esos planos aparentemente irreconciliables; él convivió con los indígenas desde muy niño, aprendiendo a entender el mundo a través de la mirada que estos le ofrecían, antes de insertarse, ya adolescente, en el grupo social de los criollos: de ahí que se denomine a sí mismo como "individuo quechua moderno". Citemos, como ejemplo de esa dualidad, las palabras con las que él explica la vigencia de la religiosidad quechua en su pensamiento:

> Yo creo que desde el principio, participé de la religión católica, al modo antiguo. Creíamos en un Dios que lo había hecho todo; que hacía el bien, que también podía enviar el mal y por tanto había que cumplir con la doctrina. Creíamos en la bondad sin límites de la Virgen y en la capacidad de protección muy tierna del Niño Dios. En ese sentido la devoción por la Virgen y por el Niño entre los indígenas es mucho más verdadera, más auténtica, que la del Dios supremo al cual no entienden. Pero yo estaba también convencido de que los ríos y montañas tenían vida, en fin... que todos los seres vivos eran un poco como humanos y que se podía conversar con ellos aun cuando ellos no contestaban. [...] Claro, son rasgos muy característicos de mi personalidad y me traen muchos males porque tengo muchas pervivencias de mi modo de ser de niño y adolescente. Tengo muchos inconvenientes para la adaptación a la vida cotidiana. (Castro Klaren 49)

Esta raíz dual y "heterogénea" es la causa de que su propuesta narrativa resulte inédita en el amplio campo de la literatura hispanoamericana, ya que poseía una perspectiva "interna" de la realidad india. Si podemos rastrear múltiples ejemplos de autores que, partiendo de una base occidentalizada, han tratado de aproximarse a ese otro mundo para

---

[1] Tomamos este concepto de Antonio Cornejo Polar, el estudioso que, en nuestra opinión, ha trabajado con mayor interés y profundidad la obra de José María Arguedas. Este trabajo, y otros anteriormente publicados, tienen una deuda indiscutible con sus análisis. En la bibliografía final se citan algunos de los más importantes, así como dos artículos nuestros donde se trata de dilucidar el paralelismo existente entre la producción narrativa del uno y la mirada como investigador del otro.

plasmarlo en sus obras, Arguedas, en cambio, procedía de ese ámbito cultural. Por ello, la crítica ha destacado en muchas ocasiones que con él nos hallamos ante un nuevo indigenismo, pues es "el primer escritor que presenta al nativo peruano tal como es, con sus virtudes y defectos" (Aibar Ray 15).

No obstante, y a pesar de que, como hemos dicho, existe un afán testimonial indudable en la obra de Arguedas, su intento final es, según las palabras citadas al comienzo, "volcar" el "caudal" de lo indígena "en la corriente de sabiduría y el arte del Perú criollo". Es decir, sus textos están escritos para lectores occidentalizados; ante ellos es necesario recuperar y ensalzar la vigencia de lo quechua. No olvidemos que casi toda su obra está redactada en español, está "publicada" (es decir, aparece en un soporte escrito, mientras que la discursividad india es esencialmente oral), tiene formato de cuento o novela... Por lo tanto, en nuestra opinión, la producción de Arguedas no presenta un visión "interior" del mundo quechua: tiene que salirse de él, no porque no lo conozca, sino porque se propone hacerlo comprensible a una mirada externa. Lo más interesante es señalar que se trata del camino inverso al de los anteriores escritores indigenistas: ellos ofrecen una perspectiva distanciada, porque nunca han pertenecido a la sociedad que describen; las obras de Arguedas también quedan en el exterior de la realidad india, pero es él quien elige conscientemente esa salida. En su caso, la "exteriorización" no supone una imposición, sino una estrategia.

Podemos decir, entonces, que el punto de arranque de sus obras son sus vivencias dentro del ámbito indígena, pero el lugar de llegada nos parece un enclave cultural totalmente novedoso, generado desde su esfuerzo por amalgamar dos discursos diferentes e incluso opuestos. En cuanto al receptor, la intención arguediana es que realice el camino inverso al que él ha recorrido como autor; es decir, el lector, cuyo pensamiento se encuentra inevitablemente enraizado en los parámetros modernos occidentales, va a hallar elementos que lo transportan hacia otro tipo de cosmovisión, que ya no es enteramente quechua ni enteramente blanca. Por lo tanto, los textos arguedianos permiten a un no-indio asomarse a esa otra cultura, pues el suelo sobre el que se desplaza no le obliga a renunciar del todo a sus esquemas ideológicos, ni a los lingüísticos y discursivos.

Ahora bien, no debemos obviar que ese proceso de trasvase, ese "volcar" un "caudal" sobre la "corriente" de otro, obliga al sacrificio o a la manipulación de los elementos fundamentales del mundo quechua: los que aparecen, se encuentran tergiversados y otros muchos se pierden, bien por su extrema dificultad para ser amoldados a la ideología occidental, bien porque el hacerlo imposibilitaría la comprensión de los lectores blancos. Por eso estamos en desacuerdo con algunas aseveraciones donde se afirma que Arguedas "tradujo" el mundo indígena peruano a los hablantes de español.[2] Por el contrario, su trayectoria nos presenta un proceso de transculturación, muy complejo y nunca acabado, "que es acometido una y otra vez, como en sucesivas olas, parcialmente repetitivas pero también parcialmente diferenciales, en un esfuerzo cuyas características revelan tanto lo insondable del conocimiento que ha sido propuesto como el fracaso de las sucesivas acometidas para recorrerlo íntegramente y agotarlo" (Rama, "José María Arguedas transculturador" 8)

Es desde estas premisas básicas desde las que queremos acercarnos a una de las últimas producciones arguedianas: *Amor mundo*. Como veremos, este grupo de relatos, que no ha obtenido mucha atención por parte de la crítica, nos presenta una vertiente muy interesante dentro de la problemática global de Arguedas.

## 1. Estructura y significación de *Amor mundo*

En 1967, José María Arguedas publica *Amor mundo y todos los cuentos*, donde, además de los relatos ya recopilados en *Agua* (1935), daba cabida a algunos más publicados en revistas, e introducía por último cuatro nuevos, que son los que forman *Amor mundo*. Sobre ellos, se ha expresado el autor peruano en varias ocasiones. Nos interesa ahora reproducir dos intervenciones suyas, pues nos van a servir como punto de arranque para nuestro propio análisis.

Por una parte, en una entrevista realizada por Sara Castro Klarén, encontramos el siguiente comentario:

> Ocurrieron entonces algunos sucesos que sí tuvieron repercusiones muy hondas en mí. Son experiencias traumáticas que sólo he relatado después de 40 años de meditar cómo tratarlas. He escrito un cuento sobre el suceso que le voy a contar. Se va a publicar como novela corta. Se llamará *Amor mundo*. (Castro Klaren 48)

---

[2] "Arguedas ha conseguido llevar a los lectores de habla española una *traducción* del lenguaje propio del indio. Y de este modo pudo, a la vez, recrear en español el mundo íntimo del indio, su sensibilidad, su psicología, su mítica: ya sabemos que todas las características emocionales y espirituales de un pueblo se hallan representadas en su lengua" (Vargas Llosa, "José María Arguedas descubre..." 5).

De este breve fragmento queremos destacar varias ideas. Primeramente, el hecho de que se refiera a su proyecto de *Amor mundo* no como un libro de cuentos, sino como un solo texto, al que llama novela corta. Veremos que esta distinción es importante para entender su estructura. En segundo lugar, nos parece fundamental destacar el hecho de que Arguedas confiese que las experiencias que relata sean autobiográficas. Esas "experiencias traumáticas" vividas en su infancia son el eje de este libro, pero con cuarenta años de haber estado meditando "cómo tratarlas", es decir, cuarenta años de distancia, de análisis, de búsqueda de los mecanismos que le permitieran "literaturizar" ("ficcionalizar") esa materia vivencial.

Por otra parte, en una carta a Ángel Rama, el autor nos aporta otras claves interesantes para la interpretación del texto. Arguedas afirma que este grupo de textos desarrolla el tema amoroso "desde cómo se da en un niño fundido en lo indígena, en lo cristiano de tipo feudal hasta cuándo llega a empezar a vivir del modo más *liberado*. El camino es tenebroso y angosto." ("Carta a Ángel Rama" 375)

De este párrafo vamos a destacar algunos aspectos esbozados por Arguedas, sobre los cuales enfocaremos buena parte de nuestro trabajo: la presencia del niño, su dualidad cultural (mundo indígena/mundo cristiano-feudal) y el hecho de que estos textos vengan a reflejar un proceso de aprendizaje, "tenebroso y angosto", que si bien, en primera instancia, es un acercamiento a lo amoroso-sexual, conlleva también una mirada interrogadora sobre otros ámbitos relacionados con éste: la figura de la mujer frente al hombre, la violencia, el abuso de poder, la desigualdad social, etc..

*Amor mundo* está compuesto por un cuarteto de relatos, titulados "El horno viejo", "La huerta", "El ayla" y "Don Antonio". Lo primero que queremos señalar es cómo, aunque cada uno de ellos puede leerse como un texto independiente, los cuatro mantienen una unidad no habitual en los libros de cuentos modernos. Primero, el tipo de narrador es coincidente en todos ellos. Además, según hemos indicado, el protagonista es siempre el niño Santiago, quien se encuentra rodeado de un grupo de personajes que aparecen en varios cuentos y que sólo son presentados en su primera intervención (después, se da por supuesto que el lector ya los conoce). También el contexto que le rodea es el mismo (la sierra en los tres primeros y su llegada a un pueblo de la costa en el cuarto).

Además, esta reaparición de elementos está diseñada de tal forma que nos va indicando una sucesión cronológica entre los distintos relatos. Los hechos ocurridos en cada cuento son siempre anteriores a los que se narran en los siguientes. Por ejemplo, al final de "El ayla" el pensamiento verbalizado de Santiago nos anuncia el comienzo del siguiente, "Don Antonio":

> "Padre Arayá, en nombre del Hijo, del Espíritu Santo... Me voy a la costa... Que me coman el corazón los gusanos o yo me los comeré a ellos..."
>
> Se despidió de la montaña en la plaza. ("El ayla", *Relatos completos* 170)
>
> Por la noche, cuando cruzaba la calle principal del pueblo para ir donde Don Antonio, el camionero que lo llevaría a la costa, vio que dos jóvenes señores cantaban a dúo al pie de un balcón. ("Don Antonio", *Relatos completos* 171)

Como conclusión, nos damos cuenta de que *Amor mundo*, más que estructurarse como un libro de cuentos, se nos plantea como una misma narración dividida en cuatro capítulos, que suponen cuatro acercamientos a una misma problemática: el descubrimiento de la sexualidad por parte de un adolescente en el interior de un mundo culturalmente heterogéneo y conflictivo. Así pues, sólo quien ha leído todo el libro podrá obtener una visión completa de cada uno de los textos que lo conforman.

Según creemos, esta estructura discursiva acentúa uno de los pilares que ya hemos apuntado como fundamentales del libro: su "autenticidad", su "vivencialismo". Esa coherencia interna consigue crear un mundo que se vuelve a hacer presente en uno y otro cuento, haciendo que, de algún modo, trascienda los límites de la ficción.

## 2. La cultura blanca y la cultura indígena: dos modos de asumir la sexualidad

### 2.1. *La iniciación sexual del niño Santiago*

Hemos de comenzar dividiendo en dos grupos los cuatro cuentos que componen *Amor mundo*: por una parte, estarían aquellos donde se nos presenta el modo de entender la sexualidad que poseen los personajes blancos ("El horno viejo", "La huerta" y "Don Antonio"); por otra, encontramos un relato titulado "El ayla", donde se nos perfila esta temática desde la experiencia de la comunidad india.

La característica fundamental del primer conjunto radica en que todas las prácticas eróticas relatadas son violentas, vejatorias, perversas. En "El horno viejo" asistimos a la violación de Doña Gabriela y, más tarde, de Doña Gudelia por parte de "el caballero" (a quien en cuentos posteriores conoceremos como "Don Guadalupe"). Este se nos presenta como alguien cruel, despótico, que disfruta imponiendo su voluntad y su fuerza física sobre los más débiles. Para él, la sexualidad supone una demostración de poder en la que la mujer ocupa el lugar de la víctima. Así, mientras se echa encima de Doña Gudelia ayudado por Faustino, le dice a éste: "Mejor si se queja, Faustino. Más gusto al gusto" ("El horno viejo", *Relatos completos* 153).

Pero, aparte de este uso de la violencia, Don Guadalupe es llamado "anticristo" en el primero cuento por otra razón que nos interesa ahora destacar: por su intención de pervertir a Santiago. El obligarle a asistir a sus correrías nocturnas le produce también un cierto placer. De ahí, sus reiteradas intervenciones animando al muchacho a que mire, a que observe, a que aprenda.

> Prendió un fósforo.
> –Mira, Santiago –dijo.
> Sólo un calzoncillo largo le cubría las piernas.
> –Ahora me acuesto. Ahora oyes. Si quieres ver, ves. Aquí tienes el fósforo. ("El horno viejo", *Relatos completos* 147)

Esta cruel iniciación le dejará una huella muy profunda,[3] desequilibrando sus inocentes presuposiciones sobre la relación hombre/ mujer. Como consecuencia, comienza a preguntar por este tema a otros personajes, siempre masculinos. Destaca su conversación con Ambrosio en "La huerta", con el cura en este mismo relato, con un muchacho indígena en "El ayla" y, sobre todo, con Don Antonio en el último cuento del libro.

Estos diálogos no consiguen sino confundir aún más al muchacho, cuya concepción de la mujer como un ser limpio y angelical comienza a ser cuestionada por estos personajes adultos. Veamos los comentarios que a este respecto aparecen en "La huerta". Así se expresa Santiago:

> La mujer es más que el cielo; llora como el cielo, como el cielo alumbra... No sirve la tierra para ella. Sufre. [...] ¡Maldecida, no; abusada, pateada, emborrachada. Sólo el hombre asqueroso patea el cielo, también lo emborracha, alcanza con su mano embarrada al ángel... a la niña, a la señora... a la flor! ("La huerta", *Relatos completos* 157-158)

---

[3] En "La huerta", Ambrosio se refiere a él, destacando ese desequilibrio mental causado por la influencia de Don Guadalupe: "Es loquito, de razón. Criado por ese hombre" (156) y también en "El ayla" el muchacho con el que Santiago habla le dice: "A ti te conocemos. Te ha pateado, dicen, don Guadalupe, cuando eras criatura. –No me ha pateado. Me ha llevado... a la candela del cementerio. –La candela del cementerio del pueblo de don Guadalupe quema feo, por siempre" (166-167).

En cambio, Ambrosio, el guitarrista, opina:

> Ella, la pobre Hercilia, espera no más. Es linda. Pero, ¿por qué dices que la mujer es más que el corazón y que es mejor que estrella? A veces son como patada de burro de feas y mejor que Lucifer de malas. ("La huerta", *Relatos completos* 155)

Ahora bien, además de este aprendizaje basado en las afirmaciones o los consejos de esos "maestros" circunstanciales, Santiago vivirá su primera experiencia sexual dentro de los esquemas de esa concepción sucia y culpable. Será en el cuento "La huerta" donde se nos narren sus fugaces encuentros con la borracha Marcelina, una mujer por la que el chico siente a la vez asco y atracción. Siempre se propone no regresar al lugar donde sabe que ella estará, pero termina yendo, empujado por una fuerza que no puede controlar:

> Pero a los pocos días regresó a la huerta, a la misma hora. Se echó bajo el mismo sauce, entre la cortina de las ramas que parecían cabelleras de lágrimas. La borracha Marcelina también vino, se alzó la pollera, orinó, llamó al muchacho. Santiago fue hacia ella, casi corriendo. Y se dejó apretar más fuerte y más largamente que la primera vez, se revolcó e, igual que entonces, fue ella quien lo arrojó, y se marchó luego de mirarlo como se mira a los huesos botados. [...]
>
> ¿Cuántas semanas, cuántos meses, cuántos años estuvo yendo de la huerta al Arayá? No se acordaba. En el camino maldecía, lloraba, prometía y juraba firmemente no revolcarse más sobre el cuerpo grasiento de la Marcelina. Pero la huerta se hacía en ciertos instantes, más grande que todos los cielos, que los rayos y la lluvia juntos, que el padre Arayá; esa huerta con su sauce llorón, con ese hedor, con los orines de la borracha, más poderosa. Y cada vez le atacaba el anhelo de ir donde el padre Arayá, cuando los pelos de la Marcelina se erizaban y de allí brotaba algo como el asco del mundo. ("La huerta", *Relatos completos* 161-162)

Queremos ahora dirigir nuestra atención hacia el cuento "El ayla", aquel en que se nos presenta este ritual indígena, descrito a través de la mirada de Santiago. En este caso, la práctica sexual no es algo individual, sino que surge en la colectividad, rodeada de todo un ceremonial que incluye invocación a los dioses por parte de los *aukis* (sacerdotes de la comunidad), música y danza. En este caso, el encuentro sexual se produce en un contexto luminoso, alegre, con una naturaleza expresiva y regocijada. Veamos cómo le explica un mozo comunero a Santiago el porqué de ese ritual:

> Por mando del corazón y por mando del gran padre Arayá jugamos; sembramos de noche. Bonito.

"Jugar", "sembrar": estos verbos reflejan el carácter gozoso, pero también necesario, de este ritual. Ya no se trata de un impulso violento y dañino: aquí nos encontramos en el ámbito de lo sagrado, de lo que se desarrolla en un lugar y un momento específicos, siguiendo una serie de pasos prefijados por la tradición de los antepasados. Por eso, la sexualidad en este caso es "natural", está en consonancia con los ritmos de la colectividad que la practica.

2.2. *Lo instintivo-animal; lo sagrado-religioso*

Tras haber planteado someramente la clara diferenciación que presenta Arguedas entre las prácticas de un sector y otro de esta sociedad, queremos ahora adentrarnos en los que consideramos los dos puntales básicos de su concepción sobre la sexualidad: su carácter instintivo, animal, y su relación con lo religioso/sagrado.

Uno de los aspectos que más llama la atención al leer *Amor mundo* es cómo los personajes son incapaces de resistirse al poder del deseo sexual. Su dominio resulta tan incuestionable que, incluso cuando consideren que están haciendo algo inmoral o antirreligioso, los protagonistas no podrán sustraerse a esa atracción. Quien más claramente nos muestra lo inevitable de ese impulso es el niño Santiago, pues él acaba de descubrir esa faceta de sí mismo y se encuentra perdido y confuso.

Esa llamada de lo sexual nace desde la parte instintiva, "animal", del hombre. Por eso, no es extraño que encontremos en estos textos reiteradas metáforas zoológicas para referirse al comportamiento y los gestos del ser humano durante el coito. Tomamos varios ejemplos de "El horno viejo", "La huerta" y "Don Antonio":

> Calla, cacanuza; esta mujer se resiste como vaca de esas que saben que las van a degollar, cuando otras veces era paloma caliente. ¡Calla perro! ("El horno viejo", *Relatos completos* 147)
>
> Hercilia hace años que espera que alguien le "haga el favor". Yo se lo hice una vez. ¡Sí, se lo hice! Y no era ángel, era una yegua retorciéndose de felicidad. Casi me destronca. ("La huerta", *Relatos completos* 156)
>
> "Ambrosio animal, Ambrosio chancho que persigue chanchas, que hace chorrear suciedad a las chanchas, montándolas. Ambrosio anticristo". ("La huerta", *Relatos completos* 157)
>
> Yo... hijito, le pego a mi mujer cuando estoy borracho, duro le doy y después me echo sobre ella como cerdo mismo. ("Don Antonio", *Relatos completos* 174)

> Don Antonio bailaba con una mujer alta; él la besaba en el cuello, parecía que la mordía como culebra, y la mujer reía. ("Don Antonio", *Relatos completos* 178)

Como es posible comprobar, los animales con quienes se compara el comportamiento del hombre, o bien poseen una connotación negativa en nuestra tradición (el cerdo –chancho–, la culebra), o bien denotan violencia (yegua desbocada), sumisión (vaca)... Es decir, nunca remiten a ideas positivas: si la sexualidad es vista como algo sucio, aunque instintivo, también deben remitir a ese ámbito semántico las metáforas que la representan.

Por otra parte, además de esta referencia discursiva, hallamos también momentos en que la presencia concreta de animales viene a vincularse con la temática sexual que estamos analizando. Nos referimos al episodio con el hechor en "El horno viejo" y al de los novillos de "Don Antonio".

En el primero de los casos, asistimos al apareamiento entre el burro y una yegua, del que es testigo Hercilia, quien a su vez es observada por Santiago.

> El garañón se lanzó a la carrera, rebuznando con un júbilo que dejó rígido el rostro de la joven. Porque el burro enorme iba con su miembro viril aún más enorme a embestir a una yegua que estaba al otro lado del muro del corral, a pocos metros de la señorita, que apenas tenía dieciséis años. La yegua sintió la carrera del burro y empezó a retroceder, abriendo la boca, mostrando los dientes; echando a un lado el rabo. El garañón le hundió el miembro; mordió en el lomo a la yegua.
>
> [...] Sí, ella, la hija del hacendado, cantaba mejor que las calandrias, pero en ese instante, viendo el asalto y los movimientos del garañón, su rostro enrojeció desde dentro, como lirio blanco que se transformara, de repente, por quemazón, en un trozo de crepúsculo que es la luz roja de uno mismo más que del sol y del cielo. "Así es, así es, así es, perdón, Diosito", dijo la niña, sin darse cuenta. ("El horno viejo", *Relatos completos* 149-150)

Nos parece interesante este momento, por la reacción de la muchacha: de una parte, Hercilia se siente "asquerocienta" por haber mirado con tanta atención la embestida del burro y haberse excitado, pero a la vez esa respuesta fisiológica ha sido inevitable, ha surgido desde lo más profundo de ella. Tengamos en cuenta, además, que esa visión del garañón y la yegua no es pecaminosa o degenerada en sí misma; es la mirada de Hercilia, sus palabras y su reacción física lo que la convierte en algo tan sucio y pervertido que lleva a la muchacha a autocastigarse:

> Y como el muchacho se perdió a los pocos minutos en el recodo del callejón, cerca del río, ella también corrió, pero hacia la capilla de la hacienda. Subió al coro. Abrió una alacena donde guardaban los látigos para los "martirios" del Viernes Santo. Se alzó el traje y, llorando, empezó a flagelarse con furia. ("El horno viejo", *Relatos completos* 150)

La otra escena a la que nos referimos anteriormente se encuentra en el último cuento de *Amor mundo*. Don Antonio le confiesa a Santiago, con vergüenza y rabia, que es hijo ilegítimo del viejo Aquiles, un patrón que dejó embarazada a su madre; inmediatamente después descubre que uno de los novillos que lleva en el camión está muerto. Desata entonces contra él toda su violencia:

> El chófer arrancó una rama del árbol y empezó a punzarle los ojos al novillo muerto.
> –¡Te matara, carajo!
> Dio una vuelta al camión y trató de meter la rama bajo el rabo de la bestia.
> –Así, como dicen que ese viejo le hizo a mi madre... ("Don Antonio", *Relatos completos* 177)

Como vemos, entonces, tanto en un caso como en el otro, se traspasa a los animales esos sentimientos negativos, culpables, que generan la práctica sexual en una sociedad desigual y conflictiva como es la peruana.

Detengámonos en el aspecto más caracterizador de la noción de sexualidad que Arguedas plasma en sus relatos: su vinculación con lo religioso. Y queremos hacerlo citando cómo define Don Guadalupe sus encuentros eróticos, siempre signados por la agresión y la violencia: los llama "lo más grande de Dios" (147) y él mismo le dice a Santiago una frase que consideramos digna de análisis: "[Te llevo] adonde has de aprender lo que es ser lo que sea" (146). Este sintagma extraño, formado sobre la repetición del verbo "ser", consigue destacar el carácter esencial, difícilmente verbalizable, del encuentro amoroso. Es como si nos estuviera presentando un "significado puro", en el sentido de que no hay un significante que lo pueda nombrar. Como veremos, ésta es una tendencia que se da en todo el libro: los personajes y el narrador utilizan siempre metáforas o circunloquios para referirse a lo sexual.

Esas dos características definitorias, su inefabilidad y su poder sobre la voluntad humana, convierten al impulso sexual en una fuerza primitiva, atemporal y casi sagrada. Es por eso que el individuo necesita imbricarla con la religión: ese otro espacio de lo indecible, de lo "necesario". Ahora bien, el cristianismo, que no acepta la práctica sexual si no conlleva una finalidad procreadora, ha definido ese instinto como pecado e insta a sus fieles a apartarse de él. Esta es la razón por la que los personajes emparentan una y otra vez lo erótico con lo demoníaco y la vivencia sexual con el infierno, sintiendo la necesidad de pedir perdón a Dios, de rezar, de flagelarse, durante y después del encuentro amoroso. Citemos, por ejemplo, el párrafo donde Don Antonio le explica a Santiago cómo es la atracción que el hombre siente por la mujer:

> Los ojos de la mujer, hasta sus manos, su pelo también, es obra de nuestro Dios, pero su cosa... ¡ahí está el asunto enredado! Porque el cura dice que el pecado más mortal, según el caso. Y el hombre quiere ver la cosa de la mujer, quiere mucho y... en cuanto la ve, ansias como de purgatorio, quizá de infierno, te atacan. Te quitan la ilusión, hijo, y la sangre se te envenena de vicio. ¿Qué es vicio? Dicen. Vicio es gozar más de lo debido y como no es debido. Pero ahí está el goce grande, hijo, el goce que te quema el hueso ¡y uno se revuelca en lo más dulce como en ceniza del demonio! ("Don Antonio", *Relatos completos* 175)

Si seguimos escuchando a este personaje, nos percatamos de que este sector de la sociedad peruana se encuentra absolutamente confundido con respecto a lo que la iglesia legitima y lo que no. Así lo vemos cuando este camionero le habla al muchacho de cómo han de ser las relaciones dentro y fuera del matrimonio.

> Yo creo, muchacho, que la puta a veces goza más que la mujer d'iuno. Y todavía recibe su plata. En Nazca, en Ica hay puta cariñositas. La mujer d'iuno ¿cuándo va a acariñar al marido? Eso se ve mal, hijo. La esposa tiene que echarse quietecita y tú también, con respeto [...]
>
> Y la querida está entre la puta y la esposa bendecida... Y uno también está entre el infierno y el cielo, gozando. Uno, pues, puede hacer esas cosas que dicen que están contra la Iglesia. Porque ella, la querida, no es casada o tú no eres casado; porque si los dos son casados, ya eso es el infierno purito. Digo... por las queridas uno hace hazañas lindas, por la santa esposa es obligación tranquilo. Sólo cuando hay borrachera. Yo... hijito, le pego a mi mujer cuando estoy borracho, duro le doy y después me echo sobre ella como cerdo mismo. Y ella llora y ¡Jesús me perdone! pero me abraza llorando y todo. ¡Las cosas que hay! En eso de ajuntarse con la mujer el hombre no es hijo de Dios, más hijo de Dios son los animalitos. Hay confusión cuando uno quiere meterse con una mujer... ("Don Antonio", *Relatos completos* 173-174)

Así pues, en palabras de Vargas Llosa, "en estos relatos hacer el amor no es jamás una fiesta en la que una pareja encuentra una forma de plenitud [...] sino un impulso gobernado por oscuras fuerzas a las que es difícil desobedecer y que precipitan al que cede a ellas en un pozo de inmundicia física y moral" (Vargas Llosa, *La utopía arcaica* 93-94).

Frente a este mundo blanco y cristiano, la cosmovisión quechua, según la imagen que nos perfila Arguedas, mantiene una conexión pacífica entre el ámbito sexual y el religioso. Recordemos que "El ayla" comienza con la descripción de una ceremonia dirigida por el sacerdote más importante, el *Auki* Mayor, en la que éste se pone en contacto con los dioses para pedirles que sean generosos con los comuneros. Seguidamente, comienza el ritual del *ayla*. En todo momento, nos damos cuenta de que el modo en que esa comunidad se comporta no es casual: todo está marcado por la tradición de los antepasados.

> Después bajaron la montaña todos, entonando himnos en lugares señalados desde unos mil años antes. Fueron recibidos por comuneros a la entrada del estanque; comieron ceremonialmente todos, luego de haber adorado la cruz del Auki Mayor, y ahora iban a bajar al pueblo, a los barrios y ayllus de la capital del distrito.
>
> [...] Los hombres danzaban. Los Aukis y los mayores cabildos, padres de familia, habían bebido durante dos días. Tenían los ojos densos, pero en ellos el ayla se retrataba. El Auki contempló la fila de los solteros que descendía hacia el pueblo, como si él fuera la montaña. Estaba tranquilo, sin rabia, sin movimiento, alcanzando con sus ojos pesados en que la luz se concentraba, todos los confines de las pertenencias de la comunidad. ("El ayla", *Relatos completos* 165)

Los párrafos citados nos perfilan una de las bases de la religiosidad quechua, que influye también en su noción de lo sexual: su vínculo profundo con la naturaleza. Entender la copulación como "siembra" conecta al hombre con el ámbito natural y le hace formar parte de sus ciclos reproductivos; es por eso que dicha práctica se lleva a cabo en un contexto determinado, en un lugar específico y en un tiempo concreto. Como consecuencia, no despierta entre los jóvenes ningún tipo de remordimiento ni sentimiento confuso: para ellos este ritual, el *Ayla* forma parte de su vivencia colectiva y está legitimado por la naturaleza y los dioses.

Por tanto, nos parece coherente que, en este caso, los animales que acompañan o simbolizan esta ceremonia pertenezcan a un ámbito semántico positivo. Se trata de aves, seres libres, por tanto, alados, emparentados con la luz y lo etéreo: las muchachas son "palomas", los muchachos "gavilanes".

3. La figura del niño y la voz del narrador

No queremos finalizar este artículo sin analizar las que son, en nuestra opinión, las estrategias discursivas que Arguedas utiliza en este conjunto de relatos con la finalidad de insertar la cosmovisión quechua y hacerla verosímil ante la mirada de un lector occidental. Ya comentamos al inicio de este trabajo que este autor peruano hubo de constuir los moldes que le permitieran "volcar" ese "caudal" del mundo indígena. Pues bien, según creemos, en *Amor mundo,* los dos mecanismos fundamentales para ese proceso son la elección de un niño como protagonista y la creación de un tipo de narrador dual y complejo.

Empecemos con la figura de Santiago. Dos características fundamentales lo definen: por una parte su ingenuidad, su mirada inocente y permeable, y, por otra, el hecho de que no pertenezca completamente ni al ámbito occidental ni al indígena. Él mismo reconoce su inautenticidad cultural, con palabras muy sencillas pero muy elocuentes:

> "Será que me sucede esto porque no soy indio verdadero; porque soy un hijo extraviado de la Iglesia, como el cura me dice, rabiando..." ("La huerta", *Relatos completos* 162)[4]

Como sabemos, Arguedas tiene predilección por este tipo de protagonista infantil, y se ha afirmado con razón que este arquetipo es "el elemento estructural más importante que Arguedas emplea en su presentación del orbe andino" (Urrello 98).

Por otra parte, también se ha resaltado cómo este uso de una mirada infantil le aporta al relato determinadas connotaciones que no podrían darse con la misma intensidad desde la perspectiva del adulto: la exaltación emocional, la actitud interrogante, el paso de la alegría a la tristeza sin transición, la percepción sorprendida y fascinada de la naturaleza, etc. Así lo explica el mismo Urrello:

> Hay otras razones en la elección de este portavoz. Si por un lado el procedimiento reduce los límites del mundo narrado al punto de vista infantil, por otro lado enriquece prodigiosamente el ámbito poético y sobrenatural de ese mundo. No hay duda de que el autor se propuso encontrar el más adecuado instrumento, fino, incontaminado, tierno y bueno, capaz de iluminar afectivamente, por dentro, el universo indio,

---

[4] No es la primera vez que este tipo de niño-protagonista reconoce su falta de identidad, debida a esa dualidad: Juan, en el cuento "Los escoleros" (de *Agua*) se llama a sí mismo "mak'tillo falsificado".

> universo dotado de idénticos atributos de incontaminación, pureza y ternura. La ingenuidad infantil, la virginidad mental de "tabula rasa" es propicia a la asimilación directa del sentido recóndito de sus aspiraciones, la complejidad de su sistema de creencias, del mismo modo que la delicada articulación de sus afectos y desafectos. (Urrello 106)

Sin embargo, queremos aclarar que este uso de un "adecuado instrumento" es, de nuevo, significativo del esfuerzo de Arguedas por llevar el mundo quechua hasta la comprensión del sector blanco. Es decir, la utilización de esta figura revela la necesidad del autor peruano de hacer verosímil un tipo de actitud que la mentalidad occidental no aceptaría como propia de un adulto. Pero no olvidemos que las características que definen a Santiago –percepción mágica de la naturaleza, capacidad para comunicarse con ella, necesidad del mito, emotividad, etc.– se dan en toda la comunidad quechua: son la base de su cosmovisión. Así pues, el hecho de que Arguedas elija una y otra vez a un niño para encarnar ese tipo de pensamiento nos descubre dos cuestiones fundamentales: primero, una estrategia, al hacer uso del mejor vehículo para que el lector occidental acepte como posibles esos mecanismos mentales; segundo, un sacrificio, al tener que limitarlos a lo infantil, es decir, a lo marginal, y no poder manifestarlos como lo que realmente son: la forma de comprender la realidad que practica una comunidad entera, de forma cotidiana, sin sentirla como "extraña" o "ingenua".

Ahora bien, existe otro factor clave, a través del cual Arguedas es capaz de presentarnos ese universo quechua: la figura del narrador. Vamos a ver cómo, a pesar de que se inserta en un soporte escrito (occidental) y de que se expresa en español, el autor consigue otorgarle un tipo de mirada que coincide, en varios aspectos, con la cosmovisión indígena: la convierte así en una "instancia transculturadora".[5]

Se trata, a primera vista, de una voz narrativa anónima, en tercera persona. No obstante, su particularidad radica en que maneja dos opciones diferentes: bien puede presentarnos una visión externa y objetiva de las situaciones (y, en ese caso, si reproduce las palabras o el pensamiento de alguien lo entrecomilla, apartándolo claramente de su propio discurso); o bien puede insertarse en las vivencias del protagonista, Santiago, hasta llegar, en algunas ocasiones, a mimetizarse con él y reflejar sus emociones

---

[6] Según creemos, este mismo mecanismo lo utiliza Arguedas en algunos otros de sus relatos. Ver nuestro artículo "El narrador como instancia transculturadora en 'La agonía de Rasu-Ñiti'", citado en la bibliografía.

sin transición alguna, como si le pertenecieran, es decir, sin separarlas de su propia verbalización. En esos momentos, su discurso incluye exclamaciones, preguntas, inseguridades...: el narrador se empapa de ese carácter ingenuo y emotivo que habíamos descrito como propio del muchacho. Recogemos dos fragmentos donde se dan ambas formas de enfoque sobre Santiago, el distanciado y el interno:

> Allí la luz jugaba hondo; los hombres no podían reconocer bien los colores que ardían unos como consolando, otros como abriendo precipicios en el corazón mismo, tanto de las criaturas cual de los viejos. ¿Cuántos y qué colores? Del negro al amarillo cegador, hasta hundirse en lo que llamamos tiniebla. Así también la nieve del Arayá.
>
> Santiago quedó tranquilo hablándole a la nieve: "Tú no más eres como yo quiero que todo sea en el alma mía, así como estás, padre Arayá, en este rato. Del color del ayrampo puro. ¡Ahora sí me regreso!" ("La huerta", *Relatos completos* 161)
>
> El muchacho estuvo mirando al sauce llorón largo rato. "Tú no eres como la Marcelina, tú eres como las otras..." Se levantó aturdido; escaló el muro y saltó después hacia la calle. Con el vientre todavía sacudido corrió hacia el pequeño río. [...] ¡Ahí estaba, pues, la hermosura limpia, la que la gente no podía conseguir para ella! [....]¿Cuántas semanas, cuántos meses, cuántos años estuvo yendo de la huerta al Arayá? No se acordaba. ("La huerta", *Relatos completos* 162)

Además de esto, queremos destacar cómo el narrador mantiene en todo momento una atención especial, asombrada, hacia la naturaleza, no sólo en aquellos momentos en que sus palabras dependen del personaje infantil. Como sabemos, los paisajes naturales resultan una presencia fundamental en todas las obras de Arguedas.[6] Pues bien, en *Amor mundo* son precisamente el niño y el narrador (a veces por separado, a veces desde una mirada común) quienes le otorgan a ese espacio categoría de ser vivo, de ser elocuente.[7]

> Su cuerpo deforme, su cara rojiza, se hizo enorme ante los ojos de Santiago. Y sintió que todo hedía. La sombra de los sauces, las hojas tristes del árbol que parecía llorar por todas sus ramas. El alto cielo tenía color de

---

[6] Véase, Martínez Gómez; Paoli; Rouillón.

[7] Gladys Marín destaca, en este sentido, la tendencia de estos cuentos a presentar una naturaleza animada, donde, por ejemplo, "los animales son criaturas conocedoras de la bondad y la cantan: los zorzales entonan largas melodías, los grillos cantan en la noche, el eucalipto habla, el sauce llora, la flor de kantu sangra de alegría, los patos cantan" (Marin 229).

> hediondez. No quiso mirar al Arayá, la montaña que presidía todo ese universo de cumbres y de precipicios, de ríos cristalinos. Escaló el muro, tranquilo. Fue corriendo hacia el arroyo que circundaba el pueblo.
>
> No pudo lavarse. Se restregaba la mano y la cara con la brillante arena del remanso; alzaba las piedras más transparentes desde el fondo del pequeño remanso y se frotaba con ella. Esas piedras recibían el viento, el ojo de los pájaros, la nieve más alta del Arayá, el río grande, la flor del k'antu que sangraba de alegría en la época de más calor. ("La huerta", *Relatos completos* 158)

> Se quedó pensativo. La montaña de arena, por un costado del camino y las rocas feas, no lúcidas sino cubiertas de polvo, del otro lado de la quebrada, ardían sordamente, como bebiendo el sol para lanzarlo después sobre el cuerpo de los animales y de la gente, en forma de sed, de quemazón por dentro, no como el sol de la altura. ("Don Antonio", *Relatos completos* 174)

Profundizando más en esa correspondencia interna, podemos ver que elementos como las montañas, los ríos o el sol van a servir habitualmente como bellos símiles para representar gestos o comportamientos humanos.

> El llanto de la mujer se hizo más claro, como el de esos escondidos hilos de agua que a veces bajan millares de metros de altura entre precipicios negros, de roca sin yerbas. ("El horno viejo", *Relatos completos* 148)

> Ambrosio vio que el rostro del muchacho cambiaba como cuando el cielo se enfurece de repente en los Andes. Se levantan nubes entre rojas y oscuras; aparecen no se sabe de dónde, siempre por la espalda de las montañas más altas, y empieza a llover el mundo o, simplemente, las nubes se quedan en el cielo moviéndose, inquietando a la gente y a los animales. ("La huerta", *Relatos completos* 156)

Como vemos en este último fragmento, hallamos comparaciones en las que el elemento imaginario termina poseyendo más protagonismo que el real: como si este último fuera sólo un pretexto para incluir una nueva descripción paisajística.

Por último, queremos destacar otra particularidad de esa voz narrativa: su capacidad para pasar de lo mínimo a lo cósmico. Existe una tendencia a referirse a lo universal, como si, a través de cada detalle de esa naturaleza elocuente, el hombre fuera capaz de asumir "el mundo".

> El olor del caballo es el olor del mundo. ("El horno viejo", *Relatos completos* 151)

> Al salir de la plaza y entrar a una calle muy angostas el mundo se dividió en suelo y cielo. ("El horno viejo", *Relatos completos* 152)

> [...] cuando los pelos de la Marcelina se erizaban y de allí brotaban algo como el asco del mundo. ("La huerta", *Relatos completos* 162)

> La luna alumbraba como si el mundo, de veras, se hubiera vuelto algo transparente. ("El ayla", *Relatos completos* 167)

Las especificidades propias de este discurso han llevado a la crítica a hablar de "lirismo" o de "poeticidad" en la obra de Arguedas. Pero, según creemos, asignarle estos términos significa, de nuevo, trasladar su propuesta a los moldes de pensamiento occidental. Por ejemplo, citemos la opinión que a este respecto defiende Urrello:

> El espíritu indio, quebrantado en la superficie, conservaba en sus profundidades las fuerzas y los recursos anímicos que sólo un poeta de la sensibilidad de José María Arguedas podía hacerlos aflorar. (Urrello 93)

Nosotros creemos que el proceso de Arguedas es el opuesto: no es que por ser "poeta" podía revelar el "espíritu indio", sino que por ser poseedor de ese espíritu, no podía evitar que sus textos, leídos desde una mirada occidental, resultaran poéticos. Es decir, la particular voz del narrador no se debe a un esfuerzo estilístico, lírico, sino que es fruto de su pertenencia a la mentalidad indígena. Para esta última, considerar al hombre en comunión con la naturaleza no supone un "desvío" de la norma (como se ha definido en ocasiones lo poético); significa, al contrario, su vivencia cotidiana.

Por último, queríamos apuntar cómo, en los textos que componen *Amor mundo,* esa influencia de la cosmovisión quechua se refleja textualmente en una característica que nos parece muy interesante: descubrimos una especie de timidez a la hora de referirse al acto sexual o a los órganos genitales del cuerpo masculino o femenino. Tanto los personajes como el narrador mantienen una actitud pudorosa en su uso del lenguaje, recurriendo a metonimias, símiles o claras elipsis cuando tienen que mencionar alguno de estos temas. Por ejemplo, don Antonio habla de "la cosa" de la mujer o de "ajuntarse" con ella ("Don Antonio", *Relatos completos* 174). Citemos algunos casos en los que es la voz narrativa la que mantiene ese tendencia hacia el ocultamiento:

> Y empezó el forcejeo. Sobre la cama de madera, bien ancha, el hombre y la mujer peleaban. ("El horno viejo", *Relatos completos* 147)

> "¡Ven, ven pues!", volvió a decir, mostrando su parte vergonzosa al chico. ("El huerto", *Relatos completos* 158)

> Santiago fue hacia ella, casi corriendo. Y se dejó apretar más fuerte y más largamente que la primera vez, se revolcó, e igual que entonces, fue ella

> quien lo arrojó, y se marchó luego de mirarlo como se mira a los huesos botados. ("La huerta", *Relatos completos* 161)
>
> Y Santiago vio que el mozo que estaba cerca de él le alzaba el traje a la muchacha, mientras ella hacía como que se defendía, luego se quedó quieta, completamente inmóvil, mientras el joven se revolvía sobre ella. Hasta el sitio ese, donde estaba oculto Santiago, llegaban silbidos, gritos, vocería, no como de gente, sino como de aves que pretendieran hablar como gente. ("El ayla", *Relatos completos* 168-169)

Nunca se produce la referencia explícita, como si el discurso coincidiera en convertir al ámbito sexual en un tabú: algo cuyo nombre no puede decirse directamente. Por este mecanismo léxico, tanto el narrador como los personajes colaboran en crear un halo de sacralidad en torno a la práctica erótica, de tal modo, que la propia forma discursiva viene a incidir en esa "religiosidad" de lo sexual que comentamos en el anterior capítulo.

## Conclusiones

A lo largo de este trabajo hemos intentando analizar el libro de cuentos *Amor mundo*, centrándonos en cómo, a partir de una temática concreta, la iniciación sexual de un niño culturalmente dual, José María Arguedas consigue presentarnos una sociedad totalmente sesgada entre el mundo blanco y el mundo indígena. Una sociedad, además, marcada por la desigualdad social y por la carencia de una señas de identidad propias, tanto religiosas como morales. Las únicas comunidades que no responden a esos parámetros negativos son aquellas que han conseguido conservar su identidad cultural, representadas en el cuento "El ayla". De este modo, el autor peruano llega a presentarnos, desde su mirada crítica, la conflictiva realidad del Perú que él mismo vivió.

Ahora bien, hemos querido destacar cómo, además de plasmar esta temática de una forma directa en su obra, esta le sirve para llevar a cabo un proceso más profundo y más interesante: el de revelar, a través de la utilización de un vehículo propio de la cultura occidental (el cuento escrito en español), algunas de las especificidades propias del mundo quechua. Como hemos visto, para ello utiliza determinadas estrategias discursivas; sobre todo, la utilización de un protagonista-niño y la construcción de un narrador que actualiza en su discurso las pulsiones del mundo quechua. Estas dos figuras, según hemos visto, funcionan, formalmente, como mecanismo de engarce entre el mundo blanco y el indio, a pesar de que los cuentos, en su tratamiento temático, los presentan como irreconciliables.

No obstante, estos dos elementos indican también un factor que no debemos olvidar: la imposibilidad de transmitir el mundo quechua sin ese tipo de adecuaciones, de limitaciones y sacrificios; nos descubren, finalmente, que, en su presente, seguía siendo imposible no sólo la traducción entre uno y otro mundo, sino también la comunicación. Esa distancia insalvable es la que Arguedas intenta reducir, creando un puente que resulta artificial, pero que encontramos pleno de lucidez, de belleza, de compromiso vital y de anhelo de futuro.

## Bibliografía

Aibar Ray, Elena. *Identidad y resistencia cultural en las obras de José María Arguedas*. Lima: Pontificia Universidad Católica del Perú, 1992.

Arguedas, José María. "No soy un aculturado". *Suplementos Anthropos* 31 (1992): 40-41.

_____ *Relatos completos*. Madrid: Alianza, 1988.

_____ "Carta a Ángel Rama". *El zorro de arriba y el zorro de abajo*. Eve-Marie Fell, coord. Madrid: UNESCO/Ministerio de Cultura de España y Francia, 1990. 375.

Castro Klarén, Sara. "Testimonio. José María Arguedas". *Hispamérica* 10 (1975): 45-54.

Cornejo Polar, Antonio. *Escribir en el aire. Ensayo sobre la heterogeneidad socio-cultural en las literaturas andinas*. Lima: Horizonte, 1994.

_____ *La formación de la tradición literaria en el Perú*. Lima: Centro de Estudios y Publicaciones, 1989.

_____ "Condición migrante e intertextualidad multicultural: El caso de Arguedas". *Revista de Crítica Literaria Latinoamericana* XXI/42 (1995): 101-109.

_____ "Una heterogeneidad no dialéctica: sujeto y discurso migrantes en el Perú moderno". *Revista Iberoamericana* LXII/176-177 (julio-diciembre 1996): 837-844.

_____ "Mestizaje e hibridez: los riesgos de las metáforas". *Revista de Crítica Literaria Latinoamericana* XXIV/47 (1998): 7-11.

González Galo, Francisco. *Amor y erotismo en la narrativa de José María Arguedas*. Madrid: Pliegos, 1990.

Marín, Gladys C. *La experiencia americana de José María Arguedas*. Buenos Aires: Fernando García Cambeiro, 1973.

Martínez Gómez, Juana. "El espacio en las novelas de José María Arguedas. la significación de lo sensorial". *Anales de Literatura Hispanoamericana* 5 (1976): 302-329.

Morales Ortiz, Gracia María. "Sujeto y discurso migrante en Antonio Cornejo Polar y José María Arguedas: dos visiones paralelas de la identidad peruana". *Antonio Cornejo Polar y los estudios latinoamericanos*.

Friedhelm Schmidt-Welle, ed. Berlin: Ibero-Amerikanisches Institut/ Pittsburgh: Instituto Internacional de Literatura Iberoamericana, 2002. 195-210.

____ "El narrador como instancia transculturadora en 'La agonía de Rasu-Ñiti'". *Arrabal* 2/3 (2000): 179-186.

____ "La presencia del pensamiento mágico-mítico en los cuentos de José María Arguedas". *Actas del Congreso Internacional, "Literatura de las Américas. 1898-1998"*. José Carlos González Boixo, Javier Ordiz Vázquez y María José Álvarez Maurín, eds. León: Universidad de León, 2000. 615-628.

____ ""Heterogeneidad" y "totalidad": dos conceptos teóricos de Cornejo Polar aplicados a los textos de Arguedas". *Revista de Crítica Literaria Latinoamericana* XXV/50 (1999): 187-197.

Paoli, Roberto. "La descripción en Arguedas". *Anthropos* 128 (1992): 43-48.

Rama, Ángel. *Transculturación narrativa en América Latina.* México: Siglo XXI, 1985.

____ "José María Arguedas transculturador". *Señores e indios*. José María Arguedas. Buenos Aires: Arca / Calicanto, 1976. 7-38.

Rouillón, José Luis. "La otra dimensión: el espacio mítico". *Recopilación de textos sobre José María Arguedas*. VV.AA. La Habana: Casa de las Américas, 1976. 143-168.

Urrello, Antonio. *José María Arguedas. El nuevo rostro del indio. Una estructura mítico poética.* Lima: Librería-Editorial J. Mejía Baca, 1974.

Vargas Llosa, Mario. *La utopía arcaica: José María Arguedas y las ficciones del indigenismo.* México: Fondo de Cultura Económica, 1996.

____ "José María Arguedas descubre al indio auténtico". *Visión del Perú* 1 (Lima, 1964): 3-7.

# José María Arguedas traductor

*Mónica Bernabé*

*Ándale Río ándale – das vuelta tras vuelta de este mundo al otro – súbete a esta barca – repósate un poco.* E. A. Westphalen. *El niño y el río*

## 1. Artistas de Lima en los años treinta

La Peña "Pancho Fierro" posibilitó la confluencia, en un mismo espacio cultural, de los escritores José María Arguedas, Emilio Adolfo Westphalen, César Moro, Martín Adán, Enrique Peña, Estuardo Nuñez, Sebastián Salazar Bondy, Blanca Varela, Javier Sologuren. Inaugurada en 1936, también fue el lugar que albergó, durante tres décadas, una colección de arte popular andino formada por piezas traídas de los viajes de Alicia Bustamante, su hermana Celia y José María Arguedas, al interior del país donde adquirían máscaras, toros de Pucará, retablos, mates burilados. La colección, producto de intensas búsquedas, constituyó un hecho excepcional porque, en aquel tiempo, lo producido por los serranos carecía de valor en el medio limeño.[1]

Secreta y marginalmente la cultura urbana de la década del treinta fue marcada definitivamente por las primeras obras de los escritores,

---

[1] La información sobre la Peña Pancho Fierro contenida en este trabajo proviene de la exhaustiva investigación sobre la obra de Emilio Adolfo Westphalen realizada por Ina María Salazar y desarrollada en su Tesis para la obtención del Doctorado en la Université François Rebelais-Tours, France.

pintores e intelectuales reunidos en la Peña. En ese período, Arguedas publicó *Agua, Los escoleros, Warma kuyay* (1935); Martín Adán, *La rosa de la espinela* (1939) y las primeras versiones de los sonetos que irán constituyendo su posterior *Travesía de extramares* (1950); Emilio Adolfo Westphalen, *Las Insulas Extrañas* (1933) y *Abolición de la muerte* (1935). Esos años también coinciden con la aventura surrealista de Westphalen y Moro, con la primera exposición surrealista latinoamericana que se realiza en Lima en 1935 y la publicación del único número de *El uso de la palabra* en 1939.

El grupo se caracterizó por la amplitud y heterogeneidad de sus manifestaciones. Un ejemplo de ello es el hecho que en marzo de 1938, antes de su partida hacia México, César Moro expone en la Peña sus pinturas surrealistas. El hecho resulta, al menos, curioso puesto que la radicalidad vanguardista de Moro parece desentonar con un espacio dedicado preferentemente a la exhibición y difusión del arte popular andino patrocinado por Alicia Bustamante, discípula del pintor indigenista José Sabogal. La situación es demostrativa del clima en que se desarrolló la vida artística de Lima cuando, al mismo tiempo que estallaba la bomba surrealista, triunfaban las propuestas del indigenismo ortodoxo en literatura, plástica y música.[2] La Peña facilitó la articulación de un espacio inédito en donde estas disímiles experiencias coinciden, confrontan, conviven y se alimentan mutuamente.

Para reflexionar críticamente sobre las instancias en que Arguedas realiza su formación literaria y su ingreso al, por ese entonces, emergente campo cultural limeño, es imprescindible insertar su actividad intelectual en el marco de las tensiones que articulan ese espacio. Son los años en que las intervenciones de algunos de los artistas e intelectuales próximos a la Peña inician el cuestionamiento al indigenismo cultural y al nacionalismo literario y artístico. El proceso es de largo aliento, pero hay importantes momentos de inflexión. Uno de ellos es la publicación del artículo "A

---

[2] Utilizo la denominación "indigenismo ortodoxo" tal como lo hace Tomás Escajadillo para referir al ciclo narrativo que se desarrolla entre 1920 y 1940 y que se inaugura con la publicación de *Cuentos Andinos* de Enrique López Albújar en 1920 y se cierra, agotadas sus posibilidades, con la publicación en 1941 de *El mundo es ancho y ajeno* de Ciro Alegría y *Yawar Fiesta* de José María Arguedas. Por otro lado, Mirko Lauer, bajo la denominación "indigenismo-2", amplía los alcances de la corriente indigenista al ámbito de la plástica que se inició con la exposición de José Sabogal en Cusco en 1919 y que fue una forma de enfrentar lo académico hasta que en 1932 el mismo Sabogal asume la dirección de la Escuela Nacional de Bellas Artes.

propósito de la pintura indigenista" que firma César Moro en *Uso de la palabra*. El poeta y pintor ataca violentamente a la ortodoxia indigenista por los usos de la cuestión del indio y su pretensión de representar a los sectores oprimidos:

> El indigenismo es la piedra de toque. O se es indigenista o se es un farsante, o se pintan en la forma más primaria y más ajena a la pintura, con la mentalidad más atrasada, indios sin relleno, indios como figurones de feria o se es el afrancesado más perdido que haya podido producir la 'suave patria' sumergida desde hace milenios en la opresión [...] Los pintores indigenistas no creen en el porvenir de los indios ni en su pasado, que desconocen [...] Los pintores indigenistas no creen en la actualidad del indio, porque la actualidad significa la pérdida de los coloridos y el crepúsculo de lo pintoresco y, antes de perder el temario, prefieren ayudar a perpetuar a toda costa el estado de cosas que les asegura frescos, buenos trozos de pintura fácilmente exportable. (3)

Moro rechaza la tipicidad, el folclorismo superficial y el culto a un pasado prestigioso que practica el indigenismo porque ello va en desmedro de las voces y el arte de los actuales habitantes del Perú moderno. En su posición es posible leer un ajuste de cuentas con los herederos de Amauta y su promoción de un arte subordinado a criterios políticos y nacionalistas antes que a criterios estéticos. La denuncia se realiza en el momento en que era posible advertir la cristalización de las formas del indigenismo nacionalista y el abandono de las tensiones entre cosmopolitismo y nacionalismo que productivamente había orientado las reflexiones sobre arte de vanguardia realizadas por José Carlos Mariátegui en la década del veinte.

En este sentido, la perspectiva de Moro no está lejos de las preocupaciones de Arguedas cuando considera el problema del indio en términos propiamente artísticos y, desde esa especificidad, opera no sólo su revalorización o su reconocimiento sino su capacidad de producción actuante en el presente, más allá de la simple función decorativa que tenían sus objetos en los círculos de las elites limeñas. Rechaza el uso de una imagen petrificada del indio que impide explorar la riqueza imaginaria que perdura viva en su herencia cultural. Lejos de confinar al indio en la fijeza de un modelo identitario, Moro, desde su perspectiva surrealista, encuentra en la fuerza imaginaria de su arte mágico una senda coincidente con su propia búsqueda poética.

Otro momento interesante para estudiar la revisión del indigenismo en la etapa de formación literaria de Arguedas debe tener en cuenta la experiencia de la revista *Las Moradas*. Entre mayo de 1947 y julio de 1949, la revista de Westphalen difunde tanto a los poetas peruanos de su generación como a los escritores europeos, junto con los temas del arte y la cultura americana, en especial, lo popular andino. Para poder apreciar el tipo de propuesta que su director articula, basta con inventariar el contenido de sus ocho números, donde reúne, con singular equilibrio, una heterogénea serie de preocupaciones y expresiones artísticas y culturales.[3]

Si bien *Las Moradas* no puede ser definida como el producto de un grupo de artistas e intelectuales sino como el trabajo y el esfuerzo personal de su director, lo cierto es que ella abre el horizonte para un modo diferente de pensar la cultura, el arte y la literatura nacional a partir del intenso intercambio de ideas y de información con publicaciones europeas, norteamericanas y latinoamericanas. La revista, leída en el marco de los múltiples encuentros que la Peña propiciaba, permite recuperar las líneas conceptuales que movían a los intelectuales y escritores limeños entre los treinta y cuarenta y que posibilitaron la apreciación de la literatura y la cultura nativas fuera del tipicismo al que tendía el arte indigenista de los veinte, ubicándolas en un pie de igualdad con las literaturas provenientes de culturas que las elites limeñas consideraban más prestigiosas. Esta perspectiva nos lleva a considerar las poéticas de estos autores lejos de los términos de síntesis o integración con los que habitualmente han sido

---

[3] Si revisamos el número uno a modo de ejemplo, allí encontramos: "Fragmento de Aloysius Acker" y los sonetos VII y XXXIV de *Travesía de extramares* de Martín Adán, "Viaje hacia la noche" de César Moro y "Zona de angustia" de Enrique Peña. El ensayo "Liebniz: la substancia como posibilidad" de Carlos Cueto Fernandini es el primero de la serie de intelectuales peruanos de la época que la revista difundirá a lo largo de los ocho números. En cuanto a la literatura extranjera, se publican tres poemas de Robert Desnos, unas notas de Robert Bazin para la comedia "Alcesta", la prosa lírica "El tranvía de caballos" del italiano Emilio Cecchi, el ensayo filosófico "El evangelio dialéctico" de Wolfgang Paalen, dos textos de Karl Jaspers sobre la situación de los intelectuales alemanes después del nazismo, y una reseña y reflexión de Westphalen sobre la encuesta que el semanario parisino *Action* formuló entre los escritores y artistas franceses en mayo de 1946 bajo el título "¿Hay que quemar a Kafka?" . En relación al arte popular peruano, el volumen reúne un texto de Luis E. Valcárcel sobre "Ferias y Mercados en los Andes", y un texto sobre "Máscaras populares peruanas" que no consigna el autor.

[4] Entre los aportes más recientes, se destaca *La construcción de un artista peruano contemporáneo. Poética e identidad nacionales: la obra de José María Arguedas, José Emilio Westphalen, Javier Sologuren, Jorge Eduardo Eielson, Sebastián Salazar Bondy, Fernando de Szyszlo y Blanca Varela* de Luis Rebaza Soraluz. El libro presenta una importante descripción de la actividad de los poetas seleccionados a partir de múltiples ejes

pensados desde la crítica literaria.[4] Menos que la noción de mestizaje entre la cultura nativa y las formas universales, nos interesa indagar sobre las líneas de fuga, las tensiones, la serie de transmutaciones para poder pensar las poéticas fuera de las fórmulas en que lo andino cristaliza como identidad nacional. En definitiva, nos interesa leer el costado urbano y cosmopolita del "campo intelectual de cordillera" para decirlo con términos de Vallejo. En este recorrido, cobra importancia la experiencia limeña que, paradójicamente, Arguedas omitió en su relato autobiográfico.

*Las Moradas* inicia el proceso de revisión del pensamiento indigenista a partir de un hecho inédito en los círculos limeños: la valoración de manifestaciones andinas contemporáneas a la par de la difusión y análisis de la vanguardia estética europea. La puesta en valor de estas expresiones expone el modo en que la intensa búsqueda e investigación de arte popular durante los viajes al interior del país de las hermanas Bustamante y Arguedas encuentra una secreta continuidad en las páginas de la revista de Westphalen. Lejos de ofrecer un elemento exótico o una particularidad folclórica, las manifestaciones de la cultura nativa analizadas en la revista, son valoradas en estrecha relación con las prácticas culturales de sus productores y adquieren finalmente su justa dimensión estética. De este modo, *Las Moradas* golpea doblemente a la indiferencia de la sociedad limeña: por un lado, con la traducción de textos de vanguardia europea, en especial, de uno de los movimientos más revulsivos a la moral burguesa como es el surrealismo, por el otro, con el progresivo interés por la cultura popular contemporánea, producida por los habitantes de la sierra que en esos años iniciaban su invasión silenciosa de la capital.

## 2. La experiencia extraterritorial

Alberto Escobar realiza el primer intento crítico de concebir la identidad por fuera de las categorías duras de la territorialidad y la lengua nacional. Para ello, parte del examen de las experiencias de escritura de Westphalen, Moro y Arguedas y el reconocimiento de dispositivos discursivos comunes en la formación literaria a la que los tres autores pertenecen, en especial, alrededor de la situación de marginación en que desarrollan su actividad y la problematización de la lengua materna que sus escrituras desatan a causa del bilingüismo. La perspectiva que inaugura Escobar en la crítica

---

temáticos. Sin embargo, el eje que recorre su análisis es el de la participación o espíritu conciliador entre lo nativo y universal donde la cosmovisión andina se constituye en una matriz plástica que termina por suturar las tensiones existentes entre diversas lenguas y culturas.

literaria peruana puede ser profundizada y ampliada a partir del análisis del lenguaje poético en estrecha vinculación con la imagen de artista que cada uno de los escritores elabora. Por esta razón nos interesa destacar el modo en que Escobar analiza el distanciamiento que estos tres autores realizan en relación a los aparatos de consagración pertenecientes a la cultura oficial y su alejamiento de los sectores influyentes del poder. Desde este punto de vista, se inscriben en el linaje de las figuras de artistas rebeldes a los dictámenes de la ciudad letrada limeña y continúan la senda abierta por el anarquismo radical de Manuel González Prada, la insularidad resistente de José María Eguren y el escándalo verbal de César Vallejo. Por otro lado, los tres escritores trabajan en la frontera de la lengua materna y en contacto permanente con otras lenguas desarticulando, de este modo, las categorías duras de identidad nacional construida desde la homogeneidad lingüística y la demarcación geográfica.

Considerar la obra de José María Arguedas desde la perspectiva que inaugura Escobar nos permite reflexionar en torno a una escritura que produce desde una situación extraterritorial. ¿Qué significa escribir en Lima y en español para un sujeto que postula pertenecer a un espacio diferente? ¿Cómo se pasa de una a otra lengua? ¿Cuáles son las fronteras que demarcan la comunidad a la que pertenece? Si apelamos al concepto de extraterritorialidad como lo entiende George Steiner en atención a los cambios en la percepción del lenguaje desde el último decenio del siglo XIX, es porque nos interesa señalar la nota diferencial que tal situación asume en la literatura peruana.[5] Steiner analiza el surgimiento de un pluralismo lingüístico o "carencia de hogar" de varios grandes escritores y que se conecta con el problema más general de la pérdida de un centro. En este sentido, escritores como Nabokov, Borges y Beckett se convierten en figuras representativas de la literatura del exilio entendido como el principal impulso de la literatura del siglo XX. Frente a la idea romántica según la cual el escritor es quien de manera más evidente encarna el genio y la esencia de su lengua materna, resulta extraña la idea de un escritor lingüísticamente "sin casa" o que se sienta marginado o vacilante en la frontera. Esta sensación de extrañeza es más reciente de lo que se pueda

---

[5] En este punto es interesante señalar que Escobar parte del concepto de desterritorialización tomado de las ideas de Deleuze-Guattari (*Kafka / pour une Littérature mineure*) para argumentar sobre un concepto de identidad que prescinde de las fronteras geográficas o de lengua tanto como de las identificaciones propias del nacionalismo o el regionalismo. Preferimos trabajar a partir de Steiner porque su noción de extraterritorialidad ciñe con mayor precisión los efectos político-literarios que acarrean las operaciones de traducción.

pensar y se corresponde a las experiencias de multilingüismo, exilio y vagabundeo en muchos escritores.

Frente a esta situación, se avizoran problemas generales como el de la condición de la imaginación multilingüe, el de la traducción interiorizada o el de la posible existencia de un idioma mixto subterráneo. Como Borges y Nabokov, Arguedas es uno de esos escritores que trabajan muy cerca del intrincado umbral de la sintaxis. Estos autores desarrollan una estrategia de exilio permanente cuando sus escrituras toman la forma de un acto de traducción. De este modo, la figura del escritor se vuelve la de un huésped, un ser cuya tarea es la de permanecer vulnerable ante muchísimas presencias extrañas, como una persona –dice Steiner– que tiene que mantener abiertas las puertas de su aposento temporal para que entren allí todos los vientos.

Desde la perspectiva de la traducción, la situación de extraterritorialidad que experimentan Moro, Arguedas y Westphalen encuentra similitudes pero también presentan diferencias que se traducen en marcas textuales que determinan las singularidades de sus respectivas poéticas. En cuanto a las similitudes, podemos señalar que los une fuertemente el hecho de haber vivido como extranjeros en la ciudad de Lima además de haber efectuado sus respectivas experiencias de escritura estrechamente ligadas a la actividad de traducción. Sin embargo, y más allá de la comunidad en su experiencia de vida urbana, podemos examinar y diferenciar la función que asume la labor dc traducción, en especial en el momento singular de la publicación de *Las Moradas*, para determinar qué características asume la condición extraterritorial en cada caso particular.

César Moro y E.A. Westphalen tradujeron a numerosos escritores surrealistas para la revista. Para ellos, la tarea de traducción alcanza el estatuto de una actividad de creación como lo demuestran sus versiones de Benjamin Peret, Robert Desnos, Pierre Réverdy, Antonin Artaud, Leonora Carrington y la espléndida traducción que realizó Westphalen de *Lettre d'amour* de Moro para el número 5 de la revista. En sintonía con esta actividad de traducción, José María Arguedas traduce, para el segundo número de la revista, dos cuentos quechuas recolectados por el Padre Lira.

Si bien Moro escribió en francés la mayor parte de sus poemas –a excepción de *La tortuga ecuestre*–, es significativo el empeño del poeta por trasladar poemas franceses al español, en especial los del surrealismo. ¿Por qué la insistencia en transportar la aventura surrealista a una lengua que él mismo había abandonado?[6] La cuestión es significativa y merece nuestra atención ya que habitualmente se estudia el caso de Moro en función de su huida del español, pero no se ha reflexionado sobre las razones de sus periódicos retornos a la lengua materna a través de la tarea de traducción.[7] Si la misión del traductor es abrir las ventanas y romper las trabas del propio idioma a fin de ensanchar fronteras, en el caso de César Moro la actividad de traducción se vuelve compensatoria de su experiencia de exilio interno. El mismo poeta lo manifiesta en términos cargados de dramatismo cuando presenta la antología de Pierre Reverdy que prepara para el número 7/8 de *Las Moradas*:

> Si el soplo vivificante de Reverdy logra atravesar el follaje de la lengua torpe de mi traducción quedaré ampliamente satisfecho y juzgaré tal acción como parte compensatoria del destierro que vivimos en esta prisión mortal del Perú.
>
> Gloria al Poeta en la tierra, en el aire, en el fuego y que el tormento sea con nosotros para poder asimilar los altos alimentos. (56)

La figura de poeta-traductor que construye Moro es inequívoca y paradojal: el sujeto, desterrado en su propio país, padece la relación de pertenencia a su territorio de nacimiento como una experiencia carcelaria. Sin embargo, inmerso en su tormento, la actividad de verter al español los poemas de sus amigos surrealistas es una actividad liberadora. La cuestión no queda sólo ahí, puesto que también en la traducción se cumple un proceso de asimilación productiva. El traslado de la poesía francesa al español es para Moro una actividad nutricia básica que alimenta a la lengua madre a fin de mantenerla viva, de vivificarla como dice el poeta. La operación de traducción es, entonces, el reverso al de la huida que propicia la escritura de poesía en francés. Estos movimientos de ida y vuelta a

---

[6] Anota Martha Canfield que "otro hecho absolutamente excepcional del caso de Moro es que también su lengua cotidiana siguió siendo preferiblemente el francés, incluso en las cartas que mandaba desde México al amigo Westphalen. [...] Hay que deducir que Moro, no solamente quiso cambiar su lengua materna, sino que incluso renegó de ella [...] Cuentan los testigos de sus últimos años que él vivía en Lima como 'exiliado' en su propia ciudad, hablando casi exclusivamente en francés, incluso en un francés que se iba volviendo cada vez más personal y que literalmente casi nadie comprendía en torno suyo" (134-135).

[7] Las traducciones de César Moro que manejamos son las que se encuentran reunidas en César Moro, *Versiones del surrealismo*, Barcelona, Tusquets Editor, 1974, edición a cargo de Julio Ortega y César Moro, *La poesía surrealista*, Lima, Pontificia Universidad Católica del Perú, 1997.

través de la frontera de las lenguas señalan el espacio diferencial de César Moro: huir de la lengua materna escribiendo poesía en una lengua extranjera y, paradójicamente, alimentarla con la poesía de otros.

De diversa índole es la figura que construye Westphalen en torno a su figura de poeta-traductor. Su actividad de traductor está lejos de las tensiones que provocan el exilio interior de Moro, lejos también de los aspectos trágicos que caracterizan el bilingüismo en Arguedas. En su caso, la actividad de traducción emerge como un ejercicio de lectura poética que el escritor asocia con las diversas lenguas con las que convivió en su vida:

> A mí me tocó criarme en un hogar donde se hablaba predominantemente español. Sin embargo –desde que adquirí conciencia de lo que se decía a mi redor– no pude dejar de notar que seres cariñosos me trasmitían su afecto con los sonidos tiernos y ligeramente afligidos de otro idioma –pues siempre hubo en casa una o dos personas de habla quechua. [...]
>
> Ocasionalmente oiría más tarde a mi padre hablar en alemán con algún conocido o cliente. En el colegio Alemán –al que asistí diez años– estuve sometido a la enseñanza de ese idioma que –como no era compartido en el hogar– nunca llegué a dominar ni a hacer mío. Era el idioma de las matemáticas y de las ciencias y el de las lecturas de los clásicos de las literaturas germánicas. Más adelante recibí en el mismo colegio clases de inglés –los maestros alemanes encargados de ellas me contagiaron de un dudoso acento que conservé –al parecer– aun en mis años de residencia en Nueva York. En un principio no llegué a interesarme por la práctica del inglés hasta que descubrí que daba acceso a los mundos fascinantes de Dickens o R.L. Stevenson. Mi afición por los autores franceses que conocía en traducciones –sospecho que poco fidedignas– me impulsó a aprender solo su lengua –con auxilio del diccionario. En tal empeño traduje como ejercicio –en su totalidad –*Les Harmonies viennoises*– novela de Jean Cassou. (159)

El roce con diferentes lenguas modela el recorrido vital del poeta: la lengua del hogar es el español, pero el cariño y el afecto de la infancia se dice en quechua;[8] el rigor de las ciencias y las matemáticas se transmite en

---

[8] En el mismo texto, Westphalen cita una carta de José María Eguren en donde el poeta asocia la nota indígena con el retorno melancólico a la infancia. Dice Eguren "si en la tristeza permanente de matices prestigiosos, si en esas sombras lunares, si en el cúmulo de acentos siempre dulces, siempre doloridos; ¿no hay una voz de quena, una voz prolongada que en todos los lugares hemos oído desde la niñez y cuyas vibraciones nos acompañan siempre en los remotos parajes de la tierra?" (158).

alemán que es, además, la lengua paterna, mientras que el mundo fascinante de la literatura se descubre a través del inglés y el francés. En esta secuencia, el español, el quechua y el alemán, idiomas básicamente oídos en la infancia, son las lenguas que canalizan el amor del hogar, la protección y el rigor educativo (es notable que hasta el inglés recibido en la escuela tenga acento alemán). Más tarde, el inglés y el francés son lenguas de lectura, frutos del deseo por acceder a los "mundos fascinantes" que ofrece la literatura y que en la imaginación del poeta se vuelven lenguas con disponibilidad y resonancias poéticas. La tarea de traducción en Westphalen se origina como un ejercicio preparatorio para la escritura en español. Lejos del carácter compensatorio que la actividad alcanzaba en César Moro, para Westphalen es una actividad de tipo complementaria. Se alimenta de la literatura extranjera para poder escribir en su lengua:

> Ha sido siempre una de mis mayores satisfacciones la lectura de autores de habla francesa e inglesa. En cierta manera podría decir que mi comprobación de las virtudes y deficiencias del español, para la trasmisión de unas experiencias especiales que llamaré poéticas –estuvo supeditada al descubrimiento de las posibilidades distintas –acaso a veces adaptables– de riqueza expresiva que poseen esos idiomas. (160)

De este modo, la traducción poética en Westphalen se confunde con la propia escritura. Su trabajo reside en la recuperación de ciertas fuerzas y tonalidades captadas, siempre fugazmente, del original. Para probar la forma distante y equívoca que asume para él la actividad, ofrece su traducción del poema "Vaivén inmóvil" de Yannis Ritzos. El poema es tomado de una versión francesa en la que el traductor dice haber presentido la materia del poema aún en ausencia de las resonancias fonéticas del original en griego. Se trata menos de buscar equivalencias que de "levantar unas imágenes". De ahí que las traducciones de Westphalen suenen como poesía escrita en español.

## 3. Entre el quechua y el castellano, José María Arguedas

La escritura en Arguedas está fuertemente marcada por un intrincado cruce entre autobiografía y traducción. Si sus ensayos etnográficos y su obra narrativa se inscriben dentro de un dilatado espacio autobiográfico,[9] en ellos también se leen las marcas de una traducción imposible. Esta vez la traducción está asociada a una pérdida. En la operación de traslado del

---

[9] Para este aspecto poco estudiado de la escritura arguediana es imprescindible el trabajo de John C. Landreau sobre la retórica de la autofiguración en Arguedas como una mediación compleja que legitima un proyecto literario y cultural.

quechua al castellano, el traductor dice que se pierde el misterio y la honda resonancia afectiva que anida en el idioma original: una relación mágica mítica entre palabra y naturaleza que sólo pueden intuir los lectores poseedores de una especial sensibilidad para ese idioma. En este sentido, la traducción se plantea en términos de fidelidad, aunque ella no resida en las posibles equivalencias entre una y otra lengua. Para legitimar la veracidad de la traducción, Arguedas necesitó construir una figura de escritor como intérprete fiel del mundo del otro y ofrendarse él mismo como garantía. En su escritura autobiográfica, el propio cuerpo del traductor emerge como "vínculo vivo" que permite el encuentro entre dos naciones enfrentadas:

> (I)ntenté convertir en lenguaje escrito lo que era como individuo: un vínculo vivo, fuerte, capaz de universalizarse, de la gran nación cercada y la parte generosa, humana, de los opresores. (*Obras completas* V, 13)

El relato autobiográfico de Arguedas repite, con múltiples variantes, a las singulares circunstancias de un niño "misti" que vive gran parte de su infancia en pueblos andinos entre quechua hablantes. El relato, diseminado en su obra escrita, tanto narrativa como ensayística, reactiva los motivos del cuento infantil tradicional europeo: un niño huérfano y abandonado entre sirvientes y lacayos, una madrastra cruel y una marca que delata su lugar de origen. El niño blanco es protegido por indios que, como padres sustitutos, lo hacen depositario de los secretos de una cultura antigua que, en la forma de un "don", el niño –en su madurez– transmutará en escritura. Entrañablemente ligada a esta historia, la tarea de traducción de Arguedas asume una función reparadora.[10] El don de lengua que le fuera otorgado por sus protectores indios constituye un mandato ético que se resuelve en la representación de la comunidad oprimida pero también se vuelve enfermedad, neurosis constitutiva del discurso del suicida.[11] Cuando Arguedas reinterpreta su obra narrativa temprana de los años treinta en "La novela y el problema de la expresión literaria en el Perú" (1950) perfila su relato autobiográfico haciendo eje en las tensiones que desata su bilingüismo constitutivo:

---

[10] Desarrollé este tema en "La poética del forastero en *El zorro de arriba y el zorro de abajo*".

[11] Enfermedad y escritura establecen una relación de interdependencia en el relato autobiográfico de Arguedas y forman un círculo de intercambio, de circulación y de retorno. Jacques Derrida en *Dar (el) tiempo* indaga sobre el círculo entre donación, ritmo y relato.

> Realizarse, traducirse, convertir en torrente diáfano y legítimo el idioma que *parece ajeno*; comunicar a la lengua *casi extranjera* la materia de *nuestro* espíritu. Es la dura, la difícil cuestión. (*Obras completas* II, 196, énfasis mío)

El relato autobiográfíco adquiere mayor contundencia cuando el escritor argumenta a partir de un "nosotros" que siente el español como lengua "casi" extranjera. El bilingüismo de Arguedas se singulariza, precisamente, por el punto liminar desde el cual sitúa su trabajo de traducción y producción textual. Siempre entre dos lenguas, el español bordea la extrañeza que ofrece una lengua ajena mientras que el quechua, al ser una lengua escuchada en la infancia, se vuelve lengua materna. Si la operación de traducción es un continuo retorno a un lugar irrecuperable, el texto traducido resulta sustituto melancólico del bien perdido.

La actividad del traductor en Arguedas está supeditada a una doble circunstancia de vida: por un lado, la convivencia infantil con los indios le otorga al quechua un caudal mágico afectivo difícil de percibir para los que no escucharon esa lengua en la infancia; por el otro, el ejercicio de la profesión de etnógrafo le brinda autoridad académica a su capacidad interpretativa. El autor privilegia, en cada una de las instancias enunciativas, en mayor o menor medida, uno u otro de los aspectos que envuelven su actividad de escritor-traductor. Sin embargo, este doble posicionamiento del autor oblitera, en cierta medida, una instancia no menos decisiva: la de su formación literaria en Lima en las décadas del treinta y cuarenta, su condición de migrante interno (de serrano) enfrentando la hostilidad de la capital, el encuentro decisivo con Westphalen en los patios sanmarquinos, su participación destacada en la Peña Pancho Fierro, su convivencia con los poetas y pintores de la vanguardia de esos años.

Si recuperamos esa instancia formativa, podremos explicar los cambios que la obra narrativa de Arguedas experimenta, y que culmina con la publicación de *Los ríos profundos* en donde se evidencia el corte con el indigenismo ortodoxo a partir de una intensificación del lirismo y la indagación del universo mítico del mundo andino. En este marco, es imprescindible tomar nota de las instancias discursivas que abre la intensa actividad de traductor de canciones y cuentos quechuas que se inicia con la publicación en el año 1938 de *Canto kechwa* y del artículo "Simbolismo y poesía de dos canciones populares quechuas" que da comienzo a una importante serie de colaboraciones para el diario *La Prensa* de Buenos Aires.

En la introducción a *Canto kechwa* Arguedas aclara, previendo el desagrado de los filólogos, que no realiza traducciones literales sino que intenta interpretar las canciones en procura de satisfacer a los que sienten el quechua como si fuera su idioma nativo. La fidelidad y la felicidad de la traducción pasa por la intensidad de un sentimiento y no por el encuentro de ajustadas equivalencias que gratifican a los filólogos. Un año después acontece su memorable encuentro con el padre Lira y Carmen Taripha en Maranganí del que resulta la traducción de dos cuentos quechuas ("La amante de la culebra" y "El negociante de harinas") para el número 2 de *Las Moradas* (julio-agosto de 1947). En la introducción escrita para la revista, Arguedas argumenta intensamente sobre el trabajo realizado a fin de infundir confianza a los lectores en cuanto a la fidelidad del registro del cura. A un mismo tiempo determina los límites del texto a causa de la imposibilidad de trasladar al alfabeto las inflexiones de la lengua oral quechua:

> Los cuentos de la colección del padre Lira fueron recogidos de boca de indios del distrito de Maranganí, palabra a palabra, con rigurosa fidelidad. La fidelidad es tan pura que el texto de los cuentos está absolutamente limpio del menor indicio de elaboración literaria [...] la naturaleza física y el mundo vivo, animales, hombres y plantas, aparecen con una ligadura tan íntima y vital, que en el mundo de estos cuentos todo se mueve en una comunidad que podríamos llamar musical. Naturalmente que el reflejo de esta imponderable capacidad del idioma no se puede recoger en el alfabeto. *Sólo quien ha oído hablar desde la niñez a los indios puede descubrir, detrás de los índices alfabéticos, parte de esta particular riqueza del lenguaje oral.* ("Dos cuentos quechuas" 125, énfasis mío)

Lo que resta, lo que queda afuera de la traducción sólo podrá reponerlo aquel lector que haya oído "desde la niñez hablar a los indios". Es decir, que la capacidad de compresión del lector está supeditada a circunstancias de vida similares a las del traductor. Curiosamente, el traductor, de origen "serrano", remite a las resonancias del idioma quechua como registro de infancia en coincidencia con los recuerdos de poetas "costeños" como Westphalen y Eguren. Ligada a la ternura y a la tristeza de una lengua oral muy próxima a lo musical, el quechua forma parte de un pasado memorable e inexorablemente perdido.[12] En la urdimbre entre escritura y

---

[12] Julia Kristeva en *Black Sun. Depression and melancholia* analiza la relación entre escritura poética y melancolía remitiendo la cuestión al momento en que el niño se vuelve irremediablemente triste por la separación irrevocable de su madre, una pérdida que lo lleva a tratar de encontrar nuevamente otros objetos de amor, primero en la imaginación, luego en las palabras. De este modo, si no hay escritura salvo la amorosa, no hay imaginación que no sea, secreta o abiertamente, melancólica.

melancolía, el quechua comienza a funcionar como una lengua íntima, cercana a lo materno y primordial, más allá de la procedencia geográfica y la pertenencia étnica. En un proceso de reversión, Arguedas apunta a la construcción de una comunidad de lectores recuperando los roces que ellos mismos hayan tenido con la otra cultura. De esta forma, se funda una extraterritorialidad basada en la memoria de voces que entre lejanas y extrañas, retornan como recuerdo infantil.

La posibilidad de interpretar con mayor intensidad y hondura la traducción castellana está estrechamente supeditada a esta experiencia primaria que consiste en establecer lazos con lectores costeños para formar *una familia de oyentes de la otra lengua*. Independientemente que sepan o no el quechua, aquel que haya oído, que haya tomado contacto con la pura materialidad de las voces nativas desde su niñez, tendrá la sensibilidad necesaria para capturar la intensidad del texto. Tanto en sus ensayos folclóricos como en su obra narrativa, Arguedas insiste notablemente sobre la mayor o menor sensibilidad del lector o del oyente como circunstancia que permita salvar la imposibilidad de trasladar al alfabeto los matices interpretativos que contiene la oralidad quechua. La sensibilidad es un valor fundamental que salva el carácter intraducible del quechua. Desde esta perspectiva de análisis, adquieren una importancia extraordinaria los artículos de divulgación y difusión de costumbres, artes, creaciones y música, destinados a formar un público lector afín a una narrativa que luchaba por dejar de formar parte del catálogo del indigenismo. Estos artículos han sido poco leídos y escasamente considerados al momento de analizar las novelas, a pesar de que en ellos se difunden y se interpretan muchas de las canciones y de los cuentos que funcionan como motivos centrales que estructuran los relatos.

Tramado entre el relato autobiográfico y el informe folclórico, "Canciones quechuas"[13] demuestra que el bilingüismo de Arguedas descansa en un complejo cruce de experiencias que, a la hora de la traducción, se resuelve en búsqueda de nuevas formas de escritura. Dado que el artículo se publica un año antes que *Los ríos profundos*, es decir, que su producción es simultánea a la escritura de la novela, resulta de gran utilidad para estudiar el modo en que se gestiona el pasaje del etnógrafo, folclorista y traductor al personaje narrador de la novela.

---

[13] Publicado en Washington en 1957 es seleccionado por Rama en *Señores e indios...*, 174-185.

El artículo está destinado a despertar el interés del "espectador extranjero y habitante de las ciudades costeñas del Perú" por las particularidades de la música y el idioma de la sierra. El objetivo, ambicioso y difícil, promueve una estrategia discursiva compleja en donde se cruzan y confunden distintos tiempos y espacios que permiten el monumental y coreográfico montaje del *turu pukllay* (corrida de toros), un "espectáculo típico –dice el folclorista– expresión, la más directa, del complejo mundo humano de los Andes del Perú". Pero, de una lectura atenta del artículo, resulta que el informe del especialista descansa en uno de sus recuerdos de infancia más lejanos: "tenía entonces algo más de cinco años de edad". Lo curioso e inquietante es que el "espectáculo típico" resulta ser un episodio perturbador y confuso ocurrido en la infancia del narrador. El niño queda marcado por el drama sangriento que se desarrolla ante sus ojos: la convulsiva salida del toro, los petardos de dinamita y el coro de las mujeres invitando al derramamiento de sangre, el ajetreo del cóndor amarrado por las patas del toro arrancándole pedazos de cuero y músculos, el griterío de los indios ebrios, la agonía de los hombres a los que el toro le había vaciado las entrañas, el patetismo de las canciones en el andén de las despedidas, afectan visiblemente su sensibilidad:

> Yo tuve la impresión de que el mundo todo, las montañas y los cielos, la tierra gemía, llameando. No pude contener las lágrimas. Y me sacaron de las barreras. Me llevaron lejos. Pero volví y miré a instantes la fiesta, detrás de las barreras, entre una multitud de indios que me protegían y consolaban o alentaban. [...] Tiempo después en la Universidad y, más tarde, cuando me dediqué a estudiar folclore, *aunque no volví a tener la oportunidad de observar esta misma fiesta, comprobé por mis recuerdos mejor esclarecidos e ilustrados con informaciones posteriores*, que el *turu pukllay* aquél, como muchas otras fiestas, constituye una muestra muy elocuente acerca de cómo fueron reelaboradas por el pueblo autóctono quechua, cómo fueron transformadas en el curso de esta reelaboración y se convirtieron en indígenas. (*Señores e indios...* 176-177, énfasis mío)

Digamos que la posterior explicación erudita pretende funcionar como "aclaración" de una vivencia del pasado a fin de interpretarla mediante la objetividad del estudioso y las razones disciplinarias del especialista. Pero estos esfuerzos resultan siempre ajenos a la insondable razón poética que anida en aquellas voces y cantos que ahora retornan a través del trabajo de recolección realizado como rescate antropológico. Lo que hace a la diferencia del folclorista Arguedas es que a su eficacia y rigor profesional agrega la perspectiva de un niño extraño: misti, serrano, hablante quechua y testigo sensible de los rituales indios:

> Yo nací en la capital de una Provincia de nombre quechua muy antigua: Andahuaylas. Mi padre era juez, y como funcionario judicial fue trasladado a otras varias provincias. Cuando cesó en la judicatura ejerció la abogacía como en diez provincias más. Fue un hombre errante. Como los españoles de la conquista, atravesamos unas veinte veces las cordilleras de los Andes. Viajamos a caballo centenares de leguas que significan algunos miles de quilómetros. [...] Yo no tuve necesidad de hablar el castellano hasta los siete años. (175-176)

Y más adelante el narrador agrega:

> Yo pasé mi niñez y adolescencia criado y amado por los indios. [...] cuando ingresé a la Universidad en 1931 y encontré que la novela, el cuento y la poesía mostraban un indio sustancialmente distinto al verdadero [...] pretendí escribir relatos en los que intenté describir ese mundo tal como vivía en mi memoria y mi naturaleza. Pero en los relatos podían intervenir elementos muy individuales y perturbadores. No bastaba con eso; encontré entonces que la letra de las canciones quechuas aprendidas en mi niñez eran tan bellas como la mejor poesía erudita que estudié y asimilé en los libros, maravillado. Llegué también, en lento descubrimiento [...] a encontrar las esencias de la literatura, de la música y de las artes plásticas occidentales, especialmente de la música. A ellas debo mi ingreso al universo. Y sólo muchos años después de haber escrito algunos relatos, logré traducir las primeras canciones quechuas. (183-184)

Arguedas articula el relato de su niñez y adolescencia a partir de dos historias simultáneas y confusas. Si por un lado es el hijo del juez junto con quien recorre, "como los españoles de la conquista", el territorio como forastero, por el otro, es también hijo adoptivo de los indios. En el tramado de estas dos historias se constituye un sujeto depositario de un doble saber aportado por dos factores decisivos en su formación: su pasado singular de niño misti errabundo por la sierra junto con su padre y en estrecha proximidad con el mundo indígena; por el otro, su formación universitaria limeña y su "ingreso al universo", su occidentalización a través de la poesía erudita y la literatura. En medio de ese tránsito, las canciones quechuas parecen ser la vía regia que el escritor encuentra para dar solución a sus problemas de expresión.

Con la traducción de esas canciones pulsa la cifra productiva de su escritura. Es cierto, como dice Escajadillo, que la intensificación del lirismo en las novelas le permite superar la retórica cristalizada de la novela indigenista. Pero hay algo más. La traducción de las canciones habilita una instancia en la que la cuestión identitaria deja de ser entendida como la pertenencia exclusiva a un lugar de origen que desemboca en la imaginería del folclorismo telúrico. Cuando el lugar de origen se vuelve canción, se diluyen las fronteras divisorias que escinden la geografía nacional en costa y sierra. También cae definitivamente el topos imaginario que articula la separación entre culto y popular y entre literatura erudita y material de registro folclórico. En ese movimiento emerge un sujeto que funciona como puente de unión, pero esta vez bien lejos de las teleologías de la unidad nacional y de las pretensiones homogeneizantes de la ideología del mestizaje. El sujeto que escribe entre el quechua y el castellano no iguala esas lenguas en tranquilizadoras equivalencias, sino que mantiene sus diferencias. La operación no es inocente en la medida que es un ejercicio crítico. El traductor interviene más allá de las significaciones explícitas para recordarnos que detrás de las canciones quechuas sobrevive la inconmovible voluntad de un pueblo oprimido que no ha perdido el dominio de sí mismo para seguir creando. En el recorrido que dibuja la trayectoria de escritura de José María Arguedas, la irrupción de la canción quechua y la dificultad de su traducción, configura un espacio extraterritorial en donde el huésped incansable de una y otra lengua encuentra, como dice el poema de Westphalen, un lugar apacible para reposar un poco.

## Bibliografía


Arguedas, José María. *Obras completas.* Lima: Editorial Horizonte, 1983.

_____ *Canto kechwa.* Lima: Editorial Horizonte, 1989.

_____ *Señores e indios. Acerca de la cultura quechua.* Ángel Rama, comp. Buenos Aires: Calicanto, 1976.

_____ "Dos cuentos quechuas". *Las Moradas. Revista de las artes y las letras* I/2 (Lima, julio-agosto 1947): 124-134.

Bernabé, Mónica. "La poética del forastero en *El zorro de arriba y el zorro de abajo*". *Iberoamericana* 2 (Francfort-Madrid, junio 2001): 5-26.

Canfield, Martha. *El francés como lengua de salvación en César Moro.* Firenze: Universitá degli Studi di Firenze, 1998.

Escajadillo, Tomás G. *La narrativa indigenista peruana.* Lima: Amaru Editores, 1994.

Escobar, Alberto. *El imaginario nacional. Moro-Westphalen-Arguedas. Una formación literaria.* Lima: Instituto de Estudios Peruanos, 1989.

Derrida, Jacques. *Dar (el) tiempo.* Barcelona: Paidos, 1995.

Kristeva, Julia. *Black Sun. Depression and Melancholia.* New York: Columbia University Press, 1989.

Landreau, John C. "Hacia una relectura de la leyenda autobiográfica de José María Arguedas". *Indigenismo hacia el fin del milenio.* Mabel Moraña, ed. Pittsburgh-IILI Biblioteca de América, 1998. 211-222.

Lauer, Mirko. *Andes imaginarios. Discursos del indigenismo-2*. Cusco: Centro Bartolomé de Las Casas, 1997.

Moro, César. "A propósito de la pintura indigenista". *El uso de la palabra* 1 (Lima 1939): 3.

_____ "Pequeña antología de Pierre Reverdy". *Las moradas* 7-8 (enero-julio 1949): 56-73.

Rebaza Soraluz, Luis. *La construcción de un artista peruano contemporáneo. Poética e identidad nacionales la obra de José María Arguedas, José Emilio Westphalen, Javier Sologuren, Jorge Eduardo Eielson, Sebastián Salazar Bondy, Fernando de Szyszlo y Blanca Varela.* Lima: PUCP, 2000.

Salazar, Ina María. *Recherches sur Emilio Adolfo Westphalen* Tesis de Doctorado, Université François Rebelais-Tours, France, en mimeo.

Steiner, George. *Extraterritorial*. Barcelona: Barral Editores, 1973.

Westphalen, Emilio Adolfo. *Escritos varios sobre arte y poesía.* Lima: Fondo de Cultura Económica, 1996.

Mónica Bernabé es profesora de Literatura Iberoamericana en la Universidad Nacional de Rosario (Argentina). Obtuvo su doctorado en la Universidad de Buenos Aires. Ha publicado en colaboración *El abrigo de aire. Ensayos sobre literatura cubana* (2001) y numerosos artículos sobre la construcción de la imagen de artista en la literatura iberoamericana. Actualmente forma parte de Proyecto de Investigación (Secyt-UNR): "Artistas, escritores, dandies y bohemios en la literaratura hispanoamericana moderna". Tiene en preparación un libro sobre *Bohemia y dandismo en el Perú: José Carlos Mariátegui, Abraham Valdelomar y José María Eguren*, y otro sobre los cronistas contemporáneos en la literatura latinoamericana.

Tomás Gustavo Escajadillo. Ex profesor de la Universidad de San Marcos de Lima en donde ha sido Decano de la Facultad de Letras. Entre sus libros figuran: *La narrativa de López Albújar* (1972), *Narrativa norteamericana clásica* (1973), *Alegría y"El mundo es ancho y ajeno"* (1983), *Narradores peruanos del siglo* XX (La Habana 1966; Lima 1994), *Tres narradores indigenistas* (1992), *La narrativa indigenista peruana* (1994), *Tres estudios sobre José Diez-Canseco* (1998), *Mariátegui y la Literatura peruana* (2004), Edición crítica de *La obra narrativa completa* de José Diez-Canseco (2005), *7 asedios a Mariátegui* (en prensa).

Sergio R. Franco (Lima, 1965) Obtuvo una Maestría en literatura hispanoamericana en la Universidad Nacional Mayor de San Marcos, donde dictó cursos de teoría literaría, literatura hispanoamericana y estética entre 1997 y el 2001. Doctorado en literaturas hispánicas por la Universidad de Pittsburgh en el 2005. Es profesor asistente del Departamento de Lenguas Extranjeras de la Universidad de Scranton. Ha publicado *A favor de la esfinge: la novelística de Jorge Eduardo Eielson* (2000) y diversos artículos.

MISHA KOKOTOVIC es profesor asociado del Departamento de Literatura de la Universidad de California, San Diego. Ha publicado varios artículos sobre las literaturas andinas y centroamericanas, y acaba de salir su libro *The Colonial Divide in Peruvian Narrative: Social Conflict and Transculturation* (Brighton: Sussex Academic Press, 2005).

ANNE LAMBRIGHT es Profesora Asociada de Estudios Hispánicos en Trinity College, Connecticut. Su investigación se concentra en la literatura y cultura del área andina y en el indigenismo. Ha publicado varios artículos sobre Arguedas y su libro *Creando el intelectual híbrido: Sujeto, espacio y lo femenino en la narrativa de José María Arguedas* está por salir con el Instituto de Estudios Peruanos en Lima. También publicará *Steel and Glass: Women Write the City in Latin America*, volumen co-editado con Elisabeth Guerrero, por University of Minnesota Press. Actualmente realiza otro proyecto sobre la producción literaria de mujeres peruanas.

AYMARÁ DE LLANO desarrolla su actividad como docente e investigadora en el CE.LE.HIS. (Centro de Letras Hispanoamericanas) de la Universidad Nacional de Mar del Plata en Argentina. Dicta Literatura y Cultura Latinoamericana en la Carrera de Letras y Seminarios de Posgrado sobre Literatura Latinoamericana y Escritura Académica. Tiene diversos estudios monográficos y artículos sobre literatura latinoamericana en la que se ha especializado, así como participaciones en encuentros científicos nacionales e internacionales. Se doctoró en la UBA (Universidad de Buenos Aires) con un trabajo sobre José María Arguedas en 1999. *Pasión y agonía* (2004) es una reformulación de su Tesis de Doctorado que cuenta con dos ediciones. Es coautora de *Navegación por la palabra* (2000) y de *Saberes de escritura* (2000 y 2004). Durante el 2005 co-editará un tomo dedicado a tres revistas culturales argentinas publicadas entre 1959 y 1986 de incidencia en el campo intelectual argentino. Actualmente trabaja en un proyecto sobre poesía peruana de vanguardia.

HORACIO LEGRÁS (Entre Rios-Argentina, 1961) fue profesor de la Universidad de Georgetown donde enseñó literatura latinoamericana y literaturas comparadas entre 1999 y el año 2005. Actualmente es profesor de la Universidad de California, Irvine. Ha publicado ensayos sobre literatura y cultura mexicana, problemas metodológicos del estudio del siglo XIX en Argentina y acaba de terminar un libro bajo el titulo de *Sujeción y Literatura.*

MELISA MOORE, británica nacida en 1969, dicta cursos de literatura y cultura hispanoamericana en el Departamento de Estudios Hispánicos de la Universidad de Exeter en Inglaterra. Hizo su licenciatura y doctorado en King's College, Universidad de Londres, y su maestría en la Universidad de Cambridge. Escribió su tesis doctoral sobre el trabajo literario y antropológico de José María Arguedas, inspirada por los estudios de William Rowe. Ahora desarrolla un nuevo trabajo sobre el aporte de las mujeres a la vanguardia peruana de los años 20 y 30. Entre sus publicaciones en Inglaterra destacan "'Anthropology' and 'Literature' Intersected: Female Roles and Identities in *Todas las sangres* by José María Arguedas", en *Journal of Iberian and Latin American Studies, Tesserae,* 9/1 (junio 2003). En el Perú ha publicado '(Des-) Construyendo la mujer: etnicidad y género en tres novelas de Arguedas', en *Amor y fuego. José María Arguedas, 25 años después,* ed. por Maruja Martínez y Nelson Manrique (1995) y más recientemente, el libro *En la encrucijada: Las ciencias sociales y la novela en el Perú. Lecturas paralelas de Todas las sangres* (2003).

GRACIA MARÍA MORALES ORTIZ (Motril, Granada, España, 1973) es Doctora en Filología Española por la Universidad de Granada. Obtuvo una beca de investigación de la Junta de Andalucía para realizar sus tesis doctoral, titulada "Arguedas y Cortázar: dos búsquedas de una identidad latinoamericana", por la que obtuvo el Premio Extraordinario de Doctorado (dirigida por Álvaro Salvador, ha sido publicada por la Universidad de Granada en 2003). Ha impartido clases de Literatura Hispanoamericana en la Universidad de Granada y desde 2003 trabaja como profesora contratada en la Universidad de Jaén. Uno de los ámbitos de investigación que más ha desarrollado ha sido el de la narrativa hispanoamericana contemporánea, centrándose sobre todo en José María Arguedas, pero también en otros autores como Julio Cortázar, Manuel Puig o Mario Benedetti. En los últimos años ha iniciado una nueva línea de estudio, con varios trabajos sobre el teatro hispanoamericano contemporáneo. Además, Gracia Morales es dramaturga y poeta, tiene casi una decena de libros publicados y ha obtenido varios premios por su labor literaria en ambos géneros.

Mabel Moraña es profesora de Literatura Hispanoamericana y de Estudios Internacionales en Washington University, St. Louis, y directora de publicaciones del Instituto Internacional de Literatura Iberoamericana. Ha publicado extensamente sobre literatura colonial y contemporánea, y sobre estudios culturales. Sus últimas publicaciones incluyen *Crítica impura* (2004) y *Coloniality at Large. Latin America and the Postcolonial Debate* (coeditado con Enrique Dussel y Carlos A. Jáuregui, en prensa).

Catalina Ocampo es escritora y traductora colombiana. Recibió su MA en Literatura Comparada en el 2004 y es candidata al Ph.D. en Literatura Comparada en Brown University, con especialización en literatura latinoamericana del siglo veinte. Sus intereses investigativos incluyen ensayística latinoamericana y traducción. Durante el 2004-2005 fue coordinadora del Cultural Agents Initiative en Harvard University. Actualmente trabaja en la traduccion al inglés de *Imagen de John Keats*, de Julio Cortázar.

Julio Ortega (Perú, 1942) preparó para la *Revista Iberoamericana* (1970) una semblanza sobre José María. Arguedas con motivo de su muerte. Era entonces visiting assistant professor del Departamento de Español de la Universidad de Pittsburgh, su primera estancia academica norteamericana. Mas tarde, Ortega organizó un coloquio dedicado a Arguedas en la Universidad de Texas, Austin, donde fue profesor; las actas se publicaron como un número de la *Revista Iberoamericana* (122: 1983). Su monografía *Texto, comunicación y cultura en* Los ríos profundos *de José María Arguedas*, que apareció primero en la *Nueva revista de filología hispánica* (El Colegio de México, 31: 1982) se publicó en Lima (CEDEP) ese mismo año. También es editor de la traducción al inglés de *El zorro de arriba y el zorro de abajo* (*The Fox from Up Above and the Fox from Down Below*, University of Pittsburgh Press y Colección Archivos, 2000). Es profesor en Brown University.

Fernando Rivera estudió un doctorado en la Universidad de Princeton. Actualmente es profesor asistente visitante en Moravian College. Ha publicado artículos sobre el testimonio, narrativa peruana y análisis del discurso. Redacta ahora un libro sobre la obra de José María Arguedas.

William Rowe es Profesor en Birkbeck College, University of London. Ha enseñado en la University of Liverpool y en Kings College London (Inglaterra), en la Universidad de Lambayeque, la Universidad Nacional Mayor de San Marcos y la Pontificia Universidad Católica (Perú) así como en la Universidad Iberoamericana (México). Entre sus publicaciones hay que señalar *Mito e ideología en la obra de José María Arguedas* (1979), *Juan Rulfo: El llano en llamas* (1987), *Memory and Modernity: Popular Culture in Latin America* [con Vivian Schelling] (1991), *Ensayos arguedianos* (1996), *Hacia una poética radical: ensayos de hermenéutica cultural* (1996), *Poets of Contemporary Latin America: History and the Inner Life* (2000).

CIRO A. SANDOVAL es Profesor Asociado de Español y Estudios Comparados en el Departamento de Humanidades, Michigan Technological University. Ha publicado en varios lugares editoriales transdisciplinarios, incluyendo OMETECA, *Philosophy Today, Revista Iberoaméricana, EOS*, y el Geological Society of America. Es co-editor (con Sandra M. Boschetto-Sandoval) de *José María Arguedas: Reconsiderations for Latin American Cultural Studies* (Ohio University Press, 1998). Fue elegido miembro honorario de la Academia de la Lengua Quechua (Qheswa Simi Hamut'ana Kuraq Suntur), Cusco, Perú, 2000. Actualmente, está trabajando en un proyecto transdisciplinario sobre las interrelaciones entre los Andes centrales geográficos y culturales del Perú, su paisaje y sus habitantes.

FRANCISCO XAVIER SOLÉ ZAPATERO. Profesor-investigador a nivel de posgrado de la Universidad Autónoma del Estado de México (UAEM).

ESTELLE TARICA es profesora ("assistant professor") de Literatura y Cultura Latinoamericanas en el Departamento de Español y Portugués de la Universidad de California, Berkeley. Recibió su doctorado en Literatura Comparada en Cornell University en el 2000. Ha publicado artículos sobre el indigenismo mexicano y andino y sobre narrativa boliviana actual.

ISABELLE TAUZIN CASTELLANOS es profesora principal de Literatura e Historia Latinoamericana en la Université Michel de Montaigne-Bordeaux3. Se doctoró en 1990 en la Université de Poitiers con una tesis sobre las novelas escritas por mujeres en el Perú del siglo XIX. Ex-alumna de la Escuela Normal Superior de Paris, especialista del siglo XIX, ha coordinado la edición del volumen *Manuel Gonzalez Prada* en Archivos-Unesco y editado Baladas de Manuel Gonzalez Prada (Lima, PUCP, 2004). Es autora de Las tradiciones peruanas de Ricardo Palma: claves de una coherencia, (Lima, Universidad Ricardo Palma, 1999) y Textos inéditos de Manuel Gonzalez Prada (Lima, Biblioteca Nacional, 2001). Tiene publicados numerosos artículos sobre la literatura y la prensa cultural peruana.

HELENA USANDIZAGA es profesora titular de Literatura Hispanoamericana en la Universidad Autónoma de Barcelona. Sus líneas de investigación son la poesía peruana contemporánea y la literatura andina. Ha participado como investigadora en varios proyectos de investigación, y desde 2003 es investigadora principal del proyecto "Presencia de la mitología prehispánica en la literatura latinoamericana", financiado por el Ministerio de Ciencia y Tecnología. Ha publicado: *La literatura hispanoamericana* (Barcelona, Edicions de la Universitat Oberta de Catalunya, 1998) y diversos artículos en revistas de Europa y América.